KB270162

마법사

마법사 ^하

The Magus

존 파울즈 장편소설 정영문 옮김

THE MAGUS
by JOHN FOWLES

이 책은 실로 꿰매어 제본하는 정통적인 사철 방식으로 만들어졌습니다.
사철 방식으로 제본된 책은 오랫동안 보관해도 손상되지 않습니다.

46

나는 평소보다 더 피곤을 느끼며, 마치 흠씬 두들겨 맞은 것 같은 상태로 눈을 떴다. 그리스의 열기 때문이었다. 거의 10시가 다 되어 있었다. 나는 찬물에 머리를 적신 후, 옷을 걸치고 계단을 내려가 주랑 아래로 갔다. 테이블 위에 덮인 모슬린 천을 걷어 보니 아침 식사가 차려져 있었고, 일반적으로 쓰는 황동 커피 주전자를 데울 수 있는 알코올 난로도 놓여 있었다. 나는 잠시 기다렸지만 아무도 나타나지 않았다. 집은 인기척이 느껴지지 않을 정도로 고요해, 그것이 나를 당황스럽게 만들었다. 나는 텅 빈 무대가 아니라, 콘키스를, 그의 또 다른 코미디를 기대했던 터였다. 나는 자리에 앉아 아침 식사를 했다.

식사 후 나는 도움을 준다는 핑계로 식기를 마리아의 오두막으로 갖고 갔다. 하지만 그녀의 집 문은 잠겨 있었다. 첫 번째 실패. 나는 2층으로 가서 콘키스의 방문을 두드리고, 손잡이를 돌려 보았다. 두 번째 실패. 그런 다음 나는 아래층에 있는 방들을 둘러보았다. 그리고 콘키스의 정신 의학 논문을 찾기 위해 음악실의 서가를 대충 살펴보기까지 했지만 역시 소용이 없었다. 나는 지난밤의 일로 인해 모든 것이 끝나 버렸다는 두려움에 갑자기 사로잡혔다. 그들 모두가 영원히 사라져 버린 것이었다.

나는 입상이 있는 곳으로 가, 잃어버린 열쇠를 찾는 사람처럼 주위를 돌아다녔다. 그런 다음 집으로 돌아갔다. 거의 한 시간이 지난 상태였다. 집은 여전히 텅 비어 있었다. 나는 자포자기 상태가 되었고, 혼란스러워지기 시작했다. 이제 무엇을 해야 하는 것인가? 마을로 가 경찰에 알려야 하는 것인가? 결국 나는 전용 해변으로 내려갔다. 보트는 보이지 않았다. 나는 헤엄을 쳐 작은 만에서 벗어나 동쪽 곶을 한 바퀴 돌았다. 그곳에는 섬에서 가장 높은 절벽들이 있어서, 높이가 거의 30미터도 넘는 절벽들이 큰 돌과 부서진 바위들을 끼고 바다를 향해 깎아 내지르고 있었다. 절벽들은 동쪽으로 1킬로미터 떨어진 곳에서 아주 평평하고 오목한 아치 모양으로 곡선을 그리고 있었는데, 실제로 만(灣)은 아니었지만 결국에는 세 채의 오두막이 있는 해변을 가리기에는 충분할 정도로 해안에서 돌출되어 있었다. 나는 절벽을 샅샅이 살펴보았다. 내려오는 길도 없었고, 작은 보트 하나 정박할 만한 곳도 없었다. 하지만 두 자매가 〈집〉에 가겠다고 하며 향한 것으로 추측되는 곳은 바로 이 일대였다. 소나무 숲이 끝난 후 시작되는 가파른 절벽 꼭대기 위에는 키 작은 관목들만 있었는데, 그곳 역시 몸을 숨기기 불가능해 보였다. 그렇다면 답은 하나밖에 없었다. 그들은 절벽 위쪽을 따라간 다음 내지를 돌아 내려와 오두막들을 지나쳐 간 것이다.

나는 바깥 바다 쪽으로 좀 더 헤엄쳐 나갔지만, 차가운 조류가 밀려와 돌아와야만 했다. 그 순간 나는 보았다. 내가 있는 곳에서 수백 미터 동쪽으로, 절벽 위 소나무 숲 가장자리 아래에 연분홍색 드레스를 입은 여자가 서 있었다. 그림자 속에 있었지만, 그 모습은 눈부시게, 화려하게 눈에 띄었다. 그녀가 아래를 향해 손을 흔들었고 나도 손을 흔들었다. 그녀는 벽처럼 둘러선 초록빛 나무들 아래서 몇 미터를 걸어갔다. 소나무들 사이로 퍼져 나온 햇살이 드레스를 연한 장밋빛으로 물들였다. 다음 순간 놀랍게도 분홍색 옷을 입은 또 다른 여자가 한 명 나타났다. 그들은 똑같은 모습으로 서 있었고, 좀 더 가까이 있는 여자가 해변으로 나오라며 다시 손을 흔들었다. 그러고는 둘 다 몸을 돌려, 중간에서 나를 만나기 위해 출발하는 듯 모습을 감추었다.

5~6분 뒤 나는 셔츠를 젖은 반바지 위로 꺼내 입은 채 숨이 턱에 차 협곡 맞은편에 도착했다. 그들은 입상 옆에 없었다. 나는 잠시 또다시 놀림을 받고 있다는 의심이 들어 화가 치밀었다. 마치 나를 따돌리기 위해 자신들의 모습을 보여주는 것 같았다. 하지만 나는 캐러브나무를 지나 절벽을 향해 내려갔다. 문득 두 형체가 보였다. 그들은 동쪽 편의, 흙과 바위로 이루어진 그늘진 작은 언덕 위에 앉아 있었다. 이제 그들이 있다는 것을 확실히 알게 된 나는 좀 더 천천히 걸어갔다. 그들이 입고 있는 똑같은 드레스는 가슴 위쪽이 넓게 파이고, 짧은 소매가 약간 부푼 것이었다. 발에는 둘 다 푸르스름한 스타킹과 연한 회색 신발을 신고 있었다. 그들은 무척 여성스럽고 예뻤으며, 최고로 좋은 여름 나들이 옷을 입은 한 쌍의 열아홉 살 소녀들 같았다……. 그럼에도 내게는 도회지 사람처럼 약간 과도한 차림을 한 듯이 느껴졌고, 심지어는 이상해 보이기까지 했다. 여전히 케임브리지의 대학생들이라도 되는 것처럼 준의 옆에는 골풀 바구니도 하나 있었다.

내가 가까이 가자 준이 자리에서 일어나 나를 맞이하러 왔다. 그녀는 줄리처럼 머리를 내리고 있었다. 금빛의 살갗은 전날 밤 내가 깨달은 것보다 더 햇빛에 그을려 있었다. 가까이서 보자 두 사람의 얼굴에 차이가 있었다. 준의 얼굴이 더 개방적이면서, 약간 뻔뻔스러운 남자다움까지 있었다. 그녀 뒤에서 줄리가 우리가 만나는 것을 지켜보았다. 그녀는 전혀 미소를 짓지 않고 있었으며, 무관심한 표정이었다. 준이 미소를 지었다.

「줄리에게 오늘 아침 우리 중 누구를 만나든 당신은 상관하지 않을 거라고 했다고 말했어요.」

「친절도 하시군요.」

그녀는 내 손을 잡고 작은 언덕 아래로 데려갔다.

「자, 여기 빛나는 갑옷을 입은 너의 기사님.」

줄리는 계속해서 차갑게 나를 내려다보았다. 「안녕.」

준이 말했다. 「이 애는 모든 것을 알고 있어요.」

줄리가 그녀를 흘낏 쳐다보았다. 「누구 잘못인지도 알아.」

하지만 그 순간 그녀는 자리에서 일어나 우리 옆으로 내려왔다. 질책하는 듯한 그녀의 시선은 걱정스러운 시선으로 바뀌었다.

「무사히 돌아갔나요?」

나는 흑인이 침을 뱉은 것을 포함해, 그때 있었던 일을 얘기했다. 처음 보았을 때 자매가 보이던 장난스러운 기색이 곧 사라졌다. 나는 걱정스러워하는 청회색 눈 두 쌍을 쳐다보았다. 잠시 후 그들은 이것이 그들이 논의하고 있던 뭔가를 확인시켜 주기라도 한 듯 서로를 바라보았다. 줄리가 먼저 말을 했다.

「오늘 아침 콘키스를 보았나요?」

「그림자도 못 봤어요.」

그들은 다시 시선을 교환했다.

「우리도 마찬가지예요.」 준이 말했다.

「이곳 전체가 텅 빈 것 같아요. 당신들을 찾아 사방을 뒤졌죠.」

준은 내 뒤쪽 나무들 사이를 쳐다보았다. 「그렇게 보이지만 아닌 게 분명해요.」

「그 망할 놈의 흑인은 누구죠?」

「모리스는 그를 자신의 시종이라고 불러요. 당신이 이곳에 없을 때에는 테이블 시중을 들기도 하죠. 그는 우리가 숨어 있을 때 우리를 돌보게끔 되어 있죠. 사실 그 사람을 보면 우리 둘 다 오싹해져요.」

「정말로 벙어리인가요?」

「그렇게 묻는 것도 당연해요. 우리는 아니라고 생각해요. 그는 그냥 자리에 앉아 쳐다보기만 하죠. 말을 할 수 있는 것처럼요.」

「혹시 그자가……?」

줄리가 고개를 저었다. 「그는 우리가 여자라는 것도 인식하지 못하는 것처럼 보여요.」

「눈도 먼 게 틀림없군요.」

준이 얼굴을 살짝 찌푸렸다. 「덕분에 안심할 수 있는 것만 아니었다면 모욕적이었을 거야.」

「노인은 어젯밤 무슨 일이 있었는지 아는 게 분명해요.」

「우리는 그걸 알아내려 해요.」

「밤에 짖지 않는 그 개의 수수께끼를.」 준이 말했다.

나는 그녀를 쳐다보았다. 「나는 당신과 내가 공식적으로 만나서는 안 된다고 생각했어요.」

「원래부터 우리는 오늘 만날 예정이었어요. 나는 모리스의 이야기를 뒷받침하게 되어 있었거든요.」

줄리가 덧붙였다. 「내가 미친 여자 역할을 다시 한 번 한 후에요.」

「하지만 그는…….」

「우리를 당황스럽게 하는 게 그거예요. 문제는 그가 다음 장에 대해 얘기를 하지 않았다는 거예요. 당신이 정신 분열증의 진상을 꿰뚫어 보았을 때 우리가 어떤 존재가 되어야 하는지요.」

준이 말했다. 「그래서 우리는 우리 자신이 되기로 결정했어요. 그런 다음 어떻게 되나 보는 거죠.」

「이제 당신들이 아는 모든 것을 내게 말해 줘야 해요.」

줄리가 준을 건조한 표정으로 쳐다보았다. 준은 놀란 듯한 표정을 살짝 흉내 내기 시작했다.

「설마 내가 〈군더더기〉는 아니겠지?」

「가서 그렇게 괴상하게 살갗 태운 거나 어떻게 해보는 게 어때. 점심때면 그런대로 볼만해질 수도 있어.」

준은 다리를 뒤로 빼고 살짝 몸을 숙여 절을 한 후 가서 바구니를 집어 들었다. 하지만 다시 돌아오더니 그녀는 경고하듯 손가락 하나를 치켜들었다. 「나는 나와 관계되는 모든 이야기를 듣고 싶을 거야.」

나는 준이 딴 곳으로 가는 동안 미소를 짓고 있다가, 줄리가 눈을 부릅뜬 채 차갑게 바라보고 있는 것을 뒤늦게 깨달았다.

「너무 어두웠어요. 같은 옷 때문에, 나는…….」

「나는 저 애에게 무척 화가 나 있어요. 그것 말고도 사태는 무척 복잡해요.」

「그녀는 당신과는 무척 달라요.」

「그렇게 되도록 얼마간 노력했죠.」 하지만 곧 그녀의 목소리는 좀 더 부드럽고 솔직해졌다. 「사실 우리는 무척 가까워요.」

나는 그녀의 손을 잡았다. 「나는 당신이 더 좋아요.」

그녀는 손을 빼지는 않았지만 자기를 가까이 당기지는 못하게 했다. 「절벽에서 어떤 장소를 발견했어요. 최소한 우리가 사람들의 시선을 피해 얘기를 할 수 있는 곳요.」

우리는 나무들 사이를 지나 동쪽으로 갔다.

「정말로 화가 난 건 아니죠?」

「그 애와 키스하는 게 좋았나요?」

「순전히 당신인 줄 알았기 때문이에요.」

「얼마나 계속되었죠?」

「몇 초 동안.」

그녀는 내 손을 홱 잡아당겼다. 「거짓말쟁이.」

하지만 그녀의 얼굴은 미소를 감추고 있었다. 그녀는 앞장서서 걸으며 튀어나온 바위 하나를 돌고 소나무 한 그루를 지나서는 가파른 비탈을 내려가 절벽 가장자리로 갔다. 돌출된 바위는 우리 뒤쪽에 있는 감시의 눈길로부터 우리를 가려 주는 자연적인 벽 역할을 했다. 또 다른 바구니가 바람에 굽은 나무의 엷은 그늘 속에 펼쳐 놓은 진한 초록색 깔개 위에 놓여 있었다. 나는 주위를 둘러본 후 줄리를 팔에 안았다. 그녀는 이번에는 내가 키스하는 것을 허락했지만 잠시 후 고개를 돌렸다.

「어젯밤에는 무척 오고 싶었어요.」

「끔찍했어요.」

「그 애가 당신을 만나게 할 수밖에 없었어요.」 그녀는 약간 화를 냈다. 「그 애는 다른 무엇보다, 신 나는 일은 내가 독차지하고 있다며 불평하고 있어요.」

「상관없어요. 이제 우리는 하루 종일 같이 있을 수 있어요.」

그녀는 내 축축한 셔츠 위로 어깨에 키스를 했다. 「우리는 얘기를 할 필요가 있어요.」

그녀는 굽이 평평한 신발을 벗고, 다리를 옆으로 가지런히 모아 깔개 위에 앉았다. 연한 파란색 스타킹은 맨무릎 바로 아래까지 올라왔다. 드레스는 정말 하얬지만 작은 장미 무늬가 조밀한 형태로 두껍게 박음질이 되어 있었다. 그리고 두 개의 젖가슴이 각각 봉긋 솟아오르기 시작하는 곳까지, 목 주위가 깊게 패어 있었다. 그 옷은 그녀에게 여학생 같은 관능적인 순수함을 부여했다. 그녀가 해변에서 〈릴리〉였던 때처럼 햇빛과 바람은 그녀의 등 위로 흘러내린 머리칼 끝을 간질이고 있었다. 하지만 릴리의 모습은 돌 사이로 물이 새 나가듯 모두 빠져나간 상태였다. 나는 그녀 옆에 앉았다. 그녀는 딴 데로 가 바구니를 집었다. 옷감이 젖가슴과 작은 허리를 바짝 죄었다. 그녀가 다시 내 쪽을 향하면서 우리의 시선이 마주쳤다. 끝이 살짝 처진, 회색의 예쁜 히아신스 같은 눈이 잠시 내 눈에 머물렀다.

「계속해요. 뭐든 물어봐요.」

「케임브리지에서는 뭘 공부했죠?」

「고전요.」 그녀는 내가 놀라는 것을 보았다. 「아버지의 전공이었죠. 당신과 마찬가지로 학교 선생님이었어요.」

「지금은요?」

「전쟁 중에 돌아가셨어요. 인도에서.」

「준도 같은 공부를 했나요?」

그녀는 미소를 지었다. 「나는 희생양이었어요. 그 애는 자기가 하고 싶은 건 뭐든 할 수 있었어요. 그 애는 현대 언어를 전공했죠.」

「언제 졸업했죠?」

「작년에요.」 그녀는 뭐라고 더 말하려는 듯하더니 마음을 바꾸고 바구니를 우리 사이에 놓았다. 「가져올 수 있는 건 다 가져왔어요. 사람들이 내가 하는 행동을 볼까 봐 너무도 겁이 나요.」 나는 주위를 둘러보았지만 자연적인 벽이 우리를 완벽히 보호해 주고 있었다. 그 위에 있는 사람만이 우리를 관찰할 수 있을 터였다. 그녀는 책을 한 권 꺼냈다. 옆쪽에 초록색 대리석 무늬가 있고, 검은색으로 반(半)가죽 장정된, 닳아 해진 작은 책이었다. 나는 제목이 있는 페이지를 보았다. 〈퀸투스 호라티우스 플라쿠스, 파리시이스.〉

「디도 형제 중 형이죠.」

「그게 누구죠?」 나는 1800년이라는 발행 연도를 보았다.

「프랑스의 유명한 인쇄업자예요.」

그녀는 면지를 다시 보게 했다. 거기에는 아주 단정한 글씨로 쓴 제명이 있었다. 〈4학년 B반 《백치들》로부터, 사랑하는 줄리아 홈스 선생님께.〉 그 밑에는 열댓 명가량의 서명이 있었다. 〈페니 오브라이언, 수전 스미스, 수전 모브레이, 제인 윌링스, 리 글룩스타인, 진 앤 모팻…….〉

「이건 어디서였죠?」

「우선 이것들을 봐요.」

예닐곱 통 정도 되는 편지 봉투였다. 세 통의 수신인은 〈그리스, 프락소스, 부라니 곶, 모리스 콘키스 씨 댁, 줄리아 홈스 양과 준 홈스 양〉으로 되어 있었다. 영국 소인이 찍혀 있었는데 최근 날짜였고, 모두 다 도싯에서 온 것이었다.

「하나를 읽어 봐요.」

나는 제일 위에 있는 봉투에서 편지를 꺼냈다. 〈도싯, 세르네 아바스, 앤스티 오두막〉이라는 말이 종이 윗부분에 인쇄되어 있었다. 편지는 급하게 휘갈겨 쓴 글씨로 시작되었다.

사랑하는 애들아, 나는 쇼를 위한 그 모든 쓸데없는 일들로 정신없이 바빴단다. 게다가 아닐드 씨가 와서는 가능한 한 빨리 그림을 완성하라고 하고 있다. 그리고 또 누가 있는지 짐작하겠니? 로저가 전화를 했어. 지금 그는 보빙

턴에 머물고 있는데, 주말에 볼 수 있는지 묻더구나. 너희가 외국에 있다는 얘길 듣고 몹시 실망했어. 소식을 듣지 못했다는구나. 그는 훨씬 더 괜찮아진 것 같아. 그다지 젠체하지 않아. 그리고 어떤 대위! 그자를 어떻게 해야 할지 몰라 드레이턴 씨네 딸과 남동생을 저녁 식사에 초대했단다. 그런대로 괜찮게 된 것 같아. 빌리는 너무도 살이 찌고 있는데, 늙은 톰 얘기로는 마리화나 때문이라고 하는구나. 그래서 드레이턴 씨네 딸에게 그를 승마에 한두 번 데리고 갈 수 있는지 물었다. 너희는 상관하지 않을 줄 안다…….

나는 마지막 부분을 보았다. 〈엄마〉라는 단어가 서명되어 있었다. 내가 눈을 들자, 그녀가 얼굴을 찡그렸다. 「미안해요.」

그녀는 다른 편지 세 통을 내게 건네주었다. 하나는 예전의 동료 교사가 보낸 것이 분명했으며 사람들과 학교 활동에 대한 소식이 적혀 있었다. 다른 하나는 클레어라고 서명을 한 친구가 보낸 것이었다. 마지막 하나는 런던의 한 은행에서 준에게 보낸 것으로, 5월 31일부로 〈송금한 1백 파운드〉가 수령되었다는 사실을 알려 주는 것이었다. 나는 런던 NW3, 잉글랜스 가, 바클레이스 은행이라는 주소를 암기했다. 매니저의 이름은 P. J. 펀이었다.

「그리고 이것.」

그것은 그녀의 여권이었다. J. N. 홈스 양.

「N?」

「닐슨. 어머니 쪽 성이죠.」

사진 맞은편에 있는 기재 사항을 보았다. 직업: 교사. 생년월일: 1929년 1월 16일. 출생지: 윈체스터.

「아버지가 가르치시던 곳이 윈체스터인가요?」

「그곳에서 상급반 고전 교사셨어요.」

거주국: 영국. 신장: 172.7센티미터. 눈동자 색: 회색. 머리칼: 금발. 특징: 왼쪽 손목에 흉터(쌍둥이 자매). 맨 밑에는 단정한 이탤릭체로 서명된 그녀의 이름이 있었다. 나는 비자 페이지를 넘겨 보았다. 그 전해 여름에 프랑스에 두 차례, 이탈리아에 한 차례 여행한 것으로 되어 있었다. 그리스 입국 비자는 4월에 만들어진 것이었다. 입국 스탬프는 5월 2일, 아테네로 되어 있었다. 그 전해에 관한 것은 전혀 없었다. 나는 5월 2일을 떠올려 보았다. 이 모든 것이 그 순간에도 준비되고 있었으리라.

「어느 칼리지에 다녔죠?」

「거턴.」[100]

「그럼 웨인라이트 선생님을 알겠군요. 웨인라이트 박사님이요.」

「거턴에 그런 분이 계셨다고요?」

「초서 전문가로 랭글런드[101]도 잘 알고 있었죠.」 그녀는 나를 노려보다가 고개를 내린 다음 잠시 후 살짝 미소를 지으며 다시 고개를 들었다. 그녀는 넘어가지 않았다. 「미안해요. 좋아요. 당신은 거턴에 다녔어요. 그런 다음 교사 일을 했다고요?」

그녀는 런던 북부의 유명한 여학생 초등학교 이름을 댔다.

「별로 그럴듯하지 않아요.」

「왜죠?」

「보수가 충분하지 않잖아요.」

---

100 케임브리지에서 최초로 여학생을 위해 설립된 칼리지.

101 William Langland(1332~1400). 영국의 시인. 우의시(寓意詩) 「농부 피어스의 환상」에서 농부 피어스가 꾼 꿈을 통해 중세적 신비 사상과 통렬한 사회 풍자를 담았다.

「나는 보수 같은 건 원하지 않았어요. 나는 런던에 있고 싶었어요.」그녀는 치마를 잡았다.「일부러 이렇게 살려고 했던 건 아니에요.」

「왜 런던에 있고 싶어 했죠?」

「준과 나는 케임브리지에서 아주 많은 공연을 했어요. 우리는 직업이 있었지만⋯⋯.」

「그녀의 직업은 뭐였죠?」

「그 애는 광고 일을 했어요. 광고 문안 작성요. 내가 별로 좋아하지 않는 세계죠. 어쨌든 나는 그곳에서 일하는 남자들을 좋아하지 않았죠.」

「내가 말을 막았군요.」

「그냥 우리 둘 다 우리가 하던 일을 별로 좋아하지 않았다는 얘기를 하려 했어요. 우리는 타비스톡 렙이라는 런던의 아마추어 극단과 일을 같이 하게 되었죠. 캐넌버리에 소극장을 하나 갖고 있죠, 아마?」

「들어 본 적은 있어요.」

나는 팔꿈치를 괴고 뒤로 기댔고, 그녀는 팔을 짚고 앉았다. 그녀 뒤로 짙푸른 바다가 담청색 하늘과 하나가 되어 있었다. 미풍이 우리 위쪽 소나무 가지들 사이로 불며 살갗을 따스한 물결처럼 감쌌다. 나는 그녀의 새로운, 진정한 자아를 발견했고 표정에서 단순함과 진지함을 보았는데, 그것들은 지난번에 본 것보다 훨씬 더 기분 좋은 것들이었다. 나는 그사이 부족했던 것이 그녀가 보통 사람이며 접근할 수 있는 대상이라는 느낌이었다는 것을 깨달았다.

「작년 11월에 그들은 〈리시스트라타〉[102]를 공연했죠.」

「먼저 가르치는 것이 왜 행복하지 않았는지 애기해 줘요.」

102 기원전 410년에 쓰인 아리스토파네스의 희극.

「당신은 행복한가요?」

「아뇨. 아니, 당신을 만나기까지는요.」

「그냥……. 가르치는 것을 좋아하지 않는 것 같아요. 다소 점잖은 모습을 유지해야 하지 않나요?」

나는 미소를 지으며 고개를 끄덕였다. 「〈리시스트라타〉 얘기를 해봐요.」

「당신도 읽어 봤을 것 같은데. 아닌가요? 어쨌든, 토니 힐이라는 꽤 똑똑한 연출가가 준과 나에게 중심적인 역할을 맡겼죠. 나는 무대 앞에 서서 대사를 말했고 — 어떤 것은 그리스어로요 — 준은 마임으로 연기를 했죠. 몇몇 신문에 기사가 나고, 진짜 연극 관계자들이 많이 보러 왔죠. 하지만 연출을 보러요, 우리가 아니라.」

그녀는 바구니로 손을 뻗어 담배 한 갑을 꺼냈다. 나는 담배 두 대를 붙였고, 그녀는 말을 이었다.

「공연이 끝나 갈 무렵 어느 날 웬 남자가 무대 뒤로 와, 자신은 연극 에이전트인데 우리를 만나고 싶어 하는 사람이 있다고 했어요. 영화 제작자라고 했어요.」 내가 눈썹을 치켜세우자 그녀는 미소를 지었다. 「맞아요. 그런데 그가 그 사람이 누군지에 대해 무척이나 비밀스러워하기에 말로 하기에는 너무 어색하고 노골적인 용무로 찾아온 게 아닌가 생각했죠. 하지만 이틀 뒤 우리 둘은 엄청나게 큰 화환과 함께, 클라리지에서 점심 식사를 같이 하자는 초대장을 받았죠. 초대장에 서명을 한 사람은…….」

「얘기하지 않아도 돼요, 짐작할 수 있으니까.」

그녀는 무덤덤하게 고개를 숙였다. 「우리는 그것에 대해 얘기를 나눈 다음 — 정말로 그냥 재미삼아 — 갔죠.」 그녀는 잠시 말을 멈췄다. 「그는 우리를 압도했던 것 같아요. 우리는 우리를 초대한 사람이 할리우드의 사기꾼 같은 끔찍한 인간일 거라고 확신했죠. 그런데 그렇지 않았어요……. 그는 무척 열린 사람처럼 보였어요. 그리고 아주 돈이 많은 듯 보였죠. 유럽 전역에 사업체가 있다고 했어요. 주소지가 스위스로 되어 있는 명함을 주었는데, 주로 프랑스와 그리스에 살고 있다고 했어요. 그는 부라니와 섬에 대해서도 얘기를 했어요. 이곳에 있는 모든 것에 대해. 있는 그대로.」

「자신의 과거에 대해서는 얘기하지 않았나요?」

「우리는 어떻게 그렇게 영어를 잘하느냐고 물어보았어요. 그는 젊었을 때 의사가 되려 했고 런던에서 의학을 공부했다고 말했어요.」 그녀는 어깨를 으쓱했다. 「그때 그가 얘기한 많은 것들이 엉터리라는 것을 알고 있지만 그가 말한 이야기의 조각들을 맞추어 보면 ─ 그는 젊은 날의 많은 시간을 영국에서 보냈고, 영국에서 기숙 학교에도 다닌 것 같아요 ─ 과거 영국의 사립 학교 체계에 대해 무척 냉소적이었던 것 같아요. 그는 그 얘기를 진심으로 하는 것 같았어요.」 그녀는 담배를 껐다. 「그는 인생의 어느 시기에 돈에 대해 반기를 든 게 틀림없어요. 자기 아버지에 대해서도요.」

「그 사실은 발견하지 못했나요, 그러니까……?」

「바로 첫 번째 만남에서요. 우리는 정중하게 물었죠. 그가 한 말을 정확히 기억해요. 〈내 아버지는 가장 따분한 인간이었소. 구멍가게 주인의 마음을 지닌 백만장자였지.〉 그걸로 다였죠. 그 이상은 알아낼 수가 없었어요. 모리스 자신이 알렉산드리아에서 태어났으며 그곳에 부유한 그리스인 구역이 있다는 것 외에는.」

「되캉의 이야기와는 정반대의 어떤 것이군요?」

「그것은 모리스 자신이 어느 시점에 겪은 유혹이었을 수도 있을 것 같아요. 물려받은 재산을 그런 식으로 사용할 수도 있었다는.」

「나도 그렇게 생각했어요. 그건 그렇고 당신은 클라리지에서의 이야기를 끝내지 않았어요.」

「그곳에서의 일이 이 모든 것을 설명해 주죠. 그는 자신을 문화적인 코즈모폴리턴으로 보이게 하려고 노심초사했어요. 그저 백만장자가 아니라. 그는 우리에게 케임브리지에서 무슨 공부를 했는지 물었어요. 물론 그렇게 해서 그는 자신의 독서에 대해 과시할 수 있었죠. 그런 다음 현대 연극에 대해 얘기를 했는데, 아주 정통한 것 같았어요. 유럽의 나머지 지역에서 일어나고 있는 일들에 대해서도요. 그는 파리의 한 실험적인 작은 극단을 지원하고 있다고 했어요.」 그녀는 숨을 들이쉬었다. 「어쨌든. 그가 문화적 소양이 있는 사람이라는 사실은 완전히 입증이 되었죠. 사실 입증 정도가 아니어서 우리는 우리가 왜 거기 있는지 궁금해지기 시작했어요. 결국 준이 여느 때처럼 단도직입적으로 물었죠. 그러자 그는 자기가 레바논에 있는 영화사의 대주주라고 했어요.」 그녀는 회색 눈을 활짝 뜨고 나를 쳐다보았다. 「그런 다음 바로, 느닷없이…….」 그녀는 말을 멈췄다. 「이번 여름에 만들 영화에 우리를 주연으로 출연시키고 싶다고 했어요.」

「하지만 당신들은…….」

「하마터면 우리는 깔깔 웃을 뻔했어요. 우리는 그가 진짜로는 다른 어떤 것을 제시하고 있다는 것을 알았죠. 그건 처음부터 의심했던 거예요. 그런데 그때 그가 조건에 대해 얘기를 했어요.」 그녀는 여전히 놀란 듯한 표정을 지어 보였다. 「우리가 계약서에 서명을 하면 각각 1천 파운드를 주고, 영화를 끝냈을 때 1천 파운드를 더 준다는 거였어요. 거기다가 매월 경비로 각각 1백 파운드씩 주고요. 그런데 우리는 사실상 돈이 거의 없었죠.」

「맙소사. 그래서 실제로 얼마라도 받았나요?」

「계약금과 경비······ 그리고 그 편지.」그녀는 내가 자신을 돈을 보고 일하는 사람으로 생각하는 게 틀림없다는 듯 고개를 떨어뜨리며 깔개의 보풀을 쓰다듬었다.「그건 우리가 이곳에서 떠나지 못하고 있는 한 가지 중요한 이유예요, 니컬러스. 너무도 터무니없지만 우리는 돈을 벌기 위해 한 일이 거의 없어요.」

「영화는 뭐에 관한 것이었죠?」

「이곳 그리스에서 찍을 예정이었죠. 곧 설명해 줄게요.」그녀는 애매한 표정을 지었다.「우리가 순진하기 짝이 없었다고 생각해서는 안 돼요. 우리는 그 즉시 좋다고 하지 않았어요. 오히려 그 반대였죠. 그런데 그는 너무도 능숙했어요. 거의 아버지 같았죠. 물론 우리는 그 즉시 결정을 할 수 없었고, 문의를 하고 에이전트와 상의를 하고 싶어 했죠. 당시 에이전트가 없긴 했지만요.」

「계속해요.」

「우리는 생각해 보겠다고 하고 그가 보낸 차 — 빌린 롤스로이스였어요 — 로 집으로 돌아갔죠. 벨사이즈 파크에 있는, 감옥 같은 꼭대기 아파트였죠. 우리는 두 명의 신데렐라 같았어요. 그는 너무도 영리했고, 미심쩍은 압력을 행사한 적이 없어요. 우리는 그를 두세 번 더 만났어요. 그는 우리를 연극, 오페라 등에 데리고 갔어요. 그리고 우리 둘 중 한 명만 데리고 다닌 적은 없었어요. 나는 너무도 많은 이야기를 빼먹고 있어요. 하지만 당신은 누군가를 매혹하려 할 때 그가 어떤 모습을 보일 수 있는지 알 거예요. 인생이 무엇인지 아는 사람이라는 느낌을 풍기면서 말이에요.」

「다른 사람들은 어떻게 생각했죠? 당신 친구들과 그 연출가는?」

「그들은 우리가 무척 조심해야 한다고 생각했어요. 우리는 에이전트를 직접 찾았죠. 그는 모리스나 베이루트에 있는 영화사에 대해 들어 본 적이 없었어요. 하지만 곧 영화사를 추적해 냈죠. 그 회사는 아랍권, 특히 이라크와 이집트 시장을 겨냥해 돈줄이 되는 영화를 만드는 데더군요. 모리스가 이미 얘기한 것처럼요. 그는 자신들이 유럽 시장에 진출하기를 원한다고 했어요. 우리 영화는 세금 문제로 레바논 기업으로부터 자금 지원을 받을 거라고 했어요.」

「영화사 이름이 뭐였죠?」

「폴리무스 영화사.」 그녀는 철자를 불러 주었다. 「영화사 명단에 올라 있어요. 업계 명부에. 아주 괜찮고 꽤 성공한 회사였어요. 우리 에이전트 말에 따르면요. 나중에 보게 된 계약서상에도 그렇게 되어 있었죠. 그리고 완전히 정상적이었어요.」

「그가 그 에이전트를 고용했을 수도 있잖아요?」

그녀는 숨을 내쉬었다. 「우리도 그 생각을 해보았죠. 하지만 그는 그럴 필요가 없었을 거예요. 돈이 많았으니까요. 돈은 은행에 있었죠. 돈은 거짓말을 하지 않잖아요. 그러니까, 우리는 그 일이 어느 정도 위험하다는 것을 깨달았어요. 만약 우리 중 하나만 그 일을 하게 된다면요. 하지만 우리는 둘이었죠.」 그녀는 눈썹 아래로 쓴웃음을 지으며 캐묻는 듯한 표정을 지었다. 「이 얘기를 조금이라도 믿나요?」

「믿지 않을 이유가 있나요?」

「설명을 썩 잘하고 있는 것 같지가 않아요.」

「잘하고 있어요.」

하지만 그녀는 그토록 남의 말을 쉽게 믿었다는 데 대해 내가 어떤 반응을 보이는지에 여전히 의심쩍어하면서 다시 한 번 나를 쳐다본 후 시선을 내렸다.

「다른 것도 있었어요. 그리스라는. 나는 고전을 전공했고,

늘 이곳에 오고 싶어 했죠. 그것 역시 그의 설득에 넘어간 이유 중 하나죠. 모리스는 계속해서 우리가 그리스의 모든 것을 보게 될 거라고 했어요. 그 점에서 그는 약속을 어기지 않았죠. 일이 이렇게 되긴 했지만 그것만 빼면 긴 휴일 하루 같았어요.」 다시 그녀는 자기들이 받는 보상이 내가 받는 보상보다 훨씬 더 큰 것을 알게 되어 거의 창피해하는 것 같았다. 「그는 멋진 요트를 갖고 있고, 우리는 그곳에서 공주들처럼 살고 있죠.」

「당신 어머니는요?」

「모리스는 어머니를 보고 싶어 했죠. 어머니가 우리를 보러 런던에 오면 만나겠다고 했어요. 실제로 그는 신사적인 매너로 어머니를 놀라게 했어요.」 그녀는 씁쓰레하게 씩 웃으며 말했다. 「그리고 돈으로요.」

「어머니는 무슨 일이 있었는지 알고 계시나요?」

「아직 리허설 중이라고 얘기했어요. 걱정을 끼치고 싶지 않아서요.」 그녀는 얼굴을 찌푸렸다. 「어머니는 쓸데없이 흥분을 잘해요.」

「그 영화는?」

「테오도리티스라는 작가가 쓴 그리스의 통속 이야기가 원작이죠. 그에 관한 들어 봤나요? 〈세 개의 심장〉은?」 나는 고개를 저었다. 「번역은 된 적이 없는 것 같아요. 1920년대 초에 쓰였죠. 영국인 여자 두 명에 관한 이야기인데, 아테네 주재 영국 대사의 딸들이죠. 하지만 원작에서는 쌍둥이가 아니에요. 그들은 제1차 세계 대전 중에 그리스의 한 섬으로 휴가를 가 ―」

「설마 그중 하나의 이름이 릴리 몽고메리는 아니겠죠?」

「아니에요. 하지만 기다려요. 이 섬이요. 그들은 여기서 그리스 작가를 만나죠. 그는 시인으로 결핵에 걸려 죽어 가고 있어요……. 그리고 자매와 차례로 사랑에 빠지고, 그들 역시 그를 사랑하게 되죠. 모두가 끔찍하게 비참해지면서 모든 것이 끝나요. 당신도 짐작할 수 있을 거예요. 하지만 실제로 그처럼 멍청하지는 않아요. 어떤 시대적인 매력이 있죠.」

「그 책을 읽어 봤나요?」

「읽을 수 있는 한에서는요. 아주 짧아요.」

나는 그리스어로 말했다. 「*Xerete kala ta nea ellenika*(현대 그리스어를 잘하나 보죠)?」

그녀는 나보다 훨씬 유창하고 발음도 나은 일상적인 그리스어로, 현대 그리스어를 조금 배우고 있다고 대답했다. 그리고 고대 그리스어는 사람들이 상상하는 것보다 도움이 되지 않는다고 했다. 그녀는 나를 가만히 바라보았다. 나는 경의의 표시로 이마를 만졌다.

「런던에서 모리스는 대본을 보여 주기도 했어요.」

「영어로 된?」

「그리스어와 영어로 된 두 가지 버전을 배급하고 싶다고 했어요. 두 언어로 더빙을 해서요.」 그녀는 어깨를 살짝 으쓱했다. 「영화로 만들기에 적합한 것처럼 보였어요. 실제로는 교활한 리허설에 지나지 않았지만.」

「하지만 어떻게…….」

「잠시만요. 증거가 더 있어요.」

그녀는 가방을 뒤진 후 우리가 마주 앉을 수 있도록 몸을 돌렸다. 그녀는 지갑을 찾아, 신문 스크랩 두 장을 꺼냈다. 한 장은 런던의 거리에 서 있는 두 자매의 사진이었다. 둘 다 코트 차림에 모직 모자를 쓰고 웃고 있었다. 나는 인쇄 형태를 통해 그 신문을 알 수 있었지만, 어쨌든 회색의 신문 기사 수집 대행사 꼬리표에 〈이브닝 스탠더드, 1953년 1월 8일〉이라는 글자가 적혀 있었다. 그 아래에 있는 기사는 다음과 같았다.

게다가 머리까지 좋은!

행운의 쌍둥이 자매, 준과 줄리(오른쪽) 홈스는 올 여름 그리스에서 촬영하는 영화에서 주연 배우로 출연할 것이다. 이들 자매는 모두 케임브리지에서 학위를 받았으며, 대학에서 많은 연기를 했고, 8개 국어를 구사한다. 미혼 남성들에게는 좋지 않은 소식이지만 둘은 아직 결혼할 생각이 없다고 한다.

「제목은 우리가 쓴 게 아니에요.」

「나도 그렇게 생각했어요.」

다른 한 장은 「시네마 트레이드 뉴스」에서 오려 낸 것이었다. 그것은 미국식으로 그녀가 내게 방금 한 얘기를 그대로 되풀이했다.

「아, 그리고 이건 내가 그 일을 할 때 찍은 거예요. 내 어머니예요.」 그녀는 지갑에서 스냅 사진 한 장을 꺼냈다. 솜털 같은 머리를 한 여자가 정원의 의자에 앉아 있고, 옆에는 다리가 짤막한 스패니얼 종 사냥개 한 마리가 있었다. 다른 사진도 한 장 보이기에 나는 그것도 보여 달라고 했다. 스포츠 셔츠 차림의 신경질적이고 지적으로 보이는 남자였다. 30대 초반으로 보였다.

「이분이……?」

「그래요.」 그녀가 덧붙였다. 「돌아가신 아버지예요.」

그녀는 사진을 받았다. 그녀의 얼굴이 굳어져 있어, 나는 재촉하지 않았다. 그녀가 재빨리 말을 이었다.

「물론 이제 우리는 그것이 모리스를 위한 완벽한 위장이었다는 것을 깨달았어요. 1914년의 교육을 잘 받은, 대사의 젊

은 딸들을 연기해야 한다면…… 그런 생각에 우리는 순진하
게 행실에 대한 교육을 받았어요. 옷 치수도 재고요. 릴리의
모든 의상은 런던에서 만들어졌죠. 그런 다음 우리는 출발했
어요. 모리스는 아테네에서 우리를 만나, 나머지 회사 사람
들은 2주 후에나 모인다고 했어요. 미리 알려 주었던 일이라
놀라지는 않았어요. 그는 우리를 크루즈 여행에 데리고 갔어
요. 로도스 섬, 크레타 섬, 아레투사 섬을 돌았죠. 그의 요트
로요.」

「그 요트를 이곳으로 가지고 오지는 않죠?」

「보통은 나브플리온에 있죠.」

「아테네에서는 그의 집에서 지냈나요?」

「아테네에는 집이 없는 것 같았어요. 그렇게 말했어요. 우
린 그랑드 브르타뉴 호텔에서 머물렀어요.」

「사무실은 없었나요?」

「알아요, 무슨 말인지.」 그녀는 스스로를 책망하듯 입을 비
틀었다. 「하지만 현지 촬영만 이곳에서 할 거라는 애기를 들었
죠. 실내 장면은 베이루트에서 찍고요. 그는 세트 디자인을 보
여 주었어요.」 그녀는 잠시 머뭇거렸다. 「그건 우리에게 새로운
세계였어요, 니컬러스. 우리는 무척 미숙했고, 흥분해 있었죠.
그리고 그는 두 사람을 소개해 주었어요. 시인 역할을 할 그리
스인 배우와, 역시 그리스인인 감독이었죠. 다 같이 저녁 식사
를 했는데…… 사실 두 사람 다 꽤 마음에 들었어요. 영화에 대
한 이야기를 많이 했죠.」

「그들에 대해서는 조사를 하지 않았나요?」

「우리는 아테네에 이틀 밤 정도 있었고, 그런 다음 모리스
와 함께 요트로 떠났어요. 그들은 이곳으로 곧장 올 거라고
했어요.」

「하지만 오지 않았죠?」

「다시는 못 봤어요.」 그녀는 치맛단에서 풀린 올을 하나 뽑았다. 「사실 우리는 홍보가 전혀 없는 것에 대해 이상하게 생각했죠. 하지만 거기에도 이유가 있었어요. 이곳에서는 영화를 만들고 있다고 하면 일자리를 찾는 수백 명의 엑스트라가 나타나는 것 같아요.」

어찌어찌해서 나는 그것이 사실이라는 것을 알고 있었다. 약 석 달 전 그리스의 한 영화 제작진이 히드라 섬에서 작업을 했는데, 학교에서 일하는 사람 두 명이 일자리를 얻을 수 있으리라는 희망에 달아나 버렸던 것이다. 그것은 이틀 정도 작은 소문거리가 되었다. 나는 그 이야기는 하지 않았지만, 그 사실을 몰래 알고 있다는 것에 미소를 지었다.

「그렇게 해서 이 섬으로 왔군요.」

「멋진 크루즈 여행 후에요. 하지만 그때부터 미친 짓이 시작되었죠. 48시간도 안 되어서요. 이미 우리는 모리스가 어딘지 변했다는 것을 깨달았어요. 요트 여행 덕분에 우리는 아주 많은 점에서 그와 가까워졌다고 느꼈어요……. 우리 둘 다 1943년 이후로 아버지 같은 사람을 그리워했던 것 같아요. 그는 그런 사람일 수는 없었지만 멋진 삼촌을 찾아낸 것과 약간 비슷했어요. 그와 그토록 많은 시간을 보내며 그를 믿을 수 있다는 것을 알게 되었죠. 그리고 우리는 멋진 밤들을 보냈어요. 토론도 아주 많이 했어요. 인생, 사랑, 문학, 연극 등 모든 것에 대해. 하지만 그의 과거에 대해 알아내려 하면 일종의 커튼 같은 것이 쳐졌어요. 어떤 식인지는 당신도 알 거예요. 돌이켜 볼 때에만 알 수 있는 것들이 있잖아요. 어떻게 표현하면 좋을지 모르겠어요. 보트에서는 모든 것이 너무도 품위 있었어요. 그런데 갑자기 이곳에서는 그가 우리를 소유한 것처럼 되었어요. 우리는 어떻게 해서 더 이상 그의 손님이 아니게 되었죠.」

노인과 관련된 뭔가를 좋아하는 것을 내가 비난할 것이 틀림없다고 생각하는 듯 다시 그녀는 내 눈을 살폈다. 그녀는 팔꿈치에 기대어 누워 있었고, 목소리는 낮아져 있었다. 이따금 미풍에 뺨을 가리는 머리를 뒤쪽으로 넘겼다.

「어떤 느낌인지 알아요.」

「맨 처음에…… 우리는 마을에 가보고 싶었죠. 하지만 그는 안 된다고 했어요. 가능한 한 조용히 영화를 찍고 싶다며. 하지만 모든 게 지나치게 조용했어요. 이곳에는 다른 사람들도 없었고, 발전기나 조명기, 영화 촬영용 아크등 등 영화 촬영에 필요한 것이 하나도 보이지 않았죠. 제작진도 없었고요. 그리고 모리스가 우리를 감시한다는 느낌이 들었어요. 그가 미소를 지을 때도 어딘지 이상했어요. 마치 우리가 모르는 걸 알고 있는 것 같았죠. 그리고 그는 더 이상 그것을 숨길 필요가 없었어요.」

「그건 정확히 알 수 있어요.」

「이곳에 온 지 이틀째 되는 날 오후였어요. 준이 ─ 나는 자고 있었죠 ─ 산책을 하려고 정문까지 갔는데, 갑자기 그 말없는 흑인이 ─ 우리는 그전에 그를 본 적이 없었어요 ─ 길을 가로막고 그 애를 멈춰 세웠어요. 그는 그 애가 지나가지 못하게 했고, 대답도 하지 않았어요. 물론 준은 몸이 얼어붙었죠. 그래서 바로 돌아왔고, 우리는 모리스에게 갔어요.」 그녀는 잠시 내 눈을 쳐다보았다. 「그러자 모리스가 말했어요.」 그녀는 깔개를 내려다보았다. 「아주 솔직하지는 않게요. 그는 우리를…… 분명하게 파악했어요. 그는 우리에게 일종의 교리 문답을 시켰어요. 자기가 적절치 못하게 행동했거나, 계약서에 명시된 금전적인 조항을 지키지 않은 적이 있냐며 따졌죠. 그리고 크루즈에서 우리가 구축한 관계에 대해서도 얘기를 했어요. 그런 다음 털어놓았어요. 자신은 영화

와 관련해서는 우리에게 거짓말을 했지만 완전히 그런 것은
아니라고요. 그는 숙련되고, 아주 지적인 — 그가 사용한 형
용사들이에요 — 젊은 여배우 둘의 봉사가 필요하다고 했어
요. 제발 그의 말을 들어 달라고 했어요. 맹세하건대, 그런 다
음 우리가 확신이 없을 경우에는…….」

「갈 수 있다고요.」

그녀는 고개를 끄덕였다. 「그래서 우리는 그의 얘기를 듣
는 잘못을 저질렀죠. 결국 몇 시간이나 얘기가 이어졌어요.
요지는 그가 진정으로 영화에 관심이 있지만 — 실제로 그
는 레바논에 영화사를 갖고 있어요 — 사실은 의사라는 거
였죠. 그리고 그의 분야는 정신 의학이라고 했어요. 심지어
는 융 밑에서 공부를 했다는 얘기도 했죠.」

「나도 그 얘기를 들었어요.」

「나는 융에 대해서는 아는 게 거의 없어요. 당신 생각에
는……?」

「그 이야기를 들었을 때는 믿지 않을 수 없었어요.」

「우리도 마찬가지였어요. 결국에는 다소 우리의 의지에 반
하게 일이 흘러갔죠. 하지만 그날. 그는 반은 예술이고 반은
과학인 새로운 세계를 향해 자신이 최전선을 넘는 것을 도와
달라는 얘기를 했어요. 독창적인 심리학적, 철학적 모험이라
면서요. 인간의 무의식으로의 놀라운 여행이 될 수도 있다고
했어요. 그 모두가 그가 한 말들이에요. 물론 우리는 그 근사
한 말들 뒤에 무엇이 있는지 알고 싶어 했죠. 그때 그가 처음
으로 당신 얘기를 했어요. 우리 둘이 〈세 개의 심장〉 원작에
나오는 인물들과 비슷한 역을 하는 어떤 상황을 무대에 올리
고 싶다고 하더군요. 그리고 당신은 깨닫지 못하는 상태에서
그리스 시인 역할을 할 거라고요.」

「하지만 맙소사, 당신들은…….」

그녀는 말로는 표현할 수 없는 듯 잠시 고개를 기울여 딴 데를 쳐다보았다. 「니컬러스, 우리는 아연했어요. 하지만 어떤 점에서는…… 모르겠어요, 어떤 식으로든 그것은 늘 있었어요. 진짜 연극인들은 무대 밖에서는 보통 다소 멍청하고 피상적이죠. 그런데 모리스는…… 준이 모욕감에 대해 무슨 말을 한 기억이 나요. 아무리 돈이 많다고 해도 어떻게 감히 사람을 살 수 있다고 생각할 수 있냐고요. 아픈 곳을 찔린 듯한 그의 모습을 본 것은 그때가 거의 처음이었어요. 상처받은 듯했죠. 그는 돈에 대해 자신이 늘 느낀 죄의식에 대해 긴 연설을 했고, 이번만은 그것이 진심이라는 것을 알 수 있었어요. 그리고 자신의 유일하게 진정한 열정은 앎과, 인간의 지식을 확장하는 데 있다고 했어요. 자신의 한 가지 꿈은 오랫동안 간직해 온 이론을 실현하는 것인데, 그것은 이기적인 것은 아니며 단지 이상한 변덕에 가까운 것이라는 얘기도 했죠…… 솔직함에서만큼은 그는 정말로 꽤나 인상적이었어요. 결국 준은 입을 다물 수밖에 없었죠.」

「그 이론이 뭔지는 물었겠죠.」

「여러 번요. 하지만 그는 계속 같은 얘기를 했어요. 우리가 알 경우 그 실험의 순수성을 오염시키게 될 거라고요. 다시 그의 말들이 쏟아졌어요. 그 후로 그는 더 많은 추론적인 이야기를 했죠. 어떤 점에서 그것은 스타니슬랍스키 메소드[103]의 환상적 확장 같은 것이 될 것이었어요. 실재보다 더 실재적인 실재를 즉석에서 만드는 것이죠. 하나의 신비한 목소리

---

103 제정 러시아의 연출가 스타니슬랍스키가 확립한 연극 이론으로 그는 무대에서 나타나는 극중 배역의 심리와 행동은 극에서 드러나지 않는 과거나 감춰진 의도까지 포함해야 하기 때문에 배우가 직감, 상상력, 체험 등 자신이 가진 모든 것을 동원해 배역과 동일화하여 내면 연기를 해야 한다고 주장했다.

를, 그리고 여러 개의 목소리를 따라 대안적 가능성들의 숲
을 지나가는 사람처럼 되는 거예요. 자신이 누구인지도 모르
는 상태에서요…… 그들이 우리이니까요…… 그들의 대안이
정말로 의미하는 것이 우리이니까요. 그것과 병행적인 또 다
른 것이 연극이었죠, 하지만 작가나 청중이 없는. 배우들만
있는.」

「그리고 결국에는…… 그때면 우리는 얘기를 들을 수 있는
건가요?」

「그는 처음부터 그러마고 약속했어요.」

「나도 마찬가지인가요?」

「그는 당신이 정말로 어떻게 느끼고 생각하는지 무척 알고
싶어 하는 게 분명해요. 당신이 그 모든 것의 중심에 있으니
까요. 대장 기니피그이시잖아요.」

「그날 그가 당신들의 마음을 사로잡은 게 분명하군요.」

「우리 둘은 그 문제를 놓고 밤새 얘기를 했죠. 한 순간에는
하겠다고 했다가 다음 순간에는 하지 않겠다고 했죠. 결국
준이 약간의 테스트를 하기로 결정을 내렸어요. 이튿날 아침
우리는 아래로 내려가 가능한 한 빨리 집으로 가고 싶다고
했죠. 그는 계속해서 따지고 들었지만 우리는 물러서지 않았
어요. 결국 그는 좋다고 말하며, 나브플리온에 있는 요트를
오게 해 우리를 아테네로 데려가게 하겠다고 했죠. 하지만
우리는 그건 안 된다고 했어요. 오늘, 지금 당장 가겠다고요.
아테네로 가는 증기선을 탈 거라고 했죠.」

「그러자 당신들을 가게 하던가요?」

「우리는 짐을 쌌고, 그는 우리와 우리 짐을 보트에 태워 섬
을 돌았어요. 그는 완전히 침묵했어요. 한마디도 하지 않았
죠. 우리가 생각할 수 있었던 것은 햇빛과, 우리 주위에 있는
모든 것을 잃는다는 것뿐이었죠. 그리고 끔찍한 런던에 대한

생각도 났어요. 증기선에서 90미터밖에 떨어지지 않은 곳에
이르렀을 때였어요. 나는 준을 보았죠…….」

「무척 아쉬워하고 있었군요.」 그녀는 고개를 끄덕였다.
「그는 돈을 돌려받으려 했나요?」

「아뇨. 그건 또 다른 문제예요. 그리고 그는 무척 기뻐했
죠. 그는 우리를 전혀 비난하지 않았어요.」 그녀는 한숨을 쉬
었다.「그는 자신의 선택이 옳았다는 것이 증명되었다고 했
어요.」

그 모든 얘기를 하는 동안 나는 과거에 대해, 내가 확실히
알고 있듯 콘키스가 그것이 무엇이든 간에 자신의 〈오랫동안
간직해 온 이론〉에 최소한 세 번의 여름을 바쳤다는 사실을
언급하기를 기다려 왔다. 하지만 나는 아무 말도 하지 않았
다. 어쩌면 줄리는 내가 계속 회의적이라는 것을 감지했는지
도 몰랐다.

「어젯밤의 그 이야기. 세이데바레에 관한. 그것이 일종의
단서인 것 같아요. 삶 속의 신비한 장소. 그 무엇도 당연하게
받아들이지 않는 것. 아무것도 확실하지 않은 세계. 그것이
그가 이곳에서 만들려고 하는 것이에요.」

「자신은 하느님으로 분한 상태로.」

「하지만 허영 때문은 아니에요. 지적 호기심 때문이지. 하
나의 가정으로. 우리가 어떻게 반응하는지 보기 위해. 그리
고 하나의 신이 아니라 여러 신이죠.」

「그는 계속해서 우연이 모든 것을 지배한다는 얘기를 하고
있어요. 하지만 뻔히 알면서 우연으로서의 하느님 행세를 할
수는 없잖아요.」

「그는 우리가 그것을 깨닫기를 원하는 것 같아요.」 그녀가
덧붙였다.「그는 그것에 대해 때로 농담을 하기까지 해요. 당
신이 나타난 이후로 우리는 그를 훨씬 덜 보게 되었어요. 거

의, 일어나고 있는 일과 관련해서만 보게 되죠. 그는 틀어박힌 것 같아요. 그는 그 말을 해요. 우리가 하느님에게 질문하려고 해서는 안 된다고.」

나는 그녀의 숙인 머리와 몸의 선을 보았고, 친밀감을 느꼈다. 그리고 우연에 대한 나의 의혹에 대답하는 콘키스의 목소리가 들리는 것 같았다. 그렇다면 너는 왜 이 여자와 여기 있는 것인가? 혹은, 그녀와 여기 있는 한 그것이 문제가 되는 것인가?

「준의 얘기로는 그가 나에 대해 당신에게 묻는다고 해요.」

그녀의 시선이 잠시 하늘을 향했다. 「당신은 전혀 몰라요. 당신만이 아니에요. 내가 무엇을 느끼는지, 당신을 믿는지 안 믿는지…… 심지어는 모리스의 마음에서 무슨 일이 일어나고 있다고 내가 생각하는지까지 당신은 상상할 수 없어요.」

「내가 배우가 아니라는 건 분명했겠죠.」

「전혀 그렇지 않았어요. 나는 당신이 뛰어나다고 생각했어요. 연기 못하는 것처럼 연기하는.」 그녀는 몸을 돌려 배를 깔고 엎드리며, 머리를 내게로 향했다. 「우리는 그가 우리에게 처음 준 대사 — 우리가 당신을 속여 넘겨야 하는 — 가 눈가림이라는 것을 오래전에 깨달았죠. 대본에 따르면 우리는 당신을 속이게 되어 있죠. 하지만 그 속임수가 우리를 더욱더 기만하는 거죠.」

「그 대본이라는 건?」

「〈대본〉은 농담이에요. 그는 우리에게 언제 나타나고 사라져야 할지를 — 등장과 퇴장이라는 말로 — 대충 말해 줘요. 만들어 내야 하는 분위기도. 때로는 대사까지도.」

「지난밤의 그 신학적인 얘기도?」

「그래요. 그가 내게 그 말을 해달라고 했죠.」 그녀는 반은 사과를 하듯 약간 위쪽을 쳐다보았다. 「그리고 어쨌든 나는 그 얘기를 약간은 믿어요.」

「하지만 그렇지 않은 경우 즉흥 연기를 하는군요?」

「그는 줄곧 꼭 계획대로 되지 않는다 해도 상관없다고 말하고 있어요. 우리가 중심 틀을 유지하는 한에서는요.」 그녀는 말을 이었다. 「또한 그 모든 것은 역할극에 관한 것이에요. 사람들이 자신들이 이해할 수 없는 상황에서 어떻게 행동하는지에 관한. 내가 얘기한 적 있을 거예요. 그는 그것이 이 일의 일부라고 했어요.」

「한 가지는 확실하군요. 그는 우리가 자신이 우리 사이에 온갖 종류의 장애물을 설치하고 있다고 생각하기를 바라고 있어요. 그러면서 그 장애물을 파괴할 수 있는 이 모든 기회를 주죠.」

「처음에는 당신이 나를 사랑하게 하는 것에 대한 얘기는 전혀 없었죠. 아주 먼 과거인 1915년풍으로 접근하라는 말뿐이었어요. 그런데 둘째 주가 되었을 때 그는 나를 설득해 내가 1915년의 나의 가짜 자아와 1953년의 당신의 진짜 자아 사이에서 약간의 절충을 하게 했어요. 그러면서 당신이 내게 키스를 하고 싶어 할 경우 어떻게 하겠냐고 묻더군요.」 그녀는 어깨를 으쓱했다. 「무대에서 나는 남자들과 키스를 했어요. 결국 나는 절대적으로 필요하다면 하겠다고 했죠. 두 번째 일요일에는 결정을 못 했죠. 그래서 그렇게 끔찍한 연기를 했던 거예요.」

「그건 멋진 연기였어요.」

「처음으로 당신과 대화를 나눴을 때 무척 겁이 났어요. 진짜 무대에 섰을 때보다 훨씬 더요.」

「하지만 당신은 스스로를 강제해 내가 당신에게 키스를 하게 했어요.」

「단지 그래야 한다고 생각했기 때문이에요.」 나는 그녀의 굽힌 등의 오목한 곡선을 눈으로 좇았다. 그녀는 손으로 턱을 감싼 채 파란색 스타킹을 신은 한쪽 발을 뒤쪽으로 공중으로 쳐들며 내 눈을 피했다. 「그에게는 일종의 수학적인 명제인 것 같아요. 물론 우리는 모두 x이고, 그는 우리를 자신의 방정식 속 자신이 원하는 곳 어디든 집어넣을 수 있죠.」잠시 그녀는 아무 말이 없었다. 「아무래도 솔직하지 못하네요. 나는 당신에게 키스를 받는 것이 어떨지 알고 싶었어요.」

「적대적인 선전에도 불구하고.」

「그것은 그 일요일 오후까지는 시작되지 않았어요. 물론 그는 내가 감정적으로 당신과 연루되어서는 안 된다고 계속 말했지만요.」

그녀는 깔개를 쳐다보았다. 노란 나비 한 마리가 우리 위에서 맴돌다가 딴 곳으로 날아갔다.

「그 이유를 말해 주던가요?」

「어느 날 당신이 나를…… 싫어하도록 만들어야 할 수도 있다는 거였어요.」그녀는 아래를 내려다보았다. 「당신은 준에게 끌려야 하니까요. 그 우스꽝스러운 〈세 개의 심장〉으로 다시 돌아가는 거죠. 시인 역의 인물은 애정의 대상을 바꿨죠. 한 자매는 변덕스러웠고, 다른 자매는 실연한 그를 붙들었죠…….」그녀는 이렇게 덧붙였다. 「그는 상대를 계속해서 진이 빠질 정도로 몰아붙이죠. 우리 둘 모두를요. 마치 그토록 끔찍한 여우를 제공한 데 대해 사냥개에게 사과를 하는 것처럼요. 그건 명백히 터무니없죠. 특히 그 모든 사냥을 한 사람에게는요.」그녀는 고개를 들었다. 「내가 릴리로 분했을 때 당신에게 시적 감흥이 없다고 모리스가 내게 한 이야기 기억해요? 유머가 없다는 얘기와 나머지 얘기들을? 그건 당신만큼이나 나를 겨냥한 말이었던 게 확실해요.」

「한데 왜 그는 우리를 함께 모는 거죠?」

그녀는 잠시 아무 말도 하지 않았다.「〈세 개의 심장〉이 뭔가를 의미한다고 생각지는 않아요. 하지만 의미가 있을 수도 있는 훨씬 더 위대한 문학 작품이 있죠.」 그는 잠시 내가 추측을 하도록 시간을 준 후 말했다.「어제 오후, 내가 잠깐 연기를 펼친 후에요. 또 다른 마법사가 나무를 자르도록 젊은 이를 보낸 적이 있죠.」

「그 생각을 못 했네요. 프로스페로와 페르디난드.」

「내가 암송한 그 대사들요.」

「그는 내가 처음 이곳에 왔을 때 그 애기를 꺼내기도 했죠. 당신이 존재한다는 것을 내가 알기도 전에.」 나는 그녀가 내 시선을 피하는 것을 알아차렸다.「템페스트」의 결말에 비춰 보면 이유를 짐작하기란 어렵지 않았다. 나는 중얼거리듯 말했다.「그는 알았을 리 없어요, 우리가⋯⋯.」

「알아요. 그건 단지⋯⋯.」 그녀는 고개를 저었다.「내가 그의 소유여서 누군가에게 줄 수 있다는 말일 거예요.」 그러고 는 한마디 덧붙였다.「당신이 아니라.」

「그리고 그는 분명 캘리번을 소유하고 있고요.」

그녀는 한숨을 쉬었다.「알아요.」

「그 애기를 들으니 당신들의 은신처 생각이 나는군요.」

「니컬러스, 그곳을 당신에게 보여 줄 수는 없어요. 우리가 감시당하고 있다면 그들이 볼 거예요.」

「이곳에서 가까운가요?」

「그래요.」

「최소한 어디인지는 애기할 수 있잖아요.」 그녀는 이제 다른 이유로 난처해하는 듯했고, 다시 내 눈을 피했다.「당신이 곤란해진다면.」

그녀는 미소를 지었다.「우리가 죽음보다 나쁜 운명에 빠지게 된다면⋯⋯ 내 생각에는 지금쯤에는 그 일이 일어났을 거예요.」

「한데 왜 내가 알아서는 안 되죠? 당신은 약속을 했어요.」

「그 약속은 여전히 유효해요. 하지만 지금은 안 돼요.」 그녀는 내 목소리에 날이 선 것을 알아챈 게 분명했다. 그녀는 손을 뻗어 내 손을 만졌다. 「미안해요. 지난 한 시간 동안 모리스와 한 약속을 너무도 많이 어겼어요. 한 가지는 지켜야 할 것 같아요.」

「그게 그토록 중요한가요?」

「전혀요. 하지만 그는 언젠가 그것으로 당신을 놀라게 해주고 싶다고 말하고 있어요. 방법은 모르겠어요.」

나는 당황스러웠지만, 그것은 어떤 의미에서는 그녀의 이야기가 사실임을 입증하는 또 다른 증거였다. 그녀의 모순이 그것을 확인해 주었다. 나는 거짓말쟁이가 침묵을 싫어한다는 것을 알고 있었고, 그래서 일종의 시험처럼 잠시 침묵했다. 하지만 그녀는 그 시험을 통과했다.

「이곳에 있는 다른 사람들과 얘기를 한 적이 있나요?」

「우리는 얘기를 나눌 수 있는 다른 사람들을 본 적이 없어요. 마리아가 있지만 그녀는 가망이 없죠. 조에게서만큼이나 뭔가를 알아내는 것이 불가능하죠.」

「요트에는 선원들은 있나요?」

「그냥 그리스인들이죠. 그들은 이곳에서 무슨 일이 일어나고 있는지 모르는 것 같아요.」 그러다 그녀가 갑자기 말했다. 「당신 학교에 첩자가 있을 거라고 우리가 생각하고 있다는 얘기를 준이 했나요?」

「누구요?」

「모리스가 어느 날 당신이 다른 선생들을 아주 멀리한다는 얘기를 했어요. 그들도 당신을 좋아하지 않는다는 얘기도요.」

나는 그 즉시 데메트리아데스를 떠올렸고, 그러고 보니 그런 타고난 수다쟁이가 내가 부라니에 오는 것을 다른 사람에게 입도 벙긋 안 했다는 것이 이상하다는 생각이 들었다. 게다가 나는 사람들을 멀리했다. 그는 휴게실 밖에서 내가 자주 어울리는 유일한 선생이었다. 나는 앨리슨을 만난 것에 대해 그에게 거짓말을 한 것을 — 교활한 생각에서가 아니라 그의 지저분한 농담을 피하기 위해 — 떠올리며 순간적으로 안도감을 느꼈다.

「누구일지 짐작이 가요.」

「그건 내가 견딜 수 없는 모리스의 한 측면이에요. 그의 그 모든 염탐 행위 말이에요. 그는 요트에 영화 카메라를 한 대 갖고 있어요. 망원 렌즈가 달린. 그는 그것이 새를 찍기 위한 것이라고 주장하고 있죠.」

「만약 그 늙은이가…….」

「이곳에서는 보지 못했어요. 그건 사람 눈을 호리는 그의 쉰일곱 가지 품목 중 하나일 뿐인 것 같아요.」

나는 그녀를 쳐다보았다. 그녀 안에는 어떤 갈등이, 우유부단이, 그리고 우리가 얘기한 대부분의 것들과 모순을 일으키는, 내게서 이끌어 내고자 하는 나의 어떤 인정에 대한 갈망이 자리하고 있다는 것을 알 수 있었다. 나는 전날 밤 준이 그녀에 대해 내게 한 이야기를 떠올리며 추측을 했다.

「그 모든 것에도 불구하고 계속하고 싶은 거죠?」

그녀는 고개를 저었다. 「니컬러스, 모르겠어요. 오늘, 지금은 그래요. 하지만 내일이면 그렇지 않을 수도 있어요. 이런 적은 한 번도 없었어요. 내가 명료한 직관을 갖고 있어, 이런 일에서 벗어나게 된다면 이런 일은 다시 일어나지 않을 것 같아요. 당신도 그렇게 느끼나요?」

나는 그녀의 눈을 보았고, 그 순간이 적절한 것 같았다. 나는 마지막 시험을 했다.

「꼭 그렇지는 않아요. 올해 전에 최소한 그 일이 두 번은 일어났다는 것을 알고 있으니까요.」

그녀는 너무도 놀라 무슨 일인지, 이해를 하지 못하는 듯 보였다. 그녀는 나의 희미한 미소를 보다가 일어나 무릎을 꿇고 앉았다.

「그 얘기는 당신이…… 이것이 당신의 첫 번째 경험이 아니라는…….」

그녀는 분명 놀란 것 같았다. 상처받고 혼란스러워하는 그녀의 눈은 내 눈을 비난하고 있었다.

「학교의 두 명의 내 전임자들요.」

여전히 그녀는 이해하지 못했다. 「그들이 당신에게 얘기를 했나요? 줄곧 알고 있었던 거예요?」

「뭔가 이상한 일이 작년에 이곳에서 일어났다는 것만요. 그리고 재작년에도요.」 나는 내가 그것을 어떻게 알게 되었는지와, 얼마나 조금밖에 모르는지, 그리고 그런 일이 있었던 것을 노인이 인정한 것에 대해 설명을 했다. 다시 나는 그녀가 어떻게 반응하는지를 보았다. 「그는 당신들 두 사람이 전에 이곳에 있었다는 얘기도 했어요. 그리고 그들을 만났다는 얘기도.」

그녀는 화가 나 나를 노려보았다. 「하지만 우리는 발을 들여놓은 적이…….」

「알아요.」

그녀는 비스듬히 앉아 바다를 바라보았다. 「오, 그는 구제 불능이에요.」 잠시 후 그녀가 내 눈을 쳐다보았다. 「그래서 당신은 줄곧 우리가…….」

「꼭 그렇지는 않아요. 그가 한 가지에 대해서는 거짓말을 하고 있다는 것을 알고 있었죠.」 나는 미트퍼드와, 그가 그녀에게 이끌렸다는 노인의 이야기에 대해 말했다. 그녀는 질문을 퍼부어 대며, 모든 것을 자세히 알고 싶어 했다.

「그런데 당신은 그들에게 무슨 일이 있었는지 모르는군요?」

「그들이 학교에 있는 누구에게도 얘기하지 않은 건 분명해요. 미트퍼드는 그 한 가지 힌트만 줬죠. 나는 그에게 편지를 썼는데 아직 답장이 없어요.」

그녀는 마지막으로 내 눈을 살피더니 아래를 쳐다보았다. 「그건 끝이 지나치게 끔찍할 리는 없다는 근거가 되는 것 같군요.」

「나 역시 나 자신에게 그렇게 말하려 하고 있죠.」

「정말 놀랍군요.」

「그에게 그 얘기는 하지 않는 게 좋을 거예요.」

「물론이죠.」 잠시 후 그녀가 쓴웃음을 지었다. 「그가 쌍둥이 자매를 계속해서 데려올 수 있다고 생각하나요?」

「당신들 같은? 아뇨. 그로서도 그럴 수는 없을 거예요.」

그녀는 나의 단호한 시선을 피하며 고개를 떨어뜨렸다.

「우리가 어떻게 해야 한다고 생각해요?」

「그는 언제 돌아오죠? 아니, 언제 돌아오는 척을 하죠?」

「오늘 저녁에요. 어쨌든 어제 그렇게 들었어요.」

「흥미로운 만남이 될 수도 있겠어요.」

「나는 무능하다는 이유로 해고될 수도 있어요.」

나는 부드럽게 말했다. 「내가 일자리를 알아봐 주죠.」

잠시 침묵이 흐르다 그녀가 내 눈을 바라보았다. 나는 손을 뻗었고, 그녀 역시 손을 뻗었다. 나는 그녀를 내 쪽으로 당겼고, 우리는 약간 떨어진 채 나란히 누웠다. 나는 그녀의 얼굴 선을 따라 손가락을 옮겼다…… 감은 눈과, 코끝, 그리고 입의 윤곽선으로. 그녀는 손가락에 키스를 했다. 나는 그녀를 더 가까이 당겨 입에 키스를 했다. 그녀는 반응을 보였지만 여전히 주저하는 것이 느껴졌다. 그녀는 원하는 동시에 원하지 않고 있었다. 우리는 잠시 떨어졌고, 나는 그 얼굴을 보았다. 그것은 결코 싫증 날 수 없는, 욕망과, 보호해 주고 싶은 의지의 영원한 원천처럼 보였다. 그 얼굴에는 육체적인 결함도 심리적인 결함도 없었다. 그녀는 눈을 떴고, 아무 말 없이 부드럽게 미소를 지었다.

「무슨 생각해요?」

「당신이 얼마나 아름다운지.」

「정말로 아테네에서 당신 친구를 안 만난 거예요?」

「그랬다면 질투할 건가요?」

「그래요.」

「그렇다면 만나지 않았어요.」

「사실은 만났다고 확신해요.」

「솔직히 얘기하는 거예요. 그녀는 오지 못했어요.」

「그렇지만 당신은 그녀를 만나고 싶어 했죠?」

「멍청한 동물에게 약간의 친절을 베풀고자 하는 마음 같은 것에서요. 그저 아무 소용 없다는 말을 하려고요. 나는 어떤 마녀에게 내 영혼을 줘버렸어요.」

「어떤 마녀요?」

나는 그녀의 손을 들어 그 손에, 그런 다음 흉터에 키스를 했다.

「이건 어떻게 생긴 거죠?」

그녀는 손목을 굽혀 바라보았다.「열 살 때 술래잡기 놀이를 하다가요.」그녀는 스스로를 조롱하듯, 순간적으로 입을 오리 주둥이 모양으로 만들었다.「나는 교훈을 배웠어야 했어요. 정원에 있는 헛간에 숨어 있다가 못에 걸린, 긴 막대기처럼 보이는 것을 벽에서 떼어 내고…… 몸을 가린답시고 팔을 들어 올렸죠.」 그녀는 팔을 들어 올리는 시늉을 했다. 「낫이었어요.」

「오 불쌍하게도.」 나는 그녀의 손목에 다시 입을 맞추었고, 그녀를 다시 가까이 당겼다. 그리고 조금 후에는 입과 눈, 목과 목덜미, 그리고 가슴 위 드레스의 곡면을 따라 키스를 했고, 그런 다음에는 다시 입을 찾았다. 우리는 서로의 눈을 탐색했다. 그녀의 눈에는 여전히 불확실한 뭔가가 서려 있었지만 뭔가 누그러든 것 또한 있었다. 갑자기 그녀가 눈을 감았고, 마치 이제는 말보다는 입술로 더 잘 말할 수 있는 것처럼 그녀의 입이 내 입을 향해 다가왔다. 하지만 우리가 우리의 포개진 입과, 밀착된 몸 외에 다른 것을 인식하지 못하며 서로에게 완전히 빠지려는 순간 우리를 제지하는 것이 있었다.

집에서 들려오는 종소리였다. 규칙적으로 단조롭게 울리고 있었지만 경종처럼 집요했다. 우리는 바로 앉았고, 죄 지은 사람들처럼 주위를 둘러보았다. 우리밖에 없는 것 같았다. 줄리가 내 손을 들어 손목시계를 보았다.

「아마 준일 거예요. 점심 시간을 알리는.」

나는 몸을 기울여 그녀의 머리에 키스했다. 「나는 그냥 여기 있고 싶어요.」

「그 애가 와 우리를 찾을 거예요.」 그녀는 나를 무덤덤하게 쳐다보았다. 그것은 준이 지을 표정을 흉내 낸 것이었다. 「대부분의 남자들은 그 애가 나보다 더 매력적이라고 생각하죠.」

「그렇다면 대부분의 남자들이 멍청한 거죠.」

종소리가 멈췄다. 그녀는 계속 내 손을 잡고서, 우리가 나란히 앉아 있는 동안 내내 내 손을 쳐다보았다. 「어쩌면 그들은 나보다 그 애가 쉽게 주는 뭔가를 원할 뿐인지도 모르죠.」

「그건 어떤 여자라도 줄 수 있어요.」그녀는 내 손을 계속해서 살폈다. 마치 내게서 어떤 물체가 분리된 것처럼.「그것을 그 남자에게 주었나요?」

「노력했죠.」

「뭐가 잘못됐죠?」

그녀는 너무 복잡한 문제라는 듯 고개를 저었다. 하지만 그런 다음 그녀는 말했다.「나는 처녀가 아니에요, 니컬러스. 그런 게 아니에요.」

「하지만 다시 상처받는 게?」

「다시…… 이용당하는 것이요.」

「그가 당신을 어떻게 이용했죠?」

종소리가 다시 울리기 시작했다. 그녀는 나를 향해 미소지었다.「긴 이야기예요. 지금은 할 수 없어요.」

그녀는 내게 재빨리 키스한 후 자리에서 일어나 바구니를 들었다. 그사이 나는 깔개를 접어 팔에 들었다. 우리는 집을 향해 가기 시작했다. 우리가 소나무 숲으로 몇 걸음을 뗐을 때 나는 눈언저리로 동쪽에서 무엇인가가 움직이는 것을 보았다. 60~70미터쯤 떨어진 낮은 나뭇가지들 뒤에서 검은 형체가 뒤로 물러나는 것이 흘낏 보였다. 사람은 제대로 보지 못했지만 그가 움직이는 방식에는 놓칠 수 없는 뭔가가 있었다.

「우리는 감시당하고 있어요. 그 조라는 인물에게.」

우리는 걸음을 멈추지 않았지만 그녀는 내 뒤쪽을 흘낏 쳐다보았다.「그것에 대해서는 우리는 아무것도 할 수 없어요. 그를 무시하는 것 말고는.」

하지만 우리 뒤쪽 나무들 사이에 감춰진 눈 한 쌍이 있다는 것을 정말로 무시해 버릴 수는 없었다. 그때부터 우리는 다소 자의식적으로 서로 떨어져서, 거의 죄의식을 느끼며 걸어갔다. 그것은 나의 한 부분이 멸시되고 있다는 것에 대한 죄의식이었다. 내 옆에 있는 여자의 진짜 모습에 대해 더 잘 알게 될수록 우리를 갈라놓고 있는 상황이 더욱 인위적으로 되었기 때문이다. 그럼에도 영원히 속임수를 좋아하는 아이 같은 나의 다른 부분은 묵인되었다. 모든 공모에는 에로틱한 뭔가가 있다. 어쩌면 나는 보다 진정한 죄의식을 알았어야 했으며, 나의 무의식의 숲 속에 보다 깊이 숨겨진 한 쌍의 눈을 기억했어야 했는지도 모른다. 그리고 나의 외적인 망각에도 불구하고 그것들을 알았고, 여전히 그것을 즐겼는지도 모른다. 그로부터 오랜 후에 나는 왜 어떤 남자들, 가령 자동차 경주 선수나 그와 비슷한 사람들이 속도에 중독되는지를 깨달았다. 우리 중에는 죽음을 미리 보지 못하고 뒤늦게야 보는 사람들이 있다. 죽음은 어느 순간에라도 걸음을 멈추고 생각을 한다.

47

우리가 주랑에 다가가자 벽돌색의 붉은 셔츠를 입은, 맨다리를 드러낸 인물이 햇빛을 받으며 앉아 있던 계단에서 일어났다.

「하마터면 먼저 식사를 시작할 뻔했어. 배고파.」

셔츠는 단추가 채워져 있지 않았고, 그 아래로 진한 파란색 비키니가 보였다. 당시 비키니라는 단어는 그것의 유행만큼이나 무척 새로운 것이었다. 내가 신문 사진에서 말고 실제로 비키니를 본 것은 그때가 처음이었고, 나는 얼마간 충격을 받았다…… 드러난 배꼽과 가는 다리, 갈색과 금색이 뒤섞인 것 같은 피부, 기분 좋게 캐묻는 듯한 한 쌍의 눈. 나는 줄리가 그 젊은 지중해의 여신을 향해 코를 찡그리는 것을 보았다. 하지만 여신은 더욱 환하게 미소 짓기만 했다. 그녀를 따라 아치 아래 그늘로 들여놓은 테이블로 가면서 나는 「세 개의 심장」의 이야기를 떠올렸다……. 하지만 더 자라나기 전에 그 생각을 떨쳐 버렸다. 준은 주랑 구석으로 가 마리아를 부른 다음 자매에게로 고개를 돌렸다.

「그녀가 요트에 대해 뭔가를 얘기하려 했어. 그런데 이해를 못 하겠어.」

우리는 자리에 앉았고, 마리아가 나타났다. 그녀는 줄리에게 이야기를 했다. 나는 잘 알아들을 수 있었다. 그녀들을 데리러 요트가 5시에 도착할 거라고 했다. 헤르메스는 마리아가 마을에서 하룻밤을 보내도록 데려가기 위해 올 예정이었다. 그녀는 그곳에서 치과 의사를 봐야 했다. 집은 잠겨 있을 테니 〈젊은 신사〉는 학교로 돌아가야 했다. 나는 줄리가 요트가 어디로 가는지 묻는 것을 들었다. 마리아가 〈*Then xero, despoina*〉라고 말했다. 〈모르겠어요, 아가씨〉라는 의미였다. 그것이 그녀의 메시지의 요지인 듯 그녀는 5시라는 말을 되풀이했다. 그런 다음 여느 때처럼 고개를 숙여 절을 하고 자신의 오두막으로 사라졌다.

줄리가 준을 위해 해석을 해주었다.

「이건 계획에 없던 건가요?」 내가 말했다.

「우리는 이곳에 머무는 줄 알았어요.」 그녀는 의심스러운 표정으로 준을 쳐다보았고, 준은 나를 살피더니 캐묻는 듯 줄리를 보았다.

「우리는 그를 믿는 건가요? 그는 우리를 믿고?」

「그래요.」

준은 살짝 미소를 지었다. 「그렇다면 환영해요, 핍.」

나는 도움을 청하며 줄리를 쳐다보았다. 그녀는 중얼거리

듯 말했다. 「당신은 옥스퍼드에서 영문학을 공부했다고 주장한 것 같은데요.」

갑자기 우리 사이에 의혹이 되살아나는 것 같았다. 그 순간 나는 정신을 차리고 숨을 들이쉬었다. 「이 모든 문학적인 전거들.」 나는 미소를 지었다. 「해비셤 양이 다시 말을 달리는 건가요?」

「그리고 에스텔라도.」[104]

나는 둘을 번갈아 가며 쳐다보았다. 「진심은 아니죠?」

「그냥 우리의 사소한 농담이에요.」

줄리가 준을 쳐다보았다. 「너의 사소한 농담이지.」

준이 내게 말했다. 「모리스에게도 그 농담을 했지만 아무런 반응을 보이지 않았죠.」 그녀는 테이블에 팔꿈치를 괴고 몸을 숙였다. 「자, 그럼 이제 두 사람이 어떤 위대한 결론에 이르렀는지 얘기해 봐.」

「니컬러스가 놀라운 뭔가를 얘기했어.」

나는 반응을 시험할 수 있는 기회를 다시 한 번 갖게 되었고, 다시 한 번 확신하게 되었다. 물론 준은 노인의 이중성에 대한 새로운 증거에 재미있어하기보다는 화가 난 듯했다. 우리가 그 이야기를 다시 하는 사이 나는 준이 먼저 태어났다는 것을 알게 되었다(그들의 이름에서 이미 추론할 수도 있었지만). 그녀는 또한 다른 점에서도 그런 것처럼 보였다. 나는 그녀에게서 줄리를 향한 보호 본능을 감지했는데, 그것은 좀 더 열린 성격과 남자에 대한 더 많은 경험에서 나오는 것이었다. 가면극의 배우 선정에 있어 좀 더 정상적인 자매와 덜 정상적인 자매, 혹은 좀 더 자기주장이 강한 자매와 좀 더 여린 자매를 선택함으로써 약간의 현실성이 생겨난 것 같았

---

104 핍과 해비셤 양, 그리고 에스텔라는 찰스 디킨스의 『위대한 유산』에 나오는 인물들이다.

다. 나는 그들 사이에 바다를 마주하고 앉아, 숨어서 지켜보고 있을지도 모르는 사람을 찾아 경계를 소홀히 하지 않았다. 물론 그가 아직도 우리를 감시하고 있다고 해도 숨어 있을 터였다. 여자들은 내게, 나의 배경과 과거에 대해 질문을 하기 시작했다.

그래서 우리는 니컬러스에 대해, 그의 가족과 야망과 실패에 대해 얘기를 했다. 3인칭이 적절했는데, 그것은 내가 상황의 희생자이며, 매력적인 자유분방한 인물이면서도 본질적으로는 내적으로 점잖은 인물이라는, 일종의 허구적인 자아로 나를 소개했기 때문이다. 앨리슨에 관한 이야기가 잠깐 나왔다. 나는 주로 우연과 운명, 자신이 더 많은 것을 구하고 있다는 것을 아는 데서 나오는 선택적 친화력 등의 탓으로 돌렸고, 줄리를 흉내 내, 그들로 하여금 내가 그 모든 것에 대해 자세하게 말하고 싶어 하지 않는다는 것을 알게 했다. 그녀와의 관계는 끝이 나고, 지금은 아무것도 아닌 것이 되었다고 말이다.

맛있는 음식과 레치나 포도주, 토론과 추측, 그들의 질문, 하나는 옷을 입고, 하나는 거의 알몸인 두 여자 사이에 있는 것, 시종 그들 둘 모두에게 더 친밀해진 느낌을 느낀 것 등을 비롯해 그 긴 점심 식사에는 뭔가 특별한 것이 있었다. 우리는 그들의 아버지와, 그들이 소년 기숙 학교의 그늘에서 어린 시절을 보낸 일에 대해, 그런 다음 어머니에 대해 얘기를 했다. 그들은 계속해서 자신들의 어머니의 어리석음에 대한 애정 어린 이야기를 나누었다. 마치 길고 추운 여행을 한 후 기분 좋게 따뜻한, 그리고 에로틱하게 따뜻한 방에 들어온 듯한 기분이었다. 식사가 끝날 무렵 준이 셔츠를 벗었다. 그러자 줄리는 의좋은 자매답게 혀를 내밀었고, 준은 아무렇지 않은 듯 살짝 미소를 지었다. 그녀의 몸에서 눈을 떼기가 어려워지기 시작했다. 비키니 톱은 그녀의 젖가슴을 간신히 가리고 있었고, 아래쪽 반은 살갗이 비치는 하얀 레이스로 엉덩이 쪽에서 묶여 있었다. 나는 내가 시각적으로 약간 놀림을 받고 있으며, 순진한 도발에 직면해 있다는 것을 알았다……. 어쩌면 그것은 그토록 오랫동안 따돌림을 당한 것에 대한 준의 작은 복수인지도 몰랐다. 만약 인간이 만족스러운 고양이처럼 가르릉거릴 수 있다면 그 순간 그렇게 했을 것이다.

2시쯤 우리는 부라니를 벗어나 무차로 내려가 수영을 하기로 했다. 부분적으로는 그렇게 해도 되는지 보기 위해서였다. 만약 조가 길을 막을 경우 나는 맞서지 않기로 약속했다. 그녀들은 그의 완력에 대해 나와 생각이 같은 것 같았다. 그래서 우리는 준이 한 번 그랬던 것처럼 저지당할 수도 있다는 생각을 하며 천천히 길을 내려갔다. 하지만 그곳에는 소나무와 열기, 그리고 매미 울음소리 외에는 아무것도 없었다. 우리는 해변까지 절반 정도 내려간 곳의, 나무들 사이에 있는 작은 예배당 근처에 자리를 잡았다. 나는 솔잎이 떨어진 땅이 자갈밭으로 이어지는 곳에 깔개 두 개를 펼쳤다. 우리가 집을 나서기 전 잠시 사라졌던 줄리는 여학생용 스타킹을 벗었고, 그런 다음 머리 위로 드레스를 벗었다. 그녀는 그 밑으로 등이 파인 하얀 원피스를 입고 있었는데, 자신이 살갗이 별로 타지 않은 것에 대해 부끄러워하며 창피해했다.

그녀의 언니가 히죽 웃으며 말했다. 「모리스가 일곱 난쟁이도 등장시킬 수 있으면 좋을 텐데.」

「닥쳐. 그건 공정치 않아. 이제 나는 따라잡지 못할 거야.」 그녀는 거의 못마땅한 표정으로 나를 쳐다보았다. 「솔직히 내가 그 망할 놈의 요트 천막 아래 앉아 있는 동안 준이 한 거라곤……」 그녀는 고개를 돌려 드레스를 접었다.

그들 둘은 머리를 올렸고, 우리는 뜨거운 자갈밭을 내려가 물속으로 들어가 앞으로 조금 헤엄쳐 나아갔다. 나는 부라니 쪽 해변을 쳐다보았지만 아무도 보이지 않았다. 세상에는 우리뿐이었고, 시원하고 파란 물에는 세 개의 머리밖에 없었다. 다시금 나는 거의 절대적인 행복과 느긋함을 느꼈다. 이 모든 것이 어떻게 될지는 알 수 없었지만 — 그리고 알고 싶지도 않았지만 — 그 순간에, 그리스와 그 외진 곳과 살아 있는 두 명의 님프에게 완전히 동화되었다. 우리는 해변으로 나와 깔개에 누워 몸을 말렸다. 나는 줄리 옆에 있었는데, 그녀는 선탠오일을 바르고 있었고, 준은 다른 깔개의 저쪽 편에서 배를 깔고 누워 엇갈리게 겹친 팔 위에 고개를 묻고 얼굴을 우리 쪽으로 향하고 있었다. 나는 학교와 그곳의 억압된 소년들과 시무룩한 선생들, 그리고 여성성과 자연적인 성의 결여라는, 그곳 생활의 참을 수 없는 요소를 생각했다. 우리는 다시 모리스에 대해 이야기하기 시작했다. 줄리는 선글라스를 쓰고 드러누웠지만 나는 계속해서 팔꿈치를 괴고 엎드려 있었다.

결국에는 잠시 침묵이 흘렀다. 점심에 마신 포도주와 잠이 오게 하는 햇빛 때문이었다. 준은 손을 뒤로 가져가 비키니 톱의 고리를 풀더니 몸을 세워 자신 옆에 있는 돌에 올려놓아 마르게 했다. 그녀가 팔을 뻗는 동안 나는 그녀의 맨젖가슴을 보았다. 그리고 파란색의 작고 탄력 있는 띠에 의해 긴 금빛 다리와 나눠진 긴 금빛 등을 보았다. 그녀의 살갗에는 하얀 띠 자국이 없었다. 젖가슴 역시 나머지 몸과 색이 같았다. 그녀는 그런 식으로 선탠을 많이 한 게 틀림없었다. 그녀는 아무렇지 않게, 자연스럽게 선탠을 했을 테지만 그녀가 다시 엎드려 그전처럼 우리를 향해 고개를 돌렸을 때 나는 바다를 보고 있는 척했다. 다시 한 번 나는 충격을 받았다. 그녀는 단순히 최신 유행 의상을 입고 있는 것이 아니었다. 그녀의 행동은 시대를 몇 년은 앞서 있었다. 또한 나는 그녀가 나를 쳐다보고 있으며, 얼마든지 자신들 둘을 비교해도 좋으며, 반응을 보이거나 자신을 관찰해도 좋다는 표시를 하는 것을 불편하게 의식했다. 잠시 후 그녀는 몸을 살짝 움직여 머리를 딴 곳으로 향했다. 나는 그녀의 갈색 형체를 본 다음, 줄리를 내려다보았다. 그런 다음 등을 대고 누워 내 옆에 있는 여자의 손을 만졌다. 그녀의 손가락이 내 손가락 사이로 들어와 잠시 노닐더니 내 손을 힘주어 잡았다. 나는 눈을 감았다. 양쪽 눈에 어둠이 찾아왔다. 그 어둠은 그리스의 오래된 음탕함이었다.

하지만 나는 곧 백일몽에 대한 벌을 받았다. 1~2분 후 어디에선가 불쑥 요란한 소리가 나더니 우리를 향해 다가왔다. 한순간 나는 그것이 부라니와 관계가 있다고 생각했다. 하지만 곧 내가 섬에 온 이후로 들은 적이 없는 소리라는 것을 깨달았다. 낮게 나는 비행기, 그중에서도 소리로 미루어 볼 때 전투기 같았다. 줄리와 나는 일어나 앉았고, 준은 등을 우리 쪽으로 향한 채 팔꿈치에 몸을 기대고 누웠다. 비행기는 아주 낮게 날고 있었다. 그것은 부라니 곶 뒤, 바다 쪽으로 350미터쯤 떨어진 곳에서 나타나 성난 호박벌처럼 물 위를 지나 펠레폰네소스 쪽을 향해 갔다. 몇 초 후 그것은 곶을 뒤로하여 서쪽으로 사라졌다. 하지만 우리는 ─ 최소한 나는 ─ 미국 국적 표시를 보았다. 줄리는 언니의 맨등에 더 관심이 많은 듯했다.

준이 〈뻔뻔스럽기는〉 하고 말했다.

「그가 돌아온 걸 거야. 네가 그러고 있는 것을 봤을 거야.」

「그렇게 점잔 떨지 마.」

「니컬러스는 우리 몸이 얼마나 아름다운지 아주 잘 알고 있어.」

준이 팔꿈치를 괸 채 우리에게로 고개를 돌렸다. 좀 더 가까이 구부리고 있는 팔 너머로 작은 젖가슴이 보였다. 그녀는 입술을 깨물고 있었다. 「나는 일이 그렇게까지 나아갔는지 몰랐어.」

줄리는 바다를 응시하고 있었다. 「우리는 재미있지 않아.」

「니컬러스는 그래 보이는데.」

「너는 과시를 하고 있어.」

「그가 나를 보는 신성한 행운을 이미 누렸으니까…….」

「준.」

그 사소한 말다툼을 하는 내내 줄리는 나를 쳐다보지 않았다. 하지만 이제 그녀는 나를 쳐다보았고, 내가 누구 편을 들어야 하는지를 분명히 했다. 그것은 기분 좋은 일이었다. 그녀는 잔잔한 물에 파문이 인 것처럼 창피해하면서도 흥분해 있었다. 그녀는 그 모든 것이 내 잘못인 것처럼 나를 나무라듯 쳐다보았다.

「가서 예배당 구경이나 해요.」

나는 순종적으로 일어나며 준을 쳐다보았다. 그녀는 빈정대는 투로, 뻔뻔스럽게 눈을 살짝 하늘로 향했다. 이제 내가 입술을 깨물어야 했다. 줄리와 나는 맨발로 천천히 나무와 그늘 속으로 들어갔다. 그녀의 뺨은 매력적인 분홍색을 띠고 있었고, 입은 굳게 다물려 있었다.

「그녀는 단지 당신을 놀리는 거예요.」

「가끔씩은 그 애 눈을 할퀴어 버리고 싶어요.」

「고전주의자라면 그리스에서 나체에 충격을 받아서는 안 되죠.」

「지금 나는 고전주의자가 아니라 불리함을 느끼는 여자에 불과해요.」

554

나는 몸을 기울여 그녀의 머리 옆쪽에 키스를 했다. 그녀는 나를 밀쳐내기는 했지만 기세가 거세지는 않았다.

우리는 희게 회칠한 예배당에 이르렀다. 나는 전에 들어가려 했을 때 그랬던 것처럼 잠겨 있을 걸로 생각했다. 하지만 구식 나무 빗장은 금방 열렸다. 누군가가 그곳에 왔다가 잠그는 것을 잊은 게 분명했다. 창문이 없어 문에서 들어오는 빛밖에 없었다. 의자는 없었고, 살에 오래된 양초 토막이 한두 개 있는 철제 촛대와, 맞은편 끝까지 뻗어 있는, 소박하게 그린 성화벽과 아주 희미한 향 냄새만 있었다. 우리는 벌레 먹은 나무 벽에 그려진 조악한 형태의 성인들을 보았지만 우리 둘 다 성인상보다는 그 작은 장소의 어둠과 고립성에 더 이목이 집중되어 있다는 것을 알 수 있었다. 나는 그녀의 어깨에 팔을 둘렀다. 잠시 후 그녀가 몸을 돌렸고, 우리는 키스를 했다. 그녀는 입을 떼고는, 뺨을 내 어깨에 댔다. 나는 열린 문을 보았고, 그런 다음 그녀를 그쪽으로 데리고 가 문을 밀쳐 돌쩌귀가 있는 쪽 벽에 몸을 기대고 그녀를 내 가까이 끌어당겼다. 나는 그녀의 목과 어깨에 키스하며, 그녀의 옷끈을 잡았다.

「안 돼요. 그럴 수 없어요.」

하지만 그녀의 목소리는 그만하라는 만큼이나 계속하라는 그 특이한 여성적 음색을 띠고 있었다. 나는 그녀의 어깨에서 살며시 끈을 풀어 내렸고, 그녀는 허리까지 알몸이 되었다. 나는 그녀의 허리를, 그런 다음 천천히 위쪽의 단단하고 작은 가슴을 애무했다. 가슴은 바닷물에 젖었던 탓에 아직도 약간 축축했지만 따뜻했고, 흥분해 있었다. 나는 몸을 구부려 젖꼭지에서 소금을 핥았다. 그녀의 손이 내 등과 머리칼을 만지기 시작했다. 나는 다시 손을 내려 그녀의 허리와, 옷이 매달려 있는 곳을 어루만졌다. 그 순간 그녀의 손이 갑자기 내 손을 잡았다.

그녀가 속삭였다.「부탁이에요. 아직은 안 돼요.」

나는 내 입술로 그녀의 입술을 훑었다.「나는 당신을 너무도 원해요.」

「알아요.」

「당신은 너무도 아름다워요.」

「하지만 우리는 할 수 없어요. 여기서는요.」

나는 손을 그녀의 젖가슴으로 가져갔다.

「내가 하기를 원해요?」

「그렇다는 것을 알고 있잖아요. 하지만 지금은 아니에요.」

그녀는 팔로 내 목을 감았고, 우리는 서로의 몸을 파고들며 키스를 했다. 나는 그녀의 등으로 손을 내려 손가락을 옷 가장자리 안으로 넣고 곡면의 엉덩이를 감싸면서 그녀를 내 사타구니의 단단해진 물건에 더욱 밀착시켜 그녀가 그것을 느끼고, 내가 원하고 있다는 것을 알게 했다. 우리의 입이 뒤틀리며, 혀들이 사납게 서로를 핥았으며, 그녀는 내 몸에 자신의 몸을 부비기 시작했다. 나는 그녀가 자제력을 잃고 있는 것을 감지했다. 그 알몸의 상태와 어둠, 억압된 감정과 억압된 욕구…….

그때 어떤 소리가 들렸다. 소리는 작았으며, 어디에서 나는지 알 수 없었다. 하지만 예배당 안의 반대쪽 끝에서 들린 게 분명했다. 우리는 하염없이 긴 것만 같은 한순간 동안 공포를 느끼며 서로를 껴안고 있었다. 줄리가 내가 보는 곳을 보기 위해 고개를 돌렸지만 닫힌 문 옆으로 들어오는 몇 가닥의 빛으로는 무엇이든 제대로 보기가 어려웠다. 본능적으로 우리는 그녀의 옷을 집어 들었고, 그녀는 그것을 팔 위에 얹었다. 나는 그녀의 손을 잡고 내 옆에 있는 벽으로 민 후 문을 잡았다. 내가 문을 열자 빛이 쏟아져 들어왔다. 성화벽이 우리를 쳐다보고 있었고, 그 앞에는 검은 철제 촛대가 있었다. 다른 것은 없었다. 하지만 그리스의 그러한 모든 예배당에서와 마찬가지로 성화벽이 뒤쪽 벽에서 1미터 남짓 떨어져 있는 것이 보였다. 그리고 한쪽 끝에는 좁은 문이 하나 있었다. 갑자기 줄리가 내 앞으로 나와 아무 말 없이 사납게 고개를 가로저었다. 그녀는 내가 본능적으로 그곳으로 뛰어가려 한다는 것을 안 것이었다. 나는 그 즉시 그것이 누구인지 짐작했다. 그 저주스러운 검둥이였다. 그는 우리가 수영을 할 때 얼마든지 쉽게 몰래 안으로 들어왔을 수도 있었다. 그는 우리가 해변과 바다를 떠나지 않을 것으로 생각했는지도 몰랐다.

줄리는 재빨리 반대쪽 끝을 쳐다보며 다급히 내 손을 잡아 끌었다. 나는 잠시 머뭇거린 후 그녀가 이끄는 대로 밖으로 나왔다. 나는 문을 세게 닫고는 그녀를 쳐다보았다.

「망할 자식.」

「그는 우리가 그 안에 들어가리라는 것을 몰랐을 거예요.」

「하지만 진즉에 우리에게 경고를 했을 수도 있잖아요.」

우리는 속삭이듯 말을 했다. 그녀는 나로 하여금 몇 걸음을 떼게 했다. 저편 햇살 아래서 준이 머리를 든 채 우리를 보고 있는 것이 보였다. 그녀는 문을 세게 닫는 소리를 들은 게 분명했다.

줄리가 말했다.「이제 모리스가 알게 될 게 틀림없어요.」

「그건 더 이상 걱정이 안 돼요. 그는 때를 아주 잘 맞췄어요.」

준이 소리쳤다.「뭐가 잘못됐어?」

줄리가 손가락을 입에 댔다. 그녀의 언니가 몸을 돌려 자리에 앉아 비키니 톱을 입은 후 우리에게 왔다.

「조가 저 안에 있어. 숨어서.」

준은 우리 뒤쪽 예배당의 하얀 벽을 본 후 우리의 얼굴을 쳐다보았다. 이제 장난기는 사라지고, 걱정스러운 표정이었다.

줄리가 말했다. 「이 문제를 모리스와 담판 지어야겠어. 조가 가든지 우리가 가든지.」

「몇 주 전에 그 제안을 했었어.」

「알아.」

「얘기를 하고 있었던 거야? 그가 뭔가를 들었어?」

줄리는 시선을 떨어뜨렸다. 「그런 문제가 아냐.」 그녀의 뺨은 붉어져 있었다. 준은 연민의 미소를 내게 살짝 지어 보였지만 우아한 태도로 역시 아래를 내려다보았다.

나는 〈저 안에 굉장히 들어가 보고 싶군요……〉 하고 말했다.

하지만 두 사람은 그것에 단호하게 반대했다. 우리는 우리 물건들이 있는 곳으로 다시 가 몰래 예배당 문을 보며 몇 분간 얘기를 나누었다. 건물은 그대로 있었지만 어쩐지 그곳은 이제 망쳐진 것 같았다. 그 작은 건물 안에 있는 눈에 보이지 않는 흑인의 존재가 풍경과 햇빛과 오후 전체 속에 스며들었다. 또한 나는 사나운 성적 좌절감을 느꼈지만…… 지금으로서는 그것에 대해 할 수 있는 게 아무것도 없었다. 우리는 집으로 돌아가기로 결정했다.

집에 간 우리는 마리아가 오두막 바깥에 무표정하게 앉아 당나귀 몰이꾼 헤르메스와 얘기를 하고 있는 것을 보았다. 그녀는 테이블에 차가 준비되어 있다고 했다. 두 소작인은 나무 의자에 앉아, 그들의 단순한 세계로부터는 우리가 너무도 멀고 낯설어 어떤 소통도 불가능하다는 듯 우리를 쳐다보았다. 한데 그때 마리아가 알 수 없는 이유로 바다를 가리키며 내가 이해하지 못하는 그리스어로 두세 단어를 말했다. 우리는 그곳을 쳐다보았지만 아무것도 보지 못했다.

줄리가 〈전함 함대에 대해 얘기를 하고 있어요〉 하고 말했다.

우리는 집 남쪽에 있는 자갈길 끝으로 갔다. 저 멀리서 회색 배들이 줄을 지어 말레아 곶과 스킬리 곶 사이의 에게 해를 가로질러 가고 있었다. 항공모함과 순양함 한 척과 네 척의 구축함과 다른 배 한 척이 어떤 새로운 트로이를 향해 가는 것 같았다. 전투기 한 대가 갑자기 우리의 평화를 깬 것이 설명되었다.

준이 말했다. 「모리스의 마지막 술책인지도 몰라. 우리를 폭격해 죽이려는.」

우리는 웃었지만 파란 수평선 위에 떠 있는 회색 구름 같은 형체들은 웃음을 멈추게 했다. 껌을 질경질경 씹고 피임 기구를 소지한 수천 명을 실은 그 죽음의 기계들은 어떤 이유에선지 30킬로미터 떨어진 곳에 있다기보다는 30년 전의 시간 속에 있는 것 같았다. 우리는 미래와 남쪽을 보고 있는 것이 아니라 프로스페로도, 사유지도, 시도, 환상도, 부드러운 성적 약속도 없는 세계를 보고 있는 것 같았다……. 나는 두 여자 사이에 서서, 노인의 놀라운 세계뿐만 아니라 시간 자체가 쉽사리 깨질 수 있다는 것을 날카롭게 느꼈다. 나는 이런 모험을 다시는 하지 못하리라는 것을 알고 있었다. 그날 하루를 끝없이 되풀이해 폐쇄 회로처럼 끝없는 것으로 만들 수만 있다면 나의 남은 날들 모두를 희생할 수도 있었다. 하지만 실상은 결코 되돌아갈 수 없는 작은 한 걸음을 잠깐 뗀 것뿐이었다.

바다를 바라보고 있노라니 나의 행복감은 더욱더 시들었다. 여자들은 집 안에 들어갔다가 그날 아침 입은 드레스를 입고 다시 나타났다. 요트가 곧 출발할 예정이었고, 우리는 혼란스러워하며 서둘러 이야기를 했다. 그들은 어떻게 해야 하는지를 두고 두 가지 생각을 하고 있었다. 그들이 섬의 반대편에 있는 내게 오는 방안까지 이야기가 나왔다. 그 경우 그들은 호텔에 묵을 수 있었다. 하지만 결국 우리는 콘키스에게 기회를 한 번 더 줘 한 주를 더 보낸 후 주말에 그 스스로 사실을 밝히게 하기로 결정했다. 우리가 그 문제를 상의하고 있는데 바다의 다른 뭔가가 내 눈길을 사로잡았다. 그것은 나브플리온 방향에서 갑을 돌아왔다.

그들은 그 요트에 대해, 그것이 얼마나 화려한지, 그리고 노인이 부자라는 것을 얼마나 여실히 증명해 주고 — 또 다른 증거가 필요하다면 말이지만 — 있는지에 대해 얘기한 적이 있었다. 그것은 여전히 나를 약간 숨가쁘게 했다. 우리 모두는 다시 바다가 더 잘 보이는 자갈길 끝으로 갔다. 돛대가 두 개인 배는 돛을 접은 채 엔진 동력을 이용해 아주 천천히 움직이고 있었다. 선체는 희고 길었으며, 선실은 앞뒤 갑판 위로 솟아 있었다. 선미의 작은 돛대에는 그리스 국기가 한가롭게 매달려 있었다. 나는 선원들처럼 보이는, 파란색과 흰색 옷을 입은 사람들 여섯 명을 보았다. 거리가 거의 1킬로미터는 떨어져 있어 얼굴은 알아볼 수가 없었다.

나는 〈죄수 호송선 같군요……〉 하고 말했다.

준이 대꾸했다. 「갑판 아래를 봐야 해요. 우리 선실 테이블에는 여덟 가지 상표의 프랑스제 향수가 있어요.」

요트는 거의 움직임을 멈췄다. 대빗[105] 옆에서는 세 사람이 작은 배를 내릴 준비를 하고 있었다. 배가 도착했음을 우리에게 확실히 알리려는 듯 사이렌이 울렸다. 나는 전형적인 영국인처럼 부러움과 경멸을 동시에 느꼈다. 요트 자체는 저속하지 않았지만 나는 그것을 소유하는 것에서 뭔가 저속한

---

105 닻을 끌어 올리거나 배 옆에 달린 보트를 올리고 내리기 위한 기둥.

느낌을 받았다. 또한 나는 언젠가 내가 그 요트 위에 오르는 것을 그려 보았다. 이전의 내 삶의 어떤 것도 나를 아주 부유한 사람들의 세계에 데려간 적이 없었다. 나는 옥스퍼드에서 빌리 화이트 같은 한두 명의 부자들과 알고 지냈지만 그들의 집안 배경을 경험한 적은 없었다. 그 순간 나는 두 여자가 부러웠다. 그들은 더 수월했다. 그들이 그 세계에 들어가는 데 필요한 여권은 예쁜 얼굴밖에 없었다. 돈을 버는 것은 남자의 일로 그것은 이상화된 남자다움이었다. 어쩌면 줄리는 그 모든 것을 감지하고 있는지도 몰랐다. 어쨌든, 두 사람의 물건들을 챙기기 위해 우리가 다시 주랑으로 갔을 때 그녀가 갑자기 내 손을 잡고 준이 보거나 듣지 못하게 나를 집 안으로 데리고 들어갔다.

「며칠밖에 안 걸릴 거예요.」

「하지만 몇 년처럼 느껴질 것 같아요.」

「나도 마찬가지예요.」

나는 〈당신을 만나기 위해 평생을 기다려 왔어요〉 하고 말했다.

그녀는 시선을 떨어뜨렸다. 우리는 아주 가까이 서 있었다. 「알아요.」

「당신도 마찬가지인가요?」

「나도 내 마음을 잘 모르겠어요, 니컬러스. 당신이 그렇게 느끼기를 바라는 것을 제외하고는요.」

「돌아올 경우 주중에 하루 저녁 나올 수 있어요?」

그녀는 열린 문들 사이로 주위를 둘러보더니 내 눈을 들여다보았다. 「그러고 싶지 않은 것은 아니지만⋯⋯.」

「나는 수요일에 시간을 낼 수 있어요. 우리는 아래 예배당 옆에서 만날 수 있어요.」 그러고는 나는 한마디 덧붙였다. 「안에서가 아니라.」

그녀는 이해해 달라고 호소했다. 「우리는 이곳에 없을 수도 있어요.」

「어쨌든 올게요. 어두워진 다음에. 자정까지 기다릴게요. 그 망할 놈의 학교에서 손톱을 깨물고 있는 것보다는 나을 거예요.」

「노력해 볼게요. 가능하다면요. 우리가 이곳에 있을 경우에요.」

우리는 키스를 했지만 그 키스에는 뭔가 찢어진 듯한, 뭔가 이미 늦어 버린 듯한 느낌이 배어 있었다.

우리는 밖으로 나갔다. 준은 티 테이블 옆에서 기다리고 있었다. 그녀는 그 즉시 자갈길 너머를 향해 고개를 까닥했다. 전용 해변으로 이어지는 길에 검둥이가 서 있었다. 그는 검은 바지와 터틀넥 점퍼를 입고 검은 선글라스를 쓴 채 기다리고 있었다. 요트에서 사이렌 소리가 다시 들려왔다. 나는 소형 모터보트가 빠르게 해변으로 다가오는 소리를 들었다.

준이 손을 내밀었고, 나는 둘에게 행운을 빌었다. 그런 다음 분홍색 드레스와 파란색 스타킹 차림의 그들이 손에 바구니를 들고 자갈길을 가로질러 가는 것을 지켜보았다. 검둥이는 그들이 자신에게 오기 한참 전에 몸을 돌려, 그들이 따라오는 것을 확신하는 듯 뒤도 안 돌아보고 길을 내려가기 시작했다. 그들의 머리가 사라지자 나는 길 꼭대기로 갔다. 소형 모터보트는 작은 만으로 들어와 선창으로 왔다. 잠시 후 흑인과 그의 바로 뒤에 있는, 연분홍색 옷을 입은 두 여자가 선창을 걸어갔다. 보트에는 가슴에 붉은색 이름표가 달린 진한 파란색 반소매 셔츠에 하얀 반바지를 입은 선원이 하나 있었다. 거리 때문에 배의 이름을 읽을 수는 없었지만 아레투사가 분명했다. 선원은 두 여자가 배에 타는 것을 도왔고, 잠시 후에는 검둥이가 탔다. 나는 그가 두 여자에게 등을 돌린 채 뱃머리에 앉는 것을 보았다. 그들은 바다로 나가기 시작했다. 몇 미터 정도 간 그들은 내가 위쪽에 서 있는 것을 본 듯 손을 흔들었다. 그런 다음 내포를 떠나, 기다리고 있는 요트를 향해 속도를 높이는 순간 다시 손을 흔들었다.

오후의 바다는 150킬로미터 떨어진 곳에 있는 크레타까지 뻗어 있었다. 함대도 거의 사라진 상태였다. 절벽 중간에 있는 사이프러스나무의 검은 그림자가 바짝 마른 적회색 땅뙈기 위로 이미 길어져 있었다. 하루가 간 것이다. 나는 성적으로, 그리고 사회적으로 박탈감을 느끼며 우리가 주중에 만날 수 있으리라는 기대를 버렸다. 그럼에도 카드 한 장만 더 있으면 무적의 패를 갖게 되는 포커 선수처럼 깊은 흥분을 느꼈다.

나는 집으로 돌아갔다. 마리아는 이제 문을 잠그기 위해 기다리고 있었다. 나는 그녀를 떠보려 하지 않았다. 그것이 소용없는 일이라는 것을 알았기 때문이다. 대신 나는 내 침실로 올라가 물건을 배낭에 넣었다. 내가 다시 내려갔을 때 소형 모터보트는 이미 요트 위로 끌어올려졌고, 커다란 요트는 출발을 하고 있었다. 요트는 길게 방향을 튼 후 펠로폰네소스의 남쪽 끝을 향해 갔다. 나는 요트가 보이지 않을 때까지 지켜보고 싶은 유혹을 느꼈지만 그곳에서도 누군가에게 감시받고 있을 수도 있다는 것을 알고 있었기에 고도(孤島)에 버려져 뭔가를 갈구하는 사람처럼 굴지 않기로 했다.

잠시 후 나는 꿈의 반대편에 있는 지겹고 일상적인 나의 유형지를 향해 출발했다. 어쩌면 에덴동산을 떠나는 아담처럼……. 하지만 나는 신은 없으며, 나의 귀환을 막는 것은 아무것도 없다는 것을 알고 있었다.

오랫동안 산을 오르는 동안 나는, 어쩌면 불가피한 일이었는지도 모르지만 그날의 일들을 떠올릴 수밖에 없었다. 줄리가 자신을 마음으로 믿어야 한다며 몸으로 보여 준 증거는 의심할 수 없었지만, 그녀에게 물었어야 했던 또 다른 질문들이 머릿속에서 떠나지 않았다. 그리고 한 번 이상 정신 분열증에 관한 이야기를 거의 믿을 뻔했던 것이 계속해서 떠올랐다. 하지만 그것은 확인하는 게 불가능했다. 그런데 이 정황적인 새로운 이야기도 마찬가지였다. 어떤 의미에서 그들 자매는 여전히 토끼와 달리기를 하고 있으며, 사냥개와 사냥을 하고 있다고 생각할 수도 있었다. 즉 줄리는 내가 육체적으로 매력적이라고 생각하면서도 자신의 진짜 배경과 관련해서는 여전히 나를 잘못된 방향으로 나아가게 할 준비가 되어 있는지도 몰랐다. 그리고 콘키스와의 다음 만남이 있었다. 내가 그들 자매에 관한 진실을 알고 있을 뿐만 아니라 그것을 섬이 아닌 다른 곳에서 확인했다는 약간의 확실한 증거가 무척 유용한 것으로 밝혀질 수도 있었다.

그 일요일 저녁 내 방으로 돌아온 나는 세르네 아바스의 홈스 부인과 바클레이스 은행의 P. J. 펀 씨, 그리고 줄리가 교사로 일했다고 한 초등학교의 여교장에게 편지를 썼다. 첫 번째 편지에서 나는 그들의 영화와 관련해 그녀의 두 딸을 만났으며, 섬의 마을에 있는 선생이 〈펜팔〉 기회를 제공할 수 있는 영국의 시골 학교를 찾아 달라고 내게 부탁을 했고, 두 여자가 자신의 어머니한테 편지를 써 세르네 아바스에 있는 초등학교와 연락할 수 있게 해달라고 부덕을 하라고 했다고 했다. 이번 하기가 곧 끝날 예정이니 가능한 한 빨리 답장을 주면 좋겠다는 말도 덧붙였다. 두 번째 편지에는 은행 구좌를 개설하고 싶은

데 그 지점의 고객 두 명의 추천을 받았다고 했다. 세 번째 편지에서는 이번 가을 아테네에서 개교하는 어학원의 교장으로 나 자신을 소개하며, 줄리아 홈스 양이 응모를 했다고 썼다.

월요일에 나는 전날 쓴 편지를 다시 읽으며 한두 단어를 수정한 다음 앞의 두 통은 손으로 옮겨 쓰고, 마지막 한 통은 낡은 영자 타자기가 있는 경리실에서 힘들게 타자를 쳤다. 세 번째 편지가 약간 부자연스럽다는 것은 알고 있었다. 영화배우가 외국에서 영락한 선생이 되는 것은 일반적인 일은 아니었다. 하지만 어떤 종류의 회답도 도움이 될 터였다.

그런 다음 나는 이왕 의심하기 시작한 바에야 좀 더 철저하게 하기로 마음먹고 두 통의 편지를 더 썼다. 하나는 타비스톡 렙에, 다른 하나는 케임브리지의 거턴에 보내는 것이었다.

나는 다섯 통의 편지와 함께 르베리에에게 보내는 편지도 같이 부쳤다. 나는 미트퍼드가 보낸 편지가 나를 기다리고 있을지도 모른다고 반쯤 기대했다. 하지만 내가 보낸 편지가 아직 도착하지 않았을 수도 있으며, 그가 편지를 받는다 하더라도 답장을 쓰지 않을 수도 있다는 것을 알고 있었다. 르베리에에게 보내는 편지는 아주 간략하게 썼다. 그냥 내가 누구인지 설명하고, 다음과 같이 말했다.

이 편지를 쓴 진짜 이유는 제가 부라니에서 다소 복잡한 상황에 빠졌기 때문입니다. 저는 당신이 그곳에 있는 콘키스 씨를 방문하곤 했다는 것을 알고 있습니다. 그가 직접 그 이야기를 했습니다. 저는 지금 제삼자의 충고와 경험이라는 도움이 정말로 필요합니다. 이것이 저 자신만을 위한 게 아니라는 사실을 덧붙이고 싶습니다. 다른 사람들도 연루되어 있습니다. 어떤 답장이라도 보내 주시면 우리 모두 너무나 고맙게 생각할 겁니다. 그 이유는 당신도 이해하시지 않을까 싶습니다.

편지를 봉하면서도 나는 미트퍼드와 르베리에의 침묵이 내게 일어날 수 있는 일의 최고의 전조라는 것을 알고 있었다. 만일 과거에 부라니에서 정말로 불쾌한 어떤 일이 일어났다면 그들은 분명 얘기를 했을 것이다. 하지만 그들이 침묵한다면 그것은 고마움 때문일 터였다. 나는 미트퍼드가 콘키스와 말다툼을 벌였다는 이야기나 그의 충고를 잊지 않았다. 하지만 나는 그의 동기가 의심스러워지기 시작했다.

생각하면 할수록 데메트리아데스가 첩자라는 확신이 강해졌다. 첩자에 대처하는 첫 번째 규칙은 속은 것처럼 보이는 것이었기에 나는 일요일 저녁 식사를 마친 뒤 유달리 그에게 친하게 대했다. 우리는 짓누르는 듯한 밤의 열기 속에서 숨쉴 공기를 찾아 학교 앞 부두 위를 10분 동안 산책했다. 나는, 그래, 고마워, 멜리, 부라니에서 멋진 주말을 보냈어, 하고 말했다. 책도 읽고, 수영도 하고, 음악도 들으면서. 내가 그곳에서 정말로 시간을 어떻게 보냈는지와 관련해 그가 외설적인 상상을 하는 것에 웃기까지 했다. 하지만 나는 이제 그들의 외설에는 목적이 있으며, 그는 지금 내가 얼마나 잘 입을 다물 수 있는지 콘키스를 위해 확인하는 중일 것이라고 의심했다. 나는 또한 다른 선생들에게 그 모든 것에 대해 입도 벙긋 안 해준 것에 고마움을 표했다.
우리가 한가롭게 산책을 하는 동안 나는 그 섬과 본토의 아르골리스 사이 어두운 해협 너머를 바라보았다. 그리고 그 순간 그 자매가 무엇을 하고 있는지, 그들이 어느 다른 바다 위를 달리고 있는지 궁금해졌다……. 모든 비밀을 간직하고

서 끝없는 인내력을 발휘하지만 적대적이지 않은 고요한 바다. 나는 그 바다의 수수께끼를 이제 이해할 수 있었다.

이튿날 아침 휴식 시간 후에는 그것을 더욱더 잘 이해할 수 있었다. 나는 현대 그리스어 선생이기도 한 교감과 만날 기회가 있었다. 누군가가 테오도리티스라는 작가가 쓴 이야기를 읽어 봐야 한다고 말했는데…… 혹시 「세 개의 심장」을 읽어 보았느냐고 나는 교감에게 물었다. 그는 읽어 봤다고 했다. 그는 프랑스어도 영어도 못했고, 나는 그가 하는 모든 말을 이해할 수는 없었다. 테오도리티스는 모파상의 그리스인 제자쯤 되는 것 같았다. 줄거리에 대해서는 줄리가 내게 말한 것과 일치한다는 것 정도는 충분히 짐작할 수 있을 정도로 들었다. 점심을 먹으러 갔을 때 마지막 의혹이 제거되었다. 한 아이가 교감의 책상에서 내 책상으로 와 내 옆에 책 한 권을 놓았다. 「세 개의 심장」은 어느 작품집의 말미에 수록된 긴 이야기였다. 그것은 현대 그리스어의 〈문학적이며〉 반통속적인 형태인 카타레부사로 쓰여 있어서, 나로서는 이해하기 어려웠다. 도움을 청하기 위해 데메트리아데스에게 갈 수는 없었다. 하지만 옆에 사전을 놓고 모든 구절을 읽고 나는 줄리의 이야기가 사실이라는 것을 알았다.

수요일…… 수요일. 나는 그때까지 기다릴 수도 없었다. 화요일 저녁 방과 후 나는 중앙 산등성이로 올라갔다. 나는 헛걸음하는 것이리라 생각했다. 하지만 그렇지 않았다. 멀리 아래로, 무차 만의 라벤더 빛 바다에 배 한 척이 장난감처럼 정박해 있었는데, 그 배를 본 순간 내 심장은 방망이질 치기 시작했다. 하얀 빛의, 틀림없는 아레투사 호였다. 그 순간 나는 알았다. 노인이 항복을 한 것이었다.

9시 반쯤 정문에 도착해 귀를 기울이며 잠시 기다렸지만, 아무 소리도 들리지 않았다. 나는 길을 벗어나 나무들 사이를 지나 집을 볼 수 있는 곳으로 갔다. 서쪽의 마지막 햇살을 배경으로 검은 모습을 한 집은 정적에 잠겨 있었다. 음악실에는 램프 하나가 켜져 있었고, 마리아의 오두막에서 불에 타고 있는 나무에서 풍기는 송진 냄새가 났다. 근처 어디선가 큰소쩍새가 울었다. 정문으로 돌아가는데, 머리 위에서 작고 검은 형체 하나가 나타났다가 바다 쪽을 향해 소나무들 사이로 사라졌다. 어쩌면 큰소쩍새로 변한 마법사 콘키스인지도 몰랐다.

나는 그의 영지 밖에서 재빨리 걸어 무차 해변으로 내려갔다. 숲은 어두웠고, 물은 어스레했으며 아주 희미한 물결 소리가 들렸다. 5백 미터 떨어진 바다에 정박한 요트의 붉은색 불빛이 보였다. 배 위에 다른 불빛이나 사람의 흔적은 보이지 않았다. 나는 재빨리 나무들 사이를 지나 예배당을 향해 갔다.

줄리는 예배당 동쪽 벽 아래에서 회칠한 벽에 그림자처럼 기대어 서 있었다. 내가 오는 것을 본 그녀는 곧장 앞쪽으로 왔다. 아레투사 호 선원이 입었던 것과 같은 진한 파란색 반소매 셔츠와 연한 색 치마를 입고 있었다. 머리는 리본으로 뒤쪽으로 묶고 있었는데, 그 때문에 약간 엄격해 보이는 시골 여교사 같았다. 우리는 서로 1미터 정도 떨어진 곳에서 멈춰 섰고, 둘 다 갑자기 수줍음을 탔다.

「몰래 빠져나온 거예요?」

「괜찮아요. 모리스는 내가 여기 있는 걸 알고 있어요.」 그녀는 미소를 지었다. 「그리고 더 이상 염탐은 하지 않아요.

그 문제는 해결했어요.」

「그렇다면……?」

「그는 우리에 대해 알고 있어요. 얘기를 했어요. 내가 그의 대본 속에서는 정신병 환자일 수 있지만 실제로는 아니라고요.」

그녀는 미소를 지었다. 내가 앞으로 나아가자, 그녀는 내 팔에 안겼다. 하지만 키스를 하면서 내가 더 세게 포옹을 하려 하자 그녀는 고개를 숙인 채 나를 살짝 밀쳤다.

「줄리?」

그녀는 내 손 하나를 들어 거기에 키스했다.

「당신은 마음씨가 좋은 게 틀림없어요. 그 망할 놈의 달력. 일요일에 당신에게 어떻게 말해야 좋을지 알 수 없었어요.」

나는 모든 경우에 대해 준비를 하고 온 상태였지만 이 상황은 가장 진부하고 상습적인 것이었다. 나는 입술을 그녀의 머리칼에 댔다. 희미한 멜론 향이 났다.

「안됐군요.」

「나는 당신이 오기를 간절히 바랐어요.」

「먼 데까지 우리 좀 걷죠.」

나는 그녀의 손을 잡았고, 우리는 예배당을 지나 서쪽을 향해 나무들 사이를 천천히 걸어가기 시작했다. 그들은 지난 일요일 오후 거의 배에 타자마자 노인과 그 문제를 담판 지은 모양이었다. 그는 약간 순진한 척을 한 것 같았다. 하지만 준이 검둥이와 예배당에서 있었던 염탐에 대해 쏘아붙였다. 그들이 이젠 진절머리가 난다고 하자 그는 자신이 하고 있던 일에 대해 얘기를 했다……. 줄리는 아직도 믿을 수 없다는 듯, 그러면서 약간 신이 나는 듯한 표정으로 나를 쳐다보았다.

「그가 무슨 말을 했는지 알아요? 마치 우리가 수도꼭지를 고칠 필요가 있다는 얘기를 한 것처럼 시원하게 얘기를 했어요.」나는 고개를 저었다. 「〈좋아. 내가 바라고 예상한 대로야.〉그런 다음 우리가 다시 숨을 고르기도 전에 지금까지 있었던 모든 일은 리허설에 지나지 않는다고 했어요. 정말이지 그의 미소를 봤어야 했어요. 너무도 점잖은 미소였죠. 마치 우리가 어떤 예비 시험을 통과한 두 학생인 것처럼요.」

「무엇을 위한 리허설이라는 거죠?」

「우선 모든 것을 우리에게 설명할 거라고 했어요. 당신에게도요, 돌아오는 주말에. 이제부터는 우리 모두가 그의 감독 아래 함께 일하게 될 거예요. 다른 누군가가 곧 이곳에 와요. 그는 〈사람들〉이라고 했고, 따라서 한두 명 이상인 게 분명해요. 그리고 그들이 지금까지의 우리 역할을 맡을 거예요. 계속해서 도는 존재요. 하지만 이번에는 우리가 그 사람들을 돌리는 거죠.」

「어떤 사람들이죠?」

「그는 말하려 하지 않았어요. 그가 설명할 모든 것에 대해서도요. 그는 당신도 그 자리에 있기를 바란다고 했어요.」

「당신은 다른 누군가의 역할을 맡는다고요?」

「내가 제일 먼저 한 얘기가 그거예요. 낯선 남자들에게 추파를 던지는 데 질렸다는 거요. 특히 지금은.」

「우리에 대해 얘기를 했나요?」

그녀는 내 손을 꼭 쥐었다. 「그래요.」그녀는 살짝 숨을 내쉬었다. 「실은 그는 당신을 본 순간 최악의 경우를 두려워했다고 했어요.」

「최악의 경우란 게 뭐죠?」

「자신의 덫에 올려놓은 치즈가 생쥐의 수중에 들어기는 것.」

「그리고 그는 인정하기를…….」

「자기가 눈이 멀었다고 했어요.」

「그의 말을 믿었나요?」

그녀는 머뭇거렸다. 「그지없이요. 나는 당신 코앞에 내밀 당근까지 받았어요.」

「내가 손을 잡고 있는 사람 외에?」

그녀는 옆머리를 내 어깨에 댔다. 「그는 당신이 그 일을 공짜로 하기를 기대하지 않아요. 당신은 보수를 받을 거예요. 그게 뭐든 당신의 학기가 끝나기 전까지는 시작되지 않을 거예요. 그리고 그는 우리 세 사람이 마을에 있는 그 집에서 살기를, 어쨌든 잠은 그곳에서 자기를 원해요. 애초에 우리가 그를 만난 적이 없는 것처럼 하고요.」

「그렇게 하고 싶어요?」

그녀는 잠시 말이 없었다. 「약간 곤란한 일이 하나 있어요. 그는 당신과 내가 곧 올 사람들 앞에서 부부 행세를 하기 바라요.」

「나는 그럴 수 없어요. 내게는 당신 같은 연기력이 없어요.」

「농담은 하지 마요.」

「진짜예요. 당신이 생각하는 이상으로.」

그녀는 다시 머리를 내 어깨에 댔다. 「기분이 어떤지 말해 봐요.」

「모든 것은 다음 주말에 달려 있어요. 그때가 되면 정말로 무엇이 걸려 있는지 알게 될 거예요.」

「그건 우리 생각이죠.」

「그는 어떤 단서를 준 게 분명해요.」

「그는 우리가 그것을 정신 의학적인 것으로 생각해도 좋다고 했어요. 그런 다음 여느 때처럼 크게 도움이 되지 않는 방식으로 정말로 말로 표현할 수 없는 어떤 것에 관한 것이라고 덧붙였어요. 그는…… 발견되고 명명되어야 하는 과학이라고 했어요. 그는 내가 마침내 당신을 믿게 된 이유를 무척 알고 싶어 했어요.」

「그에게 뭐라고 했죠?」

「사람들 사이의 어떤 감정들은 꾸며 낼 수 없다고요.」

「다른 점에서는 어떻던가요?」

「사실 꽤 따뜻했어요. 우리가 그를 처음 만났을 때처럼요. 우리가 얼마나 용감하고 지적이었는지 등에 대해 칭찬을 늘어놓았죠.」

「그리스인을 두려워하라……」[106]

「알아요. 하지만 우리는 그 점을 아주 분명히 했어요. 한 번만 더 술책을 부리면 그걸로 끝이라는 것을.」

나는 조용한 요트 쪽을 처다보았다.「어디에 갔었죠?」

「키테라 섬까지요. 어제 돌아왔어요.」

나는 내가 보낸 지난 사흘을 생각했다. 늘 밀리는 채점을 마저 한 일, 두 번의 예습 감독, 분필 냄새, 아이들 냄새…… 그런 다음 끝나 가는 학기와 마을의 외딴집, 두 여자와 늘 함께 지내는 것에 대해 생각했다.

「〈세 개의 심장〉을 구했어요.」

「읽을 수 있었나요?」

「그 부분을 믿을 정도로는요.」

그녀는 잠시 아무 말도 하지 않았다.

「누군가가 자신의 직관을 믿는 것에 대해 뭔가 얘기했었죠. 불과 사흘 전에.」

「거기서는 그랬죠……. 나는 교실에 앉아 섬의 이쪽 편이 존재하기나 하는지 궁금해했어요. 이 모든 것이 꿈이 아닌지.」

「당신 전임자에게서는 아무것도 듣지 못했나요?」

106 〈선물을 들고 온 그리스인을 두려워하라*Fear the Greeks bearing gifts*〉라는 속담을 언급한 것.

「아무것도.」

다시 그녀는 잠시 아무 말도 하지 않았다.

「니컬러스, 당신이 말하는 대로 할게요.」 그녀는 나를 멈춰 세우고 내 다른 손을 잡으며 내 눈을 들여다보았다. 「우리 지금 곧장 돌아가 그에게 말해요. 진지하게.」

나는 머뭇거린 다음 미소를 지었다. 「그의 다음 장이 느낌이 영 안 좋으면 이 일을 그만두게 해도 되나요?」

「알잖아요, 물론이라는 거.」

잠시 후 그녀가 팔로 나를 안았다. 「이제 가죠.」 그녀가 말했다. 이어서 우리는 꼭 붙은 채 계속 거닐었다. 우리는 만의 반대쪽 끝에 이르렀다. 열대 지방처럼 바람 한 점 없었다.

그녀가 말했다. 「나는 이곳의 밤이 좋아요. 낮보다.」

「나도 마찬가지예요.」

「물장구나 칠래요?」

우리는 자갈밭을 지나 물가로 갔다. 그녀는 신발을 벗어 던졌고, 나도 그렇게 했다. 우리는 미지근한 물속에 섰고, 그녀는 내가 다시 키스하는 것을 허락했다. 나는 그녀의 입과 목에 키스를 했다. 나는 그녀를 가볍게, 보호하듯 잡고 귀에 속삭였다.

「야수 같은 여자의 생리학.」

그녀는 동정하듯 내 쪽으로 살짝 밀착했다.

「알아요. 정말 미안해요.」

「당신이 예배당 안에서 어땠는지 계속 기억했어요.」

「정조를 빼앗긴 것 같았어요.」

「그건 처녀나 느낄 감정이에요.」

「당신이 그렇게 느끼게 만들었어요.」

「다른 남자들과는 관계를 가진 적이 없었나요?」

「한둘.」

「그 특별한 다른 남자와?」 그녀는 아무 말도 하지 않았다. 「그에 대해 얘기를 해봐요.」

「별로 말할 게 없어요.」

「가서 어디 좀 앉죠.」

우리는 나무들 사이로, 서쪽 갑의 등성이가 시작되는 비탈을 조금 올라갔다. 예전에 떨어져 내린 커다란 바위 한두 개가 있어서, 우리는 그중 하나 밑에 앉았다. 내가 바위에 등을 대고 앉자, 줄리가 내게 몸을 기댔다. 나는 손을 뻗어 그녀의 긴 머리에 묶인 리본의 매듭을 풀었다.

그는 케임브리지의 젊은 개인 지도 교수였는데 수학자로 그녀보다 거의 열 살은 더 많았다. 무척 지적이고 예민했으며, 독서도 많이 한 사람으로 〈전혀 외골수가 아니었다〉. 그들은 그녀가 2학년 때 만났지만 마지막 학년이 될 때까지 〈반은 플라토닉한〉 관계에 머물렀다.

「왜 그랬는지 잘 모르겠어요. 어쩌면 두 학기밖에 남지 않았다는 것을 깨달아서였을 수도 있죠. 하지만 내가 다른 누구와 데이트를 하면 앤드루는 무척 상처를 받기 시작했어요. 그는 준과 내가 참가한 대학 연극반을 싫어했죠. 그는 나를 사랑해야 한다고 결심한 것처럼 보였어요. 그는 늘 무척 점잖았고 — 어떤 점에서는 우습기까지 했어요 — 나는 타고난 독신남을 타락시켰죠. 나는 그와 함께 있는 것이 좋았고, 우리는 시골에 자주 갔어요. 그는 나한테는 돈을 아끼는 법이 없어서 늘 선물을 했어요. 꽃이니 책이니…… 왜 알잖아요. 그런 점에서 그는 타고난 독신남은 아니었어요. 하지만 그때에도 그 만남은 내게는 육체적인 것이 아니었어요. 어떤 건지 당신도 알 거예요. 누군가를 다른 모든 면에서는 좋아하는 것, 어디를 가든 유순한 개인 지도 교수가 따라다녀 주어 우쭐하면서도 약간 무안한 기분이 드는 것. 지적으로 그를 존경해서…….」

「맹점이 생기는?」

「그는 우리가 비공식적으로 약혼을 해야 한다고 주장했어요. 여름 학기가 시작될 무렵이었죠. 나는 미친 듯이 공부를 하고 있었어요. 우리는 잠자리에 든 적이 없었고, 나는 그가 무척 배려가 깊다고 생각했어요……. 우리는 이탈리아에서 휴가를 보낸 후 가을에 결혼을 하기로 했죠.」

그녀는 말이 없었다. 「무슨 일이 일어났죠?」

「너무도 창피해요.」

나는 그녀의 머리칼을 만졌다. 「감추는 것보다는 말하는 게 나을 거예요.」

그녀는 머뭇거리더니 목소리를 낮추어 말했다.

「나는 늘 뭔가가 있다는 것을 감지했어요. 제대로 묘사할 수는 없지만, 그에게는 썩 자연스럽지 않은 뭔가가 있었어요……. 늘 시늉만 해 보이는 것 같은 기색이 조금 있었죠. 그가 키스를 한 건 여자들이 키스를 원한다는 것을 알고 있었기 때문이에요. 나는 그의 안에서 진정한 욕망을 느낀 적이 없어요. 육체적인 욕망 말예요.」 그녀는 치마를 무릎 위로 폈다. 「이탈리아에서 아주 간단하게 그에게…… 다소 심각한 문제가 있다는 것이 드러났죠. 그는 그전에 얘기를 한 적이 없었어요. 하지만 그는 학교에서 동성애 경험을 한 상태였어요. 그것도 전쟁 전에 케임브리지에서 학생이었을 때부터요.」 그녀는 말을 멈췄다. 「내 말이 오싹할 정도로 순진하게 들리겠죠.」

「아뇨. 그냥 순진하게.」

「그는 겉으로는 아무런 표시를 하지 않았어요. 그는 완전히 정상적이기를 너무나 간절히 바랐죠. 어쩌면 지나치게 간절히요.」

「이해해요.」

「나는 계속해서 그에게 그것은 문제가 되지 않는다고 말했어요. 나 자신에게도요. 인내력이 필요할 뿐이라고. 그리고 몇 번 잠자리를 같이했죠. 침대 밖에서는 그는 여전히 무척이나 좋은 남자였어요.」 그녀는 한참 동안 아무 말이 없었다. 「나는 끔찍한 어떤 짓을 했어요, 니컬러스. 나는 그와 머물던 시에나의 펜션에서 나와 영국으로 돌아가는 열차를 탔어요. 그에게 사전에 아무 얘기도 하지 않고서. 내 안의 뭔가가 갑작스러운 결정을 한 거예요. 왠지 모르겠지만 나는 우리 사이에 늘 그 문제가 있을 거라는 것을 알게 된 거예요. 거기서 우리는 종종 데이트를 했지만…… 소용이 없었어요. 그리고 종종 이탈리아 남자들을 보면서 나는…….」 그녀는 자신이 생각했던 것이 여전히 창피한 듯 말을 멈췄다. 「당신이 예배당에서 느끼게 해준 그런 것을 생각했어요. 그것은 그렇게 단순할 수 있죠.」

「그 후로 그를 보지 않았나요?」

「봤어요. 그게 문제예요.」

「말해 봐요.」

「나는 도싯에 있는 집으로 피해 갔어요. 어머니에게는 실제로 있었던 일을 말할 수 없었어요. 앤드루가 돌아와 런던에서 만나자고 고집을 부렸어요.」 그녀는 기억을 떠올리며 고개를 저었다. 「그는 거의 자살할 것처럼 절망적인 상태에 있었어요. 나는…… 나는 결국 두 손을 들었어요. 어두운 얘기를 자세히 하지는 않을게요. 나는 결혼을 하고 싶지 않았어요. 케임브리지를 피해 런던에서 교사 자리를 구했죠. 하지만…… 우리는 다시 육체적인 것을 시도했고…… 오, 그건 몇 달을 끌었어요. 지적인 것으로 여겨지는 두 인간이 서로를 천천히 파괴한 거예요. 그가 전화를 해 다음 주말에 런던에 올 수 없다고 하면 나는 안도감을 느꼈죠.」 그녀는 다시 한 번 말을 멈추더니 어둠 속에서 용기를 내, 옆으로 돌렸던 얼굴을 다시 내 쪽으로 돌렸다.「내가 그에게 남자 역할을 했더라면 제일 잘되었을 거예요……. 한데 나는 그것이 싫었어요. 그 역시 그것을 싫어했죠.」나는 내 몸에 닿는 그녀의 숨결을 느꼈다.「결국 준이 내가 몇 달 전에 했어야 하는 것을 하게 했죠. 그는 이따금 내게 편지를 보내요. 하지만 지금은 그게 다예요.」잠시 침묵이 흘렀다.「슬픈 작은 얘기의 끝이죠.」

「슬프군요.」

「솔직히 나는 얌전한 체하는 여자는 아니에요. 다만…….」

「당신 잘못이 아니었어요.」

「결국 나는 자학적으로 되었죠. 더 끔찍할수록 나는 더 고상해지는 거예요.」

「그 후로는 아무도 없었나요?」

「올해 초 타비스톡에서 누군가와 만났죠. 하지만 그는 이미 내가 좋은 상대가 아니라는 생각을 하고 있었어요.」

나는 손가락으로 그녀의 머리칼을 훑었다.

「왜죠?」

「그와 잠자리에 들려 하지 않았으니까요.」

「기본 방침이 그랬던 건가요?」

「케임브리지에 다른 누가 있었어요. 1학년 때.」

「그와는 어떻게 됐죠?」

「아주 우습게도 거꾸로였어요. 그는 침대 밖에서보다 침대에서 훨씬 더 괜찮았죠.」그녀는 무덤덤하게 말을 이었다.「불행히도 그는 그것을 알고 있었어요. 어느 날 나는 내가 그의 유일한 여자가 아니라는 것을 알게 되었죠.」

「그 남자는 바보였던 게 틀림없어요.」

「남자에게는 그것이 다르다는 것을 알아요. 아니면 그런 남자들에게는. 너무도 굴욕스러웠어요. 사냥감 머리들이 박제되어 벽에 걸려 있는데 나도 거기 끼게 된 거죠.」

나는 그녀의 머리칼에 키스를 했다. 「최소한 그 사람, 박제할 머리를 고르는 안목만큼은 알아줘야겠네요.」

잠시 침묵이 흘렀다. 그녀의 목소리가 낮아졌다. 수줍어하는 것 같았고, 거의 순진하게 들렸다.

「많은 여자들과 잤나요?」

「당신 같은 여자와 잔 적은 없어요. 양다리를 걸친 적도 없고요.」

그녀는 뒤늦게 그 질문이 서툴렀다는 것을 깨달은 듯했다. 「그런 의미는…… 아니었어요.」 그것은 내가 계속해서 얘기하고 싶은 주제는 아니었지만 그녀에게는 어떤 관심이 가는 화제임에 분명했다. 이제 그 이야기가 꺼내진 것이다. 「다만 나는 그것에 대해 준만큼 분석적일 수가 없어요.」

「그녀가 나에 대해 분석적인가요?」

「당신은 그 애의 인정을 받았어요. 그럴 만한 가치가 있는 것 때문에.」

「당신이 거기에 더 많은 가치를 부여하고 있는 것처럼 들릴 수도 있어요.」

「일요일에 나는 그 애가 미웠어요.」 그녀는 팔꿈치를 뒤로 젖혔다. 「그리고 그 애를 함께 미워해 주지 않는 당신이 미웠어요.」

「단지 당신을 그런 모습으로 상상하는 데 도움이 되었기 때문이에요.」

「그 후로 그 애는 그 일을 갖고 나를 놀리고 있어요. 나보다는 자기가 훨씬 너 당신에게 어울리는 쪽이라면서요.」

나는 그녀를 좀 더 가까이 끌어안았다. 「나는 내가 어느 쪽을 훨씬 더 좋아하는지 알아요.」

침묵이 흘렀다. 그녀는 내 손을 잡고 손가락을 만졌다.

「우리는 어젯밤에 이곳에 내려왔어요.」

「왜죠?」

「너무 더웠어요. 잠을 잘 수가 없었어요. 수영을 하러요. 그 애는 어떤 사랑스러운 그리스 양치기가 나무들 사이에서 튀어나오기를 바랐죠.」

「그리고 당신은요?」

「나는 내 영국인 남자에 대해 생각했어요.」

「우리가 무대 의상을 입지 않은 게 아쉽군요.」

그녀는 계속해서 손가락 뒤쪽을 만졌다.

「우리는 어젯밤 수영복을 입지 않았어요.」

「이건 제안인가요?」

그녀는 잠시 말이 없었다. 「준은 내가 감히 하지 못할 거라고 했어요.」

「여기서 준 얘기는 안 꺼낼 수 없나 보죠.」

「그냥 수영을 하려던 거였어요.」

「하지만 단지……?」

그녀는 잠시 아무 말이 없었지만 나는 그녀가 미소를 짓고 있는 것을 느낄 수 있었다. 그런 다음 그녀는 몸을 기울여 내 귀에 대고 속삭였다.

「왜 남자들은 늘 말로 확인을 하고 싶어 하죠?」

다음 순간 그녀는 자리에서 일어나 나를 일으켜 세웠다. 우리는 해변으로 돌아갔다. 유령처럼 흰 요트의 옆쪽 물 위에서 붉은빛이 반짝거렸다. 우리 맞은편 나무 꼭대기 사이로 집에서 비치는 불빛 한 가닥이 반짝였다. 집에 있는 누군가가 아직 깨어 있었다. 나는 그녀의 셔츠 옆쪽을 잡았고, 그녀는 내가 그것을 벗길 수 있도록 팔을 들었다. 그런 다음 내가 브래지어 고리를 풀 수 있도록 몸을 돌렸다. 그사이 그녀는 치마 옆쪽을 잡고 내렸다. 나는 손을 앞쪽으로 가져갔다. 치마가 바닥으로 흘러내렸다. 잠시 그녀는 내게 등을 기댄 채, 맨젖가슴에 놓인 내 손을 잡아 꼼짝 못하게 했다. 나는 그녀의 목덜미에 키스를 했다. 다음 순간 그녀는 긴 머리를 내리고 물을 향해 가기 시작했다. 허리에 가늘고 하얀 띠를 두른 날씬하고 희미한 형체. 그녀는 사흘 전 햇빛 속에서 같은 해변에 있던 자기 언니의 밤의 메아리 같았다. 나는 옷을 벗었다. 그녀는 뒤도 돌아보지 않고 허리가 잠기는 곳까지 들어가 살짝 물을 튀기며 앞쪽으로 몸을 날려 평영으로 요트를 향해 헤엄치기 시작했다. 30초 후 나는 그녀 옆에 있게 되었고, 우리는 함께 조금 더 헤엄쳐 나갔다. 그녀가 먼저 멈춰 물장구를 치며 내게 미소 짓더니 갑자기 장난을 치기 시작했다. 그녀는 약간 대담해져 있었다.

그녀는 그리스어로 말을 하기 시작했지만 내가 아는 그리스어가 아니었다. 훨씬 더 고풍스럽고, 덜 혀짤배기 소리에 음절이 생략되지 않은 것이었다.

「뭐죠?」

「소포클레스.」

「무슨 말이죠?」

「그냥 소리요.」 그녀는 말했다. 「처음 도착했을 때 나는 믿을 수가 없었어요. 수천 수만 개의 작고 검은 갈겨쓴 글자들이 갑자기 살아난 거예요. 과거가 아닌 현재로.」

「상상할 수 있어요.」

「항상 추방당해 살았던 사람 같았어요. 지금껏 그것을 깨닫지 못하고 있던.」

「나도 그것을 느꼈어요.」

「영국이 조금이라도 그립나요?」

「전혀.」

나는 그녀의 미소를 보았다. 「우리가 서로 맞지 않는 뭔가가 틀림없이 있을 거예요.」

「어떤 다른 생에서는 그랬을 수도 있지만 이번 생에서는 아니에요.」

「나는 떠 있을 거예요. 얼마 전에야 그렇게 하는 법을 배웠어요.」

그녀는 과시를 하는 아이처럼 팔을 벌려 등을 대고 누워 물 위에 떴다. 나는 한두 번 팔다리를 놀려 더 가까이 헤엄쳐 갔다. 그녀는 입술에 작은 미소를 띤 채 눈을 감고 누워 있었다. 젖은 머리칼 때문에 그녀는 더 젊어 보였다. 바다는 검은 유리처럼 절대적으로 고요했다.

「오필리아처럼 보여요.」

「수녀원에 들어갈까요?」[107]

「나는 그 어느 때보다 햄릿처럼 느껴져요.」

「어쩌면 당신은 그가 결혼하라고 내게 충고한 바보인지도 몰라요.」[108]

나는 어둠 속에서 미소를 지었다. 「오필리아 역할을 한 적이 있나요?」

「학교에서요. 그냥 그 장면들만요. 매순간 남장을 하는 것을 꿈꾸는, 수척한 모습의 억압된 레즈비언으로요.」

「남자 바지 앞의 샅 주머니까지 단?」

그녀의 목소리는 나무라듯 가라앉았다. 「어프 씨! 나는 당신이 그토록 저속하다고는 생각지 않았어요.」

나는 더 가까이 다가가 그녀의 옆구리에 키스한 후 그곳을

---

107 「햄릿」 3막 1장에서 햄릿이 오필리아에게 수녀원으로 가라고 소리치는 장면을 연상하며 한 말.
108 「햄릿」 3막 1장에 나오는 햄릿의 대사를 연상하며 한 말. 〈혹 그대가 꼭 결혼을 해야겠다면 바보와 하시오.〉

꼬집으려 했다. 하지만 그녀는 몸을 틀며 나를 밀치고 다시 물속으로 들어갔다. 내가 그녀를 안으려고 할 때 약간의 몸 싸움이 있었고, 물이 튀겼다. 그녀는 자기 입에 잠시 내 입을 대는 것은 허락했지만 곧 몸을 빼낸 뒤 구식 평영 주법으로 해변을 향해 헤엄쳐 갔다.

하지만 우리가 해변 가까이 이르렀을 때 그녀는 지친 듯 속도를 줄이더니, 물이 겨드랑이까지 오는 곳에서 멈춰 섰다. 나는 그녀 옆에 섰고, 물속에서 우리의 손이 서로를 다시 잡았으며, 그녀는 이번에는 내가 몸을 끌어당기는 것을 허락했다. 내 손은 그녀의 허리를 잡고 있었다. 그녀는 팔을 들어 내 목에 둘렀다. 그런 다음 내가 물속에서 그녀의 몸의 곡선과 젖가슴, 그리고 겨드랑이를 애무하는 사이 시선을 떨어뜨렸다. 나는 그녀를 더 가까이 당겨 내 발등 바로 위에 있는 그녀의 발바닥을 느꼈다. 우리의 몸이 밀착했고, 그녀는 눈을 감은 채 얼굴을 내 얼굴에 댔다. 나는 한 손은 그녀의 엉덩이를 감싸고 있는 축축한 띠 뒤쪽 밑으로 넣었고, 다른 한 손으로는 젖가슴 옆쪽을 감쌌다. 예배당에서 우리가 알몸으로 있었을 때의 열기에 비하면 시원하고 축축하며 차분했다.

아까 그녀가 말을 했을 때 나는 무위로 끝난 연애에 대한 그녀의 이야기에서 빠진 것이 무엇인지 짐작했다. 그것은 그녀의 육체적 소심함과 관능적인 상상력의 미묘한 균형이었다……. 애초에 전자 때문에 그 남자가 그녀에게 끌린 것이 틀림없지만 후자는 때가 되자 그에게 저주가 되었던 것이다. 그 모든 것으로 인해 그녀는 진정으로 님프 같은 존재가 되었다. 그리고 그것은 그날 밤 펼친 연기에도 불구하고 그녀의 언니는 갖고 있지 못한 것이었다. 반면 이 여인은 말 그대로 사티로스에게서 도망치면서 계속해서 그를 유혹했다. 그녀의 안에는 야생 동물이 있었다. 그것도 진정한 야생 동물이어서 잘못된 수와 길들이려는 너무 빤한 시도를 무척이나 수상히 여기고 있었다. 그녀는 거의 올가미 같은 작은 경계선을 만들어 놓고 누군가가 그것을 이해하는지 보고자 했다. 그러면서 자신이 원하는 대로 행동하고 나아갔다가 물러섰다. 그럼에도 그 모든 것 뒤에서 나는 경계가 없는 궁극적인 장소를 보았다. 그곳에서 그녀는 어느 날 내게 모든 것을 허락할 것이다……. 그리고 그 날은 곧 다가올 것이다. 이 순간 그녀가 내게 매달려 자신을 내맡기고, 자신의 성기를 나의 성기에 밀착시켰으니. 우리의 혀는 서로 맞물려 우리의 성기가 원하는 것을 흉내 냈다.

고요와 어두운 물, 그리고 밝은 별들. 그녀가 느꼈을 나의 성적 흥분. 그녀는 여전히 내게 매달려 있었지만 갑자기, 거의 사나울 정도로 세차게 고개를 돌렸다. 잠시 후 나는 그녀가 속삭이는 것을 들었다.

「불쌍한 사람. 이건 공정치 않아요.」

「할 수 없어요. 당신은 나를 너무도 흥분시켜요.」

「그럼 제발 멈추지 마요.」

그녀는 약간 몸을 뺐고, 손 하나가 물속 우리 사이로 내려왔다. 그녀는 내 그것을 살며시 들며 소심하게, 그전에 보여준 순진함을 다시 보이면서, 손가락으로 그것을 감쌌다.

「불쌍한 작은 뱀장어.」

「헤엄칠 곳이 없는.」

그녀는 손가락으로 물을 매만지다가 다시 속삭였다.

「내가 그걸 하기를 원해요?」

「바보.」

그녀는 머뭇거리더니 몸을 돌려 오른팔을 내 허리에 둘렀다. 그사이 나는 왼팔을 그녀의 어깨에 두르고 그녀를 내 옆쪽으로 당겼다. 그녀의 왼손이 내 사타구니를 감싸며 아래위로 애무를 했다. 그런 다음 위쪽으로 올라와 내 성기를 잡고 부드럽게 감싸 쥐었다. 그 손가락들은 상처를 입힐까 봐 두려워하는 것처럼, 그리고 경험이 없는 것처럼 보였다. 나는 내 자유로운 손을 내려 그녀의 음부를 살짝 만진 후 그녀의 고개를 들어 올려 입을 찾았다. 나는 우리 주위의 모든 것에 대한 감각을 잃어 가고 있었다. 그녀의 혀와 내 몸에 밀착된 벌거벗은 몸, 젖은 머리칼, 물속에서 부드럽게 율동적으로 움직이는 손 말고는 아무것도 느껴지지 않았다. 그 모든 것 — 유혹하는 동시에 유혹당하는 일, 소포클레스를 인용하는 목소리, 무심하면서도 까다로운 모습을 보이다가 갑자기 순종적인 게이샤로, 사랑스러운 인어로 변하는 모습 — 은 밤새 계속되어도 좋았다. 물론 그녀는 생리적으로 인어는 아니었지만 말이다. 나는 좀 더 안정적으로 서 있기 위해 발을 더 벌렸고, 그녀는 한쪽 다리로 내 다리를 감았다. 그녀가 입고 있는 작은 옷이 내 엉덩이에 아주 세게 밀착되었다. 나는 그녀의 젖가슴을 잡고 있던 손을 음부 쪽으로 내렸다. 하지만 그녀는 내 손을 잡아 조심스럽게 본래 있던 곳으로 되돌려 놓았다.

밤새 그럴 수도 있었다. 하지만 그것은 지나치게 에로틱했다. 그녀는 내가 더 이상 그녀가 양순하게 굴지 않기를 바라는 것을 본능적으로 아는 것 같았다. 그녀는 더욱더 세게 매달리며 덜 초보자 같은 모습을 보이기 시작했다. 내가 물속으로 조용히 사정을 하는 사이 그녀는 머리를 숙여, 마치 비록 생각 속에서이지만 오르가슴을 느낀 듯 내 겨드랑이 옆쪽을 깨물었다.

그것으로 끝이 났다. 그녀는 손으로 내 배를 살며시 만졌다. 나는 그녀를 돌려세워 키스를 하며, 그녀가 그토록 빨리, 그리고 그토록 완전하게 새침한 모습을 버린 것에 약간 놀랐다. 나는 그녀의 언니가 놀린 것이 얼마간 원인이 되었을 거라고 생각했다. 하지만 줄리 안의 뭔가가 늘 그와 같은 일이 일어나기를 남몰래 원했을 거라는 생각도 들었다. 우리는 그 전처럼 서로 몸을 밀착한 채 서 있었다. 아무 말도 할 필요가 없었다. 우리 사이의 마지막 장벽이 무너진 것이었다. 그녀는 내 살갗에 부드럽게 키스했다. 그것은 말 없는 약속이었다.

「가야 해요. 준이 기다리고 있어요.」

마지막으로 재빨리 키스를 한 후 우리는 몇 번 헤엄을 쳐 해변이 뭍으로 완만하게 비탈을 이루며 이어지는 곳으로 가 손을 잡고 옷이 놓여 있는 곳으로 갔다. 우리는 굳이 몸을 말리지는 않았다. 그녀는 치마를 입고 끈을 맸다. 나는 그녀의 젖은 젖가슴에 키스를 한 다음 브래지어 고리를 채워 주고 셔츠를 입혀 주었다. 그녀는 내가 옷 입는 것을 도와주었다. 우리는 팔짱을 낀 채 해변을 따라 부라니로 갔다. 나는 조금 전의 일이 그녀에게 더 많은 것을 의미했다는 것을 직관적으로 깨달았다……. 그것은 잠재되어 있던 그녀 자신의 성에 대한 일종의 발견 또는 재발견이었다. 그리고 그것은 나 자신의 만족에 의해, 밤과 따스함과 야생의 그리스의 오래된 마법에 의해 이루어졌다. 이제 그녀의 얼굴은 더 부드럽고 단순해 보였고, 가면이 벗겨진 것 같았다. 또한 나는 그것이 콘키스가 우리 사이에 심으려 한 의심의 마지막 흔적 또한 없앴다는 것을 알고서 속으로 더할 수 없이 의기양양해졌다. 이제 나는 내 편지에 대한 답장이 필요 없었다. 표면적으로는 — 또는 물속에서는 — 잠시 별 대단치도 않은 음란한 한 순간이 있었던 것뿐인지도 모르지만 그것은 우리 둘이 원하여 함께 나눈 것이었다. 그리고 나는 그것을 살짝 시험하기 위해 걷던 도중 갑자기 그녀를 빙글 돌려세웠다. 그녀는 몸을 돌리며 마치 내 마음속에 들어갔다 나온 것처럼 열정적으로 입을 들었다. 우리 사이의 모든 것이 투명했다.

나는 집이 보일 때까지 그녀와 동행했다. 음악실의 불은 꺼져 있었지만 뒤쪽의, 내가 사용하는 침실 창문에 불이 하나 켜져 있는 것이 보였다. 다른 침대 하나를 더 들여와 내가 방문하지 않을 때면 그녀와 준이 그곳에서 자는 것 같았다. 그것은 그녀가 〈나의〉 침대에서 자게 되리라는, 그날 밤의 마무리에 어울리는 완벽한 상징으로 보였다. 우리는 목소리를 낮춰 마지막으로 다음 주말에 대해 짧게 논의했지만 그 모든 것은 이제 물러간 상태였다. 노인은 자신의 말만큼이나 훌륭했고, 우리는 염탐을 당하지 않았다. 나는 마침내 머리에 소금기가 배어 있고, 입이 따뜻하며, 내 몸에 착 붙는, 그의 미란다의 짝 페르디난드로 인정받았던 것이다. 무슨 일이 있건 앞으로 남은 여름과 모든 삶은 우리의 것이었다.

그녀는 키스를 하고 나를 떠났다가 몇 걸음 안 가 휙 몸을 돌리더니 다시 달려와 내게 또다시 키스했다. 나는 그녀가 주랑 아래로 들어가 사라지는 것을 지켜보았다.

피곤하긴 했지만 축축한 옷을 말리기 위해 재빨리 언덕길을 올라 중앙 산등성이로 갔다. 나는 앞으로 닥쳐올 낮 시간과 수면 부족, 수업 시간에 깨어 있으려고 안간힘을 써야 하는 일 따위는 거의 생각지 않았다. 그 모든 것이 이제 견딜 만했다. 줄리는 나를 황홀하게 했다. 마치 발이 걸려 자고 있는 공주 위로 넘어졌는데, 그 바람에 깨어난 그녀가 나를 사랑하고 있을 뿐만 아니라 성적으로 굶주려 있고, 지난날의 불운한 선택으로 생겨난 불쾌하고 뒤틀린 섹스의 기억을 몰아내길 간절히 원한다는 것을 알게 된 것 같았다. 나는 앨리슨의 모든 경험과 솜씨를 습득한 줄리를, 그녀의 쉽게 달아오르는 열정과, 더 월등한 취향과 지능과 시에 의해 고양되고 더 풍부해지고 다양해진, 천천히 끓어오르는 음란함을 상상했다……. 나는 걸으면서 계속 미소를 지었다. 가느다란 초승달과 별빛이 내리비치고 있었고, 이제 나는 알레포 소나무의 을씨년스럽고 고요한 숲을 지나는 길을 마음속으로 거의 외우고 있었다. 이제 내게는 끝없는 유혹과 자신을 기꺼이 허락하려는 그녀의 몸, 마을에 있는 집에서의 밤들, 그리고 그늘진 어떤 침대에서 나른하게 알몸으로 낮잠을 자는 것밖에는 보이지 않았다……. 그리고 우리가 진력이 날 때는 찰싹찰싹 밀려오는 파도 같은 금빛의 존재, 둘에 하나 가격으로 딸려온 준이 있었다. 물론 내가 사랑하는 것은 줄리였지만 모든 사랑에는 장난과 시험 삼아 하는 건조한 기분 전환이 필요한 법이다.

나는 우리를 만나게 한 기적 같은 신비 — 콘키스와 그의 목적 — 를 다시 생각해 보기 시작했다. 개인 동물원이 있을 경우 동물들을 우리 안에 있게 하면 되지 그것들이 그 안에서 뭘 해야 하는지를 정확히 지시할 필요는 없다. 그는 우리를 부라니에 계속해서 묶어 놓을 수 있는 미묘한 심리적, 성적 창살을 우리 주위에 만들었다. 그는 엘리자베스 1세 시대의 어떤 귀족과 비슷했다. 우리는 레스터 백작[109]의 개인 소유 극단이었다. 하지만 그가 자신의 〈실험〉에 하이젠베르크의 원리를 도입해, 그 실험의 많은 부분이 관찰자이자 몰래 훔쳐보는 자인 그와 관찰당하는 인간 미립자인 우리 모두에게 불확정적인 것일 수도 있었다. 그는 부분적으로는 우리로 하여금 너무도 현명한 유럽과 미숙한 영국이라는 잘못된 비교를 하게 하고자 한 것 같았다. 그가 내뱉은 그 모든 격언적인 말에도 불구하고 그는 무수한 다른 유럽인들과 똑같아서, 삶에 대한 영국인의 정서적 깊이와 미묘함을 전혀 이해하지 못했다. 그는 여자들과 나를 아무것도 모르는 풋내기들로 생각했지만 우리는 그의 배반에 대해 더한 배반으로 맞설 수 있었는

109 Robert Dudley (1532/33~1588). 영국 여왕 엘리자베스 1세의 총신.

데, 그것은 바로 우리가 영국인이었기 때문이다. 우리는 가면을 갖고 태어나, 거짓말을 하도록 길러진 존재들이었다.

나는 중앙 산등성이 쪽으로 갔다. 걸으면서 나는 여기저기서 느슨히 박힌 돌들을 뒤집었다. 그 소리를 빼면 풍경은 완전히 고요했다. 멀리 아래쪽으로, 넓게 펼쳐진 주름진 회색 벨벳 같은 소나무 꼭대기들 너머로 바다가 별이 총총한 밤하늘 아래에서 희미하게 빛났다. 세계는 밤에 속해 있었다.

중앙 산등성이 남쪽 면의 이정표가 되는 작은 절벽으로 가파르게 상승하는 곳에 이르자 나무가 조금 듬성듬성해졌다. 나는 잠시 멈춰 숨을 고르며 부라니 쪽을 내려다본 후 시계를 보았다. 자정 직후였다. 섬 전체가 잠들어 있었다. 깎아 낸 손톱 조각 같은 은빛 달 아래에서 나는 어떤 우수도 없이, 고요한 밤이 때로 가져다 주는, 존재의 그리고 이 우주 속에 홀로 존재한다는 것의 실존적인 고독감을 느꼈다.

그 순간 내 뒤쪽, 산등성이 위 어딘가에서 무슨 소리가 들렸다. 아주 작은 소리였지만 나는 재빨리 길을 벗어나 소나무 아래로 숨지 않을 수 없었다. 그곳에 있는 누군가가 혹은 뭔가가 돌 하나를 뒤집은 것이었다. 15초쯤 아무 소리도 나지 않았다. 그리고 나는 몸이 얼어붙고 말았는데, 충격을 받아서이기도 했지만 경계심 때문이기도 했다.

밤하늘을 배경으로 잿빛의 실루엣 같은 한 남자가 절벽 꼭대기에 서 있었다. 그리고 두 번째 남자와 세 번째 남자가 있었다. 나는 바위 위에서 그들이 내는 희미한 발소리와 금속성의 뭔가가 부딪히는 조용한 소리를 들을 수 있었다. 그리고 마법처럼 여섯 명이 있었다. 지평선을 따라 여섯 개의 회색 그림자가 서 있었다. 그중 하나가 팔을 들어 어딘가를 가리켰지만 나는 어떤 말소리도 듣지 못했다. 섬사람들인가? 하지만 섬사람들은 여름에 중앙 산등성이를 이용하는 일이 거의 없었다. 그리고 밤의 그 시간에 그곳에 오는 일은 없었다. 어쨌든 나는 문득 그들이 누구인지 깨달았다. 그들은 군인들이었다. 나는 총의 불분명한 윤곽선과 철모의 희미한 광택만을 볼 수 있었다.

한 달 전에 본토에서 그리스 육군의 기동 훈련이 있었고, 해협에 상륙정들이 오갔다. 이들은 그 비슷한 특공대 훈련을 하고 있는 게 분명했다. 하지만 나는 꼼짝도 하지 않았다.

그들 중 하나가 뒤로 돌아갔고, 나머지가 그를 따라갔다. 나는 무슨 일이 있었는지 알 것 같았다. 그들은 중앙 산등성이를 따라왔다가 부라니와 무차로 이어지는 교차로를 계획보다 더 많이 간 것이었다. 나의 추측을 확인시켜 주기라도 하듯 멀리서 폭죽 소리 같은 펑 하는 소리가 났다. 나는 부라니 서쪽 어딘가에서 반짝이는 베리식 신호 조명탄이 공중에 떠 있는 것을 보았다. 그것은 여러 가지 예광탄 중 하나로 느리게 포물선을 그리며 떨어지는 조명탄이었다. 나도 전에 야간 훈련 때 수십 발을 쏜 적이 있었다. 그들 여섯 명은 무차 해변의 반대쪽에 있는 어떤 지점을 〈공격〉하러 가는 게 틀림없었다.

그 모든 것에도 불구하고 나는 주위를 둘러보았다. 20미터 떨어진 곳에 몸을 숨기기에 충분한 작은 관목들이 있는 바위 더미가 있었다. 나는 깨끗한 바지와 셔츠가 더러워지는 것도 잊은 채 조용히 나무들 밑을 달려가 두 개의 바위 사이에 있는 천연의 구멍 속으로 뛰어내렸다. 바위는 낮에 받은 햇볕으로 아직도 따뜻했다. 나는 길이 나 있는 지평선 아래로 트인 곳을 바라보았다.

몇 초 뒤 희미한 움직임이 내가 옳았다는 것을 말해 주었다. 그들은 내려오고 있는 중이었다. 그들은 아마 이피로스나 다른 어딘가에서 온 우호적인 청년들 무리임에 틀림없었다. 하지만 나는 최대한 몸을 납작하게 하고 있었다. 그들이 약 30미터 전방까지 나란히 다가오는 소리가 들려왔을 때, 나는 고개를 낮춘 채 나를 가려 주고 있는 가지들 사이로 몰래 내다보았다.

심장이 뛰었다. 그들은 독일군 군복을 입고 있었다. 잠시 나는 기동 훈련 중 〈적군〉 복장을 한 것이라고 생각했다. 하지만 점령기의 참상을 겪은 후, 아무리 훈련이라 해도 그리스 사병이 독일군 군복을 입는 일은 생각할 수가 없었다. 그리고 그때부터 나는 알 수 있었다. 가면극의 무대가 영지 바깥으로 옮겨졌으며, 그 늙은 악마는 조금도 포기하지 않았음을.

맨 뒤에 있는 남자는 다른 사람들보다 훨씬 무거운 가방을 소지하고 있었다. 가는 막대가 위로 나와 있는 가방이었다. 순간적으로 진실이 내 앞에 드러났다. 곧 나는 학교에 데메트리아데스의 동료 스파이가 있음을 깨달았다. 그는 생긴 것이 터키인에 가까운 그리스인으로, 머리는 짧게 자르고, 다부진 몸에 과묵한 과학 선생이었다. 그는 휴게실에 오는 일이 없었고, 자신의 실험실에만 틀어박혀 지냈다. 동료들은 그에게 〈오 알케미코스*O Alchemikos*〉, 즉 연금술사라는 별명을 붙여 주었다. 나는 얼마나 큰 배신을 당했는지를 음울하게 깨달으며 그가 파타레스쿠의 제일 친한 친구 중 하나라는 사실을 떠올렸다. 하지만 제일 먼저 기억난 것은 그의 실험실에 송신기가 한 대 있다는 것이었다. 학생들 중 몇 명이 통신대 장교가 되고자 했던 것이다. 학교에는 아마추어 무전국 신호까지 있었다. 나는 주먹으로 땅을 쳤다. 그 모든 것이 너무도 분명했다. 그들이 내가 오는 것을 늘 알았던 것도 그 때문이었다. 학교에는 정문이 하나밖에 없었고, 그 늙은 수위가 늘 근무를 했다.

사람들이 사라졌다. 그들은 고무 밑창을 댄 군화를 신은 게 분명했다. 그리고 장비들도 소리가 거의 나지 않게 뭔가로 잘 채운 게 틀림없었다. 하지만 내가 걸음을 빨리해 그들의 계산이 틀려진 게 분명했다. 섬광은 내가 가고 있다는 것을 알리는 뒤늦은 신호였을 수도 있었다. 잠시 나는 줄리를 탓했다가 곧 그녀에게는 죄가 없다는 것을 인정했다. 그녀에 대한 의심이야말로 콘키스가 원하는 것이라는 사실은 이제 너무도 명백했다. 하지만 그는 자신의 〈미끼〉가 자신이 생쥐의 편에 있다는 것을 증명하는 것을 허용하지 않았다. 나는 그녀가 이 새로운 함정에 대해 완전히 무고하며, 생쥐가 여우로 바뀌었기에 이제는 그리 쉽게 속아 넘어가지 않으리라는 것을 알았다.

나는 그들이 어디로 가는지 보기 위해 그들을 따라가고 싶은 유혹마저 조금 느꼈지만 군대 시절 훈련에서 배운 오래된 교훈을 떠올렸다. 바람이 없는 밤에는 부득이한 경우가 아니면 정찰을 하지 마라. 달에 더 가까이 있는 사람이 네가 그를 보는 것보다 너를 더 잘 본다는 것을 기억하라. 그들이 지나간 지 30초도 안 지났지만, 이미 그들의 소리는 거의 들리지 않았다. 돌멩이 하나가 구른 후 조용해졌다. 다시 한 번 아주 희미하게 돌멩이가 구르는 소리가 들렸다. 나는 다시 30초 정도 기다렸다가 자리에서 일어나 최대한 빨리 길을 오르기 시작했다.

산등성이가 평평해지는 틈의 꼭대기에서는 50미터 정도 되는 탁 트인 곳을 지나야 북쪽으로 내려가는 길에 이르렀다. 그곳은 돌들이 여기저기 널려 있고 덤불 몇 개가 외롭게 나 있는, 바람 한 점 피할 데 없는 곳이었다. 그 맞은편에는 키 큰 능수버들이 있는, 4천 제곱미터 정도에 이르는 넓은 땅 뙈기가 있었다. 나는 내 길이 이어지는, 깃털 같은 가지들 사이의 검은 구멍을 볼 수 있었다. 걸음을 멈추고 귀를 기울여 보았다. 아무 소리도 들리지 않았다. 나는 트인 공간을 가로질러 달리기 시작했다.

그곳을 반쯤 지났을 때 탕 하는 소리가 들렸다. 잠시 후 베리식 조명탄이 오른쪽으로 2백 미터쯤 떨어진 곳에서 터졌다. 조명탄 불빛이 산등성이를 환하게 비췄다. 나는 얼굴을 돌리고 땅에 엎드렸다. 불빛이 잦아들었다. 사방이 깜깜해지는 순간 나는 일어서서 소리가 나는 것 따위는 개의치 않고 능수버들 숲으로 달려갔다. 그 안에 무사히 도착한 나는 잠시 멈춰 서서 콘키스가 어떤 정신 나간 새로운 장난을 하는지 생각해 보았다. 그때 조명탄이 날아온 방향에서 능선을 따라 달려오는 발소리가 들렸다. 나는 2미터 높이의 덤불 사이로 난 길을 질주해 내려가기 시작했다.

나는 평평하고 폭이 좀 더 넓은 굽이 길에 이르렀고, 그곳에서는 더 빨리 달릴 수 있었다. 그런데 그 순간, 갑자기 발이 뭔가에 걸려 나는 앞쪽으로 곤두박질을 쳤다. 쓰러지면서 내민 손이 날카로운 돌 모서리에 부딪혀 몹시 쓰라렸다. 동시에 뭔가가 갈비뼈를 고통스럽게 때렸다. 나는 그 충격으로 숨을 헐떡였고, 〈오, 맙소사!〉라는 말이 나도 모르게 입 밖으로 튀어나왔다. 한순간 너무도 멍해져 무슨 일이 일어난 것인지 알아차릴 수가 없었다. 그때 오른쪽 능수버들 숲 뒤에서 낮지만 날카로운 명령 소리가 들렸다. 나는 그 언어를 한두 마디밖에 하지 못했지만, 그 목소리의 주인공은 진짜 독일인인 듯했다.

내 주위 사방에서, 길 양쪽에서 소리가 들렸다. 곧 나는 독일군 복장을 한 남자들에게 둘러싸였다. 그들은 모두 일곱 명이었다.

「도대체 무슨 게임을 하는 거요?」

나는 무릎을 꿇으며 손바닥에 묻은 모래를 문질러 털었다. 한쪽 손의 관절 부위는 피범벅이 되어 있었다. 남자 둘이 내 뒤로 와 팔을 잡아 일으켜 세웠다. 다른 한 명은 길 중앙에 서 있었다. 그가 지휘관인 듯했다. 그는 소총이나 경기관총을 소지한 다른 자들과는 달리 권총 한 자루만 갖고 있었다. 나는 내 왼쪽에 있는 남자가 어깨에 멘 소총을 곁눈질해 보았다. 무대에서 쓰는 소품이 아니라 진짜 총처럼 보였다. 그 남자도 그리스인이 아니라 진짜 독일인인 듯했다.

무슨 하사관인 게 분명한, 권총을 소지한 자가 다시 독일어로 말했다. 길 양쪽에 있던 두 남자가 몸을 숙여 능수버들 줄기 옆에서 뭔가를 만지작거렸다. 올가미 철사였다. 권총을 든 남자가 조용히 호루라기를 불었다. 나는 내 옆에 있는 두 남자를 보았다.「영어 할 줄 알아요? *Sprechen Sie Englisch?*」

그들은 내 말에는 전혀 관심을 보이지 않고, 조용히 하라는 듯 내 팔을 잡아당겼다. 나는, 맙소사, 콘키스가 나타날 때까지 기다리자, 하고 생각했다. 하사관은 등을 내게 돌린 채길 가운데 섰고, 다른 네 명이 그의 뒤로 모였다. 그중 두 명은 땅바닥에 앉았다.

한 명이 담배를 피워도 괜찮은지 물었다. 하사관이 허락했다.

그들은 불을 붙였고, 성냥불에 철모를 쓴 그들의 얼굴이 보였다. 그들은 나지막한 목소리로 중얼거리기 시작했다. 전부 독일인처럼 보였다. 독일어 몇 마디를 할 줄 아는 그리스인이 아니라 독일인들이었다. 나는 하사관에게 말을 건넸다.

「이 어릿광대짓이 끝나고 나면, 우리가 무엇을 기다리고 있는지 얘기해 주겠죠.」

그는 몸을 돌려 내 쪽으로 다가왔다. 마흔다섯 정도 되어 보이는 사내로 뺨이 길었다. 그는 우리의 얼굴이 60센티미터쯤 떨어진 곳에 멈춰 섰다. 특별히 잔인하게는 보이지 않았지만 그의 역할에는 어울리는 얼굴이었다. 나는 또 침을 뱉는 게 아닌가 하는 생각을 했지만, 그는 조용히 〈*Was sagen Sie*(뭐라고 했소)?〉라고만 했다.

「지옥에나 가버려.」

그는 무슨 말인지 못 알아듣는 것처럼 계속해서 내 얼굴을 빤히 쳐다보았지만 마침내 나를 보게 되어 흥미롭다는 기색을 띠고 있었다. 그런 다음 무표정한 얼굴로 딴 데로 고개를 돌렸다. 나를 잡은 군인들의 손아귀 힘이 조금 약해졌다. 덜 다친 것 같았다면 달아날 수도 있었다. 하지만 그때 위쪽 능선에서 발소리가 들렸다. 몇 초 뒤 내가 처음 보았던 여섯 명이 대충 일렬종대로 내려왔다. 하지만 우리가 있는 데까지 이르기 전에 담배를 피우고 있는 사람들과 합류했다.

내 오른쪽에서 나를 잡고 있는 사내는 갓 스물밖에 안 되어 보였다. 그는 작게 휘파람을 불기 시작했다. 내가 어릿광대 같다는 말을 했음에도 불구하고 그럴듯하게 휘파람을 불다가 꽤 분명한 곡조를 불었다. 그 곡은 너무도 유명한 「릴리 마를렌」이었다. 혹시 아주 고약한 말놀이 장난인 것일까? 그는 여드름투성이의 커다란 턱과 속눈썹 없는 조그만 눈을 갖고 있었다. 너무도 게르만적인 모습과, 기계 같은 이상하게도 무심한 표정 때문에 특별히 선발된 것 같았다. 그는 자신이 왜 거기 있는지, 내가 누구인지 모를 뿐만 아니라 전혀 관심도 없고, 자신은 다만 명령을 수행할 뿐이라는 듯했다.

나는 속으로 계산을 해보았다. 모두 열세 명이었고 그 가운데 적어도 절반은 독일인이었다. 그들을 그리스로, 그리고 다시 아테네에서 그 섬까지 데리고 오는 데 든 비용과 장비, 훈련과 연습, 그리고 그들이 섬을 벗어나 다시 독일까지 돌아가게 하는 네 소요되는 비용. 5백 파운드 이하로는 불가능했다. 그런데 도대체 무엇을 위해? 별로 중요하지도 않은 한 사람에게 겁을 주기 위해 아니면 감동을 주기 위해? 동시에,

아드레날린이 솟구치던 최초의 공황 상태가 진정되면서 나는 내 태도가 달라지는 것을 느꼈다. 그 장면은 너무도 잘 짜여 있었고, 너무도 정교했다. 나는 마법사 콘키스의 주문에 다시 걸려들었다. 겁이 나긴 했지만, 매혹되기도 했다. 그때 다시 발소리가 들렸다.

두 사람이 더 나타났다. 한 명은 키가 작고 몸이 가늘었다. 그는 뒤에 있는 좀 더 키가 큰 남자와 함께 성큼성큼 길을 내려왔다. 두 사람 다 끝이 뾰족한 장교 모자를 쓰고 있었고, 독수리 배지를 달고 있었다. 그가 지나가자 옆에 있던 사병들이 서둘러 자리에서 일어섰지만 그는 재빨리 편히 쉬라는 손짓을 했다. 그는 내 쪽으로 곧장 왔다. 무뚝뚝한 얼굴에 입술이 얇은 그는 독일군 대령 역할을 전문으로 하는 배우인 게 분명했다. 그에게 없는 것은 철제 테에 네모난 모양의 렌즈가 달린 안경뿐이었다.

「안녕하세요?」

그는 대답을 하지 않고, 조금 전 하사관처럼 나를 바라보았다. 하사관은 이제 그의 뒤쪽에 뻣뻣하게 서 있었다. 다른 장교는 중위로, 부관인 것 같았다. 그가 다리를 약간 저는 게 눈에 띄었다. 얼굴은 이탈리아인처럼 보였는데, 눈썹이 아주 검고 햇빛에 그을린 뺨은 둥글었으며 미남이었다.

「연출가는 어디 있는 거요?」

〈대령〉은 안쪽 호주머니에서 담뱃갑을 꺼내 담배 한 대를 골랐다. 〈중위〉가 불을 내밀었다. 그들 뒤로 사병 하나가 느슨한 종이에 싼 뭔가를 갖고 길을 가로질러 가는 것이 보였다. 무슨 음식 같았다. 그들은 식사를 했다.

「당신은 배역에 딱 어울리는 것 같소.」

그는 조심스럽게 입을 오므리며 포도씨를 뱉듯 한 단어를 말했다.

「*Gut*(좋군).」

그러고는 돌아서서 독일어로 무슨 말을 했다. 하사관이 위쪽으로 갔다가 램프를 들고 돌아와 불을 붙인 뒤 내 뒤에 놓았다.

〈대령〉은 〈하사관〉이 서 있는 곳으로 올라갔고, 나는 〈중위〉를 바라보고 있었다. 그의 표정에는 이상한 뭔가가 서려 있었는데, 마치 뭔가를 말해 주고 싶지만 말할 수 없는 것 같았다. 그는 어떤 대답을 원하는 것처럼 나를 살폈다. 그는 순간적으로 시선을 돌리더니 갑자기 어색하게 몸을 돌려 대령이 있는 곳으로 갔다. 독일어로 나지막이 말하는 소리에 이어 하사관이 짧게 명령을 내리는 소리가 들렸다.

병사들이 일어서더니, 무슨 이유인지는 모르겠지만 길 양옆으로 불규칙하게 서로 마주 보고 섰다. 차렷 자세는 아니었지만, 마치 누군가 지나가기를 기다리는 것 같았다. 나는 그들이 나를 어디론가 데려가려 하며, 이 사이를 지나가야 할 거라고 생각했다. 하지만 나 역시 두 명의 보초에게 이끌려 다른 사람들과 함께 줄을 서게 되었다. 길 중앙에는 하사관과 장교 두 사람만 서 있었다. 램프가 내 주위로 둥그런 빛을 던졌다. 나는 그것이 극적인 기능을 하고 있다는 것을 깨달았다.

긴장된 침묵이 흘렀다. 어떤 의미에서 나는 주인공이 아니라 관객 역할을 하고 있었다. 이윽고 몇 사람이 더 다가오는 소리가 들렸다. 군복을 입지 않은 다른 인물 하나가 눈에 들어왔다. 잠시 나는 그가 술에 취했다고 생각했다. 하지만 곧 그의 두 손이 뒤로 묶여 있는 것을 깨달았다. 나와 마찬가지로 포로였다. 그는 검은색 바지를 입었지만, 상의는 아무것도 입지 않은 상태였다. 그의 뒤로 사병 둘이 따라왔다. 그중 하나가 그를 쿡 찌르는 것 같았고, 그가 신음을 했다. 그들이 더 가까이 왔을 때, 그가 맨발인 것이 눈에 들어왔다. 가면극이 걷잡을 수 없이 흘러가고 있다는 느낌이 날카롭게 밀려왔다. 비틀거리는 그의 조심스러운 걸음걸이는 연기가 아니라 실제였다.

그가 내 옆으로 왔다. 그리스인임이 분명한 젊은이로 키가 다소 작았다. 얼굴은 처참할 정도로 멍이 들어 부어 있었는데 한쪽 전체가 오른쪽 눈 근처의 상처에서 흐른 피로 범벅이 되어 있었다. 정신을 차리지 못하는 듯 제대로 걷지를 못했다. 그는 마지막 순간에야 나를 알아보고는 걸음을 멈추고 사나운 눈초리로 나를 쳐다보았다. 나는 공포로 손발이 오그라드는 것 같았다. 그들이 진짜 마을 청년 하나를 붙잡아 이 모양으로 만들어 놓았던 것이다. 그는 그 역을 하는 게 아니라 그 역이 되어 있었다. 뒤에 있던 사병 하나가 예고도 없이 그의 등을 야만적으로 때렸다. 나는 그것을 보았고, 그가 발작적으로 앞으로 비틀거리는 것을 보았으며, 그 가격에 정말이지 진짜로 고통에 헐떡이는 — 아니면 그렇게 들리는 — 소리를 들었다. 그는 4~5미터 더 앞으로 비틀거리며 걸어갔다. 그때 대령이 어떤 단어 하나를 내뱉었다. 보초들이 거칠게 손을 뻗어 그를 멈춰 세웠다. 세 사람은 내리막길이 시작되는 지점에 서 있었다. 대령이 내 바로 앞으로 왔고, 중위가 다리를 절면서 그의 뒤에 가 섰다. 둘 다 내게 등을 돌린 상태였다.

다시 침묵이 이어졌다. 청년이 헐떡이는 소리밖에 들리지 않았다. 그때 거의 즉시 손이 뒤로 묶인 또 다른 인물이 나타났다. 그의 뒤에는 사병 둘이 있었다. 그 순간에야 나는 내가 어디에 있는지를 알았다. 나는 1943년으로 돌아가 체포된 레지스탕스 전사들을 보고 있었다.

두 번째 남자는 카페탄*kapetan*, 즉 지도자처럼 보였는데,

거구에 나이는 마흔 정도로, 키는 180센티미터가량 되었다. 맨살이 드러난 한쪽 팔에는 밧줄로 된 멜빵이 걸려 있었고, 팔꿈치 위쪽으로 피에 물든 거친 붕대를 감고 있었다. 붕대는 그의 셔츠 소매를 찢어 만든 것 같았지만, 지혈을 하기에는 너무 얇았다. 그는 우리를 향해 내려왔다. 무성한 검은 수염과 매부리코 덕분에 그의 얼굴은 멋진 그리스 산적 같아 보였다. 그런 얼굴은 펠로폰네소스 반도에서 한두 번 본 적이 있었지만, 그 남자가 어디 출신인지는 알 수 있었다. 이마에 크레타 섬의 산사람들이 하는 가두리 장식이 달린, 까만색 머리띠를 아직도 하고 있었던 것이다. 나는 그가 바이런 풍의 신화에 나오는 고상한 산적처럼 민속 의상을 입고, 은으로 만든 칼자루가 달린 이슬람교도의 긴 칼과 권총을 벨트에 차고 서 있는 모습으로 19세기 초의 그림책에 등장하는 것을 상상할 수 있었다. 실제로 그는 영국 육군의 전투복 하의처럼 보이는 바지와 카키색 셔츠를 입고 있었다. 그 역시 맨발이었다. 하지만 그는 비틀거리지 않으려고 애쓰는 것 같았다. 아마도 부상 때문인 듯했는데 앞의 남자보다는 덜 얻어맞은 모습이었다.

내 앞에 온 그는 걸음을 멈추고 대령과 중위 뒤에 있는 나를 똑바로 바라보았다. 나는 그 표정이 그가 나를 알고 있으며, 내가 한때 그를 알았다는 것을 의미함을 깨달았다. 그것은 가장 사나운 증오와 경멸의 표정이었다. 그리고 동시에 들끓는 절망의 표정이기도 했다. 그는 잠시 아무 말도 하지 않았다. 그런 다음 그리스어로 한 단어를 내뱉었다.

「Prodotis.」 v처럼 들리는 일상적인 그리스어의 델타를 발음하는 그의 입술이 뒤들렸다.

〈배신자〉라는 말이었다.

그는 엄청난 힘을 갖고 있었고, 자신의 역할에 완전히 빠져 있었다. 나는 거의 무의식중에 마치 나 또한 배우가 되어야 한다는 것을 감지한 듯 뭐라고 대꾸도 하지 못한 채 조용히 그의 표정과 증오를 받아들였다. 잠시 나는 배신자였다.

남자는 발길에 채였지만, 램프 불빛을 받으며 3미터 떨어진 곳에서 이글거리는 듯한 눈길로 마지막으로 나를 노려보았다. 그런 다음 내가 처음에 못 들었을지도 모른다는 듯 그 말을 다시 했다.

「*Prodotis*.」

그가 그 말을 하는 순간 외침 소리가 들렸다. 대령이 다급히 명령했다. 「*Nicht schiessen*(쏘지 마)*!*」 보초들이 나를 꽉 움켜잡았다. 도망쳐 달아나던 첫 번째 남자가 머리부터 비스듬히 능수버들 숲으로 뛰어들었다. 그를 감시하고 있던 보초 둘이 뒤를 쫓아갔고, 서너 명이 더 달려갔다. 청년은 10미터도 채 못 가서 붙잡혔다. 독일어로 고함치는 소리가 들렸고, 고통에 못 이긴 역겨운 비명이 연이어 들려왔다. 발에 채이고 개머리판에 얻어맞는 몸이 내는 소리였다.

두 번째 비명이 들렸을 때, 내 바로 앞에 서서 지켜보던 중위가 얼굴을 돌려 내 뒤쪽 어둠 속을 바라보았다. 나는 그가 그 비명에, 그 만행에 대해 역겨워하고 있다는 것을 이해하도록 되어 있을 것이다. 처음 나를 보았을 때의 그의 표정도 설명이 되었다. 대령은 중위가 고개를 돌린 것을 알고는 그를 재빨리 한 번 쳐다본 뒤 나를 붙잡고 있는 보초들을 보면서, 그들이 못 알아듣도록…… 그리고 틀림없이 내가 알아듣도록 프랑스어로 말을 했다.

「*Mon lieutenant, voilà pour moi la plus belle musique dans le monde*(중위, 이것이 내게는 세상에서 가장 아름다운 음악이네).」

그의 프랑스어는 독일어 억양이 강했다. 그는 그 상황을 설명해 주는 〈음악〉이라는 단어를 점잔을 빼듯, 입술을 찌그러뜨리며 빈정대듯 말했다. 대령은 가학적인 독일인의 전형이었고, 중위는 선량한 독일인의 전형이었다.

중위가 뭔가 말하려는 것처럼 보였을 때 갑자기 엄청난 외침 소리가 밤의 공기를 갈라놓았다. 그것은 고상한 산적이 폐부에서부터 내지른 소리로, 누군가 깨어 있었다면, 섬의 끝에서도 들었을 것이다. 그것은 단 한 단어였지만, 가장 그리스적인 단어였다.

나는 그것이 연기라는 것은 알았지만, 너무도 멋진 연기였다. 불길처럼 거세게 터져 나온 그 외침은 다른 무엇보다 악마의 포효에 가까웠지만, 내면 가장 깊은 핵심에서 바로 나와 감전시키듯 충격을 주었다.

그것은 박차 끝의 톱니처럼 대령에게 박혔다. 그는 강철 스프링처럼 휙 몸을 돌렸다. 그는 성큼성큼 세 걸음을 걸어 그 크레타인 앞에 가 서서 그의 얼굴을 사정없이 갈겼다. 비스듬히 머리를 맞은 남자는 비틀거렸지만, 곧 똑바로 섰다. 다시 한 번 나는 마치 내가 맞기라도 한 것 같은 충격을 받았다. 구타나 피에 젖은 팔은 가짜일 수 있지만 그 가격은 그렇지 않았다.

길 아래쪽에서 사람들이 다른 남자를 덤불에서 끌어내고 있었다. 그는 제대로 서 있지 못했고, 사람들이 팔을 붙들어 끌고 있었다. 그들은 그를 길 중간에 내팽개쳤고, 그는 옆으로 누워 신음했다. 하사관이 내려가 사병 하나에게서 수통을 뺏어 그의 얼굴에 물을 부었다. 그 남자는 일어서려고 했다. 하사관이 무슨 말인가를 하자 보초들이 그를 일으켜 세웠다.

대령이 뭐라고 말했다.

사병들은 포로들을 가운데 두고 두 무리로 나뉘어 이동을 시작했다. 1분이 채 안 지나서 마지막 사람의 등이 시야에서 사라졌다. 나는 보초 둘과 대령, 그리고 중위와 함께 남게 되었다.

대령이 내게 다가왔다. 그의 얼굴에는 바실리스크[110] 같은 냉혹함이 서려 있었다. 그는 지나치게 분명한 영어로 딱딱하게 말을 했다.

「아직. 끝나지. 않았어.」

그의 얼굴은 유머 없는 미소기와, 협박의 기미 이상의 것으로 온통 뒤덮여 있었다. 마치 이 장면 다음에 이어질 그 이상의 무언가가 있을 것이며, 나치의 세계관이 어느 날 부활해 실현될 것이라는 것을 의미하는 것 같았다. 그는 강철 같은 인상을 주는 남자였다. 그는 말을 하자마자 몸을 돌려 부하들이 간 길을 따라가기 시작했다. 중위는 그와 함께 갔다. 나는 소리를 질렀다.

「뭐가 끝나지 않았다는 거죠?」

하지만 대답이 없었다. 시커먼 두 형체 — 키가 큰 쪽은 다리를 절었다 — 는 능수버들의 희미하고 부드러운 벽 사이로 사라졌다. 나는 나를 지키고 있는 보초들에게 눈을 돌렸다.

「이제 뭐죠?」

대답 대신 그들은 나를 잡아 흔들며 강제로 앉혔다. 나는 잠시 우스꽝스럽게도 저항을 했지만, 그들이 쉽게 이겼다. 1분 뒤 그들은 내 발목을 밧줄로 단단히 묶더니 바위로 끌고 가 등을 기대게 했다. 좀 더 어려 보이는 사병이 군복 호주머니에서 담배 세 개비를 꺼내 던졌다. 나는 성냥불을 켜서 그 불빛에 그것들을 비춰 보았다. 다소 싸구려로 보였는데, 하나하나마다 작고 검은 나치 문양 사이로 〈*Leipzig dankt euch*

---

110 아프리카 사막에 살며 입김과 시선으로 사람을 죽인다는 전설의 파충 동물.

(라이프치히는 제군들에게 감사한다)〉라는 문구가 붉은 글씨로 인쇄되어 있었다. 내가 피운 담배는 적어도 10년은 된 것처럼 아주 역한 맛이 났다. 그들이 지나치게 철저해서, 실제로 전쟁 때 지급된 깡통에서 꺼내서 만 담배를 갖고 온 것 같았다. 1943년에는 맛이 신선했을 것이다.

나는 몇 번을 그들과 얘기를 해보려고 시도했다. 영어로, 그런 다음에는 빈약한 독일어로, 심지어 프랑스어와 그리스어로. 하지만 그들은 내 맞은편 길에 무신경하게 앉아 있었다. 서로끼리도 채 열 단어도 말하지 않았는데 내게 말을 하지 말라는 명령을 받은 게 틀림없었다.

그들이 처음 나를 묶었을 때 나는 손목시계를 보았다. 12시 35분이었다. 이제는 1시 30분이었다. 학교에서 2~3킬로미터 서쪽으로 떨어진, 섬의 북쪽 해안 어딘가에서 처음으로 희미한 엔진 소리가 들렸다. 그것은 요트보다는 해안을 따라 다니는 커다란 범선의 디젤 엔진 소리 같았다. 배역들이 다시 배에 탄 것 같았다. 보초 둘은 그 소리를 기다리고 있었던 게 분명했다. 그들은 자리에서 일어섰고, 좀 더 나이를 먹은 자가 내가 볼 수 있도록 테이블 나이프를 내민 다음 자신들이 앉아 있던 자리에 던졌다. 그런 다음 한마디 말도 없이 걸어가기 시작했다. 하지만 다른 사람들이 간 방향은 아니었다. 그들은 산등성이로 올라가 부라니로 내려가는 길을 갔다.

그들이 사라진 것을 확인하자마자 나는 돌 위를 기어 나이프가 있는 곳까지 갔다. 나이프는 무뎠고, 밧줄은 새것이었다. 20분을 더 분통을 터뜨리며 낑낑댄 후에야 나는 겨우 자유의 몸이 되었다. 나는 남쪽 해안이 내려다보이는 능선까지 올라갔다. 물론 조용하고 고요했으며, 별빛 아래로 풍경이 펼쳐져 있었고, 에게 해의 섬 하나가 고전적인 밤의 평화 속에 누워 있었다. 요트는 여전히 닻을 내리고 있었다. 나는 그게 무엇이든, 범선이 내 뒤쪽으로 나브플리온을 향해 가는 소리를 들을 수 있었다. 나는 부라니로 달려 내려가 여자들을 깨우고, 콘키스의 수염을 뽑고, 즉시 설명을 요구할까 하는 생각을 했다. 하지만 나는 지쳐 있었고, 여자들의 무고함을 확신했으며, 별장 근처에 접근하는 것이 허락되지 않을 것 같았다. 그들이 나의 그러한 반응을 예상했을 수도 있었고, 순수하게 신체적인 면만 놓고 봐도 내가 수적으로 열세에 놓여 있었다. 나는 분노를 느끼면서도 콘키스가 하고 있는 일에 대한 예의 두려움이 다시 생겨나는 것을 느꼈다. 다시 한 번 나는 신화 속의 인물이 되었지만 그 의미를 이해하지 못했다. 그럼에도 그것을 이해한다는 것은 그 반전이 제아무리 불길하다 하더라도 그것이 계속되어야 한다는 것을 의미함을 어떤 식으로든 인식하고 있었다.

50

아침 수업은 7시에 시작되었기 때문에 나는 다섯 시간도 못 잔 상태에서 교실에 들어섰다. 날씨도 무척 안 좋았는데, 바람 한 점 불지 않았고, 혹독하게 더웠으며, 공기는 정체되어 있었다. 땅 위의 모든 색채가 타서 없어진 것 같았고, 그나마 남아 있는 얼마 안 되는 초록색 식물들도 그을리고 지친 듯 보였다. 행렬을 지어 가는 송충이들이 소나무를 학살한 상태였고, 서양협죽도는 꽃 가장자리가 갈색으로 변해 버렸다. 생기를 띤 것은 오직 바다뿐이었고, 나는 정오에 수업이 끝난 뒤 물속에 뛰어들어 그 파란색 위안 속에 누운 후에야 조리 있게 생각을 할 수 있었다.

오전 중에 한 생각이 떠올랐다. 중요한 배우들을 제외한 나머지 독일 〈군인〉들 거의 모두가 열여덟에서 스무 살 사이로 무척 젊었다. 7월 초였으니, 독일과 그리스의 대학들은 학기가 끝났을 터였다. 콘키스가 정말로 영화 제작과 관계가 있다면 독일 학생들을 충분히 쉽게 데려올 — 며칠간 자신을 위해 일을 하게 한 후 그리스에서 휴가를 보내게 할 — 수 있었을 것이다. 그들을 단 한 번 써먹기 위해 그리스로 데려왔으리라고는 믿을 수 없었다. 대령이 경고한 대로 또 다른 가학적인 것이 찾아오리라.

나는 팔을 벌리고 눈을 감은 채, 십자가형을 당한 것처럼 물 위에 누워 떠 있었다. 나는 이미 냉정을 되찾은 상태였고, 그래서 전날 밤 산등성이에서 돌아오면서 마음속으로 지은, 화가 나 비난하는 편지를 쓰지 않으리라는 것을 알고 있었다. 그것은 다른 무엇보다 노인이 기대하고 있을 행동이었으며 — 그날 아침 나는 학교에서 데메트리아데스의 눈에서 뭔가 추측하고 캐묻는 듯한 기색을 감지했다 — 내가 취할 단 하나의 확실하게 좋은 방도는 그가 기대하는 행동을 하지 않는 것이었다. 그리고 가만 생각해 보니 그들 자매에게 어떤 커다란 위험이 있을 것 같지도 않았다. 그들이 잘못된 길로 가고 있다고 그가 믿는 한 그들은 안전했다. 아니, 늘 그랬던 만큼은 안전했다. 내가 그들을 구해 줘야 한다면 그들이 내 앞에 있을 때까지 기다리는 것이 나았지 내가 의도하는 것을 그에게 미리 알리는 것은 좋지 않았다. 그리고 콘키스에게는 사람을 즐겁게 해주는 엄청난 장점이 있었다. 이상하긴 했지만, 그 일이 일어났다는 사실 자체가 경이로운데 그것이 일어난 방식에 대해 화를 내는 것은 어리석은 일처럼 여겨졌다.

정오에 들어오는 배편으로 우편물이 도착해, 점심 식사 도중에 나눠졌다. 나는 세 통의 편지를 받았다. 하나는 로디지

아[111]에 있는 숙부에게서 드물게 오는 편지 중 하나였고, 다른 한 통은 아테네의 영국 문화원에서 보낸 공보물이 들어 있는 것이었다. 그리고 세 번째 것은…… 나는 둥글고, 약간 느슨하며, 커다란 글씨로 쓴 필체를 알아보았다. 나는 봉투를 뜯었다. 앨리슨에게 보낸 내 편지가 개봉되지 않은 상태로 떨어졌다. 그것 외에는 아무것도 없었다. 몇 분 뒤 내 방으로 돌아온 나는 그것을 뜯지 않은 상태로 재떨이에 올려 태워 버렸다.

다음 날은 금요일이었다. 나는 점심 시간에 또 한 통의 편지를 받았다. 인편으로 배달된 것이었는데, 필체를 알아볼 수 있었다. 나는 식당을 빠져나올 때까지 편지를 개봉하지 않았다. 그 짤막한 내용에 나는 큰 소리로 욕을 퍼부었다. 날짜도, 장소도, 수취인의 주소와 성명도 기재되어 있지 않은 그 편지는 얼굴을 가격하는 것처럼 잔인하고, 예기치 못한 것이었다.

부라니를 더 이상 방문하는 것은 헛될 것이오. 이유를 설명할 필요는 없을 것 같소. 당신은 나를 몹시 실망시켰소.
모리스 콘키스

나는 심한 실망과 쓰라린 분노를 느꼈다. 무슨 권리로 그는 그토록 자의적인 포고문을 발표할 수 있단 말인가? 그것은 이해할 수 없었고, 내가 줄리를 통해 알게 된 모든 것과 모순되었다. 하지만 내가 그녀를 떠난 후 일어난 것과는 모순되지 않았다……. 배신자라는 비난은 새로운 중요성을 얻었

111 짐바브웨의 전 이름.

다. 나는 점령기의 일화가 피날레이자 해고 통지였을 수도 있다는 것을 서늘하게 깨달았다. 그에게는 나를 위한 시간이 더는 없었다. 하지만 여자들이 있었다. 그는 그들에게 무슨 얘기를 할 수 있었던 것인가? 아니, 그가 자신들에게 거짓말을 하고 있다는 것을 알고 있는데 그들에게 얘기나 할 수 있었던 것일까?

그날 내내 나는 그들이 학교에 나타나 주기를 반쯤 기대했다. 이제 그들은 그를 꿰뚫어 보게 된 게 틀림없었다. 나는 경찰에 가거나 아테네에 있는 영국 대사관과 접촉하는 것을 고려했다. 하지만 서서히 좀 더 마음이 안정되어 갔다. 나는 「템페스트」와의 유사성과, 〈그의〉 영지에서 젊은 찬탈자를 노인이 심판한 일을 떠올렸다. 또한 콘키스가 자신의 속내와는 정반대되는 것을 말했던 과거의 여러 경우를 떠올렸다. 그리고 무엇보다 줄리를 떠올렸다……. 바닷물 속의 그 벌거벗은 몸뿐만 아니라 우리의 프로스페로에 대한 그녀의 직관적인 믿음 또한. 잠자리에 들 무렵 나는 그것을 그가 던지는 일종의 마지막 음울한 농담으로, 주사위 놀이와 자살용 약과 유사한 어떤 시험적인 술책으로 받아들여야 한다는 결론을 내렸다. 나는 그가 정말로 줄리나 진실을 내게서 한 주 더 떼어 놓으려 한다고는 믿을 수 없었다. 그는 내가 이튿날 부라니로 가리라는 것을 알고 있을 게 분명했다. 그는 강한 거부를 드러내는 어떤 코미디를 할 수도 있겠지만 어쨌든 그곳에 있을 것이다. 그리고 그의 다른 꼭두각시 역시 마침내 내가 그의 패를 꺼내 보일 것을 요구하는 것을 돕기 위해 그곳에 있을 것이다.

토요일 오후 2시가 조금 지나 나는 언덕을 오르고 있었다. 3시에는 능수버들 숲에 들어갔다. 이글거리는 열기 속에서 ─

여전히 바람 한 점 없는 날씨였다 — 나는 내가 본 사건이 실제로 일어난 것인지 믿기 어려웠다. 하지만 그곳에는 최근에 부러진 나뭇가지 두세 개가 있었다. 그리고 〈포로〉가 몸을 날렸던 곳에는 돌멩이 몇 개가 뒤집혀 있었는데, 밑바닥은 그 섬 특유의 흙이 묻어 불그스름했다. 좀 더 올라간 나는 비벼 끈 담배꽁초 몇 개를 집었다. 그중 하나는 반쯤 피우다 만 것으로 〈라이프치히는……〉으로 시작되는 똑같은 문구가 있었다.

나는 섬의 다른 쪽이 내려다보이는 절벽 위에 섰다. 요트가 그곳에 없는 것이 바로 눈에 들어왔다. 하지만 그것으로 모든 희망을 놓아 버리지는 않으리라 마음먹었다.

정문에 도착한 나는 곧장 집으로 걸어갔다. 문이 닫히고 인적이 끊긴 집은 오두막과 함께 햇빛 속에 나른한 모습으로 서 있었다. 나는 프랑스식 창문 덧문들을 세게 흔들어 보았고, 다른 것들도 그렇게 해보았다. 하지만 하나도 열리지 않았다. 그러는 동안에도 나는 주위를 둘러보았는데, 그것은 실제로 내가 감시당하고 있다고 느꼈기 때문이라기보다는 그렇게 느껴야 한다고 느꼈기 때문이다. 그들은 집 안에서, 1미터 남짓밖에 떨어지지 않은 덧문 뒤의 어둠 속에서 미소를 지으면서 나를 지켜보고 있는 게 틀림없었다. 나는 전용 해변을 내려다보았다. 해변은 열기 속에 누워 있었다. 선착장, 펌프실, 낡은 장애물, 작은 동굴의 그늘진 입구도 마찬가지였다. 하지만 보트는 보이지 않았다. 나는 포세이돈 입상이 있는 곳으로 갔다. 말 없는 입상, 말이 없는 나무들. 지난 일요일 줄리와 함께 앉았던 절벽에도 가보았다.

생기를 잃은 바다를 여기저기서 일렁이게 하는 것은 길 잃은 미풍과 점묘화 같은 정어리 떼뿐이었다. 정어리 떼는 구불구불한 어두운 청회색 선을 넓게 그리고 좁게 반복적으로 그리며 신기루처럼 반짝이는 수면 위를 가로질러 천천히 움

직였는데, 그 모습이 꼭 물이 시퍼렇게 썩어 들어가는 것 같
았다.

　나는 세 채의 오두막이 있는 만을 향해 걷기 시작했다. 동
쪽 풍경이 눈에 들어오면서, 잠시 후 나는 부라니 곶의 경계
를 알리는 철조망에 이르렀다. 다른 곳과 마찬가지로 그곳
철조망도 녹이 슬어 장벽의 표시를 할 뿐 실제로 철조망 역
할은 하지 못했다. 그 바로 너머에는 18 내지 20미터가량 뚝
떨어지는 내륙의 절벽이 있었다. 나는 몸을 숙여 철조망을
지나, 절벽 가장자리를 따라 내륙으로 갔다. 아래로 내려갈
수 있는 곳이 한두 군데 있었지만, 바닥에는 뚫고 들어가기
힘든 관목과 가시덩굴이 밀림을 이루고 있었다. 나는 울타리
가 서쪽의 정문을 향해 나 있는 곳에 이르렀다. 뭔가를 말해
주는, 뒤집힌 돌도 철조망 사이의 분명한 틈도 없었다. 절벽
이 평평해지는 곳에 이른 나는 지난번에 오두막들을 방문했
을 때 택한, 거의 사용되지 않는 길로 들어섰다.

　잠시 후 나는 오두막들을 둘러싼 작은 올리브밭 사이를 걸
어갔다. 나무들 사이를 지나 접근하면서 나는 하얗게 회칠
한 세 채의 집들을 지켜보았다. 이상하게도 닭이나 당나귀도
한 마리 보이지 않았다. 개도 없었다. 지난번에는 개가 두세
마리 있었다.

　단층짜리 오두막 두 채는 서로 맞닿아 있었다. 둘 다 앞문
에 빗장이 걸려 있고, 맹꽁이자물쇠가 채워져 있었다. 세 번
째 농가는 좀 더 열기 쉬운 것처럼 보였지만, 그것 역시 조금
열리다 말 뿐 꿈쩍도 안 했다. 안쪽에는 나무 빗장이 걸려 있
었다. 나는 집 뒤로 돌아가 보았다. 그곳에 있는 문 역시 맹
꽁이자물쇠가 채워져 있었다. 하지만 닭장 너머로 덧문 두
개가 조금 열려 있는 것을 발견했다. 나는 지저분한 창문을
통해 안을 들여다보았다. 낡은 놋쇠 침대가 하나 있었고, 그

중앙에는 침구가 육면체 모양으로 개켜져 있었다. 벽에는 사진과 성상이 걸려 있었다. 등나무로 바닥을 댄 나무 의자 두 개와, 창문 아래에 있는 간이침대, 그리고 낡은 트렁크도 보였다. 내 앞쪽 창턱에는 레치나 병에 꽂은 갈색 양초와 부러진 보릿대국화 화환과 녹슨 사슬톱니바퀴가 하나씩 놓여 있었고 한 달 정도는 된 듯한 먼지가 쌓여 있었다. 나는 덧문을 닫았다.

두 번째 오두막의 뒷문에도 맹꽁이자물쇠가 채워져 있었다. 마지막 집에도 빗장이 채워져 있었지만 그냥 낚싯줄로 묶여 있을 뿐이었다. 나는 성냥을 켰다. 30초 뒤 나는 오두막 안의 또 다른 침실에 서 있었다. 캄캄한 방 안의 그 무엇도 조금도 이상하게 보이지 않았다. 나는 앞쪽에 있는 부엌 겸 거실로 갔다. 그곳에 있는 문은 옆집과 바로 통했고, 또 다른 부엌 뒤에는 곰팡내 나는 또 다른 침실이 하나 있었다. 한두 개의 서랍과 찬장을 열어 보았다. 그 오두막은 꾸몄을 가능성이 전혀 없는, 전형적인 가난한 섬 주민의 집이었다. 한 가지 이상한 점은 오두막들이 비어 있다는 것이었다.

나는 밖으로 나와 철사 조각으로 빗장 손잡이를 묶었다. 50미터쯤 떨어진 올리브밭 사이에 하얗게 회칠한 변소가 보였다. 나는 그곳으로 갔다. 땅에 뚫린 구멍을 가로질러 거미줄이 쳐져 있었다. 사각형으로 찢은 누런 그리스 신문지 뭉치가 녹슨 못에 걸려 있었다.

실망스러웠다.

나는 붙어 있는 두 채의 오두막 옆에 있는 우물로 가 나무 뚜껑을 열고, 하얗게 바랜 입구 옆에 있는, 밧줄이 달린 낡은 두레박을 아래로 내렸다. 갇혀 있던 뱀처럼 시원한 공기가 위로 솟구쳤다. 나는 입구 위에 앉아 물을 한입 가득 마셨다. 그 물에는 우물물 특유의 살아 있는, 청량한 신선함이 있었고, 수돗물의 밋밋한 맛과는 비교가 되지 않게 달콤했다.

빨간색과 검은색이 섞인 밝은 색의 깡충거미 한 마리가 우물 가장자리를 따라 내 쪽으로 기어왔다. 내가 손으로 길을 막자, 깡충거미는 내 손 위로 뛰어 올라왔다. 거미를 집어 가까이 가져오자, 이륜마차 양쪽에 달린 램프처럼 작고 까만 눈이 보였다. 거미는 커다란 사각형 머리를 좌우로 흔들었는데, 콘키스의 캐묻는 듯한 동작을 흉내 내는 것 같았다. 그리고 다시 한 번, 올빼미 울음소리를 들었을 때처럼 나는 마술이 실재하는 것만 같은 섬뜩한 두려움을 느꼈다. 어디에나 존재하는 콘키스가 그곳에도 있는 것 같았다.

나를 정말로 실망시킨 것은, 내가 없어서는 안 되는 존재가 아니라는 것이 이로써 증명되었다는 사실이었다. 나는 그 〈실험〉이 무엇보다 나의 존재를 필요로 하고 있다고 생각했다. 하지만 그렇지 않은지도 몰랐다. 나는 단지 조연이었으며, 내가 지나치게 두드러진 존재가 되려 하자마자 버려진 것이었다. 나를 가장 화나게 한 것은 전혀 분명치 않은 이유로 내가 미트퍼드와 같은 유형에 들게 되었다는 것이었다. 나는 두려움과 날카로운 편집증 또한 느꼈다. 내가 그 주 주말에 오지 못하는 것에 대해 콘키스가 어떤 이유를 대 여자들에게 거짓말을 했을 수도 있지만, 그들 셋 모두가 나를 속이고 있을 가능성도 여전히 남아 있었다. 하지만 이제 어떻게 그것을 믿을 수 있단 말인가? 그 모든 키스와 솔직함, 포옹, 그리고 우리의 관계가 특별하다는 것을 암시한, 밤에 물속에서 나눈 사랑…… 창녀가 아닌 한 그러한 것들을 원하고 즐기는 척할 수 있는 여자는 없었다. 그것은 생각도 할 수 없는 일이었다. 어쩌면 단서는 내가 없어도 상관없는 존재라는 데 있는지도 몰랐다. 나는 남자가 있어야 할 장소가 존재한다는 것과 자기 중심적인 관점의 한계에 대해 어떤 모호한 형이상학적인 교훈에 대한 가르침을 받고 있었다. 하지만 그것은 어떤 진정한 가르침이라기보다는 멍청한 동물을 고문하는 것에 더 가까운 불필요한 잔인함이기 십상이었다. 나는 — 겉으로 보이는 것뿐만 아니라 더 깊은 동기에 대해서도 — 아무것도 믿을 수 없는 지경에 빠지고 말았다. 몇 주 동안 나는 내가 분해되고 있으며, 이전의 자아로부터 — 또는 자아를 구성하는, 서로 연결된 관념의 구조와 의식적인 감정으로부터 — 분리되고 있다고 느꼈다. 그런데 지금 이것은 엔지니어가 사라진 상태에서, 부품들이 널린 작업대 위에 누워…… 자신을 다시 어떻게 조립할지 확실히 모르고 있는 것과 마찬가지였다.

　나는 처음으로 죄책감보다는 회한을 느끼며 앨리슨에 대한 생각을 하고 있는 나 자신을 발견했다. 나는 거의 그녀가 그곳에, 내 옆에 있어 말동무가 되어 주었으면 하는 마음까지 들었다. 남자 친구처럼 이야기 상대로, 그 이상은 아닌 존재로. 나는 뜯지 않은 내 편지가 반송된 후로 그녀에 대해 거의 한 번도 생각한 적이 없었다. 그사이 일어난 사건들로 인해 그녀는 이미 과거 속에 묻힌 상태였다. 하지만 이제 파르나소스에서 보낸 그 순간들이 기억났다. 폭포 소리, 내 등에 비치던 햇빛, 그녀의 감은 눈, 나를 좀 더 깊이 받아들이기 위해 온몸을 활처럼 굽히던 모습…… 그녀가 거짓말을 할 때에도 그녀가 어떻게, 그리고 왜 거짓말을 하는지 늘 알 것 같은 이상한 확신. 그리고 그녀가 거짓말을 할 리 없다는 단순한 사실. 물론 일상적인 차원에서 그것은 그녀를 무미하고 예측 가능하며, 다소 지겨울 정도로 투명한 존재로 만들었다. 여자에게서 매력적인 것은 언제나 그들이 숨기려고 하는 것과, 그들을 유혹해 옷을 벗게 만드는 데 비길 수 있는 모든 은유적인 것을 자극하는 것이었다. 그것은 앨리슨의 경우 늘 지나치게 쉬웠다. 그리고 어쨌든…… 나는 자리에서 일어나 음란한 생각을 지워 버리기 위해 담배를 피웠다. 그녀는 엎질러진 우유 또는 쏟아 버린 정액이었다. 나는 줄리를 열 배는 더 원했다.

나는 그날 오후 나머지 시간을 세 채의 오두막 동쪽에 있는 해안을 조사한 후 그곳들을 지나 다시 부라니로 돌아오는 데 보냈다. 돌아왔을 때는 주랑 아래에서 차를 마실 시각이 되어 있었다. 하지만 그곳은 이전처럼 인기척이 없었다. 한 시간 정도 더 머물면서 나는 쪽지나 표시 같은 것을 찾아보았다. 열 번은 뒤진 서랍을 다시 뒤지는 백치 꼴이었다.

6시에 학교로 돌아가면서, 나는 좌절감에 빠져 아무 소용없는 분노밖에 느낄 수 없었다. 콘키스에 대한, 줄리에 대한, 그리고 모든 것에 대한.

마을 반대편에 섬의 어부들만 사용하는 항구가 또 하나 있었다. 학교 관계자나, 마을에 사교적인 활기가 있어야 한다고 주장하는 사람은 피하는 곳이었다. 많은 집들이 무자비할 정도로 황폐해진 상태였다. 어떤 집들은 충치에 걸린 것처럼 구멍이 뚫린 벽만 남아 있었고, 부서진 선착장을 따라 여전히 서 있는, 골함석 지붕 집들은 콘크리트를 누더기처럼 바른 흔적과, 자주 수리를 한 볼썽사나운 다른 흔적들을 지니고 있었다. 술집이 세 군데 있었지만, 그중 하나만이 어느 정도 크기가 되었다. 그곳의 문 밖에는 거친 나무 테이블이 몇 개 있었다.

겨울에 혼자서 산책을 갔다가 돌아오는 길에 한 번 술을 한잔하러 그곳에 간 적이 있었다. 술집 주인은 수다스러운 사람으로, 비교적 말을 알아듣기 쉬웠던 기억이 났다. 어쩌면 아나톨리아 출신이었을 수도 있지만, 그 섬의 기준에 비춰 보면 말하기를 좋아하는 편이었다. 그의 이름은 게오르기

우였는데, 다소 여우 같은 얼굴에, 몇 가닥 안 남은 회색 머리
칼과, 히틀러와 우스꽝스럽게 닮아 보이게 해주는 작은 콧수
염을 하고 있었다. 일요일 아침 내가 개오동나무 아래에 앉
아 있는데, 돈이 있는 손님을 잡은 것에 기쁜지 그는 비굴한
모습을 보이며 다가왔다. 그는 물론 나와 우조 한잔을 하게
되면 영광일 거라고 말했다. 그는 아이 하나를 불러 최고의
우조와 올리브를 가져오라고 시켰다. 그런 다음 학교 생활은
할 만한지, 그리스는 마음에 드는지 물었다. 나는 그가 몇 가
지 일상적인 질문을 하게 내버려 두었다. 그런 다음 작업에
착수했다. 열두 척쯤 되는, 양홍색과 초록색의 빛바랜 범선
들이 우리 앞쪽의 고요하고 푸른 바다에 떠 있었다. 나는 그
것들을 가리켰다.
　「이곳에 외국인 관광객이 오지 않는 건 유감이에요. 요트
말예요.」
　「에취!」 그는 올리브 씨를 뱉어 냈다. 「프락소스는 죽었소.」
　「부라니 곶에 사는 콘키스 씨가 가끔씩 이곳에 요트를 두
는 것으로 생각했는데요.」
　「그 작자.」 나는 게오르기우가 마을에 사는, 콘키스의 적
가운데 한 사람이라는 것을 즉시 알아차렸다. 「그자를 만난
적 있소?」
　나는 아니지만 한번 찾아가 보려고 한다고 말했다. 그런데
그가 요트를 가지고 있다는 게 사실인지 물었다.
　그건 사실이지만 그 요트가 섬의 그쪽에 온 일은 없다고
했다.
　콘키스를 만난 일이 있는지 물었다.
　「*Ochi*.」 〈없다〉는 말이었다.
　「마을에 그 사람 집이 있나요?」
　헤르메스가 살고 있는 집 한 채뿐이었다. 그것은 마을 뒤편

에, 성 엘리아스라는 교회 근처에 있었다. 화제를 바꾸는 척하며 나는 지나가는 말처럼 부라니 곶 근처에 있는 세 채의 오두막에 대해 물었다. 그곳 식구들은 어디로 간 것이냐고.

그는 남쪽을 향해 손을 흔들었다.「본토로 갔소. 여름을 나기 위해.」그는 섬의 어부들 가운데 소수는 반(半)유랑 생활을 한다고 설명했다. 겨울에는 프락소스 섬의 보호 수역에서 고기를 잡지만, 여름에는 좀 더 나은 어획고를 올리기 위해 가족을 데리고 펠로폰네소스 반도 주변과 크레타 섬까지 떠돈다는 것이었다. 그는 세 채의 오두막 이야기로 돌아갔다.

그는 아래를 가리킨 후 물을 마시는 시늉을 해 보였다.「우물이 안 좋소. 여름에는 좋은 물을 얻을 수 없소.」

「정말인가요? 물이 안 좋다는 게?」

「그렇소.」

「안된 일이군요.」

「그자의 잘못이오. 부라니 곶의 그 작자 말이오. 그는 더 나은 우물을 팔 수도 있소. 하지만 워낙에 비열한 작자라서 말이오.」

「그 오두막들도 그의 소유인가요?」

「*Vevaios.*」〈물론〉이라는 뜻이었다.「섬의 그쪽에 있는 것은 모두 그자 것이오.」

「모든 땅이요?」

그는 뭉툭한 손가락을 꼽아 가며 세었다. 코르비, 스트레미, 부라니, 무차, 피가디, 자스테나…… 전부 부라니 곶 주변의 만과 갑의 이름들이었다. 그리고 그것이 콘키스에 대한 또 다른 불만처럼 보였다. 여러 아테네 사람들과 〈부자들〉이 그곳에 집을 짓고 싶어 했다. 하지만 콘키스는 한 평도 팔려고 하지 않았고, 그리하여 섬이 절실히 필요로 하는 돈을 씨를 말려 버렸다. 나무를 실은 당나귀 한 마리가 선착장을 따라 우리 쪽으로 왔다. 다리를 서로 스치며, 모델처럼 까다롭게 걷고 있었다. 이 새로운 정보는 데메트리아데스가 공범자라는 것을 증명했다. 그것은 누구나 다 아는 소문이었음이 분명했다.

「마을에서 그의 손님들을 본 적이 있나요?」

그는 관심 없다는 듯, 고개를 치켜들고 부정의 뜻을 표시했다. 손님이 있든 없든 자신과는 상관없는 일이라는 식이었다. 나는 집요하게 물었다. 그곳에 혹시 외국인들이 묵고 있는지 아느냐고.

하지만 그는 어깨를 으쓱했다. 「*Isos.*」〈어쩌면〉이라는 의미였다. 그는 알지 못했다.

그때 행운이 찾아왔다. 키 작은 노인 하나가 옆길에서 나타나 게오르기우 뒤로 다가왔다. 노인은 누더기가 다 된 선원 모자를 쓰고, 세탁을 해 빛이 너무도 바래 햇빛 속에서 거의 하얗게 보이는 푸른색 캔버스 천 셔츠를 입고 있었다. 그가 우리 테이블을 지나갈 때, 게오르기우가 힐끗 쳐다보더니 소리를 질렀다.

「*Eh, Barba Dimitraki! Ela.*」〈이리 와요. 와서 영어 선생하고 얘기나 해요〉라는 뜻이었다.

노인이 걸음을 멈추었다. 여든쯤 되어 보였는데, 몸을 무척 떨고 면도를 하지 않았지만 전혀 노망이 든 것 같지는 않았다. 게오르기우가 내 쪽으로 고개를 돌렸다.

「전쟁 전에는 저 영감님이 헤르메스가 하던 일을 했소. 부라니에 우편물을 가져가는 일 말이오.」

나는 노인을 앉게 한 후 우조와 간단한 안주를 더 시켰다.

「부라니 곳을 잘 아십니까?」

노인은 주름투성이 손을 흔들었다. 말로 할 수 있는 것보다 더 잘, 아주 잘 알고 있다는 의미였다. 그가 무슨 말을 했는데 나는 알아들을 수가 없었다. 언어에 어느 정도 재능이 있는 게오르기우는 우리의 담뱃갑과 성냥갑을 벽돌처럼 쌓았다. 건물이었다.

「이해하겠어요. 1929년에요?」

노인이 고개를 끄덕였다.

「전쟁 전에는 콘키스 씨한테 손님이 많았습니까?」

「많은 손님들이 있었지.」 그 말에 게오르기우는 놀랐다. 그는 내 질문을 반복하기까지 했지만, 같은 대답을 들었다.

「외국인들요?」

「외국인도 많았지. 모두 프랑스인과 영국인들이었어.」

「학교에 있던 영국인 선생들은요? 그들도 거기에 갔었나요?」

「*Ne, ne. Oloi.*」〈그랬지, 그들 모두가〉라는 뜻이었다.

「그 사람들 이름은 기억 안 납니까?」 질문이 터무니없다고 생각했는지 노인이 웃었다. 그는 그 사람들의 모습도 기억하지 못했다. 키가 아주 큰 한 사람을 제외하고는.

「마을에서 그 사람들을 만난 적이 있습니까?」

「가끔, 가끔.」

「전쟁 전 부라니에서 그들이 뭘 했죠?」

「그들은 외국인들이었어.」

게오르기우는 노인이 시골 사람 특유의 억지스러운 논리를 보이는 것을 참지 못했다. 「*Ne, Barba. Xenoi. Ma ti ekanon*(그래요, 바르바. 외국인들이에요. 대체 그들이 뭘 했냐니까요)?」

「음악. 노래. 춤.」 게오르기우는 다시 한 번 노인의 말을 믿지 않았다. 그는 노인이 머리가 약간 이상하다는 말을 하듯 내게 한쪽 눈을 찡긋해 보였다 하지만 나는 그가 그렇지 않다는 것을 알고 있었다. 그리고 게오르기우는 1946년에야 섬에 왔다.

「어떤 노래와 춤이었죠?」

그는 알지 못했다. 짓무른 그의 눈은 과거를 더듬는 것 같았지만 소용이 없었다. 하지만 그는 〈다른 것들도 있었지. 그들은 연극을 했어〉 하고 말했다. 게오르기우가 큰 소리로 웃음을 터뜨렸지만, 노인은 어깨를 으쓱하며 무심하게 〈정말이야〉 하고 말했다.

게오르기우가 히죽 웃으며 몸을 앞으로 기울였다. 「그럼 영감님은 무슨 역이었죠? 바르바 디미트라키? 카라요지스였나요?」 그는 그리스의 그림자극에 나오는 펀치[112]에 대해 이야기하고 있었다.

나는 노인에게 내가 그의 말을 믿는다는 것을 보여 주었다. 「어떤 종류의 연극이었죠?」

하지만 그의 얼굴은 그가 모른다는 것을 보여 주었다. 「정원에 무대가 있었어.」

「정원 어디요?」

「집 뒤에. 커튼도 있고, 진짜 무대였어.」

「마리아를 아십니까?」

하지만 전쟁 전에는 술라라는 다른 하녀가 있었는데, 지금은 세상을 뜬 모양이었다.

「마지막으로 거기 간 게 언제입니까?」

「아주 오래전. 전쟁이 일어나기 전.」

「아직도 콘키스 씨를 좋아하십니까?」

노인은 고개를 끄덕였지만, 짧고 제한적인 끄덕임이었다. 게오르기우가 끼어들었다.

「이 영감님의 장남이 그 처형 때 살해당했소.」

---

112 「펀치 앤드 주디 쇼」라는 영국의 익살 인형극에 나오는 곱사등이 주인공.

「아, 정말 송구스럽습니다. 너무나 유감이군요.」

노인은 모든 게 운명이라는 듯 어깨를 으쓱했다. 그는 〈콘키스 씨는 나쁜 사람은 아니야〉 하고 말했다.

「그는 점령기에 독일군에 부역했나요?」

노인은 단호한 부정의 뜻으로 고개를 치켜들었다. 게오르기우는 격렬히 이의를 제기하며 가래를 칵 하고 뱉었다. 두 사람이 언쟁을 했는데, 말이 너무 빨라 알아들을 수 없었다. 하지만 노인이 〈나는 여기 있었지만 자네는 여기 없었네〉 하고 말하는 것은 들었다.

게오르기우가 나를 보며 눈웃음을 쳤다.「그자가 이 영감님에게 집을 한 채 주었소. 그리고 매년 돈도 주고. 이 영감님은 자신의 진짜 생각을 말하지 못하오.」

「그 사람이 다른 관계자들한테도 그렇게 하나요?」

「한두 명에게. 노인네들이오. 그래서는 안 될 이유가 없죠. 그는 백만장자인데.」 그는 돈으로 양심을 사려 한다는, 부패를 의미하는 몸짓을 해 보였다.

갑자기 노인이 내게 말했다.「*Mia phora*(언젠가 한번은)…… 언젠가 한번은 거대한 종교적 축제*paneyiri*가 벌어진 적이 있어. 곳곳마다 불이 켜지고 음악과 불꽃놀이가 펼쳐졌지. 불꽃들이 엄청 터지고 손님들도 엄청 많았어.」

터무니없게도 수백 명의 우아한 부인들과 모닝드레스를 입은 신사들이 있는 가든파티의 광경이 머릿속에 떠올랐다.

「그게 언제였죠?」

「전쟁이 나기 3년, 아니 5년 전.」

「왜 그 축제를 연 거죠?」

하지만 그는 몰랐다.

「영감님도 그곳에 있었나요?」

「나는 아들과 고기를 잡고 있었소. 부라니 곳에서 위쪽을 보

618

았지. 수많은 조명과 수많은 목소리들. *kai ta pyrotechnimata*.」
마지막 말은 〈그리고 불꽃놀이를 보았다〉라는 뜻이었다.

게오르기우가 말했다.「예. 당신은 술에 취해 있었어요, 바르바.」

「아니. 술에 취해 있지 않았어.」

노력을 해보았지만, 그 이상의 이야기는 노인에게서 들을 수 없었다. 그래서 결국 두 사람과 악수를 나누고, 얼마 안 되는 술값을 지불하고, 게오르기우에게 팁을 두둑하게 집어 준 뒤 학교로 돌아갔다.

한 가지만은 분명했다. 르베리에, 미트퍼드, 그리고 내가 있었다. 하지만 내가 아직 이름을 모르는 다른 사람들이 1930년대부터 그곳을 다녀간 것이다. 그 명단은 길었다. 그 사실은 내게 커다란 기대감을 다시 불어넣어 주었으며, 섬의 반대편에 있는, 이제 커튼을 뗀 무대에서 새로 준비되고 있는 것을 직면할 용기를 주었다.

그날 저녁 나는 마을로 돌아와 마을 뒤쪽으로 통하는 돌이 깔린 좁은 길을 올라갔다. 중간에 하얗게 회칠을 한 담장이 있는 토끼 사육장과, 소작인의 집들 내부와, 아몬드나무가 그늘을 드리운 작은 광장이 보였다. 자홍색 부겐빌레아 가지들이 햇빛 속에서 타오르고 있거나 어스레한 저녁의 그림자 속에서 빛을 발하고 있었다. 그곳은 무척이나 예쁜 일종의 토착민 구역으로, 아래로는 오후 6시의 검푸른 바다가 보이고, 위쪽으로는 소나무로 뒤덮인, 황금색과 초록색의 언덕이 있었다. 오두막집 바깥에 나와 앉은 사람들은 내게 인사를 했고, 하멜른의 피리 부는 사나이[113]에 나올 것 같은 작은 아

113 독일 전설에 나오는 하멜른의 피리 부는 사나이. 하멜른 마을의 쥐를 퇴치했으나 약속한 보수를 받지 못하자 마을 어린이들을 피리 소리로 꾀어

619

이들이 나를 따라왔다. 내가 쳐다보며 손을 흔들자 아이들은 킬킬 웃었다. 교회에 도착한 나는 안으로 들어갔다. 나는 그 구역에 온 이유를 정당화하고 싶었다. 교회 안은 어두컴컴했고, 모든 것에서 강한 향냄새가 났다. 벽에 나란히 걸려 있는, 뿌연 금빛 속의 거무스름한 실루엣 같은 성상들이 자신들의 비밀스러운 비잔틴 세계에 들어온 내가 어떤 이방인인지 아는 것처럼 나를 내려다보았다.

5분 뒤 나는 밖으로 나왔다. 다행히도 아이들은 사라지고 없었고, 나는 교회 오른쪽으로 난 골목길로 들어설 수 있었다. 한쪽에는 원통형으로 생긴 교회 건물의 뒷부분이 있고, 반대쪽에는 높이가 2~3미터 되는 담이 있었다. 골목길은 구부러졌지만, 담장은 계속 이어졌다. 하지만 중간에 아치형 정문이 있었다. 그 문에는 1823년이라는 연도가 새겨진 쐐기돌이 있었고, 그 위에는 한때 문장(紋章)이 붙어 있던 곳이 있었다. 나는 그 안에 있는 집은 독립전쟁 당시의 해적 〈제독〉 중 하나가 세운 것이라는 추측을 했다. 두 개의 정문 중 오른쪽 문에 좁은 쪽문이 하나 있었고, 편지를 넣는 구멍도 있었다. 그 위에는 낡은 금속판에 검은 바탕에 흰 글씨로 〈헤르메스 암벨라스〉라는 이름이 찍혀 있었다. 왼쪽으로는 지대가 교회 뒤쪽으로 급경사를 이루며 낮아졌다. 그쪽에서는 담장 안을 굽어보기가 불가능했다. 나는 쪽문으로 가 열리는지 살며시 밀어 보았다. 하지만 문은 잠겨 있었다. 섬사람들은 정직했고, 도둑을 모르고 살았다. 프락소스 섬의 다른 곳에서 그처럼 바깥 대문이 잠겨 있는 것을 본 기억이 없었다.

돌투성이 길은 오두막 두 채 사이로 가파르게 내려갔다. 우측에 있는 오두막의 지붕은 그 집의 담장 아래쪽에 있었

내 산속에 숨겨 버렸다고 한다.

다. 비탈길 아래에는 십자로가 있었는데, 나는 그 길을 따라 집의 반대쪽으로 갔다. 그곳에서는 땅이 더욱 가파르게 꺼졌고, 담장의 기초 아래에 3미터 높이의 수직으로 솟은 바위가 있었다. 그쪽 편의 그 집과 그곳 정원 담장은 자연석으로 이루어져 있었는데, 실제로 그다지 큰 집은 아니었지만, 마을의 기준에서 보면 당나귀 몰이꾼이 사는 집으로는 지나치게 웅장한 집이었다.

아래층에 있는 창 두 개와, 위층에 있는 창 세 개 모두 덧문이 내려져 있었다. 창문들에는 여전히 마지막 햇살이 비치고 있었고, 거기서 서쪽으로 마을과, 아르골리스 본토로 이어지는 해협을 내려다보는 전망은 기가 막힐 것이 분명했다. 그 전망을 줄리는 잘 알고 있을까? 나는 사자심왕 리처드의 창문 아래 있는 블론델처럼 느껴졌지만, 노래로 메시지를 전할 수조차 없었다. 아래쪽 작은 광장에서 두세 명의 여자가 나를 관심 있게 바라보는 것이 보였다. 나는 위쪽을 쳐다본 것이 한가로운 호기심 때문이었다는 듯, 그들에게 손을 흔들며 천천히 걸어갔다. 또 다른 십자로가 나왔고, 그곳에서 나는 출발점인 성 엘리아스 교회를 지나 올라갔다. 그 집은 지나가는 사람의 눈에는 띄지 않는 곳에 있었다.

그 후 호텔 필라델피아 앞에서 나는 뒤를 돌아보았다. 시야를 가리는 지붕들 너머로 교회와, 그 오른쪽에 있는 그 집과 다섯 개의 창문이 눈에 들어왔다.

그 창문들은 도전적이었지만 눈이 먼 것 같았다.

51

월요일은 귀찮은 학교 일로 정신없는 날이었다. 늘 내 책상 위를 차지하는 것 같은 시험지를 채점하느라 시시포스처럼 씨름을 해야 했고, 학기말 시험지를 마무리해야 — 비참한 장래성에 대한 비참한 말 — 했으며, 그러는 내내 줄리에 대해 생각지 않으려고 애를 써야만 했다.

전쟁 전 그 학교에서 영어 교사로 일했던 사람들의 이름을 알아내는 데 데메트리아데스의 도움을 요청하는 것은 소용없는 짓이라는 걸 나는 알고 있었다. 그는 안다고 하더라도 가르쳐 주지 않을 터였다. 물론 그가 모르고 있을 가능성이 아주 컸지만 말이다. 나는 학교 경리과에 가보았지만, 이번에는 그곳 직원 역시 아무런 도움을 주지 못했다. 경리과 기록은 1940년에 불어온 폭풍과 함께 사라져 버린 상태였다. 화요일에 나는 학교 도서관 주임 선생을 찾아갔다. 그는 곧 어떤 서가로 가 제본된 설립 기념일 프로그램을 가져왔다. 전쟁 전에는 매년 한 권씩 발행되던 것이었다. 그 프로그램은 학교를 방문한 학부형들을 감동시키기 위한 것이었는데, 말미에 학급 명부와 교사 명단이 있었다. 나는 10분 만에 1930년부터 1939년 사이에 일한 여섯 명의 교사 이름을 입수했다. 하지만 그들의 주소는 여전히 알 길이 없었다.

그 주는 느리게 지나갔다. 점심 시간 때마다 나는 마을 우편배달부가 우편물을 가져와 반장 학생에게 주고, 반장이 천천히 식탁을 돌며 우편물을 돌리는 것을 지켜보았다. 내게 온 편지는 없었다. 이제 나는 콘키스에게서 그 어떤 자비도 기대하지 않았다. 하지만 줄리가 편지 한 통 안 보내는 것은 용서하기 힘들었다.

첫 번째이자 가장 확실한 가능성은 그들이 영국으로 돌아갔다는 것이었다. 그 경우 그녀가 그 즉시 편지 — 최소한 내게 소식을 전하는 — 를 쓰지 않았다는 것을 믿을 수 없었다. 두 번째 가능성은 주말 약속을 취소할 수밖에 없었다는 것이었다. 하지만 그렇더라도 편지를 써서 나를 위로하거나 이유를 설명할 수도 있었다. 세 번째 가능성은 그녀가 감금되어 있거나 연락을 취할 수 없는 상태에 있어 편지를 보내지 못한다는 것이었다. 그런 일이 생겼으리라고는 믿기지 않았지만, 때로 화가 나는 순간이면 경찰서로 갈까 하는 생각을 했다.

며칠이 느릿느릿 흘러갔다. 그사이 얻은 게 있다면 우연히 손에 넣은 작은 정보 한 가지뿐이었다. 시험을 위한 적당한 〈즉석 번역〉 문제를 찾아 도서관의 영문학 코너에 있는 책들을 뒤지다가 나는 콘래드의 소설 한 권을 뽑아 들었다. 그런데 그 책의 표지 안쪽에 D.P.R. 네빈슨이라는 이름이 적혀 있었다. 나는 그가 전쟁 전 그 학교에 있었다는 것을 알고 있었다. 아래쪽에는 〈베일리얼 칼리지, 1930년〉이라고 적혀 있었다. 나는 다른 책들을 훑어보기 시작했다. 네빈슨은 많은 책들을 남겼지만, 베일리얼 외에 다른 주소는 없었다. 전쟁 전의 교사였던 W.A. 휴스의 이름도 두 권의 시집 표지 안쪽에 등장했지만 주소는 없었다.

목요일에 나는 일찍 점심 식사를 마치고 나오며, 한 학생에게 내 앞으로 온 편지가 있으면 갖다 달라고 했다. 나는 그사이 어떤 편지도 기대하지 않게 되었다. 하지만 10분쯤 뒤, 낮잠을 자기 위해 이미 잠옷으로 갈아입었는데 그 학생이 내 방문을 두드렸다. 두 통의 편지였다. 하나는 런던에서 온 것으로 주소를 타자로 친 것이었는데, 안에는 어떤 교육 도서 전문 출판사에서 보낸 도서 목록이 들어 있었다. 하지만 다른 한 통은……

그리스 우표, 판독이 불가능한 소인. 영어로 쓴 깔끔한 이탤릭체 글씨.

월요일, 시프노스 섬에서

사랑하는 니컬러스,

주말 일 때문에 무척 실망했으리라는 것을 알고 있어요. 그리고 이제는 당신이 나아졌기를 바라요. 모리스가 당신 편지를 내게 주었어요. 너무도 미안해요. 당신은 불쌍한 어린 녀석들이 교실로 가져오는 모든 병에 걸리며 변함없이 지내고 있다고 했죠. 더 일찍 편지를 쓰지 못한 것은 우리가 바다에 있었고, 오늘에야 처음으로 우편함을 보게 되었기 때문이에요. 나는 서둘러야 해요. 우편물을 아테네에 가져가는 배가 반시간 뒤에 떠난다고 해요. 항구 옆에 있는 한 카페에서 이 편지를 휘갈겨 쓰고 있어요.

모리스는 여전히 과묵하긴 하지만 실제로는 어느 정도 천사 같았어요. 그는 당신이 나아져 이번 주말에 당신이 우리와 함께할 때까지 기다리라고 하고 있어요(제발 당신이 나아지기를 바라요! 꼭 그 때문만이 아니라). M은 실제로 약간 상처 입은 척하고 있어요. 비이성적인 우리가 그의 새로운 계획이 어떤 결과를 낳을지 알 때까지는 그 계획대로 계속하겠다고 약속할 수 없다며 버티고 있어서요. 우리는 사실상 그에게서 그것을 알아내려는 것을 포기했어요. 그것은 너무도 시간 낭비이고, 그는 어둡고 수수께끼 같은 인물로 구는 것을 즐기고 있어요.

그 얘기를 하다 보니까 잊고 있었던 것이 생각나네요. 그는 자신이 당신에게 자신의 인생의 〈마지막 장〉(이건 그의 말이에요)을 말해 주고 싶으며, 이제 당신이 그것을 기대하고 있을 거라는 얘기를 내비쳤어요……. 마치 우리가 모르는 어떤 일이 일어난 것처럼 그는 마지막 말을 능글맞은 웃음을 지으며 했어요. 그는 끔찍하고 게임을 중단하지 않으려 해요. 어쨌든 당신이 그 모든 것이 무엇에 관한 것인지 알아내기를 빌어요.

나는 최선의 것은 마지막까지 아끼려고 해요. 그는 우리를 다시는 딴 데로 데려가지 않겠다고 맹세했어요. 그리고 우리가 마을에 있는 그의 집에 머물기를 원한다면 그렇게 해도 좋다고 했어요……. 나를 매일 볼 수 있게 되면 어쩌면 당신은 나를 더 이상 좋아하지 않을 수도 있어요. 나는 마침내 조금씩 살을 태우고 있어요.

이 편지를 받은 지 2~3일 후면 만나게 될 거예요. 모리스는 자신의 마지막 술책을 쓸 수도 있어요. 그러니 마지막 장에 대한 이야기는 듣지 못한 척하고, 그가 원할 경우 마지막으로 〈당신〉을 약간 놀릴 수 있게 해줘요. 나는 여기에 약간의 질투도 작용하고 있다고 생각해요. 그는 계속해서 당신이 얼마나 운이 좋은지 얘기하고 있어요……. 그리고 귀를 기울이지 않아요, 내가 어떤 말을 하려 하면…… 내가 무슨 말 하는지 알 거예요.

니컬러스.

밤바다. 당신은 달콤했어요.

이만 마쳐야 해요.

사랑해요.

당신의 줄리가

나는 그 편지를 두 번, 세 번 거듭 읽었다. 그 늙은 악마는 여전히 술책을 부리고 있는 게 분명했다. 그녀는 내 글씨를 본 적이 없었고, 뭔가를 위조하는 것은 간단했을 것이다. 정확한 것을 원했다면 데메트리아데스가 내가 손으로 쓴 것을 구할 수도 있었을 것이다. 왜 콘키스가 여전히 질질 끌면서 이 마지막 장벽을 설치하려는지 상상할 수 없었다. 하지만 그녀의 편지와, 마지막 다섯 문장, 그리고 그녀를 마을에 둘 수 있다는 생각 등이 다른 모든 것을 중요하지 않은 것으로 보이게 했다. 나는 다시 완전히 의기양양해졌고, 이제 무엇에도 맞설 수 있을 것 같았다. 그녀가 나를 기다리며, 나를 원하며 아직 그리스에 있기만 하다면…….

4시에 낮잠의 끝을 알리는 종소리에 잠에서 깼다. 반장 아이는 언제나 우리 방 밖에 있는 돌로 된 넓은 복도로 와 화풀이라도 하듯 사납게 종을 쳤다. 동료 선생들이 여느 때처럼 화가 나 일제히 소리를 질렀다. 나는 팔꿈치를 괴고 누워 줄리의 편지를 다시 읽었다. 그런 다음 책상 위에 던져 둔 편지를 기억하고는 하품을 하며 가 그 편지를 열었다.

안에는 타자를 친 메모와 살짝 열린 또 다른 항공 우편 봉투가 들어 있었지만 나는 그것들을 대충 보았다. 신문 기사 오린 것 두 장이 메모 위에 핀으로 고정되어 있었던 것이다. 나는 그것들을 먼저 읽어야 했다.

첫 번째 단어들.

첫 번째 단어들.

사실일 리 없지만 사실이라는, 충격으로 현기증이 나고 겉으로는 차분한, 똑같은 감각, 똑같은 느낌. 그 모든 것이 전에도 내게 일어난 적이 있었다. 옥스퍼드에서 두세 명의 다른 사람들과 함께 랜돌프 홀을 나와 카팩스로 걸어가는데, 탑 아래에서 한 남자가 「이브닝 뉴스」를 팔고 있었다. 그곳에 서 있는데 한 멍청한 여자아이가 〈니컬러스 좀 봐. 읽을 수 있는 척하고 있어〉 하고 말했다. 나는 카라치 항공사의 비행기 추락 사고와 내 부모님의 죽음에 대한 뉴스가 실린 신문을 내 얼굴 앞에 둔 채 고개를 들며 〈내 어머니와 아버지야〉 하고 말했다. 마치 그런 사람들이 존재한다는 것을 이제 막 처음으로 알게 된 것처럼.

위쪽에 있는 기사는 런던의 어떤 지역 신문의 하단에서 오린 것이었다. 기사는 다음과 같았다.

비행기 여승무원 자살

오스트레일리아 출신 비행기 여승무원 앨리슨 켈리(24세)가 어제 러셀 광장에 있는 아파트 침대에 누워 있는 것을 역시 오스트레일리아 출신으로 아파트를 같이 쓰고 있는 친구 앤 테일러가 발견했다. 앤 테일러는 스트랫퍼드어폰에이번에서 주말을 보내고 온 길이었다. 그녀는 즉시 미들섹스 병원으로 후송되었으나 수속 시 사망한 것으로 밝혀졌다. 테일러 양은 충격으로 치료를 받고 있다. 조사는 다음 주에 있을 예정이다.

두 번째 기사는 다음과 같았다.

불행한 사랑으로 자살

경찰관 헨리 데이비스는 화요일에 홀본 부검시관에게 7월 29일 일요일 저녁 자신이 어떻게 빈 수면제 병과 함께 침대에 누워 있는 젊은 여자를 발견하게 되었는지를 얘기했다. 그는 죽은 여자와 아파트를 함께 쓰는 오스트레일리아 출신 물리 치료사 앤 테일러의 연락을 받았다. 사망자 앨리슨 켈리(24세)는 비행기 여승무원으로 스트랫퍼드온에이번에서 주말을 지내고 온 앤 테일러에 의해 발견되었다.

공식적으로 사망 원인은 자살로 판명되었다.

테일러 양은 친구가 자주 우울증을 겪었으며, 잠을 제대로 잘 수 없다고 했지만, 사망자가 자살할 만한 심리 상태였다고 추정할 이유는 전혀 없었다고 했다. 경찰의 질문에 대한 답변에서 테일러 양은 〈내 친구는 불행한 사랑으로 우울해했지만, 극복한 것으로 생각했다〉고 말했다.

사망자의 담당 의사인 베렌스 박사는 검시관에게 켈리 양이 일 때문에 불면증에 시달리고 있다고 믿게끔 했다고 말했다. 검시관이 보통 그녀에게 그토록 많은 양의 수면제를 처방했는지 묻자 베렌스 박사는 사망자가 약국에 자주 가야 하는 불편을 고려해 그렇게 했다고 말했다. 베렌스 박사는 그녀가 자살을 시도하리라고 의심할 이유가 전혀 없었다고 했다.

검시관은 경찰이 발견한 두 장의 메모는 이 비극적 사건의 진짜 동기에 대해 어떤 단서도 제공하지 못했다고 했다.

타자를 친 쪽지는 앤 테일러가 보낸 것이었다.

친애하는 니컬러스 어프 씨,

내가 편지를 쓰는 이유는 동봉한 신문 기사가 설명해 줄 거예요. 미안해요. 충격이 크겠지만, 달리 어떻게 알려야 할지 모르겠어요. 앨리슨은 아테네에서 돌아왔을 때 몹시 울적해했지만 말을 하려 하지 않았고, 그래서 누구의 잘못인지 알 수가 없어요. 한때 그 애가 자살 얘기를 많이 한 적이 있었지만, 우리는 농담으로 생각했어요.

이 봉투는 앨리슨이 당신 앞으로 남긴 거예요. 경찰이 먼저 열어 보았죠. 안에 메모는 없었어요. 내게 남긴 메모가 하나 있지만 그저 미안하다는 말 외에 아무것도 없었죠.

우리 모두는 이 일로 상심해 있어요. 나는 내 책임이라는 느낌이 들어요. 이제 그 애가 가고 나니까 그 애가 어떤 존재였는지 깨닫고 있어요. 남자들이 그 애의 내면이 진정으로 어떤지 깨닫지 못하고 그 애와 결혼하려 하지 않은 것을 이해하지 못하겠어요. 하지만 나는 남자들을 이해하지 못하는 것 같아요.

너무도 슬픈 마음으로,
앤 테일러

추신. 당신이 그 애의 어머니한테 편지를 쓰고 싶어 할
지 모르겠군요. 유골은 집으로 보내질 거예요. 그녀의 주
소는 N.S.W., 골번, 리버풀 가 19번지, 메리 켈리 부인이
에요.

나는 항공 우편 봉투를 보았다. 겉에 앨리슨이 손으로 쓴
내 이름이 있었다. 책상 위에 내용물을 쏟았다. 서투르게 눌
러 말린 꽃들이 엉켜 있었다. 제비꽃잎 두세 개와 패랭이꽃
몇 개였다. 패랭이꽃 두 개는 여전히 서로 붙어 있었다.
3주.
나는 두려워져 울기 시작했다.

울음은 그다지 오래가지 않았다. 내게는 사생활이 없었다.
수업종이 울렸고, 데메트리아데스가 내 방문을 두드렸다. 나
는 손목으로 눈물을 훔치고 문을 열었다. 나는 여전히 잠옷
차림이었다.
「어! 뭘 하고 있는 거야? 늦었어!」
「몸이 별로 안 좋아.」
「이상해 보여, 친구.」 그는 걱정스러운 표정을 지었다. 나
는 고개를 돌렸다.
「첫 번째 반 아이들한테 시험을 위해 복습을 하라고 해줘.
다른 반에도 그렇게 말하고.」
「하지만…….」
「나를 혼자 좀 있게 해주겠어?」

「뭐라고 하지?」

「아무렇게나 말해.」 나는 그를 떠밀었다.

발소리와 목소리들이 잦아들고 수업이 시작되자마자 나는 옷을 입고 밖으로 나갔다. 학교와 마을로부터, 부라니와 모든 것으로부터 벗어나고 싶었다. 북쪽 해안을 따라 인적이 없는 내포로 가 바위 위에 앉아 신문 기사를 다시 꺼내 읽었다. 6월 29일. 그녀가 마지막으로 한 일 중 하나가 내 편지를 열지도 않고 반송한 것임에 틀림없었다. 아마도 그럴 것이다. 한순간 나는 줄리에게 화가 났지만 그녀와 그녀의 단정한 얼굴과, 다정한 눈을 떠올렸다. 그녀는 과장된 영어를 썼지만, 의도적으로 다른 사람을 궁지에 몰아넣지는 않았다. 그런 여자들은 그런 짓은 하지 않는다. 그리고 나는 앨리슨의 양면성을 알고 있었다. 그녀의 엄격할 정도로 실제적인 면은 사람들로 하여금 그녀가 어떠한 일이라도 극복할 수 있을 것이라고 착각하게 했다. 하지만 다른 한편에는 결코 진지하게 받아들일 수 없는, 다소 연극적인 앨리슨이 존재했다. 결국 그 두 가지 면이 비극적으로 합쳐진 것이다. 그녀는 거짓 자살 소동을 벌이거나, 한 시간 뒤면 누군가가 들어올 것을 알고서 수면제 몇 알을 삼키는 짓은 하지 않을 여자였다. 그녀는 죽기 위해 주말을 택한 것이었다.

내가 죄책감을 느낀 것은 앨리슨을 버렸기 때문만은 아니었다. 나는 두 사람 사이에 존재할 수 있는 비밀스러운 앎을 통해, 그녀의 자살이 내가 자살을 시도했다고 한 이야기의 직접적인 결과라는 것을 알았다. 나는 심각성을 감추려고 짧고 완곡하게 그 이야기를 했다. 그런데 그녀가 최종적으로 나의 허풍을 일축해 버린 것이다. 〈당신은 슬픔이란 게 뭔지 모르는 것 같아.〉

피레우스 호텔에서의 그 히스테리컬한 장면들이 기억났

다. 그리고 그보다 훨씬 전, 내가 런던을 떠나기 직전에 벌어졌던, 당시에는 그저 나를 협박하려 한 것으로 치부해 버렸던 〈유서〉 사건도 생각났다. 나는 파르나소스 산에서의 그녀와, 러셀 광장에 살았을 때의 그녀, 그녀가 한 말과 행동, 그리고 그녀가 누구였는지를 생각했다. 거대한 죄의식의 검은 구름이, 나 자신이 얼마나 지독한 이기주의자였는지에 대한 인식이 나를 뒤덮었다. 그녀가 처음부터 내게 던진 그 모든 쓰라린, 통렬한 진실들…… 그리고 그녀는 여전히 나를 사랑했다. 너무도 맹목적이었고, 그래서 여전히 나를 사랑했던 것이다. 어느 날 그녀는 〈당신이 나를 사랑한다면(그것은 《나와 사랑을 나눈다면》이라는 뜻이 아니었다) 그건 신이 내가 엉망인 것을 용서하는 것과 같아〉라고 했다. 나는 그 말을 내가 스스로를 그녀에게 중요한 존재로 느끼게 만들고, 내게 그녀에 대한 책임감을 느끼게 하려는 구실로, 또 다른 감정적 협박으로 받아들였다. 어떤 점에서 그녀의 죽음은 마지막 협박 행위였다. 하지만 협박을 당한 사람은 무고하다고 느껴야 할 텐데도, 나는 죄책감을 느꼈다. 지금 이 순간, 깨끗하기를 가장 원하는 때에 가장 깊은 더러움 속으로 떨어진 것 같았다. 미래를 위해 한없이 자유롭고자 하는데, 과거에 한없이 매여 있는 것 같았다.

그리고 줄리. 이제 그녀는 내게 절대적으로 필요한 존재가 되었다.

그녀와 결혼해야 할 뿐만 아니라 그녀에게 고백을 해야 했다. 만일 그 순간 그녀가 내 옆에 있었다면, 나는 모든 것을 털어놓고, 새 출발을 할 수 있었을 것이다. 그녀의 자비에 나 자신을 던지고, 그녀의 용서를 받을 필요가 있었다. 이제는 그녀의 용서만이 모든 것을 정당화해 주는 유일한 것이었다. 나는 기만에 지치고, 지치고, 지쳐 버렸다. 기만당하는 데 지쳤고,

남을 기만하는 데 지쳤다. 그리고 무엇보다 나 자신을 기만하는 데, 끊임없이 성적 욕망의 노예가 되는 데 지쳤다. 최선을 향한 갈망이 나를 최악으로 만들었다.

그 꽃들, 그 참을 수 없는 꽃들.

나의 흉악한 죄는 아담의 죄로, 모든 남자의 이기심이라는 가장 오래되고 가장 사악한 죄였다. 나는 앨리슨에게서 내가 필요로 했던 역할을 그녀의 실제 자아 위에 부과하는 죄를 범했다. 대역죄보다 훨씬 더 나쁜 어떤 것. 파렴치죄. 노새 몰이꾼에 대해 그녀가 뭐라고 했던가? 〈나는 두 갑을 주고 싶을 정도로 그가 좋았어.〉

그리고 나를 좋아해 선사한 하나의 죽음.

그날 저녁 방에 돌아와 나는 두 통의 편지를 썼다. 한 통은 앤 테일러 앞으로, 다른 한 통은 앨리슨의 어머니에게 보내는 것이었다. 나는 앤에게 고맙다고 하고, 새로운 결심에 충실하게 최대한 나의 잘못을 시인했다. 앨리슨의 어머니에게도(N. S. W., 골번. 앨리슨이 얼굴을 찌푸린 것이 생각났다. 〈골번, 첫 번째는 그곳에 어울리는 모든 것이고, 두 번째는 그곳 사람들이 그 어울리는 것을 갖고 해야만 하는 거야〉), 그녀가 나에 대해 얼마나 이야기했는지 알 수 없어 쓰기가 쉽지 않았지만 위로의 뜻을 담은 편지를 보냈다.

잠자리에 들기 전 나는 『영국의 헬리콘』을 꺼내 말로의 시를 펼쳤다.

나와 함께 살며, 나의 사랑이 되어라,
그리고 우리는 저 계곡과 작은 숲과 언덕과 들판과,
나무들과 가파른 산이 주는,
온갖 기쁨을 누릴 것이니.

그리고 우리는 바위에 앉아,
양치기들이 양들에게 풀을 먹이는 것을 바라보리라,
새들이 물이 떨어지는 소리에 맞춰,
마드리갈을 아름답게 노래하는 얕은 강가에서.
그리고 나는 그대에게 장미로 된 침대와,
천 편의 감미로운 시와,
꽃으로 엮은 모자와 은매화 잎으로
수놓은 드레스를 만들어 주리라.

52

토요일 아침 나는 영국에서 또 다른 편지를 한 통 받았다. 봉투 뚜껑에 바클레이스 은행을 상징하는 작은 검은색 독수리 문양이 찍혀 있었다.

친애하는 어프 씨,
홈스 자매 분에게 추천을 받아 저희 은행에 편지를 주신 데 감사드립니다. 기쁜 마음으로 서류를 동봉하오니 기재를 해 보내 주시기 바랍니다. 아울러 저희 은행에서 해외 고객에게 제공하는 특별 서비스에 관한 자세한 내용이 담긴 소책자를 함께 보내 드리는 바입니다.

진심을 담아,
P. J. 펀
매니저

나는 편지를 읽다가 눈을 들어 내 맞은편 탁자에 앉아 있는 아이의 눈을 들여다보며 살짝 미소를 지었다. 나도 모르게 지은, 서툰 포커 선수의 미소였다.

반시간 뒤 나는 바람 한 점 불지 않는 숲을 지나 중앙 산등성이를 오르고 있었다. 열기 때문에 산들은 실체가 없는 희미한 무언가로 바뀌어 있었고, 동쪽의 섬들은 바다 위로 솟구쳐 반짝이며 떨면서 팽이처럼 이상한 시각적 환영을 안겨주었다. 나는 남쪽을 내려다볼 수 있는 곳으로 갔다. 심장이 뛰었다. 요트는 구원처럼 그곳에 있었다. 나는 그늘이 있고 부라니가 내려다보이는 곳으로 가, 어정쩡한 상태에서 반시간 동안 앉아 있었다. 앨리슨의 죽음으로 내 마음은 여전히 어두웠지만 내 밑에서는 이제 줄리임이 확인된 줄리에 대한 희망이 햇살을 받으며 빛나고 있었다. 나는 지난 이틀간 앨리슨이 죽었다는 사실을 받아들이기 시작한 상태였다. 다시 말해, 그것을 도덕적 세계에서 미적 세계 속으로 옮기기 시작한 것인데, 그렇게 하는 것이 내게는 더 수월했다.

이 음흉한 생략을 통해, 진정한 가책, 즉 우리가 자초한 고난이 그 순간부터 우리를 고상하게 하거나 아니면 적어도 덜 저열하게 만들어야 한다는 믿음으로부터 가장된 자기 용서, 즉 고난이 모종의 방식으로 삶을 고상하게 해주기에 고통의 자초는 삶을 고상하게 또는 얼마간 풍요롭게 해주는 효과를 가져온다는 그런 삐뚤어진 대수학적 믿음으로의 이러한 탈주를 통해, 20세기의 전형적인 특징인 내용으로부터 형식으로의, 그것도 외양을 의미하는 형식으로의 후퇴, 윤리로부터 미학으로의, 물로부터 파도로의 후퇴를 통해, 나는 그 비난어린 죽음으로 인한 고통을 경감시키고 부라니에서 그에 대해 한마디도 하지 않을 수 있도록 나 자신을 단련했다. 나는 여전히 줄리에게 얘기를 할 작정이었지만, 고백과 그것이 불러일으킬 동정심 사이의 환율이 가장 높다고 생각되는 시기와 장소를 택해서 할 생각이었다.

자리를 뜨기 전에 나는 바클레이스 은행에서 보낸 편지를 꺼내 다시 읽었다. 그것은 나로 하여금 원래 의도했던 것보다 좀 더 콘키스에게 관대해지게 만드는 효과가 있었다. 이제 나는 몇 가지 사소한 마지막 위선 — 양측의 — 에 대해 이의가 없었다.

부라니에 처음 왔던 날과 비슷한 상황이었다. 나는 초대받지 않은 손님으로 확신이 서지 않은 상태에서 정문을 지나, 수수께끼를 간직한 채 햇빛 속에 고요히 있는 집으로 다가가, 주랑을 돌아갔다. 주랑에는 역시 모슬린 천이 덮인 티 테이블이 있었다. 아무도 없었다. 아치 사이로 보이는 바다와 열기, 타일을 깐 바닥, 적막, 그리고 기다림.

물론 다른 이유 때문이었지만, 신경이 곤두선 것까지 똑같았다. 나는 음악실로 들어갔다. 하프시코드 뒤에서, 마치 기다리며 앉아 있었던 것처럼 누군가가 일어났다. 우리는 서로 아무 말도 하지 않았다.

「제가 오기를 기대하셨나요?」

「그렇소.」

「보내신 메모에도 불구하고요?」

그는 나를 바라보다가 내 손을 — 열흘 전 나치 사건으로 생긴 전상(戰傷)을 — 내려다보았다. 손에는 흉터가 있있고, 양호 선생이 발라 준 머큐로크롬으로 인해 아직도 빨갰다.

「조심해야 하오. 항상 파상풍 위험이 있소.」

나는 쓴웃음을 지었다.「그럴 작정입니다.」

어떤 사과도, 해명도, 심지어는 나의 질문에 대한 대답도 없었다. 그가 여자들에게 무슨 말을 했건 나를 속이려는 것을 그만두지 않은 것만은 무척 분명했다. 나는 그의 뒤로 마리아가 쟁반을 들고 지나가는 것을 보았다. 또한 다른 뭔가도 보았다. 외설적인 골동품이 있는 진열장 위에서 〈릴리〉의 오래된 사진이 사라진 것이었다. 나는 바닥에 배낭을 놓고 팔짱을 끼며 다시 엷은 미소를 지었다.

「일전에 바르바 디미트라키와 얘기를 했습니다.」

「그래요.」

「내가 생각했던 것보다 많은 동료 희생자들이 있는 것 같군요.」

「희생자?」

「어떻게 부르든, 선택의 여지 없이 고통을 당하도록 된 사람들 말입니다.」

「그건 인간에 대한 탁월한 정의처럼 들리는구려.」

「저는 자신이 하느님이라고 생각하는 것처럼 보이는 어떤 사람에 대한 정의에 더 관심이 있습니다.」

그는 분명 빈정대며 말한 것을 칭찬으로 받아들이는 듯 마침내 미소를 지었다. 그런 다음 하프시코드를 돌아 내 쪽으로 왔다.

「당신 손을 좀 봅시다.」 나는 초조하게 손을 들었다. 손가락 관절이 심하게 긁혔지만 이제는 거의 나은 상태였다. 그는 마치 패혈증이 있기라도 한 것처럼 내 손의 상처를 살펴보았다. 그런 다음 내 눈을 들여다보았다. 「당신에게 상처를 입히는 건 계획에 없는 일이었소. 최소한 그것만큼은 받아들여 줄 수 없겠소?」

「저는 더 이상 그 무엇도 받아들이지 않을 겁니다, 콘키스 씨. 진실을 제외하고는요.」

「진실을 모르는 것이 더 행복하다는 것을 알게 될 수도 있소.」

「얼마든지 감수하지요.」

그는 내 눈의 표정을 살피더니 살짝 어깨를 으쓱했다.

「좋소. 차를 마십시다.」

나는 그를 따라 주랑 아래로 나갔다. 그는 선 채로 차를 따르며 다소 초조하게 손짓을 해 나를 맞은편 의자에 앉게 했다. 나는 자리에 앉았다. 그는 다시 음식을 향해 손짓을 했다. 「들어요.」 나는 샌드위치 하나를 집었지만 먹기 전에 얘기를 했다.

「여자 분들이 저와 함께 진실을 듣게 될 걸로 생각했습니다.」

「그들은 이미 알고 있소.」 그는 자리에 앉았다.

「제가 줄리에게 보낸 편지를 선생님이 위조한 사실까지 포함해서요?」

「위조된 건 그녀가 당신에게 보낸 편지들이오.」

나는 편지가 아니라 편지들이라는 것에 주목했다. 그는 그녀가 편지를 쓰고 있다는 것은 짐작했지만 그 양에 대해서는 잘못 추측한 게 분명했다. 나는 미소를 지었다. 「죄송합니다. 너무 자주 당해서 말입니다.」

그는 아래를 내려다보며 테이블보의 가장자리를 폈다. 불편한 마음으로 나는 그가 줄리와 나 사이의 관계에 대해 완전히는 알지 못할 거라고 생각했다. 그는 근엄한 시선으로 나를 쳐다보았다.

「내가 뭘 하고 있다고 생각하오?」

「자기 멋대로 하고 계신 것 같은데요.」

「돌아오라고 강요받은 적 있소? 애초에 강제로 이곳에 왔소?」

「이제 순진한 척을 하시는군요. 정상적인 사람이라면 이곳에 오지 않고는 못 배겼을 거라는 것을 잘 알고 있잖습니까.」 나는 흉터가 생긴 손을 들었다. 「그리고 이 상처에도 불구하고 저는 고맙게 생각하고 있습니다. 하지만 가면극 또는 실험의 1막은 끝났습니다.」 나는 그를 향해 미소를 지었다. 「길

들여진 당신의 흰쥐들은 나가떨어졌습니다.」 나는 그가 마지막 단어의 속어적인 표현을 이해하지 못하는 것을 알아차렸다. 「곤두박질을 쳤죠. 하지만 그들 또한 이유를 알기 전까지는 이 과정을 되풀이할 이유가 없다고 생각하고 있어요.」

다시 그는 내 눈을 살폈다. 나는 준이 한 어떤 말을 기억했다. 〈그는 우리가 자신에게도 수수께끼이기를 바라고 있어요.〉 하지만 그가 우리에게서 바라는 것은 아주 제한된 자유와 수수께끼라는 것이 너무도 분명했다. 그라는 과학자가 만든 미궁이 얼마나 넓든 그 용도는 여전히 그로 하여금 모든 움직임을 지켜볼 수 있게 하는 데 있었다. 그는 결심한 것처럼 보였다.

「바르바 디미트라키한테서 전쟁 전에 이곳에 작은 사설 무대가 있었다는 얘기를 들었소?」

「네.」

그는 등을 기댔다. 「나는 전쟁 중, 생각할 시간이 아주 많고 기분 좋게 어울릴 친구가 없었을 때 새로운 종류의 연극을 생각해 냈소. 배우와 관객 사이의 전통적인 분리가 없는, 전통적인 장면 배치와, 무대 앞부분과 무대, 객석에 대한 개념이 완전히 폐기된 연극 말이오. 그리고 시간이나 장소에 있어 공연의 연속성도 무시되고, 참가자들이 그 두 점들 사이에서 자신의 드라마를 만들어 내는 시작점과 고정된 종결점만 있고, 행위와 내러티브가 유동적인.」 그는 최면술을 거는 듯한 눈으로 나를 뚫어져라 바라보았다. 「아르토와 피란델로, 브레히트도 각자 다른 방식으로 비슷한 생각을 했다는 것을 알게 될 거요. 하지만 그들은 내가 한 만큼 생각을 할 수 있는 돈과 의지가 — 시간은 말할 것도 없고 — 없었소. 그들이 폐기할 수 없었던 요소는 관객이었소.」

나는 공공연하게 회의적인 미소를 지어 보였다. 그것은 그가 전에 한 〈설명〉에 비해 약간 더 일리가 있었지만 그는 자신이 말하는 것을 내가 다시는 믿을 수 없게 되었다는 사실을 터무니없을 정도로 모르는 것 같았다. 그는 마치 내가 그것을 받아들이지 않는 일은 있을 수 없는 것처럼 예의 확신을 갖고 그 새로운 이야기를 했다.

「알겠습니다.」

「이 연극에서 우리는 모두 다 배우들이오. 모두 본래의 자신이 아닌 것이오. 우리 모두는 때로 거짓말을 하며, 그중 일부는 항상 거짓말을 하오.」

「저를 제외하고는요.」

「당신은 배워야 할 게 많소. 우리의 미국인 친구가 쓴 이집트 가면이 그의 진짜 얼굴로부터 먼 만큼이나 당신은 당신의 진정한 자아로부터 멀리 있소.」

나는 경고하는 표정을 지었다.「그는 제 미국인 친구가 아닙니다.」

「그가 오셀로 역을 하는 걸 봤다면 그런 말은 하지 않을 거요. 그는 아주 훌륭한 젊은 배우요.」

「그렇겠죠. 저는 그가 벙어리 역할을 하는 것으로 생각했습니다.」

「그렇다면 그에 대한 나의 칭찬이 옳았다는 것이 입증된 거요.」

「그보다, 그런 재능을 낭비하고 있다는 것이 입증된 거죠.」 그는 나를 쳐다보면서 자리에 앉았다. 그리고 예의 그 유머 없는, 흐뭇한 표정을 지었다. 나는 〈선생님의 은행 잔고가 확 줄어들겠군요〉 하고 말했다.

「아주 돈이 많은 사람의 비극은 은행 잔고가 확 줄어드는 일은 없다는 거요. 그것이 기분 좋은 일이든 아니든. 하지만 이것이 우리의 가장 야심적인 작품이 되어야 한다는 얘기를 하고 싶소.」그는 한마디 덧붙였다.「내게 또 다른 한 해가 없을 수도 있다는 이유로.」

「심장 때문에요?」

「그렇소.」

하지만 그는 영원히 죽지 않을 사람처럼 햇빛에 잘 그을려 있었고, 건강했다. 나는 전혀 동정심을 보이지 않았다.

「왜 〈되어야 한다〉고 말하는 거죠?」

「당신이 자신의 역을 적절하게 연기하지 못한다는 것을 입증했기 때문이오.」

나는 히죽 웃었다. 점차 터무니없어지고 있었다.「이 모든 것이 뭔지 알았다면 도움이 되었을 수도 있습니다.」

「여러 가지 암시가 당신에게 주어졌소.」

「콘키스 씨, 선생님이 남은 여름에 대해 줄리에게 무슨 얘기를 하고 있는지 알아요. 나는 선생님과 싸우러 이곳에 온 게 아니에요. 그러니 내가 어떤 점에서 당신에게 실망을 안겨 주었다는 그 말도 안 되는 우스꽝스러운 얘기는 그만둘 수 없을까요? 선생님이 내가 실패하기를 의도했거나, 내가 실패하지 않았거나 둘 중 하나입니다. 다른 대안은 없어요.」

「연출가로서 말하건대 당신은 배역을 얻는 데 실패했소. 하지만 위로가 될지 모르겠지만, 당신이 배역을 얻었다 해도 당신이 원하는 것을 얻지는 못했을 거요…… 당신이 무척 매력적이라고 생각하는 그 젊은 여자를. 처음부터 이번 여름은 그렇게 끝나게 되어 있었소.」

「그 이야기는 그녀에게 듣고 싶군요.」

「그녀를 다시 보고 싶어 하지 않은 것은 당신이오. 희극은 끝났소.」

「하지만 나는 나중에 우리나라에서 그 여배우를 볼 생각입니다.」

「물론 그녀는 그렇게 약속을 했소.」

「선생님보다 훨씬 더 진실하게요.」

「그녀의 약속은 아무런 가치가 없소. 이곳의 모든 것은 술책이오. 그녀는 당신과 즐기는 연기를 하고 있소. 말볼리오인 당신에게 올리비아 역을 연기하는 거요.」[114]

「그리고 그녀의 이름은 줄리 홈스가 아니겠죠?」

「그녀의 진짜 이름은 릴리요.」

나는 활짝 미소를 지었고, 다시 한 번 변함없는 얼굴을 유지하는 그의 능력에 감탄해야 했다. 결국 나는 고개를 떨어뜨렸다.

「그들은 어디 있죠? 지금 그들을 볼 수 있나요?」

「아테네에 있소. 당신은 릴리도 로즈도 다시는 못 보게 될 거요.」

「로즈라고요?」 나는 빈정대는 투로, 믿을 수 없다는 듯 그렇게 말했지만 그는 그냥 고개만 까닥했다. 「사정을 통 모르시는군요. 누구도 그 또래의 여자를 더 이상 그런 이름으로 부르지 않아요.」

「당신은 그들을 다시는 못 보게 될 거요.」

「아뇨, 보게 될 겁니다. 첫째는 선생님이 내가 그들을 다시 보기를 원하고 있고, 둘째는, 어떤 이유로 선생님이 그렇지 않다 하더라도, 그리고 이번 주말에 그들을 아테네에 있게끔 선생님이 어떤 거짓말을 지어낸다 하더라도 내가 끝내 줄리를 보는 것을 막지는 못할 겁니다. 그리고 셋째로, 선생님은 서로에 대한 우리의 개인적인 감정에 대해 간섭할 어떤 권한도 없습니다.」

「동의하오. 당신들 양측이 똑같이 진짜라면 말이오.」

114 말볼리오와 올리비아는 셰익스피어의 「십이야」에 나오는 인물들.

나는 목소리를 조금 가라앉혔다.

「또한 나는 선생님이 사람의 감정을 그토록 쉽게 조종할 수 있다고 생각하기에는 너무도 인간적인 사람이라는 것을 알고 있습니다.」

「그건 당신이 생각하는 것보다 간단한 일이오. 플롯을 알고 있다면.」

「현재의 플롯은 망쳐졌죠. 〈세 개의 심장〉 말입니다. 선생님은 그 사실을 훨씬 더 잘 알고 있습니다.」 나는 마지막으로 그에게 호소했다. 「나는 선생님이 여자들에게 모든 것을 다 털어놓았다는 것을 알고 있습니다. 그렇다면 나로 하여금 그렇지 않다고 생각하게 하려는 건 무슨 이유에서죠?」 그는 아무 말도 하지 않았다. 나는 최대한 이성적인 목소리로 말했다. 「콘키스 씨, 우리는 확신 같은 것은 필요 없습니다. 우리 모두 선생님이 걸어 놓은 주문에 얼마씩은 걸려 있다는 것을 기꺼이 인정합니다. 어떤 한계 내에서라면 우리는 선생님이 다음으로 계획해 둔 것은 뭐든 즐거이 계속할 겁니다.」

「메타 연극에는 한계란 있을 수 없소.」

「그렇다면 보통 사람을 그 안에 끌어들이지 말아야죠.」

그는 그 말을 이해한 것처럼 보였다. 그는 우리 사이에 있는 테이블을 내려다보았고, 잠시 나는 내가 이겼다고 느꼈다. 하지만 곧 그는 눈을 들어 다시 내 눈을 들여다보았고, 나는 그렇지 않다는 것을 깨달았다.

「내 충고를 받아들이시오. 영국으로 돌아가 당신이 말한 그 여자와 화해해요. 그녀와 결혼해 가정을 꾸리고, 원래의 자신이 되는 법을 배우시오.」 나는 딴 곳을 쳐다보았다. 그에게 앨리슨은 죽었다고 소리치고 싶었다. 그리고 그것은 상당 부분, 그가 줄리의 인생을 내 인생 속에 엮었기 때문이라고 소리치고 싶었다. 더 이상 속임수와 그런 쓸데없는 이중적인 이야기

642

는 원치 않는다고 말하고 싶은 나머지 몸이 떨렸다…… 하지
만 나는 아무 말도 하지 않았다. 나는 그가 불가피하게 내 행
동을 살펴보기를 원치 않았다.

「그렇게 해서 자신이 누구인지 알게 되나요? 결혼해서 가
정을 가져서요?」

「왜 아니겠소?」

「안정된 일자리와 교외의 집요?」

「대부분 사람들은 그렇게 살고 있소.」

「그렇게 사느니 차라리 죽겠습니다.」

그는 아쉽다는 듯 어깨를 으쓱했지만, 내가 누구인지 혹은
내 감정이 어떤지에 대해서는 더 이상 진정으로 관심이 없는
것 같았다. 갑자기 그가 일어섰다.

「저녁때 다시 봅시다.」

「선생님 요트를 보고 싶은데요.」

「그건 불가능하오.」

「여자들과 얘기를 하고 싶습니다.」

「얘기했잖소. 그들은 아테네에 있소.」 그런 다음 그는 말했
다. 「오늘밤 남자들만을 위한 뭔가를 말해 줄 작정이오. 거기
에 여자가 낄 자리는 없소.」

마지막 장, 나는 그것이 의미하는 바를 이미 짐작한 상태
였다.

「전쟁 중에 무슨 일이 있었죠?」

「전쟁 중에 있었던 일이라.」 그는 살짝 고개를 까닥했다.
「저녁때까지 기다려요.」

그는 몸을 돌려 집 안으로 들어갔고, 그것으로 끝이었다.
나는 그에게 분노를 느꼈지만 그것은 두려움보다는 초조함
에서 비롯된 분노였다. 나는 줄리와 내가 어떤 점에서 그의
즐거움을 망쳤으며, 그의 마음에 들지 않게 그를 꿰뚫어 보

왔고 — 어쩌면 그가 기대한 것보다 빨리 — 그래서 이 유아 같은 노인의 화를 돋우었다는 생각을 했다. 나는 여자들이 요트에 있으며, 그날 저녁 그들을 보지 못한다 하더라도 다음 날에는 보게 될 거라는 것을 알고 있었다. 나는 케이크 한 조각을 들어 생각에 잠긴 채 먹었다. 다른 무엇보다 중력과, 확률의 본질에 대한 감각이 살아났다……. 여름의 여흥을 위해 그토록 정성들여 준비하여 이제 한창 흥미로워지고 있는 때에 그것을 취소할 수는 없는 일이었다. 우리는 계속해야 했고, 내가 방금 경험한 모든 것은 포커 게임 초반에 부리는 허세일 뿐이었다. 진짜 베팅은 아직 이루어지지 않은 상태였다.

나는 2주 전 똑같은 테이블에서 점심 식사를 하며 주랑 바깥을 둘러보던 것을 기억했다. 어쩌면 지금 그들 자매는 소나무 숲 속 어딘가에서 기다리고 있는지도 모르고…… 지금까지의 모든 것은 내가 주위를 둘러보게 하는 그의 뒤틀린 방식에 지나지 않았는지도 모른다. 나는 내 물건을 갖고 위층에 있는 내 방으로 가, 줄리가 어떤 작은 메시지를 남겼을지도 모른다는 생각을 하며 베개 밑과 옷장 속을 뒤졌다. 하지만 아무것도 없었다. 잠시 후 나는 밖으로 나왔다.

나는 바람 한 점 없는 공기 속에서 영지를 어슬렁거렸다. 끊임없이 고개를 돌리고, 뒤쪽과 옆쪽을 보며 귀를 기울였다. 하지만 풍경은 고요한 듯 보였고, 아무것도, 아무도 나타나지 않았다. 요트 선체 중간 지점에 작은 모터보트가 밧줄 사다리에 묶인 채 물 위에 떠 있는 것이 보였지만 요트 위에도 사람의 흔적은 보이지 않았다. 극장은 정말로 텅 비어 있었고, 모든 텅 빈 극장이 그렇듯, 그 늙은 악마가 틀림없이 의도한 대로 그것은 결국 무미건조하면서도 약간 두렵게 느껴졌다.

우리는 여느 때와는 달리 위층이 아닌 주랑 아래에서 저녁 식사를 할 예정이었다. 두 사람을 위한 테이블은 아래쪽으로 나무들과 무차 해변이 내려다보이는 서쪽 끝에 차려져 있었다. 또 다른 테이블이 앞쪽, 중앙 계단 옆에 있었는데, 그 위에는 셰리 주와 우조, 물과 올리브 한 사발이 놓여 있었다. 노인이 왔을 때 나는 두 번째 잔을 거의 비운 상태였다. 석양이 지며 밤이 되고 있었다. 무척 고요했고, 정체된 공기가 모든 것 위에 걸쳐 있었다.

기다리는 동안, 나는 좀 더 외교적인 수완을 발휘하기로 마음 먹었다. 나는 내가 더 화를 낼수록 그가 내심 더 흐뭇해 할 것으로 생각했다. 나는 여자들을 못 보게 될 거라는 것을, 그리고 그의 해명을 받아들인 척하기로 했다. 그는 내가 서 있는 곳으로 조용히 왔고, 나는 그에게 미소를 지었다.

「뭘 드시겠습니까?」

「셰리 주를 조금 마시겠소. 고맙소.」

나는 반 잔을 따라 그에게 건네주었다.

「선생님의 계획을 망쳤다면 진심으로 사과드립니다.」

「내 계획은 따로 정해진 게 없소.」 그는 조용히 건배를 했다. 「당신은 그것을 망칠 수 없소.」

「하지만 우리에게 준 배역을 우리가 꿰뚫어 보리라는 것을 분명 아셨을 텐데요.」

그는 바다를 내다보았다. 「메타 연극의 목적이 정확히 그것이오. 참가자들이 그 연극 속의 자신의 첫 번째 역할을 꿰뚫어 보게 하는 것 말이오. 하지만 그것은 카타스타시스 *Catastasis*에 지나지 않소.」

「죄송합니다만 저는 잘 모르는 단어인데요.」

「그것은 고전 비극에서 마지막 장에 앞서는 것, 또는 파국이오.」 그는 곧 한마디 덧붙였다. 「혹은 희극에서. 경우에 따라서는.」

「경우에 따라서요?」

「우리가 일상생활에서 스스로에게 부여한 역할을 꿰뚫어 보는가 못 하는가에 따라서 말이오.」

나는 그가 하는 식으로 조용히 있다가 갑자기 다음 질문을 했다.

「나를 싫어하는 것이 어느 정도로 〈선생님〉 배역의 일부인가요?」

그는 동요하지 않았다. 「좋아하고 싫어하고는 중요하지 않소. 남자들 사이에서는.」

몸속에 우조의 취기가 도는 게 느껴졌다. 「그렇다 하더라도 선생님은 나를 안 좋아하잖습니까?」

그의 검은 눈이 내 눈을 향했다. 「대답을 해야 하오?」 나는 고개를 끄덕였다. 「그렇다면 좋아하지 않는다가 내 대답이오. 하지만 나는 좋아하는 사람이 거의 없소. 그리고 당신 나이의 남성은 더더욱 좋아하지 않소. 다른 사람을 좋아한다는 것은 우리가 사회 속에 살 경우 우리 안에서 어쩔 수 없이 가꿔야 하는 것이지만 사실은 환영이오. 당신은 다른 사람이 당신을 좋아하기를 바라오. 하지만 나는 단지 존재하기를 바라오. 어쩌면 당신도 어느 날엔가 그게 무슨 말인지 깨달을 수도 있소. 그렇게 되면 미소를 지을 거요. 코웃음을 치면서가 아니라 고개를 끄덕이면서 말이오.」

나는 잠시 아무 말도 하지 않았다. 「무슨 외과 의사처럼 말씀하시는군요. 환자보다는 수술에 훨씬 더 관심이 있는.」

「나는 그런 생각을 하지 않는 외과 의사의 손에는 나를 맡기고 싶지 않소.」

「그렇다면 선생님의…… 메타 연극은 정말로 의학적인 것인가요?」

마리아의 그림자가 그의 뒤로 나타났다. 그녀는 램프 불빛 속에 있는 흰색과 은색의 테이블로 수프를 담은 뚜껑 달린 움푹한 그릇을 가져왔다.

「그렇게 볼 수도 있소. 하지만 나는 그것을 형이상학적인 것으로 생각하기를 더 좋아하오.」 마리아는 우리에게 자리에 앉아도 좋다고 했다. 그는 살짝 고개를 숙여 알았다는 표시를 했지만 움직이지 않았다. 「그것은 무엇보다 그러한 분류에서 벗어나려는 시도요.」

「과학이라기보다는 예술에 가까운?」

「모든 훌륭한 과학은 예술이오. 그리고 모든 훌륭한 예술은 과학이오.」

그 멋지게 들리는, 하지만 공허한 경구를 말하며 그는 잔을 내려놓고 테이블로 갔다. 나는 그를 따르며 그의 뒤에 대고 말했다.

「생각해 봤는데, 선생님의 관점에서는 여기서 내가 진짜 정신 분열증 환자인 것 같군요.」

그는 의자에 이를 때까지 대답을 하지 않았다.

「진짜 정신 분열증 환자는 자신이 하는 일에 있어 아무런 선택권이 없소.」

나는 그의 맞은편에 섰다. 「그렇다면 나는 가짜 정신 분열증 환자인가요?」

내가 유치하지만 기분 좋은 어떤 말을 한 것처럼 잠시 그는 기색이 누그러졌다. 그가 몸짓을 했다.

「이제 그것은 상관이 없소. 식사를 합시다.」

우리가 거의 식사를 시작하자마자 내 뒤쪽, 마리아의 오두막 주위 자갈밭에서 두세 사람의 발소리가 들렸다. 계란-레몬 수프를 먹던 나는 뒤를 돌아보았지만 테이블은 그쪽을 볼 수 없는 곳에 ― 틀림없이 일부러 ― 놓여 있었다.

「오늘 밤에는 내 이야기를 장면으로 보여 줄까 하오.」 콘키스가 말했다.

「그건 이미 한 걸로 생각했는데요. 그것도 너무나 생생하게요.」

「이것들은 진짜 기록이오.」

그는 내가 계속해서 식사를 해야 하며, 자신은 더 이상 아무 말도 하지 않을 것이라는 뜻을 내비쳤다. 그 순간 우리 위쪽, 그의 침실 밖 테라스에서 발소리가 들렸다. 작게 삐걱거리는 소리와 금속이 긁히는 소리가 났다. 수프를 다 먹은 다음 나는, 마리아를 기다리는 동안 다시 그의 기분을 달래려고 했다.

「전쟁 전 선생님의 삶에 대해 더 못 듣게 될 것 같아 유감이군요.」

「핵심은 들었소.」

「노르웨이에서 있었던 이야기를 들었을 때 선생님은 과학을 거부한 것 같았어요. 그런데도 정신 의학을 공부했죠.」

그는 살짝 어깨를 으쓱했다.「취미 삼아 한 거요.」

「쓰신 논문을 보니 취미 삼아 한 것 이상인 것 같던데요.」

「그건 내가 쓴 게 아니오. 제목이 있는 페이지들도 진짜가 아니고.」

그 순간 나는 미소를 지어야 했다. 그러한 말을 할 때의 그의 무뚝뚝하고 경멸적인 태도는 그것들을 믿어서는 안 된다는 거의 확실한 표시였으니까. 물론 그는 같이 미소를 짓지는 않았지만 자신의 보다 진지한 자아를 내게 상기시킬 필요가 있다고 느낀 것이 분명했다.

「내가 말한 것에는 얼마간의 진실이 있소. 더도 덜도 없이 당신의 질문이 정당한 만큼만. 내 인생에는 내가 지어낸 이야기와 유사한 사건이 있었소.」그는 잠시 말을 멈췄다가 다시 계속했다.「내 안에서는 늘 신비와 의미 사이의 갈등이 있

648

었소. 나는 의사로서 후자를 추구했고 숭배했소. 사회주의자이자 합리주의자로서도. 하지만 현실을 과학화해 이름을 붙이고 유형화하고, 존재에서 떼어 내 조각조각 해부하려는 시도는 공기를 대기에서 제거하려는 것과 비슷하다는 것을 알게 되었소. 진공을 만들어 내는 과정에서 죽게 되는 사람은 실험자요. 진공 안에 있게 되니 말이오.」

「부자가 된 건 되캉의 이야기와 같은 사연이 있어서인가요?」

「그건 아니오. 나는 부자로 태어났소. 그리고 내가 태어난 곳은 영국이 아니오.」

「그렇다면 제1차 세계 대전은…….」

「순전히 지어낸 거요.」

나는 숨을 들이마셨다. 처음으로 그는 내 눈을 피했다.

「다른 어딘가에서 태어나신 게 분명하군요.」

「내가 어디 출신인지 따위는 신경 쓰지 않은 지 이미 오래요.」

「하지만 영국에서 사신 것은 분명하죠.」

그는 고개를 들어 나를 바라보았다. 미소 하나 없이 뭔가 살피는 듯한 표정이었지만 어딘가 빈정대는 기색이 깔려 있었다. 「당신의 창작욕은 결코 끝이 없는 거요?」

「최소한 나는 선생님이 그리스에 집을 한 채 갖고 있다는 것은 알고 있어요.」

그는 나의 빈정대는 말을 무시하고 내 뒤쪽 어둠 속을 들여다보았다. 「나는 늘 영토를 갈망했소. 조류학에서 말하는 영토 말이오. 내 허락 없이는 나와 같은 종의 다른 누구도 침범할 수 없는 고정된 영지를.」

「하지만 선생님은 이곳에서는 거의 살지 않죠.」

그는 이 취조가 지겨워지기 시작한 것처럼 잠시 말을 멈췄다. 「생은 새보다 인간에게 더 복잡하오. 그리고 인간의 영토는 결코 물리적인 한계에 의해 결정되지 않소.」

마리아가 새끼 염소 고기 스튜를 가져오면서 수프 접시를 치웠다. 잠시 침묵이 흘렀다. 하지만 그녀가 가고 나자 갑자기 그가 나를 쳐다보았다. 그에게는 할 말이 더 있었다.

「부는 괴물 같은 거요. 재정적으로 그것을 관리하는 법을 배우는 데는 한 달이 걸리오. 그리고 심리적으로 그것을 관리하는 법을 배우는 데는 몇 년이 걸리오. 그 오랜 세월 동안 나는 이기적인 삶을 살았소. 나는 모든 쾌락을 맛보았소. 여행도 무척 많이 다녔소. 연극에서 돈을 얼마간 잃긴 했지만 주식 시장에서 훨씬 더 많이 벌었소. 친구들도 아주 많이 생겼는데, 그 가운데는 이제 아주 유명해진 사람들도 있소. 하지만 아주 행복했던 적은 한 번도 없소. 그럼에도 결국 나는 어떤 부자들은 결코 발견할 수 없는 것을 발견한 거요. 우리 모두에게 행복하거나 불행해질 수 있는 얼마간의 능력이 있으며, 경제력이라는 인생의 우연이 그것에 심각한 영향을 미치지 않는다는 사실 말이오.」

「여기서 연극을 시작한 건 언제죠?」

「친구들이 오곤 했소. 다들 지루해했소. 그들이 나를 지루하게 하는 경우도 무척 많았소. 런던이나 파리에서는 재미있는 사람도 에게 해의 섬에서는 참을 수 없는 존재가 될 수 있소. 그래서 우리는 작은 상설 극장을, 무대를 만든 거요. 지금 프리아포스 입상이 있는 데다 말이오. 그렇게 된 거요.」

「내 선임자들 중 누군가와 연락을 한 적이 있나요?」

그는 스튜를 조금 따랐다. 「전쟁 전에는 이런 식이 아니었소. 우리는 다른 사람들의 희곡을 공연했소. 혹은 그들의 작품을 각색한 것을. 우리 것이 아니라.」

「바르바 디미트라키는 불꽃놀이에 대해 얘기하더군요. 바다에서 보았다고 했어요.」

그는 살짝 고개를 까닥했다.「그렇다면 그는 자신도 모르게 내 삶의 어떤 중요한 밤을 본 거요.」

「그는 그것이 언제였는지 기억을 하지 못하더군요.」

「1938년이었소.」그는 잠시 나를 기다리게 했다.「나는 내 무대에 성냥불을 지폈소. 건물에. 그 불꽃놀이는 축하를 하기 위한 것이었소.」

나는 그가 가진 모든 소설을 태운 이야기를 떠올렸다. 그 사실을 이야기하려는데 그가 갑자기 나이프로 제스처를 취했다.

「더 이상은 얘기하지 말고 식사를 합시다.」

그는 아주 맛있는 스튜를 아주 조금만 먹었고, 내가 접시를 비우기 한참 전에 자리에서 일어났다.

「저녁을 마저 들도록 해요. 조금 있다 돌아오겠소.」

그는 문 안으로 사라졌다. 그 직후 위층에서 낮은 목소리로 그리스어로 말하는 소리가 들렸다. 그런 다음 조용해졌다. 마리아가 디저트를, 그런 다음 커피를 가져왔고, 나는 담배를 피우며 기다렸다. 나는 여전히 줄리와 그녀의 언니가 올 거라는 가느다란 희망을 품고 있었다. 나는 그들의 따스함과 정상성, 그리고 영국적인 것이 절실히 필요했다. 식사를 하면서 말을 하는 내내 그에게는 음울하고 삼가는 듯한 뭔가가 있었다. 마치 희극 한 편이 끝난 것 이상의 어떤 일이 있었던 것처럼. 수많은 가식들이 벗겨지고 있었다. 그럼에도 나와 관련된 가식이 버려지고 있다는 징조는 전혀 보이지 않았다. 그가 나를 좋아하지 않는다고 했을 때 나는 그를 믿었다. 이제 그가 억지로 여자들을 내게서 떼어놓지는 않을 거라는 것은 어떤 식으로든 알 수 있었다. 하지만 거짓말을 할 수 있는 그토록 엄청난 힘을 지닌 사람이라면……. 나는 내가 아테네에서 앨리슨을 만난 사실을 그가 알고 있고, 그녀들에게 내보일 수 있는, 나 또한 거짓말쟁이이며 그것도 훨씬 더 진부한 유형의 거짓말쟁이라는 증거를 어떻게 해서 입수했을지도 모른다는 생각에 약간 공포를 느꼈다.

콘키스는 얇은 마분지 파일을 손에 든 채 음악실의 열린 문 사이로 다시 나타났다.

「저곳에 가서 앉읍시다.」 그는 마리아가 치워 놓은 음료 테이블을 가리켰다. 그것은 주랑 앞의 중앙 아치 옆에 있었다. 「의자 두 개와 램프를 가져오겠소?」

나는 의자를 가져갔다. 그리고 램프를 가져가는데 누군가가 주랑 모서리를 돌아 나왔다. 순간적으로 나는 심장이 뛰었다. 마침내 줄리가 나타난 것으로, 지금껏 우리는 그녀를 기다리고 있었다는 생각을 했던 것이다. 하지만 나타난 것은 검은 옷을 입은 검둥이였다. 그는 긴 실린더 모양의 어떤 것을 들고 있었다. 그는 우리 앞의 자갈길을 지나 몇 미터 밖으로 간 다음 삼각대 위에 실린더를 설치했다. 나는 그것이 작은 영화 스크린이라는 것을 깨달았다. 흑인이 하얀 정사각형 스크린을 펼쳐 고리에 걸고 각도를 조정하는 사이 거친 톱니바퀴 소리가 났다. 누군가 위에서 조용히 말했다.

「Entaxi.」〈좋아〉라는 뜻이었다. 내가 알지 못하는 그리스인의 목소리였다.

검둥이는 우리를 보지도 않고 조용히 자신이 왔던 곳으로 돌아갔다. 콘키스는 램프 불빛을 최대한 낮춘 후 나를 화면을 마주해, 자신 옆에 앉게 했다. 긴 침묵이 이어졌다.

「이제 내가 얘기하려는 것이 당신이 이곳에 오는 것을 내일로 끝내려 하는 이유를 이해하는 데 도움이 될 수도 있을 거요. 그리고 이것은 처음으로 진짜 이야기요.」 그는 내가 이의를 제기하기를 기대하는 것처럼 잠시 말을 멈췄지만 나는 아무 말도 하지 않았다. 「당신 또한 이 이야기 속의 사건들이 남성이 여성보다 우월하다고 생각하는 세계에서만 일어날 수 있는 일이라는 것에 대해 생각해 보기를 바라오. 미국인들이 〈남자의 세계〉라고 부르는 것 말이오. 다시 말해 야만적인 힘과, 유머 없는 오만함, 미혹적인 위신, 그리고 원시적 어리석음이 지배하는 세계 말이오.」 그는 스크린을 응시했다. 「남자들이 전쟁을 좋아하는 이유는 그것이 그들을 진지하게 보이도록 해주기 때문이오. 그것이 여자들이 자신들을 더 이상 비웃지 못하게 할 수 있는 유일한 것이라 여기기 때문이오. 전쟁 중에 남자들은 여자를 사물의 수준으로 격하할 수 있소. 그것이 남성과 여성의 커다란 차이요. 남자는 사물을 보고, 여자는 사물들 사이의 관계를 보오. 그 사물들이 서로를 필요로 하는지, 서로 사랑하는지, 서로 어울리는지 하는 것을 말이오. 그것은 우리 남자들에게는 없는 또 다른 차원으로, 모든 진짜 여자들로 하여금 전쟁을 싫어하고, 터무니없는 것으로 여기게 하는 것이오. 전쟁이 무엇인지 이야기하겠소. 전쟁이란 관계를 보지 못하는 무능력에서 기인하는 정신병이오. 동료 인간과 우리와의 관계, 경제적, 역사적 상황과 우리와의 관계, 그리고 가장 중요한 것으로, 무와 죽음과 우리와의 관계 말이오.」

그는 말을 멈췄다. 그의 가면 쓴 얼굴은 전에도 본 적이 있는 것처럼 집중력을 발휘하고 있었고, 자신의 내부를 향해 있었다. 잠시 후 그가 말했다. 「이제 시작하겠소.」

53

Ελευθερια(자유)

「1940년 이탈리아군이 그리스를 침공했을 때, 나는 이미 달아나지 않겠다고 결심을 한 상태였소. 이유는 말할 수 없소. 어쩌면 호기심 때문이었을 수도, 죄의식 때문이었을 수도, 무관심 때문이었을 수도 있소. 그리고 이 외딴섬의 외딴 곳에서는 커다란 용기가 필요하지도 않았소. 1941년 4월 6일 독일은 이탈리아로부터 그리스를 넘겨받았소. 4월 27일 독일군이 아테네에 입성했소. 6월에 그들은 크레타 섬을 공격하기 시작했고, 한동안 우리는 전란에 휩싸였소. 수송기가 하루 종일 지나갔고, 독일군 상륙정이 항구마다 가득했소. 하지만 그 후 곧 이 섬에는 평화가 다시 찾아왔소. 이 섬은 동맹국과 레지스탕스 모두에게 전략적인 가치가 없었소. 이곳에 있는 주둔군은 규모가 아주 작았소. 40명의 오스트리아군이 전부였소. 나치는 쉽게 점령한 거점들 모두를 오스트리아군과 이탈리아군에게 넘겨주었소. 프랑스 침공 때 부상을 당한 중위가 책임자였소.

크레타 섬 침공 때 나는 부라니를 떠나라는 명령을 받은 상태였소. 항구적인 감시소가 이곳에 세워졌고, 주둔군이 진주하게 된 진짜 이유도 그 감시소를 유지하기 위한 것이었소. 다행히 나는 마을에 집이 한 채 있었소. 독일군들은 그렇게 고약한 인간들은 아니었소. 그들은 옮길 수 있는 나의 모든 물건을 그곳으로 옮겨 주었고, 많지는 않았지만 부라니에 대한 임대료까지 지불했소. 그런데 사태가 진정되어 가고 있을 때, 그해 마을의 촌장이었던 사람이 치명적인 혈전증에 걸렸소. 이틀 후 나는 이 섬에 새로 부임한 사령관 앞으로 출두하라는 지시를 받았소. 그와 그의 부하들은 당신네 학교에 주둔하고 있었는데, 학교는 크리스마스 이후로 폐쇄된 상태였소.

나는 진급한 병참 장교 같은 사람을 만나게 될 것으로 예상했소. 하지만 그는 스물일고여덟 정도 되는 아주 잘생긴 청년이었소. 그는 유창한 프랑스어로 내가 프랑스어를 유창하게 한다는 것을 알고 있다고 했소. 무척 정중했는데, 약간 사과하는 듯한 것 이상이었소. 그런 상황에서도 우리는 서로에게 호감을 느꼈소. 그는 곧 본론을 얘기했소. 나더러 마을의 새 촌장이 되어 달라고 했소. 나는 그 즉시 거절했소. 전쟁에 개입하고 싶지 않다고 했소. 그러자 그가 마을 유지 두세 명을 데려오게 했소. 그들이 도착하자 그는 우리만 남겨 놓았고, 나는 그들이 내 이름을 추천했다는 사실을 알게 되었소. 물론 그들은 부역했다는 오명을 쓰지 않기 위해 그 자리를 맡고 싶어 하지 않았던 것이고, 내가 이상적인 속죄양이었던 거요. 그들은 높은 도덕성과 칭찬 등에 대한 얘기로 나를 구슬렸지만, 나는 계속해서 거절했소. 그러자 그들은 솔직해졌소. 그리고 말없이 돕겠다고 약속을 했소……. 결론부터 말하자면, 결국 나는, 좋소, 그렇게 하겠소, 하고 말했소.

이 새롭지만 미심쩍은 영예로 인해 나는 클루버 중위와 자주 만나게 되었소. 처음 만난 지 대여섯 주가 지난 어느 날 저녁 우리 둘만 있을 때 그가 자신을 안톤이라고 불러 주면 좋겠다고 했소. 우리는 종종 단둘이 있었고, 서로에 대한 호감을 확인한 상태였소. 우리를 연결해 준 첫 번째 고리는 음악이었소. 그는 훌륭한 테너 목소리를 갖고 있었소. 진정으로 재능 있는 많은 아마추어들과 마찬가지로 그는 슈베르트와 볼프를 잘 불렀는데, 감정적인 면에서는 가장 훌륭한 전문 리트 가수들을 제외하고는 그 누구보다 훌륭했소. 어쨌든 내 귀에는 그렇게 들렸소. 내 집을 처음 방문했을 때 그는 내 하프시코드를 보았소. 나는 다소 악의적으로 골드베르크 변주곡을 연주했소. 감수성이 예민한 독일인을 눈물 흘리게 하는 데는 그보다 더 확실한 게 없소. 안톤이 정복하기 힘든 상대였다는 말은 아니오. 그는 자신의 역할에 대해 부끄러워했

고, 숭배할 만한, 나치에 반대하는 인물을 찾고 싶어 했소. 아
니 그 이상이었소. 내가 그 후 학교를 찾아가자 그는 자신의
막사에 옮겨다 놓은 학교 피아노로 반주를 해달라고 사정했
소. 이번에는 내가 감상적으로 감동을 받은 거요. 물론 눈물
이 날 정도까지는 아니었지만. 그는 노래를 아주 잘 불렀소.
게다가 나는 늘 슈베르트에 약했소.
    내가 가장 궁금해했던 것 중 하나는 왜 프랑스어를 훌륭하
게 구사하는 안톤이 점령된 프랑스에 있지 않는가 하는 것이
었소. 〈몇몇 동료〉들이 프랑스에 대한 그의 태도에서 그가 충
분히 〈독일인〉답지 않다고 생각한 것 같았소. 그는 한때 혼란
스러운 상황에서 너무 자주 프랑스 문화를 변호하는 말을 한
게 분명했소. 그래서 이 궁벽한 시골로 오게 되었던 거요. 잊
고 말 안 한 게 있는데, 1940년 프랑스 침공 당시 그는 슬개
골에 총상을 입어 다리를 절었고, 전투는 할 수가 없었소. 안
톤은 오스트리아인이 아니라 독일인이었소. 그의 가족은 부
유했고, 그는 전쟁이 나기 1년 전 소르본 대학에서 공부를 하
고 있었소. 마침내 그는 건축가가 되기로 결심을 했지만, 전
쟁 때문에 더 이상 공부를 할 수 없었소.」
    콘키스는 말을 멈추고, 램프의 불을 좀 더 밝게 했다. 그리
고 파일을 열어 커다란 설계도를 폈다. 두세 장의 스케치였
는데, 투시도와 입면도로, 모두 유리와 광택 콘크리트로 되
어 있었다.
    「그는 이 집에 대해 무척 열의를 갖고 있었소. 그리고 전쟁
이 끝나면 돌아와 뭔가 새로운 것을 지어 주겠다고 약속했
소. 최상의 바우하우스 원칙에 따라.」
    모든 메모는 프랑스어로 쓰여 있었다. 독일어는 어디에도
보이지 않았다. 설계도에는 〈*Anton Kluber, le sept juin, l'an
4 de la Grand Folie*(안톤 클루버, 가장 큰 어리석음이 있은

지 4년째 되는 해의 6월 7일)〉이라고 서명이 되어 있었다. 콘키스는 내가 좀 더 그것을 보게 한 다음 램프 불빛을 줄였다.

「점령의 처음 1년 동안은 모든 게 참을 만했소. 식량이 무척 부족했지만, 안톤과 그의 부하들은 사람들이 무수히 법을 어기는 것도 눈감아 주었소. 점령이라는 것이 긴 부츠를 신은 나치 돌격대와 부루퉁한 마을 사람의 문제일 뿐이라는 생각은 바보 같은 것이었소. 오스트리아 병사들 대부분은 마흔이 넘은 나이로 애아버지들이었던 탓에 마을 아이들의 봉이었소. 1942년 여름의 어느 새벽에 연합군 비행기 한 대가 날아와 크레타 섬으로 향하던 중 이 섬의 오래된 항구에 정박 중이던 독일군 물품 보급용 상륙정을 공격했소. 배는 침몰했소. 식량 상자 수백 개가 수면 위로 떠올랐소. 그때는 섬사람들이 1년 동안 생선과 상한 빵 외에는 아무것도 먹지 못하고 있을 때였소. 고기와 우유, 쌀 그리고 다른 사치품들의 모습은 그들에게는 엄청난 것이었소. 그들은 떠 있는 모든 것을 건지려고 바다로 몰려갔소. 누군가가 내게 무슨 일이 일어나고 있는지를 알렸고, 나는 서둘러 항구로 갔소. 주둔군은 그곳에 기관총을 한 정 보유하고 있었는데, 그것은 아까 그 연합군 비행기를 향해 사납게 불을 뿜은 참이었소. 나는 독일군이 보복으로 끔찍한 학살극을 벌이고 있을 것만 같아 두려웠소. 하지만 그곳에 도착한 나는 섬사람들이 기관총이 있는데서 90미터도 안 떨어진 곳에서 상자들을 건지느라 바쁜 것을 보았소. 안톤과 근무병들은 초소 바깥에 서 있었소. 총은 한 발도 발사되지 않았소.

그 후 아침에 안톤이 나를 불렀소. 물론 나는 그에게 고맙다는 말을 아낌없이 했소. 그는 노를 저어 가 도움을 준 마을 사람들의 신속한 행동 덕분에 상륙정 승무원 몇 명을 구할 수 있었다고 보고하겠다고 했소. 이제 그는 보급품을 건져

올렸다는 것을 보여 주기 위해 상자 몇 개는 되돌려 받아야 했소. 나는 그렇게 되도록 했소. 나머지는 〈가라앉고 파괴된〉 것으로 여겨질 것이었소. 마을 사람들 사이에서 안톤과 그의 부하들에 대해 약간 남아 있던 적의는 사라지게 되었소.

그 일이 있은 지 한 달쯤 지난 어느 날 저녁, 오스트리아 출신 병사들이 술이 약간 취해 항구 옆에서 노래를 부르기 시작했소. 그러자 갑자기 섬사람들도 노래를 부르기 시작한 거요. 서로 번갈아 가면서 말이오. 먼저 오스트리아 병사들이, 그다음엔 섬사람들이. 독일어와 그리스어로. 티롤 지방의 축가와 칼라마타[115]의 춤곡이 어우러졌소. 무척 이상했소. 끝에 가서는 모두가 서로 상대방의 노래를 불렀소.

하지만 그것은 우리의 짧았던 황금시대의 절정이었소. 오스트리아 병사들 가운데 스파이가 있었던 게 분명하오. 노래를 한 지 일주일쯤 후에 독일군 분대 하나가 〈군기 강화〉를 목적으로 안톤의 주둔군에 증원 배치되었소. 안톤이 어느 날 나를 찾아와 화가 난 어린아이처럼 〈내가 독일군의 명예를 떨어뜨릴 위험에 처해 있다는 얘기를 들었소. 정책을 바꿀 수밖에 없소〉 하고 말했소. 그의 병사들은 마을 사람들에게 음식을 나눠 주는 것이 금지되었고, 우리는 마을에서 그들을 훨씬 드물게 보게 되었소. 그해 11월 아테네로 가는 길목의 고르고포타모스 대교 폭파 사건으로 인해 새로운 긴장이 조성되었소. 다행히 나는 점령군의 통치를 잘 중재해 마을 사람들의 과분한 신뢰를 얻고 있었고, 그들은 더 엄격해진 상황을 기대 이상으로 잘 받아들이고 있었소.」

콘키스가 말을 멈추고, 손뼉을 두 번 쳤다.

「당신이 안톤을 만났으면 하오.」

115 그리스의 메시니아 만에 면한 공업 도시.

「벌써 본 것 같은데요.」

「그렇지 않소. 안톤은 죽었소. 당신은 그와 닮은 배우를 본 거요. 하지만 이건 진짜 안톤이오. 전쟁 동안 나는 작은 영화 촬영기와 필름 두 롤을 갖고 있었소. 그걸 보관하고 있다가 1944년에 현상을 했소. 화질은 아주 좋지 않소.」

영사기가 돌아가는 희미한 소리가 들렸다. 머리 위로 한 줄기 빛이 비치며, 스크린 중앙에 초점이 맞추어졌다. 흐렸고, 급하게 초점을 맞춘 흔적이 있었다.

내 나이 또래의 잘생긴 청년이 보였다. 눈썹이 검고 무성하다는 점에서는 아주 비슷했지만 지난주에 본 사람은 아니었다. 하지만 그는 틀림없는 전시 중의 장교였다. 특별히 부드러워 보이지는 않았고 맵시 있게 태평스러운 모습이 영국군 조종사와 더 닮아 있었다. 그는 높은 담을 따라 난 길을 걸어 내려오고 있었다. 헤르메스 암벨라스의 집 담인 것 같았다. 그는 미소를 짓고 있었다. 그는 영웅적인 테너 가수 같은 태도를 보이며 자신을 의식하는 웃음을 짓고 있었다. 그리고 갑자기 10초 분량의 장면이 끝났다. 그다음 장면에서 그는 커피를 마시며 자기 발치에 있는 고양이 한 마리와 장난을 치고 있었다. 그리고 누군가가 미소를 짓지 말라고 얘기한 듯 심각하면서도 수줍은 표정으로 비스듬히 카메라를 바라보았다. 영상은 무척 흐릿했고, 갑자기 튀었으며, 아마추어가 찍은 것 같았다. 또 다른 장면이 나왔다. 섬의 항구 주위로 남자들이 일렬종대로 행진하는 모습이었다. 2층 창문을 통해 촬영한 것처럼 보였다.

「맨 뒤에 있는 사람이 안톤이오.」

그는 다리를 조금 절었다. 그리고 나는 꾸밀 수 없는 진실을 보고 있다는 것을 문득 깨달았다. 그들 너머로 넓은 선착장이 보였는데, 현재 이곳에는 세관과 해안 경비대의 작은 건물이 서 있었다. 나는 그 건물이 전쟁이 일어난 후 세워졌다는 사실을 알고 있었다. 그런데 화면에 나타난 선착장은 텅 비어 있었다.

영사기 불빛이 꺼졌다.

「자, 이게 전부요. 다른 장면들도 찍었지만 필름 한 통은 망가졌소. 이것들이 내가 건진 전부요.」 그는 잠시 말을 멈췄다가 다시 이었다. 「그리스의 이 지역의 〈군기 강화〉를 책임진 자는 빔멜이라는 나치 친위대 대령이었소. 디트리히 빔멜. 그 무렵 그리스에서는 레지스탕스 운동이 시작된 상태였소. 지형적 여건이 허락하는 모든 곳에서 말이오. 섬 가운데서는 크레타 섬에서만 유격대 활동이 가능했소. 하지만 북부 지방과 펠로폰네소스 반도에서는 엘라스[116]를 비롯해 다른 단체들이 스스로를 조직화하기 시작한 상태였소. 무기가 공중에서 투하되었고, 파괴 공작원들이 훈련을 받았소. 빔멜이 나브플리온에 온 것은 1942년 후반이었는데 그전에 있던 폴란드에서 상당한 성공을 거둔 상태였소. 그가 맡은 지역은 그리스 남서부였는데, 이 섬도 거기에 포함되었던 거요. 그의 방법은 간단했소. 그는 정가표를 갖고 있었소. 독일군 한 명이 부상당하면 인질 열 명을 처형하고, 독일군 한 명이 살해당하면 인질 스무 명을 처형하는 거였소. 당신도 상상할 수 있을 테지만 그것은 효과가 있는 체계였소.

빔멜은 자신이 차출한 게르만족 괴물들을 데리고 다녔는데, 그들이 심문, 고문, 처형 그리고 나머지 일을 했소. 그들은 그들이 달고 다니는 배지 때문에 〈디 라벤 *die Raben*〉 즉 까마귀들로 알려져 있었소.

내가 그를 만난 것은 그의 악명이 널리 알려지기 전이었

116 그리스 국민해방군.

660

소. 어느 겨울날 아침 나는 예기치 않게 독일군 모터보트 한 대가 중요한 장교 하나를 섬에 데려왔다는 소식을 들었소. 그날 나중에 안톤이 사람을 시켜 나를 불렀소. 그의 사무실에서 키가 작고 야윈 남자 하나를 소개받았소. 키도 나와 비슷했고, 나이도 나 정도였소. 그리고 흠잡을 데 하나 없이 단정했고, 지나칠 정도로 정중했소. 그는 자리에서 일어서서 나와 악수를 했소. 그는 영어로 몇 마디 했는데, 그것만으로도 내 영어 실력이 훨씬 낫다는 것을 충분히 알 수 있었소. 그리고 내가 문화적으로 영국과 많은 관련이 있고, 그곳에서 부분적으로 교육을 받았다고 하자, 그는 〈영국과 독일이 싸워야 한다는 것은 우리 시대의 커다란 비극이죠〉라고 했소. 이어 안톤이 말하기를, 자신이 대령에게 우리가 저녁에 음악을 연주한다는 얘기를 했고, 대령이 내가 그들과 점심 식사를 함께한 후 안톤이 노래 한두 곡을 부르는 데 반주를 해주었으면 한다는 것이었소. 물론 나는 내가 맡은 직무상 거절할 수 없었소.

나는 대령이 전혀 마음에 들지 않았소. 그는 면도날 같은 눈을 하고 있었소. 그것은 내가 인간에게서 본 것 중 가장 불쾌한 눈이었던 것 같소. 자기가 보는 것에 대한 동정심은 전혀 없는 눈이었소. 평가와 계산밖에 모르는 눈이었소. 야만적이거나 호색적이거나 가학적인 눈이라면 차라리 나았을 거요. 하지만 그것은 기계의 눈이었소.

그는 교양 있는 기계였소. 대령은 라인산 포도주를 몇 병 갖고 왔고, 나는 몇 달 만에 최고의 점심 식사를 했소. 우리는 마치 날씨에 대해 얘기를 나누듯 전쟁에 대해 아주 짧게 얘기를 했소. 화제를 문학으로 바꾼 것은 대령이었소. 그는 분명 독서 경험이 풍부한 사람이었소. 셰익스피어를 잘 알고 있었고, 괴테나 실러는 무척 잘 알고 있었소. 영국 문학과 독

일 문학 사이의 몇 가지 흥미로운 유사성을 도출하기까지 했
는데 독일 문학의 편만 들지는 않았소. 나는 그가 우리보다
술을 덜 마시고 있다는 것을 깨달았소. 그리고 안톤은 부주
의하게 말을 했소. 실은 우리 두 사람은 감시를 당하고 있었
던 거요. 그 사실을 식사 중간쯤에 알았소. 대령도 내가 그것
을 알고 있다는 걸 알았소. 우리 연장자 두 사람은 그 상황의
의미를 깨달았지만, 안톤은 갈수록 엉뚱한 말을 늘어놓았소.
대령은 그리스의 평범한 관리들에 대해서는 경멸밖에는 품
고 있지 않았지만, 나는 그와 동등한 신사로 대접받는 높은
영예를 누렸소. 하지만 나는 착각에 빠지지 않았소.

　점심 식사를 마친 뒤 우리는 그를 위해 가곡 몇 곡을 연주
했고, 그는 우리에게 잔뜩 찬사를 늘어놓았소. 그런 다음 대
령은 섬 맞은편에 있는 감시소를 시찰하고 싶다며 나더러 동
행해 달라고 했소. 그 감시소는 군사적으로 특별히 중요한 곳
은 아니었소. 그래서 나는 그들과 함께 대령의 보트를 타고
섬을 돌아 무차 해변으로 갔고, 우리는 이곳 별장으로 올라왔
소. 주위에는 군사 설비들이 아주 많았소. 철조망은 도처에
있었고, 토치카도 몇 개 있었소. 하지만 나는 이 별장은 전혀
손상을 입지 않은 것을 보고 기뻤소. 병사들이 분열 행진을
했고, 대령은 내가 있는 가운데 그들에게 독일어로 짤막한 훈
시를 했소. 그는 나를 〈이 영국 신사분〉이라 불렀고, 내 재산
을 존중해야 한다고 했소. 하지만 이것이 기억이 나오. 우리
가 자리를 떠날 때 그가 걸음을 멈추고 정문을 지키는 병사가
장비를 착용한 방식에 있어서의 사소한 잘못을 고쳐 주었소.
그는 안톤에게 그 점을 지적하면서, 〈*Schlamperei, Herr
Leutnant. Sehen Sie*(슐람페라이, 중위. 알겠나)?〉 하고 말했
소. 〈슐람페라이〉란 칠칠치 못함 비슷한 것을 의미하오. 그것
은 프로이센인이 바이에른 사람이나 오스트리아인에 대해

사용하는 단어요. 그는 분명 그전에 했던 어떤 대화를 일컫고 있었지만, 내게는 그의 성격을 이해하는 중요한 열쇠가 되었소.

다시 대령을 만난 건 9개월 뒤, 1943년 가을이었소.

9월 말이었소. 어느 아름다운 날 늦은 오후 내가 집에 있는데 안톤이 달려 들어왔소. 나는 뭔가 끔찍한 일이 일어났다는 것을 알 수 있었소. 그는 이제 막 부라니에서 돌아온 상태였소. 부라니에는 한 번에 열두 명의 군인이 주둔했는데, 그날 아침 비번인 네 명의 병사가 무차 해변에 수영을 하러 간 것이오. 전원이 함께 바다로 들어간 것을 보면 그들은 부주의하게, 더욱 슐람페라이하게 된 것이 틀림없었소. 그들은 한 명씩 물에서 나와, 자리에 앉아 공을 던지고, 해변에서 햇볕을 쪼였소. 그런데 그들 뒤 나무숲에서 세 명의 남자가 나타났소. 한 사람은 경기관총을 들고 있었소. 독일군은 전혀 손쓸 틈이 없었소. 지휘를 맡고 있던 하사관이 총성을 듣고 안톤에게 무전으로 알린 뒤, 해변으로 내려갔소. 그는 시체 세 구와 아직 숨이 붙어 있는 병사 한 명을 발견했는데, 그 병사가 무슨 일이 있었는지를 그에게 얘기해 주었소. 게릴라들은 이미 사라진 상태였소. 독일군 총을 들고서 말이오. 안톤은 즉시 배를 타고 섬을 돌았소.

불쌍한 안톤. 그는 자신의 의무를 이행하는 것과 무서운 빔멜 대령에게 그 소식이 알려지는 것을 늦추는 것 사이에서 고민을 했소. 물론 사건을 보고해야 한다는 것을 그도 알고 있었소. 하지만 그가 보고를 한 것은 나를 만나고 난 뒤인 그날 저녁이었소. 안톤은 그날 아침 자신이 본토에서 온 레지스탕스들을 상대하고 있다고 추리했다고 했소. 그들은 밤에 몰래 들어온 것이 틀림없었고, 어두워지기 전에 돌아가는 위험은 택하지 않을 게 분명했소. 그래서 그는 섬 주위를 아주 천천히 돌며 보트가 숨겨져 있을 만한 곳을 샅샅이 수색했소. 그리고 그는 페트로카라비를 마주한 이 섬 끝에서 수풀 속에 숨겨 놓은 보트를 한 척 발견했소. 안톤으로서는 다른 대안이 없었소. 게릴라들은 그가 수색하는 것을 보고 들었을 게 틀림없었소. 그런 긴급한 경우에 대한, 최고 사령부에서 내려온 엄격한 지시가 있었소. 그것은 적의 퇴로를 차단하라는 거였소. 안톤은 보트에 불을 질렀소. 이제 게릴라들은 독 안에 든 쥐나 다름없었소.

그는 그 모든 것을 내게 설명해 주기 위해 온 거였소. 그때는 빔멜의 정가표가 잘 알려진 상태였소. 우리는 그에게 80명의 목숨을 빚지고 있었소. 안톤은 우리에게 한 가지 수밖에 없다고 생각했소. 게릴라들을 체포해 다음 날 도착할 게 틀림없는 빔멜에게 넘겨주는 거였소. 그러면 적어도 우리는 그들이 섬사람들이 아니라 파괴 공작원들이라는 것을 증명할 수 있었소. 우리는 그들이 공산당원이자 국민 해방군이라는 사실을 알 수 있었는데, 그들의 정책은 의도적으로 독일군을 도발해서 보복 행위를 야기하는 것이었기 때문이오. 그리스인의 사기를 고취하기 위해서 말이오. 클레프트라고 불린 18세기의 그리스 저항자들도 수동적인 소작인들을 투르크인에 대항해 일으켜 세우기 위해 그와 똑같은 전술을 사용한 적이 있었소.

그날 밤 8시에 나는 마을의 유지들을 모두 불러 상황을 설명했소. 하지만 그날 밤은 너무 늦어 아무것도 할 수 없었소. 우리에게 남은 유일한 기회는 안톤의 부하들과 힘을 합해 다음 날 섬 전체를 이 잡듯 뒤지는 것밖에 없었소. 물론 사람들은 자신들의 평화 — 그리고 자신들의 생명 — 가 그토록 위험한 상태에 빠진 데 몹시 화가 나 있었소. 그들은 밤새 배와 우물을 지키고, 날이 밝는 대로 게릴라를 추적하겠다고 약속을 했소.

하지만 자정 무렵 나는 군인들의 발소리와 정문을 두드리는 소리에 잠에서 깼소. 다시 안톤이었소. 그는 이미 너무 늦었다는 말을 하러 왔던 거요. 그는 지시를 받은 상태였소. 그는 더 이상 자신의 판단으로 행동할 수 없었소. 빔멜이 이튿날 아침 까마귀 중대를 이끌고 도착할 예정이었소. 그는 나를 즉시 체포해야 했소. 마을에 사는 14세부터 75세 사이의 모든 남자는 새벽에 집합해야 했소. 안톤은 이 모든 말을 내침실에서 했소. 내가 침대 옆에 앉아 그가 자신이 독일인인 것과, 인간으로 태어난 것이 부끄럽다고 말하는 것을 듣는 사이 그는 거의 울 것 같은 얼굴을 하고 방 안을 왔다 갔다 했소. 만일 이튿날 마을 사람들과 대령을 중재하는 것이 자신의 임무라고 느끼지 않았다면 죽어 버렸을 거라는 말도 했소. 우리는 오래도록 대화를 나누었소. 그는 빔멜에 대해 그전보다 많은 것을 들려주었소. 우리는 무척 고립되어 살고 있었고 내가 듣지 못한 것이 많이 있었소. 결국 그는 이 전쟁에 단 하나 좋은 것이 있는데, 그것은 전쟁 때문에 나를 만날 수 있었다는 것이라고 했소. 우리는 서로 악수를 했소.

그런 다음 나는 안톤과 함께 학교로 갔고, 그곳에서 군인들의 감시하에 잠을 잤소. 다음 날 아침 9시, 내가 항구로 끌려갔을 때 남자들 전부와 대부분의 여자들이 그곳에 있었소. 안톤의 부하들이 모든 출구를 지키고 있었소. 말할 필요도 없이, 사람들은 게릴라들을 아직 보지 못한 상태였소. 마을 사람들은 절망에 빠져 있었소. 하지만 그들이 할 수 있는 것은 아무것도 없었소.

10시에 까마귀 중대가 상륙정을 타고 도착했소. 그들과 오스트리아 병사들 간의 차이는 한눈에 알 수 있었소. 그들은 훈련을 더 잘 받았고 규율도 더 잘 잡혀 있었으며, 인간적 감정에 대해 훨씬 더 잘 절연되어 있었소. 그리고 무척 어렸소. 나는 그들의 가장 무서운 점은 그들의 광적인 젊음이라는 것을 알게 되었소. 10분 뒤 수상 비행기 한 대가 착륙했소. 하얗게 회칠한 집들 위로 비행기 날개의 그림자가 드리워지던 게 기억나오. 시커멓고 커다란 낫처럼 말이오. 내 근처에 있던 젊은 어부 하나가 히비스커스 한 송이를 꺾어 피처럼 시뻘건 꽃을 자기 가슴에 댔소. 우리 모두 그의 행동이 무엇을 의미하는지 알고 있었소.

빔멜이 해변으로 왔소. 대령이 처음 한 일은 남자들 모두를 선착장에 집합시킨 것이었는데, 그때 처음으로 섬사람들은 외국 군대에게 발로 차이고 맞는 것이 어떤 것인지를 알게 되었소. 여자들은 인접한 거리와 골목으로 끌려갔소. 잠시 후 빔멜은 안톤과 함께 술집으로 사라졌소. 곧 내가 소환되었소. 마을 사람들 모두는 십자가를 그었고, 나는 빔멜의 부하 두 명에게 거칠게 이끌려 술집으로 들어갔소. 대령은 나를 맞으려고 자리에서 일어나지 않았으며, 완전히 낯선 사람을 대하듯 말을 했소. 그는 영어로 말을 하려 하지 않았소. 그는 그리스인 부역자인 통역가를 데려온 상태였소. 나는 안톤이 제정신이 아닌 것을 알 수 있었소. 그 사건으로 충격을 받은 그는 무엇을 해야 하는지 알지 못했소.

빔멜의 조건은 그 즉시 80명의 인질을 선발하라는 거였소. 나머지 남자들은 섬을 이 잡듯 뒤져 게릴라를 잡아 데려와야 했소. 빼앗긴 무기와 함께 말이오. 그러니 세 명의 용감한 자원자들을 시체로 만들어 내놓는 것으로 될 일이 아니었소. 만일 24시간 이내에 그 지시 사항을 이행하면 인질들은 강제 노동 수용소로 보내질 테지만, 그렇지 않을 경우 모두 총살당할 거였소.

나는 만일 우리가 그들을 발견한다 해도 절망적인 상태에 있는, 그 무장한 세 명을 어떻게 잡아야 하는지 물었소. 대령은 그냥 손목시계를 보며, 독일어로 〈지금이 11시요. 내일 정오까지 시간을 주겠소〉 하고 말했소.

선착장에서 나는 내가 들은 얘기를 그리스어로 다시 말했소. 남자들 모두는 고함을 지르며 제안을 하고, 불평을 하고, 무기를 요구하기 시작했소. 결국 대령이 공중을 향해 권총을 한 발 발사하자 잠잠해졌소. 마을 남자들의 이름이 호명되었고, 빔멜이 직접 호명되는 사람들 중에서 인질을 뽑았소. 나는 대령이 강제 노동 수용소행을 고려한 듯 20세부터 40세 사이의 가장 건강한 남자들을 고르는 것을 알아차렸소. 하지만 그는 죽음의 신에게 바치기 가장 좋은 제물들을 골랐다는 생각이 드오. 그는 그런 식으로 79명을 선발한 뒤 나를 가리켰소. 나는 여든 번째 인질이었소.

그렇게 해서 우리 80명은 학교까지 행군한 뒤, 엄중한 감시를 받게 되었소. 위생 설비도 전혀 없는 교실 하나에 몰아넣고, 먹을 것이나 마실 것도 주지 않았소. ─ 우리를 감시한 자들은 까마귀 중대원들이었소 ─ 그보다 더욱 좋지 않았던 것은 소식을 전혀 들을 수 없었다는 것이었소. 그동안 무슨 일이 벌어졌는지는 훨씬 뒤에야 알게 되었소.

나머지 남자들은 집으로 서둘러 가 막대기와 낫과 칼 등을 잡히는 대로 집어 들고 마을 위쪽 언덕에 다시 모였소. 남자들이라 해봐야 너무 늙어 걷기도 힘든 노인네들과 열 살에서 열두 살밖에 안 되는 사내아이들뿐이었소. 몇몇 여자들이 가세하려 했지만 독일군이 그들을 막았소. 남자들이 돌아오도록 볼모로 잡아 둔 거요.

이 슬픈 수색 연대는 그리스인들이 늘 그렇듯 논쟁을 했소. 한 가지 계획에 대해 왈가왈부하다가 결론이 나면 또 다른 계획을 가지고 서로 떠들어 댔소. 결국 누군가가 책임자가 되어 수색할 위치와 장소를 정했소. 그들 120명은 수색에 나섰소. 그들은 애당초부터 이미 수색이 헛된 것이었다는 사실은 알지 못했소. 하지만 게릴라들이 소나무 숲에 있었다 하더라도 생포는커녕 찾아낼 수도 없었을 거요. 나무와 협곡과 바위가 너무도 많았소.

사람들은 섬을 가로질러 느슨한 경계선을 치고, 게릴라들이 그 경계선을 뚫고 마을로 들어올 수도 있다는 희망에 밤새 산에 있었소. 이튿날 아침에도 필사적으로 수색을 벌였소. 10시에 다시 모인 그들은 아래쪽 마을에 있는 독일군을 공격하는 방안에 대해 얘기를 나누었소. 하지만 좀 더 똑똑한 사람들은 그것이 결국 더 큰 비극을 초래할 뿐이라는 것을 알고 있었소. 두 달 전에 마니 섬에 있는 어느 마을에서 훨씬 더 사소한 도발 행위 때문에 남녀노소 할 것 없이 모두가 독일군에게 학살된 일이 있었소.

정오가 되자 사람들은 십자가와 성상을 들고 마을로 내려왔소. 빔멜은 그들을 기다리고 있었소. 사람들의 대변인인 나이 든 선원 한 사람이 지푸라기라도 잡는 심정으로, 게릴라들이 작은 배를 타고 도망치는 것을 보았다고 거짓말을 했소. 하지만 그것도 허사였소. 빔멜은 미소를 지으며 고개를 저으면서 그 노인을 체포하라고 했소. 그는 81번째 인질이 된 거였소. 진상은 사실 단순했소. 독일군이 이미 게릴라들을 체포했던 거요. 마을에서 말이오. 하지만 여기서 잠깐 빔멜을 봅시다.」

콘키스가 다시 손뼉을 쳤다.

「이게 그자요. 아테네에서요. 어느 레지스탕스 그룹에서 얼굴을 기록으로 남기려고 찍은 것이오.」

다시 스크린은 빛으로 가득했다. 시내 거리였다. 지프처럼 생긴 독일군 차량 한 대가 거리 맞은편 그늘 속에 멈춰 섰다.

장교 세 명이 차에서 내려, 강한 햇빛 속에서 카메라를 가로질러 대각선으로 걸어갔다. 카메라는 그들이 들어가는 건물 바로 옆에 있는 집의 1층 방에 있었던 게 분명했다. 지나가는 누군가의 머리가 시야를 가렸다. 키가 좀 더 작고 좀 더 말쑥한 남자가 앞장을 서고 있었다. 그에게는 무뚝뚝하고 완강한 권위의 분위기가 배어 있었다. 다른 두 사람은 그의 부속물로 존재했다. 셔터 때문인지 화면 때문인지 알 수 없었지만, 뭔가가 장면을 흐릿하게 했다. 화면이 어두워졌다. 그런 다음 사복을 입은 남자의 스틸 사진이 나왔다.

「저것이 전쟁 전의 빔멜의 사진 가운데 남아 있는 유일한 거요.」

얼굴은 평범했지만 입은 비열해 보였다. 콘키스의 그것 외에도 다른 종류의 냉혹한 시선들이, 그것도 훨씬 더 불쾌한 시선들이 있다는 것을 깨달았다. 중앙 산등성이에서 만났던 〈대령〉의 얼굴과 어느 정도 비슷했다. 하지만 그들은 다른 사람들이었다.

「그리고 이것은 폴란드에서 찍은 뉴스 영화의 일부분이오.」

화면이 나오자 콘키스는 〈저기, 장군 뒤에 있는 자가 그요〉, 〈빔멜은 가장 왼쪽에 있소〉라고 했다. 그 필름이 진짜라는 것은 알 수 있었지만, 나는 나치 영화를 볼 때마다 느끼는 것과 동일한 느낌을 받았다. 그것은 비현실성과, 그런 괴물을 자라게 할 수 있었던 유럽과 그렇지 못했던 영국 사이에 가로놓인 엄청난 거리감이었다. 그리고 콘키스가 나를 함정에 빠뜨리고, 나를 지나치게 순진하고 역사적으로 미숙한 사람으로 만들려 하고 있다는 것을 느꼈다. 하지만 화면의 불빛에 반사된 그의 얼굴을 힐끔 보았을 때, 그는 나 이상으로 자신이 보고 있는 것에 몰두해 있는 것처럼 보였다. 그리고 나보다 더 과거의 희생자처럼 보였다.

「게릴라들은 다음과 같은 일을 저지른 게 분명하오. 그들은 자신들의 배가 불타 버린 것을 알자마자 서둘러 마을을 향해 왔소. 안톤이 나를 만나러 왔을 때에는 이미 마을 바로 바깥에 있었을 거요. 우리가 몰랐던 사실은 그들 중 한 명의 친척들이 마을 외곽에 있었다는 거였소. 성이 차초스인 가족이었소. 식구로는 열여덟 살과 스무 살짜리 두 딸과 아버지와 아들 하나가 있었소. 하지만 그 집 남자들은 마침 이틀 전에 올리브기름을 싣고 피레우스로 떠난 상태였소. 그들은 작은 배 한 척을 갖고 있었는데, 독일군은 연안 지역에서의 장사를 어느 정도는 용인해 주었소. 게릴라 가운데 하나가 그 집 딸들과 사촌 간이었는데, 어쩌면 그중 언니 되는 처녀와 연인 사이였을 수도 있소.

마을의 누군가가 그 파국에 대해 알기 전에 게릴라들은 사람들의 눈을 피해 그 집에 도착했소. 그들은 그 가족의 배를 이용할 수 있을 거라고 믿은 게 틀림없소. 하지만 배는 딴 곳에 있었소. 그 후 이웃 하나가 울며 와, 자매에게 사람이 죽었다는 소식과 내가 마을 사람들한테 한 얘기를 들려주었소. 그때는 이미 게릴라들이 몸을 숨긴 상태였소. 우리는 그날 밤 그들이 어디서 밤을 보냈는지 모르오. 어쩌면 빈 우물에서였을 수도 있소. 급하게 구성된 수색대가 차초스의 집을 포함해, 빈 것이든 사람이 사는 것이든, 마을의 모든 오두막집과 별장을 수색했지만 아무것도 발견하지 못했소. 그들 자매가 단순히 겁에 질린 것인지, 아니면 놀라울 정도로 애국심이 강해서였는지는 결코 알 수 없을 것이오. 하지만 그들은 마을에 혈연관계가 있는 사람이 하나도 없었고, 그들의 아버지와 남자 형제는 안전한 곳에 있었소.

게릴라들은 다음 날 나뉘어 행동하기로 한 모양이오. 아무튼 자매들은 빵을 굽기 시작했소. 그런데 눈이 날카로운 이웃 여자 하나가 그것을 알아차렸고, 그들이 불과 이틀 전 빵을 구웠다는 것을 기억했소. 아버지와 남자 형제가 항해를 하는 동안 먹을 빵을 말이오. 그녀는 그 즉시 뭔가를 의심했던 것 같지는 않소. 하지만 5시경 그녀는 학교로 가서 독일군에게 그 사실을 알렸소. 그녀의 친척 세 명이 인질로 잡혀 있었던 거요.

까마귀 중대의 분대 하나가 차초스의 집에 도착했소. 그 사촌만 그곳에 있었소. 그는 벽장 속으로 몸을 날렸소. 그는 두 자매가 맞으면서 지르는 비명 소리를 들었소. 자신의 시간이 다했다는 것을 깨닫고는 권총을 손에 들고 밖으로 뛰쳐나와 독일군이 움직이기 전에 총을 발사했지만, 아무 일도 일어나지 않았소. 권총이 고장났던 거요.

세 사람은 학교로 연행되어 심문을 받았소. 자매들이 고문을 받자, 사촌은 바로 독일군에게 협조를 했소. 두 시간 뒤 — 날이 저물었을 때 — 그는 해안 도로를 따라 빈 별장까지 독일군을 안내한 뒤, 문을 두드리며 작은 소리로 자신의 사촌들이 배를 구했다고 두 명의 동지에게 말했소. 그들이 문 밖으로 나오는 순간 독일군이 덮쳤소. 지도자는 팔에 총상을 입었지만, 다른 사람들은 다치지 않았소.」

내가 끼어들었다. 「그런데 그 사람은 크레타 섬 출신인가요?」

「그렇소. 당신이 본 사람과 아주 비슷한 사람이오. 다만 키가 좀 더 작고 어깨가 더 벌어지긴 했지만. 그사이 우리 인질들은 내내 교실에 갇혀 있었소. 교실은 소나무 숲을 굽어보고 있었기 때문에 사람들이 드나드는 것은 전혀 볼 수 없었소. 그런데 9시경에 고통에 찬 끔찍한 비명 소리가 두 번 들렸고 잠시 뒤에는 엄청난 외침 소리가 한 번 들려왔소. 〈엘레우테리아〉라는 그리스어 단어였소.

우리가 똑같이 소리쳤을 거라고 생각할 수도 있지만 우리는 그렇게 하지 않았소. 대신 우리는 희망을 느꼈소. 게릴라들이 잡혔다는. 잠시 뒤 자동 소총 두 발이 발사되는 소리가 들렸소. 그리고 얼마간 시간이 지난 뒤 교실 문이 활짝 열렸소. 나하고 마을의 푸주한이 불려 나갔소.

우리는 아래층으로 내려가 학교 앞으로 가 지금 당신네 교사들이 살고 있는 서쪽 날개 건물로 갔소. 빔멜은 중위 한 명과 함께 그 입구에 서 있었소.

그들 뒤 계단 옆에는 나치 부역자인 통역자가 두 손을 머리에 얹은 채 앉아 있었소. 그는 충격을 받아 얼굴이 하얗게 질려 있었소. 20미터쯤 떨어진 벽 옆에 여자 두 명의 시체가 있는 게 보였소. 우리가 다가갔을 때 병사들은 그들을 굴려 들것 위에 싣고 있었소. 중위가 앞쪽으로 나서며 푸주한에게 자기를 따라오라고 했소.

빔멜은 돌아서서 건물 안으로 들어갔소. 나는 어두컴컴한 석조 복도를 따라 걸어가는 그의 등을 보았고, 누군가 나를 밀어 그의 뒤를 따르게 했소. 빔멜은 복도 끝에 있는 방 앞에 서서 나를 기다렸소. 안에서 빛이 새어 나왔소. 내가 다가가자 빔멜은 안으로 들어가라고 몸짓을 했소.

의사가 아닌 사람은 아마 기절했을 거요. 나도 차라리 기절했더라면 좋았을 뻔했소. 방은 비어 있었소. 중앙에는 테이블이 하나 있었소. 테이블에는 청년 하나가 묶여 있었는데, 그 사촌이었소. 그는 피로 얼룩진 셔츠를 걸친 것을 제외하고는 알몸이었는데, 입과 눈이 심하게 불에 지져져 있었소. 하지만 내 눈에 들어온 건 오직 한 가지뿐이었소. 그의 생식기가 있던 자리에 검붉은 구멍 하나만 나 있었던 거요. 독일군이 그의 음경과 음낭을 잘라내 버린 거였소. 철사를 자르는 절단기로 말이오.

방 건너편 한쪽 구석에는 또 다른 한 남자가 벌거벗은 채 바닥에 엎어져 있었소. 얼굴을 바닥에 대고 있었기 때문에 그들이 무슨 짓을 저질렀는지는 알 수 없었소. 그도 의식이 없는 게 분명했소. 그 방의 적막을 결코 잊을 수 없을 거요. 방에는 서너 명의 군인이 — 군인이라니! 말할 것도 없이 그들은 고문 기술자이자 정신병자 같은 사디스트들이었소 — 있었소. 그중 하나가 쇠로 된 기다란 막대기를 들고 있었소. 그 막대기 위쪽으로 전기 불꽃이 타닥타닥 튀고 있었소. 군인 셋은 군복을 깨끗이 하려고 대장장이가 입는 것과 같은 가죽으로 된 앞치마를 입고 있었소. 역겨운 똥오줌 냄새가 났소.

다른 쪽 구석에는 의자에 묶인 사람이 하나 더 있었소. 그는 입에 재갈이 물려 있었소. 황소처럼 몸집이 거대했소. 한쪽 팔에 심하게 멍이 들고 상처가 나 있었지만, 아직 고문을 받지 않은 게 분명했소. 빔멜은 가장 쉽게 얘기를 털어놓을 것 같은 대상부터 시작한 거였소.

나는 그러한 장면에 대한 선한 인간의 반응을 다룬 영화 — 로셀리니의 영화 같은 — 들을 보았소. 선한 인간이 괴물 같은 파시스트에게 대들며, 짧지만 멋진 저주의 말을 던지는 것 말이오. 역사와 인간성을 대변해 말을 하고, 그것들을 영원히 제자리에 있게 하는 것을. 하지만 내가 느낀 감정은 직접적이고 강렬한 개인적 두려움이었다는 것을 고백해야 할 것 같소. 무슨 말인지 알 거요, 니컬러스. 빔멜은 내게 생각할 시간을 주려는 듯 길게 침묵했소. 나 역시 고문받게 될 거라는 것을 알게 해준 거요. 이유는 알 수 없었소. 하지만 세상에는 이유 같은 게 남아 있지 않았소. 인간이 다른 인간에게 그런 짓을 할 수 있을 때에는……

나는 고개를 돌려 빔멜을 쳐다보았소. 놀라운 것은 그가 그 방에 있는 사람들 가운데 가장 인간적인 사람으로 보였다는 것이오. 그는 피곤하고, 화난 것처럼 보였소. 심지어 약간 역겨워하는 것처럼 보였소. 자신의 부하들이 만들어 낸 난장판을 부끄러워하는 것 같았소.

그가 영어로 〈이자들은 쾌감을 위해 이런 짓을 하오. 하지만 나는 아니오. 저 살인자를 부하들이 손대기 전에 당신이 저자에게 얘기를 해주기 바라오〉 하고 말했소.

나는 〈무슨 말을 해야 하죠?〉 하고 말했소.

〈그의 친구들과 도와준 사람들의 이름, 그리고 은신처와 무기고의 위치를 알고 싶소. 그것들을 가르쳐 주면 정식 군사 방식에 따라 처형할 것을 약속하겠소.〉

나는 〈저들이 충분히 말하지 않았나요?〉 하고 말했소.

빔멜이 말했소. 〈그들이 아는 건 다 말했소. 하지만 저자는 더 많은 걸 알고 있소. 그는 내가 오래전부터 만나고 싶어 했던 인물이오. 저자의 친구들도 그의 입을 열게 하지는 못했소. 우리도 마찬가지일 거라고 생각하오. 하지만 당신이라면 할 수 있을 거요. 이렇게 말하시오. 사실대로 말이오. 당신은 우리 독일인을 좋아하지 않으며, 배운 사람이고, 이…… 절차를 그만두게 하고 싶을 뿐이며, 그가 자신이 알고 있는 사실을 말하도록 당신이 충고를 할 거라고, 붙잡힌 이상 털어놓아도 죄가 되지 않는다고. 내 말을 이해하겠소? 자, 나를 따라오시오.〉

우리는 또 다른 빈방인 옆방으로 들어갔소. 조금 있자 군인들이 부상당한 그 남자를 의자에 묶은 채 끌고 와 방 한가운데에 내려놓았소. 나는 그의 앞에 있는 의자에 마주 앉았소. 대령은 뒤쪽에 앉아 고문자들에게 나가라고 손짓을 했소. 나는 이야기를 시작했소.

나는 대령이 지시한 그대로 했소. 다시 말해 그 사내가 줄 수 있는 정보를 모두 달라고 간청을 했소. 그런 짓을 하다니

치욕스럽지도 않으냐고 생각한다면, 그건 당신이 그의 가족과 그가 배신했을 수도 있는 다른 사람들을 생각하기 때문이오. 하지만 그날 밤 나는 그 두 방 속에 살았소. 그것들만이 유일한 현실이었소. 외부 세계는 존재하지 않았소. 나는 인간의 지성이 그렇게 극악하게 타락하는 것을 막는 게 나의 임무라고 열정적으로 느꼈소. 그런데 그 크레타인의 강박적인 완고함 자체가 타락으로 여겨졌소.

그에게 나는 독일 부역자가 아니며, 의사이고, 나의 적은 인간이 겪는 고통이라고 말했소. 그리스를 대표해서 하는 말이지만, 그가 지금 말을 할 경우 하느님이 그를 용서할 거라고. 그의 친구들은 충분히 고통을 받았다고. 어떤 인간도 더 이상의 고통을 받을 수 없는 지점이 있다는 등의…… 생각해 낼 수 있는 모든 논리를 동원해 얘기했소.

하지만 그의 표정은 변함없는 적의를 드러내고 있었소. 나에 대한 증오도. 내 말을 듣고 있는지조차 의심스러웠소. 그는 내가 나치 부역자이며, 내가 말하는 모든 것이 거짓말이라고 생각한 게 틀림없었소.

결국 나는 입을 다물고, 대령을 뒤돌아보았소. 나는 내가 실패했다고 생각하고 있다는 사실을 숨길 수 없었소. 대령이 바깥에 있던 보초에게 신호를 보낸 모양이었소. 부하 하나가 들어와 크레타인 뒤로 가 입에 물린 재갈을 풀어 주었소. 그 순간 그 사내는 목이 찢어져라 소리를 질렀소. 〈엘레우테리아〉라고. 거기에는 고귀한 어떤 것도 없었소. 그것은 순전히 야만적인 행위였고, 마치 불이 붙은 석유통을 우리에게 던지는 것 같았소. 보초가 난폭하게 그의 입에 재갈을 다시 물리고 끈으로 묶었소.

물론 그가 한 말은 그에게는 개념도 이상도 아니었소. 그것은 단지 그의 마지막 무기였고, 그는 그것을 무기로 사용했던 거요.

대령이 〈저자를 다시 데려가고, 내 명령을 기다리도록 해〉라고 말했소. 그 사내는 다시 그 음산한 방으로 끌려갔소. 대령은 덧문을 내린 창가로 가 어둠을 향해 창을 열고, 잠시 그곳에 서 있다가 내게로 몸을 돌리고 말을 했소. 〈내가 왜 영어로 말해야 하는지 알 거요.〉

나는 〈더 이상 아무것도 모르겠소〉 하고 말했소. 그러자 빔멜은 〈내 부하들과 저 짐승이 대화를 나누는 것을 당신이 지켜보도록 해야 할 것 같소〉 하고 대답했소. 나는 〈제발 부탁이니 그러지 않았으면 좋겠소〉 하고 말했소. 그는 자신이 그런 장면을 즐기는 것처럼 보이느냐고 물었소. 나는 대답하지 않았소. 그러자 그가 〈나는 사령부에 앉아 있다면 무척 행복할 거요. 서류에 서명이나 하고, 아름다운 고대 유적을 즐기는 것 말고는 달리 할 일이 없이 지내면 말이오. 당신은 나를 믿지 않는군요. 당신은 나를 사디스트라고 생각하고 있소. 하지만 나는 사디스트가 아니오. 나는 현실주의자요〉 하고 말했소.

나는 여전히 말없이 앉아 있었소. 그는 내 앞에 서서, 〈당신은 다른 방에 수감될 거요. 먹을 것과 마실 것을 주라고 지시하겠소. 문명인을 상대하는 또 다른 문명인으로서 오늘 있었던 사건과 옆방에서 벌어진 일에 대해서는 유감으로 생각하오. 물론 당신은 인질 중 하나가 아니오〉라고 했소.

나는 그를 올려다보았소, 충격을 받은 채 감사를 표하며 말이오.

그가 〈다른 모든 장교들처럼 나에게는 인생에서 단 하나의 지상 목표밖에 없다는 것을 기억해 줬으면 하오. 그것은 독일인의 역사적 목표이기도 하오. 혼돈에 빠진 유럽에 질서를 부여하는 것. 그것이 이루어지면 가곡을 부를 때가 된 거요〉

하고 말했소.

어떻게인지는 말할 수 없지만, 나는 그가 거짓말을 하고 있다는 것을 알았소. 우리 시대의 가장 커다란 착오 중 하나는 나치가 혼돈에 질서를 부여함으로써 권력을 갖게 되었다고 생각하는 것이오. 사실은 정확히 그 반대요. 그들은 질서에 혼돈을 부여했기 때문에 성공할 수 있었소. 그들은 계율을 파괴하고, 초자아를 부정했소. 그들은 〈소수파를 박해해도 되고, 살인해도 되고, 고문해도 되며, 사랑 없이 관계를 갖고 번식해도 된다〉고 말했소. 그들은 인류에게 가장 커다란 유혹 모두를 제시한 거요. 진실된 것은 하나도 없고, 모든 게 허용된다고 말이오.

대부분의 독일인과는 달리 빔멜은 그것을 그전부터 알고 있었던 것 같소. 자신이 누구인지, 무엇을 하는지를. 그리고 나를 갖고 장난을 치고 있다는 것을. 처음에는 그렇게 보이지 않았소. 대령은 마지막으로 나를 한 번 보았고, 나는 그가 나를 데리고 온 보초 한 명에게 말을 하는 것을 들었소. 나는 다른 층에 있는 방으로 끌려가서 먹을 것과 독일산 맥주 한 병을 받았소. 여러 감정을 느꼈지만 가장 지배적인 감정은 내가 살아남을 거라는 것이었소. 나는 해가 비치는 것을 볼 수 있을 터였소. 공기를 마시고, 빵을 먹고, 건반을 두드리며.

그날 밤이 지나갔소. 다음 날 아침 커피가 제공되었고, 몸을 씻는 것도 허락되었소. 10시 반에 나는 밖으로 끌려 나왔소. 다른 인질 모두가 기다리고 있는 게 보였소. 그들은 마실 것도, 먹을 것도 받지 못했고, 나는 그들과 이야기를 나누는 것이 금지되어 있었소. 빔멜이나 안톤의 모습은 보이지 않았소.

우리는 항구까지 걸어갔소. 4백~5백 명 되는 마을 사람 모두가 거기에 있었소. 검은색과 회색과 색이 바랜 파란색 옷을 입은 사람들이 선착장 위에 비좁게 모여 있었고, 까마귀 중대원들이 일렬로 서서 그들을 감시하고 있었소. 마을의 사제와 여자들, 그리고 어린아이들도 있었소. 그들은 우리를 보자 비명을 질렀소. 무정형의 원형질 같았소. 속박을 깨부수려 해보지만 그렇게 할 수 없는.

우리는 계속해서 걸었소. 항구를 마주 보는 곳에 거대한 아테네식의 조상대(彫像臺)가 있는 아티카풍의 커다란 집이 한 채 있소. 혹시 본 적 있소? 당시 그 건물 지층에는 술집이 하나 있었소. 발코니에 빔멜이 서 있는 게 보였소. 안톤은 그의 뒤에 서 있었고, 그들 옆에는 기관총을 든 군인들이 있었소. 군인들은 나를 행렬에서 나오게 해 발코니 아래, 의자와 탁자들 사이에, 벽에 기대어 서게 했소. 다른 인질들은 계속해서 걸어가게 했소. 그들은 거리를 지나 시야에서 사라졌소.

무척 더운 날이었소. 하늘은 구름 한 점 없이 파랬소. 마을 사람들은 선착장에서 술집 앞에 낡은 대포가 있는 언덕으로 끌려왔소. 그들은 그곳에 다닥다닥 붙어 섰소. 갈색 얼굴들이 햇빛이 비치는 하늘을 향했고, 여자들의 검정 스카프가 미풍에 펄럭거렸소. 나는 발코니를 볼 수 없었소. 하지만 대령은 위에서 침묵으로 사람들에게 자신의 존재를 새기며 기다리고 있었소. 그리고 점차 그들은 쥐 죽은 듯이 조용해졌소. 앞으로 무슨 일이 벌어질지 궁금해하는 얼굴들이 벽처럼 서 있었소. 하늘 위로 제비들과 흰털발제비들이 보였소. 어른들 사이에 어떤 비극적인 일이 벌어지는 집에서 마냥 놀고 있는 아이들 같았소. 그렇게 많은 그리스인들이 아무 소리도 내지 않고 있는 게 이상했소. 작은 새들의 조용한 노랫소리 외에는 아무 소리도 들리지 않았소.

빔멜이 입을 열었소. 옆에 서 있던 부역자가 통역을 했소.
〈이제 독일의 적과…… 독일의 적을 도운 자들에게 무슨 일이 일어나는지 보게 될 것이다…… 어젯밤 열린 독일군 최고 사령부의 군사 법정의 지시에 따라…… 세 명은 처형되었으며…… 두 명이 더 지금 처형될 것이다.〉

갈색의 손들이 일제히 성호를 긋는 게 보였소. 빔멜은 잠시 말을 멈췄소. 라틴어가 종교적 의식에 어울리는 만큼 독일어는 사형 선고에 아주 잘 어울렸소.

〈그에 이어…… 무고한 네 명의 독일군이…… 무참하게 살해된 데 대한 보복으로…… 점령지 법규에 의거해 선발된 80명의 인질은…….〉 다시 한 번 그는 말을 멈추었소. 〈처형될 것이다.〉

통역이 마지막 문장을 옮기자 사람들은 복부를 얻어맞은 것처럼 신음을 했소. 많은 여자들과 남자들 몇 명이 무릎을 꿇고 발코니를 향해 애원을 했소. 동정이라고는 모르는 복수의 신에게 자비를 구하는 사람들. 빔멜은 안으로 들어간 게 분명했소. 사람들의 간청이 비탄으로 바뀌었으니까.

나는 벽에서 물러나 인질들을 뒤따라가야 했소. 독일군과 오스트리아 병사들이 항구로 향하는 모든 입구에 서서 마을 사람들을 뒤로 물러나게 했소. 그들이 까마귀 중대를 돕고, 빔멜의 말에 복종하고, 무표정한 얼굴로 서서, 하루 이틀 전만 해도 미워하지 않았던 마을 사람들을 거칠게 뒤로 밀어낼 수 있다는 것이 나를 두렵게 했소.

골목길은 집들 사이를 구불구불 지나 학교 옆 광장으로 이어졌소. 북쪽으로 약간 경사가 지고, 야트막한 지붕들 위로 바다와 본토가 보이는 그 광장은 자연적인 무대였소. 오르막길 쪽으로는 마을 학교의 담장이 있었고, 동쪽과 서쪽으로는 높다란 담장이 있었소. 당신이 기억할지 모르겠지만, 서쪽에 있는 집의 정원에는 커다란 플라타너스가 한 그루 있는데, 그 가지들이 담장을 넘어와 있소. 광장에 도착했을 때 내가 맨 처음 본 것도 그것이었소. 마치 고야의 동판화처럼 기괴하게 세 구의 시체가 그림자 속에서 희미하게 가지에 걸려 있었소. 그중 하나는 끔찍한 상처를 입은 사촌의 알몸의 시체였소. 그리고 알몸인 자매들의 시체도 있었소. 그들은 내장이 꺼내진 채였소. 갈비뼈에서 음모가 나 있는 데까지 길게 갈라져 내장이 비어져 나와 있었소. 정오의 바람에 내상이 반쯤 꺼내진 시체들이 흔들리고 있었소.

그 끔찍한 세 구의 시체 뒤쪽에 인질들이 있었소. 그들은 학교를 등지고 철조망으로 만든 우리에 갇혀 있었소. 뒤에 있는 사람들은 벽의 그림자 속에 있었고, 앞에 있는 사람들은 햇빛 속에 있었소. 나를 보자마자 그들은 소리를 질러 대기 시작했소. 나를 대놓고 모욕하는 말도 들렸고, 호소하며 울부짖는 혼란스러운 소리도 들렸소. 마치 내가 어떤 말이라도 하면 대령의 마음이 움직일 거라고 생각하는 것 같았소. 대령은 광장 한복판에 안톤과 까마귀 중대원 스무 명 정도와 함께 서 있었소. 광장의 세 번째 면, 즉 동쪽에는 긴 벽이 있소. 그것을 본 적이 있소? 그 중앙에 문이 있었소. 쇠창살이 달린 문이. 아직 죽지 않은 게릴라 두 명은 그 쇠창살에 묶여 있었소. 밧줄이 아니라 철조망으로.

나는 2열로 늘어선 사람들 뒤쪽, 빔멜이 서 있는 곳에서 20미터 정도 떨어진 곳에 멈추어 섰소. 빔멜이 잠시 고개를 돌렸지만, 안톤은 나를 쳐다보려 하지 않았소. 안톤은 스스로에게 최면을 걸어 자신이 보고 있는 그 무엇도 존재하지 않는다고 믿게 된 것처럼 허공을 쳐다보고 있었소. 아니, 그 자신이 존재하지 않는 것 같았소. 대령이 부역자를 불렀소. 인질들이 뭐라고 소리치는지 알고 싶어 했던 것 같소. 대령은 잠시 생각을 하는 것 같더니, 사람들을 향해 갔소. 인질들은 조용해졌소. 물론 그들은 빔멜이 이미 자신들에게 선고를 내렸다는 사실을 모르고 있었소. 그는 무슨 말을 했고 통역이 그것을 사람들에게 옮겨 주었소. 나는 그 소리를 들을 수 없었지만, 그 말에 사람들이 잠잠해졌소. 그것은 사형 선고가 아니었던 거요. 대령이 내 쪽으로 왔소.

그는 〈이 소작인들에게 한 가지 제안을 했소〉 하고 말했소. 나는 그의 얼굴을 쳐다보았소. 그 얼굴에는 초조함이나 흥분의 그림자는 전혀 없었소. 그는 자신을 완전히 통제하고 있었소. 대령이 말을 이었소. 〈저들이 처형되지 않게 하겠소. 강제 노동 수용소에도 보내지 않겠소. 단 한 가지 조건이 있소. 이 마을의 촌장으로서 당신이 저들 앞에서 두 살인자를 처형하는 거요.〉

〈나는 사형 집행인이 아니오〉라고 나는 말했소.

마을 사람들은 내게 미친듯이 소리를 지르기 시작했소.

대령은 시계를 보고, 〈30초 안에 결정하도록 하시오〉라고 했소.

물론 그런 상황에서는 생각할 수가 없소. 모든 조리 있는 생각이 머릿속을 떠나게 되오. 이걸 잊지 말아야 하오. 그 순간부터 나는 이성 따위는 없이 행동했소. 혹은 이성을 넘어서서.

〈선택의 여지가 없군요〉라고 내가 말했소.

대령은 내 앞에 서 있는 부하들의 줄 가운데 하나의 끝으로 가서, 한 병사에게서 어깨에 멘 경기관총을 건네받은 다음 총알이 제대로 장전되어 있는지를 검사하는 것 같더니, 다시 내게로 와 두 손으로 그것을 건네주었소. 마치 상이라도 주는 것처럼 말이오. 인질들은 환호를 하고 성호를 그었소. 그리고 다시 조용해졌소. 대령이 나를 바라보았소. 나는 총구를 대령 쪽으로 돌릴까 하는 사나운 생각을 했소. 하지만 그렇게 하면 마을 사람들 모두가 학살당할 게 뻔했소.

나는 철문에 철조망으로 묶인 사내들을 향해 갔소. 왜 대령이 그렇게 했는지 알 수 있었소. 이 사건은 독일군이 통제하는 신문들에 폭넓게 홍보될 것이었소. 나에 대한 압력은 언급되지 않을 것이고, 나는 독일인이 생각하는 질서에 협조한 그리스인으로 소개될 터였소. 그것은 다른 촌장들에 대한 경고이자 공포에 사로잡힌 전국의 그리스인들에게 보이는 본보기였소. 하지만 그 80명의 사람들. 나는 그들을 죽게 할 수 없었소.

나는 두 명의 게릴라로부터 약 5미터 떨어진 곳까지 다가갔소. 아주 오랫동안 총을 쏘아 본 적이 없었기 때문에 그토록 가까이 간 것이오. 어떤 이유로 그때까지 나는 그들의 얼굴을 들여다보지 못하고 있었소. 나는 기와를 얹은 높다란 담과, 문 옆에 있는 기둥 꼭대기의 저속하게 장식된 항아리 두 개와, 그 너머의 후추나무 이파리로 눈을 돌리고 있었소. 하지만 그 순간 그들을 볼 수밖에 없었소. 두 사람 중 나이가 어린 쪽은 이미 숨이 끊어진 것 같기도 했소. 그의 머리는 앞으로 힘없이 늘어져 있었소. 독일군이 그의 손에 무슨 짓을 했는지 — 뭔지는 볼 수 없었소 — 손가락이 온통 피범벅이었소. 하지만 숨이 끊어진 게 아니었소. 그의 신음 소리가 들렸소. 뭔가를 중얼거리고 있었는데, 착란 상태에 빠져 있었던 것이오.

그리고 다른 사내는 입에 주먹질과 발길질을 당해, 입술이 심하게 붉게 멍들어 있었소. 내가 서서 총을 들자 그는 남은 입술을 뒤로 젖혔소. 그의 이빨은 모두 안쪽으로 부러져 있었소. 그의 입 안쪽은 검어진 음문 같았소. 하지만 나는 끝내고 싶은 생각에 자포자기 상태였고, 진짜 이유를 알 수 없었소. 그 역시 손가락이 으깨지고, 손톱이 뽑혀 있었소. 몸에 여러 군데 화상 자국이 보였소. 하지만 독일군은 한 가지 끔찍한 실수를 했소. 그의 눈을 뽑아 버리지 않았던 거요.

나는 맹목적으로 총을 들어 방아쇠를 당겼소. 아무 일도 일어나지 않았소. 찰카. 다시 방아쇠를 당겼소. 그리고 또다시 당겼지만 공허한 찰칵 소리만 울릴 뿐이었소.

나는 몸을 돌려 주위를 둘러보았소. 빔멜과 나를 감시하던 보초 둘이 10미터쯤 떨어진 곳에서 나를 바라보며 서 있었소. 인질들이 갑자기 소리를 지르기 시작했소. 그들은 내가 총을 쏘고자 하는 의지를 잃어버린 것으로 생각했소. 나는 몸을 돌려 한 번 더 시도를 해보았소. 역시 아무 일도 일어나지 않았소. 나는 대령을 돌아다보며 총을 가리키면서 발사가 안 된다는 제스처를 했소. 열기 속에서 의식이 희미했소. 구토가 났지만 기절할 수는 없었소.

〈뭐가 잘못됐소?〉 하고 대령이 말했소.

〈총이 발사되지 않소〉라고 나는 대답했소.

〈그건 슈마이서요. 훌륭한 무기요.〉

〈세 번이나 해봤는데요.〉

〈총알이 없기 때문에 발사가 안 되는 거요. 민간인이 장전된 무기를 소지하는 것은 엄격하게 금지되어 있소.〉

나는 그를 바라보다가 총을 보았소. 여전히 이해가 되지 않았소. 인질들은 다시 잠잠해졌소.

나는 무력하기 짝이 없는 목소리로 〈저들을 어떻게 죽이라는 거요?〉 하고 말했소.

그는 펜싱 칼의 칼날처럼 얇은 미소를 지었소. 그런 다음 그는 〈나는 기다리고 있소〉 하고 말했소.

그 순간 이해가 됐소. 나는 그들을 때려죽여야 했소. 나는 많은 것을 이해했소. 대령의 진짜 자아와 그의 진짜 입장을. 그리고 그것으로부터 그가 미쳤으며, 그에 따라 그는 무고하다는 깨달음이 나왔소. 미친 사람은 모두, 가장 잔인한 자들조차 무고하니까. 그는 생명이 원할 경우 어떤 짓까지 할 수 있는지를 보여 주는 존재였소. 사악한 마음과 육체가 할 수 있는 극단적인 가능성을 대변했던 거요. 어쩌면 그가 암흑의 신처럼 자신을 그토록 강하게 드러낼 수 있었던 것도 그 때문이었을 거요. 그가 거는 저주에는 뭔가 초인적인 게 있었소. 따라서 그 상황의 진짜 악과 진짜 극악무도함은 아무 말 없이 그 상황을 지켜보고 서 있던 다른 독일군들, 즉 덜 미친 중위들과 상병들과 일등병들 속에 있었소.

나는 대령을 향해 걸어갔소. 보초 둘이 내가 그를 공격하려는 줄 알고 재빨리 총을 들었소. 하지만 대령이 무슨 말을 했고, 그들은 꼼짝 않고 서 있었소. 나는 대령에게서 2미터 정도 떨어진 곳에 멈추어 섰소. 우리는 서로를 노려보았소.

〈유럽 문명의 이름으로 이런 만행을 중단하기를 간청하는 바요.〉

〈그리고 나는 이 처벌을 계속하라고 당신에게 명령하는 바요.〉

그는 시선을 떨어뜨리지 않은 채 〈이 명령을 이행하지 않으면 당신은 즉시 처형될 거요〉 하고 말했소.

나는 메마른 흙 위를 걸어 문으로 다시 갔소. 그리고 두 남자 앞에 섰소. 내게 달리 선택의 여지가 없다는 것을 이해해 줄 수 있을 것처럼 보이는 사내에게, 그 끔찍한 짓을 하지 않을 수 없다는 말을 하려 했소. 하지만 그 치명적인 순간을 아무 말 없이 지나쳐 보내고 말았소. 어쩌면 가까이서 그의 입에 무슨 일이 일어났는지 깨달았기 때문인지도 모르오. 그것은 몽둥이에 맞거나 발길에 차인 게 아니라 불에 지져져 있었소. 나는 쇠 막대기를 든 자와 전기 불꽃을 기억했소. 그들이 그의 이빨을 부수고, 혀를 뿌리까지 시뻘건 쇠 막대기로 지진 거였소. 그가 외친 그 단어가 결국 그들을 더 이상 참지 못하게 만든 게 틀림없었소. 그리고 내 인생에서 가장 중요한 그 놀라운 5초 동안 나는 이 게릴라를 이해하게 되었소. 그가 자기 자신이 누구인지 이해하는 것보다 훨씬 더 잘 말이오. 그가 나를 도와준 것이었소. 그는 가까스로 머리를 내 쪽으로 내밀고 자신이 할 수 없었던 말을 했소. 그것은 소리라기보다는 목구멍이 뒤틀리며 내뱉은 여섯 음절로 된 기침 같은 것이었소. 하지만 다시 한 번, 마지막으로 분명히 그 말을 한 거요. 그리고 그 말은 그의 눈에, 그의 존재에 온전히 담겨 있었소. 예수가 십자가에서 무슨 말을 했소? 주여, 어찌하여 나를 버리시나이까? 그 남자가 한 말은 훨씬 덜 연민과 동정을 자아내고, 심지어 훨씬 덜 인간적이었지만 훨씬 더 심오했소. 그는 나와는 정반대의 세계에서 말한 것이오. 나의 세계에서는 생명은 더할 나위 없이 귀중했소. 너무도 소중해 말 그대로 가격을 매길 수 없었소. 하지만 그의 세계에서는 그처럼 귀중한 건 단 하나밖에 없었는데, 그것은 〈엘레우테리아〉, 즉 〈자유〉였소. 그는 이성과 논리와 문명과 역사를 넘어선 불굴의 존재였고, 본질 그 자체였소. 우리가 알 수 있는 하느님이란 존재하지 않기에, 그는 하느님은 아니었소. 하지만 그는 우리가 결코 알 수 없는 하느님이 존재한다는 증거였소. 그는 거부할 수 있는 최후의 권리였소. 그리고 선택할 수 있는 자유였소. 그 남자, 또는 그를 통해 입증된 것은 제정신이 아닌 빔멜과 비열한 독일군과 오스트리아 병사들까지 포함하고 있었소. 그는 최악의 자유에서 최선의 자유까지, 모든 자유 그 자체였던 거요. 뇌브 샤펠의 전장에서 탈영하는 자유, 세이데바레에서 태고의 신과 대면하는 자유, 소작인 처녀들의 내장을 도려내고, 철사 절단기로 생식기를 잘라 내는 자유를. 그 남자는 도덕 너머를 지나 사물의 본질에서 튀어나온 뭔가였소. 모든 것을 포괄하는 뭔가였고, 모든 것을 할 수 있는 자유였소. 그리고 그는 단 한 가지에 대항했는데 그것은 모든 것을 하지 못하게 하는 금지였소.

그 모든 것을 얘기하자면 많은 말이 필요할 거요. 그리고 나는 이 불굴의 정신과, 조리 있게 생각하는 것에 대한 이러한 거부가 본질적으로 그리스적이라는 것에 대해 내가 어떻게 느꼈는지에 대해서는 아무 말도 하지 않았소. 내가 결국 나의 그리스인다움을 취했다는 것도. 나는 내가 본 모든 것을 불과 몇 초 동안 보았지만 어쩌면 시간 자체에서 벗어나서 본 것인지도 모르오. 나는 내가 그 광장에서 선택의 자유를 가진 유일한 사람이며 그 자유를 포고하고 방어하는 것이 상식이나 자기 보존, 아니, 나 자신의 목숨보다, 80명의 인질의 생명보다 더 중요하다는 것을 깨달았소. 그 후로 밤마다 그 80명의 사람들이 일어나 나를 비난했소. 당시 내가 나 역시 죽을 게 틀림없다고 생각했다는 것을 잊지 말아 주기 바라오. 하지만 십자가에 못 박힌 것 같은 그 얼굴들에 대항해 내가 내세울 수 있는 전부는 그 몇 초 안 되는 깨달음의 순간뿐이오. 하지만 그 깨달음은 백열 같은 것이오. 나의 이성은 계속해서 내가 잘못했다고 말했소. 하지만 나의 전 존재는 여전히 내가 옳았다고 말하고 있소.

나는 아마 15초간 — 확실히 말할 수 없는 게, 그런 상황에서 시간은 아무 의미가 없소 — 서 있다가 총을 내던지고 게릴라 지도자 옆으로 가 섰소. 나는 대령이 나를 지켜보고 있는 것을 보았소. 나는 대령과 내 옆에 있는 존재가 들을 수 있게 남아 있던 한 단어를 말했소.

빔멜의 뒤쪽 어딘가에서 안톤이 그를 향해 재빨리 걸어가는 게 보였소. 하지만 이미 늦은 뒤였소. 대령의 말이 떨어지자 경기관총이 불을 뿜었고, 첫 번째 총알들이 나를 맞히는 바로 그 순간 나는 눈을 감았소.」

54

콘키스는 몸을 앞으로 숙였고, 한참 동안 말이 없다가 램프의 불을 밝게 했다. 그러고는 나를 쳐다보았다. 나는 그의 깊은 곳에서 뭔가가 마침내 움직인 것을 감지했다. 하지만 잠시 후 그의 시선은 예의 건조한 자아가 되었다.

「우리의 새로운 드라마의 단점은 당신이 자신의 역할 속에서 자신이 무엇을 믿을 수 있고 무엇을 믿을 수 없는지를 모른다는 거요. 그 광장에 있었던 사람 중 이 섬에 있는 사람은 아무도 없소. 하지만 많은 사람들이 내가 말한 다른 모든 사건들에 대해서 확인해 줄 수 있을 거요.」

나는 중앙 산등성이에서의 장면을 떠올렸다. 그것은 진짜 이야기 속에 삽입될 수 없음으로 인해 진실성이 확인되었다. 콘키스를 의심한 것은 아니었다. 나는 내가 실제로 일어난 사건들의 역사를 듣고 있었다는 것을 알고 있었다. 하지만 그가 자신의 삶에 대한 이야기 속에서 끝까지 어떤 진실을 아껴 두고 있다는 느낌이 들었다.

「총을 맞은 후에는요?」

「총을 맞고 쓰러졌고, 기절을 해 더 이상은 알 수 없었소. 암흑이 찾아오기 전 인질들이 소리를 지르는 것을 들은 것 같소. 그리고 어쩌면 그것이 나를 구했을 수도 있소. 사격하던 사람들의 정신이 딴 데 팔리게 되었소. 인질들에게 총을 쏘라는 다른 명령이 내려지고 있었소. 반시간 뒤, 마을 사람들이 죽은 사람들 앞에서 울부짖는 것이 허락되었을 때 내가 게릴라들의 발치에서 피 웅덩이 속에 누운 채 발견되었다는 얘기를 들었소. 나는 우리 집 가정부 술라 — 마리아 이전에 있던 가정부요 — 와 헤르메스에게 발견되었소. 그들이 나를 옮겼을 때 나는 희미한 생명의 흔적을 보였소. 그들은 나를 집으로 데려와 술라의 방에 숨겼소. 파타레스쿠가 와서 나를 보살폈소.」

「파타레스쿠라고요?」

「그렇소. 파타레스쿠.」 나는 그의 표정을 읽으려고 했다. 그리고 그의 표정에 서린 뭔가를 통해 그가 그 죄를 완전히 인정하지만 그것을 죄로 생각지 않으며, 내가 진실을 말하라고 재촉할 경우 그것을 정당화할 준비가 되어 있다는 것을 이해했다.

「대령은요?」

「전쟁이 끝났을 때 그는 무수한 잔혹 행위를 한 죄로 수배되었소. 그의 부하 몇 명도 마찬가지였소. 마지막 순간에 형의 집행이 유예되었지만 결국 그것은 인질들의 고통을 연장시킨 것뿐이었소. 전범 위원회는 최선을 다했소. 하지만 빔멜은 남미에 있소. 아니면 카이로에 있을 수도 있소.」

「그리고 안톤은요?」

「안톤은 내가 죽었다고 믿었소. 내 하인들이 파타레스쿠 외에는 아무한테도 비밀을 알리지 않았으니까. 나는 매장되었소. 아니, 빈 관이 묻혔소. 빔멜은 그날 오후 섬을 떠났소. 안톤을 무너져 버린 그간의 좋은 관계들은 물론이고 즐비한 시체들 한가운데 남겨 놓고 말이오. 안톤은 그날 저녁 내내, 어쩌면 밤까지 그 사건 전체에 대한 상세한 보고서를 썼던 게 틀림없소. 그는 직접 타자를 쳐서 일곱 부의 복사본을 만들었소. 그는 그 사실을 보고서에서 진술했소. 그것이 그가 그 타자기로 할 수 있었던 전부였던 것 같소. 그는 아무것도 숨기지 않았고, 누구도 용서하지 않았소. 자기 자신에게는 더욱 가혹했소. 잠시 후 그것을 보여 주겠소.」

검둥이가 자갈길을 가로질러 와 스크린을 철거하기 시작했다. 위층에서 무언가 움직이는 기척이 들렸다.

「그는 어떻게 됐습니까?」

「이틀 뒤 그의 시체가 학교 담장 아래, 땅이 이미 피로 검게 물든 곳에서 발견되었소. 권총으로 자살한 거였소. 그것은 물론 속죄의 행위였고, 그는 마을 사람들이 그 사실을 알기를 원했소. 독일군은 그 사건을 덮어 버렸소. 오래지 않아 주둔군은 교체되었소. 그 보고서가 그것을 설명하고 있소.」

「보고서들은 모두 어떻게 되었습니까?」

「한 부는 안톤 자신이 다음 날 헤르메스에게 건네주며, 전쟁이 끝난 후 처음 나에 대해 묻는 외국인 친구에게 주라는 부탁을 했소. 다른 한 부는 같은 지시를 하며 마을 사제 한 사람에게 주었소. 또 다른 한 부는 안톤이 자살했을 때 그의 책상에 남겨져 있었소. 그것은 그의 부하들과 독일군 최고 사령부가 읽을 수 있게 펼쳐져 있었소. 세 부는 완전히 사라졌소. 아마 독일에 있는 친척이나 친구들에게 보내졌을 거요. 도중에 누군가가 가로챘을 수도 있소. 이제는 결코 알 수 없게 되었소. 그리고 마지막 한 부는 전쟁이 끝난 뒤에 나타났소. 그것은 아테네의 한 신문사에 소액의 돈과 함께 보내졌소. 자선을 위한 돈이었소. 빈의 소인이 찍혀 있있소. 안톤은 한 부를 자신의 부하 한 명에게 준 게 분명하오.」

「그것은 발표되었나요?」

「그렇소. 일부가.」

「그는 이곳에 묻혔습니까?」

「그의 가족 묘지에 묻혔소. 라이프치히 근처에 있는.」

중앙 산등성이에서 보았던 담배들이 생각났다.

「마을 사람들은 선생님이 선택을 했다는 걸 결코 몰랐겠군요?」

「보고서가 나왔소. 어떤 사람들은 그것을 믿었고, 어떤 사람들은 믿지 않았소. 물론 나는 인질들의 무력한 가족이 경제적으로 곤란을 겪지 않도록 했소.」

「그리고 게릴라들은…… 그들에 관해 알아낸 게 있습니까?」

「사촌과 다른 남자. 그렇소, 우리는 그들의 이름을 알고 있소. 마을 공동묘지에는 그들을 기리는 기념비가 하나 있소……. 하지만 그 지도자는……. 나는 그의 삶에 대해 조사하게 했소. 전쟁 전에 그는 6년을 감옥에서 보냈소. 한 번은 살인 때문이었는데, 치정에 얽힌 범죄였소. 다른 두세 번은 폭행과 절도 때문이었소. 그는 크레타 섬에서 적어도 네 건의 다른 살인 사건에 연루된 것으로 대체로 여겨졌소. 그 가운데 한 건은 특별히 흉악한 살인이었소. 독일군이 침입했을 때 그는 도주 중이었소. 그러던 중 펠로폰네소스 반도의 남부에서 몇 차례 뜻밖의 전과를 올렸소. 그는 조직화된 레지스탕스 단체에 속하지는 않았고, 살인과 도적질을 일삼으며 배회를 한 것처럼 보이오. 입증된 최소한 두 건의 사건에서 독일군이 아니라 다른 그리스인을 살해했소. 우리는 그와 함께 싸운 몇 명을 추적해냈소. 어떤 사람들은 그를 두려워했다고 했고, 다른 사람들은 그의 용기에는 분명 감탄을 했지만, 다른 면으로는 별로 그렇지 못했소. 나는 마니 섬에서 그를 숨겨준 늙은 농부를 찾아냈소. 그는 〈kakourgos, ma Ellenas〉라고 했소. 나쁜 사람이긴 하지만 그리스인이라는 거요. 나는 그 말을 그의 묘비명으로 간직하고 있소.」

우리 둘 사이에 침묵이 흘렀다.

「그 몇 년간이 선생님의 철학을 변형시킨 게 틀림없겠군요. 그 미소를.」

「정반대요. 그 경험은 유머가 뭔지 완전히 깨닫게 해주었소. 유머는 자유의 구현이오. 그것은 자유가 있기에 유머가 있기 때문이오. 오직 완전히 사전에 결정된 세계만이 유머 없이 존재할 수 있소. 결국 인간은 희생자가 됨으로써만이

690

궁극적 장난에서 벗어날 수 있소. 그것은 계속해서 벗어나려는 노력을 함으로써 결국에는 자신이 벗어났다는 것을 알게 되는 것과 정확히 같소. 더 이상 존재하지 않게 되면 더 이상 자유도 없소. 그것이 대다수 우리 인간들이 끝내 발견하지 못하는 것이오. 그것은 앞으로도 마찬가지일 거요.」그는 파일로 고개를 돌렸다. 「안톤이 쓴 보고서를 보여 주는 것으로 끝을 맺읍시다.」

나는 실로 꿰맨 얇은 종이 뭉치를 보았다. 제목은 〈*Bericht über die von deutschen Besetzsungstruppen unmenschliche Grausamkeiten……*〉이라고 되어 있었다.

「뒤쪽에 영어 번역이 있소.」

나는 페이지를 넘겨 읽었다.

1943년 9월 31일부터 10월 2일 사이 프락소스 섬에서 빌헬름 디트리히 빔멜 대령의 지휘하에 독일 점령군이 자행한 비인도적 잔혹 행위에 관한 보고서.

나는 한 페이지를 넘겼다.

1943년 9월 29일 아침, 프락소스 섬의 남쪽 해안에 있는, 부라니라고 알려진 곳에 위치한 아르골리스 관할 제10감시소의 사병 넷이 근무 외 시간에 수영을 해도 좋다는 허가를 받았다. 12시 45분……

콘키스가 말했다. 「마지막 문장을 읽어 보시오.」

위의 사건들이 정확하고 진실되게 기술되었음을 하느님과 내게 신성한 모든 것을 걸고 맹세하는 바이다. 나는 내 눈으로 그 모든 것을 목격하고도 거기에 상관하지 않았다. 그 이유로 나는 나 자신에게 사형을 선고하는 바이다.

나는 고개를 들었다.「훌륭한 독일인이군요.」
「그렇지 않소. 자살이 훌륭한 것이라고 생각한다면 또 모르지만. 자살은 훌륭한 것이 아니오. 절망은 병이고, 빔멜의 병과 마찬가지로 사악한 거요.」 나는 문득 블레이크의 시가 떠올랐다. 〈실현되지 않은 욕망을 기르기 전에 요람 속의 아기를 살해하라〉였던가? 한때 내가 다른 사람들을 유혹하기 위해 종종 써먹던 구절이었다. 콘키스가 말을 이었다.「니컬러스, 당신은 마음을 정해야 하오. 한 가지 단어, 그 유일한 단어밖에 모르는 살인자인 그 도적 편에 서든가, 아니면 안톤의 편에 서야 하오. 지켜보고 절망하든가, 아니면 절망하고 지켜보는 거요. 전자의 경우에는 육체적 자살을 저지르게 되고 후자의 경우에는 도덕적 자살을 저지르게 되오.」
「나는 여전히 안톤에게 동정심을 느낄 수 있습니다.」
「그럴 수도 있소. 하지만 그래야 하는 거요?」
나는 앨리슨을 생각했고, 선택의 여지가 없다는 것을 알았다. 깜박거리는 몇십 센티미터의 필름에 비친, 알 수 없는 독일군의 얼굴에 동정심을 느낀 것처럼 나는 앨리슨에게 동정심을 느꼈다. 그리고 어쩌면, 실은 자신의 길을 따라 더 멀리 간 사람들에 대한 부러움이라 할 수 있는 감탄도 느꼈는지 모르겠다. 그들 둘은 더 이상 지켜보지 않기로 할 정도로 절망했던 것이다. 반면에 나의 절망은 도덕적 자살이었다.
나는 〈그래요. 그는 스스로도 어쩔 수 없었죠〉 하고 말했다.
「그렇다면 당신은 병이 든 거요. 당신은 삶이 아닌 죽음을 살고 있소.」
「그건 견해의 문제입니다.」

「그렇지 않소. 확신의 문제요. 그건 내가 당신에게 말한 사건이 단지 유럽의 이야기이기 때문이오. 그것이 바로 유럽이오. 빔멜 대령. 이름 없는 저항군. 그 사이에서 분열되어 어떻게 할 수 없게 되자 자살하고 만 안톤. 어린아이처럼 말이오.」

「어쩌면 내게도 선택의 여지가 없을 수도 있습니다.」

그는 나를 쳐다보았지만 아무 말도 하지 않았다. 나는 그 순간 그의 모든 에너지와 사나움과 냉혹함을, 그가 나의 어리석음과 우수와 이기주의에 대해 참지 못하고 있는 것을 느꼈다. 나뿐만 아니라 내가 대변한다고 그가 생각하는 모든 것 — 삶속의 수동적이고, 방기적이고, 영국적인 어떤 것 — 에 대한 증오 역시. 그는 모든 것을 바꾸고 싶지만 그럴 수 없어 자신의 무능력과 함께 소진해 버린, 그리고 개종시키거나 혐오할 수 있는 대상이 한없이 작은 소우주인 나밖에 없는 사람 같았다.

결국 나는 시선을 내리깔았다. 「그렇다면 선생님은 내가 또 다른 안톤이라고 생각하고 있군요. 내가 이해해야 했던 게 그것인가요?」

「당신은 자유가 무엇인지 이해하지 못하는 사람이오. 무엇보다, 자유를 더 잘 이해할수록 그것을 덜 갖게 된다는 것을.」

나는 그 역설을 이해하려 했다. 「내가 선생님을 기쁘게 하기 위해 너무 많은 것을 보여 드린 건가요?」

「당신은 내게 더욱 중요한 존재가 되려고 그랬던 거요.」 그는 파일을 집어 들었다. 「이제 잘 시간이오.」

나는 날카롭게 말했다. 「사람을 이렇게 취급할 수는 없습니다. 마치 우리 모두가 자유에 대한 선생님의 추상적인 이론을 증명할 수 있도록 총살당해야 하는 마을 사람들인 것처럼 말입니다.」

그는 자리에서 일어나 나를 노려보았다.「당신이 자유에 대한 지금의 관점을 소중하게 지키는 한, 사형 집행관의 총을 들고 있는 건 당신이오.」

나는 다시 앨리슨을 생각했다. 하지만 곧 그 생각을 억눌렀다.

「나의 진정한 자아를 안다고 어떻게 그렇게 확신하죠?」

「나는 그렇게 주장하고 있는 게 아니오. 내 결정은 당신 스스로는 알아낼 능력이 없는 어떤 앎에 토대를 두고 있소.」

「솔직히 선생님은 자신이 하느님이라고 생각하죠, 그렇지 않나요?」

믿을 수 없게도 그는 대답을 하지 않았다. 그리고 그의 눈은 내가 그렇게 믿어도 좋다고 말하고 있었다. 나는 내 생각을 보여 주기 위해 살짝 코웃음을 친 후 말을 이었다.

「그렇다면 이제 내가 어떻게 하기를 원하십니까? 배낭을 챙겨 학교로 돌아갈까요?」

그 말이 예기치 않게 그를 조금 누그러뜨린 것처럼 보였다. 그는 잠시 머뭇거리더니 대답을 했다.

「좋을 대로 하시오. 내일 아침 조촐한 마지막 의식이 있을 거요. 하지만 그리 중요한 건 아니오.」

「아. 좋아요. 그건 놓치고 싶지 않군요.」

그는 유머가 담겨 있지 않은 나의 미소를 잠시 보더니 살짝 고개를 까닥했다.

「잘 자요.」 나는 몸을 돌렸고, 그의 발소리가 멀어져 갔다. 하지만 그는 음악실 문에서 멈춰 섰다.「다시 말하지만 아무도 오지 않을 거요.」

나는 그 말에도 대꾸하지 않았다. 그는 안으로 들어갔다. 아무도 오지 않을 거라는 그의 말은 믿었지만 나는 어둠 속에서 미소 짓기 시작했다. 즉시 가버릴 거라는 위협이 그를 긴장하게 했고, 그로 하여금 내게 머물러야 할 이유를, 또 다른 당근을 서둘러 던져 주게 했다는 것을 알 수 있었다. 그 모든 것은 핵심부에 들어가기 전 통과해야 하는 시험이자 일종의 고역이었던 게 분명했다……. 어쨌든 나는 여자들이 요트에 있다고 그 어느 때보다 확신했다. 말하자면 나는 사형 집행 분대 앞으로 끌려와야 했지만 이번에는 마지막 순간에 형의 집행 유예가 있을 터였다. 내가 줄리를 만나는 것을 그가 더 지연시킬수록 그는 더욱더 빔멜의 철학을 따르는 것이었다……. 그리고 최소한 나는 콘키스가 아주 다른 인간 종자라는 것을 알고 있었다. 그의 관점에서는 잔인함이 곧 친절이었다.

나는 연달아 담배 두 대를 피웠다. 고요와 압박감과 침묵이 짙게 드리워져 있었다. 지구 위로는 불룩한 달이, 죽어 가는 것 위에는 죽은 것이 걸려 있었다. 나는 자리에서 일어나, 자갈길을 지나, 해변으로 내려가는 길 위에 있는 의자로 갔다.

내가 예상한 것은 이런 결말, 즉 우스꽝스러운 문 안의 석상이 아니었다. 하지만 그는 그것이 나와 내밀하게 관련이 있다는 것은 알 수 없었을 것이다. 그는 내게 자유란 단순히 개인적인 욕망과 야망을 충족시킬 자유일 것이라고 짐작했다. 거기에 대항해 그는 행동에 책임을 져야 하는 자유를, 실존주의적인 자유보다 훨씬 오래된 뭔가 — 정치적이거나 민주적인 것은 분명 아닌, 거의 기독교의 관념 같은 도덕적 의무 — 를 내보였다. 나는 지난 몇 년간의 내 삶을 돌이켜 보면서, 제약과 규범이 강조되던 전시 기간 후 우리 세대 모두를 사로잡았던 개인성에 대한 추구와, 사회와 국가로부터 자아로의 후퇴에 대해 생각해 보았다. 나는 그의 이야기가 제기한 질문과 그의 공격에 제대로 대응할 수 없다는 것을, 그리고 나는 이기적이 되는 것 말고는 다른 아무것도 할 능력이 없는 역사적 희생자라고 주장하는 것으로는 빠져나갈 수 없다는 — 혹은 지금부터는 빠져나갈 수 없을 거라는 — 것을 알았다. 그는 내 어깨에 칼을 꽂고, 내 등에 마녀를 심은 것 같았다. 내가 원하지 않는 지식을 말이다.

다시 한 번 밤의 회색빛 고요 속에서 내 마음은 줄리가 아니라 앨리슨을 향해 갔다. 바다를 바라보면서 나는 결국 그녀를 기억 속에서라도 여전히 숨을 쉬고 뭔가를 하고 움직이며 모호하게 살아 있는, 어딘가에 있는 누군가로 생각하는 것이 아니라 이미 뿌려진 한 줌의 재로, 부서진 연결 고리로, 생물학적 막다른 골목으로, 현실로부터 영원히 퇴장한 존재로, 이제는 작아지고 작아져 텅 빈 종이에 떨어진 검댕의 오점 같은 얼룩 외에는 아무것도 남기지 않은, 한때 복잡했던 물체로 생각하려고 했다.

그리고 애도하기에는 너무 작은 그 무엇으로. 애도라는 말 자체가 낡고 미신적이었으며, 브라운[117]과 허비 시대의 냄새를 풍겼다. 하지만 던[118]이 옳았다. 그녀의 죽음은 나의 삶에서 떨어져 나갔고, 영원히 떨어져 나갈 것이다. 각각의 죽음은 살아 있는 사람에게 끔찍한 공모를 강요했으며, 각각의 죽음은 각기 다르고, 그것에 대한 죄의식은 축소할 수 없으며, 그 슬픔은 영원히 사라지지 않는다. 그것은 뼈에 감은, 밝은 머리카락으로 만든 팔찌[119] 같은 것이다.

기도는 효과가 없기에 나는 그녀를 위해 기도하지 않았다. 그리고 나는 그녀를 위해 혹은 나 자신을 위해 울지 않았는데, 그것은 외향적인 사람만이 두 번 울기 때문이었다. 하지만 나는 그날 밤의 정적 속에, 인간과 영원성과 사랑에 대한

117 Thomas Browne(1605~1682). 영국의 의사이자 수필가.
118 John Donne(1572~1631). 영국의 대표적인 형이상학파 시인.
119 존 던의 시 「유품」에 나오는 구절로 연인의 죽음을 기리는 행위이다.

그 무한한 적의 속에 앉아 그녀를 기억하고 또 기억했다.

55

10시. 나는 잠에서 깨어, 늦잠을 잤다는 것을 알고는 침대를 박차고 나와 서둘러 면도를 했다. 아래층 어딘가에서 망치를 두드리는 소리와 어떤 남자의 목소리, 그리고 마리아의 목소리로 여겨지는 소리가 들렸다. 하지만 내가 내려갔을 때 주랑은 텅 비어 있었다. 그런데 벽 옆에 나무 상자 네 개가 있었다. 그중 세 개에는 그림이 들어 있는 게 분명했다. 나는 음악실 안을 들여다보았다. 모딜리아니의 그림과, 로댕과 자코메티의 소품 또한 없어진 상태였다. 나는 다른 두 상자에는 위층에 있던 보나르의 그림들이 들어 있을 거라고 짐작했다. 〈무대〉가 철거되고 있다는 그 증거 앞에서 전날 밤의 나의 낙관주의는 곧 사라져 버렸다. 콘키스가 자신이 말한 것을 정확히 실행할 작정이라는 두려운 직감이 몰려왔다.

마리아가 커피를 갖고 나타났다. 나는 상자들을 가리켰다.

「무슨 일이죠?」

「*Phygoume*(우리는 떠날 거예요).」

「*O kyrios Conchis*(콘키스 씨도요)?」

「*Tha elthei*(그는 곧 올 거예요).」

나는 그녀와 말하는 것을 포기하고 커피를 연달아 두 잔 마셨다. 상쾌한 바람이 불었고, 라울 뒤피[120]의 그림처럼 모든 것이 소란스럽게 움직이며 생기 있는 색채를 내뿜었다.

120 Raoul Dufy(1877~1953). 프랑스 화가. 야수파에 가담하여 밝은 빛을 나타내는 색채와 자유롭고 환상적인 분위기를 특징으로 한 풍경화, 인물화 따위를 즐겨 그렸다.

나는 자갈길 끝으로 갔다. 요트는 이제 활기가 있었다. 갑판에 몇 사람이 있는 게 보였지만 여자는 보이지 않았다. 나는 집 쪽을 다시 쳐다보았다. 콘키스는 내가 돌아오기를 기다리는 것처럼 주랑 아래 서 있었다.

그는 가장무도회 의상을 입은 것처럼 어쩐지 어울리지 않는 옷을 입고 있었다. 검정색 가죽 여행 가방을 들고, 감청색 여름 양복, 크림색 셔츠에 물방울무늬가 있는 나비넥타이 차림을 한 것이 꼭 약간 지적인 사업가 같았다. 아테네에서라면 완벽했지만, 프락소스 섬에서는 우스꽝스러웠고…… 또한 불필요했다. 그는 요트에서 옷을 갈아입을 때까지 최소한 여섯 시간은 시간 여유가 있었던 것이다. 물론 다른 세계가 이미 자신을 불러냈다는 것을 내게 보여 주기 위한 것이라면 모르지만. 내가 다가갔을 때에도 그는 미소를 짓지 않았다.

「나는 곧 떠나오.」 그는 손목시계를 보았다. 나는 그가 손목시계를 찬 것은 일찍이 본 적이 없었다. 「내일 이 시간이면 나는 런던에 있을 거요.」

유리처럼 반짝이는 종려나무 잎사귀가 바람에 흔들리며 소리를 냈다. 마지막 장면은 급하게 연기되어야 했다.

「벌써 막이 내리는 건가요?」

「진짜 연극에는 막이라는 게 없소. 일단 연기가 시작되면 계속 연기가 이어지는 거요.」

우리는 서로를 쳐다보았다.

「여자들은요?」

「나와 함께 파리에 갈 거요.」 나는 숨을 들이쉬며 그의 말을 믿지 못하겠다는 듯 살짝 얼굴을 찌푸렸다. 그는 〈당신은 무척 순진하오〉 하고 말했다.

「어떤 점에서요?」

「부자들이 자신들의 장난감을 포기할 거라고 생각하는 점에서.」

「줄리와 준은 선생님의 장난감이 아닙니다.」 그는 유머의 기색 없이 미소를 지었고, 나는 화가 나 〈그것 역시 받아들이지 못하겠습니다〉 하고 말했다.

「훌륭한 외모는 말할 것도 없고 지성과 훌륭한 취향은 살 수 있는 것이 아니라고 생각하오? 그렇게 생각한다면 당신은 크게 잘못 알고 있는 거요.」

「그렇다면 선생님은 아주 불충실한 한 쌍의 정부를 갖고 있군요.」

내 말이 그에게는 재미있기만 한 듯했다. 「더 나이가 들면 그러한 불충실은 조금도 중요하지 않다는 것을 깨닫게 될 거요. 나는 그들의 모습과 존재와 대화에 돈을 지불하고 있소. 그들의 몸이 아니라. 내 나이가 되면 욕구는 쉬이 충족되는 법이오.」

「내가 정말로…….」

그는 내 말을 잘랐다. 「당신이 무슨 생각을 하고 있는지 아오. 내가 그들을 선실에 가둬 놓았다고 생각하겠지. 그들이 어딘가에 감금되어 있다고 말이오. 우리가 당신에게 불어넣은 난센스에 합당한 결론이오.」 그는 고개를 저었다. 「우리는 아주 단순한 이유로 지난 주말에 만나지 않았소. 릴리가 자신이 더 좋아하는 것을 결정할 수 있도록 말이오. 무일푼에 재능도 없는 교사로 사는 삶과…… 훨씬 더 부유하고 흥미로운 세계 속에서의 존재 사이에.」

「만약 그녀가 선생님이 말하는 그런 여자라면 그녀는 두 번 생각할 필요도 없을 겁니다.」

그는 팔짱을 꼈다. 「그것이 당신의 자존심에 어떤 위안이 될지 모르겠지만 그녀는 결정을 내렸소. 하지만 그녀는 결국 일시적인 성적 매혹의 만족을 위해 길고 지루하고 앞날이 빤한 미래를 감수하는 것은 수지가 안 맞는다는 것을 알 만큼의 지각은 갖게 되었소.」

나는 잠시 말없이 있다가 커피잔을 내려놓았다.「릴리요? 그리고 뭐라고 했죠, 로즈?」

「어젯밤에 말했소.」

나는 그를 쳐다보며 지갑을 꺼내 바클레이스 은행에서 온 편지를 찾아 그의 앞에 내밀었다. 그는 그것을 받았지만 대충 훑어보고 말았다.

「위조된 거요. 미안하오.」

나는 그의 손에서 편지를 낚아챘다.「콘키스 씨, 나는 그 두 여자를 보고 싶습니다. 그리고 나는 선생님이 그들을 처음에 어떻게 이곳으로 데리고 왔는지 알고 있습니다. 경찰이 그것에 흥미를 가질 수도 있어요.」

「그렇다면 그들은 아테네에 대해서도 흥미를 가질 게 분명하오. 그들은 그곳에 있으니까. 그리고 그들은 당신의 고발 소식을 듣자마자 웃을 거요.」

「나는 선생님을 믿지 않아요. 그들은 요트에 있어요.」

「그럼 조금 있다 나와 함께 배에 올라와 보시구려. 그래야 한다면. 어디든 살펴보고, 선원들에게 질문을 해도 좋소. 출항하기 전에 해변에 데려다줄 테니까.」

나는 그가 허풍을 떨고 있을 수도 있다는 것을 알았지만 그렇지 않다는 느낌이 강하게 들었다. 어쨌든 그가 그들을 감금하고 있다면 그런 뻔한 장소를 이용하는 위험은 감수하지 않을 터였다.

「좋아요. 선생님이 그보다는 더 똑똑할 거라고 믿어요. 하지만 나는 마을에 도착하자마자 영국 대사관에 이 모든 문제를 넘길 겁니다.」

「대사관은 별로 좋아하지 않을 거요. 겨우 실망한 연인 때문에 자신들이 도움을 주러 나서게 된 것을 알게 되면.」 그는 그 쓸데없는 위협의 과시에 싫증이 나기라도 한 듯 재빨리 말을 이었다. 「자. 내 두 배우가 당신에게 작별 인사를 하고 싶어 하오.」 그는 집 모퉁이로 다시 갔다.

「카트린!」

그는 프랑스식 발음으로 그 이름을 불렀다. 그가 내게 몸을 돌렸다.

「물론 마리아는 단순한 그리스 소작인이 아니오.」

하지만 나는 그렇게 쉽게 생각이 바뀌지 않았다. 나는 다시 그를 비난했다.

「다른 모든 것을 제외하고, 줄리는…… 설사 그녀가 당신이 주장하는 그런 여자라 할지라도…… 최소한 이 모든 것을 내 면전에서 얘기할 용기는 있을 겁니다.」

「그런 장면들은 구식 드라마에나 어울리지 새로운 드라마에는 어울리지 않소.」

「그건 진짜 그녀와는 아무런 관계도 없어요.」

「어쩌면 언젠가는 그녀를 다시 만날 수도 있을 거요. 자신의 피학 본능을 만족시키는 건 그때 가서 하는 게 어떻겠소.」

우리는 마리아의 등장 덕분에 더 이상 논쟁을 하지 않을 수 있었다. 그녀는 여전히 얼굴에 주름이 진 나이 든 여자였다. 하지만 재단이 잘된 검은색 양장을 입고 있었고, 접은 옷깃에는 금박과 석류석이 있는 브로치를 달고 있었다. 스타킹에, 하이힐이 처음 나왔을 때 유행하던 것 같은 신발, 파우더와 립스틱…… 유행을 따르는 아테네 거리 어디에서나 볼 수 있는, 예순 살의 중류층 부인 같았다. 그녀는 엷은 미소를 띠고 우리 앞에 섰다. 놀랄 정도로 순식간에 분장을 바꾸고 다시 등장한 배우 같았다. 콘키스는 나를 무덤덤하게 바라보았다.

「이쪽은 카트린 아타나술리스요, 소작인 역할을 전문으로 한. 전에도 나를 여러 차례 도와주었소.」

콘키스는 그녀가 더 가까이 오도록 정중하게 손을 내밀었다. 그녀는 나를 그토록 감쪽같이 속인 것을 유감스럽게 여긴다는 듯 손바닥을 펴 보이는 몸짓을 하며 다가왔다. 나는 눈을 부릅뜬 채 차갑게 그녀를 쳐다보았다. 그녀는 나에게 칭찬의 말은 듣지 못할 터였다. 그녀는 손을 내밀었다. 나는 그것을 무시했다. 잠시 후 그녀 또한 나를 무시하듯 살짝 고개를 숙였다.

「*Les valises*(여행 가방들은요)?」 콘키스가 말했다.

「*Tout est prêt*(다 준비되었어요).」 그녀는 나를 살폈다. 「*Eh bien, monsieur. Adieu*(그럼, 잘 지내세요).」 그녀가 프랑스어로 말했다.

그녀는 왔을 때처럼 침착하게 물러갔다. 나는 절망 또는 충격 비슷한 것을 느끼기 시작했다. 나는 콘키스가 거짓말을 하고 있다는 것은 알았지만 그토록 집요하게, 상황에 맞춰 하는 줄은 몰랐다. 그리고 내게는 숨 돌릴 틈도 주지 않을 모양이었다. 그가 자갈길 너머를 쳐다보았던 것이다.

「이쪽은 조요. 이제 우리가 해독 과정이라고 부르는 것이 시작될 거요.」

그 검둥이였다. 멋진 흑갈색 양복과 분홍색 셔츠, 나비넥타이, 그리고 선글라스 차림의 그는 해변으로 난 길을 올라오고 있었다. 우리가 자신을 기다리는 것을 보고는 그는 한 손을 든 후 자갈길을 가로질러 왔다. 그리고 콘키스를 향해 미소를 지은 후 내 쪽을 향해 살짝 입술을 비틀었다.

「이쪽은 조 해리슨이오.」

「안녕하세요.」

나는 아무 말도 하지 않았다. 그는 슬쩍 콘키스를 곁눈질한 후 손을 내밀었다. 「미안해요, 친구. 나는 주인이 하라는 대로 했을 뿐이에요.」

그는 서인도 제도 사람이 아니라 미국인이었다. 다시 한 번 나는 그 손을 무시했다.

「어느 정도는 확신을 갖고 했잖소.」

「그래요. 물론 우리 검둥이들은 모두 유인원과 사촌 사이죠. 당신이 우리를 환관이라 불러도 우리는 이해를 하지 못하죠.」 그는 그것이 더 이상 문제가 되지 않는 것처럼 가볍게 말했다.

「그런 뜻이 아니었어요.」

「괜찮아요.」

우리는 서로 경계하듯 쳐다보았고, 잠시 후 그는 콘키스에게로 고개를 돌렸다. 「사람들이 짐을 가지러 오고 있습니다.」

콘키스는 〈위층에 있는 나머지 것들을 가지러 가야겠네〉 하고 말했다.

나는 조와 함께 남게 되었다. 길에 짙은 남색 셔츠와 하얀 반바지를 입은 네댓 명의 선원이 나타났다. 네 명은 그리스인 같았지만 연한 금발인 한 명은 스칸디나비아나 독일 출신 같았다. 여자들은 선원에 대해서는 거의 말한 것이 없었다. 그냥 〈그리스인 선원들〉이라고만 했다. 나는 다시 질투심과, 더욱 심한 불확실함을 느꼈다. 이제 나는 버려졌고, 성가신 존재일 뿐이며…… 바보라는 느낌이 들기 시작했다. 그들 모두가 내가 바보라는 것을 알고 있었다. 나는 아치에 한가롭게 몸을 기대고 있는 조를 살폈다. 그 역시 도움이 될 것 같지 않았지만 유일한 희망이었다.

「여자들은 어디에 있죠?」

그의 검은 선글라스가 천천히 나를 살폈다. 「아테네에요.」 하지만 그 순간 그는 노인이 사라진 문 쪽을 향해 재빨리 고개를 돌렸다. 그는 슬픈 기색으로 미소를 지으며 다시 나를 쳐다

보았다. 그런 다음 연민을 느끼는 것처럼 한 번 고개를 가로저
었다. 「그건 무슨 의미죠?」 그는 살짝 어깨를 으쓱했다. 다 그
런 것 아니겠느냐는 의미인 듯했다. 나는 〈경험에서 얘기하는
건가요?〉 하고 말했다.

「그럴 수도 있죠.」 그가 부드럽게 중얼거렸다.

선원들이 우리를 지나 상자가 있는 곳으로 갔다. 그때 헤
르메스가 더 많은 여행 가방을 들고 집 옆쪽에서 나타나 자
갈길을 지나 해변으로 갔다. 아름답게 차려입은 마리아는 몇
걸음 뒤에서 그를 따라갔다. 조는 기둥에서 떨어져 한두 걸
음 내 쪽으로 와 미국산 담배 한 갑을 내밀었다. 나는 잠시 망
설이다가 한 개비를 받고는 그가 내민 불에 담뱃불을 붙이기
위해 고개를 숙였다. 그는 낮은 목소리로 말했다.

「그녀가 미안하다고 전해 달라고 했어요.」 나는 자신의 담배
에 불을 붙이는 그의 눈을 살폈다. 「거짓말이 아니에요. 진심으
로 그렇게 했어요. 알겠어요?」 계속해서 나는 그를 노려보았
다. 다시 한 번 그는 내 너머 문 쪽을 살폈다. 나와 내밀하게 얘
기를 하는 것을 들키고 싶지 않은 것 같았다. 「당신은 풀하우스
를 가진 상대에게 적수가 되지 않는 패를 갖고 있어요. 가능성
이 없어요. 이해하겠어요?」

완전히 나의 의지에 반하는 것이긴 했지만 그 말은 노인이
직접 한 어떤 말보다 내게 설득력이 있었다. 나는 조에게 어떤
쓰라린 메시지를 전하고 싶었다. 하지만 그것을 생각해 내기
도 전에 이미 너무 늦어 버렸다. 콘키스가 작은 여행 가방을 들
고 문간에 서 있었다. 그는 선원 한 명에게 그리스어로 말했다.
조가 내밀하게 연민을 표하듯 내 팔을 잡은 후 콘키스에게로
가 그가 손에 든 가방을 집어 들었다. 다시 돌아와 내 옆을 지
나며 그는 얼굴을 찌푸렸다.

「백인의 짐[121]에 대한 얘기를 알아요? 백인이 만든 짐을

우리가 옮기는 겁니다.」

그는 살짝 손을 들어 작별 인사를 한 다음 헤르메스와 마리아를 따라갔다. 선원들은 상자들을 갖고 갔고, 나는 다시 한 번 콘키스와 단둘이 남게 되었다. 그는 미소를 짓지 않은 채, 거의 조롱하듯 손을 펼쳤다. 이제 나는 그를 믿는 게 나았다.

나는 〈마지막 할 말을 아직 못 했습니다〉 하고 말했다.

「나는 바보가 아니오. 이 나라에서 돈은 쓸모가 많소.」

「사디즘도 그런 것 같군요.」

그는 마지막으로 나를 살폈다. 「헤르메스가 곧 다시 와 문을 잠글 것이오.」 나는 아무 말도 하지 않았다. 「당신에게는 기회가 있었소. 당신의 무엇이 그 기회를 놓치게 했는지 잘 생각해 보길 바라오.」

「지옥에나 가버려요.」

그는 아무 말도 하지 않고, 마치 내게 최면을 걸어 나를 움츠러들게 할 수 있는 것처럼 내 눈을 응시했다.

나는 〈진심입니다〉 하고 말했다.

잠시 후 그가 천천히 고개를 저었다. 「당신은 아직 자신의 진심을 모르오. 나의 진심 또한 마찬가지이고.」

그런 다음 그는 내가 악수하려 하지 않을 거라는 것을 안 듯 내 옆을 지나쳐 갔다. 하지만 마지막 계단에서 멈춰 서서 몸을 돌렸다.

「잊었소. 나의 사디즘은 당신의 배에까지 미치지는 않소. 헤르메스가 점심 도시락을 줄 거요. 그건 준비되어 있소.」

그가 자갈길을 조금 갔을 때 나는 마지막으로 쏘아붙일 말을 생각해 냈다. 나는 그의 뒤에 대고 소리쳤다.

121 *The White Man's Burden.* 키플링이 1899년 발표한 시의 제목. 키플링은 이 시에서 미개한 인종을 올바르게 이끄는 것이 백인의 짐, 곧 백인의 의무라고 역설했다.

「청산가리 샌드위치인가요?」

하지만 그는 알아듣지 못했다. 나는 달려가 그의 팔을 잡아 힘으로 그를 저지하거나 뭐라도 하고 싶었지만 나 자신이 무력하다는 것 또한 알고 있었다. 해변에서 돌아온 헤르메스가 콘키스 뒤에 나타났다. 요트로 가는 작은 동력선의 소리가 들렸다. 두 남자는 걸음을 멈추고 어떤 말을 주고받은 후 악수를 했고, 당나귀 몰이꾼은 내 쪽으로 왔다. 콘키스는 아래쪽으로 사라졌다. 헤르메스는 계단 아래 서서 시무룩한 눈으로 나를 쳐다보며 열쇠 꾸러미를 들었다. 나는 그리스어로 말했다.

「두 여자는 요트에 있나요?」

그는 볼을 부풀렸다. 모른다는 의미였다.

「그들을 오늘 봤나요?」

그는 턱을 들었다. 아니라는 의미였다.

나는 혐오감을 느끼며 몸을 돌렸다. 헤르메스는 나를 따라 집 안으로, 그리고 계단까지 올라왔지만 내 침실 문 앞에서 나를 두고 다른 곳의 창문과 덧문을 닫으러 갔다……. 나는 방에 들어가자마자 작별 선물이 남겨져 있는 것을 보았다. 그것은 베개 위에 놓여 있었다. 그리스 지폐로 가득한 봉투였다. 나는 액수를 세어 보았다. 2천만 드라크마였다. 당시의 높은 인플레이션을 감안한다 하더라도 2백 파운드가 훨씬 넘는 액수로 내 연봉의 3분의 1이 넘었다. 그 순간 나는 노인이 떠나기 전 위층에 올라간 이유를 알 수 있었다. 나 또한 살 수 있다는 것을 암묵적으로 암시하는 그 돈에 나는 분개했다. 그것은 결정적인 모욕이었다. 동시에 그것은 많은 돈이었다. 나는 선착장으로 달려 내려가 그 돈을 그의 얼굴에 내던질까 생각했다. 모터보트가 짐을 요트에 옮기고 다시 돌아오기까지는 아직 시간이 있었다. 하지만 그것은 생각으로 그쳤다. 헤르메스가 돌아오는 소리가 들렸을 때 나는 서

둘러 그 돈을 배낭 안에 찔러 넣었다. 내가 남은 몇 가지 짐을 싸는 사이 그는 문간에서 나를 지켜보았고, 마치 모든 동작을 감시해야 하는 것처럼 다시 아래층으로 내려가는 나를 따라왔다.

나는 마지막으로 음악실과 그곳의 텅 빈 벽에 박혀 있는 못과, 모딜리아니의 그림이 걸려 있던 자국을 보았다. 잠시 후 나는 주랑 아래에 혼자 서서 헤르메스가 안에서 음악실 문을 잠그는 소리를 들었다. 그리고 아래쪽에서 보트가 돌아오는 소리가 들렸다. 나는 여전히 뛰어가고 싶은 유혹을 느꼈지만 상징적인 어떤 것보다는 긍정적인 어떤 것을 해야 했다. 운이 좋으면 마을 경찰서의 경사에게 얘기해 해안 경비대의 무전기를 이용하도록 허락받을 수도 있었다. 나는 웃음거리가 되는 것 따위는 더 이상 상관하지 않았다. 나는 콘키스가 쌍둥이들에게 그들이 섬을 비우고 떠나는 이유를 그럴듯하게 둘러대려고 어떤 새로운 이야기를 했을 수도 있다는 것에 마지막 한 가닥 희망을 걸었다. 그러다 문득 그가 그들이 어떤 존재인지 내게 말했던 것처럼 나에 대해서도 그런 식으로 그들에게 말해, 내가 돈을 받고 줄곧 줄리에게 거짓말을 했다고 믿게 되었을 수도 있다는 생각이 들었다……. 나는 그들과 연락을 해야 했다. 설사 끝내는 그들이 그가 주장한 그런 인물들이라는 것을 발견하게 된다 하더라도. 하지만 그들에게 직접 듣기 전까지는 믿지 않을 작정이었다. 나는 물속에서의 줄리와, 진실했음에 틀림없는 수많은 순간들의 그녀, 그리고 그녀의 영국인다움, 우리가 공유하고 있는 중산층과 대학이라는 배경 등에 대한 기억에 매달렸다. 심지어는 콘키스에게조차 자신을 파는 것에는 일종의 유머의 결여와 객관성의 부족이, 품위를 사치와, 마음을 몸과 바꾼다 해도 아무것도 잃을 것이 없는 천박함이 필요했다……. 하지만 그것은 소용이 없었다. 퇴폐적인 유럽의, 돈이면 뭐든 살 수 있는 상태에 대해 영국의 미숙한 회의주의를 아무리 내세운다 한들 두 명의 그토록 매력적인 여자들이 자신들을 떠받들 남자들을 마다하고 스스로를 콘키스의 규방 속에 그렇게 가둬 둔 것은 여전히 내게 수수께끼로 남아 있었다. 그리고 그가 줄리를 지적으로 장악한 것처럼 보이는 것과, 그의 부, 두 여자가 겉으로 내보이는 것보다 이런 사치스러운 삶에 익숙한 듯한 분위기를 언뜻 풍기는 것 역시 풀리지 않는 의문이었다. 나는 포기하고 말았다.

나는 헤르메스가 옆쪽 주랑 아래, 돌고래 모양의 문 두드리는 고리쇠가 있는, 거의 사용되지 않는 문으로 나와 그것을 잠그는 소리를 들었다. 나는 모든 것을 빨리 행하면 행할수록 좋다는 결론을 내렸다. 나는 몸을 돌려 주랑 가장자리에서 자갈길로 뛰어내려 정문을 향해 갔다. 헤르메스가 문에서 날카롭게 불렀다.

「음식이요, 선생님!」

나는 음식 따윈 필요 없다고, 한 손을 내저으며 계속 갈 길을 갔다. 그의 당나귀가 오두막 문 옆에 묶여 있는 것이 보였는데, 불룩한 자루들이 이미 등에 묶여 있었다. 콘키스의 지시를 그대로 따르지 않는 것에 바보처럼 겁을 먹었는지 그는 주랑과 맨땅을 달려 당나귀가 묶여 있는 곳으로 왔다. 나는 그가 문 안의 그늘에서 뭔가를 낚아채는 것을 슬쩍 보았지만 그의 말을 못 들은 척하며 계속해서 갔다. 잠시 후 내 뒤에서 그가 서둘러 자갈길을 걸어오는 소리가 들렸다. 나는 화가 나 그에게 손을 내젓기 위해 다시 몸을 돌렸다. 하지만 나는 걸음을 멈췄고, 내 손은 그대로 얼어붙었다.

그가 내민 것은 골풀 바구니였다. 그것은 내가 줄리와 같이한 긴 일요일에 그녀 옆에서 본 것이었다. 나는 천천히 시선을 들어 헤르메스의 눈을 쳐다보았다. 어서 받아들라는 듯 그는 바구니를 좀 더 가까이 내밀었다. 그런 다음 그리스어로 받아야 한다고 했다. 그를 알고 처음으로 나는 그의 얼굴에 희미한 미소가 떠오르는 것을 보았다.

여전히 나는 머뭇거렸다. 그런 다음 배낭을 내려놓고 바구니를 받아 열었다. 사과 두 개와 오렌지 두 개, 하얀 종이에 싸 깔끔하게 묶은 꾸러미 두 개, 그리고 그 아래에 반쯤 숨겨진, 병목에 금박이 있는 프랑스산 샴페인 한 병이 있었다. 나는 샌드위치 꾸러미 하나를 옮겨 라벨을 보았다. 크뤼그였다. 아이처럼 당황한 얼굴로 나는 고개를 들었다. 그는 한 단어를 말했다.

「*Perimeni*.」

〈그녀가 기다리고 있다〉는 의미였다.

그런 다음 그는 그의 뒤쪽, 전용 해변의 동쪽 절벽 쪽을 향해 고개를 까닥했다. 나는 누군가를 볼 수 있으리라는 기대로 그곳을 쳐다보았다. 정적 속에서 보트가 요트에서 돌아오는 소리가 들렸다. 이번에는 헤르메스가 그곳을 가리키며 같은 말을 반복했다.

〈당신은 아직 나의 진심을 모르오.〉

나는 위엄 비슷한 것을 유지하기 위해 협곡을 가로질러 놓인 계단까지는 걸어갔다. 하지만 그곳에서는 더 이상 참을 수가 없어 계단을 뛰어 내려갔다가 뛰어 올라갔다. 포세이돈 상이 햇빛을 받으며 서 있었지만 이번에는 어쩐지 장엄해 보이지 않았다. 입상의 뻗은 팔에 걸린 손으로 만든 표지가 빨랫줄에 걸어 놓고 걷는 것을 잊어버린 옷처럼 미풍에 펄럭이고 있었다. 입상의 드러난 손은 나무들 사이를 지나 절벽 쪽을 가리키고 있었다. 나는 덤불 숲을 지나 소나무 숲 속으로 달려갔다.

56

거의 즉시 나는 성긴 나무들 사이로 그녀를 보았다. 그녀는 연한 파란색 바지와 진한 파란색 셔츠, 분홍색 햇빛 가리개 모자 차림으로 절벽 가장자리에 서서 내 쪽을 바라보고 있었다. 내가 손을 흔들자 그녀도 손을 흔들었다. 하지만 그 순간 놀랍게도 그녀는 내 쪽으로 오는 대신 몸을 돌려 깎아지른 듯한 절벽 바로 위쪽의 가파른 비탈을 따라 내려가 사라져 버렸다. 나는 너무도 안도가 되고 흥분되어 그것에 대해서는 별로 생각을 해볼 수도 없었다. 어쩌면 그녀는 모든 것이 잘되었다고 요트를 향해 신호를 보내고 싶었는지도 몰랐다. 나는 뛰기 시작했다. 그녀를 처음 본 지 25초도 안 되어 나는 그녀가 서 있던 곳에 도착했다……. 그리고 나는 그곳에서 내 눈을 의심하며 서 있었다. 땅은 절벽의 오목한 곳에 이르기 20미터쯤 전에 가파르게 꺼져 있었다. 작은 바위와 돌 더미, 그리고 키가 30센티미터도 안 되는 관목 숲이 있을 뿐 숨을 곳은 어디에도 없었다. 하지만 그녀는 완전히 사라진 상태였다. 게다가 그녀는 눈에 확 띄는 옷을 입고 있었다……. 나는 바구니와 배낭을 내려놓고 비탈 꼭대기를 따라 그녀가 간 방향으로 갔다……. 하지만 그것은 무의미했다. 큰 바위도, 비밀스러운 협곡도 없었다. 나는 절벽의 가장자리까지 기어 내려갔지만 훈련받은 등반가만이 로프를 이용해 그곳을 내려갈 수 있었다.

그것은 모든 물리적 법칙에 반하는 것 같았다. 그녀는 엷은 공기 속으로 사라져 버린 것이다. 나는 요트를 내려다보았다. 작은 배가 위로 올려지고 있었고, 갑판에는 승무원과 승객 등 최소한 열 명이 있는 것 같았다. 긴 선체는 이미 움직이고 있었고, 천천히 내가 서 있는 곳을 향하고 있었다. 마치 마지막으로 나를 공개적으로 조롱하는 것 같았다.

그 순간 갑자기 내 뒤에서 이쪽을 좀 보라는 듯 기침 소리가 났다. 나는 몸을 획 돌렸다. 그리고 놀라운 광경을 보았다. 내 뒤쪽으로 15미터쯤 떨어진, 비탈의 중간쯤 되는 곳에 줄리의 머리와 어깨가 땅 위로 나와 있었다. 그녀의 팔꿈치는 땅에 닿아 있었고, 그녀의 머리 뒤로 어떤 불길하고 그로테스크한 검은색 후광처럼 들쭉날쭉한 원이 있었다. 하지만 그녀의 장난스러운 얼굴에는 어떤 불길한 것도 없었다.

「뭘 잃어버렸나요? 도와줄까요?」

「하느님 맙소사.」

나는 좀 더 가까이 올라가 그녀가 여전히 미소를 짓고 있는 곳에서 2미터 떨어진 곳에 멈춰 섰다. 그녀의 피부는 훨씬 더 갈색으로 바뀌어 이제 언니와 비슷한 정도로 햇볕에 타 있었다. 나는 그녀 뒤에 있는 원이 돌쩌귀가 있는 하수구 뚜껑 같은 철제 뚜껑이라는 것을 알 수 있었다. 위쪽 가장자리 주위에는 돌이 시멘트로 빙 둘러 붙여져 있었다. 줄리는 땅속에 묻어 놓은 수직의 철제 원형 통 속에 있었다. 뚜껑에서 굵은 밧줄 두 개가 내려가 평형추 역할을 하고 있었다. 그녀는 입술을 깨물며 오라는 뜻으로 손가락을 까닥했다.

「내 거실에 들어오겠어요, 하고 말하기를⋯⋯.」

그것은 적절했다. 그 섬의 모든 둑에는 깔끔하고 작은 함정문을 만드는 진짜 거미가 있었다. 나는 남자아이들이 거미를 유인해 밖으로 나오게 하는 것을 지켜본 적이 있었다. 하지만 갑자기 그녀의 목소리와 표정이 바뀌었다.

「오 불쌍해라. 손이 어떻게 된 거죠?」

「그가 얘기하지 않던가요?」 그녀는 걱정스러운 얼굴로 고개를 저었다. 「걱정 마요. 지난 일이니까.」

「끔찍해 보여요.」

그녀가 밖으로 나왔다. 우리는 잠시 서 있었다. 곧 그녀가 손을 내밀어 흉터가 난 손을 잡아 살펴보더니 염려스러운 듯 내 눈을 들여다보았다. 나는 미소를 지었다.

「이건 아무것도 아니에요. 지난 24시간 동안 그가 나를 얼마나 괴롭혔는지 한번 들어 봐요.」

「그랬을 거라고 생각했어요.」 그녀는 다시 내 손을 내려다보았다. 「하지만 이제는 참을 만하죠?」

「그 충격에서 벗어나면요.」 나는 땅에 있는 구멍을 향해 고개를 까닥했다. 「도대체 저건 뭐죠?」

「독일군이 전쟁 동안 만든 거죠.」

「오 맙소사. 짐작을 했어야 했는데.」

감시소……. 콘키스는 간단히 입구를 감추고, 앞쪽 구멍을 막았을 것이다. 우리는 그것 옆으로 갔다. 구멍은 어둠 속으로 곤두박질했다. 사다리와, 밧줄 끝에 있는 거대한 평형추들, 그리고 희미한 콘크리트 바닥이 보였다. 줄리가 뚜껑을 잡았다. 그것은 부드럽게 지면 높이로 내려갔고, 위쪽 표면을 덮고 있는, 튀어나온 돌들은 주위의 돌들과 퍼즐 조각들처럼 딱 들어맞았다. 누군가가 그곳을 지나쳤다 하더라도 그것을 보지는 못했을 것이다. 그냥 뚜껑 위를 지나며 돌 주위에 이상한 고형물이 있다는 정도만 알아차렸을 뿐일 것이다. 하지만 그 경우에도 아주 약간 튀어나와 있을 뿐이어서 보통은 그냥 살짝 돌아 지나쳤을 것이다.

「이런 일이 있다니 믿을 수가 없어요.」 내가 말했다.

「당신은 생각 못 했겠죠, 내가…….」 하지만 그녀는 말꼬리를 흐렸다.

「불과 반시간 전 그는 당신이 자신의 정부라고 했어요. 내가 당신을 다시는 못 볼 거라는 얘기도.」

「그의 〈정부〉라고요!」

「그리고 준도.」

이번에는 그녀가 충격을 받을 차례였다. 그녀는 내가 마치 그녀를 어떤 식으로 시험하기라도 하는 듯 나를 쳐다보다가 항의의 뜻으로 살짝 코웃음을 쳤다.

「하지만 당신이 그의 말을 믿었을 리 없어요!」 그녀는 처음으로, 아니 거의 처음으로 진지한 표정을 지었다. 「한순간이라도 그를 믿었다면 당신과 다시는 말하지 않을 거예요.」

잠시 후 나는 그녀를 팔로 안았고, 우리는 입을 맞추었다. 입맞춤은 짧았지만 기분 좋은 확신을 주었다. 그녀는 살며시 고개를 빼냈다.

「우리는 감시당하고 있는 것 같아요.」

나는 요트를 내려다보며 그녀의 몸을 놓아주었지만 손은 그대로 잡고 있었다.

「준은 어디 있죠?」

「맞혀 봐요.」

「도저히 모르겠어요.」

「오늘 긴 산책을 했어요. 멋진 산책이었죠.」

「마을에? 헤르메스의 집에?」

「우리는 금요일부터 그곳에 있었어요. 당신한테서 아주 가까운 곳에. 끔찍했어요.」

「모리스가……?」

「우리가 여름을 보내도록 빌려 주었어요.」 그녀는 더욱 진한 미소를 지었다. 「알아요. 나 역시 이게 생시인지 확인하려고 나를 꼬집어 봤어요.」

「맙소사. 그가 계획하던 다른 것은?」

「포기했어요. 그는 어느 날 저녁 갑자기 이제는 그럴 시간이 없다고 했어요. 내년에 대한 얘기가 약간 있었지만…….」 그녀는 어깨를 살짝 으쓱했다. 그것은 우리의 행복을 위해 치러야 할 대가가 될 터였다. 나는 그녀의 눈을 살폈다.

「여전히 머물고 싶나요?」

그녀는 잠시 내 눈을 바라보다가 고개를 끄덕였다. 「우리가 서로 보통 사람들처럼 서로를 대할 수 있다고 생각한다면요. 그 모든 흥분 없이.」

「그건 너무나 멍청한 말이라 대답하지 않을 거예요.」

그녀는 미소를 지었다. 「그렇다면 당신은 나와 떨어지지 않을 모양이군요.」

요트의 사이렌 소리가 들렸다. 우리는 손을 잡은 채 몸을 돌렸다. 요트는 우리 맞은편으로 해변에서 3백 미터쯤 떨어진 곳에 이르러 있었다. 줄리는 손을 들어 흔들었고, 나 또한 잠시 후 그렇게 했다. 나는 콘키스와 조, 그리고 그들 사이에 있는 마리아의 검은 형체를 알아볼 수 있었다. 그들은 손을 들어 흔들었다. 콘키스가 뱃머리에 있는 사람을 향해 소리쳤다. 연기 한 줄기가 치솟아 오르며 검은 물체가 하늘로 날아올랐다. 그것은 하늘로 치솟다 속도가 느려지더니 이윽고 폭발했다. 파란 하늘을 배경으로 형광성의 별들이 잠시 반짝였다. 그런 다음 두 번째, 세 번째 폭죽이 폭발했다. 연극의 끝을 알리는 폭죽이었다. 긴 사이렌 소리가 들렸고, 사람들이 다시 손을 흔들었다. 줄리는 손을 입에 대고 요트를 향해 키스를 보냈다. 나는 다시 손을 흔들었다. 그런 다음 길고 하얀 선체는 커브를 그리며 해안에서 벗어나기 시작했다.

「정말로 그가 나를 자기 정부라고 했나요?」

나는 그가 한 말을 그대로 들려주었다. 그녀는 요트를 쳐다보았다.

「정말 뻔뻔스럽군요.」

「속임수라는 건 알았어요. 그건 그냥 예의 그 포커페이스일 뿐이에요.」

「다음에 그를 보면 반드시 따져야겠어요. 준은 화를 낼 거예요.」 하지만 그녀는 나를 향해 미소를 지었다. 「그렇지만…….」 그녀는 내 손을 끌었다. 「산책을 한 탓인지 배가 고파요.」

「당신이 살았던 곳을 보고 싶어요.」

「나중에요. 뭘 좀 먹어요.」

우리는 바구니를 두었던 곳으로 다시 올라가 소나무 아래에 자리를 잡았다. 그녀는 샌드위치의 포장지를 벗겼고, 나는 샴페인을 땄다. 너무 따뜻해져 있어 따는 과정에서 조금 넘쳐흘렀다. 하지만 우리는 건배를 하고 다시 키스를 했으며 먹기 시작했다. 그녀는 전날 있었던 모든 일을 알고 싶어 했고, 나는 얘기를 해주었다. 그런 다음 야간 훈련과, 그 전주에 내가 그녀에게 보낸 편지, 그리고 내가 아프지 않았다는 것 등 다른 모든 것에 대해 얘기를 했다.

「시프노스에서 내가 보낸 편지를 받았나요?」

「그래요.」

「사실 우리는 그것이 마지막 속임수가 아닌가 하는 생각을 했어요. 하지만 그는 우리에게 무척 다정했어요. 그때 그 작은 최종 담판이 있은 후로요.」

나는 그들이 크레타 섬에 있을 때와 크루즈 여행을 하는 동안 무슨 일을 했는지 물었다. 「햇빛 속에 누워 지루해했죠.」

「왜 그렇게 지체했어야 했는지 모르겠어요.」

줄리는 머뭇거렸다. 「지난 주말 그는 마지막으로 한 가지 시도를 했어요…… 당신을 준에게 떠넘기려는. 그는 그 희망을 완전히 버릴 수 없었던 것 같아요.」

「이걸 봐요.」 나는 배낭에서 돈이 든 봉투를 꺼내 보여 주었다. 그리고 액수가 얼마인지, 여전히 그것을 어떻게 하고 싶은지 말했다. 하지만 그녀는 곧 이의를 제기했다.

「아뇨, 솔직히, 당신은 그 돈을 받아야 해요. 그건 당신이 번 거예요. 그리고 그는 돈이 너무도 많아요.」 그녀는 미소를 지었다. 「그리고 당신은 곧 내게 밥을 사기 시작해야 해요. 나는 이제 실업자 신세니까요.」

「그가 더 많은 돈으로 당신을 유혹하려 하지는 않았나요?」

「실은 그랬어요. 마을에 있는 집과 당신을 택하겠느냐 아니면 나머지 계약금을 택하겠느냐 결정하라고 했죠.」

「준은 약간 힘들었겠군요?」

줄리는 코웃음을 쳤다. 「그 애에게는 선택권이 주어지지 않았어요.」

「그 햇빛 가리개 모자가 마음에 들어요.」

모자는 아이들이 쓰는 것 같았고, 부드럽고, 챙이 짧았다. 그녀는 모자를 벗어, 마치 전에 누구도 자신의 몸에 대해 칭찬을 한 적이 없는 것처럼 다시 아이같이 거의 어색하게 그것을 바라보았다. 나는 몸을 숙여 그녀의 뺨에 키스를 한 후 어깨에 팔을 둘러 가까이 끌어당겼다. 이제 요트는 4~5킬로미터 떨어진 곳에서 프락소스의 끝을 돌아 동쪽으로 사라지고 있었다.

「그리고 그 거대한 수수께끼는요. 단 하나의 단서도 없나요?」

「당신은 전혀 모르고 있군요. 일전에 우리는 하마터면 그의 앞에 무릎을 꿇을 뻔했어요. 하지만 그것은 치러야 하는 또 다른 대가죠. 그것은 이런저런 터무니없는 방식으로 나아갈 예정이었어요. 어둠 속에 남겨진 채로.」

「작년에, 그리고 재작년에 이곳에서 무슨 일이 있었는지 어떻게든 알고 싶어요.」

「그들로부터 연락을 못 받았나요?」

「한마디도.」 나는 덧붙여 말했다. 「털어놓는 게 좋겠네요.」

나는 그녀에 대한 조사를 하며 쓴 편지들에 대해 얘기했고, 런던의 은행에서 보내온 편지를 보여 주었다.

「당신은 정말로 바보예요, 니컬러스. 우리를 믿지 않다니.」 그녀는 입술을 깨물었다. 「준이 아테네의 영국 영사관에 전화를 해 당신에 대한 조사를 한 것만큼이나 나빠요.」 나는 미소를 지었다. 「나는 열 번은 말렸어요.」

「내 가치가 그것밖에 나가지 않는 건가요?」

「그 애의 가치가 그것밖에 나가지 않는 거죠.」

나는 동쪽을 쳐다보았다. 요트는 사라졌고, 이제 바다는 텅 비어 있었으며, 우리 위쪽 소나무들 사이로 바람이 살며시 불며 그녀의 머리칼을 휘날렸다. 그녀는 소나무 줄기에 등을 대고 앉은 내게 살며시 몸을 기댔다. 나는 폭죽이 된 것처럼, 그리고 우리가 마신 샴페인이 된 것처럼 황홀해졌다. 나는 그녀의 얼굴을 돌려 키스를 했고, 우리는 여전히 입을 맞추며 햇빛이 군데군데 내려쬐는 그늘 속에 나란히 누웠다. 나는 그녀를 원하긴 했지만 그렇게 급하지는 않았다. 이제 여름 전체가 우리 앞에 있었다. 그래서 나는 그녀의 셔츠 아래 맨등에 손을 대고 입에 키스하는 것으로 만족했다. 결국 그녀는 입술을 내 뺨에 댄 채 몸을 반쯤 내게 걸치고 조용히 있었다.

나는 〈내가 보고 싶었나요?〉 하고 속삭였다.

「당신이 몰랐으면 싶을 정도로요.」

「남은 인생을 매일 밤 이렇게 누워 있고 싶어요.」

「나는 그러고 싶지 않아요. 그리 편하지가 않아요.」

「그렇게 멋없이 굴지 마요.」 나는 그녀를 조금 더 꽉 안았다. 「내가 그럴 수 있다고 말해 줘요. 오늘 밤.」

그녀는 손가락으로 내 셔츠를 훑었다.

「그녀는 잠자리에서 훌륭했나요? 오스트레일리아 친구 말예요.」

나는 누운 채 잠시 냉정을 찾으며 소나무 가지 사이로 보이는 하늘을 바라보면서 그녀에게 사실을 말할까 하는 생각을 했다……. 하지만 기다리는 것이 낫다는 결론을 내렸다.

「언젠가 그녀에 대해 모두 얘기해 줄게요.」

그녀는 내 살갗을 살짝 꼬집었다. 「이미 얘기한 것으로 생각했는데.」

「한데 왜 묻는 거죠?」

「그건.」

「뭐죠?」

「어쩌면 내가 그만큼…….」

나는 몸을 돌려 그녀의 머리에 키스를 했다. 「당신은 자신이 훨씬 더 똑똑하다는 것을 이미 증명했어요.」

그녀는 완전히 확신이 들지 않은 것처럼 잠시 말이 없었다.

「나는 전에 누구를 진정으로 육체적으로 사랑한 적이 없어요.」

「그건 병이 아니에요.」

「그건 미지의 장소 같은 것이에요.」

「장담하건대 당신도 좋아할 거예요.」

다시 잠시 침묵이 흘렀다. 「또 다른 당신이 있었으면 좋겠어요. 준을 위한.」

「그녀는 머물고 싶어 하나요?」

「잠시.」 그런 다음 그녀는 중얼거리듯 말했다. 「쌍둥이의 문제가 그거예요. 쌍둥이는 늘 모든 것에 대해 같은 취향을 갖고 있죠.」

「두 사람이 남자 보는 눈이 똑같지 않은 걸로 생각했어요.」

그녀는 내 목에 키스를 했다. 「이번에는 그래요.」

「그녀는 그냥 당신을 놀리려고 그러는 거예요.」

「당신은 우리가 〈세 개의 심장〉에서와 똑같은 일을 겪지 못한 것을 아쉬워하고 있는 게 분명해요.」

「그러지 못해 이를 갈고 있어요.」

그녀는 다시, 좀 더 세게 나를 꼬집었다.

「농담이 아니에요.」

「당신은 때로 어린 소녀 같아요.」

「내 생각도 그래요. 〈내〉 장난감.」

「오늘밤 누구와 잘 건가요?」

「싱글 침대예요.」

「그렇다면 파자마는 입을 필요가 없겠군요?」

「사실 나는 이곳에서 파자마를 입는 것을 포기했어요.」

「당신은 나를 미치게 하고 있어요.」

「나도 나를 미치게 하고 있어요. 알몸으로 누워 당신 생각을 하며.」

「그 생각 속에서 나는 뭘 하고 있죠?」

「온갖 사악한 짓을요.」

「말해 봐요.」

「나는 말로는 그런 것들을 상상하지 않아요.」

「점잖은 것들인가요, 거친 것들인가요?」

「온갖 것들요.」

「하나만 말해 줘요.」

그녀는 머뭇거리다가 속삭였다.「내가 달아나면 당신이 나를 잡아요.」

「그런 다음에는 내가 어떻게 하죠?」그녀는 아무 말도 하지 않았다. 나는 그녀의 등 아래쪽으로 손을 내렸다.「내 무릎 위로 당신을 엎드리게 한 다음 때리나요?」

「때로 나는 아주아주 천천히 유혹당해야 해요.」

「전에 사랑을 나눈 적이 없어서?」

「음.」

「지금 당신 옷을 벗기고 싶어요.」

「그렇다면 당신은 나를 다시 흥분시켜야 해요.」

「상관없어요.」

그녀는 팔꿈치를 기대고 몸을 숙여 내게 키스한 후 살짝 미소 지었다.

「오늘 밤. 약속해요. 준이 우리를 기다리고 있어요.」

「먼저 당신의 거처를 구경시켜 줘요.」

「끔찍해요. 무덤 같아요.」

「그냥 쓱 훑어볼게요.」

어떤 이유로 그녀는 그렇게 하지 못하게 하고 싶어 하는 것처럼 내 눈을 내려다보았다. 하지만 잠시 후 미소를 지으며 자리에서 일어나 내게 손을 내밀었다. 우리는 바다 위로 난 가파른 비탈을 내려갔다. 줄리가 걸음을 멈추고 돌 하나를 집어 들었다. 그러자 뚜껑이 올라오면서 검은 구멍이 입을 벌렸다. 그녀는 몸을 돌려 무릎을 꿇고, 한 발을 사다리 제일 위쪽 단에 댄 후 내려가기 시작했다. 그녀는 5미터 정도 아래에 있는 바닥에 이르러 얼굴을 위로 치켜들었다.

「조심해요. 어떤 단들은 낡았어요.」

나는 몸을 돌려 그녀를 따라 내려갔다. 원통 안은 폐소 공포증을 야기할 만큼 불쾌했다. 하지만 바닥에 이르자 사다리 맞은편에 가로 세로가 각각 5미터 정도 되는 작은 정사각형 방이 펼쳐져 있었다. 희미한 빛 속에서 각각의 벽과 바다 쪽에 문이 있고, 한때 기관총 구멍이나 감시 구멍으로 사용된 게 분명한 구멍이 막혀 있는 것이 보였다. 그리고 탁자 하나와 나무 의자 세 개, 그리고 작은 찬장 하나가 있었다. 정적에도 냄새가 있는 듯 공기에서 곰팡내가 났다.

「성냥 있어요?」

그녀가 램프를 내밀었고 나는 불을 붙였다. 방의 왼쪽 벽에는 서툰 벽화가 그려져 있었다. 거품이 이는 맥주잔과 윙크를 하고 있는 가슴 풍만한 여자들이 있는, 지하의 맥주 창고 정경이었다. 희미한 자국들은 한때 색이 칠해져 있었다는 것을 보여 주었지만, 이제는 검은 윤곽선밖에 남아 있지 않았다. 그것은 에트루리아 시대의 벽화만큼이나 까마득한 옛날 것처럼 느껴졌다. 마치 오래전 시간의 흐름 속에 침몰된 문화 같았다. 오른쪽 벽에는 좀 더 숙련된 기술로 그려진 그림이 있었다. 어떤 거리의 투시도 풍경이었는데, 오스트리아의 어느 도시처럼 보였다. 빈일 수도 있었다. 어쩌면 안톤이 그림을 그리는 데 한 손 거들었을지도 모른다는 추측도 해보았다. 두 개의 옆문은 배의 칸막이 문처럼 보였다. 둘 다 커다란 맹꽁이자물쇠가 채워져 있었다.

줄리가 고갯짓을 했다. 「저 안이 우리 방이었어요. 조는 다른 방을 썼고.」

「정말 끔찍한 곳이군요. 냄새도 지독하고.」

「우리는 여우 굴이라고 불렀죠. 여우 굴 냄새 맡아 본 적 있어요?」

「저 문들은 왜 잠겨 있죠?」

「모르겠어요. 잠겨 있던 적이 없었는데. 이곳이 존재한다는 것을 아는 섬사람들이 있는 것 같아요.」 그녀는 쓴웃음을 지었다. 「그냥 옷가지하고 침대, 그리고 또 다른 음산한 벽화들밖에 없어요.」

나는 램프 불빛 속에서 그녀를 쳐다보았다. 「당신은 용감한 여자예요. 이런 일을 감당하다니.」

「우리는 싫었어요. 주위에 부루퉁하고 불행한 남자들이 너무 많았어요. 바깥은 햇빛으로 환한데 그들은 이곳에 갇혀 있었던 거예요.」

나는 그녀의 손을 잡았다.

「좋아요. 충분히 봤어요.」

「램프를 꺼줄래요?」

나는 램프 불을 껐고, 줄리는 몸을 돌려 밖으로 나가기 위해 사다리를 올라갔다. 대낮의 환한 빛이 새어 들어오며 그녀의 가늘고 파란 다리가 보였다. 나는 잠시 바닥에서 기다리다가 그녀를 따라 올라가기 시작했다. 그녀의 몸 위쪽이 사라졌다.

그때 그녀가 내 이름을 큰 소리로 외쳤다.

누군가가, 어쩌면 두 사람이, 뚜껑 뒤에서 나타나 그녀의 팔을 잡았다. 그녀는 바깥으로 끌어올려지고 있는 것 같았다. 아니, 누군가가 그녀를 휙 낚아채는 것 같았다. 그녀는 발 하나를 평형추 밧줄에 감으려는 듯 다리 하나를 사납게 옆으로 버둥거렸다. 내 이름을 다시 불렀지만 중간에서 소리가 끊어졌다. 보이지 않는 밖에서 돌을 밟는 소리가 들렸다. 나는 남은 사다리를 서둘러 올라갔다. 극히 짧은 순간 구멍 위로 얼굴 하나가 나타났다. 금발을 짧게 자른 청년으로 그날 아침 내가 집에서 본 선원이었다. 내가 꼭대기에서 두 단 아래에 있는 것을 본 그는 그 즉시 뚜껑을 세게 닫았다. 내 발 옆에서 충격을 받은 평형추가 금속 벽에 부딪히며 요란한 소리를 냈다. 칠흑 같은 어둠 속에서 나는 소리를 질렀다.

「맙소사! 이봐! 기다려!」

나는 뚜껑 아래쪽을 있는 힘을 다해 밀었다. 누군가가 그 위에 앉아 있거나 서 있는 것처럼 아주 살짝 들썩거렸다. 하지만 다시 시도했을 때에는 꿈쩍도 하지 않았다. 원통이 너무 좁아 위쪽으로 많은 압력을 가할 수가 없었다.

나는 다시 한 번 뚜껑을 밀어 올리려고 시도한 후 귀를 기울였다. 아무 소리도 들리지 않았다. 나는 마지막 시도를 해

본 후 포기하고 바닥으로 내려갔다. 그런 다음 성냥을 켜 램프에 불을 붙였다. 육중한 문 두 개를 열어 보려 했다. 문은 꿈쩍도 하지 않았다. 나는 찬장을 거칠게 열었다. 조금 전 일어난 그 일에 아무런 이유가 없었던 것처럼 찬장에는 아무것도 없었다. 분노로 고함을 지르며, 나는 콘키스가 동화 속의 대부처럼 퇴장한 것을 떠올렸다. 즐거운 작별과 폭죽, 그리고 크뤼그 병. 우리의 환락은 이제 끝이 난 것이다. 하지만 이것은 미란다를 풀어 주지 않기로 미치광이처럼 결심한, 정신이 이상해진 프로스페로였다.

나는 분노로 몸을 떨며 사다리 아래 서서 그 가학적인 노인의 이중성을 이해하고, 썼다 지우고 그 위에 다시 글자를 쓴 그의 양피지들을 읽으려고 노력했다. 그가 말한 〈관객이 없는 연극〉은 터무니없는 것이었고, 그것이 설명이 될 수는 없었다. 모든 배우들이 갈망하는 유일한 것이 관객이었다. 콘키스가 하는 모든 행위는 부분적으로는 어떤 연극 이론에서 나온 것인지도 모른다. 하지만 그는 〈가면극은 단지 은유일 뿐〉이라고 직접 말했다. 그렇다면? 이해할 수 없는 어떤 새로운 철학, 이를테면 은유주의? 어쩌면 그는 자신을 모호함을 가르치는, 있을 수 없는 학과의 교수라고, 엠프슨[122] 같은 존재라고 생각하는지도 모른다. 나는 생각에 생각을 거듭해 보았지만, 아무런 결론도 내릴 수 없었고, 의혹만 커졌다. 의혹은 줄리와 준에게까지 확장되기 시작했다. 나는 정신 분열증 연극 단계를 다시 돌이켜 생각해 보았다. 그것이 분명했다. 모든 것은 처음부터 계획되어 있었고, 나는 줄리를 결코 갖지 못하는 상태에서 탄탈로스처럼 늘 고문을 받아야 했다. 하지만 도대체 어떤 여자가 그녀가 한 것과 같은 것을 할 수 있단 말인가?

122 William Empson(1906~1984). 영국의 평론가이자 시인. 언어의 다의적 성질의 중요성을 밝혀 신비평주의의 발전에 공헌했다.

나는 여전히 그녀의 키스를 느끼고, 그녀가 먼저 시작한 에로틱한 속삭임을 모두 기억했다. 그런데 그 어느 것도 진심이 아니었단 말인가? 정말로 정신이 이상해서 자신이 한 약속을 지킬 필요가 없다고 아는 사람이 아니고서야 어떻게 그럴 수 있단 말인가?

하지만 자신을 의사라고 주장한 사람이 어떻게 그런 것들이 계속되게 할 수 있단 말인가? 그것은 생각조차 할 수 없는 일이었다.

30분 뒤 몇 차례 시도를 한 후 힘을 주자 뚜껑이 스르르 열렸다. 3초 후 나는 다시 햇빛 속에 있게 되었다. 바다는 비어 있었고, 내 주위에는 나무들밖에 없었다. 나는 비탈을 올라 섬 안쪽이 보이는 곳에 갔지만, 물론 아무것도 없었다. 바람이 다른 행성에서처럼 무심하고 비인간적으로 알레포소나무들 사이로 불고 있었다. 15미터쯤 떨어진 곳의 사르사파릴라[123] 덩굴에 붙들린, 점심 식사 후 남은 유물인 하얀 종잇조각이 펄럭거리고 있었다. 바구니와 배낭은 우리가 둔 곳에 그대로 놓여 있었다. 그녀가 벗어 놓은 분홍색 모자도 마찬가지였다.

2분 후 나는 그 집에 이르렀다. 내가 마지막으로 본 그대로 덧문이 내려져 있었다. 나는 재빨리 정문을 향해 걷기 시작했다. 그리고 그곳에서 처음 부라니를 방문했을 때처럼 한 가지 단서가 남겨져 있는 것을 발견했다.

57

아니, 단서는 두 가지였다.

123 청미래덩굴속의 식물.

그것들은 길 한가운데, 정문 근처 소나무 가지에, 땅바닥에서 약 2미터 되는 높이에 걸려 있었다. 바람에 무심한 듯 한가로이 약간씩 흔들리며 햇빛을 받고 있었다. 하나는 인형이었다. 다른 하나는 사람의 해골이었다.

해골은 위쪽에 드릴로 뚫은 구멍을 관통하는 검은색 끈에 매달려 있었고, 인형은 하얀 끈에 매달려 있었다. 인형의 목에는 올가미가 걸려 있었다. 인형은 두 가지 의미에서 매달려 있었던 것이다. 크기가 45센티미터 정도 되는 인형은 나무를 서투르게 깎아 검은색 칠을 한 것으로, 입은 미소를 머금고 있었고, 하얀색으로 그린 눈은 순진해 보였다. 발목에는 그것의 유일한 〈옷〉인 하얀 넝마 두 조각이 걸쳐져 있었다. 그 인형은 줄리였고, 겉에 걸친 하얀 순수함 밑의 그녀는 검고 사악하다는 것을 말해 주고 있었다.

나는 해골을 잡아 돌려 보았다. 눈구멍에는 그림자가 져 있었고, 입은 음울한 미소를 짓고 있었다.

아, 불쌍한 요릭.[124]

내장이 꺼내진 시체인가?

아니면 프레이저의……『황금 가지』? 나는 기억을 해내려고 애를 썼다. 그것은 무엇이었나? 성스러운 숲 속에 걸려 있는 인형은.

나는 나무들을 둘러보았다. 어디선가 누군가가 나를 보고 있었다. 하지만 아무것도 움직이지 않았다. 햇빛 속의 메마른 나무들과, 생기 없는 그림자 속의 관목밖에 없었다. 다시 두려움과 신비가 나를 엄습했다. 현실의 얇은 그물, 그 나무들, 그 태양. 나는 고향에서 한없이 먼 곳에 있었다. 가장 깊은 거리는 결코 지리적인 것이 아니다.

---

124 셰익스피어의 「햄릿」에서 무덤 파는 인부가 파낸 해골의 주인인 광대.

빛 속과, 나무들 사이로 난 길 안. 그리고 어디에서나 그 밑에는 어둠이 있었다.

〈그것이 무엇이건 그것은 이름이 없었다.〉

해골과 그의 아내는 미풍에 흔들리고 있었다. 수수께끼 같은 교감을 나누고 있는 그것들을 그곳에 남겨 두고, 나는 빠른 걸음으로 그 자리를 떠났다.

걸리버가 소인국 사람들에 의해 무수한 실로 묶인 것처럼, 몇 가지 가정이 나를 얽어맸다. 알 수 있는 거라곤 내가 줄리를 미치도록 갈망하고 있으며, 그날 세상에 그것 말고 다른 의미는 없다는 것뿐이었다. 나는 아이슬란드 전설에 나오는, 복수에 불타는 족장처럼 학교로 달려갔다. 물론 줄리가 나를 기다리고 있을지도 모른다는 실낱같은 마지막 희망만은 그대로였다. 하지만 내 방 문을 열어젖혔을 때, 거기에는 아무도 없었다. 나는 당장 데메트리아데스에게 달려가 진실을 털어놓게 하고 싶었다. 그리고 그를 끌고 과학 선생에게 가고 싶었다. 그리고 아테네로 갈까 하는 생각을 하며 옷장 꼭대기에 있는 여행 가방을 내리기까지 했지만 마음을 바꾸었다. 학기가 끝나려면 2주가 더 있어야 한다는 사실만이 문제가 되었다. 우리를…… 또는 나를 고문할 2주가 더 남아 있었다.

결국 나는 마을로 가, 교회 뒤에 있는 집으로 곧장 갔다. 정문은 열려 있었다. 레몬과 오렌지나무가 있는 녹색 정원 사이로 자갈길이 집의 현관까지 이어져 있었다. 집은 크지는 않았지만 그런대로 우아했다. 벽기둥이 있는 현관과 우아한 박공이 있는 창문들이 있었다. 하얗게 회칠한 정면은 저녁 하늘의 연푸른색을 배경으로 아주 연한 파란색을 띠고 있었다. 내가 서늘하고 어두운 나무 벽 사이를 걸어가는데 헤르메스가 현관문에서 나왔다. 그는 내가 혼자인 것에 놀란 듯 내 뒤쪽을 쳐다보았다.

나는 그리스어로 〈그 젊은 숙녀가 여기 있나요?〉 하고 말했다. 그는 나를 쳐다보며, 이해할 수 없다는 듯 두 손을 폈다. 나는 초조한 마음에 불쑥 다음 질문을 던졌다. 「다른 젊은 숙녀는요? 언니는요?」

그는 고개를 들었다. 없다는 뜻이었다.

「그녀는 어디 있죠?」

요트에 있었다고 했다. 점심 식사 후.

「그걸 어떻게 알죠? 당신은 여기 없었어요.」

아내가 말해 줬다고 했다.

「콘키스 씨와 함께요? 아테네로 간 건가요?」

「Nai.」 〈그렇다〉는 말이었다.

요트는 우리 시야에서 사라진 후 마을 항구 중 하나에 쉽게 들어올 수 있었을 것이다. 우리가 그곳에 있다는 얘기를 들었다면 준은 소동을 일으키지 않고 배를 타고 갔을 수도 있었다. 아니면 그것은 그렇게 계획되어 있었는지도 모른다. 나는 헤르메스를 잠시 노려보다가 그를 밀치고 집 안으로 들어갔다.

공기가 잘 통하는 홀은 시원했고, 텅 비어 있었다. 한쪽 벽에는 멋진 터키산 카펫이 걸려 있었고, 다른 쪽 벽에는 상중(喪中)임을 알리는 영국의 문표 비슷한 거무스레한 문장이 걸려 있었다. 왼쪽의 열린 문 사이로 부라니에서 가져온, 그림들이 든 상자들이 보였다. 작은 사내아이 하나가 문간에 나타났다. 헤르메스의 아이들 중 하나인 게 분명했다. 헤르메스가 뭐라고 하자 아이는 엄숙한 갈색 눈으로 가만히 쳐다보다가 딴 데로 갔다.

헤르메스가 내 등 뒤에서 말했다. 「뭘 원하죠?」

「그 여자들은 어느 방에 있었죠?」

그는 잠시 망설이다가 위층을 가리켰다. 믿고 싶지는 않았지만 그 역시 정말로 모르고 있다는 인상이 들었다. 나는 계단을 뛰어 올라갔다. 길은 건물 끝에서 끝까지 좌우 양쪽으로 나 있었다. 나는 나를 따라온 헤르메스를 쳐다보았다. 이번에도 그는 머뭇거리다가 다시 왼쪽 문을 가리켰다. 나는 그 섬의 전형적인 방 안에 들어갔다. 손으로 짠 침대보가 덮인 침대, 광택이 나는 널빤지가 깔린 바닥, 서랍장과 멋진 궤짝 하나, 섬의 집들을 그린 괜찮은 수채화 몇 점이 있었다. 그 그림들은 건축 투시도처럼 깨끗하고, 맵시 있고, 얄팍해 보였으며, 서명은 없었지만 다시 한 번 나는 안톤의 작품을 보고 있다고 추측했다. 서쪽 창의 덧문은 빗장에 의해 4분의 3 정도 닫혀 있었다. 열린 창문 턱에는 그리스인들이 공기와 물을 식히기 위해 그곳에 두는, 통기성이 있는 젖은 항아리가 놓여 있었다. 궤짝 위 작은 사발에는 크림 빛을 띤 흰색과 연한 파란색의 재스민과 플룸바고 꽃이 담겨 있었다. 멋지고 소박하면서도 친근감이 느껴지는 작은 장면이었다.

나는 창가로 가 더 많은 빛이 들어오게 덧문 하나를 열었다. 헤르메스는 문간에 서서 나를 의심스러운 눈으로 쳐다보고 있었다. 다시 한 번 그는 뭘 하고 있는지 물었다. 그가 줄리가 어디 있는지 묻지 않는다는 것을 알아차리고는 이번에는 그를 무시했다. 어떤 점에서 나는 그가 나를 저지하기를 바라기도 했다. 격렬한 몸싸움 같은 것을 벌이고픈 욕구가 점점 커져 갔기 때문이다. 하지만 그는 전혀 움직이지 않았고, 나는 서랍장에 분을 풀어야 했다. 서랍 하나에 옷과 화장품이 있는 것 외에 아무것도 없었다. 나는 포기하고 방을 둘러보았다. 구석에 대가 하나 설치되어 있었고, 거기에 커튼이 걸려 있었다. 그것을 젖히자 드레스와 치마, 여름 코트 등이 몇 벌 보였다. 나는 그중에서 일요일에 〈진실〉을 혹은 당시 진실로 여겨졌던 것을 들었을 때 그녀가 입고 있던 분홍색 드레스를 알아보았다. 바닥에는 신발들이 있었고, 그 뒷벽에는 여행 가방 하나가 놓여 있었다. 나는 가방을 집어 들어 침대에 던진 후 별 희망 없이 잠금쇠를 틀어 보았다. 그런데 가방 뚜껑이 열렸다.

또 다른 옷들과, 두세 벌의 모직 점퍼, 그리고 무거운 트위드 스커트가 한 벌 있었다. 여름의 그리스에서는 필요하지 않은 것으로 보이는 옷들이었다. 그리고 아직 가격표가 달려 있는, 선물로 산 것 같은 아주 새것인 그리스제 숄더백 두 개가 있었다. 그 아래에 책이 몇 권 있었다. 우선 전쟁 전에 나온 그리스 안내 책자가 있었는데, 안에는 고대의 유적지와 조각품이 그려진 그림엽서 몇 장이 들어 있었다. 엽서에는 아무것도 적혀 있지 않았다. 그레이엄 그린의 소설 한 권. 미국에서 나온, 마법에 관한 페이퍼백 한 권도 있었는데, 편지 한 통이 끼워져 있었다. 나는 봉투에서 인쇄된 카드를 꺼냈다. 그것은 줄리가 일했다고 한 런던의 학교에서 일주일 전 열린 졸업식 초대장이었다. 봉투에는 거의 한 달 전 그녀의 고향인 도싯의 세르네 아바스에서 부라니로 보낸 것으로 되어 있었다. 『팔라티나 선집』 한 권도 있었다. 나는 그 책을 펼쳐보았다. 〈줄리아 홈스, 거턴 칼리지.〉 몇 편의 시 여백에는 그녀가 단정한 글씨로 영어로 옮긴 것도 있었다.

헤르메스가 〈뭘 찾는 거요?〉 하고 말했다.

나는 〈아무것도 아니에요〉 하고 중얼거렸다. 점차 나는 콘키스가 첩보국의 원칙 같은 것을 따라 작업을 했다는 의심이 들었다. 즉 낮은 직책에 있는 사람들에게는 그들이 알아야 하는 것 이상은 말해 주지 않는 것이었다……. 그리고 헤르메스는 별로 아는 게 없었다. 어쩌면 그는 내가 그런 식으로 화가 나 나타나리라는 것과, 그런 내 비위를 맞춰 줘야 한다는 것만 알았을 것이다. 나는 여행 가방을 더 뒤지는 것을 단념하고 그를 쳐다보았다.

「다른 숙녀의 방은요?」

「아무것도 없어요. 소지품을 모두 가져갔어요.」

나는 옆에 있는 그 방을 보여 달라고 했다. 그 방 역시 가구가 비슷하게 배치되어 있었다. 하지만 그곳에는 누군가가 그곳을 쓰고 있다는 흔적이 전혀 없었다. 탁자 옆 쓰레기통 역시 비어 있었다. 다시 한 번 나는 헤르메스를 쳐다보았다.

「왜 그녀가 동생 물건들은 가져가지 않은 거죠?」

내가 비이성적으로 굴기라도 하는 것처럼 그는 어깨를 으쓱했다. 「주인은 그녀가 돌아올 거라고 했어요. 당신과 함께.」

아래층에서 나는 헤르메스에게 아내를 데려오게 했다. 그녀는 쉰쯤 된 섬사람이었는데, 얼굴이 누르께하고, 온통 검은색 차림이었지만 남편보다는 덜 음울했고, 말이 더 많았다. 그녀는 선원들이 상자들을 가져왔고, 주인이 왔었다고 했다. 2시쯤. 젊은 숙녀는 그와 함께 떠났다고 했다. 그녀가 불행해 보였나요? 전혀. 그녀는 웃고 있었다. 그 여자는 그녀가 무척 예쁘고 젊은 숙녀였다고 했다. 이번 여름에 그녀를 그 전에 본 적이 있는가? 한 번도 본 적이 없다. 그러고는 마치 내가 모르기라도 하듯 그 숙녀가 외국인이라고 덧붙였다. 그녀가 어디로 가는지 말했는가? 아테네로. 돌아온다고 말했는가? 그녀는 모르겠다는 듯 두 손을 펼쳤다. 그런 다음, 〈Isos〉 하고 말했다. 〈어쩌면〉이라는 뜻이었다. 나는 더 질문을 했지만 나은 대답은 얻지 못했다. 그들이 내게 질문을 하지 않는 것이 무척이나 이상했지만 나는 그들이 단순한 볼모라는 확신이 들었다. 무슨 일이 일어나고 있는지 안다 해도 말하지 않을 게 분명했다.

〈Eyele.〉〈그녀는 웃고 있었다〉고 했다. 그것이 내가 경찰에 가는 것을 막은 그리스어 단어였다고 생각한다. 준이 속아 콘키스와 함께 가는 것은 상상할 수 있었지만 그녀는 뭔가를 의심했을 게 분명하며, 그냥 웃고 있었을 리는 없었다. 아무튼 그것은 틀린 음 같은 것이었고, 내가 품고 있던 최악의 의혹을 확인시켜 주었다. 그런데 위층 방에서 기다리고 있는 줄리의 모든 소지품들, 그것은 좀 더 우호적인 것이긴 했지만 또 다른 변칙적 요소였다. 그 모든 것은 나를 계속 나아가게 한 후 나를 차단하고, 다시 나아가게 하고 있었다……. 아직 끝난 것이 아니었다. 나는 그 순간 제아무리 실망하고 좌절하더라도 기다리기만 하면 된다는 확신이 들기 시작했다.

월요일 점심 시간에 나는 편지를 한 통 받았다. 홈스 부인이 보낸 것으로, 소인은 지난주 화요일, 세르네 아바스로 되어 있었다.

친애하는 어프 씨,
물론 저는 당신이 편지를 쓰는 것을 상관하지 않습니다. 당신의 편지는 우리 초등학교 교장 선생님이신 벌리아미 씨에게 전달했습니다. 벌리아미 씨는 아주 훌륭한 분으로 당신 생각을 무척 흥미로워했습니다. 프랑스나 미국에 펜팔 친구를 갖는 건 이제 다소 구태의연한 것이 되었으니까요. 그분이 당신에게 연락할 거라고 확신합니다.
당신이 줄리와 준을 만났다는 것과 그 섬에 또 다른 영국인이 있다는 게 무척 기쁩니다. 무척 멋지게 들립니다. 그 아이들에게 편지를 쓰라고 전해 주세요. 그 애들은 편지 쓰는 걸 싫어하죠.

진심을 담아,
콘스턴스 홈스

그날 저녁 나는 당직이었지만, 아이들이 잠자리에 들었을 때 몰래 빠져나가 헤르메스의 집으로 갔다. 위층에는 불이 켜져 있지 않았다.

화요일이 왔다. 나는 불안하고 무력했으며, 아무것도 결정할 수 없었다. 늦은 오후에는 선착장에서 처형이 있었던 광장까지 걸어갔다. 마을 학교 벽에는 현판이 걸려 있었다. 호두나무는 여전히 오른쪽에 서 있었지만, 왼쪽의 쇠창살은 나무문으로 바뀌어 있었다. 그 옆의 높다란 담장 아래에서는 아이들 두셋이 축구를 하고 있었다. 그리고 내가 일요일 저녁 마을에서 돌아올 때 보러 갔던 그 방, 즉 고문실은 잠겨 있었지만, 나는 바깥을 돌아 안을 들여다보았다. 그 방은 이제 창고로 사용되고 있어, 이젤과 칠판, 예비 책상과 다른 가구들이 들어 있었다. 상황이 바뀌면서 예전의 끔찍한 분위기는 완전히 사라져 있었다. 그 방이 그대로 있었다면 피와, 전기 불꽃, 그리고 중앙의 소름 끼치는 책상이 있었을 것이다.

어쩌면 그 며칠간 나는 학교 일로 너무 시달렸는지도 모른다. 시험이 치러졌다. 학교 안내서에 따르면 〈각각의 학생들은 영국인 교사에 의해 개인적으로 영어 필기 시험을 본다〉고 되어 있었다. 그것은 다시 말해 내가 2백 장 정도의 과제물을 채점해야 한다는 것을 의미했다. 어떤 점에서 나는 상관하지 않았다. 그 덕분에 다른 걱정이나 긴장은 제쳐 둘 수 있었던 것이다.

나는 내 안에서 미묘하지만 지대한 변화가 일어나고 있는 것을 깨달았다. 더 이상 그녀들을 믿을 수 없다는 것을 알았다. 그들을 믿기에는 나사가 한때 너무 자주 돌려졌던 것이다. 돌이켜 보면, 〈납치되기〉 직전 내가 준에게 끌리고 있다고 줄리가 말한 것은 모든 틀린 음 가운데서도 최악의 것이었다. 그토록 그녀에게 속았다면 그때 나는 그것을 알았어야 했다. 그들은 여전히 콘키스가 원하는 것을 하고 있는 게 분명해 보였다. 그리고 그것은 그들이 그 모든 것 배후에 있는 것을 알고 있고, 처음부터 알아 왔다는 것을 의미했다. 하지만 그것이 한 가지 합리적인 가정이라 하더라도 나는 줄리가 내게 진짜 매혹을 느꼈다는 또 다른 가정을 더해야 했다. 그 두 가지를 합칠 경우 그녀가 모종의 방식으로 양측에서 게임을 하고 있다고 — 노인을 위해 나를 속이면서 나를 위해 그를 속이는 — 결론을 내릴 수밖에 없었다. 그리고 그것은 결국에는 그녀가 나를 거부하지 않을 것이며, 언젠가는 장난이 멈추리라는 것을 스스로 알고 있다는 것을 의미했다. 나는 기회가 있었을 때 그녀에게 앨리슨에 대해 얘기하지 않은 것을 후회했다. 만약 나에 대한 그녀의 감정이 조금이라도 진실하다면 그 이야기가 그 터무니없는 숨바꼭질을 당장에 종결시켰을 것임에 틀림없기 때문이다. 하지만 그 부분에 대한 나의 침묵은 최소한 내가 과거에 품고 있던 한 가지 두려움은 종식시켰다. 그녀는 진실을 알았을 리 없으며, 〈그래서〉 계속해서 제스처 게임을 했다.

수요일은 세상의 종말처럼, 해가 가려진 후텁지근한 날이었고, 에게 해의 날씨로는 무척 이례적인 날씨였다. 그날 밤 나는 자리에 앉아 아주 오랫동안 채점을 했다. 목요일은 보조 교사에게 과제를 넘겨야 하는 마감일이었다. 공기는 무척 무거웠고, 10시 반쯤 나는 멀리서 우르릉거리는 소리를 들었다. 다행히도 비가 오려 하고 있었다. 한 시간 후, 과제를 3분의 1쯤 끝냈을 때 문을 두드리는 소리가 들렸다. 나는 소리를 질렀다. 교사들 중 하나거나 시험 점수를 좀 잘 달라고 온 6학년 졸업반 학생일 거라고 생각했다.
하지만 수위 바르바 바실리였다. 바다코끼리를 연상케 하는 하얀 수염을 기른 그가 미소를 짓고 있었다. 그리고 그의 첫마디는 나를 책상에서 벌떡 일어서게 만들었다.

「*Sygnomi, kyrie, ma mia thespoinis*…….」

58

「실례합니다, 선생님, 하지만 젊은 숙녀 분이…….」

「어디요?」 그는 뒤쪽 정문 쪽을 가리켰다. 나는 코트를 걸치고 있었다. 「아주 아름다운 젊은 아가씨요. 외국인이고, 그녀는…….」

하지만 나는 이미 그를 지나쳐 복도를 달려가고 있었다. 그리고 미소 짓고 있는 그의 얼굴을 향해 불을 끄라고 〈*To phos!*〉라고 소리친 후 계단을 뛰어 내려가 건물 밖으로 나가서 정문으로 이어지는 길을 따라 달렸다. 바르바 바실리의 숙소 창 위에 전구 하나가 켜져 있어서, 주위가 빛으로 환했다. 그 불빛 아래 그녀가 서 있으리라 기대했지만, 아무도 없었다. 선생들은 모두 여벌 열쇠를 갖고 있었기 때문에 밤에 그 시간에는 정문을 잠가 두었다. 나는 호주머니를 뒤지다가, 낮에 수업 시간에 입었던 낡은 재킷 속에 내 열쇠를 넣어 둔 것을 기억했다. 나는 쇠창살 사이로 밖을 내다보았다. 도로와, 50미터 떨어진, 바다까지 이어지는 엉겅퀴가 무성한 불모지에도, 물가에도 아무도 없었다. 나는 낮은 목소리로 불러 보았다.

하지만 벽 뒤에서는 어떤 형체도 나타나지 않았다. 나는 화가 나 몸을 돌렸다. 바르바 바실리가 교사 숙소에서 나무들 사이를 천천히 걸어오고 있었다.

「거기에 없나요?」

그는 저녁에 사용되는 옆문을 한참을 걸려 열었다. 우리는 도로로 나갔다. 노인은 마을에서 벗어난 쪽을 가리켰다.

「저쪽인가요?」

「그럴 겁니다.」

나는 또 다른 게임의 냄새를 맡기 시작했다. 노인의 미소에는 뭔가가 있었다. 하늘에서는 천둥이 쳤고 도로는 인적이 끊겨 있었지만, 어떤 일이 일어나 주기만 한다면 무슨 일이 일어나든 상관없었다.

「열쇠 좀 빌려 주겠습니까, 바르바?」

하지만 그는 자기가 갖고 있는 열쇠를 주려 하지 않으며, 숙소로 들어가 다른 열쇠를 찾겠다고 했다. 그는 일부러 나를 지연시키려는 것 같았다. 그가 마침내 여벌 열쇠를 들고 나오자, 나는 그것을 그의 손에서 낚아챘다.

나는 재빨리 마을에서 떨어져 있는 길을 걸어갔다. 동쪽 하늘에서는 번개가 쳤다. 60~70미터 정도 가자 학교 담장은 오른쪽에서 내륙을 향해 구부러졌다. 나는 줄리가 그 모퉁이 뒤에서 기다리고 있을 것으로 생각했다. 하지만 그녀는 그곳에 없었다. 길은 4백 미터도 못 가서 끝났다. 그 벽 뒤에서 길은 바다에서 약간 떨어져 메마른 개울을 가로질러 고리 모양으로 나 있었다. 작은 다리가 하나 있었고, 거기서 왼쪽, 즉 내륙 쪽으로 1백 미터 정도 떨어진 곳에 섬에 수없이 많은 예배당 중 하나가 있었는데 그 예배당은 키 큰 사이프러스 가로수들에 의해 도로와 연결되어 있었다. 달은 두꺼운 높은 구름에 완전히 가려 있었지만, 풍경 위로는 회색 빛이 드리워져 있었다. 나는 다리까지 가 그 길을 계속 갈지, 아니면 그녀가 갔을 가능성이 훨씬 큰 마을 쪽으로 돌아갈지를 고민했다. 그때 그녀가 내 이름을 부르는 소리가 들렸다.

목소리는 사이프러스나무들 사이에서 들려왔다. 나는 재빨리 나무들 사이를 걸어갔다. 예배당까지 반 정도 갔을 때 왼쪽에서 뭔가가 움직였다. 그녀는 3미터 떨어진 곳에, 제일 큰 나무 두 그루 사이에, 도로에서 숨은 채 서 있었다. 검은 여름용 방수 외투와 스카프, 바지, 그리고 검은색처럼 보이는 셔츠 차림이었으며 계란형의 얼굴은 더 창백해 보였다. 내 입에서 제일 처음 나온 말에도 불구하고 나는 그 즉시 알아차렸다. 손을 방수 외투 호주머니에 넣은 채 나를 기다리는 그녀의 모습에 뭔가 다른 데가 있다는 것을.

「줄리?」

「나예요. 준이에요. 다행히도 와줬군요.」

나는 가까이 다가갔다. 「줄리는 어디 있죠?」

그녀는 나를 한참 바라보다가 고개를 떨어뜨렸다.

「당신이 깨달았으리라 생각했어요.」

「무엇을요?」

「일어나고 있는 일요.」 우리의 시선이 마주쳤다. 「그 애와 모리스 사이에.」

나는 잠시 아무 말도 하지 않았다. 그녀는 다시 시선을 내리깔았다.

「도대체 당신들 모두는 나를 뭘로 생각하고 있는 거죠?」 그녀는 아무 말도 하지 않았다. 「당신들은 내가 부자의 정부들이 벌이는 익살 광대극을 이미 경험했다는 걸 잊은 것 같아요.」

그녀는 고개를 저었다. 「그런 의미가 아니었어요. 그냥 그 애가…… 그가 요구하는 대로 할 거라는 거예요. 다른 방식으로.」

그녀의 머리는 여전히 아래를 향하고 있었고, 나는 그 순간 마음의 결정을 내렸다. 나는 바로 몸을 돌려 학교에 있는 내 방으로 돌아가 책상에 앉아 채점을 했어야 했다. 가면극이 처음으로 되돌아갔다는 것을 알았기 때문이다. 확실한 사실에 있어 나는 그녀가 그날 밤 부라니에서 테라스 아래쪽을 알몸으로 달리던 것을 처음 보았을 때보다 그녀에 대해 더 아는 게 없었다. 그럼에도 나는 떨어뜨린 돌이 손 안으로 다시 날아 들어올 수 없는 것처럼 발걸음을 돌릴 수 없다는 것 또한 알고 있었다.

「여기서 정확히 뭘 하고 있는 거죠?」

「그건 더 이상 공정치 않은 것 같아요.」

「뭐가 공정치 않다는 거죠?」

그녀는 나를 올려다보았다. 「그 모든 것은 계획되었어요. 그런 식으로 그 애를 당신에게서 낚아채 간 것 말예요. 그 애는 그런 일이 일어날 줄 알고 있었어요.」

「그런데 이건 계획되지 않은 건가요?」

그녀는 체념한 듯 내 뒤쪽, 어둠 속을 바라보았다.

「계획된 거라 생각한다 해도 당신을 탓하진 않겠어요.」

「줄리가 어디 있는지 말하지 않았어요.」

「아테네에 있어요. 모리스와 함께.」

「당신은 그곳에서 막 온 건가요?」 그녀는 고개를 끄덕였다. 「이런 시각에?」

「어두워지고 나서야 여기 도착했어요.」

나는 그녀의 표정을 살폈다. 그 표정과 그녀의 자세는 상처받은 순수함과, 나의 의심에 대한 책망의 분위기를 꾸며내고 있었다. 그녀는 연기를 하고 있는 게 분명했다.

「왜 정문에서 기다리지 않았죠?」

「공포에 질렸어요. 수위가 너무 오래 돌아오지 않아서.」

번개가 다시 쳤다. 비가 곧 올 것처럼 공기가 눅눅했고, 동쪽에서는 점차 불길한 천둥소리가 거의 계속해서 들렸다.

「뭐가 공포스러웠죠?」

「나는 달아났어요, 니컬러스. 사람들이 내가 어디 있는지 추측을 했을 게 분명해요.」

「경찰서나 대사관에는 왜 가지 않은 거죠?」

「범죄가 아니니까요. 신원을 속이고 누군가를 사랑에 빠지게 하는 건요. 그리고 그 애는 내 여동생이에요.」이어 그녀는 덧붙여 말했다.「그건 모리스가 하는 게 아니에요. 그건 줄리 스스로가 하는 거예요.」

그녀의 말 사이에는 잠시 휴지부가 있었다. 마치 말을 계속하기 전 내가 한마디 한마디를 납득할 필요가 있다는 듯이. 나는 그녀에게서 눈을 떼지 않았다. 어둠 속에서 그녀는 환각처럼 동생과 닮아 보였다.

그녀가 말했다.「나는 다만 당신에게 경고를 하기 위해 온 거예요. 그게 다예요.」

「그리고 나를 위로하려고?」

그녀는 길에서 들려오는 낮은 목소리 덕분에 대답을 피할 수 있었다. 우리는 사이프러스나무 주위를 바라보았다. 희미한 형체의 남자 세 명이 그리스어로 얘기를 하며 천천히 다리 쪽을 향해 가고 있었다. 마을 사람들이나 교사들이 이따금 밤에 시원한 바람을 쐬러 도로 끝까지 갔다가 돌아가곤 했다. 준은 두려워하는 듯한 표정으로 나를 쳐다보았다. 나는 그것도 믿을 수 없었다.

「정오 배편으로 왔나요?」

하지만 그녀는 그 함정을 피해 갔다.「육로로 오는 길을 알아냈어요. 크라니디를 거쳐서요.」그 길은 바다를 무서워하는 학부형들이 이따금 이용했다. 그런데 그 길로 올 경우 코린트에서 갈아타고, 크라니디부터는 택시로 와, 그다음에는 작은 배를 빌려 본토에서 해협을 건너야 했다. 꼬박 하루가 걸리는 여정으로, 그리스어를 웬만큼 하지 않고는 나서기 힘든 길이었다.

「왜죠?」

「이곳 어디에나 모리스의 스파이가 있으니까요. 마을에.」

「그 부분은 믿겠어요.」

나는 다시 도로 쪽을 쳐다보았다. 세 명의 남자는 우리에게 등을 돌린 채, 나무들을 따라 조용히 산보를 하고 있었다. 잿빛 도로와 그 뒤쪽의 검은 관목, 그리고 어두운 바다. 그것들은 그냥 보이는 그대로였다.

나는 말했다. 「이 모든 것에 진저리가 나요. 게임 말이에요. 하지만 사람들의 감정에 대해서는 그렇지 않아요.」

「어쩌면 나도 당신과 똑같은 기분인지도 몰라요.」

「한때는 너무도 자주 사람들의 감정에 대해서 싫증을 냈죠. 미안해요. 그 기억은 사라지지 않을 거예요.」

그녀가 낮은 목소리로 말했다. 「그 애가 정말로 당신을 속였죠, 그렇죠?」

「당신보다 훨씬 더 설득력 있게요. 우리는 이미 이런 대화도 나눈 적이 있어요. 그러니 그녀가 어디 있는지 말해 봐요.」

「지금요? 자신의 진짜 연인과 침대에 있겠죠.」

나는 숨을 들이쉬었다. 「모리스?」

「당신이 조라고 알고 있는 남자요.」

나는 웃음을 터뜨렸다. 이렇게까지 나올 줄은 몰랐다. 그녀가 말했다. 「좋아요. 당신은 내 말을 믿을 필요는 없어요.」

「그리고 당신은 이보다는 훨씬 더 낫게 해야 할 거예요. 그렇지 않으면 나는 내 방으로 돌아갈 테니까.」 그녀는 아무 말이 없었다. 「모리스가 우리가 사랑을 나누는 것을 서서 지켜보는 이유도 거기에 있는 것 같은데요.」

「매일 밤 당신이 정말로 누군가와 사랑을 나누고 있다면 그렇게 해도 돼요. 그 다른 남자가 단지 속임을 당하고 있다는 것을 안다면.」

그녀는 너무도 집요했고, 마치 자루 속 돼지를 같은 손님에게 두 번을 팔려는 것 같았다.

「역겨워지네요. 나는 질렸어요.」

내가 가려고 몸을 돌리자 그녀가 내 팔을 잡았다.

「니컬러스, 제발…… 다른 건 모두 접어 두고 오늘 밤을 어디에서 보내야 할지 모르겠어요. 마을에 있는 그 집에 갈 수는 없어요.」

「호텔에 가봐요.」

그녀는 그 거절을 못 들은 척하며 다시 들러붙었다. 「내일이면 사람들이 이곳에 올지도 몰라요. 내가 뭔가에 대한 비난을 받게 될 경우 당신이 내 옆에 있어 줬으면 해요. 그래서 내 편을 들어 줘요. 그뿐이에요. 솔직히.」

잠시 그녀의 목소리는 좀 더 진실된 것 같았다. 그녀는 마침내 애처로움과, 자신에 대한 보호를 간청하는 마음을 훌륭하게 섞은 작은 미소를 지었다. 나는 좀 더 부드럽게 말했다.

「당신은 내게 〈세 개의 심장〉에 대한 얘기를 하지 말았어야 했어요.」

「그것이 그토록 있을 수 없는 일인가요?」

「당신은 어떤 현실도 그것을 어떻게 받아들이냐에 따라 있을 수 없는 일이 되기도 한다는 것을 잘 알고 있어요.」

「우리가 서로를 찾는 것이 뭐가 그토록 비현실적인 것인지 모르겠어요…….」 그녀는 고개를 내저으며 내 눈을 피했다.

「함께 밤을 보내자. 그건가요?」

「나는 다만 당신이 줄리에 대한 진실을 알게 되면…….」 하지만 그녀는 다시 고개를 저었다.

「왜 그렇게 오래 기다려야 하죠?」

「그건……. 당신이 나를 아직 믿지 않는다는 것을 알아요.」

「나는 어떤 장애가 있다고 생각했어요.」

내 목소리는 점점 더 빈정거리는 투가 되어 갔다. 하지만 그녀가 내 눈을 들여다보았다. 그녀의 눈은 대담한 아이처럼 통방울만 하게 커져 있었다.

「만약 그것이 도전이라면 받아들이죠. 그로 인해 당신이 나를 믿게 된다면.」

「당신들 두 사람에 대해 알면 알수록 더 믿을 수 없게 돼요.」

「우리 둘이 당신이 꽤 매력적이라고 생각하기 때문인가요? 그리고 내가 당신을 불쌍하게 느끼게 돼서? 나 자신에 대해서도 마찬가지예요. 그것이 상관있는지 모르겠지만.」

나는 반은 그녀를 시험하고 싶은 유혹을 느끼며 그녀를 쳐다보았다. 하지만 진짜 시험은 내가 치르고 있다는 것이 너무도 분명했다.

「내가 당신들 어머니에게 편지를 썼다고 줄리가 말하던가요?」

「그래요.」

「이틀 전쯤 답장을 받았어요. 내가 답장을 해 두 딸이 실제로 무엇을 하고 있는지 얘기를 하면 어떻게 생각하실지 궁금하네요.」

「어머니는 아무 생각도 하지 않을 거예요. 존재하지 않으니까요.」

「세르네 아바스에 당신들에게 편지를 쓰고 우편물을 우송해 주는 누군가가 있다는 건가요?」

「나는 도싯에 한 번도 간 적이 없어요. 내 진짜 이름은 홈스가 아니에요. 준도 아니고.」

「알겠어요. 다시 그 이름으로 돌아갔군요. 로즈와 릴리?」

「나는 주로 로지로 불려요. 하지만 맞아요, 로즈.」

「말도 안 되는 소리.」

그녀는 나를 쳐다보다가 고개를 떨어뜨렸다. 「정확한 단어들은 기억할 수 없지만 우리의 가공의 어머니가 당신에게 보낸 편지는 다음과 비슷하죠. 친애하는 어프 씨, 나는 당신의 편지를 이곳 초등학교 교장 선생님이신 벌리아미 씨에게 전달했습니다. 그런 다음 프랑스와 미국에 펜팔 친구를 갖는 건 구태의연한 것이 되었다는 얘기가 있었죠. 그리고 자신의 두 딸이 편지를 자주 쓰지 않는다는 얘기도. 어때요?」

이제 추락하기 시작한 것은 나였다. 전에 여러 번 그런 것처럼 안정된 땅이 몇 초 만에 올라서면 빠져 버리는 모래층이 되어 버렸다.

그녀가 말했다. 「미안해요. 하지만 만국 소인 제도라는 게 있어요. 이곳에서 쓴 편지에 영국 우표를 붙이면……」 그녀는 소인을 찍는 흉내를 살짝 냈다. 「이제 내 말을 믿을 건가요?」

나는 자포자기하는 심정으로 지난 일들을 생각했다. 만약 내가 보내는 편지들을 사람들이 뜯었다면…….

「내게 보내는 편지도 뜯어 보나요?」

「그런 것 같아요.」

「그렇다면 당신은…… 알고 있는지……?」

「뭐에 대해서요?」

「내 오스트레일리아 친구.」

그녀는 어깨를 살짝 움직였다. 물론 그녀는 앨리슨에 대해 알고 있었다. 하지만 나는 직관적으로 그녀가 제대로는 모르며, 내가 앨리슨을 함정에 빠뜨린 사실도 모른다는 것을 알았다.

「그렇다면 얘기를 해봐요.」

「무슨 얘기를?」

「무슨 일이 있었는지.」

「당신은 그녀와 정사를 나눴어요.」

「그리고?」 그녀는 또다시 모호한 제스처를 취했다. 「당신은 내 모든 우편물을 읽었어요. 그러니 알고 있을 게 틀림없어요.」

「물론이죠.」

「그렇다면 실제로 내가 학기 중간 휴가 때 아테네에서 그 녀를 만난 사실도 알고 있겠군요?」

그녀는 당황해했다. 그녀는 내가 자신을 어떤 식으로 떠보고 있는지 알지 못했다. 그녀는 머뭇거리다가 미소를 지었지만 아무 말도 하지 않았다. 나는 그녀 어머니의 편지는 내 책상 위에 올려놓아 두고 있었다. 데메트리아데스나 다른 누군가가 방에 몰래 들어와 그것을 읽었을 수도 있었다. 하지만 앤 테일러의 편지와 그 내용물은 자물쇠를 채운 여행 가방 속에 잘 숨겨 둔 상태였다.

「우리는 정말로 모든 것을 알아요, 니컬러스.」

「그럼 증명해 봐요. 내가 아테네에서 그녀를 만났나요, 만나지 않았나요?」

「만나지 않았다는 것을 당신은 너무나 잘 알고 있어요.」

그녀가 어찌해 볼 틈도 주지 않고 나는 그녀의 뺨을 한 대 갈겼다. 사정없이 갈긴 것은 아니었고 세지는 않았지만 충분히 따끔할 만큼은 되었다. 그녀는 충격을 받았다. 그녀는 천천히 손을 뺨에 댔다.

「왜 이러는 거죠?」

「진실을 말하기 시작하지 않으면 훨씬 더 세게 때릴 거예요. 내 우편물을 모두 뜯어 보았나요?」

그녀는 계속해서 뺨을 잡은 채 머뭇거리더니 백기를 들었다.

「단지…… 우리와 관계가 있을 수도 있는 것처럼 보이는 것들만요.」

「안됐군요. 당신들은 더욱 철저해야 했어요.」 그녀는 아무 말도 하지 않았다. 「그 편지를 열어 보았다면 내가 그 불쌍한 여자를 아테네에서 만났다는 것을 알았을 거예요.」

「그런데 왜…….」

「당신 동생 때문에 나는 그녀에게 제발 부탁이니 내 인생에서 사라져 달라고 했어요.」 준은 이제 그 이야기가 어디로 나아갈지 몰라 당황해하고 더욱 겁을 먹은 것 같았다. 「2주 후 그녀는 내 인생에서뿐만 아니라 자신의 인생에서도 벗어났어요. 자살을 했어요.」 나는 잠시 말을 멈췄다. 「이제 부라니에서 당신들이 친 장난과 불꽃놀이의 대가가 뭔지 알 거예요.」

그녀는 나를 쳐다보았다. 잠시 나는 그녀가 내 말을 믿은 것으로 생각했다. 하지만 그녀는 고개를 딴 데로 돌렸다.

「모리스의 게임을 하려고 하지 마요.」

나는 그녀의 팔을 잡고 그녀를 흔들었다. 「나는 게임을 하는 게 아냐, 이 멍청이 같으니! 그 여자는 〈자살〉을 했어.」

그녀는 믿기 시작했지만 여전히 부정하려 했다. 「하지만…… 왜 얘기를 하지 않은 거죠?」

나는 그녀의 팔을 놓아주었다. 「그 일을 생각하면 기분이 좋지 않았으니까.」

「하지만 사람들은 자살을 하지 않아요, 단지…….」

「어떤 사람들은 당신들이 상상할 수 있는 것 이상으로 삶을 심각하게 받아들여요.」

잠시 침묵이 흘렀다. 결국 그녀가 순진하면서도 소심한 투로 말했다.

「그녀는…… 당신을 사랑했나요?」

나는 머뭇거렸다. 「나는 공정하려 했어요. 어쩌면 지나치게 공정했는지도 모르지. 당신들이 그 주말을 취소하지 않았다면 그 모든 것을 편지로 처리했을 거야. 그런데 그녀의 얼굴에 대고 얘기하지 않는 것은 비열하게 보였어요…….」 나는 어깨를 으쓱했다.

「그녀에게 줄리에 대해 얘기를 했나요?」

그녀의 목소리에는 진짜 놀라는 기색이 실려 있었다.

「당신들은 안전해요. 한 줌의 재가 주책없이 지껄여 댈 수는 없으니까.」

「그런 의미가 아니었어요.」 그녀는 시선을 떨어뜨렸다. 「그녀는…… 그것을 심각하게 받아들였나요?」

「겉으로는 그렇지 않았어요. 진작 그걸 깨달았더라면……. 나는 그냥 솔직해지려고 했을 뿐이에요. 그녀가 나를 기다리는 것으로부터 자유로워지게 하려고.」

다시 침묵이 흘렀고, 그녀는 낮은 목소리로 말했다. 「그것이 사실이라면, 당신이 어떻게 우리가 이런 식으로 계속하게 내버려 둘 수 있었는지 모르겠어요.」

「멍청하게 당신 동생과 사랑에 빠졌기 때문이죠.」

「하지만 모리스는 당신에게 경고를 했어요.」

「그가 내게 진실을 말한 게 언제죠?」

그녀는 다시 계산을 하며 아무 말도 하지 않았다. 이제 그녀는 변해 있었다. 나는 그녀가 내 편이 된 척하던 모습을 버린 것을 알아차렸다. 그녀는 내 눈을 들여다보았다.

「니컬러스, 이건 아주 중요해요. 거짓말하는 게 아니죠?」

「내 방에 증거가 있어요. 보고 싶어요?」

「그래요.」

이제 그녀의 목소리는 유보적이었고, 사과를 하는 듯했다.

「좋아요. 2분 후 정문으로 와요. 그곳에 오지 않으면 그냥 없던 일로 하겠어요. 당신이 지옥에 가더라도 나는 상관하지 않아요.」

그녀가 대답을 하기 전에 나는 몸을 돌려 그곳을 떠났고, 그녀가 따라오는지 보기 위해 뒤를 돌아보는 일은 어떻게든 하지 않았다. 하지만 내가 학교로 들어가는 옆문을 열었을 때 더 가까이서 여러 갈래로 갈라지는 거대한 번개가 쳤고,

나는 1백 미터 떨어진 곳에서 그녀가 천천히 걸어오는 것을 보았다.

2분 후 앤 테일러의 편지와 신문 기사 오린 것을 갖고 돌아온 나는 그 즉시 정문 맞은편 도로 옆에 서 있는 그녀를 보았다. 바르바 바실리가 불이 밝혀진 문간에 서 있었지만 무시했다. 그녀는 나를 맞으러 왔고, 내가 조용히 던지는 봉투를 받았다. 이제 그녀는 초조함을 감추지 못했다. 그녀는 봉투에서 편지를 꺼내다 그것을 떨어뜨려 몸을 숙여 주워야 했다. 그런 다음 숙소에서 흘러나오는 불빛 쪽으로 몸을 돌려 읽기 시작했다. 그녀는 맨 위에 있는 앤 테일러의 편지를 읽은 후 잠시 그것을 바라보고 있었다. 그런 다음 그것을 들추고 잠시 신문 기사 오린 것을 보았다. 갑자기 그녀는 눈을 감고 고개를 숙였다. 마치 기도를 드리는 것 같았다. 그런 다음 아주 천천히 종이들을 접어 봉투에 넣어 내게 건네주었다. 그녀는 계속해서 머리를 숙이고 있었다.

「정말 미안해요. 뭐라고 해야 할지 모르겠어요.」

「이제 제대로 바뀌고 있는 것 같군요.」

「우리는 정말로 몰랐어요.」

「이제는 알게 되었죠.」

「우리에게 얘기를 했었어야죠.」

「모리스한테 그것은 삶의 희극의 일부라는 말이나 듣게요?」

그녀는 한 방 먹은 듯 재빨리 고개를 들었다. 「당신이 안다면……. 솔직히 그것이 공정치 않다는 것을요, 니컬러스.」

「〈만약〉 내가 안다면.」

그녀는 심각하게 나를 바라보다가 시선을 내리깔았다. 「정말로 뭐라고 해야 할지 모르겠어요. 그것은 틀림없이…….」

「지금 그렇게 말하면 안 되죠.」

「그래요, 나는…….」 그런 다음 그녀는 〈정말 미안해요〉 하고 말했다.

「제일 많이 비난을 받아야 할 사람은 당신이 아니에요.」

그녀는 고개를 저었다.「바로 그거예요. 어떤 점에선 비난 받아야 할 건 나예요.」

하지만 그녀는 그 이유는 설명하지 않았다. 잠시 우리는 묘지 옆에 두 낯선 사람들처럼 서 있었다. 다시 번개가 쳤고, 그것은 그녀로 하여금 결심을 하게 한 것 같았다. 그녀는 연민을 담은 희미한 미소를 지으며 내 소매를 잡았다.

「잠시 여기서 기다려요.」

그녀는 몸을 돌려 옆문을 지나 문간에서 우리를 한가하게 지켜보고 있던 바르바 바실리를 향해 갔다.

「바르바 바실리…….」 그녀가 그리스어로 빠르게, 나보다 훨씬 더 유창하게 말하는 것이 들렸다. 처음 그 말 후에는 목소리가 너무 낮아 알아들을 수가 없었다. 노인이 어떤 지시를 받아들이는 듯 머리를 한 번, 그리고 두 번 더 까닥하는 것이 보였다. 잠시 후 준이 문으로 나와 내게서 2미터 떨어진 곳에 멈춰 서서 얼굴을 찌푸리며 고해를 하는 듯한 표정을 지었다.

「가요.」

「가다니 어디를?」

「그 집에요. 줄리가 그곳에 있어요. 기다리고 있어요.」

「그렇다면 도대체 왜…….」

「이제는 그건 상관이 없어요.」 그녀는 다가오고 있는 비구름을 바라보며 눈을 깜빡였다.「게임은 포기했어요.」

「그리스어를 무척 빨리 배운 것 같네요.」

「여기서 여름을 세 번 보냈으니까요.」

그녀는 당황하고 화가 난 나를 달래기 위해 살며시 미소를 지었다. 그러고는 갑자기 다가와 내 팔을 잡고 자신을 보게 했다.

「오늘 밤 내가 말한 모든 것을 잊어 줘요. 내 이름은 준 홈스이고 그 아이는 줄리예요. 우리에게는 머리가 좀 모자라는 어머니가 있어요, 세르네 아바스는 아니지만.」 여전히 나는 그녀의 말에 넘어가려 하지 않았다. 「어머니는 그런 식으로 편지를 써요. 하지만 그 편지는 우리가 꾸며 냈어요.」

「그리고 조는?」

「줄리는…… 그를 좋아해요.」 순간적으로 그녀의 눈에 쌀쌀한 기색이 돌았다. 「하지만 그 애가 그와 잠자리에 들지 않는다는 건 장담할 수 있어요.」 그녀는 이제 나를 어떻게 설득하고 달랠지 몰라 거의 초조해하는 듯했다. 그녀는 기도를 할 때처럼 두 손을 들었다. 「니컬러스? 제발, 제발 나를 믿어요. 우리가 그곳에 갈 때까지 단 몇 분만이라도요. 우리는 당신 친구에 대해 몰랐다고 하느님께 맹세할 수 있어요. 그리고 만약 알았다면 그 즉시 당신을 고문하는 짓을 그만두었을 거라는 것을. 내 말을 믿어야 해요.」 이제 그녀에게서는 자신의 말을 믿게 하는 어떤 힘이 느껴졌다. 그리고 그녀는 다른 천성을 가진 다른 여자 같았다. 「줄리와 1분 동안 같이 있은 후 당신이 질투할 아무것도 없다는 것을 깨닫지 못한다면 나를 제일 가까이 있는 우물에 익사시켜도 좋아요.」

여전히 나는 움직이기를 거부했다.

「저 안에서 그에게 방금 뭐라고 했죠?」

「우리에게는 긴급 상황에 사용하는 암호가 있어요. 실험을 중단하라는.」

「실험이라고요?」

「그래요.」

「노인이 이곳에 있나요?」

「부라니에요. 메시지는 무전으로 그에게 보내질 거예요.」

그녀의 뒤에서 바르바 바실리가 옆문을 잠그고 있었다. 나는 그가 교사 숙소로 가는 것을 보았다. 준은 그를 쳐다보다가 내 손을 잡아끌었다.

「가요.」

나는 여전히 마음이 흔들렸지만 단호하고 유혹하는 듯한 그녀가 이겼다. 나는 죄수처럼 그녀에게 손을 잡힌 채 그녀와 나란히 걸어갔다.

「어떤 실험이죠?」

그녀는 내 손을 꼭 쥐었지만 몇 발자국 떼는 동안 아무 말도 하지 않았다.

「모리스는 화를 낼 거예요.」

「왜죠?」

「당신 친구가 한 일은 그가 인생 대부분을 통해 막으려고 한 거니까요.」

「그는 누구죠?」

그녀는 잠시 머뭇거렸지만 비밀을 털어놓았다. 「그가 당신에게 자신에 대해 말한 것과 아주 비슷한 사람이죠. 어떤 단계에서는.」 그녀는 마지막으로 한 번 내게 용기를 주듯 손을 꼭 잡은 후 놓아주었다. 「그는 정신 의학 분야의 명예 교수에 해당하는 프랑스 교수직에 있던 사람이에요. 한두 해 전까지 그는 소르본 의과 대학의 기둥이었어요.」 그녀는 나를 슬쩍 쳐다보았다. 「그리고 나는 케임브리지에 없었어요. 런던 대학에서 심리학을 공부했죠. 그런 다음 파리로 가서 모리스 밑에서 대학원 공부를 했어요. 미국에서 온 조도 마찬가지고요. 그리고 당신이 아직 만나지 못한, 이곳에 있는 다른 사람들 중 몇 명도 그렇고요. 그 때문에…… 당신은 그토록 많은 잘못된 인상을 받았을 거예요. 하지만 한 가지는…… 당신은 그날 저녁 조가 한 일을 용서해야 해요. 그는 정말로 무척 지적이고…… 점잖은 사람이에요.」 나는 그녀를 보았다. 그녀의 얼굴은 수줍어하는 기색이었고, 그녀는 자신의 말을 확인시키듯 어깨를 살짝 으쓱했다. 「그가 우리 중 줄리에게 더 남자처럼 굴지는 않을 거예요.」

「혼란스러워요.」

「걱정 마요. 곧 이해하게 될 테니까요. 또 다른 어떤 것도 있어요. 줄리가 이곳에서 처음 여름을 맞았다고 한 건 거짓말이 아니에요. 어떤 점에서 그 애는 또 다른 희생자이기도 해요.」

「하지만 무슨 일이 일어나고 있는지는 알고 있는 거죠?」

「그래요, 하지만…… 미궁에서 자신의 길을 찾아야 하기도 하죠. 우리 모두는 그 과정을 거쳤어요. 과거에. 조, 나, 다른 모두가. 우리는 그것이 어떤 것인지 알아요. 길을 잃는 것이. 거부와 분노를. 그리고 우리 모두는 그것이 결국 가치 있는 것이라는 걸 알고 있어요.」

우리 뒤에서 거의 연속적으로 커다란 번개가 쳤다. 15킬로미터 혹은 25킬로미터 떨어진 동쪽 섬들이 희미하게 보이다가 사라졌다. 공기 중에는 비 냄새가 짙게 배어 있었고, 폭우를 예고하는 바람도 약간 불었다. 우리는 빠른 걸음으로 마을을 지나갔다. 어딘가에서 덧문을 세게 닫는 소리가 들렸지만 주위에 사람은 보이지 않았다.

「뭐에 대한 실험이죠?」

갑자기 그녀가 걸음을 멈추며 내 몸을 돌려 자신을 마주보게 했다.

「니컬러스, 우선 당신은 지금껏 우리의 가장 흥미로운 대상이었어요. 둘째로, 당신의 모든 비밀스러운 반응과 감정과 추측…… 그리고 당신이 줄리에게도 말하지 않은 모든 것이…… 우리에게 무척 중요해요. 우리는 당신에게 물을 수백 가지 질문이 있어요. 하지만 미리 모든 것을 설명해 줘 그 질문들의 유효성을 망치고 싶지 않아요.」

그녀의 시선은 무척이나 직접적이었고, 나는 결국 고개를 떨어뜨렸다.

「나는 인내력이 거의 바닥났어요.」

「많은 질문을 하는 것처럼 보일 수 있다는 것 알아요. 하지만 우리는 무척 고마워할 거예요.」

나는 그 말을 수긍한다는 내색은 하지 않았지만 더 이상 따지고 들지 않았다. 우리는 다시 걷기 시작했다. 그녀는 나의 고집을 눈치챈 것이 분명했다. 몇 걸음 후 그녀가 양보를 했다.

「한 가지 단서를 주죠. 평생에 걸쳐 모리스가 연구한 전문 분야는 정신 이상의 망상적인 증상의 본성에 관한 것이었어요.」 그녀는 손을 호주머니에 넣었다. 「정신 의학은 한편으로 더욱더 흥미로운 게 되어 가고 있어요. 왜 제정신인 사람은 제정신이고, 왜 그들은 망상과 환상을 실제적인 것으로 받아들이려 하지 않는가 등에 관한 거죠. 제정신인 기니피그, 이번 경우에는 더없이 제정신인 기니피그에게 그가 듣게 될 모든 것이 그를 속이려는 시도라는 얘기를 한다면 탐구가 무척 어려운 건 분명해요.」 내가 아무 말도 하지 않자 그녀는 말을 이었다. 「당신은 우리가 의학 윤리에 있어 아주 위험한 짓을 하고 있다고 생각할 수도 있어요. 우리는…… 그 점을 인지하고 있어요. 하지만 어느 날 당신처럼 제정신인 일시적인 희생자가 아주 아픈 사람들을 도울 수도 있다는 데서 우리의 작업은 정당성을 갖게 될 거예요. 어쩌면 당신이 생각하는 것보다 훨씬 더 많이요.」

나는 아무 말 없이 몇 걸음을 뗐다.

「오늘 밤에는 어떤 망상이 계획된 거죠?」

「내가 당신의 마지막 진짜 친구였던 거예요.」그녀는 재빨리 몇 마디 덧붙였다.「그런데 그건 전부 거짓말은 아니었죠. 어쨌든 친구라는 측면에서는.」

「나는 그것을 믿지 않았을 거예요.」

「정말로 당신이 그걸 믿으리라고 예상하지는 않았어요.」그녀는 다시 한 번 나를 향해 슬쩍 미소 지었다.「체스 시합을 하는데, 이기려고 하는 게 아니라 상대가 어떤 수를 두는지 그냥 보기 위해 한다고 생각해 봐요.」

「릴리니 로즈니 하는 그 모든 말도 안 되는 것들.」

「그 이름들은 일종의 농담이에요. 타로 카드에는 마구스라고 불리는 카드가 있죠. 마법사…… 마술사. 그의 두 가지 전통적인 상징이 백합과 장미예요.」

우리는 호텔을 지나 중앙 부두 근처의 작은 광장에 들어섰다. 번개가 치면서, 덧문이 내려진 호텔의 정면이 으스스한 무대처럼 살아났다……. 그리고 그녀가 말하기 시작한 것, 그것 역시 번개 같았다. 모든 것을 보는 섬광과 여전히 그것을 의심하는 어둠이 섞여 있었다. 하지만 진짜 번개와 마찬가지로 빛이 밤을 압도하기 시작했다.

「왜 줄리는 이제야 이곳에서 첫해를 보내는 건가요?」

「그 애가 정서적으로 어떤 상태인지는…… 그 애가 당신에게 말한 것으로 알고 있는데요.」

「그녀는 케임브리지에 있었나요?」

「그래요. 앤드루와의 연애는 정말로 재앙이었죠. 나는 그 애가 그 일을 극복하지 못했다는 것을 알고 있었어요. 그리고 이 일이 그 애에게 도움이 될 수도 있을 거라고 생각했죠. 또한 모리스는 쌍둥이 자매가 제공할 수 있는 가능성에 마음이 끌렸어요. 그건 또 다른 이유였죠.」

「나는 그녀에게 빠지도록 의도된 거였나요?」

그녀는 머뭇거렸다. 「우리의 실험 과정에는 그런 의미에서 〈의도된〉 것은 없어요. 사람에게 여러 가지를 강제로 하게 할 수는 있지만 성적 끌림을 느끼게 할 수는 없어요. 그 반대도 마찬가지고요.」 그녀는 돌이 깔린 길을 내려다보았다. 「이건 즉흥적인 거예요, 니컬러스. 계획된 게 아니에요. 경우에 따라서는 쥐가 실험자와 동등한 위치에 설 수도 있어요. 쥐가 미궁의 벽을 지정할 수도 있고요. 당신이 그런 것처럼 어쩌면 그것을 완전히 깨닫지 못한 상태에서요.」 몇 걸음 더 간 그녀는 좀 더 가벼운 목소리로 말했다. 「또 다른 비밀 한 가지를 말해 주죠. 줄리는 일요일 일에 대해 전혀 마음에 들어 하지 않았어요. 납치 말예요. 실제로 우리는 그 애가 그 일을 할지 전혀 확신이 서지 않았어요. 그 일을 할 때까지는.」

나는 되짚어 생각을 해보았다. 그리고 그녀가 우리의 피크닉과 그 이후에 그 비참한 지하의 은신처를 보여 주기를 눈에 띄게 꺼려했던 것을 떠올렸다. 그때도 나는 거의 억지로 그녀가 그렇게 하게 했었다.

「그녀는 나를 오빠처럼 받아들이고 있나요, 실제 삶에서?」

「당신은 모든 처녀의 기도에 대한 그 애의 마지막 반응을 충족시켰어야 했어요.」 그녀는 재빨리 덧붙였다. 「내가 심술궂은 여자처럼 여겨져요. 앤드루는 무척 똑똑했어요. 예민하고요. 하지만 양성애자였죠. 둘 사이에는 끔찍한 문제들이 있어요. 그 애는 누군가가 필요해요…….」 나는 그녀가 입술을 비트는 것을 보았다. 「내 엄격한 임상적 견해에 따르면 그 애는 그런 사람을 찾았어요.」

우리는 위쪽으로 난 골목길을 올라 처형이 있었던 광장으로 향했다.

「노인이 내게 자신의 과거에 대해 말한 모든 이야기도 다 지어낸 건가요?」

「우리는 먼저 당신의 추측과 결론을 무척 듣고 싶어요.」

「하지만 당신은 진실을 알고 있잖아요?」

그녀는 머뭇거렸다.「대부분의 진실을 알고 있다고 생각해요. 모리스가 우리로 하여금 무엇을 알게 했는지는 알고 있어요.」

나는 처형된 사람들을 추모하는 명판이 있는 벽을 가리켰다.「그리고 저건?」

「마을에 있는 누구에게라도 물어봐요.」

「그가 이곳에 있었다는 것은 알고 있어요. 하지만 그가 말한 대로 일이 일어난 건가요?」

그녀는 잠시 아무 말도 하지 않았다.「왜 그렇지 않다고 생각하는 거죠?」

「자유의 순수한 본질에 대한 그 모든 생각은 아주 좋았어요. 하지만 그에 대한 대가로 80명의 생명은 다소 지나친 것 같아요. 그리고 그것을 당신이 주장하는, 자살에 대한 그의 혐오와 연결시키기도 아주 어렵고요.」

「그렇다면 그가 끔찍한 판단 착오를 저질렀다는 건가요?」

그 말에 나는 잠시 주춤했다.「나는 그렇게 느꼈어요.」

「그에게 그렇게 말했나요?」

「자세히 얘기하지는 않았어요.」

나는 그녀의 미소를 보았다.「그렇다면 그것이 당신의 판단 착오였을 수도 있어요.」내가 대답을 하기 전에 그녀가 말을 이었다.「내가 한때…… 지금 당신 같았을 때 그는 어느 날 밤 나 자신의 지성에 대한 모든 믿음과, 내 일에 대해 갖고 있던 모든 자존심, 그리고 그를 믿어야 하는 상황에서 내가 갖고 있던 모든 것을 파괴했어요……. 결국 나는 무너져 내렸고, 계속해서 그냥, 그건 사실이 아니에요, 그건 사실이 아니에요, 나는 그렇지 않아요, 라는 말만 했죠. 그러다가 고개를 들었을 때 그가 미소를 짓고 있는 게 보였어요. 그는 그냥, 마침내, 라는 말만 했어요.」

「그가 그런 짓을 하면서 정말로 그런 가학적인 기쁨을 얻는 것처럼 보이지 않았기를 바랍니다.」

「하지만 정확히 그 때문에 사람들은 그를 믿죠. 아니면 그가 말하는 것처럼 정확히 그 때문에 사람들이 진짜 뭔가에 대항해 일어나지 않죠.」 그녀는 나를 무덤덤하게 쳐다보았다. 「우리가 진화라고 부르는, 개인에 대해 가학적인 것처럼 보이는 음모 말이에요. 존재 그리고 역사 같은 것.」

「나는 메타 연극이라는 게 그런 거라는 것을 깨달았어요.」

「그는 제도화된 환영으로서 미술에 대한 유명한 강연을 한 적이 있어요.」 그녀는 얼굴을 찌푸렸다. 「우리가 늘 품고 있는 한 가지 비밀스러운 공포는 당신 같은 사람이 그것을 이미 읽었을지도 모른다는 거죠. 그것이 우리가 프랑스의 젊은 지식인에게 결코 이런 일을 할 수 없는 한 이유예요.」

「그는 프랑스인인가요?」

「아뇨. 그리스인이에요. 하지만 알렉산드리아에서 태어났죠. 주로 프랑스에서 자랐고요. 그의 아버지는 무척 부유했어요. 코즈모폴리턴이었죠. 적어도 나는 그렇게 생각해요. 모리스는 자신이 영위해야 하는 것으로 여겨졌던 삶에 반기를 든 것 같아요. 그는 자신의 부모로부터 벗어나기 위해 영국에 처음 가게 되었다고 주장하고 있어요. 의학을 공부하기 위해.」

「그리고 당신은 그를 무척 존경하는 것 같군요.」

그녀는 걸으며 살짝 고개를 까닥한 후 조용히 말했다. 「그는 세상에서 가장 위대한 스승 같아요. 아니, 같은 게 아니에요. 그는 정말로 그래요.」

「작년에는 어땠죠?」

「오 맙소사. 그 끔찍한 남자. 우리는 다른 대상을 찾아야 했어요. 그 학교 출신이 아닌, 아테네에 있는 누군가를.」
「그리고 르베리에는?」
그녀는 분명 애정 어린 기억을 떠올리며 미소를 지었다. 「존.」 그런 다음 내 팔을 잡았다. 「그건 아주 다른 이야기예요. 내일? 이제 당신 차례예요. 좀 더 얘기를 해줘요…… 무슨 얘 긴지 알 거예요.」
그래서 나는 앨리슨에 대해 좀 더 얘기를 했다. 물론 나는 아테네에서 그녀를 조금도 오도하지 않았다. 단지 그녀가 얼마나 꼭꼭 숨고 있었는지를 깨닫지 못했을 뿐이다.
「그녀가 전에 자살을 시도한 적은 없었나요?」
「전혀. 그녀는 늘 모든 것을 있는 그대로 받아들일 수 있는 사람처럼 보였어요.」
「우울증이 있었던 건……..」
「아니요.」
「그런 일이 일어나기도 하죠. 여자의 경우. 우울한 나머지. 비극은 그들이 정말로 그것을 의도한 것은 아닌 경우가 많다 는 거죠.」
「그녀는 정말로 그랬던 것 같아요.」
「아마 그것은 항상 잠복해 있었을 거예요. 대체로 징조가 있긴 하지만.」 그녀는 이어서 말했다. 「그리고 보통 거기에는 그냥 관계를 끝내는 것보다 더 나은 이유가 있죠.」
「나는 그것을 체감하려고 노력했어요.」
「최소한 당신은 어떤 식으로든 그녀에게 거짓말은 하지 않은 것 같군요.」 그녀가 잠시 내 손을 꼭 쥐었다. 「스스로를 탓해서는 안 돼요.」
우리는 제때 그 집에 이르렀다. 산발적이지만 굵은 빗방울이 떨어지기 시작한 것이다. 폭풍은 곧장 섬을 향해 오는 것 같았다. 준은 바깥 문을 밀어 열었고, 나는 그녀를 따라갔다. 그녀는 열쇠를 꺼내 현관문을 열었다. 홀에는 불이 켜져 있었다. 하지만 그곳의 전류는 하늘에서 방전되고 있는 훨씬 더 큰 전류 때문에 요동치고 있었다. 그녀는 몸을 돌려 내 뺨에 재빨리, 거의 수줍어하며 키스했다.

「여기서 기다려요. 그 애는 자고 있을 거예요. 오래 걸리지 않을 거예요.」

나는 그녀가 계단을 뛰어 올라가 사라지는 것을 지켜보았다. 문을 두드리는 소리와, 그녀가 낮은 목소리로 줄리의 이름을 부르는 소리가 들렸다. 문이 열렸다가 닫혔다. 그런 다음 조용해졌다. 바깥에서는 천둥과 번개가 쳤고, 갑자기 좀 더 줄기차게 빗줄기가 창문을 때렸고, 어딘가에서 시원한 돌풍이 훅 불어왔다. 2분이 지났다. 그런 다음 위층의 보이지 않는 문이 열렸다.

맨발에, 하얀 나이트가운 위에 검은색 기모노를 걸친 줄리가 먼저 나타났다. 그녀는 잠시 걸음을 멈추고 괴로운 얼굴로 나를 내려다보더니 계단을 뛰어 내려왔다.

「오 니컬러스.」

그녀는 내 품에 뛰어들었다. 우리는 키스는 하지 않았다. 준은 계단 꼭대기에서 미소를 짓고 있었다. 줄리는 나를 떼어 놓으며 내 눈을 살폈다.

「왜 얘기를 하지 않았죠?」

「모르겠어요.」

그녀는 위로가 필요한 쪽은 자신이라는 듯 다시 내게 안겼다. 나는 그녀의 등을 두드려 주었다. 준은 계단 꼭대기에서 축복을 하듯 나를 향해 가벼운 키스를 날린 후 사라졌다.

「준이 얘기했나요?」

「그래요.」

「모든 것을?」

「일부를요.」

그녀는 나를 좀 더 가까이 끌어 당겼다.「모든 게 끝나 너무도 안도가 돼요.」

「나는 일요일 일은 용서하지 않았어요.」

그녀는 내 목소리에 담긴 것보다 훨씬 더 큰 진지함을 담은 표정으로 나를 올려다보았다. 자신을 믿어 달라고 간청하는 표정이었다.

「나는 그 일이 싫었어요, 니컬러스. 거의 하지 않을 뻔했어요. 정말로요. 그런 일이 일어날 거라는 것을 아는 건 너무도 끔찍했어요.」

「당신은 역겨울 정도로 잘 숨겼어요.」

「그건 단지 거의 끝이 났다는 것을 알고 있었기 때문이에요.」

「지금이 당신이 이곳에 온 첫해라는 얘기도 들었어요.」

「그리고 마지막 해예요. 다시는 그 일을 할 수 없어요. 특히 이제는…….」 다시 그녀는 이해와 용서를 호소했다.「준은 늘 그 일에 대해 수수께끼 같은 말을 했어요. 그것이 뭔지 봐야 했어요.」

「기쁘군요. 마침내.」

그녀는 다시 내게 더 꼭 안겼다.

「한 가지에 대해서는 거짓말을 하지 않았어요.」

「그게 뭔지 궁금하군요.」

그녀는 내 손을 잡아 질책하듯 살며시 꼬집었다. 그녀의 목소리는 속삭임처럼 작아졌다.「어쨌든 이 빗속에서 학교로 돌아갈 수는 없어요.」 그러고는 이렇게 덧붙였다.「나도 천둥번개가 치는데 혼자 있긴 싫고요.」

「나도 그래요. 당신이 그 이야기를 하니까 말이지만.」

우리의 다음 대사는 굳이 말로 하지 않아도 되었다. 서로가 그것을 알아들었고, 그녀는 내 손을 잡아 위층으로 데리고 갔다. 우리는 내가 사흘 전 수색을 한 방의 문 앞에 이르렀다. 하지만 그녀는 머뭇거리며 자조적이면서도 정말로 수줍어하는 듯한 표정을 희미하게 지었다.

「내가 일요일에 뭐라고 했죠?」

「내가 오래전에 당신의 다른 모든 여자들을 잊게 만들었다고요…….」

그녀는 아래를 내려다보았다. 「여기서 나의 마법은 중단되는 거예요.」

「나는 늘 우리가 페르디난드와 미란다인 게 더 좋았어요.」

그녀는 그 사실을 잊기라도 한 것처럼 잠시 미소를 지었다. 그런 다음 다른 무슨 말을 하려는 것처럼 나를 뚫어져라 쳐다보더니 마음을 바꾼 것 같았다. 그녀는 문을 열었고, 우리는 안으로 들어갔다. 침대 옆에는 불이 켜진 램프가 있었고, 덧문은 닫혀 있었다. 침대는 그녀가 떠났을 때 그대로였다. 시트와 손으로 짠 보는 옆으로 젖혀져 있었고, 베개는 구겨져 있었다. 램프 아래에는 시집이 펼쳐져 있어, 들쑥날쑥한 시행들이 눈에 들어왔다. 그리고 재떨이로 쓰는 전복 껍데기가 보였다. 우리는 그러한 순간을 너무 오랫동안 예상한 사람들처럼 잠시 어쩔 줄 몰라 하며 서 있었다. 그녀는 머리는 내린 상태였고, 나이트가운의 하얀 단은 거의 발목까지 내려와 있었다. 그녀는 내가 그런 가정적인 소박함을 경멸하기라도 하는 듯, 나를 대신한 것처럼 방을 둘러보고는 살짝 얼굴을 찌푸렸다. 나는 미소를 지었지만 그녀의 부끄러움은 전염성이 있었다. 그리고 우리 사이의 현실은 변해 있었다. 어쩌면 그녀가 더 이상의 〈마법〉은, 그러니까 게임과 회피와 감질나게 하기는 없을 거라고 해서인지도 몰랐다. 그 이상한 짧은 순간들은 돌이켜 보면 역설적인 순수함을 내포했던 것 같다. 타락하기 직전의 아담과 이브처럼.

다행히도 바깥세상이 우리를 도왔다. 번개가 번쩍하면서, 램프가 흔들리더니 불이 꺼졌다. 우리는 칠흑 속에 던져졌다. 곧이어 위쪽에서 엄청난 천둥소리가 들렸다. 그 소리가 완전히 사라지기도 전에 그녀는 내 품에 안겼고, 우리는 굶주린 듯 키스를 했다. 번개가 더 쳤고, 천둥이 더 가까이서 더 크게 울렸다. 그녀는 몸을 비틀며 어린아이처럼 내게 매달렸다. 나는 그녀의 정수리에 키스를 하며 등을 두드리면서 중얼거렸다.

「옷을 벗기고 침대에 눕혀 안아도 될까요?」

「잠시 당신 무릎 위에 앉아 있고 싶어요. 너무 초조해요.」

그녀는 어둠 속에서 나를 침대 맞은편, 벽에 기대어져 있는 의자로 데리고 갔다. 나는 그 위에 앉았고, 그녀는 내 무릎에 걸쳐 앉았으며 우리는 다시 키스를 했다. 그녀는 몸을 밀착시키며 내 손을 잡고 손가락으로 내 손가락을 매만졌다.

「당신 친구에 대해 얘기를 해봐요. 정말로 무슨 일이 있었는지.」

나는 몇 분 전 그녀의 언니에게 한 말을 했다. 「그건 충동적인 일이었어요. 나는 모리스와 당신에게 무척 진력이 났어요. 그냥 그렇게 이곳 주변에서 머물고나 있을 수가 없었어요.」

「나에 대해 그녀에게 얘기를 했나요?」

「섬에서 누군가를 만났다는 얘기만.」

「그녀는 화를 냈나요?」

「그게 바로 말도 안 되는 부분이에요. 화를 내기만 했어도……. 그 모든 것을 그렇게 가슴속에 꼭꼭 묻어 두고만 있지 않았어도…….」

그녀의 손이 내 손을 살며시 쥐었다. 「그녀를 전혀 원하지 않았나요?」

「그녀에게 미안하게 생각했어요. 하지만 그녀는 별로 놀라는 것 같지 않았어요.」

「내 질문에 대답하지 않고 있어요.」

어둠 속에서 나는 연민과 여자다운 호기심 사이의 그다지 잘 감춰지지 않은 싸움을 보며 미소 지었다.

「당신과 함께 있으면 얼마나 더 좋을지 계속 생각했어요.」

「불쌍한 여자. 최소한 그녀가 어떻게 느꼈을지는 상상이 가요.」

「그녀는 당신과는 달랐어요. 그녀는 그 무엇도 진지하게 받아들이지 않았어요. 특히 남자에 대해서는.」

「하지만 그녀는 당신에 대해서는 진지하게 생각했던 게 분명해요. 결국에는.」

나는 그 말이 나올 거라고 예상했다. 「나는 일종의 상징일 뿐이었던 것 같아요, 줄리. 그녀의 인생에서 잘못된 다른 모든 것들의. 마지막 지푸라기 같은 것이었을 거예요.」

「아테네에서는 뭘 했죠?」

「몇 가지 구경을 하고, 식사를 한 번 하고, 앉아서 얘기를 했죠. 술을 너무 많이 마셨어요. 내내 무척 교양 있게 행동했어요. 어쨌든 그렇게 보였어요.」

그녀의 손톱이 내 손등을 살며시 파고들었다. 「잠자리에 들었겠죠.」

「그랬다면 화를 낼 건가요?」

그녀는 고개를 저었다. 「아뇨. 내 책임도 있죠. 이해할 거예요.」 그녀는 내 손을 들어 키스를 했다. 「얘기를 해줬으면 좋겠어요.」

「왜 그렇게 궁금해하는 거죠?」

「당신에 대해 모르는 게 너무도 많으니까요.」

나는 숨을 들이쉬었다.

「어쩌면 그랬어야 했는지도 몰라요. 그랬다면 최소한 그녀가 여전히 살아 있을지도 몰라요.」

잠시 침묵이 흐르다 그녀가 내 뺨에 키스를 했다.「그냥 나는 내가 냉담한 돼지와 상처 입은 천사 중 누구와 밤을 보내게 될지 알아내고 싶은 것뿐이에요.」

「그걸 알아낼 방법은 하나밖에 없어요.」

「그렇게 생각해요?」

다시 가볍게 키스를 한 그녀는 살며시 내 팔에서 빠져나가 침대 옆으로 조금 옮겨 갔다. 방은 무척 어두웠고, 아무것도 볼 수가 없었다. 하지만 그 순간 덧문 사이로 번개 불빛이 새어 들어왔다. 한순간 그녀가 궤짝 옆에서 나이트가운을 머리 위로 벗는 것이 보였다. 그런 다음 그녀가 다시 내 쪽으로 다가왔고, 천둥이 쳤으며, 그녀가 약간 놀라 숨 가빠하는 소리가 들렸다. 나는 손을 뻗어 어둠 속을 더듬는 그녀의 손을 찾았고, 그녀의 맨등을 내 무릎 쪽으로 당겼다.

우리의 입술이 만났고, 나는 그녀의 몸을 더듬었다. 젖가슴과 매끄러운 배, 작은 음모 더미, 그리고 허벅지를. 마침내 그녀를 굴복시키고, 유순하게 하고, 내 것으로 만들기 위해서는 하나가 아니라 열 개의 손도 썼을 것이다. 그녀는 몸을 움직여 잠시 서 있다가 내 무릎 위에 걸터앉아 내 셔츠 단추를 풀기 시작했다. 또 다른 번개 불빛에 나는 그녀의 얼굴 표정을 보았다. 마치 인형의 옷을 벗기는 아이처럼 무척 진지했다. 그녀는 셔츠와, 내가 여전히 입고 있던 재킷을 뒤로 젖혀 벗겼다. 그런 다음 무차 해변의 바다에서 그랬던 것처럼 손으로 내 목덜미를 잡고는 약간 비켜 앉았다.

「당신은 내가 본 가장 아름다운 존재예요.」

「보이지도 않잖아요.」

「느꼈어요.」

나는 몸을 숙여 그녀의 젖가슴에 키스한 후 그녀를 내 쪽으로 당겨 다시 입술을 찾았다. 그녀는 사향과 희미한 오렌지 향, 그리고 앵초 냄새가 나는 이상한 향을 바르고 있었다. 그리고 그 향은 그녀 속의 관능적이면서도 순수한 뭔가와 어울리는 것처럼 보였다. 그녀는 점차 열정적으로 되어 갔는데, 그것은 내가 원하는 것 ― 열정적이면서도 긴장된, 하지만 전혀 장난스럽지는 않은 ― 처럼 되기 위한 의지가 담긴 시도이기도 했다. 결국 그녀는 지친 듯 입을 뗐다. 잠시 후 그녀가 속삭였다.

「덧문을 열게요. 나는 비 냄새가 좋아요.」

그녀는 내게서 빠져나가 덧문을 열었다. 나는 재빨리 남은 옷을 벗고, 창가에서 돌아오는 그녀를 잡아 몸을 돌리게 해 뒤에서 꼭 안았다. 우리는 비가 내리는 곳에서 1미터 정도 떨어진 곳에 섰고, 어두운 공기의 서늘한 벽이 느껴졌다. 마을의 불빛은 모두 꺼져 있었다. 발전기 퓨즈가 나간 것이 분명했다. 번개가 본토 방향에서 하늘을 갈라놓았고, 한순간 우리 아래쪽의 집들과 벽, 지붕, 심지어는 아래쪽 바다까지 이상한 연한 자주색 빛으로 환해졌다. 하지만 천둥소리가 들리기까지는 더 많은 시간이 걸렸다. 폭풍의 짧은 중심은 이미 지나간 상태였다.

줄리는 내게 등을 기댄 채 자신의 몸 앞쪽은 그녀를 감싸고 있는 내 손과 밤에 맡겼다. 나는 작은 배와 음모를 만졌다. 그녀는 머리를 돌리며 오른쪽 다리를 들어 창문 아래 등받이 없는 의자에 걸쳐 내가 좀 더 쉽게 애무할 수 있게 했다. 그리고 내 다른 손을 잡아 자신의 젖가슴으로 가져갔다. 그녀는 완전히 수동적으로 서서 내가 자신을 흥분시키게 했다. 마치 비와 바깥의 밤이 그녀의 진짜 연인인 것 같았다. 그리고 이제는 내가 그녀가 바다에서 내게 한 것을 그녀에게 해야 하는 것 같았다. 창틀에서 튄 빗방울이 내 손 아래쪽과 그녀의 살갗에 튀었지만 그녀는 전혀 알아차리지 못하는 것 같았다.

나는 〈바깥에 나갈 수 있으면 좋겠어요〉 하고 속삭였다.

그녀는 바로 동의를 하고 입술을 비틀며 내게 키스를 했지만 내 손을 잡아 본래 있던 곳에 있게 했다. 이제는 그녀는 그 편을 더 좋아했다. 부드럽게 학대당하고, 천천히 유혹되는 것을…… 계속해서 번개가 쳤지만 그것은 다른 세상에서 비롯되는 것처럼 보이기 시작했고, 그녀의 몸과 내 몸, 그녀의 따뜻한 등의 곡선, 흥분하여 젖꼭지가 꼿꼿해진 부드러운 젖가슴의 살갗, 그 아래쪽의 하나가 된 두 사람의 몸만이 진짜 세계 같았다. 그것은 처음에 내가 예상한 것과 비슷했다. 그리고 그녀는 자신의 동물적인 면에 투항하는, 반은 정신이 나간, 섬세하면서도 붙들기 힘들며, 완전히 어른이 안 된 존재 같았다. 그녀의 분위기와 우아함 아래로 어린 소녀의 순수하게 도착적인 뭔가가 어린 소년과의 섹스를 장난스럽게 즐기고 있었다.

30초쯤 후 그녀가 갑자기 내 손을 잡아 자신의 배 위에 대고는 꼼짝 못하게 했다.

「뭐가 잘못됐죠?」

「당신은 못되게 굴고 있어요.」

「그럴 생각이었어요.」

그녀는 얼굴을 묻은 채 몸을 돌렸다.

「그녀가 어떻게 하는 것을 제일 좋아했어요?」

나는 오래된 어프의 법칙을 기억했다. 여자들의 성적 기술은 교육 수준과는 반비례했다. 하지만 이 경우에는 어떤 기분 좋은 지시가 있을 거라는 것을 알 수 있었다.

「왜 알고 싶어 하는 거죠?」

「당신에게 그렇게 해주고 싶으니까요.」

나는 그녀를 좀 더 가까이 당겼다. 「나는 있는 그대로 당신을 좋아해요.」

그녀는 〈당신은 너무도 커요〉 하고 속삭였다.

그녀의 손이 우리 사이로 내려갔다. 우리는 잠시 떨어져서 있었다. 그녀에게는 처녀 같은 뭔가가 있는 것 같았지만 타락하고, 더 먼 곳까지 안내되기를 바라고 있었다. 그녀는 다시 속삭였다.

「그게 있나요?」

「코트에.」

「내가 끼워 줄까요?」

나는 가서 콘돔을 찾았고, 줄리는 침대 옆으로 갔다. 이제 좀 더 빛이 환해졌고, 구름은 약간 옅어진 게 분명했다. 나는 그녀의 실루엣을 가까스로 볼 수 있었다. 그녀는 콘돔을 받고, 나를 침대 끝에 앉힌 후 양탄자 위에 무릎을 꿇고 앉아 몸을 기울여 콘돔을 씌운 뒤 머리를 숙여 거기에 살짝 키스를 했다. 그런 다음 새침하게 손을 자신의 사타구니 위로 포갠 채 꿇어앉았다. 나는 그녀가 미소를 짓는 것만 볼 수 있었다.

「거짓말쟁이. 당신은 전혀 수줍어하는 것 같지 않아요.」

「나는 수녀원 기숙사에서 5년을 보냈어요. 상상력을 발휘할 수 있는 것이 아무것도 없는 곳에.」

비는 가늘어졌지만 비의 신선함과 우물과 돌 위의 물 냄새가 방 안으로 스며들어 왔다. 나는 물이 수백 개의 우물 벽을 따라 흘러내리는 것을, 바닥에 있는 흥분한 뱀장어를 몰래 상상했다.

「달아나는 것에 대한 그 모든 이야기.」

그녀는 더욱 크게 미소를 지었지만 아무 말도 하지 않았다. 나는 그녀를 잡았고, 그녀는 자리에서 일어났다. 나는 그녀를 내 몸 위로 잡아끌었다. 우리는 아무 말도 하지 않았고, 모든 것으로부터 물러났다. 오직 몸의 대화만이 있었다. 그녀는 나를 소유한 척하며 입으로 나를 놀리고 위로했다. 그런 다음 움직임 또한 조용해졌다. 그녀는 마치 곧 내 몸속으로 녹아들 것만 같았다. 하지만 그것은 그녀가 속으로 기다리는 것처럼 보였다. 나는 그 주문을 깼고, 그녀는 몸을 움직여 베개에 머리를 대고 거친 이불 위에 누웠다. 나는 무릎을 꿇고 그녀의 몸을 발목까지 키스하며 침대 아래쪽에서 잠시 그녀를 훑어보았다. 그녀는 머리를 비스듬히 하고, 팔을 벌리고 한쪽으로 약간 몸을 비튼 채 누워 있었다. 하지만 내가 앞쪽으로 나아가자 완전히 등을 대고 누웠다. 잠시 후 나는 그녀의 몸속 깊이 들어갔다. 내가 전에 어떤 여자의 몸에 처음 삽입했던 순간과는 전혀 달랐다. 성적인 것을 훨씬 넘어서는 뭔가가 있었다. 그 안에는 무척 난처하고 좌절감을 주는 과거와, 그러한 미래가, 그리고 그러한 소유가 있었다. 나는 내가 그녀의 몸 훨씬 이상의 것을 얻었다는 것을 알 수 있었다. 나는 팔을 기댄 채 그녀의 몸 위로 엎드려 있었다. 그녀는 어둠 속을 올려다보고 있었다.

나는 〈당신을 사랑해요〉 하고 말했다.

「당신이 그러기를 바라요.」

「늘?」

「늘.」

나는 천천히 성기를 쑤셔 넣기 시작했다. 한데 그 순간 이상한 일이 벌어졌다. 아무 예고 없이 침대 옆에 있는 램프의 불이 다시 들어온 것이다. 마을에서 사람들이 발전기를 수리한 게 분명했다. 나는 잠시 동작을 멈췄다. 1~2초 동안 우리는 우스꽝스럽게도 충격을 받은 낯선 사람들 같았다. 우리는 창피함을 느끼며 서로를 빤히 쳐다보았다. 그리고 너무도 창피해 미소를 지을 수밖에 없었다. 나는 우리의 몸이 결합된 곳의 그녀의 가는 몸을 내려다본 후 그녀의 얼굴을 다시 쳐다보았다. 그녀의 표정에 뭔가 곤란해하고, 부끄러워하는 기색이 보였다. 하지만 그녀는 눈을 감고 머리를 비스듬히 떨어뜨려 옆모습이 보이게 했다. 나는 다시 몸을 움직이기 시작했다. 그녀는 무방비 상태인 것처럼 팔을 머리 뒤로 가져갔다. 그렇게 하자 두 배는 더 알몸처럼 보였고, 완전히 나의 자비에 자신을 맡긴 것 같았다. 사타구니를 제외한 그녀의 모든 것에 노예 같은, 사랑스러운 흐느적거림이 있었다. 침대 틀 어딘가에서 작게 율동적으로 비걱거리는 소리가 들렸다. 그녀는 너무도 작고 연약해 보였으며, 무차 해변의 예배당에서 느꼈다고 말한 잔인함을 요구하는 것 같았다. 내가 실제로 그녀를 아프게 하는 것처럼 그녀는 손을 꼭 쥐고 있었다. 나는 사정을 했다. 너무 빨랐지만 저항할 수가 없었다. 나는 그녀에게는 너무 빠른 것이었다고 생각을 했지만 나의 성기가 차츰 작아지고 있어 포기를 하려 하는데 그녀가 갑자기 팔을 들어 나를 더 하게 했다. 그녀는 짧지만 발작적으로 내 몸에 대고 자신의 몸을 살짝 흔들었다. 그런 다음 나를 사납게 끌어내려 내 입을 찾았다.

우리는 집의 완전한 고요 속에서 계속해서 하나가 된 채 누워 있었다. 그런 다음 몸이 따로 떨어졌고, 나는 그녀 옆으로 누웠다. 그녀가 램프를 껐고, 우리는 다시 어둠 속에 있게 되었다. 그녀는 얼굴을 딴 데로 향한 채 엎드렸다. 나는 그녀의 등과 작은 엉덩이를 만졌으며, 계속해서 엉덩이의 선을 따라 애무를 했다. 그러한 순간이면 보통 피로가 몰려올 텐데도 나는 놀라운 행복감을 맛보았다. 나는 우리의 섹스가 그토록 상호적이며, 내 손 밑의 살갗처럼 약속으로 가득한 것일지를, 그리고 그녀가 그토록 따뜻하고, 뭔가를 주는 것을 할 수 있으리라고는 예상하지 못했다. 그럼에도 나는 섹스를 즐기는 준이라는 여자의 기질이 그녀에게도 있을 거라고 짐작했어야 했다는 생각을 했다. 똑같은 욕구가 내 옆에 누워 있는, 덜 외향적인 자매에게도 잠재해 있었던 게 분명했다. 마침내 우리의 몸은 스스로를 표현했다. 그리고 나는 그것이 훨씬 더 낫고, 더 미묘하며, 더 길고 무한한 변주가 될 거라는 것을 알고 있었다. 단단한 엉덩이와, 내 입에 닿아 있는 헝클어진 머리칼. 멀리서 물러나고 있는 천둥. 바깥은 이미 더 환해졌고, 구름 뒤로 달이 부분적으로 비치고 있는 게 분명했다. 폭풍은 모두 지나갔고, 우리는 에덴의 고요가 다시 자리한 곳에서 누워 있었다.

5분쯤이 지났다. 우리는 완전한 고요 속에 누워 있었고, 말이 필요 없었다. 하지만 갑자기 그녀가 벌떡 일어나 잠시 내 위로 몸을 기울이고 있다가 몸을 숙여 재빨리 내게 키스를 했다. 그런 다음 내 얼굴 위로 머리칼이 흘러내리게 얼굴을 대고 희미한 미소를 지으며 내 눈을 응시했다.

「니컬러스, 오늘 밤의 뭔가를 늘 기억해 줄래요?」

나는 미소를 지었다. 「무엇을 말이죠?」

「왜였는지만이 아니라 어떻게였는지도.」

나는 계속 미소를 머금었다. 「얼마나 아름다웠는지!」

「내가 원했던 그대로.」

한순간 그녀는 마치 그것이 내가 반복하기를 바라는 어떤 공식인 것처럼 머뭇거렸다. 그런 다음 다시 무릎을 꿇고 앉아 몸을 돌려 침대에서 내려가 기모노를 집었다. 나는 나를 내려다볼 때의 그녀의 목소리와 얼굴에 깃든 뭔가 — 그 순간 그녀는 내가 처음에 순진함이라고 생각한 것과는 전혀 상관이 없는 진지함을 담고 있었다 — 는 아니더라도 최소한 그녀가 옷을 집을 때의 민첩함에 대해 좀 더 재빨리 반응을 했어야 했다. 나는 팔꿈치를 기댔다.

「어디 가는 거죠?」

그녀는 잠시 대답을 하지 않다가 몸을 돌려 기모노의 끈을 묶고 나를 내려다보았다. 그녀의 얼굴에는 여전히 미소의 흔적이 있었던 것 같다.

「재판정에요.」

「뭐라고요?」

모든 것은 너무도 순식간에 일어나 버렸다. 내가 그녀의 목소리가 바뀐 것 — 이제 눈에 띄게 순수하지 않게 들렸다 — 을 완전히 인지하기도 전에 그녀는 이미 딴 데로 가고 있었다.

「줄리?」

그녀는 문 앞에서 몸을 돌리며, 여배우가 퇴장하며 하는 대사를 하기 전처럼 잠시 아무 말이 없었다.

「내 이름은 줄리가 아니에요, 니컬러스. 그리고 우리가 관습적인 불길을 제공하지 못해 미안해요.」

이번에는 내가 똑바로 앉았다. 불길이라니 무슨 불길을 말하는 것인가? 하지만 내가 말을 하기도 전에 그녀는 문을 당겨 열며 옆으로 비켜섰다. 불빛이 안으로 쏟아져 들어왔다.

어떤 형체들이 사납게 밀려 들어왔다.

59

검은 바지와 검은색 터틀넥 점퍼를 입은 세 명의 남자였다. 그들은 너무도 빨리 왔고, 본능 외에 모든 것이 마비된 나는 이불을 내 사타구니 위에 덮을 시간밖에는 없었다. 앞장을 선 것은 검둥이 조였다. 내가 소리를 치려는 순간 그가 나를 향해 몸을 날렸다. 그는 손으로 사납게 내 입을 막았고, 그 순간 나를 뒤로 넘어뜨리는 그의 힘과 무게가 느껴졌다. 다른 한 명이 침대 옆 램프를 켠 게 분명했다. 나는 내가 알고 있는 또 다른 얼굴을 보았다. 그를 마지막으로 본 것은 그가 산등성이에서 독일군 군복을 입고 안톤 역할을 했을 때였다. 세 번째 얼굴은 지난 일요일 부라니에서 내가 두 번 본 금발의 선원이었다. 나는 조의 몸 아래에서 빠져나가려고 애를 쓰면서도 줄리를 보려고 애를 썼다. 나는 페이지 끝에서 로런스의 소설이 카프카의 소설이 되는, 잘못 제본된 책에 나오는 이상한 이야기 같은 어떤 악몽은 아니라는 것을 여전히 받아들일 수가 없었다. 하지만 내가 본 것은 방을 나서는 그녀의 등뿐이었다. 누군가가 그곳에서 그녀를 맞으며 팔을 그녀의 어깨 위에 올려놓았다. 마치 공중에서 발생한 재앙에서 막 탈출한 그녀를 보이지 않는 곳으로 데려가는 것 같았다.

나는 사납게 저항하기 시작했지만 그들은 그런 반응을 예상한 듯 밧줄 올가미를 준비한 상태였다. 30초도 안 되어 나는 꽁꽁 묶여 얼굴을 대고 엎드리게 되었다. 내가 계속해서 그들에게 욕을 했는지는 알 수 없지만 욕을 생각했던 건 분명하다. 그리고 입에 재갈이 물렸다. 누군가가 이불을 내 위로 던졌다. 나는 가까스로 머리를 비틀어 문을 볼 수 있었다.

또 다른 형체가 문 속으로 나타났다. 콘키스였다. 다른 사람들과 마찬가지로 그도 검은색 옷을 입고 있었다. 불길과 악마와 지옥. 그가 다가와 내 위로 서서 아무런 표정 없이, 이글거리는 나의 눈을 내려다보았다. 나는 그를 향해 내 안에 있는 모든 증오를 퍼부으며 그가 이해할 수 있는 소리를 내려고 했다. 그때 문득 전쟁 중에 있었던 그 사건에 대한 생각이 났다. 복도 끝에 있는 방과, 성기가 잘린 채 누워 있는 남자. 분노와 좌절과 굴욕으로 눈에 눈물이 고이기 시작했다. 마침내 나는 줄리가 마지막으로 나를 바라보았을 때 어떤 표정이었는지를 깨달았다. 그것은 이제 막 어려운 수술을 성공적으로 행한 외과 의사의 표정이었다. 고무 장갑을 벗으면서 봉합선을 살펴보는. 재판과 불길…… 그들 모두가 미친 게 분명했다. 그리고 그중에서도 그녀가 가장 사악하고, 염치라곤 없으며, 가장 타락한 게 틀림없었다…….

〈안톤〉이 뚜껑이 열린 작은 상자를 콘키스에게 내밀었다. 콘키스는 피하 주사기를 꺼내 약이 정확히 채워져 있는지 확인한 다음 내 위로 약간 몸을 숙이고 그것을 보여 주었다.

「더 이상 당신을 놀라게 하지 않겠소. 하지만 잠을 자기를 바라오. 그것이 당신한테 덜 고통스러울 거요. 저항은 하지 마시오.」

터무니없게도 아직 채점을 못 끝낸 시험지 생각이 났다. 조와 다른 남자가 다시 나를 눕혀 왼팔을 바이스로 단단히 잡았다. 나는 잠시 저항을 하다가 포기하고 말았다. 누군가가 축축한 뭔가를 문질렀다. 주사 바늘이 팔을 찔렀다. 모르핀같이 느껴졌다. 어쨌든 무엇인지 알 수 없는 것이 안으로 들어갔다. 바늘이 빠지고, 다시 축축한 것이 문질러졌다. 콘키스는 뒤에 서서 잠시 나를 지켜보다가 몸을 돌려 검은 의료 상자에서 주사기를 바꿨다. 나는 내가 어떤 세계 속에 들어갔는지 알아내려고 노력했다. 법도 한계도 모르는 사람들의 세계.

심장에 화살이 박힌 사티로스.

미라벨. 애인 – 기계. 더욱 불결한 육체가 된 불결한 엔진.

아마 3분 정도 흘렀을 것이다. 준이 문간에 나타났다. 그녀는 나를 쳐다보지 않았다. 남자들과 마찬가지로 검은색 셔츠와 검은색 바지를 입고 있었다. 나는 그녀가 학교 밖에서 바로 그 옷을 입고 있었다는 것을 기억하며 다시 이를 갈았다. 그때도 그녀는 이 일이 일어날 거라는 것을 알고 있었던 것이다. 그리고 내가 앨리슨에 대해 결국 그들에게 얘기를 한 후에도 이 모든 일이 일어나다니! 이제 검은색 시폰 스카프로 머리를 뒤로 묶은 그녀는 방을 가로질러 가 냉담한 표정으로 구석 옷장에 있는 옷들을 여행 가방 속에 넣기 시작했다. 머리가 빙빙 돌며, 사람들의 얼굴과 물건들 그리고 천장이 현실로부터 멀어지기 시작했다. 나는 충격으로 인한 깊고 검은 구멍 속으로, 불가능한 복수의 사나운 심연 속으로 점점 내려갔다.

60

닷새 동안 나는 시간 감각을 상실했다. 처음 깼을 때 몇 시간이나 지났는지 알 수 없었다. 목이 몹시 탔고, 그 때문에 깬 것 같았다. 한두 가지 일이 어렴풋이 떠올랐다. 나는 내 잠옷을 입고 있었지만 학교의 내 방은 아닌 것에 놀랐다. 그런 다음 내가 바다에, 작은 배가 아니라 선실에 있는 것을 깨달았다. 그곳은 요트의 폭이 좁은 이물 선실이었다. 잠에서 깨기도, 생각하기도, 뭔가를 하기도 싫었고, 다만 다시 잠 속으로 빠져들고 싶었다. 내가 깨기를 기다리고 있었던 게 분명한, 금발을 짧게 자른 청년이 물 한 잔을 건네주었다. 물이 미심쩍게 탁한 것이 보였지만, 목이 너무도 말라 마실 수밖에 없었다. 그러고는 다시 몽롱해져 잠이 든 게 분명했다.

그 얼마 후 같은 남자가 요트의 뱃머리에 있는 변소로 나를 데리고 갔다. 마치 내가 술에 취한 것처럼 그가 나를 똑바로 서게 해야 했던 것이 기억이 난다. 나는 변기에 앉아서 다시 잠이 들었다. 현창이 있었지만, 금속판으로 막혀 있었다. 한두 가지 질문을 던졌지만 그는 대답하지 않았고, 어쨌든 그것은 상관없는 것 같았다.

같은 과정이 다른 상황에서 한두 번 되풀이되었다. 이번에는 나는 어떤 방의 제대로 된 침대에 있었다. 늘 밤이었고, 불빛이 있다 해도 그것은 전깃불이었다. 희미한 형체들이 보이고, 목소리가 들린 후 다시 암흑이 찾아왔다.

하지만 어느 날 아침 — 아침처럼 보였지만 한밤중이었는지도 모르는데, 내 시계는 멈춘 상태였다 — 간호사이자 선원인 그 사내가 나를 깨워 침대에 앉혀 옷을 입게 한 뒤 방 안을 20~30번 왔다 갔다 하게 했다. 전에 본 적이 없는 다른 남자가 문간에 서 있었다.

나는 몽롱한 상태에서 꿈을 꿨다고 생각한 뭔가를 의식하게 되었다. 침대 맞은편의 하얗게 회칠한 벽을 차지하고 있는 범상치 않은 벽화였다. 그것은 실물보다 더 큰 검은 형체로, 살아 있는 해골 같았으며, 부헨발트 수용소의 공포를 떠올리게 하는 것이었다. 그것은 풀밭일 수도 불길일 수도 있는 것 위에 옆으로 누워 있었다. 수척한 손 하나는 벽에 걸린 작은 거울을 가리키고 있었다. 마치 내게 나 자신을 보고, 내가 죽어야 한다는 것에 대해 생각해 보라고 간곡히 타이르는 것 같았다. 그 두개골 얼굴은 사람을 깜짝 놀라게 하는 동시에, 그것을 바라보는 것을 불편하게 만드는 놀라운 강렬함을 지니고 있었다. 나를 위해 그것을 그곳에 그린 자의 마음을 생각하는 것은 전혀 위안이 되지 않았다. 나는 그것이 새롭게 그려진 사실을 알 수 있었다.

문을 두드리는 소리가 났다. 제3의 인물이 나타났다. 그는 커피 주전자가 담긴 쟁반을 들고 있었다. 너무도 좋은 냄새가 났다. 그리스에서 마시는 맛없는 〈터키〉 커피 가루가 아니라 블루 마운틴 같은 진짜 커피 냄새였다. 게다가 롤빵과 버터, 모과 마멀레이드, 햄과 계란 한 접시도 있었다. 나는 혼자

남았다. 그런 상황에도 불구하고 그것은 내 생애 최고의 아침 식사 중 하나였다. 모든 맛에는 프루스트적이고, 메스칼린[125] 같은 강렬함이 있었다. 굶주리고 있었던 것 같은 나는 쟁반 위에 있는 것을 모두 먹어 치웠고, 커피도 마지막 한 방울까지 마셨다. 다시 한 차례 더 먹을 수도 있었다. 미국 담배 한 갑과 성냥 한 통까지 있었다.

나는 내가 처한 상황을 점검해 보았다. 나는 지난겨울 이후로 한 번도 안 입었던 풀오버 스웨터와 능직 바지 차림이었다. 높다란 곡면의 천장은 어느 집 지하 수조 천장이었다. 창이 나 있지 않은 벽은 건조했지만, 땅 밑에 있었다. 전등도 있었다. 내 작은 여행 가방이 한쪽 모퉁이에 놓여 있었다. 그 옆에는 내 재킷이 옷걸이에 넣어져 못에 걸려 있었다.

테이블이 기대어 있는 벽은 최근에 벽돌로 지은 것이었다. 거기에는 육중한 나무문이 있었다. 손잡이도, 들여다보는 구멍도, 열쇠 구멍도, 심지어는 경첩도 없었다. 문을 밀어 보았지만, 바깥에 빗장이나 가로장이 걸려 있는 듯했다. 한쪽 모퉁이에는 또 다른 삼각형 탁자가 하나 더 있었다. 그리고 구식 세면대가 있었고, 그 아래에는 변기통이 있었다. 나는 내 여행 가방을 뒤적였다. 깨끗한 셔츠와 내의, 여름 바지가 한 벌씩 있었다. 면도기를 보면서, 내 턱에 일종의 시계가 있다는 생각이 떠올랐다. 거울을 보자 수염을 적어도 이틀은 안 깎은 것 같았다. 거울에 비친 얼굴이 낯설었다. 모욕을 당한 것 같기도 했지만 기이하게 무관심해 보였다. 나는 위쪽 벽에 있는 죽음의 형상을 올려다보았다. 죽음의 형상, 사형수의 독방, 전통적인 마지막 아침 식사. 모의 처형은 내가 치러야 하는 마지막 모욕이었다.

125 알칼로이드 흥분제.

모든 것의 배후와 아래에는 나뿐만 아니라 모든 보다 훌륭한 본능에 대한, 줄리…… 릴리 — 누구인지 알 수 없지만 그들 — 가 자행한 비열하고 용서할 수 없는 배반이 있었다. 나는 그녀를 다시 릴리라고 생각하기 시작했다. 어쩌면 그것은 그녀의 최초의 가면이 다른 것들에 비해 더욱 진실하게 — 보다 명백하게 거짓이기 때문에 — 보였기 때문이다. 나는 정말로 그녀가 어떤 존재인지 상상하려 했다. 유능한 젊은 배우였고, 거래에 의해 무척이나 부도덕한 짓도 하는 게 분명했다. 창녀만이 그녀처럼 할 수 있었을 것이다. 그리고 그들은 한 쌍의 창녀였는데, 준 또는 로즈인 그녀의 언니는 최종적인 혐오스러운 연기를 할 준비가 얼마든지 되어 있었을 것이다. 어쩌면 그들은 내가 그렇게 이중으로 굴욕을 당하기를 바랐는지도 모른다.

그들의 모든 이야기는 거짓말이거나 밑밥이었다. 그 편지들도 명백하게 위조된 것들이었다. 그것들을 통해 내가 그렇게 쉽게 그들을 추적할 수는 없었다. 문득 불길한 마음이 일며 내 우편물들 중 어떤 것도 누군가에게 읽히지 않은 채 섬을 떠나거나 섬에 온 적이 없는 것은 아닐까 하는 생각이 들었다. 그리고 그것으로부터 그들이 줄곧 앨리슨에 관한 진실을 알았을 거라는 불길한 깨달음으로 도약했다. 콘키스가 내게 영국으로 돌아가 앨리슨과 결혼하라는 충고를 했을 때 그는 그녀가 죽었다는 것을 알고 있었던 게 분명했다. 그렇다면 릴리도 앨리슨이 죽었다는 것을 알고 있었을 것이다. 마치 세상의 가장자리 너머로 발을 뗀 것처럼, 내 마음은 역겹게 곤두박질쳤다. 나는 쌍둥이 자매에 대한, 위조된 신문 기사 오린 것을 보았다. 따라서 그것이 신문 기사 오린 것을 위조한 경우일 뿐이라면……. 나는 내 재킷이 있는 곳으로 갔다. 학교 정문 밖에서 〈준〉이 읽은 후 앤 테일러의 편지를 그 안에 넣어 둔 상태였다. 나는 그것과 동봉된 것을 응시하며, 그것들 모두가 위조되었다는 어떤 흔적을 찾아보았지만…… 허사였다. 나는 내 방에 두고 그녀에게 보여 주지 않은, 앨리슨이 손으로 쓴 주소와, 서투르게 말려 엉킨 꽃들이 들어 있는 다른 봉투를 떠올렸다. 그녀만이 그들에게 그것을 줄 수 있었을 것이다.

앨리슨.

나는 거울 속의 내 눈을 응시했다. 갑자기 그녀의 솔직함과 충실함 — 그녀의 진짜 죽음 — 이 마지막 남은 닻이 되었다. 만일 그녀 역시, 만일 그녀가……. 나는 파도에 휩쓸려 가 버린 것이다. 삶 전체가 음모가 되었다. 나는 시간을 거슬러서 앨리슨을 붙들고, 그녀에 대해 절대적으로 확신하고자, 그녀의 사랑과 증오의 능력과, 그것들의 부패를 넘어서서 본질적인 앨리슨을 붙들고자 했다. 그리고 잠시 마음이 바닥 모를 광기 속을 헤매도록 내버려 두었다. 만일 지난 1년 동안의 내 삶 전체가 콘키스가 삶 일반에 대해 너무도 자주 말한 — 다시 한 번 나를 속이기 위해 너무도 자주 — 것과는 정반대되는 것이었다면 어떻게 되는 것인가? 즉, 우연과는 정반대되는 것이라면. 러셀 광장의 그 아파트…… 하지만 나는 『뉴 스테이츠먼』에 우연히 실린 광고를 보고 연락을 해 그 집을 얻었다. 첫날 저녁 앨리슨과의 만남…… 하지만 나는 얼마든지 그 파티에 가지 않았을 수도 있었고, 몇 분을 기다리지 않았을 수도 있었다……. 그리고 마거릿과 앤 타일러, 그들 모두…… 가정은 불안정한 것이 되었고, 무너져 버렸다.

나는 나 자신을 응시했다. 그들은 나를 미치게 하고, 어떤 놀라운 방식으로 세뇌를 하려 하고 있었다. 하지만 나는 현실에 매달렸다. 또한 앨리슨의 뭔가에, 영원히 배반하지 않는 작고 투명한 수정의 결정체 같은 것에 매달렸다. 가장 어두운 밤 속의 빛. 한 방울의 눈물. 그리고 더없이 잔혹한 사실. 잠시 내 눈에 맺힌 눈물은 그녀가 정말로 죽었다는 쓰라린 사실을 받아들이는 것이었다.

그것은 앨리슨을 위한 눈물만이 아니라, 콘키스와 릴리에 대한 분노의 눈물이기도 했다. 그리고 그 분노는 그들이 앨리슨이 죽었다는 것을 알고 있었고, 그 새로운 의혹과, 이 분명한 가혹한 가능성을 나를 괴롭히는 데 이용했음이 확실하다는 것에 대한 것이었다. 어떤 이해할 수 없는 이유로 그들은 내 마음에 대한 사악하고 잔인한 생체 해부를 행한 것이다.

마치 나를 벌하고, 벌하고, 다시 벌하기만을 바란 것처럼. 어떤 권리도, 이유도 없이.

나는 두 손으로 머리를 움켜쥐고 앉았다.

그들이 말한 것들의 조각들이 계속해서 끔찍한 이중적인 의미로, 지속적인 극적 아이러니로 다시 찾아왔다. 콘키스와 릴리가 말한 거의 모든 대사 — 준과 마지막으로 나눈, 분명 이중적인 의미를 지닌 대사까지 — 가 반어적이었다.

아무 일도 일어나지 않았던 지난 주말. 물론 그들은 은행에서 보낸 〈추천 편지〉를 받을 시간을 충분히 주기 위해서 일정을 취소한 것이었다. 나를 비탈 아래로 더 빠르게 내던지기 위해 잠시 잡고 있었던 것이다.

거듭해서 릴리의, 줄리의 단계에 있던 릴리의 이미지가 찾아왔다. 마지막으로 완전히 자신의 몸을 내맡긴, 열정의 순간들. 그리고 연습할 수 없었으며, 자신이 하고 있는 역과 깊이 일치할 때에만 나올 수 있는 부드럽고 진실하며 자발적인 다른 순간들. 나는 그녀가 최면 상태에서 연기를 하고 있다고 생각한 초기의 이론으로 다시 돌아가 보기까지 했다. 하지만 그것은 생각할 수도 없는 것이었다.

나는 필립 모리스 한 대를 더 붙였다. 그리고 현재에 대해 생각하고자 했다. 하지만 무슨 생각을 해도 똑같은 분노와 깊은 굴욕만이 느껴졌다. 오직 한 가지만이 내게 위안을 줄 수 있었다. 그것은 릴리를 똑같이 굴욕스럽게 하는 것이었다. 전에 그녀에게 좀 더 사납지 않았던 게 화가 났다. 내가 다소 점잖게 굴었다는 것이 내게는 정말이지 궁극적인 모욕이었다.

밖에서 소음이 들렸고, 문이 열렸다. 금발을 짧게 자른 선원이 들어왔다. 그의 뒤에는 검은색 바지와 검은색 셔츠, 그리고 검은색 운동화 차림을 한 다른 남자가 있었다. 그리고 그의 뒤로 안톤이 들어왔다. 그는 의사들이 입는 깃이 없는 하얀 가운을 입고 있었다. 호주머니에는 펜이 꽂혀 있었다. 그는 회진을 하듯 독일어 억양이 있는, 밝은 목소리로 말했다. 그리고 다리를 절지 않았다.

「기분은 어떻소?」

나는 그를 바라보며 나 자신을 통제했다.

「아주 좋아요. 매순간을 즐기고 있어요.」

안톤은 아침 식사 쟁반을 보았다. 「커피를 더 들겠소?」

나는 고개를 끄덕였다. 안톤이 두 번째 남자에게 제스처를 하자, 그가 쟁반을 들고 나갔다. 안톤은 테이블 옆에 있는 의자에 앉았고, 젊은 선원은 편하게 문에 기댔다. 그 뒤로 긴 복도가 보였고, 복도 끝에는 햇빛을 향해 나 있는 계단이 있었다. 개인 집의 수조로는 너무 큰 것이었다. 안톤은 나를 쳐다보고 있었다. 나는 말하기를 거부했고, 우리는 잠시 침묵 속에 앉아 있었다.

「나는 의사요. 당신을 진찰하러 왔소.」 그는 나를 살폈다. 「기분이…… 아주 나쁘지는 않죠?」

나는 벽에 기대 그를 노려보았다.

안톤은 꾸짖듯 손가락을 흔들었다. 「대답을 해봐요.」

「나는 모욕을 당하는 것을 좋아하죠. 내가 좋아하는 여자가 인간의 모든 품위를 짓밟게 하기를 좋아하죠. 그 멍청하고 늙은 비역쟁이가 또 다른 거짓말을 할 때마다 황홀감에 전율이 등골을 타고 내려가는 것을 느끼죠.」 나는 소리를 질렀다. 「도대체 나는 어디 있는 거죠?」

그는 내 말이 아무런 의미가 없다는 인상을 주었다. 그가 지켜보고 있는 것은 내 태도였다.

그는 천천히 〈좋소. 당신은 깨어났어요〉 하고 말했다. 그는 몸을 약간 뒤로 기대고 다리를 꼬고 앉았다. 진찰실의 의사를 아주 그럴듯하게 흉내 낸 것이었다.

「그 어린 매춘부는 어디 있소?」 그는 이해하지 못하는 것 같았다. 「릴리, 줄리, 그녀의 이름이 뭐건.」

그가 미소를 지었다. 「〈매춘부〉는 나쁜 여자를 의미하는 거죠?」

나는 눈을 감았다. 머리가 아프기 시작했다. 냉정을 유지해야 했다. 문간에 있던 남자가 몸을 돌렸다. 두 번째 남자가 쟁반을 들고 멀리 계단을 내려와 다가온 후 쟁반을 테이블 위에 올려놓았다. 안톤이 나와 자신의 커피를 따랐다. 선원이 내 잔을 건네주었다. 안톤은 자신의 커피를 재빨리 마셨다.

「친구, 당신이 틀렸소. 그녀는 아주 착한 여자요. 아주 지적이고, 아주 용감하죠. 정말이오.」 내가 코웃음을 치자 그는 즉시 반박했다. 「아주 용감하오.」

「내가 말하고 싶은 건 여기서 나가면 당신들 모두를 아주 고통스럽게 만들어, 당신들이…….」

그는 나를 진정시키듯, 그리고 용서하듯 손을 들었다. 「당신 정신 상태는 좋지 않소. 지난 며칠간 많은 약을 주었소.」

나는 숨을 들이쉬었다.

「며칠째요?」

「오늘은 일요일이오.」

사흘을 완전히 놓친 것이다. 그 망할 놈의 시험지가 생각났다. 학생들, 다른 선생들…… 학교 전체가 콘키스와 공모를 했을 리는 없었다. 나를 당혹하게 한 것은 약의 후유증보다 그러한 남용의 엄청남이었다. 그들은 법과 나의 일자리, 죽은 자에 대한 경의, 그리고 세상을 관습적이고, 거주할 수 있고, 질서 있는 곳으로 만드는 모든 것을 무너뜨릴 수 있었다. 그리고 그것은 나의 세계에 대한 부정만이 아니라 콘키스의 세계라고 내가 이해하게 된 것까지 부정하는 것이었다.

나는 안톤을 노려보았다.

「이건 당신들 독일인에게는 흔히 있는 괜찮은 즐거움이겠죠.」

「나는 스위스 사람이오. 모친은 유대인이고. 이 일과는 관계가 없지만 말이오.」

숯처럼 짙은 눈썹 아래로 그의 눈에는 재미있어하는 기색이 떠올랐다. 나는 내 잔에 남은 커피를 흔들어 그의 얼굴에 뿌렸다. 그의 하얀 가운에 얼룩이 졌다. 그는 손수건을 꺼내 얼굴을 닦으면서 옆에 있는 자에게 뭐라고 했다. 화난 것처럼 보이지는 않았다. 다만 어깨를 으쓱하고는 자신의 손목시계를 보았다.

「열시 삼십…… 팔 분이오. 오늘 재판이 있으니 당신은 깨어 있어야 하오. 아주 좋소.」 그는 자신의 가운을 만졌다. 「당신은 깨어 있는 것 같소.」

그가 자리에서 일어났다.

「재판?」

「잠시 후 당신은 가서 우리를 재판할 거요.」

「당신들을 재판한다고!」

「그렇소. 당신은 이곳이 감옥 같은 곳이라고 생각하겠죠. 하지만 전혀 그렇지 않소. 재판관들이 지내는 방을 뭐라고 하죠?」

「판사실.」

「그렇소. 판사실이오. 그러니 어쩌면 당신은……」 그는 자신의 턱 주위를 가리켰다.

「맙소사!」

「사람들이 많이 올 거요.」 나는 믿기지 않는 눈초리로 그를 바라보았다. 「더 나아 보일 거요.」 그는 포기를 했다. 「아주 좋소. 아담……」 그는 금발을 향해 고개를 까닥했고, 그 이름의 두 번째 음절을 강조했다. 「그가 20분 후에 돌아와 당신을 준비시켜 줄 거요.」

「나를 준비시킨다고?」

「아무것도 아니오. 작은 의식이 있소. 그것은 당신을 위한 게 아니오. 우리를 위한 것이오.」

「〈우리〉라고?」

「곧 모든 것을 이해하게 될 거요.」

그때까지 커피를 아껴 놓지 않은 게 아쉬웠다.

그는 미소를 지으며, 고개를 까닥한 후 밖으로 나갔다. 다른 두 명이 문을 닫고, 빗장을 걸었다. 나는 벽에 있는 해골을 바라보았다. 그것은 강령술사처럼 똑같은 말을 하고 있는 것처럼 보였다. 〈곧 모든 것을 이해하게 될 거요. 모든 것을.〉

61

나는 내 시계의 태엽을 다시 감았다. 정확히 20분 뒤에 방금 전의 두 남자가 독방으로 돌아왔다. 검은색 옷 때문에 그들은 실제보다 더욱 공격적이고 더욱 파시스트같이 보였지만, 얼굴에 특별히 잔인한 기색은 없었다. 금발의 아담이 내 앞에 섰다. 손에는 어울리지 않는 작은 손가방을 들고 있었다.

「제발…… 싸우지 않도록 해요.」

그는 손가방을 테이블 위에 놓고, 그 안을 뒤져 수갑 두 개를 꺼냈다. 나는 모욕적으로 양 손목을 내밀어 양옆에 있는 두 남자에게 한쪽씩 연결되도록 했다. 그리고 그는 고무로 만든, 이상하게 생긴, 검은색 입 마스크를 꺼냈다. 오목했고, 입으로 물어야 하는 돌출부가 있었다.

「부탁이에요…… 나도 써봤는데 아프지 않았어요.」

우리는 잠시 머뭇거렸다. 나는 싸우지 않을 것이며, 정말로 다치게 하고 싶은 누군가를 다치게 할 수 있을 때까지는 냉정을 유지하며 기다리는 게 더 낫다는 판단을 내린 상태였다. 그는 조심스럽게 고무 재갈을 내밀었고, 나는 어깨를 으쓱했다. 그리고 그것의 검은 혀를 이빨 사이에 물자 소독약 맛이 났다. 아담은 능숙하게 뒤에서 끈을 묶었다. 그런 다음 가방이 있는 곳으로 가 폭이 넓은 검은색 테이프를 꺼내 재갈 가장자리를 내 살에 붙였다. 수염을 깎지 않은 게 후회가 되기 시작했다.

그다음 동작은 나를 놀라게 했다. 아담은 무릎을 꿇고 앉아 내 바지의 오른쪽 단을 무릎 위로 올려 탄성이 있는 밴드로 묶었다. 그리고 나를 다시 일어서게 했다. 놀라지 말라는 제스처를 하며 아담은 내 스웨터를 머리 위로 벗겨 내 뒤쪽에서 손목에 걸치도록 끌어내렸다. 그런 다음 셔츠의 단추를 풀어 어깨가 드러나도록 왼쪽으로 젖혔다. 그리고 그는 손가방에서 폭이 5센티미터가량 되고, 선혈 같은 붉은색 장미 매듭이 달려 있는 하얀 리본 두 개를 꺼냈다. 한 개는 내 오른쪽

장딴지 윗부분에, 다른 하나는 왼쪽 겨드랑이 아래와 맨어깨 위에 묶었다. 그런 다음 직경 5센티미터의, 둥글게 자른 검은색 테이프를 커다란 고약처럼 내 이마 중앙에 붙였다. 마지막으로 나를 길들이는 제스처를 하며 느슨한 검은색 봉지를 내 머리에 씌웠다. 더욱더 저항을 하고 싶었지만 기회를 놓친 상태였다. 우리는 이동하기 시작했다. 나는 두 사람의 팔에 손을 올려놓았다.

그들은 복도 끝에서 나를 멈춰 서게 했고, 아담이 〈천천히. 위층으로 올라갑니다〉라고 했다. 〈위층〉이 〈집으로 들어가는〉 것을 의미하는지 아니면 단지 그의 영어 실력이 형편없는 것인지 궁금했다.

나는 뒤꿈치를 든 채 앞으로 나아갔고, 우리는 햇빛 속으로 나왔다. 봉지 때문에 아주 희미한 빛밖에는 들어오지 않았지만, 맨살에 내리쬐는 햇빛을 느낄 수 있었다. 우리는 2백~3백 미터는 걸었을 것이다. 바다. 냄새를 맡을 수 있었지만, 확실치는 않았다. 나는 등에 닿은 벽이 느껴지고, 내게 총을 쏘게 될 분대를 마주하게 될 거라고 반쯤 예상했다. 하지만 그때 그들이 다시 나를 멈춰 세웠고, 어떤 목소리가 〈이번엔 아래층으로 내려갑니다〉라고 말했다. 그들은 계단을 내려가는 데 많은 시간을 주었다. 실제로 내 독방으로 난 계단을 내려갈 때보다 더 많은 시간을 주었다. 공기는 점차 시원해졌다. 모퉁이를 돌아 다시 계단을 내려갔고, 커다란 방으로 들어선 우리가 내는 발소리가 메아리쳐 들렸다. 타고 있는 나무와 코를 자극하는 타르의 불길하고 알 수 없는 냄새가 났다. 누군가 나를 멈추게 해 머리에서 봉지를 벗겼다.

나는 사람들을 보게 되리라고 예상했다. 하지만 나와 나를 데리고 온 두 명의 보초가 전부였다. 우리는 작은 교회 정도 크기의, 일종의 커다란 수조인 거대한 지하실의 끝에 있었다. 펠로폰네소스 반도에서는 베네치아와 터키풍의 무너져 내리고 있는 낡은 성들 지하에서 그런 수조가 발견되었다. 그해 겨울 필로스 섬에서 그것과 아주 비슷한 것을 본 기억이 났다. 위를 올려다보자 굴뚝처럼 생긴 구멍 두 개가 보였다. 그것은 땅 높이에 있는 차단 돌출부일 터였다.

한쪽 끝에는 작은 단이 있고, 그 단 위에는 옥좌가 하나 있었다. 옥좌 맞은편에는 테이블이 하나 놓여 있었는데, 사실 그것은 긴 테이블 세 개의 끝을 초승달 형태로 붙여 검은색 천을 덮은 것이었다. 테이블 뒤에는 열두 개의 검은색 의자가 있었고, 중앙에는 열세 번째 자리가 빈 채로 있었다.

벽은 5미터 정도 높이까지 하얗게 회칠이 되어 있고, 옥좌 위쪽에는 살이 여덟 개 있는 바퀴가 하나 그려져 있었다. 테이블과 옥좌 사이의 오른쪽 벽에는 배심원석 같은, 층을 이룬 작은 벤치가 있었다.

그 이상한 법정에 전혀 어울리지 않는 게 하나 있었다. 법정을 비추고 있는 것은 옆쪽 벽을 따라 타오르는 일련의 횃불이었다. 하지만 옥좌 뒤쪽의 양쪽 구석에는 초승달 형태의 테이블을 향한 영사기가 있었다. 영사기는 켜져 있지 않았지만, 전선과 밀집한 렌즈가 안 그래도 KKK단의 집회 같은, 긴장감이 도는 분위기에 취조실의 모호하게 불길한 기운을 더해 주었다. 그곳은 정의의 법정이 아니라, 불의의 법정처럼 보였다. 성실청 법원[126] 또는 종교 재판소 같았다.

누군가가 나를 앞쪽으로 가게 했다. 우리는 방의 한쪽을 따라 초승달 형태의 테이블을 지나 옥좌 쪽을 향해 갔다. 갑자기 내가 거기 앉게 되리라는 생각이 들었다. 사람들은 연

---

126 불공평하기로 유명했던 영국 형사 법원으로 1641년 폐지되었다. 〈성실청〉이라는 명칭은 이 법원의 천장에 별 모양의 장식이 있었던 것에서 유래했다.

단에 오르기 전 나를 잠시 멈춰 세웠다. 옥좌가 있는 작은 연단까지 이어지는 계단 네댓 개가 있었다. 어설프게 만든 연단과 마찬가지로 옥좌도 진짜가 아니라, 검게 칠한 연극 소품으로 팔걸이가 있었다. 그리고 양옆에 기둥이 있고, 등받이는 뾰족했다. 단단한 검은색 판에는 하얀색 눈이 하나 그려져 있었는데, 그 눈은 지중해의 어부들이 악귀를 쫓기 위해 뱃머리에 그리는 것과 비슷했다. 그리고 평평한 선홍색 쿠션이 깔려 있었다. 사람들이 나를 그 위에 앉혔다.

내가 자리에 앉자마자, 보초들이 수갑을 풀어 그 즉시 팔걸이에 채웠다. 나는 아래를 내려다보았다. 옥좌는 튼튼한 까치발로 연단에 고정되어 있었다. 나는 재갈을 문 채 웅얼거렸지만, 아담이 고개를 저었다. 말은 하지 말고 지켜보라는 의미였다. 다른 두 보초들은 옥좌 뒤, 연단의 가장 아래쪽 계단에, 벽에 기댄 채 자리를 잡았다. 아담은 미친 하인처럼 수갑을 점검하고, 내가 뒤쪽으로 젖히려 한 셔츠를 내 왼쪽 어깨로 끌어올린 뒤 계단을 내려갔다. 그리고 교회의 제단으로 몸을 돌리듯 몸을 돌려 가볍게 고개를 숙여 절을 했다. 그러고 난 뒤 테이블을 돌아 끝에 있는 문으로 나갔다. 나는 내 뒤에 조용히 있는 두 사람과 남게 되었다. 타오르고 있는 횃불에서 희미하게 탁탁거리는 소리가 들렸다.

나는 방을 둘러보았고, 냉정하게 관찰하려고 노력했다. 또 다른 신비주의적인 상징들이 있었다. 오른쪽 벽에는 검은색 십자가가 있었는데, 수직 축의 꼭대기 부분이 서양배와는 반대 형태로 부풀어 있는 것으로 보아 기독교의 십자가는 아니었다. 그 왼쪽에는 진한 붉은색 장미 하나가 십자가를 마주 보고 있었다. 그것은 검은색과 흰색으로 이루어진 방에서 유일하게 색채를 지닌 것이었다. 한쪽 끝, 커다란 문 위에는 손목에서 잘린 거대한 왼손이 검은색으로 그려져 있었는데, 집게손가락과 새끼손가락은 위쪽을 가리키고 있었고, 가운데 두 손가락은 엄지손가락을 감싸 쥐고 있었다. 그 방은 의식(儀式)의 악취를 풍겼는데, 나는 늘 모든 종류의 의식을 혐오했다. 나는 위엄을 잃지 말자, 위엄을 잃지 말자, 위엄을 잃지 말자, 하고 되뇌었다. 이마에 검은색 키클롭스의 눈을 붙이고, 하얀 리본과 장미 매듭을 한 내 모습이 우스꽝스러울 거라는 것을 알고 있었다. 하지만 나는 어떻게든 우스꽝스럽게 보이지 않도록 노력을 해야 했다.

그때 내 심장이 뛰었다.

무시무시한 형체 하나가 나타났다.

한쪽 끝에 있는 문간에 갑자기 조용히 사냥의 신 헤르네가 나타났다. 신석기 시대의 신이자 암흑과, 왕들이 출현하기 이전 시대의 북쪽 삼림의 정령으로 쇠처럼 검고 차가웠다.

수사슴의 머리를 한 남자가 아치형 문을 채우고 있었다. 그는 희미하게 빛이 비치고 있는, 뒤쪽의 하얗게 회칠한 복도 벽을 배경으로 거대한 실루엣처럼, 잊을 수 없는 이미지로 서 있었다. 뿔은 매우 컸고, 아몬드나무 가지처럼 검었으며, 가지가 여러 개 나 있었다. 그리고 그 남자는 머리에서 발끝까지 검었는데, 눈과 코끝만 하얗게 칠해져 있었다. 그는 자신의 존재를 과시한 후 천천히 방을 가로질러 테이블로 가 그 뒤쪽 중앙에 한참 동안 당당하게 서 있다가 왼쪽 끝으로 갔다. 그때 나는 이미 그가 검은색 장갑을 끼고, 신부의 평상복 같은 폭이 좁은 옷 아래로 검은색 신발을 신은 것을 보았다. 가면이 너무 크고 약간 불안정해 그는 천천히 움직여야 했다.

내가 느낀 두려움은 전에 느낀 것과 같은 것이었다. 그것은 겉모습에 대한 것이 아니라, 겉모습 이면에 있는 이유에 대한 두려움이었다. 내가 두려움을 느낀 것은 가면이 아니라 ─ 금세기의 우리는 과학소설에 너무도 단련이 되고, 과학적 현실을 너무도 확신해 초자연적인 것을 두려워하지 않는다 — 가면 뒤에 있는 것 때문이었다. 그것은 모든 두려움과 모든 공포와 모든 진정한 악의 영원한 근원인 인간 자체에 대한 것이었다.

또 다른 인물이 나타났고, 모두 그래야 하는 것처럼 아치형 문에서 걸음을 멈췄다.

이번에는 여자였다. 그녀는 전통적인 영국의 마녀 차림을 하고 있었다. 챙이 있고 위가 뾰족한 검은색 모자, 긴 백발, 빨간색 앞치마, 검정 망토, 그리고 사악해 보이는 가면과 매부리코. 그녀는 등을 구부린 채 절뚝거리며 걸어 테이블 오른쪽 끝으로 가, 안고 있던 고양이를 그 위에 내려놓았다. 고양이는 죽은 것으로 앉은 자세로 박제된 것이었다. 고양이의 유리 눈이 나를 바라보았다. 마녀의 검고 하얀 눈과 수사슴 모습을 한 남자의 눈도 나를 주시하고 있었다.

또 다른 놀라운 형체가 나타났다. 악어 머리를 한 남자였는데, 앞으로 튀어나온, 갈기가 달린 이상한 가면이었다. 사나운 하얀 이빨과 툭 튀어나온 눈이 있어 다른 어떤 것들보다 흑인종 같았다. 그는 거의 멈추지 않고 재빨리 수사슴 옆 자신의 자리로 갔다. 마치 의상이 불편하고, 그러한 장면들에 익숙하지 않은 것 같았다.

그다음으로 키가 좀 더 작은 남자가 들어왔다. 육각형의 하얀 이빨들이 귀에서 귀까지 야만적인 미소를 짓고 있는 비정상적으로 커다란 머리를 하고 있었다. 눈은 깊고 검은 눈구멍 속에 묻혀 있는 것 같았다. 머리 꼭대기 주위에는 이구아나의 커다란 목털이 솟아 있었다. 그 남자는 검은색 판초를 입고 있어 멕시코인이나 아스텍인처럼 보였다. 그는 마녀 옆에 있는 자신의 자리로 갔다.

여자 하나가 또 나타났다. 릴리가 틀림없다고 느껴졌다.

그녀는 날개가 달린 흡혈귀였는데, 귀가 달린, 검은색 모피로 된 박쥐 머리와 두 개의 길고 하얀 송곳니가 있는 가면을 쓰고 있었다. 그리고 허리 아래로는 검은색 스커트를 입고 검정 스타킹과 검정 구두를 신고 있었다. 다리는 날씬했다. 그녀는 발톱이 달린 날개를 뻣뻣하게 내밀며 몸을 약간 부풀리면서 재빨리 악어 옆 자신의 자리로 갔다. 횃불에 비친 그녀의 모습은 기이하게 보였다. 그녀의 깜박이는 커다란 그림자가 십자가와 장미를 어둡게 했다.

다음 인물은 원주민들의 공포의 대상인 아프리카 토인으로, 바닥까지 내려오는 스커트의 주름 장식 같은 검은색 누더기 천으로 만든 옥수수 인형 모습을 하고 있었다. 머리에 쓴 가면도 누더기 천으로 만든 것이었는데, 하얀 깃털 세 개로 이루어진 나비 매듭 리본과 접시처럼 커다란 눈 두 개가 달려 있었다. 팔도, 다리도 없고, 성도 없는 그는 더없이 유치해 보였고 흉했다. 그는 흡혈귀 옆에 있는 자신의 자리로 가 다른 자들과 마찬가지로 사악한 모습으로 나를 노려보았다.

그다음으로 보스[127]의 그림에 나올 것 같은 땅딸막한 마녀가 들어왔다.

그 뒤를 이은 남자는 주로 흰색으로 된 복장을 한, 소름 끼치는 광대의 해골이었다. 그것은 내가 갇혀 있던 독방 벽에 그려진 형상을 연상케 했다. 그의 가면은 두개골이었다. 골반의 윤곽은 교묘하게 과장되어 있었으며, 해골처럼 뻣뻣하게 걸었다.

그리고 더욱더 기괴한 인물이 나타났다. 여자였고, 나는 흡혈귀가 릴리가 아닐 수도 있다는 생각이 들기 시작했다. 뻣뻣한 스커트 앞부분은 양식화된 생선 꼬리 형태를 하고 있

127 Hieronymus Bosch(1450~1516). 플랑드르의 대표적인 화가. 괴기스럽고 환상적인 그림을 그렸다.

었는데, 그것은 임신한 육중한 배 속으로 부풀었다가 가슴 위에서 위쪽을 향한 새의 머리가 되었다. 이 인물은 왼손으로는 임신 8개월째의 부푼 배를 받치고, 오른손은 유방 사이에 댄 채 천천히 앞쪽으로 걸어왔다. 아몬드 모양의 눈과 부리가 달린 하얀 머리는 천장을 올려다보는 것처럼 보였다. 병적이고 위협적인 다른 인물들을 보다가 그녀를 보자 물고기이자 새의 모습을 한 그녀가 아름답고 이상하게도 상냥하게 여겨졌다. 그녀의 위로 뻗은 목에 두 개의 작은 구멍이 나 있는 게 보였는데 그것은 그 가면 아래 있는 진짜 사람의 눈을 위한 구멍이었다.

자리는 네 개가 더 남아 있었다.

그다음 인물은 거의 오랜 친구 같았다. 자칼 머리를 한 아누비스로 민첩하고 사악했다. 그는 흑인처럼 걸으며 유연하게 자신의 자리로 갔다.

갖가지 점성술과 연금술의 상징이 하얗게 그려진 검정 망토를 걸친 남자가 나타났다. 그는 머리에 높이가 1미터는 되는 윗부분과 넓고 기분 나빠 보이는 챙이 있는 모자를 쓰고 있었다. 그 모자 뒤로는 목을 덮는 검은색 천 같은 것이 달려 있었다. 검정 장갑, 제 꼬리를 입에 문 원 모양의 뱀이 위쪽에 있는 긴 흰색 지팡이. 얼굴에는 검은색 가면밖에는 없었다. 나는 그가 누구인지 알 수 있었다. 나는 반짝이는 눈과 냉혹한 입을 볼 수 있었다.

중앙에는 두 자리가 더 남아 있었다. 잠시 아무 일도 일어나지 않았다. 테이블 뒤에 있는 인물들은 꼼짝도 않고, 완전한 침묵 속에서 나를 올려다보았다. 나는 군인들처럼 전방을 주시하고 있는 보초들을 쳐다보며 어깨를 으쓱했다. 하품이라도 하며 그들을 그들의 자리에, 나를 나의 자리에 있게 하고 싶었다.

하얀 복도에 네 명의 남자가 나타났다. 그들은 검은색 의자식 가마를 들고 있었는데, 폭이 너무 좁아 거의 똑바로 세운 관처럼 보였다. 양옆과 앞쪽에 커튼을 친 것이 보였다. 앞쪽 판자에는 내가 앉은 옥좌 위에 있는 것과 같은 상징 — 살이 여덟 개 달린 바퀴 — 이 하얀색으로 그려져 있었다. 가마 지붕에는 검은색 삼중관이 있었는데, 각각의 돌기는 하얀 요철 형태로 끝났고, 전체적으로 초승달이 고리를 이루고 있는 것처럼 보였다.

네 명의 가마꾼은 검은색 작업복 차림이었다. 그들은 머리에 기괴한 가면을 쓰고 있었다. 흑백으로 그려진 마술사의 얼굴을 하고 있었는데, 각각의 정수리에서 높이가 1미터 이상 되는 커다란 수직의 십자가가 솟아 있었다. 팔의 끝 부분과 십자가의 수직 축은 깨끗하게 마감되지 않고, 검은색 자루걸레 또는 라피아야자 모양을 하고 있어 검은색 불꽃을 일으키며 타고 있는 것 같았다.

그들은 테이블 중앙으로 곧장 오지 않고, 마치 성체나 어떤 정화하는 기능을 가진 유물인 것처럼, 그 관같이 생긴 가마를 들고 방 왼쪽으로 갔다가 나의 옥좌 앞으로 왔다. 그런 다음 나와 테이블 사이에 서 내가 옆쪽에 있는, 아르테미스와 디아나의 상징인 하얀 초승달을 볼 수 있게 한 뒤 오른쪽으로 내려가 문 앞까지 갔다가, 마침내 테이블로 돌아갔다. 그들은 가마의 손잡이를 받침대에서 뽑았으며, 관처럼 생긴 가마 본체는 중앙의 빈 공간을 향해 앞쪽으로 옮겼다. 그 내내 다른 인물들은 계속해서 나를 응시하고 있었다. 검은색 옷을 입은 가마꾼들은 횃불 옆으로 가 섰다. 횃불 세 개는 거의 꺼진 상태였다. 빛은 희미해지고 있었다.

그때 열세 번째 인물이 등장했다.

다른 인물들과는 대조적으로 그는 바닥까지 닿는 길고 흰 작업복 또는 장백의를 입고 있었다. 그 옷의 유일한 장식은 느슨한 소매 끝에 있는 두 개의 검은색 밴드뿐이었다. 그는 빨간 장갑을 낀 손에 검은색 지팡이를 들고 있었다. 가면은 순수한 흑염소 머리였다. 그것은 진짜 염소 머리였고, 일종의 모자처럼 쓰고 있어, 그 아래 있는 인물의 어깨에서 떨어져 높이 솟아 있었다. 인물의 진짜 얼굴은 텁수룩한 검은 수염 뒤에 있는 게 분명했다. 뒤쪽으로 젖혀진 커다란 뿔에는 본래의 색이 남아 있었다. 호박색 유리로 된 눈이 있었고, 뿔과 뿔 사이에는 불이 켜진, 피처럼 붉고 퉁퉁한 초가 고정되어 있었는데, 그것이 유일한 장식이었다. 나는 말을 할 수 없는 게 아쉬웠다. 젊고 건강한 영국인으로서 모든 것의 정체를 밝히고 싶은 마음이 굴뚝같았다. 〈닥터 크롤리가 맞죠?〉[128] 하지만 내가 할 수 있었던 것은 감동을 받은 것처럼 보이기 위해 무릎을 꼬는 것뿐이었다.

사탄의 위엄을 갖춘 그 염소 인물이 앞쪽으로 왔고, 나는 다음 단계에 대비를 했다. 흑미사가 있을 것 같았다. 테이블이 제단으로 사용될지도 몰랐다. 나는 염소 남자가 전통적인 그리스도를 풍자하고 있다는 것을 깨달았다. 지팡이는 목자의 지팡이이고, 검은 수염은 그리스도의 갈색 수염이며, 피처럼 붉은 초는 후광에 대한 신성 모독적인 패러디였다. 그는 자신의 자리로 갔고, 길게 늘어선 검은 카니발의 꼭두각시 인형들이 바닥에서 나를 올려다보았다. 나도 그들을 내려다보았다. 수사슴-악마, 악어-악마, 흡혈귀, 마녀, 새-여자, 마술사, 관처럼 생긴 가마, 염소-악마, 자칼-악마, 광대-해골, 옥수수 인형, 아스텍 사람, 마녀. 나는 침을 삼키며, 수수께끼 같은 보초들을 다시 쳐다보았다. 재갈 때문에 입이 아

128 아프리카의 오지에서 리빙스턴과 스탠리가 만났을 때 한 유명한 말로, 20세기 영국의 신비주의 연구가 알레이스터 크롤리의 이름에 빗대 한 말이다.

파 오기 시작했다. 결국 나는 연단 발치를 내려다보는 것이 좀 더 편안하다는 것을 알게 되었다.

그렇게 1분 정도가 지났을 것이다. 횃불 하나가 꺼졌다. 염소 남자가 지팡이를 치켜들어 잠시 들고 있다가, 자신 앞에 있는 테이블에 올려놓았다. 하지만 지팡이가 무엇엔가 걸렸는지 잠시 연기가 중단되었다. 그것이 내게는 위안이 되었다. 지팡이를 테이블 위에 제대로 올려놓자마자 그는 사제처럼 양손을 들어 올려, 악마의 뿔 같은 손가락으로 내 뒤쪽 구석을 가리켰다. 보초 둘이 영사기 쪽으로 갔다. 갑자기 방은 불빛으로 환해졌고, 잠시 완벽하게 조용해졌다가 부산한 움직임이 시작되었다.

내 앞에 줄을 지어 있던 사람들은 연극을 끝낸 배우들처럼 가면과 망토를 벗기 시작했다. 횃불 옆에 있던, 머리에 십자가를 단 남자들이 몸을 돌려 횃불을 떼어 내, 문 쪽으로 줄을 지어 갔다. 하지만 스무 명가량의 젊은이들이 나타나는 바람에 그곳에서 기다려야 했다. 젊은이들은 평상복 차림으로 질서 같은 것은 지키지 않고 아무렇게나 들어왔다. 몇 명은 파일과 책을 갖고 있었다. 그들은 말이 없었고, 재빨리 내 오른쪽에 있는 계단식 벤치에 자리를 잡았다. 횃불을 든 사내들이 사라졌다. 나는 새로 온 사람들을 보았다. 독일이나 스칸디나비아 출신으로 지적인 학생들 같았고, 나이가 더 들어 보이는 한두 명과, 여자도 세 명이 있었는데, 평균 나이는 20대 초반으로 보였다. 그들 가운데 두 명은 중앙 산등성이에서 있었던 사건에서 본 사람들이었다.

그사이 내내 테이블 뒤에 줄을 지어 있던 사람들은 옷을 벗고 있었다. 아담과 보초 두 명이 돌아다니며 사람들을 도와주었다. 아담은 하얀 라벨이 붙은 마분지 파일을 각각의 장소에 놓았다. 박제된 고양이와 지팡이와 다른 모든 소품도 치워졌다. 예행연습을 잘한 듯 절차는 신속하게 이루어졌다. 한 사람씩 정체가 드러나는 동안 나는 줄을 지어 선 사람들을 계속해서 내려다보았다.

마지막에 등장한, 염소 머리를 한 남자는 짧게 깎은 흰 수염과 어두운 청회색 눈을 한 노인으로, 스머츠[129]와 닮아 보였다. 다른 사람들과 마찬가지로 그도 나를 보는 것은 피하고 있었지만, 그의 옆에 있는 점성술사이자 마법사인 콘키스를 향해서는 미소를 짓고 있었다. 새 머리와 임산부의 배를 한 사람 뒤에서 날씬한 중년 부인이 콘키스 옆으로 나타났다. 짙은 회색 정장 차림의 그녀는 교장 내지는 사업가 같았다. 자칼 머리를 한 조는 감청색 양복을 입고 있었다. 광대의 해골 의상 뒤에서 나타난 자는 놀랍게도 안톤이었다. 보스의 그림에 나올 것 같은 마녀는 나이 든 남자로, 온화한 얼굴에 코안경을 걸치고 있었다. 옥수수 인형은 마리아였다. 아스텍 사람 머리는 중앙 산등성이 사건에서 빔멜 역할을 했던, 독일군 대령이었다. 흡혈귀는 릴리가 아니라 그녀의 언니였다. 그녀의 손목에는 흉터가 없었다. 그녀는 흰 블라우스와 검정 스커트 차림이었다. 악어는 20대 후반의 남자였다. 그는 예술가처럼 보이는 가느다란 수염을 기르고 있었는데, 그리스나 이탈리아 출신처럼 보였다. 그도 역시 양복 차림이었다. 수사슴 머리는 내가 모르는 남자였다. 그는 키가 아주 큰 마흔 정도의, 유대인처럼 보이는 지적인 남자로, 피부가 아주 많이 탔고 약간 대머리였다.

마지막으로 남은 사람은 테이블 오른쪽 끝에 있는 마녀였다. 소매가 길고, 목까지 올라온 하얀 모직 드레스를 입은 릴리였다. 나는 그녀가 엄격하게 뒷머리에 땋아 붙인 쪽을 두

129 Jan Smuts(1870~1950). 남아프리카연방 정치가.

드린 후 안경을 쓰는 것을 지켜보았다. 그녀는 옆에 있는 대령이 그녀의 귀에 속삭이는 말을 들으려고 몸을 기울였다. 그녀는 고개를 끄덕인 후 자신 앞에 있는 파일을 펼쳤다.

이제 한 사람만 정체가 밝혀지지 않은 상태였다. 그는 관처럼 생긴 가마 속에 있는 사람이었다.

나는 긴 테이블에 앉아 있는, 완벽하게 정상적으로 보이는 사람들을 마주하고 앉아 있었다. 그들은 모두 자리에 앉아 파일을 뒤적이다가 나를 바라보기 시작했다. 그들의 얼굴은 관심도, 동정도 보이지 않았다. 나는 준이자 로즈인 여자를 보았지만 그녀는 마치 내가 밀랍인형이라도 되는 양 무표정한 얼굴로 나를 쳐다보았다. 나는 무엇보다 릴리가 나를 바라보기를 기다렸지만, 나를 향한 그녀의 눈에는 아무것도 없었다. 그녀는 ― 테이블 끝에 있는 그녀의 위치가 시사하듯 ― 어떤 팀 또는 선발 위원회의 별로 중요치 않은 인물처럼 행동했다.

마침내 흰 수염을 짧게 깎은 노인이 일어섰고, 청중 사이에서 시작된 희미한 중얼거림이 멈췄다. 〈위원회〉의 다른 회원들이 그를 쳐다보았다. 나는 〈학생들〉 가운데 많지 않은 몇 명이 무릎 위에 공책을 펼친 채 적을 준비를 하는 것을 보았다. 흰 수염을 짧게 깎은 노인이 금테 안경 사이로 나를 올려다보며, 미소를 지으며 고개 숙여 인사를 했다.

「어프 씨, 당신은 오래전에 자신이 미친 사람들의 손아귀에 떨어졌다는 결론에 이르렀을 겁니다. 아니, 그보다 더 나쁘게 가학적인 미친 사람들의 손아귀에 떨어졌다고 생각했겠죠. 내 첫 번째 임무는 당신을 이 가학적인 미친 사람들에게 소개하는 것일 듯합니다.」 다른 사람들 몇 명이 살짝 미소를 지었다. 노인의 영어는 훌륭했지만, 독일어 억양의 흔적이 분명히 남아 있었다. 「하지만 먼저, 우리가 그런 것처럼

794

당신을 정상적인 상태로 되돌려 놓아야 하겠죠.」그가 보초들에게 조용히 몸짓을 하자, 그들은 내 뒤로 와 능숙하게 장미 매듭이 있는 하얀 리본과 내 몸에 묶인 끈을 풀고, 내 옷을 원래대로 되돌려 놓고, 이마에서 검은색 테이프를 떼어 내고, 스웨터를 다시 입히고, 내 머리까지 빗어 주었다. 하지만 재갈은 그대로 두었다.

「좋아요. 자…… 허락한다면 먼저 내 소개를 하겠습니다. 나는 프리드리히 크레치머 박사로, 전에는 슈투트가르트 대학에 있었으며, 현재는 미국의 아이다호 대학의 실험 심리학 연구소 소장으로 있습니다. 내 오른쪽에 있는 분은 당신도 아는 분으로 소르본 대학의 모리스 콘키스 박사이십니다.」콘키스가 자리에서 일어나 나를 향해 살짝 인사를 했다. 나는 그를 노려보았다.「그 오른쪽에 있는 분은 메리 마커스 박사로, 현재 에든버러 대학에 있지만, 전에는 뉴욕의 윌리엄 앨런슨 화이트 재단에 있었죠.」전문가처럼 보이는 여자가 고개를 숙였다.「그 오른쪽에 있는 분은 밀라노에서 온 마리오 차르디 교수입니다.」유순한 작은 개구리처럼 생긴 남자가 일어서서 인사를 했다.「그 뒤에 있는 분은 매력적이고 무척 재능 있는, 우리의 의상 디자이너 마거릿 맥스웰 양입니다.」〈로즈〉가 작고 불안정한 미소를 지어 보였다.「맥스웰 양의 오른쪽에 있는 분은 얀니 코토풀로스 씨로, 우리의 무대 감독입니다.」수염을 기른 남자가 고개를 까닥했다. 그리고 키가 큰 유대인이 일어섰다.「지금 인사를 하는 분은 스톡홀름에 있는 여왕 극장의 아르네 할베르슈테트 씨로 우리의 극작가이자 연출가입니다. 이 새로운 드라마에서 단지 아마추어에 불과한 우리는 기획의 성공적인 결과와 미학적인 아름다움을 이분과 맥스웰 양, 그리고 코토풀로스 씨에게 빚지고 있죠.」처음에는 콘키스가, 그런 다음에는 〈위원회〉의 나머지 사람들이, 그리고 학생들이 박수를 치기 시작했다. 내 뒤에 있는 보초들까지 가세를 했다.

　노인이 몸을 돌렸다. 「자, 내 왼쪽에는 빈 가마가 있습니다. 하지만 우리는 그 안에 여신이 있다고 생각하고 싶습니다. 우리 중 누구도 본 적이 없고, 앞으로도 못 볼 처녀 여신 말입니다. 우리는 그녀를 보이지 않는 여신, 즉 아슈타로트라고 부르죠. 문학을 공부한 당신은 그녀의 의미를 짐작할 거라고 확신합니다. 그리고 그녀를 통해 우리 겸손한 과학자들의 의미도 짐작할 수 있을 겁니다.」 노인은 목청을 돋우었다. 「가마 뒤에 있는 분은 아이다호 대학에서 나와 같은 과에 있는 조지프 해리슨 박사로, 당신도 들어 보았는지 모르겠지만, 그가 쓴 『흑과 백의 마음』이라는 책은 도시에 사는 흑인들의 특징적인 신경증에 관한 훌륭한 연구서입니다.」 조가 일어나 가볍게 손을 들었다. 그 옆에는 안톤이 있었다. 「그의 뒤에 있는 분은 현재 빈에서 활동하는 하인리히 마이어 박사고, 그의 뒤에 있는 분은 모리스 콘키스 부인으로, 우리 중 다수가 전쟁의 외상이 난민 아동에게 미치는 영향을 연구한 재능 있는 연구자로 더 잘 알고 있는 분이죠. 물론 나는 시카고 재단의 아네트 카자니안 박사에 대해 말하고 있는 겁니다.」 나는 놀라지 않으려 했다. 하지만 〈청중〉 몇 명이 웅성거리며 고개를 앞으로 내밀고 〈마리아〉를 쳐다보았다. 「콘키스 부인 옆에 있는 분은 올보르그[130] 대학의 토르발 요르겐센 강사입니다.」 〈대령〉이 활기 있게 일어서 인사를 했다. 「그의 뒤에 있는 분은 버네사 맥스웰 박사입니다.」 릴리가 안경을 쓴 채 아무런 표정 없이 잠시 나를 바라보았다. 나는 재빨리 노인을 쳐다보았다. 그는 동료들을 보았다. 「이번 여름 우리의 작업

　130 덴마크 노르드일란 주(州)의 주도(州都).

796

의 임상적인 측면의 성공은 상당 부분 맥스웰 박사 덕분이라고 우리 모두가 느끼고 있다고 생각합니다. 마커스 박사는 그녀의 가장 재능 있는 제자가 아이다호에 있는 우리에게 왔을 때 무엇을 기대해야 할지 내게 이미 말했었죠. 하지만 나의 기대가 이토록 완벽하게 충족된 적은 없었다는 말을 해야 할 것 같습니다. 나는 때로 우리 분야에서 여성의 역할에 너무 역점을 둔다는 비판을 받고 있습니다. 맥스웰 박사가, 우리의 매력적인 젊은 동료 버네사 양이 내가 늘 믿어 온 것을 확인시켜 주었다는 것을 말하고 싶습니다. 다시 말해, 이론적인 것에 반하는 우리의 모든 위대한 실천에서 정신과 의사는 이브와 같은 성을 가진 사람들로 채워지게 될 거라는 것 말입니다.」 사람들이 박수를 쳤다. 릴리는 자신 앞에 있는 테이블을 내려다보다가, 박수 소리가 잦아들자 노인을 쳐다보며 〈고맙습니다〉라고 했다. 노인이 다시 내 쪽으로 몸을 돌렸다.

「학생들은 마이어 박사의 과와 올보르그 대학 출신의, 오스트리아와 덴마크의 연구 학생들이죠. 모두들 영어는 할 줄 알겠죠?」 몇 명이 그렇다고 말했다. 노인은 그들에게 인자한 미소를 보내며 물 한 모금을 마셨다.

「자, 어프 씨, 이제 우리의 비밀을 짐작했을 거요. 우리는 심리학자들로 구성된 국제 단체인데, 나는 단지 연장자라는 이유만으로 ― 두세 명이 동의하지 않는다는 뜻으로 고개를 저었다 ― 이 단체를 이끄는 명예를 누리고 있죠. 그런데 여러 가지 이유로 우리 모두가 특별한 관심을 갖고 있는 연구 방식이 자발적이지 않은 대상을, 자신이 실험 대상이라는 사실도 의식하지 못하는 대상을 요구하고 있죠. 우리는 각기 다른 학파에 속해 있고, 행동의 이론에 관해서도 견해를 달리하고 있지만, 결론에 이르러서도 대상에게 목적을 말해 주지 않는 데 이 실험의 본질이 있다는 점에서는 의견의 일치를 보고 있죠. 물론 나는 당신이 — 조용히 생각을 할 수 있을 때면 — 우리의 결과에서 최소한 명분의 일부라도 추리할 수 있을 거라고 확신합니다.」사람들이 모두 미소를 지었다.「자. 우리는 지난 사흘간 당신을 깊은 혼수상태 속에 있게 했는데, 당신에게서 얻은 자료는 아주 귀중한 것으로 밝혀졌습니다. 따라서 무엇보다 먼저 우리는 우리가 당신으로 하여금 뛰어가게 한 그 모든 기이한 미궁 속에서 당신이 보여 준 정상성에 감사를 표하고 싶습니다.」

전원이 일어서서 내게 박수를 보냈다. 나는 더 이상 참을 수가 없었다. 나는 릴리와 콘키스와 학생들이 박수를 치는 것을 보았다. 나는 두 손목을 구부려 두 개의 V 자를 만들어 보였다. 분명 그것에 당황한 듯 노인은 콘키스에게로 몸을 숙여 그것이 무슨 의미인지 물었다. 박수 소리가 가라앉았다. 콘키스는 에든버러에서 온 여자 박사에게로 고개를 돌렸고, 그녀는 강한 미국식 억양으로 말했다.

「저 사인은 〈비역쟁이〉 내지는 〈항문 성교〉 같은 말을 시각적으로 표현한 겁니다.」

노인은 흥미가 생긴 듯 자신의 손을 바라보며 그 동작을 반복했다.「하지만 처칠 씨는…….」

릴리가 몸을 앞으로 기울이며 말했다.「크레치머 박사님, 그런 의미를 갖는 것은 위쪽으로 향하는 것이죠. 처칠 씨의 승리의 사인은 손을 거꾸로 해 가만히 있는 것이죠. 저는 〈고전 문학 속의 직접적인 항문 성교의 은유〉라는 저의 논문과 관련해 그것을 언급한 적이 있죠.」

「아. 그래요. 기억나요. 그래요, 그래요.」

콘키스가 릴리에게 라틴어로 말했다.「*Pedicabo ego vos et irrumabo, Aureli patheci et cinaedi Furi*(엿 먹을 너희 모두 내 자지를 빨길, 여자 같은 아우렐리우스와, 스스로를 여왕으로 생각하고 있는 푸리우스여)〉[131]가 맞지요?」

릴리가 〈정확해요〉 하고 말했다.

빔멜-요르겐센이 몸을 앞으로 기울이며 강한 억양으로 말했다. 「부정한 짓을 의미하는 제스처와 틀림없이 관계가 있는 건가요?」 그는 손가락을 머리 위로 올려 뿔을 만들었다.

릴리가 말했다. 「저는 그 모욕 속에 있는 거세 동기가 남성 경쟁자의 품위를 떨어뜨리고 굴욕스럽게 하고자 하는 욕망이라고 가정할 것을 제안했죠. 물론 그 욕망은 결국에는 관련된 유아적 고착 단계와 그에 수반하는 병적 공포와 동일시할 수 있는 거죠.」

나는 근육을 움직이고 다리를 서로 문지르며 제정신을 유지하려고 하면서 그 모든 비이성적인 것에서 어떤 이성을 이끌어 낼 수 있는지 생각하려 했다. 그들이 심리학자들이라고는 믿기지도 않았고, 믿을 수도 없었다. 정말로 그들이 심리학자였다면, 자신들의 이름을 내게 가르쳐 주는 위험은 감수하지 않았을 것이다.

한편 그들은 적당한 전문 용어를 즉흥적으로 만들어 내는 데 능란한 게 분명했다. 내 제스처는 아무런 예고 없이 나온 것이었다. 아니, 그렇지 않은 것인가? 나는 재빨리 생각을 했다. 그들은 나의 제스처를 자신들의 대화를 시작하는 데 단서로 필요로 했다. 그리고 그것은 나 자신도 오랫동안 사용하지 않은 것이었다. 하지만 최면 후에 사전에 암시된 신호를 통해 사람들로 하여금 뭔가를 하게 할 수 있다는 얘기를 들은 기억이 났다. 그것은 쉬운 일이었을 것이다. 사람들이 박수를 쳤을 때 나는 그 사인을 주고 싶은 충동을 느꼈다. 나는 경계를 해야 했고, 생각 없이 뭔가를 해서는 안 되었다.

131 로마 시인 카툴루스의 시에 나오는 구절.

노인이 더 이상의 토론을 잠재웠다. 「어프 씨, 당신의 의미 있는 제스처가 나로 하여금 우리가 여기서 당신을 만나는 목적을 떠올리게 했습니다. 당신이 우리 가운데 최소한 몇 명에게 깊은 분노와 증오를 품고 있다는 건 우리도 알고 있습니다. 우리가 발견한 몇몇 숨겨진 자료는 다른 상태를 드러내 주고 있지만, 내 동료 해리슨 박사의 말을 빌리자면, 〈우리에게 주로 관심이 있는 것은 우리가 살면서 믿는 것〉입니다. 따라서 우리가 오늘 여기에 모인 것은 당신이 우리를 재판하게 하기 위해서입니다. 당신을 판사석에 앉힌 것도 그 때문입니다. 당신에게 말을 못 하게 한 것은 선고의 순간까지는 정의가 침묵해야 하기 때문이에요. 하지만 우리에 대한 당신의 판단을 듣기 전에 당신은 우리가 우리에게 〈불리한〉 추가의 증거들을 제시할 수 있도록 허락해야 합니다. 우리가 정말로 정당화하고자 하는 것은 과학적인 것이지만, 내가 설명한 것처럼, 이미 우리 모두는 훌륭한 임상적 실천에 대한 요구가 우리가 그러한 변명을 하는 것을 금했다는 데 동의했습니다. 이제 나는 마커스 박사에게 당신을 실험 대상이 아니라 보통의 인간으로 대하는, 당신에 관한 보고서 일부를 읽어 달라고 부탁하는 바입니다. 마커스 박사님.」

에든버러 출신의 여자가 자리에서 일어났다. 마흔 정도로, 회색 머리를 사내아이처럼 짧게 깎은 모습이었다. 립스틱은 바르지 않았고, 딱딱하고 지적이었으며, 얼굴은 약간 레즈비언 같았는데, 어리석은 인간은 거의 참아 주지 못할 것처럼 보였다. 그녀는 호전적인, 미국식의 단조로운 발음으로 읽기 시작했다.

「우리의 1953년도 실험 대상은 반(半)지성적 내향성의 친숙한 유형에 속한다. 우리의 목적을 위해서는 탁월하지만, 그의 인성 패턴은 부차적인 흥미로운 요소를 갖고 있지 않다. 그의 생활양식의 가장 중요한 특징은 부정적인 면과 사회적 만족의 결여이다.

이러한 태도의 동기는 부분적으로만 해결된 오이디푸스 콤플렉스에서 기인한다. 대상은 권위, 특히 남성의 권위에 대한 혼재된 두려움과 분개라는 특징적 증상과 그에 늘 수반하는 기본적 증후군 — 다시 말해 욕망의 대상이자 자신을 배반한 대상으로 보고 그에 따라 보복과 역-배신을 가해야 하는 존재인 여자들에 대한 양면적인 태도 — 을 보이고 있다.

시간이 허락하지 않아 대상의 구체적인 자궁과 유방 분리 외상을 조사하지 못했지만, 그가 발달시킨 보상 기제는 소위 지성인들 사이에서 아주 흔한 것이다. 따라서 우리는 어머니의 유방에서 분리된 힘든 기간이 있었다는 것을 확실하게 단정할 수 있을 것이다. 그것은 어쩌면 대상의 아버지가 군인이었고, 아주 일찍이 아버지 또는 남성을 분리자와 동일시했기 때문일 것이다. 우리 실험에서는 콘키스 박사가 그 분리자의 역할을 담당했다. 그런데 대상은 구강기적 만족과 어머니의 보호를 처음 상실했을 때 그것을 결코 받아들일 수 없었으며, 이것이 정서적인 문제와 인생 전반에 대한 자위적 접근을 하게 한 것이다. 대상은 또한 아들러[132]가 기술한 외아들의 성격 특징에 부합한다.

대상은 다수의 젊은 여성을 성적으로, 그리고 정서적으로 착취했다. 맥스웰 박사에 따르면, 대상의 수법은 자신의 고독과 불행을 강조하고 과시하는 것, 요컨대 잃어버린 어머니를 찾는 어린 사내아이 역할을 하는 것이다. 그렇게

132 Alfred Adler(1870~1937). 오스트리아 정신과 의사.

함으로써 희생자들에게서 억압된 모성 본능을 자극하고, 그런 다음 이런 유형의 인간 특유의 반(半)근친상간적 냉혹함으로 계속해서 착취를 하는 것이다.

일반적인 방식으로 대상은 하느님을 아버지라는 인물과 동일시하며, 하느님에 대한 어떤 믿음도 공격적으로 거부하고 있다.

그는 직업적으로 끊임없이 스스로를 고립된 상황 속에 위치시켰다. 근원적인 분리 불안을 해결하기 위해 대상은 자신을 반역자이자 국외자로 드러내야 한다. 이러한 고립을 추구하는 데 있어서의 무의식적인 의도는 대상이 여성을 착취하는 것과, 자기만족의 근원적인 필요에 대해 적대적인 방식으로 모든 공동체로부터 도피하는 것을 정당화하는 것이다.

대상의 가족과 계층, 그리고 국가적 배경은 대상의 문제를 해결하는 데 도움이 되지 못했다. 그는 강력하게 권위적인 부권 체제에서 기인하는 다수의 금기가 존재하는 군인 가족 출신이다. 대상의 나라에서 그의 계층, 즉 츠비만이 〈기술 부르주아〉라고 말하는 직업적 중산층은 물론 그러한 체제에 강박적으로 집착하는 특징을 보이고 있다. 대상은 맥스웰 양에게 〈사춘기 시절 내내 나는 두 개의 삶을 살아야 했다〉고 말했다. 이것은 환경이 야기하고 결국에는 의식적으로 유발한 의사 정신 분열증 — 카렌 호나이[133]의 유명한 표현을 빌리자면, 〈윤활유로서의 광기〉 — 을 일반인으로서 훌륭하게 구현한 것이다.

대학 졸업 후, 대상은 자신을 도저히 참을 수 없는 환경 — 다시 말해 대상이 증오하는 모든 부권적이고 권위적인 특징

133 Karen Horney(1885~1952). 독일 출생의 미국 정신 분석학자.

의 사회적 전달자 역할을 하는 비싼 사립 학교라는 환경 —
속에 있게 했다. 예상할 수 있는 일이지만 그는 자신이 학
교와 조국에서 쫓겨나야 한다고 느꼈으며, 추방된 사람의
역할을 받아들였다. 물론 그는 다시 한 번 자신에게 요구
되는 적의라는 요소를 분명히 제공해 주는 환경 — 프락
소스 섬의 학교 — 을 선택함으로써 자신이 어떤 것에도
확실하게 적응하지 못하도록 했다. 그곳에서 그의 일은 학
문적으로 별로 적절하지 못했고, 동료 교사와 학생들과의
관계도 형편없었다.

요약하자면, 대상은 행동 면에서 자신도 이해하지 못한 반
복-강박 관념의 희생자이다. 그는 모든 환경에서 고립감을
느끼게 해주고, 의미 있는 사회적 책임이나 관계로부터의
도피와, 그 결과로 인한, 좌절된 자기만족이라는 유아적 상
태로의 퇴행을 정당화해 주는 요소를 찾고 있다. 현재 이
자폐적인 퇴행은 앞서 언급한, 젊은 여성들과의 정사라는
형태를 취하고 있다. 과거 예술적 해결이라는 시도는 분명
실패했지만, 우리는 대상이 앞으로도 그러한 시도를 할 것
이며, 그러한 유형의 정상적인 문화적 생활양식을 영위할
것임을 예견할 수 있다. 다시 말해 우상 파괴적 전위 예술
에 대한 과도한 경의와, 전통에 대한 경멸, 그리고 사적 또
는 직업적 관계에서 빈번히 존재하는 억압적이고 박해받는
국면과 갈등을 일으키고 있는 동료 반역자와 비순응주의자
에 대한 편집증적인 공감을 나누게 될 것이다.

콘키스 박사는 그의 저서 『금세기 중반의 곤경』에서 이와
관련해 다음과 같이 잘 기술했다. 〈반역을 위한 구체적인 재
능이 없는 반역자는 수벌이 될 수밖에 없다. 이 비유도 정확
하지 않은데, 그것은 수벌에게는 적어도 여왕벌을 수정시킬
수 있는 작은 가능성이라도 있지만, 인간 반역자-수벌은 그

러한 작은 가능성조차 빼앗겨, 결국에는 여왕벌의 눈부신 인생의 성공뿐만 아니라 인간의 벌집 속에서 노동자로서의 초라한 만족 역시 누리지 못해 스스로를 전적으로 불모의 존재로 보게 되기 때문이다. 그러한 인성은 단순한 밀랍으로, 인상을 단순히 수신하는 존재로 환원된다. 그리고 이 상태는 그의 내부의 기본적 충동 — 반역하고자 하는 충동 — 의 전적인 부정에 다름 아니다. 그러한 실패한 반역자, 즉 자의식적인 수벌이 된 반역자 가운데 다수가 중년에 이르러 지적 유행에 대한 자신의 감수성을 의식하고, 삶에 배반당했다는 자신들의 다소 편집증적인 감각을 감추지 못하는 냉소주의라는 가면을 쓰는 것은 조금도 놀라운 것이 아니다.〉」

그녀가 말을 하는 동안, 테이블에 앉은 다른 사람들은 어떤 이는 그녀를 쳐다보고 어떤 이는 테이블을 골똘히 쳐다보는 등 다양한 방식으로 귀를 기울였다. 릴리가 가장 열심히 듣는 사람들 중 하나였다. 〈학생들〉은 메모를 했다. 나는 계속 그녀를 쳐다보았지만, 그녀는 글을 읽을 뿐 한 번도 나를 쳐다보지 않았다. 나는 그들 모두에 대한 분노와 증오를 느꼈다. 그녀가 하는 말에는 어느 정도 진실이 있었다. 하지만 그것이 사실이라 하더라도, 그렇게 공개적인 분석을 하는 것은 무엇으로도 정당화될 수 없다는 것을 알고 있었다. 그리고 릴리의 행동도 무엇으로도 정당화될 수 없었다. 그 분석의 기초가 되는 〈자료〉의 대부분은 그녀에게서 나온 것이 틀림없었기 때문이다. 나는 그녀를 쳐다보았지만, 그녀는 고개를 들지 않았다. 나는 그 보고서를 누가 썼는지 알 수 있었다. 콘키스의 메아리가 너무도 많았다. 나는 그 새로운 가면극에 속지 않았다. 콘키스는 여전히 의식들을 주관하고 있었고, 모든 것의 배후에 있었으며, 그물의 중심에 있었다.

미국 여자가 물 한 모금을 마셨다. 장내는 조용했고, 보고서를 마저 읽지 않은 게 분명했다. 그녀는 계속해서 읽기 시작했다.

「추가 사항, 또는 각주라 할 수 있는 게 두 개 있습니다. 하나는 차르디 교수가 쓴 것으로, 다음과 같습니다.

　대상이 우리의 실험과 관련된 문제를 제외하고는 아무런 중요성도 없다는 견해에 대해 나는 동의하지 않는다. 내 생각에는 20년 안에 서구 세계에 지금으로서는 거의 상상도 할 수 없는 상당한 번영의 시기가 올 거라고 예상할 수 있을 것 같다. 나는 핵무기에 의한 파국의 위협이 서유럽과 미국에 건강한 영향을 줄 거라는 나의 주장을 반복하는 바이다. 그것은 첫째로 경제적 생산을 자극할 것이며, 둘째로는 평화를 보장할 것이며 셋째로는 매순간 삶의 배후에 있는 진짜 위험을 지속적으로 느끼게 해줄 것이다. 내 생각에 따르면 그러한 느낌은 지난 전쟁이 있기 이전에 결여되어 있었던 것이고, 그래서 전쟁에 기여했던 것이다. 전쟁의 이러한 위협이 쾌락을 추구하는 데 탐닉하는 평화 시의 사회에서 여성이 해야 하는 지배적인 역할을 얼마간 중화할 수도 있지만, 나는 대상과 같은, 유방에 고착된 남자가 규범이 될 거라고 예상하고 있다. 우리는 임박한 것처럼 보이는 세계의 파멸을 배경으로, 고임금과 이미 얻었고 앞으로 얻을 수 있는 폭넓은 소비재의 형태로 모두는 아니라 하더라도 점차 대다수의 인간이 자기만족을 누릴 수 있는, 도덕에 대해서는 상관하지 않는 관용적인 시대로 들어가고 있다. 그러한 시대에 특징적인 인격 유형은 필연적으로 자위적이며, 임상적으로 자기 정신병적으로 될 수밖에 없다. 그런 사람은 현재 사적인 이유로 그런 것처럼 경제적인 이유로, 굶주림, 빈곤, 적절치 않은 삶의 조건 등과 같은 인간의 삶의 악들과의 직접적인 접촉으로부터 고립될 것이다. 서구의 호모 사피엔스(지혜로운 인간)는 호모 솔리타리우스(고독한 인간)가 될 것이다. 나는 동료 인간으로서 대상에게 거의 동정심을 갖고 있지 않지만, 사회 심리학자로서는 대상이 처한 곤경에 흥미를 품고 있다. 그것은 평균적 지능은 있지만 분석력이 거의 없고, 사실상 과학적 지식이 전혀 없는 인간이 우리 시대에서 발전하리라고 내가 예상한 그대로 발전했기 때문이다. 다른 무엇보다 대상은 혼란스러운 가치 판단과 예술에 대한 의사 진술을 통해 현대인이 자신의 진화론적 역할을 할 준비가 전혀 되어 있지 않다는 것을 증명해 주고 있다.」

그 여자는 종이를 내려놓고 다른 종이를 집어 들었다.

「두 번째 메모는 대상과 가장 가깝게 개인적인 접촉을 한 맥스웰 박사가 쓴 것입니다. 그녀는 이렇게 말하고 있습니다.

　내 견해로는 대상의 이기주의와 사회적 부적격성은 그의 과거에 의해 결정된 것이며, 따라서 대상에 관한 우리의 보고서는 그의 성격적 결함이 그 자신으로도 어떻게 할 수 없는 환경 때문이라는 것을 분명히 해야 한다고 본다. 대상은 우리가 임상적인 기술을 하고 있다는 것을 이해하지 못할 수도 있는데, 적어도 내 경우에는 도덕적 비난의 어떤 암시도 없었다. 다른 무엇보다 우리는 무수한 의식적, 무의식적 거짓 속에 자신의 결함을 감춰야 하는 어떤 인격에 대해 동정심을 가져야 한다. 우리는 대상이 자기 분석과 자기 적응 훈련을 전혀 받지 않은 상태에서 세상 속에 던져졌으며 그가 받은 거의 모든 교육이 그에게 명확히 해롭다는 사실을 늘 기억해야·한다. 말하자면 대상은 근시로 타고났으며, 환경에 의해 더욱더 눈이 멀게 되었다. 그가 자신의 길을 발견할 수 없다는 것은 별로 놀라운 일이 아니다.」

미국인 여자가 자리에 앉았다. 흰 수염을 짧게 깎은 노인이 방금 말한 것에 만족한 듯 고개를 끄덕였다. 그는 나를 본 후 릴리를 바라보았다.
「맥스웰 박사님, 대상과 관련해 어젯밤 당신이 한 말을 다시 한 번 말해 주는 게 대상에게도 공정할 것 같군요.」
릴리는 고개를 숙여 절을 한 후 자리에서 일어나 다른 사람들에게 말했다. 그녀는 내가 칠판에 적힌 도표인 것처럼 나를 흘낏 쳐다보았다.「대상과 교제를 하는 동안 나는 어느 정도 역전이를 경험했습니다. 나는 그것을 마커스 박사의 도움을 받아 분석했으며, 우리는 이 정서적 애착이 두 가지 요소로 나뉠 수 있다고 생각하고 있습니다. 하나는 대상에 대한 육체적 끌림에서 나온 것으로, 내가 연기해야 했던 역할에 의해 인위적으로 과장되었습니다. 두 번째 요소는 그 본질상 감정 이입적인 것입니다. 대상의 자기 연민이 자신의 환경에 너무도 강하게 투사되어 나는 그것에 오염되었습니다. 이 사실은 차르디 교수의 평에 비추어 볼 때, 흥미롭다고 생각됩니다.」
노인은 고개를 끄덕였다.「감사합니다.」 그녀는 자리에 앉았다. 노인이 나를 올려다보았다.「이 모든 것이 당신에게는 잔인하게 보일 수도 있을 겁니다. 하지만 우리는 아무것도 숨기고 싶지 않습니다.」그는 릴리를 쳐다보았다.「당신의 애착의 첫 번째 요소, 즉 성적 끌림과 관련해 현재 당신의 감정을 대상과 우리에게 묘사해 주겠소?」

「나는 대상이 성적 파트너가 될 수는 있지만 남편으로서는 무척 부적절한 사람이 될 거라고 생각합니다.」그녀는 아주 차갑게 말했다. 그녀는 나를 쳐다본 후 다시 노인을 보았다. 나는 그녀가 내게 몸을 기댄 채 서 있던 것과, 그날 밤, 비, 그리고 느린 포옹에 대한 끔찍하면서도 생생한 기억을 떠올렸다.

마커스 박사가 끼어들었다.「그는 결혼에 대해 근본적으로 파괴적 충동을 갖고 있나요?」

「그렇습니다.」

「구체적으로?」

「불성실함. 이기주의. 일상생활 속의 무분별. 그리고 동성애적 경향도 있을 수 있습니다.」

노인이 말했다.「만일 대상이 정신 분석을 받는다면 상황이 바뀔까요?」

「내 생각으로는 그렇지 않을 것입니다.」

노인이 몸을 돌렸다.「모리스?」

콘키스가 나를 쳐다보면서 말을 했다.「그가 우리 목적에 맞는 훌륭한 대상이라는 사실에는 우리 모두가 동의했다고 생각합니다. 하지만 대상은 자학적 성향을 지니고 있어, 자신의 결함에 대한 우리의 토론에서조차 쾌감을 느낄 것입니다. 내 생각에는, 이제 우리가 그에게 더욱더 관심을 갖는 것은 그에게 해로우며 불필요한 일 같습니다.」

노인이 나를 올려다보았다.「마취 상태에서 발견한 건데, 당신은 아직도 맥스웰 박사에게 강한 애착을 갖고 있습니다. 당신이 무의식 속에서 심한 죄책감을 느낀, 오스트레일리아 출신의 젊은 여성의 상실과, 당신이 〈줄리〉로 알고 있는 수수께끼 같은 인물의 상실이 당신에게 미친 영향에 대해 우리 가운데 일부는 걱정을 했습니다. 나는 자살의 가능성을 언급하고 있는 겁니다. 우리가 내린 결론은 자기만족에 대한 당신의 집착은 너무도 깊어, 당신이 히스테리성 자살만 시도할 수 있다는 거였습니다. 그러한 일이 일어나지 않도록 우리는 당신에게 조심하라고 충고하는 바입니다.」

나는 빈정거리는 투로 고맙다는 듯 고개를 숙였다. 그리고 위엄을, 남은 위엄을 지켜야 한다고 다짐했다.

「자…… 더 말하고 싶은 분이 있습니까?」 노인은 테이블 양쪽을 둘러보았다. 사람들은 고개를 저었다.「좋습니다. 우리의 실험은 이것으로 끝이 났습니다.」 노인이 〈위원회〉 사람들에게 일어서라는 몸짓을 하자, 그들이 자리에서 일어섰다. 〈청중〉은 그대로 앉아 있었다. 노인은 나를 쳐다보았다. 「우리는 당신에 대한 우리의 진짜 생각을 숨기지 않았습니다. 그리고 이 모임은 재판이기 때문에, 우리는 우리 자신에게 불리한 증인 역할을 했습니다. 다시 한 번 상기시키는 바지만, 당신은 재판관이고, 이제 당신이 우리를 재판할 시간이 되었습니다. 무엇보다 먼저 우리는 〈파르마코스*pharmakos*〉, 즉 속죄양을 뽑았습니다.」

노인은 왼쪽을 보았다. 릴리가 안경을 벗고, 테이블을 돌아 고개를 숙인 채 내 앞, 연단 밑에 섰다. 하얀 모직 드레스를 입은 그녀는 회개하는 사람처럼 하고 있었다. 그 순간에도 나는 어리석게도 모의 결혼식과, 터무니없는 행복한 결말 같은 어떤 환상적인 새로운 전개를 생각했다……. 그리고 만일 그들이 그것을 시도한다면, 어떻게 할지 생각했다.

「그녀는 당신의 죄수지만, 그녀에게 하고 싶은 대로 할 수는 없습니다. 그것은 의학적 정의(正義)의 법규에 우리의 실힘 대상이 지닌 용서의 힘 모두를 파괴한 범죄에 대한 정확한 처벌 방법이 구체적으로 명기되어 있기 때문입니다.」 노인은 아치 문 근처에 서 있는 아담에게로 고개를 돌렸다.「연장을 가져오게.」

아담이 뭐라고 소리쳤다. 테이블 뒤에 있던 다른 사람들이 일어서서 한쪽으로 빽빽하게 모여 〈학생들〉을 마주했다. 노인은 그들의 머리 위에 있었다. 검은 제복을 입은 네 명의 남자가 들어왔다. 그들은 재빨리 관처럼 생긴 가마와 테이블 두 개를 옮겨 방 중앙에 빈 공간을 만들었다. 세 번째 테이블은 내 앞, 릴리의 옆으로 옮겨졌다. 그리고 두 명이 밖으로 나가, 까치발로 다리가 고정된 문짝 모양의 육중한 나무틀을 가져왔다. 높이는 2미터 남짓으로, 꼭대기에 쇠고리가 있었다. 릴리가 몸을 돌려, 방을 반쯤 가로질러 그것이 설치된 곳으로 갔다. 그리고 그 앞에 서서 두 팔을 들었다. 아담이 그녀의 손목에 수갑을 채워 고리에 연결했다. 그녀는 내게 등을 돌린 채 십자가에 매달린 상태가 되었다. 그리고 목덜미를 덮는 아래로 돌출된 조각이 있는, 뻣뻣한 가죽 헬멧 같은 것이 그녀의 머리에 씌워졌다. 보호 장비였다.

그것은 채찍질을 하는 데 사용되는 틀이었다.

아담이 나갔다가 바로 돌아왔다.

처음에는 나는 그가 들고 있는 것을 알아보지 못했다. 하지만 그는 나를 향해 오면서 그것을 느슨하게 늘어뜨렸다. 나는 그들이 벌이는 믿을 수 없는, 마지막 술책을 이해할 수 있었다.

그것은 매듭이 있는 긴 채찍 타래가 달린, 뻣뻣한 검은색 자루였다. 아담은 뒤엉킨 타래 두세 개를 풀고 난 뒤, 자루가 내 쪽을 향하도록 그 끔찍한 물건을 테이블 위에 올려놓았다. 그리고 릴리가 있는 곳으로 돌아가 — 그 장면의 모든 것은 주의 깊게 계획된 것이었다 — 그녀의 드레스 뒤쪽에 있는 지퍼를 허리까지 내렸다. 그리고 브래지어 고리까지 끌러 접고, 드레스를 조심스럽게 옆으로 젖혀 등이 완전히 드러나게 했다. 나는 브래지어 끈이 교차한 곳의 살갗에 난 분홍색 선을 볼 수 있었다.

나는 에우메니데스, 즉 무자비한 복수의 여신이었다.

손에서 땀이 나기 시작했다. 다시 한 번 나는 무력하게 심연에 내던져졌다. 콘키스와 상대할 경우 늘 아래로 내려갔고, 더 이상은 갈 수 없는 것 같지만 그 끝에서는 더욱 낮은 곳으로 갔다.

스머츠를 닮은 노인이 다시 앞으로 나와 내 앞에 섰다.

「당신 앞에는 속죄양과 벌을 주는 도구가 있습니다. 이제 당신은 재판관이자 형 집행인입니다. 이 일들에 대해 생각하면서 이해하려고 노력해야겠지만, 여기 모인 우리는 불필요한 고통을 싫어하는 사람들입니다. 하지만 우리는 우리의 실험의 어느 시점에서 대상인 당신이 우리에게 고통 — 우리가 싫어하는 고통 — 을 줄지 주지 않을지를 선택할 수 있는 절대적인 자유를 누려야 한다는 데 모두 동의를 했습니다. 맥스웰 박사를 선택한 것은 그녀가 당신에게 우리 존재를 가장 잘 상징하고 있기 때문입니다. 이제 로마 황제처럼 오른손 엄지손가락을 위로 치켜들거나 아래로 내리기를 부탁하는 바입니다. 만일 아래로 내릴 경우, 당신은 풀려나, 열 번까지 당신 마음대로 엄하고 잔인하게 벌을 줄 수 있습니다. 열 번이라는 횟수는 가장 잔인한 고통을 주고 영구적인 기형을 야기하기에 충분한 것입니다. 그리고 만일 자비를 베푸는 뜻으로 손가락을 위로 치켜들면, 마지막 짧은 해독 과정을 제외하고는 영원히 우리로부터 자유로워질 것입니다. 처벌을 선택할 경우에도, 그것이 해독이 만족스럽게 이루어졌다는 것을 의미할 테니, 마찬가지로 자유로워질 것입니다. 마지막으로 한 가지 부탁하고 싶은 건, 선택을 하기 전에 신중히, 아주 신중히 생각을 해달라는 것입니다.」

내가 보지 못한 어떤 신호에 학생들이 전부 일어섰다. 방 안의 모든 사람들이 나를 쳐다보았다. 나는 내가 올바른 선택을 하고 싶어 한다는 것을 알고 있었다. 그들 모두가 나를 기억하게 하고, 그들이 틀렸다는 것을 증명해 줄 결정을 내려야만 했다. 나는 내가 명목상 재판관이라는 것을 알고 있었다. 모든 재판관들과 마찬가지로 나는 궁극적으로는 재판받는 자였다. 나는 자신의 판단에 의해 재판을 받아야 했다.

나는 그들이 제시한 선택이 불합리하다는 것을 즉시 알아차렸다. 모든 것이 내가 릴리를 벌하는 것을 불가능하게 했다. 내가 그녀에게 가하고 싶은 유일한 벌은 그녀가 울면서 용서를 구하게 하는 것이었지, 고통을 못 이겨 우는 것은 아니었다. 어쨌든 내가 손가락을 아래로 내린다 하더라도 그들은 나를 저지할 어떤 방법을 찾을 거라는 것을 나는 알고 있었다. 근거 없는 가학적 요소가 배어 있는 그 상황 전체가 함정이었고, 거짓된 딜레마였다. 그 순간에도 나는 그토록 무자비하게 나 자신이 노출된 데 대한 끓어오르는 분노와 원한을 느끼면서 그들에 대한 용서도 감사도 아닌, 그전에 내가 너무도 자주 느낀 경이로움을 다시 느꼈다. 그리고 그것은 그 모든 것이 단지 나를 상대로 연출된 것일 수도 있다는 데서 나오는 것이었다.

나는 내게 선택의 자유가 있는지를 생각하며 — 이것은 사전에 조건화된 것은 아니라고 확신하며 — 엄지손가락을 주저 없이 아래로 향했다.

노인이 한참 동안 나를 쳐다보다가 보초들에게 신호를 보내고, 무리 속으로 돌아갔다. 내 손목이 자유로워졌다. 나는

들고 있었다. 그리고 지금 빔멜의 역할을 하고 있는 것은 콘키스가 아니었다. 빔멜이 내 안에, 뒤로 젖힌 나의 뻣뻣한 팔 안에, 나의 모든 과거 속에, 그리고 무엇보다 내가 앨리슨에게 한 모든 짓 속에 있었다.

〈자유를 더 잘 이해할수록 그것을 덜 가지게 되는 법이오.〉

그리고 나의 자유 역시 채찍을 휘두르지 않는 것 속에 있었다. 그 대가가 무엇이든, 나의 80개의 다른 어떤 부분이 죽어야 하든, 나를 지켜보고 있는 눈들이 나를 어떻게 생각하든. 그들이 예상한 대로, 내가 그들을 용서하고, 그들의 생각을 주입당하고 있으며, 바보처럼 보인다 하더라도. 나는 채찍을 아래로 내렸고, 분노와 절망의 눈물이 고이는 것을 느낄 수 있었다.

콘키스의 책략은, 그 모든 심령술적, 연극적, 성적, 심리적인 제스처 게임은 나를 여기까지 몰고 오기 위한 것이었다. 나는 그가 게릴라 앞에서 판단을 내릴 수 없는 상태로 서 있었던 것처럼 서 있었다. 그리고 오래된 빚을 회수해야 하는 이상한 때가 있다는 것을 깨달았다. 그것도 더 이상한 대가를 치르며.

열한 명의 위원은 나로부터 가마를 지키려는 듯 반쯤 가려진 그것을 중앙에 놓고 벽에 기대어 서 있었다. 나는 기품 있게 나와 시선을 마주치지 않으려 하고 있는 준을 보았다. 이유는 알 수 없지만 나는 그녀가 두려워하고 있는 것을 알 수 있었다. 그녀는 확신이 없었던 것이다.

하얀 등.

나는 그들을 향해, 콘키스를 향해 걸어갔다. 그의 뒤에 서 있던 〈안톤〉이 몸을 아주 살짝 기울이는 게 보였다. 그가 뛰쳐나올 준비를 하고 있다는 것을 알 수 있었다. 조도 매처럼 나를 지켜보고 있었다. 나는 콘키스 앞에 서서, 손잡이를 앞으

로 해서 채찍을 건네주었다. 그는 그것을 받았지만, 내게서
시선을 떼지 않았다. 우리는 한참을 서로 노려보았다. 그는
예의 그 원숭이를 연상케 하는 시선으로 나를 쳐다보았다.

그는 내가 말을 하기를, 그 단어를 말하기를 기대하고 있
었다. 하지만 나는 말하지 않았다. 말할 수 없었다.

나는 그 무리의 얼굴들을 둘러보았다. 나는 그들이 배우들
일 뿐이라는 것을 알고 있었다. 하지만 그들의 최고의 재능
조차 지성과 경험과 지적 정직성 같은 인간의 어떤 자질을
침묵으로 연기할 수는 없었다. 그리고 그 점에 있어 그들은
자신들의 몫이 있었다. 그리고 콘키스가 아무리 많은 돈을
제시했다 하더라도, 돈 이상의 뭔가가 없었다면 그런 장면에
참가할 수 없었을 것이다. 한순간 나는 우리 모두 사이에서
이해와, 이상한 상호 존중이 있게 된 것을 느꼈다. 그들 쪽에
서는 내가 그들이 내밀하게 믿은 존재라는 데서 생겨난 안도
감에 지나지 않는 것인지도 몰랐다. 하지만 내 쪽에서는, 위
험을 무릅쓰지 않고는 들어갈 수 없는 어떤 보다 심오하고
현명한 비밀스러운 협회에 들어가게 되었다는 희미한 확신
이 들었다. 적의도 양보의 기색도 없이, 나의 분노에 무심한
채, 플랑드르 화파의 예배 그림에 나오는 것 같은 가깝고도
멀며 애매모호한, 침묵하고 있는 열한 명의 얼굴들 앞에 가
까이 선 나는 나 자신이 거의 육체적으로 위축되고 있다는
느낌이 들었다. 그것은 어떤 예술 작품과 어떤 진실 앞에서
그것들의 차원과 가치에 비춰 볼 때 자신이 얼마나 작고 편
협하고 불충분한지를 깨닫는 것과 비슷했다.

〈엘레우테리아〉 외의 뭔가가 증명되었다는 것을 나는 콘키
스의 눈에서 읽을 수 있었다. 그리고 그것이 무엇인지 모르
는 사람은 거기서 나뿐이었다. 그의 눈에서 나는 그것을 찾
으려 했지만 그것은 가장 어두운 밤 속을 들여다보는 것과

같았다. 무수한 말들이 내 입술에서, 마음속에서 떨고 있었지만, 그곳들에서 죽어 버렸다.

대답도, 움직임도 없었다.

나는 불쑥 〈옥좌〉로 돌아갔다.

나는 〈학생들〉이 밖으로 나가고, 릴리가 풀려나는 것을 지켜보았다. 준이 그녀가 옷 입는 것을 도와주었고, 그들은 다른 사람들과 합류했다. 틀도 치워졌다. 마침내 열두 명의 위원만 남았다. 그들은 다시 한 번 소포클레스의 연극에 등장하는 코러스처럼 일사불란하게 내게 고개를 숙여 인사를 한 후 몸을 돌려 밖으로 나갔다.

아치문에서 여자들이 지나가게 남자들이 길을 비켜 주었다. 릴리가 제일 먼저 사라졌다. 하지만 마지막 남자가 사라지고 난 뒤, 릴리가 잠시 아치문으로 돌아와 자신을 바라보고 있는 나를 바라보았다. 아무런 표정도, 감사의 기색도 없는 얼굴로, 그녀가 마지막으로 그렇게 나를 흘낏 쳐다본 또는 나로 하여금 그녀를 쳐다보게 한 수많은 이유를 허공에 남긴 채.

62

나는 나를 데리고 왔던 세 명의 보초와 남게 되었다. 그들은 1~2분을 기다렸다. 아담이 내게 담배를 권했다. 나는 분노와 안도감 사이에서, 그들과 그들의 행동 모두에 대해 신랄한 비난을 퍼부어야 했다는 느낌과 얼마간의 위엄을 지킬 수 있는 유일한 일을 했다는 느낌 사이에서 담배를 피웠다. 담배를 거의 다 피웠을 때, 아담이 손목시계를 본 후 나를 바라보았다.

「자……。」

그는 옥좌의 팔걸이에 여전히 매달려 있는 수갑을 가리켰다.

「이봐요. 이제 끝났소. 더 이상 이런 건 안 돼요.」 내가 일어서자, 그 즉시 그들이 내 팔을 잡았다. 나는 심호흡을 했다. 아담이 어깨를 으쓱했다.

「*Bitte*(부탁이에요).」

나는 두 남자가 내게 수갑을 채우도록 내버려 두었다. 그러자 아담이 재갈을 갖고 왔다. 너무한 일이 아닐 수 없었다. 나는 저항하기 시작했지만, 그들은 난폭하게 나를 밀어 옥좌에 앉혔다. 다시 한 번 선택의 여지가 없는 나는 굴복할 수밖에 없었다. 아담이 내 머리 위로 재갈을 내렸는데, 이번에는 테이프는 붙이지 않았다. 그런 다음 나는 가면을 썼고, 우리는 걷기 시작했다. 우리는 아치문을 나가 왼쪽이 아니라 오른쪽으로 돌았다. 우리가 온 길로 가는 것이 아니었다. 20~30보 간 후 다섯 계단을 내려가, 또 다른 커다란 방 또는 수조로 들어갔다.

그들은 나를 뒤로 밀었고, 수갑을 만지는 소리가 들렸다. 갑자기 내 왼팔이 들렸고, 찰칵하는 소리가 났다. 그들이 무엇을 했는지 깨달으면서, 나는 새로운 두려움을 느꼈다. 내가 채찍 틀에 묶인 것이다. 나는 정말로 저항을 하기 시작했다. 나는 발과 무릎으로 차고, 아직 내 손목이 연결되어 있는 남자를 공격했다. 그들은 나를 때릴 수도 있었다. 그들은 셋이었고, 나는 볼 수도 없었다. 우스꽝스러운 형국이었다. 하지만 그들은 가능한 한 부드럽게 일을 처리하라는 지시를 받은 게 분명했다. 결국 그들은 내 다른 팔을 들어 두 번째 고리에 연결했다. 가면이 벗겨졌다.

또 다른 수조로, 아주 길고 폭이 좁은 방이었는데 둥근 천장은 먼젓번 수조의 천장보다는 낮았다. 길이가 25미터, 폭이 6미터 가량 되었다. 방 중간쯤에 부라니에서 사용된 적이 있는 하얀 영화 스크린이 있었다. 방의 4분의 3 지점쯤 되는 곳에 방의 넓이만큼 되는 한 쌍의 검은 커튼이 쳐져 있었다. 끝에 있는 희미한 벽은 커튼 위쪽만 보였다. 그것은 무차 해변의, 성상이 있는 예배당을 확대한 것이었다. 나는 벽에 기대 세워진 틀에 묶여 있었다. 내 바로 앞 약간 오른쪽에는 16밀리 필름이 걸린 작은 영사기가 있었다. 왼쪽 문간에서 새어 들어오는 빛이 그 방의 유일한 빛이었다.

검정 셔츠의 삼인조는 잠시도 시간을 허비하지 않았다. 그들은 영사기로 다가가 전원을 켜고, 필름이 제대로 장착되었는지 점검한 후 작동을 시켰다. 영화사의 상징 같은 검은색 바퀴가 하얀 스크린 위에 떠올랐다. 그들 중 하나가 렌즈의 초점을 약간 조정했다. 아담이 와 내 앞에 — 내가 걷어찰 수 없는 곳에 — 서서 말했다.

「마지막 해독 과정이오.」

나는 이 궁극적인 굴욕으로 나아가기 위해 〈용서〉를 할 수밖에 없었다는 것을 이해했다. 그것은 말 그대로는 아닐지라도 은유적인 채찍질이었다.

나는 아직 바닥에 이르지 않은 상태였다.

나는 희미한 소음을 내며 돌아가는 영사기와 커튼 뒤에 무엇이 있든 그 뒤에 있는 것과 남게 되었다. 로고가 희미해지고 단어가 나타났다.

폴리무스 필름

제공

잠시 스크린이 하얘졌다. 그런 다음

부끄러운 진실

검은색 바퀴. 그런 다음

출연
전설적인 창녀
이오

공백.

당신은 그녀를 다음과 같은 이름으로 기억하게 된다
이시스
아스타르테
칼리

이번에는 공백이 길었다.

그리고 매력적인
〈릴리 몽고메리〉

릴리가 어떤 남자 뒤에서 무릎을 꿇는 것을 찍은 짤막한 장면이 있었다. 그 장면은 그 남자가 나라는 것을 내가 깨닫기도 전에 거의 끝났다. 콘키스나 누군가가 그녀가 「템페스트」의 구절을 암송한 날 망원 렌즈로 우리를 촬영한 게 분명했다. 나는 콘키스가 정확히 그런 카메라를 사용한다는 경고를 그녀에게 들은 것을 떠올렸다.

잊을 수 없을 만큼 매력적인

〈줄리 홈스〉

또다시 짧은 장면이 나왔다. 밝은 햇빛 속에서 나는 서서 그녀에게 키스를 하고 있었다. 같은 날로 포세이돈상 옆에서였다.

그리고 학식 있고 용감한
〈버네사 맥스웰〉

이번은 정지 화면이었다. 그녀는 서류로 가득한 실험실 책상 뒤에 앉아 있었다. 시험관들이 진열된 선반. 현미경. 작은 퀴리 부인.

그리고 이제 자신의 가장 큰 역인

바퀴가 한순간 다시 나타났다.

그녀 자신의 역할!

공백.
그런 다음 자칼 가면을 쓴 조가 부라니에 있는 그 집을 향해 나 있는 길을 달려가는 페이드인 숏이 나왔다. 햇빛 속의 악마. 그는 곧장 카메라 렌즈 쪽으로 뛰어와, 화면을 새까맣게 가려버렸다.

공동 출연
미시시피 강의 괴물

공백.

조 해리슨

다시 바퀴가 나타났다.

그 자신의 역할

그리고 과도하게 장식된 틀 속에 글자들이 있었다.

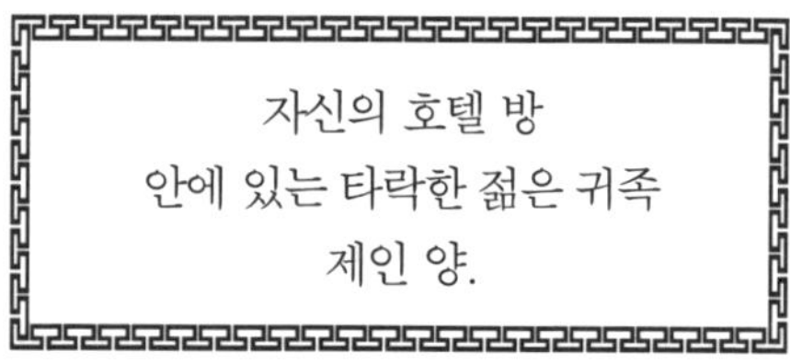

나는 포르노 영화를 보게 되었다.
영화는 에드워드 시대풍의 화려한 가구가 있고, 도처에 주름 장식이 있는 침실 장면으로 시작되었다. 화장복을 입고, 머리를 늘어뜨린 릴리가 나타났다. 화장복은 검정 코르셋 위로 터무니없게 벌어져 있었다. 그녀는 의자 옆에 멈춰 서서, 다리를 보여 주는 진부한 연기에서처럼 스타킹을 조절했다. 클로즈업 장면은 그녀가 흉터가 난 손목을 보여 줄 수 있게 했다. 갑자기 그녀는 문 쪽을 보며 뭐라고 소리를 쳤다. 호텔 보이가 편지가 담긴 쟁반을 들고 들어왔다. 그녀가 편지를 받자, 보이는 방을 나갔다. 그녀가 편지를 열고, 코웃음을 치며 그것을 내던지는 장면이 나왔다. 카메라는 바닥에 떨어진 편지를 가까이서 잡았다.

화면은 초기 무성 영화처럼 일그러졌고, 영상과 소리가 엇갈렸다. 다시 틀에 든, 깜박이는 제목이 나타났다.

「……이제 나는 당신의 도착적인 욕정에 대한
혐오스러운
진실을 알고 있소.
우리 사이는 모든 것이 끝났소.
나는 당신의 혐오스러운 남편으로 남을 테지만
그것도 오래가지는 않은 거요…… 드 베르 경!」

새로운 장면. 침대에 누워 있는 릴리를 카메라가 위에서 찍은 것이었다. 화장복은 사라진 상태였다. 코르셋과 그물 스타킹. 그녀는 루주를 진하게 바르고, 마스카라를 한 얼굴이었다. 그녀는 적절하게 입을 내밀며 요부 같은 표정을 지었다. 하지만 시각적 효과는 언어적 효과로부터 아주 동떨어져 있지는 않았다. 대부분의 포르노그래피와 마찬가지로 — 이 경우에는 의도적이었을 것이다 — 이 영화는 위험할 정도도 우스꽝스러운 것에 근접해 있었다.

모든 것이 농담으로, 취향이 나쁜 농담이긴 하지만 어쨌든 농담으로 끝나야 했다.

욕망으로 숨을 헐떡이며 그녀는
말할 수 없는 죄를 함께 저지를
석탄처럼 검은 파트너가 도착하기를 기다리고 있다.

같은 장면으로 돌아왔다. 갑자기 그녀가 추파를 보내며 프

랑스 사창가의 놋쇠 침대에서 일어나 앉았다. 다른 누군가가
방 안에 들어와 있었다.

희가극 가수
검은 황소의 입징.

열린 문 장면. 터무니없게 몸에 꽉 끼는 바지와 소매가 느
슨한 하얀 블라우스를 입은 조였다. 검은 황소라기보다는 검
은 투우사 같았다. 그는 문을 닫고 음침한 표정을 지었다.

그들이 아는 유일한 언어.

영화는 외설스럽게 바뀌었다. 그녀가 달려가 그를 맞이하
는 장면. 그는 앞으로 나가 그녀의 두 팔을 잡았고, 그들은 사
납게 키스를 했다. 그는 그녀를 침대로 끌고 갔고, 두 사람은
침대 위로 쓰러졌다. 그리고 그녀가 그의 위로 올라가 그의
얼굴과 목에 키스를 퍼부었다.

수사슴 검둥이와 백인 여자.

그녀는 검은색 속옷 차림으로 벽에 기대어 두 팔을 벌리고
서 있었다. 조는 웃통을 벗은 채 그녀 앞에 무릎을 꿇고 앉아
손바닥으로 코르셋 아래에 있는 그녀의 젖가슴을 더듬었다.
그녀는 그의 머리를 움켜쥐고 자신의 몸에 밀착시켰다.

이것을 위해 그녀는 사랑하는 남편과
사랑스러운 아이들과 친구와 친척과
종교를, 모든 것을 희생했다.

그다음에는 5초 정도의 물신 숭배적인 막간극이 나왔다. 그는 바닥에 누워 있었다. 맨살이 드러난 다리의 클로즈업 장면이 있었는데, 그것은 그의 배 위에 올린 검은 하이힐을 신은 발에서 끝났다. 그는 그녀의 발을 두 손으로 애무했다. 나는 의심이 들기 시작했다. 얼마든지 여느 백인 여자의 다리일 수도 있었고, 여느 흑인의 배와 손일 수도 있었다.

정열이 고조된다.

그녀가 그를 벽에 밀치고, 키스를 하는 방을 가로질러 보여주는 장면. 그는 손을 그녀의 등 뒤로 가져가 코르셋의 고리를 풀기 시작했다. 검은 팔에 안겨 있는 벌거벗은 긴 등. 카메라가 다가가 두 사람을 서투르게 추적했다. 검은 손이 암시적으로 움직였다. 그녀의 하얀 몸에 가려 보이지 않았지만, 조는 이제 알몸인 게 분명했다. 나는 그의 얼굴은 볼 수 있었지만, 화질이 너무 형편없어 조인지 분명치 않았다. 그리고 그녀의 얼굴도 시종 보이지 않았다.

수치를 모르는.

나는 충격을 받기보다는 의심스러운 생각이 들기 시작했

다. 아주 짧은 장면들의 연속. 드러난 하얀 젖가슴과, 드러난 검은 허벅지, 침대 위에 있는 알몸의 두 인물이 반복되었다. 하지만 카메라가 너무 뒤로 물러나 있어 인물을 확인하는 게 불가능했다. 여자의 금발도 너무 반짝이는 금발 같았고, 가발처럼 보였다.

이 짐승 같은 향연이 벌어지는 사이
점잖은 사람들은 일상적인 삶을 살고 있다.

미국의 도시처럼 보이기는 하지만 어딘지 알 수 없는 어느 도시의 거리 장면. 사람들로 붐비는, 출근 시간대의 포장도로. 화질은 다른 장면들보다 나았는데, 다른 영화에서 잘라 낸 게 분명해 보였다. 그리고 그 장면 때문에 〈도색적인〉 장면들이 훨씬 더 케케묵고 폐소 공포증을 유발하는 것처럼 보였다.

외설적인 애무.

누구의 것인지 알 수 없는 하얀 손이 가장 평범한 방식으로 역시 누구의 것인지 알 수 없는 남근을 만지고 있었다. 그 것의 음란함은 두 사람이 눕고, 그 짓을 하는 것을 촬영할 수 있다는 사실에 있었다. 하지만 화면에 보이는 것은 흉터가 없는 오른손 손목이었다. 손가락은 플루트를 연주하듯 장난 스러운 제스처를 보이고 있었지만, 이제 나는 그것이 릴리의 손이 아니라는 것을 확신할 수 있었다.

초대.

침대에 누운 알몸의 여자를 위에서 찍은, 가장 심하게 포르노그래피적인 장면이 나왔다. 이번에도 역시 여자의 얼굴은 뒤로 틀어져 거의 화면 밖에 있었다. 그녀가 흑인을 받아들이기를 기다리는 장면이 나왔다. 흑인의 검은 등은 카메라에서 가까이 있었다.

한편.

갑자기 화질이 바뀌었다. 다른 상황에서 다른 카메라로 무척 흔들리며 찍은 장면이었다. 사람들로 붐비는 레스토랑에 있는 두 사람. 그들이 누구인지 깨닫고 나는 예리한 충격과 심한 분노를 느꼈다. 앨리슨과 나였다. 피레우스에서 보낸 첫날 저녁이었다. 화면에 잠시 아무것도 떠오르지 않다가, 다시 우리 모습이 나왔다. 순간적으로 나는 그것이 우리라는 것도 알지 못했다. 어떤 마을의 가파른 길을 앨리슨이 내려가고 있었고, 나는 1~2미터 정도 뒤처져 있었다. 둘 다 지친 모습이었다. 너무 멀어 얼굴 표정은 볼 수 없었지만, 우리 사이의 거리와 걷는 모습으로 우리가 비참하다는 것을 알 수 있었다. 그것을 알아볼 수 있었다. 아라호바로 돌아가는 중이었다. 가로로 된 검은 창살이 장면 마지막을 흐릿하게 한 것으로 보아, 카메라맨은 어떤 오두막에 숨어 덧문 뒤에서 찍은 것 같았다. 전시에 찍은 빔멜의 영상이 생각났다. 그리고 여기에 함축된 의미도 깨달았다. 우리가 미행당하고, 감시당하고, 촬영당했다는 것이었다. 파르나소스의 헐벗은 위쪽 비탈에서는 불가능했겠지만, 숲 속에서라면…… 나는 물웅덩이와 내 벌거벗은 등에 내리쬐던 햇빛, 그리고 내 아래 누운 앨리슨을 떠올렸다. 그 모든 순간이 사람들에게 알려졌을 수도 있다는 것이 너무나 끔찍하고, 너무나 모독적으로 여겨졌다.

나는 앎에 의해 옷과 살이 벗겨졌다. 그들은 늘 알고 있었다.

다시 공백 화면. 그리고 새로운 제목.

성교 행위.

하지만 일련의 숫자들과 번쩍이는 하얀 긁힌 자국들이 화면에 나왔다. 필름이 다 돌아간 것이었다. 영사기에서 탁탁 튀는 소리가 났다. 화면이 하얘졌다. 누군가가 문으로 달려 들어와, 영사기의 전원을 껐다. 나는 모욕적인 말을 툴툴거렸다. 나는 그들이 그 포르노그래피에서 보이는 뻔뻔스러움과 용기를 잃기를 기다렸다. 하지만 그 남자 — 문으로 새어 들어오는 희미한 불빛 덕분에 그가 아담이라는 것을 알 수 있었다 — 는 스크린 쪽으로 가, 그것을 한쪽으로 치웠다. 나는 다시 혼자 남게 되었다. 30초 정도 방은 어두운 상태였다. 그런 다음 커튼 뒤에서 불이 켜졌다.

교구 회관에서 연극을 할 때처럼 누군가가 뒤에서 줄로 커튼을 당기기 시작했다. 커튼이 3분의 2 정도 열렸을 때 멈추었다. 하지만 그 훨씬 전에 교구 회관에서 하는 연극 같은 분위기는 사라진 상태였다. 빛은 천장에 있는 차양에서 흘러나오고 있었다. 하지만 차양은 빛을 차단해 빛은 그 아래에 있는 것들에 부드럽고 아늑한 원추형으로 떨어졌다.

아프간 카펫처럼 보이는, 황금빛이 나는 황갈색의 거대한 깔개가 덮인 낮은 소파가 있었다. 그 위에 완전히 알몸인 릴리가 있었다. 그녀의 흉터는 볼 수 없었지만 그녀라는 것을 알 수 있었다. 그녀는 언니만큼 햇빛에 검게 타 있지 않았다. 장식적인 금박과 조각된 소파 머리 쪽 판자에 기대어 쌓아 놓은 진한 금색, 호박색, 장미색, 그리고 밤색의 베개들에 기댄 그녀는 교묘하게 고야의 「옷을 벗은 마하」를 모방한 자세로 내 쪽을 향해 비스듬히 누워 있었다. 그녀는 두 손을 머리 뒤로 가져가, 자신의 나체를 바치고 있었다. 그것은 과시하는 것이 아니라 바치는 것이었다, 신성한 태고의 사실로 진술된 채. 사타구니만큼 성적인 드러난 겨드랑이. 그 모든 벌꿀색 살갗 중 자신들만이 깨물려 멍이 든 — 혹은 그럴 수 있는 — 것처럼 홍옥수(紅玉髓) 색을 띤 젖꼭지. 점점 가늘어지는 곡선, 허벅지와 발목과 작은 맨발. 그리고 내가 있는 곳의 그림자 속을 오만하면서도 차분하게 들여다보는, 아무것도 드러내지 않는 움직이지 않는 눈.

그녀의 뒤, 뒤쪽 벽에는 날씬한 검은색 아치가 있는 아케이드가 그려져 있었다. 처음에는 부라니를 재현한 것이라는 생각이 들었지만. 폭이 너무 좁았고, 무어풍의 가는 아치 꼭대기가 있었다. 고야…… 알람브라 궁전인가? 나는 소파에 다리가 없고, 방 한쪽 끝이 로마의 욕탕처럼 약간 낮게 되어 있다는 것을 깨달았다. 아래로 내려가는 다른 계단들은 커튼에 가려져 있었다.

녹색 빛이 도는 황갈색 빛 속에 누워 있는 형체는 전혀 미동도 하지 않았다. 그녀는 캔버스 속의 인물처럼 나를 응시했다. 그림 속의 인물 같은 포즈는 너무도 오래 유지되었고, 그래서 나는 그것, 나체의 수수께끼이자 영원히 도달할 수 없는 그 살아 있는 그림이 위대한 피날레라고 생각하기 시작했다.

몇 분이 흘렀다. 사랑스러운 육체는 그것의 수수께끼 속에 누워 있었다. 나는 그녀가 숨을 쉬느라 가슴이 거의 알아차리지 못할 정도로 부풀어 오르는 것만 볼 수 있었다…… 아니, 정말로 본 것일까? 몇 초간 나는 실물 크기의 멋진 밀랍 인형을 바라보고 있었다.

하지만 그때 그녀가 움직였다.

그녀는 고개를 돌려 옆얼굴을 보였고, 레카미에 부인[134]의 고전적인 제스처로 불을 켜고 커튼을 열어젖힌 누군가를 반기듯 우아하게 오른팔을 내밀었다. 새로운 인물이 등장했다.

조였다.

그는 온통 금실로 수를 놓은, 시대가 불분명한, 순백의 망토를 입고 있었다. 그는 소파 뒤로 가 섰다. 로마 시대인가? 황후와 그녀의 노예? 그는 한순간 나를, 아니, 내 쪽을 바라보았다. 그리고 나는 그가 노예일 수 없다는 것을 깨달았다. 그는 너무도 당당하고, 너무도 검게 고귀했다. 그는 그 방을, 무대를, 그 여자를 소유하고 있었다. 그가 그녀를 내려다보자, 그녀는 목을 백조처럼 틀고 애정이 넘치는 눈길로 그를 올려다보았다. 그는 그녀가 내민 손을 잡았다.

문득 나는 그들이 누구인지, 그리고 내가 누구인지를 이해했다. 그리고 그 순간이 어떻게 준비되었는지 깨달았다. 나 역시 새로운 역할이 있었다. 나는 입에 물린 재갈을 벗으려고 이빨로 물고, 입을 쩍 벌리고, 머리를 팔에 문지르며 안간힘을 썼다. 하지만 재갈은 너무 단단히 묶여 있었다.

무어인 같은 검둥이가 그녀의 옆에 무릎을 꿇고 앉아, 어깨에 키스를 했다. 가느다란 하얀 팔이 그의 검은 머리를 껴

134 Julie, dame de Récamier(1777~1849). 프랑스의 유명한 사교계 부인. 선천적인 미모를 지닌 그녀의 문예 살롱에는 작가와 화가뿐만 아니라 많은 정치가도 모여들었다.

안았다. 긴 순간이 흘렀다. 여자가 뒤로 쓰러졌다. 그가 그녀를 살펴보며, 천천히 목에서 허리까지 손으로 쓰다듬었다. 마치 그녀가 비단인 것처럼. 그녀의 투항을 확신한 듯. 그런 다음 그는 조용히 일어서 헐렁한 옷의 어깨 부분에 있는 브로치를 풀었다.

나는 눈을 감았다.

〈어떤 것도 진실하지 않다. 모든 것이 허용되어 있다.〉

콘키스가 한 말. 〈그의 역할은 아직 끝나지 않았소.〉

나는 다시 눈을 떴다.

도착적인 것도 없었고, 내가 사랑을 나누고 있는 사랑하는 두 사람 외의 다른 것을 지켜보고 있다는 것을 암시하려는 어떤 시도도 없었다. 체육관의 두 권투 선수를, 또는 무대 위의 두 곡예사를 보는 것과 같았다. 하지만 그들에게 곡예적이거나 폭력적인 것은 전혀 없었다. 그들은 마치 현실이 영화 속의 터무니없는 지저분함과는 정반대되는 것임을 보여주려는 것처럼 행동했다.

나는 한참 동안 눈을 감고 보기를 거부했다. 하지만 끔찍한 관음증 환자처럼 고개를 들고 다시 보지 않을 수 없었다. 팔에 감각이 없어지기 시작했는데 그것은 또 다른 고문이었다. 사자 색 침대 위의, 빛을 발하면서도 창백한 몸과 풍요롭게 검은 몸의 두 사람은 나와, 자신들의 법규를 제외한 모든 것은 망각한 채 서로를 껴안고 또 껴안았다.

그들이 한 행위 자체는 외설스럽지 않았으며, 단지 사적이며 친숙한 것이었다. 지구가 회전하는 매일 밤 1억 번은 행해지는 생물학적 의식이었다. 하지만 나는 그들이 내 앞에서 그것을 한 것은 무엇 때문인지, 콘키스는 어떤 믿을 수 없는 논리를 사용한 것인지, 그리고 그들은 자신들에게 어떤 논리를 사용한 것인지 상상해 보려 했다. 이제 릴리는 처음 시작했을 때 뒤처졌던 것만큼 시간에 있어 나보다 훨씬 앞서 있는 것 같았다. 어떻게 해서 그녀는 다른 사람들이 혀를 통해서만 거짓말을 할 수 있는 것처럼, 몸을 통해 거짓말을 하는 법을 배운 것이었다. 어쩌면 그녀는 어떤 완전한 성적 해방의 상태를 바랐으며, 그것을 보여 주는 것이 내게 이미 여분의 〈해독 과정〉이 진행된 것 이상으로 자신에게 자기증거로 필요했는지도 몰랐다.

내가 여자에 대해 이해했다고 생각한 모든 것이 깊은 물속으로 가라앉는 물체처럼, 수수께끼 속으로, 왜곡하는 그림자와 물결 속으로 후퇴하며 뒤엉키며 흘러 들어갔다. 검정 아치 같은 그의 긴 등과, 그녀의 사타구니와 결합되어 있는 그의 사타구니. 벌어진 하얀 무릎. 그 순종하는 무릎 사이의 격렬한 움직임과, 완전한 소유. 뭔가가 그녀가 아르테미스를 연기했던 날 밤의 사건을 떠올리게 했다. 아폴론의 이상할 정도로 흰 피부. 나뭇잎으로 만든 희미한 황금색 관. 운동선수 같은 몸과, 살아 있는 대리석. 그리고 그때 나는 아폴론과 아누비스를 같은 남자가 연기했다는 것을 알았다. 그녀가 떠난 그날 밤과…… 이튿날 해변에서의 순수한 처녀. 예배당. 내 마음속에서 검은 인형이 흔들렸고, 두개골이 악의적인 미소를 지었다. 아르테미스, 아르테미스, 영원한 거짓말쟁이.

그는 조용히 자신의 오르가슴을 축하했다.

두 개의 육체는 침대라는 제단 위에 미동도 없이 누워 있었다. 고개를 돌린 그의 머리는 그녀의 머리에 가려져 있었고, 그녀의 손이 그의 어깨와 등을 애무하는 게 보였다. 나는 아픈 팔을 틀에서 자유롭게 해 틀을 뒤집으려고 안간힘을 썼다. 하지만 그것은 특별한 꺾쇠로 벽에 고정되어 있었고, 고리는 나무 사이로 걸쇠가 걸려 있었다.

참기 어려운 침묵 후 그가 침대에서 일어서, 무릎을 꿇고 거의 형식적으로 그녀의 어깨에 키스를 한 후 망토를 챙겨 조용히 무대를 떠나 그림자 속으로 들어갔다. 그녀는 그가 떠났을 때와 똑같이 쿠션 사이에 파묻힌 채 잠시 누워 있었다. 그러다가 몸을 일으켜 왼쪽 팔꿈치에 기대고 처음과 같은 자세로 누웠다. 그녀의 시선은 내게 고정되어 있었다. 원한도 후회도, 승리도 악도 없는. 데스데모나가 베네치아를 한 번 돌아보았을 때처럼.

몰이해와 당혹스러운 분노에 휩싸인 베네치아를. 어떤 점에서 나는 쓰이지 않은 6막에서 이아고가 벌한 반역자가 되었다. 지옥에서 사슬에 묶인. 하지만 나는 또한 베네치아이기도 했다. 뒤에 남겨진 나라. 여정이 시작된 곳.

커튼이 천천히 닫혔다. 나는 내가 시작한 곳에, 어둠 속에 남게 되었다. 뒤쪽의 빛 또한 꺼졌다. 순간적으로 현기증이 일었고, 방금 전 그 일이 정말로 일어났는지 의심스러웠다. 유도된 환각인가? 재판이 정말 있었던 건가? 모든 게 다 정말 일어난 건가? 하지만 팔의 심한 통증이 모든 게 실제로 일어났다는 것을 말해 주고 있었다.

그런데 그 고통, 그 순수한 육체적 고문 속에서 나는 이해가 되기 시작했다. 나는 이아고였다. 하지만 동시에 십자가에 못 박혔다. 십자가에 못 박힌 이아고. 릴리의 변형들이 내 안에 있는 맹목성을, 어떤 악령을 추적하는 바쿠스 신의 여사제들처럼 내 머릿속을 사납게 지나갔다. 문득 나는 그녀의 가면 뒤의 그녀의 진짜 이름을 알게 되었다. 그리고 왜 그들이 오셀로의 상황을 선택했는지, 왜 이아고인지. 그것들을 통과해, 나는 그녀의 진짜 이름을 알게 되었다. 나는 용서할 수가 없었고, 더욱더 분노를 느꼈다.

하지만 나는 그녀의 진짜 이름을 알게 되었다.

　문간에 어떤 형체가 나타났다. 콘키스였다. 그는 내가 틀에 매달려 있는 곳으로 와, 내 앞에 섰다. 나는 눈을 감았다. 팔의 통증만이 생생했다.

　나는 재갈 사이로 신음과 고함 소리를 냈다. 정확히 그것이 무엇을 말하는지, 고통스럽다는 것인지, 아니면 다시 그를 만나게 되면 사지를 갈갈이 찢어 버릴 거라는 건지 나 자신도 알 수 없었다.

　「이제 당신이 선택되었다는 것을 말하려고 온 거요.」

　나는 세게 머리를 가로저었다.

　「당신에게는 선택권이 없소.」

　나는 여전히 고개를 가로저었지만, 좀 더 지쳐 있었다.

　평생을 산 것보다 더 나이 들어 보이는 눈으로 그는 나를 응시했다. 마치 자신이 아주 얇은 지레에 너무 많은 압력을 가하기라도 한 듯 그의 표정에 약간의 연민의 빛이 떠올랐다.

　「미소 짓는 법을 배워요, 니컬러스. 미소 짓는 법을 배워요.」

　그가 말하는 〈미소〉라는 것은 내가 아는 것과는 다른 것을 의미한다는 생각이 들었다. 내가 그의 미소 속에서 늘 발견한 아이러니와 유머의 결여, 그리고 무자비함은 그가 의도적으로 끼워 넣은 것이었다. 그에게 미소는 본질적으로 잔인한 어떤 것이었는데, 그 이유는 자유가 잔인하며, 우리의 현존에 대해 최소한 부분적으로 책임을 지게 만드는 자유가 잔인하기 때문이다. 따라서 미소는 삶에 대해 취하는 〈태도〉라기보다는, 삶의 잔인함 — 우리는 그 잔인함을 피할 수 없는데, 왜냐하면 그것이 인간의 실존이기 때문이다 — 의 〈본질〉이다. 콘키스는 〈미소 짓는 법을 배워요〉라는 말을 통해 미소 짓는 사람이 〈미소를 짓거나 그것을 참는〉 것보다 훨씬 이상한 뭔가를 의미했다. 그 무엇보다 그것은 〈잔인해지는 법을 배워라, 냉담해지는 법을 배워라, 살아남는 법을 배워라〉를 의미했다.

우리에게는 작품이나 역할에 대한 선택권이 없고, 작품은 늘「오셀로」이기에, 존재하는 것은, 변함없이, 이아고가 되는 것이다.

콘키스는 아주 살짝 고개를 숙여 절 — 어울리지 않는 예의 속에 내포된 아이러니와 경멸로 가득한 — 을 한 후 방을 나갔다.

그가 사라지자마자, 안톤이 아담과 검은 셔츠를 입은 몇 명과 함께 들어왔다. 그들은 수갑을 풀고, 내 팔을 내렸다. 검은 셔츠를 입은 두 명이 들고 있던 기다란 검은색 막대를 펼치자 들것이 되었다. 그들은 강제로 나를 그 위에 눕혀, 다시 내 손목에 수갑을 채워 양옆에 고정했다. 나는 싸울 수도 그만하라고 사정할 수도 없었다. 그래서 그들을 보는 것을 피하려고 눈을 감은 채 수동적으로 누워 있었다. 에테르 냄새가 났고, 주사 바늘이 나를 찌르는 것이 아주 희미하게 느껴졌다. 그리고 이번에는 망각이 빨리 찾아오기를 바랐다.

63

나는 폐허가 된 벽을 바라보고 있었다. 몇 군데 마지막으로 회칠한 자국이 있었지만, 대부분은 거친 돌로 이루어져 있었다. 많은 돌이 떨어져 내려 벽 아래의 부스러진 회반죽 덩어리들 사이에 널브러져 있었다. 그때 염소 방울 소리가 아주 희미하게 들렸다. 잠시 나는 그대로 누워 있었다. 내가 벽을 볼 수 있게 하는 빛이 어디에서 오는지, 그리고 방울 소리와 바람 소리와 칼새가 날카롭게 내지르는 소리가 어디에서 들려오는지 알아내기 위해 애를 쓰기에는 여전히 너무 약에 취해 있었다. 나는 죄수에 조건화되어 있었다. 마침내 나는 손목을 움직여 보았다. 손은 자유로웠다. 나는 고개를 돌려 보았다.

지붕의 틈새로 빛이 들어오는 게 보였다. 5미터 떨어진 곳에 부서진 문이 있었다. 그 바깥에는 눈을 멀게 하는 햇빛이 비치고 있었다. 나는 공기 매트리스 위에 거친 갈색 담요를 덮고 누워 있었다. 뒤를 돌아보았다. 내 여행 가방이 있었고, 그 위에 잡다한 물건들이 있었다. 보온병, 갈색 종이 포장, 담배와 성냥, 보석함처럼 생긴 검은색 상자, 그리고 봉투 하나였다.

나는 자리에서 일어나 앉아 머리를 흔들었다. 그리고 담요를 옆으로 치우고, 비틀거리는 걸음으로 고르지 못한 바닥을 지나 문 쪽으로 갔다. 나는 언덕 꼭대기에 있었다. 내 앞 비탈에는 폐허가 넓게 펼쳐져 있었다. 석조 건물 수백 채가 있었는데 모두 폐허가 되어 있었고, 대부분은 쌓여 있는 회색의 부스러기 돌들과 회색 벽의 조각들에 지나지 않았다. 군데군데 무너진 정도가 다소 덜한 집들도 있었다. 2층의 일부와 하늘이 보이는 창문, 시커먼 문이 남아 있는 집도 있었다. 하지만 아주 놀라운 것은 기울어진 그 사자(死者)의 도시 전체가 그것을 둘러싼 바다보다 3백 미터는 높은 공중에 떠 있는 것처럼 보인다는 것이었다. 나는 손목시계를 보았다. 시계는 아직 가고 있었다. 5시 직전이었다. 나는 벽 꼭대기에 올라가, 주위를 둘러보았다. 늦은 오후의 해가 있는 방향으로 산들이 있는 본토가 남북으로 멀리까지 뻗어 있었다. 나는 어떤 거대한 갑 꼭대기에, 바다와 중세 히로시마의 어떤 하늘 사이에, 지구상의 마지막 인간으로 홀로 있는 것 같은 느낌이 들었다. 그리고 잠시 몇 시간이 지났는지, 아니면 문명 전체가 사라졌는지 알 수 없었다.

세찬 바람이 북쪽에서 불어왔다.

나는 방으로 돌아와, 여행 가방과 다른 물건들을 갖고 햇빛 속으로 나갔다. 먼저 봉투를 보았다. 안에는 내 여권과 10파운드 상당의 그리스 돈, 그리고 타자 친 종이 한 장이 들어 있었다. 달랑 세 문장이었다. 〈오늘 밤 11시 반, 프락소스로 가는 배가 있음. 당신은 모넴바시아의 구시가지에 있음. 내려가는 길은 남동쪽임.〉 날짜도, 서명도 없었다. 나는 보온병을 열었다. 커피였다. 커피를 뚜껑에 가득 따라 한 모금 마셨다. 포장지 안에는 샌드위치가 있었다. 나는 그날 아침 느꼈던 것과 같은 감정을 느끼며 샌드위치를 먹기 시작했다. 커피와 빵, 그리고 야생 마요라나와 레몬주스를 뿌린 차가운 양고기의 맛에서 강렬한 쾌감을 느꼈다.

그리고 그것에 이제 거대한 탁 트인 풍경의 느낌과, 풀려났으며 살아남았다는 느낌이 더해져 활력이 느껴졌다. 무엇보다 그 경험에 대한 놀라운 느낌이 있었다. 그 경험의 유일함이 내게 전해졌고, 나는 그것을 화성 여행을 한 것처럼, 다른 누구도 갖지 못한 상처럼, 커다란 비밀처럼, 간직했다. 그리고 나는 깨어나 나 자신의 행동을 보다 나은 빛 속에서 보게 된 것 같았다. 그 재판과 해독 과정은 내가 정상적임을 시험하기 위한 사악한 환상이었고, 그것을 통해 내가 정상적이라는 사실이 입증되었다. 궁극적으로 굴욕을 당한 것은 그들이었고 나는 그 놀라운 마지막 연기가 어쩌면 서로에게 굴욕적인 것으로 의도되었을 수도 있다는 것을 알아차렸다. 그 일이 일어나는 동안 그것은 이미 충분한 것 이상의 상처를 단도로 악의적으로 쑤시는 것처럼 보였지만, 이제는 그것 또한 앨리슨과 나에 대한 그들의 염탐과 훔쳐보기에 대한 복수일 수도 있다는 생각이 들었다.

나는 내가 모호하게 승리했다는 기분이 들었다. 다시 자유로워졌지만, 새로운 자유 속에서…… 나는 어떤 식으로 정화되었다.

마치 그들이 잘못 계산을 한 것 같았다.

그 기분은 점점 고조되었고, 내가 앉아 있는 따뜻한 바위를 만지고, 멜테미가 불어오는 소리를 듣고, 다시 그리스의 공기 냄새를 맡고, 어느 날 오려고 했던 적도 있는, 잊힌 지브롤터 해협의 그 기이한 고지에 홀로 있는 것이 기쁨이 되었다. 분석과 복수와 기록 등은 학교에서 해명할 일과, 한 해를 더 남을지 아닐지에 대한 결정과 마찬가지로 나중의 일로 여겨졌다. 가장 중요한 것은 내가 살아남았으며, 그 모든 것을 통과했다는 것이었다.

그 후 나는 그 기쁨에는 — 그 모든 모욕과, 잘못 이용된 앨리슨의 죽음, 그리고 나의 자유를 통해 취해진 그 야만적인 자유들 위의 그 광택 아래에는 — 인위적이고 부자연스러운 뭔가가 있다는 것을 깨달았다. 그리고 다시 콘키스가 건 최면하에서 모든 것이 유도되었다는 생각이 들었다. 그것은 커피와 샌드위치처럼 위안의 일부인지도 몰랐다.

나는 검은 상자를 열었다. 안에는 올이 거친 녹색 나사 천 위에 스미스 앤드 웨슨 권총 한 자루가 있었다. 나는 권총을 집어 들어 꺾었다. 그리고 탄환 여섯 발의 밑부분을 보았다. 작고 둥근 황동에 회색 납의 눈이 있었다. 그 유혹은 분명했다. 나는 탄환을 하나 꺼냈다. 공포탄이 아니었다. 나는 총구를 북쪽 바다로 향하고, 방아쇠를 잡아당겼다. 총성에 귀가 멍해졌고, 내 위쪽 창공을 날던 갈색과 하얀색의 거대한 칼새들이 사납게 흩어졌다.

콘키스의 마지막 장난이었다.

나는 1백 미터 정도 더 올라 언덕의 정상으로 갔다. 북쪽으로 그리 멀지 않은 곳에 폐허가 된 성벽이 있었다. 베네치아나 오스만 제국의 요새의 마지막 잔해였다. 거기서 15 내지 25킬로미터 정도 북쪽으로 뻗은 해안선이 보였다. 길고 하얀 해변과, 20킬로미터 정도 떨어진 곳에 있는 마을과, 흩어져 있는 한두 채의 집과 예배당이 있었고, 그 너머로는 거대한 산이 우뚝 솟아 있었다. 나는 그것이 파르논 산이 틀림없다는 것을 알고 있었는데, 맑은 날 부라니에서도 보였다. 프락소스 섬은 북동쪽으로 바다 너머 50킬로미터가량 떨어진 곳에 있었다. 나는 아래를 내려다보았다. 고원은 2백 미터 남짓의 가파른 절벽으로, 밑에는 자갈이 깔린 좁은 해안이 있었다. 성난 바다가 육지와 만나는 곳은 비취색 리본으로, 그 너머는 하얀 말처럼, 그리고 그 뒤는 진한 파란색으로 보였다. 나는 낡은 요새에 서서 남은 다섯 발의 총알을 바다를 향해 발사했다. 뭔가를 겨냥하지는 않았다. 그것은 축포였으며, 죽음에 대한 거부의 표현이었다. 다섯 번째 총성이 울린 후 나는 손잡이를 잡아 총을 공중으로 던졌다. 권총은 포물선을 그리며 공중에 떠 있다가, 천천히, 천천히 공기의 심연 사이로 떨어졌다. 나는 절벽 가장자리에 배를 깔고 엎드려, 권총이 바다 가장자리의 바위 사이에 충돌하는 것을 보았다.

나는 내려가기 시작했다. 잠시 후에는 돌로 막은 커다란 수조로 이어지는 문을 두 번 지나는 좀 더 나은 길로 들어섰다. 거대한 바위의 남쪽 면에서는 멀리 아래로, 절벽 바닥에서부터 바다에 이르기까지 가파르게 뻗어 있는 땅 옆에 성벽으로 둘러싸인 오래된 읍이 있는 게 보였다. 폐허가 된 집이 많았지만, 지붕이 남은 집도 몇 채 — 여덟, 아홉, 열 — 있었고, 교회도 몇 개 있었다. 긴 내리막길 터널은 장애물이 걸쳐져 있는 또 다른 문으로 이어져 있었는데 그것이 염소 떼가 없는 이유를 설명해 주고 있었다. 염소에게도 위아래로 가는 길은 하나밖에 없는 게 분명했다. 나는 장애물을 넘어, 햇빛 속으로 나갔다. 수세기는 된, 회색과 검은색의 현무암 포장도로가 절벽 아래로 이어져 있었는데, 그것은 결국에는 성벽으로 둘러싸인 읍의 붉은 황토색 지붕들이 있는 집들로 향해 있었다.

나는 하얗게 회칠한 집들 사이로 난 골목길로 들어섰다. 소작인 노파 하나가 자기 집 문 앞에 야채가 든 사발을 들고 서서 닭에게 야채를 주고 있었다. 면도도 하지 않은 채 여행 가방을 들고 있는 내가 아주 이상하고 낯설게 보였을 게 분명했다.

「*Kal' espera*(안녕하십니까)?」

「*Pois eisai?*」 그녀는 어떻게 된 일인지 알고 싶어 했다. 「*Pou pas?*」 그것은 호메로스 시절부터 그리스 소작인들이 물어 온 질문이었다. 〈당신은 누구요? 어디로 가는 거요?〉

나는 영국인으로, 영화를 찍고 있던 회사 사람이라고 했다.

「저 위에서 무슨 영화를 찍었죠?」

나는 손을 내저으며, 그건 문제가 되지 않는다고 말하며, 터무니없는 질문을 무시하고 지나갔다. 그리고 마침내 썰렁한 작은 중심가에 이르렀다. 폭은 2미터도 안 되었고, 양옆으로 비좁게 늘어선 집들은 대부분 덧문이 내려져 있거나 비어 있었다. 하지만 한군데 간판이 보여, 안으로 들어갔다. 술집 주인인 수염을 기른 노인이 희미한 구석에서 나왔다.

레치나가 담긴 푸른색 철제 술잔과 올리브를 놓고, 나는 알아내야 하는 모든 것을 알아냈다. 우선 나는 하루를 놓친 상태였다. 재판은 그날 아침이 아니라 그 전날 있었다. 그리고 그날은 일요일이 아니라 월요일이었다. 나는 또다시 24시간 넘게 약에 취해 있었던 것이다. 그사이 다른 무슨 일이 있었는지가 궁금했다. 나는 내 마음 가장 깊은 곳을 뒤졌다. 모넴바시아에 온 영화사는 없었다. 규모가 큰 단체 관광객도 없었다. 열흘 전부터 외국인은 온 적이 없었다…… 프랑스인 교수 부부가 왔을 뿐이었다. 그 교수는 모습이 어땠나요? 그는 살이 무척 쪘고, 그리스어를 하지 못했다……. 노인은 어

제나 오늘 저 위에 누군가가 올라갔다는 얘기는 듣지 못했
다. 안타까운 일이지만, 모넴바시아를 보러 온 사람들이 없
었다. 저 위에 벽에 그림이 그려진 커다란 수조가 있는가? 아
니, 그런 건 없다. 폐허뿐이다. 그 후 가게를 나온 나는 읍의
낡은 문을 지나, 절벽 아래까지 가보았는데, 거기에는 배가
들어와 들것을 든 서너 명의 남자를 내려놓을 수도 있는, 무
너져 가는 선착장 두세 곳이 있었다. 그들은 아직 사람들이
사는 몇 채 안 되는 집들을 통과할 필요도 없었고, 한밤중에
왔을 것이었다.

펠로폰네소스 반도에는 코로네, 메토네, 필로스, 코리파시
온, 파사바 등 도처에 고성들이 있었다. 그곳들에는 모두 커다
란 수조가 있었고 전부 모넴바시아에서 하루면 올 수 있었다.

나는 돌풍을 뚫고 둑길을 지나 기선이 들어오는 본토의 작
은 마을로 갔다. 그곳 술집에서 형편없는 식사를 마친 뒤, 부
엌에서 면도를 했다. 이제 나는 관광객처럼 보였다. 나는 요
리사 겸 급사에게 질문을 했지만 그 역시 노인보다 더 아는
게 없었다.

멜테미에 심하게 흔들린 작은 기선은 예정 시각보다 늦게
자정 무렵에 도착했다. 진주색 불빛이 있는 연한 청록색 띠로
장식한 배는 심해의 괴물처럼 보였다. 나와 다른 두 명의 승
객은 거룻배를 타고 기선으로 다가갔다. 나는 황량한 살롱에
서 배멀미와 싸우며, 모넴바시아에 채소를 사러 온 아테네 상
인이 계속해서 해대는 말을 피하며 두 시간 정도 앉아 있었
다. 그는 가격에 대해 계속 불평을 늘어놓았다. 그리스에서는
늘 대화가 정치가 아닌 돈으로 이어진다. 그리고 정치에 대한
이야기가 나오는 것은 돈과 관련해서일 때뿐이다. 결국 배멀
미가 사라졌고, 나는 그 상인을 좋아하게 되었다. 그와 신문

지로 싼 뭉치들은 내가 다시 돌아온 세계의 것으로 알아볼 수 있고, 위치를 알 수 있는 것들이었다. 반면 며칠간 나는 내 앞을 지나가는 모든 낯선 사람들을 의심스럽게 보아야 했다.

배가 섬에 가까워졌을 때 나는 갑판으로 나갔다. 바람이 부는 어둠 속에 검은 고래 한 마리가 나타났다. 부라니 곶은 알아볼 수 있었지만, 집은 보이지 않았고, 물론 불빛도 없었다. 내가 서 있는 앞쪽 갑판에는 열두어 명의 사람들이 쓰러져 있었다. 삼등실 승객인 가난한 소작인들이었다. 다른 사람들의 삶이 수수께끼처럼 다가왔다. 그리고 콘키스의 가면극에 돈이 얼마나 들었는지 궁금했다. 그 소작인들 중 한 명이 1년 동안 힘들여 버는 수입의 50배는 될 터였다. 그렇다면 한 사람이 일생 동안 버는 돈에 해당하는 셈이다.

되캉. 밀레. 순무 밭에서 호미질을 하는 사람들.

내 옆에는 일가족으로 보이는 사람들이 있었다. 남편은 머리를 부대 자루에 베고 등을 돌린 자세였고, 사내아이 둘이 몸을 따뜻하게 하기 위해 그와 그의 아내 사이에 있었다. 얇은 담요 한 장이 그들 위로 덮여 있었다. 아내는 하얀 스카프를 중세 시대처럼 턱 주위에 단단히 묶고 있었다. 요셉과 마리아. 아내의 한 손은 앞에 있는 아이의 어깨에 놓여 있었다. 나는 호주머니를 뒤졌다. 내가 받은 돈 가운데 7~8파운드가 아직 남아 있었다. 나는 주위를 둘러본 후, 재빨리 몸을 숙여 작은 지폐 다발을 여자 머리 뒤, 담요 주름 속에 꽂았다. 그리고 뭔가 부끄러운 짓을 한 것처럼 몰래 그곳을 벗어났다.

새벽 3시 15분 전에 나는 교사 숙사의 계단을 조용히 올라갔다. 내 방은 깨끗했고, 완전히 정리되어 치워져 있었다. 한 가지 바뀐 것은 시험지 더미가 사라지고 없다는 것이었다. 대신 책상 위에는 몇 통의 편지가 놓여 있었다.

내가 첫 번째 편지를 연 이유는 이탈리아에서 내게 편지를 할 만한 사람을 떠올릴 수 없었기 때문이다.

　　　　7월 14일　　　　　　　　　　　수비아코 근처
　　　　　　　　　　　　　　　　　　사크로 스페코 수도원

　친애하는 어프 씨,
　당신의 편지는 잘 받았습니다. 처음에는 답장을 하지 않기로 했다가, 다시 생각해 본 결과, 당신이 상의했으면 하는 문제에 대해 내가 상의할 준비가 되어 있지 않다는 것을 알려드리는 편지를 쓰는 게 당신에게 더 공정할 거라는 생각을 했습니다. 이와 관련한 내 결심은 최종적인 것입니다.
　당신이 어떤 식으로도 더 이상 질문을 하지 않는다면 나는 무척 고마워할 겁니다.

　　　　　　　　　　　　　　　　　당신의 진실한,
　　　　　　　　　　　　　　　　　존 르베리에

글씨는 흠잡을 데 없이 깔끔하고 읽기 쉬웠지만, 글이 다소 가운데로 쏠려 있었다. 나는 그 편지에서 — 만약 그것이 마지막으로 위조된 것이 아니라면 — 깔끔하고 괴팍한 남자를 떠올렸다. 아마 어떤 피정 중에 있는, 내가 학부생이었을 때 옥스퍼드의 무슈 녹스와 팜스트리트를 점잔빼며 걸어다닌, 생기라곤 없는 젊은 가톨릭교도 중 하나인 것 같았다.
　다음 편지는 자신을 여자 교장으로 밝힌 사람이 쓴 것으로 런던에서 온 것이었다. 편지지 위에는 멋진 진짜 신원이 기재되어 있었다.

　줄리 홈스 양
　줄리 홈스 양은 우리 학교에 1년만 재직했는데, 고전을 가르쳤으며, 저학년을 대상으로 영어와 성서도 조금 가르쳤습니다. 그녀는 훌륭한 교사가 될 자질을 보였고, 무척이나 믿을 수 있고, 양심적이었으며, 제자들에게도 인기가 많았습니다.

나는 그녀가 연극 일을 시작한 것으로 알고 있지만, 다시 교직에 돌아오려 하고 있다는 말을 들으니 매우 기쁩니다.

덧붙여 말하면, 그녀는 우리가 매년 공연하는 연극을 아주 성공적으로 연출했으며, 우리 학교의 〈젊은 기독교〉 학회에서 주도적인 역할을 했습니다.

홈스 양을 진심으로 추천하는 바입니다.

아주 우스웠다.

그다음 편지 역시 런던에서 온 것이었다. 안에는 타비스톡 극단에 보낸 내 편지가 들어 있었다. 누군가가 성급하지만 정확하게, 내가 요청했던 대로 준 홈스와 줄리 홈스의 에이전트 이름을 편지 아래에 파란색 연필로 휘갈겨 써 놓았다.

다른 한 통은 오스트레일리아에서 온 것이었다. 안에는 발신자의 이름을 적어 넣을 수 있는 공백과 함께, 테두리가 검은 카드가 있었다. 누군가가 다소 병적으로 유치하게 그렇게 한 것 같았다.

고인이 편히 잠들기를 바라며

메리 켈리 부인

그녀의 최근의

비극적인 죽음에 대한 위로의 편지에

감사드립니다.

마지막 편지는 앤 테일러가 보낸 것이었다. 안에는 엽서 한 장과 사진 몇 장이 들어 있었다.

　이것들을 발견했어요. 당신이 사진들을 좋아할 거라고 생각했어요. 원판은 켈리 부인에게 보냈어요. 나는 당신이 편지에서 말한 것을 이해하며, 우리 모두 저마다 다른 방식으로 자신들에게 잘못이 있다고 느껴야 해요. 한 가지 내가 앨리가 바라지 않을 거라고 생각하는 것은 우리가 그녀의 죽음을 너무 심각하게 받아들이는 거예요. 이제 그것은 아무런 소용도 없을 테니까요. 나는 아직도 믿을 수가 없어요. 나는 그녀의 모든 물건을 포장해야 했어요. 그것이 어떤 느낌인지는 당신도 상상할 수 있을 거예요. 그때에는 무척 불필요하게 여겨졌지만 나는 다시 울 수밖에 없었어요. 그래요, 우리 모두 그 일을 극복해야 할 것 같아요. 다음 주에 나는 고향으로 갈 예정이에요. 그리고 가능한 한 빨리 켈리 부인을 만날 생각이에요.

당신의,
앤

　화질이 좋지 않은 여덟 장의 스냅 사진 중 다섯 장은 나와 풍경을 찍은 것이었고, 세 장만 앨리슨의 사진이었다. 한 장은 그녀가 종기가 난 소녀 위로 무릎을 꿇고 앉은 것이고, 다른 한 장은 오이디푸스의 십자로에 서 있는 것이고, 마지막 한 장은 파르나소스의 노새 몰이꾼과 함께 찍은 사진이었다. 십자로에서 찍은 사진에서 그녀는 카메라에 가까이 있었는데, 늘 그녀의 솔직함을 가장 잘 드러내 주는, 직접적이고 반은 사내아이 같은 미소를 짓고 있었다…… 그녀는 자신을 뭐라고 불렀던가? 조악하고, 소금처럼 솔직한. 나는 우리가 어떻게 차에 탔는지, 내가 아버지에 대해 어떻게 얘기했는지를 떠올렸다. 그 얘기도 그녀의 솔직함 때문에 그렇게 말할 수 있었다. 나는 그녀가 거짓말을 하지 않는 거울과 같은 여자라는 것을 알고 있었던 것이다. 나에 대한 그녀의 관심도, 그녀의 사랑도 실제적인 것이었다. 변함없는 실제성, 그것이 그녀의 최고의 미덕이었다.

나는 책상에 앉아 그 얼굴과, 여전히 존재하면서도 영원히 사라진 그 한순간 바람에 이마 옆으로 날린 머리칼을 보았다.

슬픔이 나를 휩쓸고 지나갔다. 잠을 잘 수가 없었다. 나는 편지와 사진들을 서랍에 넣고, 다시 밖으로 나가 해안을 따라 걸었다. 바다 건너 멀리 북쪽으로 관목에 불을 놓은 게 보였다. 루비처럼 붉은 불길의 끊긴 선이 산을 가로질러 이동하고 있었다. 내 안에서도 불길의 선이 지나가고 있었다.

결국 나는 무엇이었던가? 콘키스가 말한 것과 무척 비슷했을 것이다. 잘못된 방향으로 무수하게 돈 존재의 순수한 합에 지나지 않았다. 나는 그 재판의 프로이드적인 전문 용어를 대부분 별로 중요하지 않게 생각했다. 하지만 평생 동안 나는 삶을 소설로 바꾸고, 현실을 멀리 두려 했다. 나는 언제나 제삼자가 감시를 하고, 귀를 기울이고, 좋고 나쁜 행위에 대해 점수를 주기라도 하는 것처럼 행동해 왔다. 나는 사람을 기쁘게 할 수 있는 힘과, 자신을 사소한 존재로 느낄 수 있는 감수성, 그리고 소설가인 신이 원한다고 믿는 것에 자신을 맞출 수 있는 능력을 가진 소설 속 인물처럼 소설가 같은 신에게 자신을 맡겼다. 나는 초자아의 이 거머리 같은 다양한 모습을 창조했으며, 그것을 길렀고, 그 때문에 늘 자유롭게 행동할 수 없었다. 그것은 나의 변호인이 아니라 폭군이었다. 그리고 이제 나는 그것을 보았으되, 너무 늦은 죽음으로 보게 되었다.

나는 해변에 앉아, 회색 바다 위로 동이 트기를 기다렸다.
견딜 수 없을 정도로 고독했다.

64

내 본성이 그래서인지, 아니면 나의 마지막 긴 수면 동안
콘키스가 내게 주입한 쿠에[135]식의 낙관주의 때문인지는 알
수 없었지만, 날이 밝아 오면서 점점 기분은 침울해졌다. 진
실을 지지해 주는 증거나 증인을 제시할 수 없다는 것은 나
도 잘 알고 있었다. 그리고 콘키스처럼 병참술을 철저히 믿
는 자가 자신의 은거처를 무질서하게 남겨 놓은 채 떠났을
리 없었다. 그는 내가 경찰에 가는 것이 자신에게 당장의 위
협이 되리라는 것을 알고 있을 게 분명했다. 그 경우 그가 어
떤 조치를 취하리라는 것은 분명했다. 나는 이제 그와 그의
〈배우들〉이 그리스를 떠났을 거라고 추측했다. 그렇다면 헤
르메스 같은 사람을 제외하고는 질문을 할 사람도 없었다.
헤르메스는 어쩌면 내가 생각한 것보다 훨씬 더 순수한지도
몰랐다. 그리고 파타레스쿠가 있지만 그는 아무것도 인정하
지 않을 터였다.

진짜 유일한 증인은 데메트리아데스밖에 없었다. 강제로
털어놓게 할 수는 없었지만, 나는 처음 그의 친절한 순수함
을 기억했다. 그리고 내가 부라니에 가기 전, 그들이 주로 그
에게 정보를 의존했던 때가 있었던 게 분명했다. 학생들이
그와 토론을 할 때 알게 된 것처럼 그는 어느 정도 판단이 날

135 Emile Coué(1857~1926). 프랑스의 의학자. 암시의 원리와 방법을
질병 치료에 활용하여 큰 명성을 얻었다.

카롭기도 했는데, 특히 진짜 열심히 일하는 사람과 지적인 게으름뱅이를 나눌 때에는 더욱 그랬다. 나에 대한 그의 또 다른 상세한 보고가 어떤 것이었을지를 생각하자 화가 났다. 나는 누군가에게 일종의 물리적 보복을 가하고 싶었다. 그리고 내가 화가 나 있다는 것을 학교 전체에 알리고 싶었다.

제1교시는 들어가지 않았다. 학교에의 극적인 재입장을 아침 식사 시간까지 미뤘다. 내가 모습을 나타내자, 마치 요란하게 우는 개구리들이 있는 물웅덩이에 돌멩이를 던진 것처럼 갑자기 조용해졌다. 갑자기 목소리를 죽이더니 점차 다시 소음이 되살아났다. 아이들 몇 명은 히죽 웃음을 짓고 있었다. 다른 선생들은 내가 결정적인 범죄를 저지른 것처럼 나를 쳐다보았다. 데메트리아데스는 식당 끝에 앉아 있었다. 그가 어떤 행동을 할 수 없게 나는 아주 빠르게 곧장 그를 향해 갔다. 그는 반쯤 일어나다가, 무슨 일이 있을지를 깨달은 듯, 겁에 질린 피터 로어[136]처럼 재빨리 다시 자리에 앉았다. 나는 그의 앞에 버티고 섰다.

「일어나, 망할 자식.」

그는 살짝 미소를 지으려 한 후 옆에 있는 학생을 향해 어깨를 으쓱했다. 나는 그리스어로 큰 소리로 내 말을 반복하고, 그리스 조롱 한마디를 덧붙였다.

「일어나라니까, 이 기둥서방아.」

다시 쥐죽은 듯 고요해졌다. 데메트리아데스는 얼굴이 빨개져 식탁을 내려다보았다.

그의 앞에는 걸쭉한 빵과 꿀을 탄 우유가 담긴 쟁반이 있었다. 그가 매일 아침 먹는 식사였다. 나는 쟁반을 집어 그의 얼굴에 뒤집었다. 그의 셔츠와 비싼 양복이 온통 음식물로

---

136 Peter Lorre(1904~1964). 영화배우.

범벅이 되었다. 그는 벌떡 일어서 손으로 음식물을 닦아 냈다. 그가 아이처럼 화가 나 시뻘건 얼굴로 나를 올려다보는 순간 나는 그의 오른쪽 눈두덩을 한 대 쳤다. 쓰러뜨릴 정도는 아니었지만, 충분히 셌다.

사람들이 전부 일어섰다. 반장들이 질서를 지키라고 소리를 질렀고, 체육 선생이 달려와 내 뒤에서 팔을 잡았다. 하지만 나는 그에게 다 괜찮으며, 다 끝났다고 말했다. 데메트리아데스는 꼭 오이디푸스처럼 두 손으로 눈을 가린 채 서 있었다. 그런 다음 예고도 없이 나를 향해 돌진해, 노파처럼 발길질을 하고 손톱으로 할퀴려 했다. 평소 그를 경멸하던 체육 선생이 내 앞을 막아서면서, 그의 팔을 잡아 금방 꼼짝 못하게 했다.

나는 몸을 돌려 밖으로 나갔다. 데메트리아데스는 내가 이해하지 못하는 욕설을 퍼부었다. 문간에 급사가 서 있는 걸 보고, 나는 커피를 방으로 가져다 달라고 부탁했다. 그런 다음 내 방에 앉아 기다렸다.

아니나 다를까 2교시가 시작되자마자, 나는 교장실로 불려갔다. 노인 옆에는 교감, 사감, 그리고 체육 선생이 있었다. 체육 선생은 내가 다시 소동을 피울 경우를 대비해서 부른 것 같았다. 안드루초스 사감은 프랑스어를 유창하게 했고, 통역자로 그 군법 회의에 출두한 게 분명했다.

나는 자리에 앉자마자 편지 한 장을 건네받았다. 아테네의 교육 위원회에서 보낸 것이었다. 프랑스의 관청 어투로 쓰여 있었고, 날짜는 이틀 전으로 되어 있었다.

바이런 경 학교 교육 위원회는 교장이 제출한 보고서에 대해 협의한 결과, 유감스럽게도 상기 계약서 제7조 〈교사로서 만족스럽지 않은 행동〉 규정에 의거해, 귀하와의 계약을 파기해야 한다는 결론에 이르렀다.

상기 규정에 따라 귀하의 봉급은 9월 말까지 지불될 것이며, 귀국에 필요한 항공료도 지불될 것이다.

심리도 없이 판결만 있었다. 나는 고개를 들어 네 사람의 얼굴을 쳐다보았다. 그들은 무엇보다 당혹한 표정을 짓고 있었고, 안드루초스의 얼굴에는 유감의 기색까지 어려 있었다. 하지만 공모를 한 흔적은 전혀 보이지 않았다.

나는 말했다. 「교장 선생님까지 콘키스 씨의 돈을 받고 있다는 것은 몰랐습니다.」

안드루초스는 당황해하는 게 분명했다. 「*A la solde de qui*(누구한테 매수된 거죠)?」 나는 그 말을 프랑스어로 했다. 그는 내가 화가 나 다시 말한 것을 번역했다. 하지만 교장도 당황해했다. 실제로 그는 명목상 교장으로, 실제 교장이라기보다는 미국의 대학 총장에 더 가까운 위엄 있는 인물이어서 부당한 해고를 묵인할 사람은 전혀 아니었다. 그렇다면 데메트리아데스는 내가 생각한 것 이상으로 눈에 멍이 들게 맞을 만했다. 데메트리아데스와 콘키스와 교육 위원회에 소속된 어떤 영향력 있는 제3의 인물. 비밀 보고서…….

교장과 교감 사이에 그리스어로 빠른 대화가 오갔다. 콘키스라는 이름이 두 번 들렸지만, 그들이 말하는 것을 이해할 수 없었다. 안드루초스가 통역을 했다.

「교장 선생님은 당신이 말한 것을 이해하지 못하십니다.」

「이해하지 못한다고요?」

나는 노인을 향해 위협적으로 얼굴을 찌푸렸지만, 그가 정말로 이해하지 못하고 있다는 생각이 이미 꽤 들었다.

교감의 신호에 안드루초스가 종이 한 장을 들고 읽었다. 「당신에 관한 다음과 같은 진정이 접수되었소. 첫째, 당신은 학교 생활에 적응하는 데 실패했으며, 이번 마지막 학기 중에는 거의 매 주말마다 자리를 비웠소.」나는 웃기 시작했다. 「둘째, 당신은 반장을 두 차례나 매수해, 자습 시간 감독을 맡게 했소.」그것은 사실이었지만, 매수라고 해봤자, 작문 숙제를 면제해 준 게 고작이었다. 그 방법을 가르쳐 준 자는 데메트리아데스였다. 그리고 그것을 보고할 수 있는 것은 그자뿐이었다. 「셋째, 당신은 교사로서 가장 심각한 의무인 시험지 채점을 하지 않았소. 넷째, 당신은…….」

하지만 그 소극은 그 정도로 충분했다. 나는 자리에서 일어섰다. 교장이 근엄한 표정으로 입술을 내밀며 말했다.

〈교장 선생님은 또한〉 하고 안드루초스가 통역을 했다. 「오늘 아침 식사 시간에 당신이 동료에게 가한 정신 나간 공격은 자신이 바이런과 셰익스피어의 나라에 대해 늘 가져 온 존경에 돌이킬 수 없는 해를 끼쳤다고 하고 계십니다.」

「맙소사.」나는 큰 소리로 웃으면서, 안드루초스를 향해 손가락을 흔들었다. 체육 선생이 당장이라도 달려들 자세를 취했다. 「이제 내 말을 들어요. 교장에게 이렇게 말해요. 나는 아테네로 갈 거요. 영국 대사관과 교육성과 신문사에 찾아갈 거요. 내가 그런 수고스러운 일을 하는 건…….」

나는 말을 끝맺지 않았다. 경멸의 눈초리로 그들을 훑어보고는 밖으로 나갔다.

내 방으로 돌아온 나는 짐을 제대로 싸는 것도 허락되지 않았다. 5분도 지나지 않아서 문을 두드리는 소리가 들렸다. 나는 쓴웃음을 지으며, 문을 난폭하게 열었다. 하지만 거기에는 뜻밖에도 교감이 서 있었다.

그의 이름은 마브로미칼리스였다. 그는 학교를 행정적으로 운영하고 있었고, 훈육 부장을 겸하고 있었다. 40대 후반의 대머리인 그는 수용소의 부관처럼 깡마른 체구에, 성격이

딱딱했고, 다른 그리스인들과도 거의 접촉을 하지 않았다. 나는 그와 상관이 있었던 적이 거의 없었다. 상급생에게 그리스 통속어를 가르치는 그는 나름대로 역사적 전통을 지키고 있었고, 광신적으로 자기 조국을 사랑했다. 독일군 점령기에는 아테네에서 유명한 지하신문을 발행하기도 했는데, 당시 그가 사용한 고전적인 가명은 〈오 부플릭스*O Bouplix*〉, 즉 소 모는 막대기였고, 그것이 그 후 그의 별명이 되었다. 사람들 앞에서는 늘 교장에게 존경을 표했지만, 여러 점에서 학교의 성격을 가장 많이 규정한 것은 그의 정신이었다. 그는 그리스인의 영혼에 아직도 남아 있는 비잔틴적인 나태를 그 어떤 외국인 이상으로 격렬하게 증오했다.

그는 거기에 서서 나를 자세히 바라보았고, 나는 문간에 선 채 그의 눈에 담긴 뭔가에 놀라며 화가 가라앉는 것을 느꼈다. 그는 만일 사정이 허락했다면 웃었을 거라는 것을 암시했다. 그가 조용히 말했다.

「*Je veux vous parler, Monsieur Urfe*(얘기를 해도 되겠소, 어프 씨)?」

그 순간 나는 다시 놀랐는데, 왜냐하면 그가 그전에 그리스어 이외의 말로 내게 말을 한 적이 한 번도 없었기 때문이다. 나는 늘 그가 다른 나라 말은 전혀 모른다고 생각해 왔다. 나는 그를 방으로 들어오게 했다. 그는 침대 위에 열린 채 놓여 있는 여행 가방을 한 번 슬쩍 바라보고는, 나를 책상 뒤쪽 의자에 앉게 했다. 그는 창가에 있는 의자에 앉아 팔짱을 꼈다. 그리고 교활하고도 예리한 눈으로 나를 쳐다보았다. 그는 아주 신중하게 침묵이 자신을 대신해서 말하게 하고 있었다. 그 순간 나는 알았다. 교장에게 나는 단지 나쁜 교사였지만, 그에게는 다른 뭔가였던 것이다.

나는 〈*Eh bien*(그래서요)?〉 하고 차갑게 말했다.

「이 상황들에 대해 유감스럽게 생각하오.」

「그 말씀을 하러 오신 건 아니겠죠.」

그가 나를 쳐다보았다. 「우리 학교가 좋은 학교라고 생각하시오?」

「친애하는 마브로미칼리스 씨, 만약 선생님께서 상상하기에……」

그는 날카롭게, 하지만 상대를 누그러뜨리며 손을 들었다. 「나는 단지 동료로서 여기 온 거요. 이건 진지한 질문이오.」

그의 프랑스어는 녹이 슬어 답답했지만, 그래도 결코 초보 수준은 아니었다.

「동료라고요…… 사자(使者)가 아니라?」

그는 나를 흘끗 쏘아보았다. 그에 관한 학생들 사이의 농담이 있었다. 그가 지나가면 매미도 말을 멈춘다는 것이었다.

「내 질문에 대답을 해주시오. 우리 학교가 괜찮은가요?」

나는 초조하게 어깨를 으쓱했다. 「학업 수준에 있어서는요. 예, 틀림없어요.」

잠시 그는 나를 더 바라보다가 요점을 얘기했다. 「우리 학교를 위해 나는 스캔들 같은 것은 일어나지 않기를 바라오.」

나는 그 일인칭 단수가 함축하는 바를 알아차렸다.

「당신은 전에 그것을 생각했어야 했소.」

다시 침묵이 흘렀다. 그가 말을 이었다. 「그리스에 이런 민요가 있소. 빵을 얻기 위해 훔치는 사람은 죄가 없지만, 황금을 얻기 위해 훔치는 사람은 죄가 있다.」 그는 내가 자신의 말을 알아들었는지 보기 위해 나를 살폈다. 「만일 사임을 원한다면…… 감독관은 그것을 틀림없이 받아들일 거요. 다른 편지는 잊힐 거고요.」

「어느 감독관을 말씀하시는 거죠?」

그는 아주 희미하게 미소를 지었지만 아무 말도 하지 않았다. 그리고 나는 그가 결코 아무 말도 하지 않으리라는 걸 알았다. 이상한 방식으로, 어쩌면 내가 책상 뒤에 앉아 있었기 때문인지 모르지만 포학한 심문관처럼 느껴졌다. 그는 용감한 애국자였다. 마침내 그는 창밖을 내다보며, 마치 상관이 없는 듯 〈우리에게는 훌륭한 과학 실험실이 있소〉 하고 말했다.

나도 그것을 알고 있었다. 나는 그곳에 있는 장비를 전쟁이 끝난 뒤 학교가 다시 문을 열었을 때, 익명의 기증자가 기증했으며, 교무실에서 떠도는 〈전설〉에 따르면, 그 돈은 어느 돈 많은 독일군 부역자에게서 짜낸 것이라는 것을 알고 있었다.

나는 〈알겠습니다〉 하고 말했다.

「나는 당신에게 사직을 권하려고 왔소.」

「내 전임자들처럼 말입니까?」

그는 대답하지 않았다. 나는 고개를 저었다.

그가 진실에 더 가깝게 다가갔다.「나는 당신에게 무슨 일이 있었는지 모르오. 그걸 용서하라는 얘기는 아니오. 다만 이걸 용서하라는 얘기요.」그는 학교를 가리켰다.

「어쨌든 나를 나쁜 교사라고 생각하시는 것 같군요.」

그가 〈우리는 당신에게 훌륭한 추천장을 써줄 거요〉 하고 말했다.

「그것은 내 질문에 대한 대답이 아닌데요.」

그가 어깨를 으쓱했다.「계속 고집을 부린다면…….」

「내가 그토록 나쁜가요?」

「우리 학교에는 최고가 아닌 사람을 위한 자리가 없소.」

소를 모는 듯한 그의 눈초리에 나는 시선을 아래로 내렸다. 침대 위에는 여행 가방이 기다리고 있었다. 나는 아테네로, 어디로든, 신원도 없고, 어떤 일에 연루되는 일도 없는 곳으로 벗어나고 싶었다. 나는 내가 좋은 교사가 아니라는 것을 알고 있었다. 하지만 그것을 인정하기에는 다른 곳에서 너무 많이 매질을 당하고 옷이 벗겨진 상태였다.

「나한테 너무 많은 걸 요구하는군요.」그는 준엄한 얼굴로 침묵을 지켰다.「한 가지 조건을 들어주면 아테네에서 조용히 있죠. 그가 그곳에서 나를 만난다는.」

「불가능하오.」

침묵이 흘렀다. 그의 편집광적인 학교에 대한 의무감이 콘키스에 대한 충성심과 어떻게 공존할 수 있는지 궁금했다. 호박벌 한 마리가 창문에서 위협적으로 떠돌다가 사라졌다. 나의 분노도 그 모든 것을 끝내고, 그것들과 결별하고자 하는 욕망 앞에서 뒤로 물러났다.

나는〈왜 하필 당신이죠?〉하고 말했다.

그는 엷고 작은 미소를 지었다.「전쟁이 일어나기 전, 그럴 만한 사정이 있었소.」

나는 그가 당시 그 학교에서 가르치지 않았다는 것을 알고 있었다. 그렇다면 부라니에서 무슨 일이 있었던 게 틀림없었다. 나는 책상을 내려다보았다.「나는 바로 출발하고 싶어요. 오늘.」

「나도 그럴 거라고 생각했소. 하지만 더 이상 소동은 없겠죠?」

「두고 보죠. 만일⋯⋯.」이번에는 내가 제스처를 했다.「단지 지금의 상황 때문이라면요.」

「좋소.」그는 거의 따뜻하게 말한 후, 책상을 돌아와 내 손을 잡았다. 그리고 때로 콘키스가 그런 것처럼 내 말을 믿는다는 듯 내 어깨를 잡기까지 했다.

그런 다음 재빨리 사라졌다.

그렇게 해서 나는 쫓겨났다. 교감이 방을 나가자마자 나는 다시 분노를 느꼈다. 다시 한 번 채찍을 휘두르지 못한 데서 오는 분노였다. 학교를 떠나는 것은 상관이 없었다. 다시 1년을 끌며, 부라니가 존재하지 않는 척하며, 우울하게 과거 속에서 사는 것은…… 생각조차 할 수 없었다. 하지만 그 섬과 빛과 바다를 떠나는 것은 달랐다. 나는 창밖의 올리브 나무들을 내다보았다. 갑자기 사지를 잃어버린 것처럼 느껴졌다. 소동을 피우고 싶지 않았던 것은 그것이 비열해서가 아니라 쓸데없는 일이었기 때문이다. 무슨 일이 있건 나는 프락소스에 다시 사는 것이 영원히 금지되었다.

잠시 후 나는 계속해서 짐을 쌌다. 경리과에서 사환을 통해 봉급과, 아테네에서 귀국을 위해 필요한 것을 처리하기 위해 가야 하는 여행사 주소를 보내왔다. 정오 직후에 나는 학교 정문을 마지막으로 나갔다.

나는 파타레스쿠의 집으로 곧장 갔다. 소작인 여자가 나와, 의사가 한 달 일정으로 로도스 섬에 가고 없다고 했다. 나는 언덕 위에 있는 집으로 갔다. 정문을 두드렸지만 아무도 대답을 하지 않았다. 문은 잠겨 있었다. 나는 마을을 지나 항구로 가, 늙은 바르바 디미트라키를 만났던 술집으로 갔다. 바랐던 대로 게오르기우가 내가 묵을 만한 근처 오두막의 방을 알고 있었다. 나는 아이를 시켜, 학교에 가 내 짐을 물고기를 나르는 수레에 싣고 오게 했다. 그런 다음 빵과 올리브를 조금 먹었다.

오후 2시, 오후의 사나운 햇빛 속에서 나는 힘겹게 가시가 있는 배나무 울타리 사이로 중앙 산등성이를 향해 가기 시작했다. 나는 램프와 쇠지레, 그리고 쇠톱을 갖고 갔다. 소동을 피우지 않는 것과 조사를 하지 않는 것은 별개의 문제였다.

<h1 style="text-align:center">65</h1>

부라니에 도착한 것은 3시 반경이었다. 옆쪽의 틈과, 정문 위에는 철조망이 쳐져 있었고, 〈대합실〉이라는 팻말은 새 게시판에 가려 있었다. 거기에는 〈사유지, 출입 엄금〉이라고 그리스어로 적혀 있었다. 그렇지만 정문을 타고 넘어가는 것은 무척 쉬웠다. 하지만 안에 들어가자마자 무차 해변의 나무들 사이에서 사람의 목소리가 들려왔다. 나는 연장과 램프를 덤불 뒤에 감추고, 정문을 타고 다시 나왔다.

소리 나지 않게 걷는 고양이처럼 긴장한 채, 나는 조심스럽게 길을 내려가, 해변이 바라다보이는 곳까지 갔다. 반대쪽 끝에는 작은 배 한 척이 정박해 있었다. 대여섯 명의 사람 — 화사한 수영복을 입은 것으로 보아 섬사람이 아니었다 — 이 있었다. 내가 지켜보는 동안, 남자 둘이 비명을 지르는 여자를 들어 자갈밭으로 가 바다에 던졌다. 라디오 소리가 시끄럽게 들렸다. 나는 그들을 알아볼 수도 있으리라는 기대에 나무들 주변으로 몇 미터 더 다가갔다. 하지만 여자는 키가 작고 피부가 검은 전형적인 그리스 여자였다. 뚱뚱한 여자 둘과 서른 정도 된 남자 하나, 그리고 좀 더 나이 든 남자 둘이 있었다. 전에 본 적이 없는 얼굴들이었다.

내 뒤에서 무슨 소리가 들렸다. 누더기 같은 회색 바지를 입은, 작은 배의 주인인 맨발의 어부가 예배당에서 나왔다. 나는 그에게 그들이 누군지 물었다. 아테네에서 온 소티리아데스 씨 가족으로, 매년 여름 그 섬에 온다고 했다.

아테네 사람들이 8월에 그 만에 많이 오느냐? 많이, 무척 많이들 온다. 그는 해변을 가리켰다. 지난 2주 동안 배가 열 척, 열다섯 척이 왔다. 사람들로 바다가 꽉 찰 정도였다.

부라니는 이제 미지의 장소가 아니었다. 그것이 내게는 그 섬을 떠날 최종적인 이유가 되었다.

집은 내가 마지막으로 보았을 때처럼 덧문이 닫혀 있고 잠겨 있었다. 나는 협곡을 지나 여우 굴로 갔다. 뚜껑문이 교묘하게 숨겨진 것에 다시 한 번 감탄을 하며, 나는 그것을 들어올렸다. 어두컴컴한 굴이 나타났다. 나는 램프를 갖고 내려가 불을 켰다. 그리고 다시 올라와 연장을 갖고 내려갔다. 첫 번째 곁간[137]에 있는 맹꽁이자물쇠의 걸쇠를 반쯤 쇠톱으로 잘라야 했다. 그런 다음 쇠지레의 압력을 이용해 그것을 부쉈다. 나는 램프를 들고 빗장을 뒤로 젖힌 뒤, 육중한 문을 당겨 열고 안으로 들어갔다.

북서쪽 모퉁이에 있는, 직사각형의 방이었다. 정면에 막은 게 분명한, 안쪽을 바깥쪽보다 넓게 낸 창구멍이 두 개 있었지만, 작은 환기용 창살이 있어 공기가 들어왔다. 맞은편 북쪽 벽을 따라서는 긴 붙박이 옷장이 하나 있었다. 동쪽 벽에는 더블 침대와 싱글 침대가 각각 하나씩 있었다. 테이블과 의자, 그리고 안락의자도 세 개 있었다. 바닥에는 펠트 천이 깔려 있고, 그 위에는 결이 거친 카펫이 있었다. 삼면의 벽은 하얗게 회칠을 해, 창문이 없음에도 불구하고 중앙의 방보다 덜 음울했다. 서쪽 벽, 침대 위에는 춤을 추는 티롤의 소작인들을 그린 커다란 벽화가 있었다. 승마용 가죽 바지를 입은 사람과, 치마가 날리는 바람에 꽃 자수 장식이 있는 스타킹 위쪽으로 다리가 보이는 여자가 있었다. 색채는 여전히 훌륭했다. 아니면 다시 칠한 것인지도 몰랐다.

옷장 안에는 릴리의 의상이 열두 벌 정도 있었는데, 그 가운데 최소한 여덟 벌은 그녀의 언니용으로 똑같은 것이 만들어

137 주가 되는 방에 딸린 방.

졌으며 몇 벌은 처음 보는 것들이었다. 일련의 서랍에는 과거에 사용된 장갑과 핸드백, 스타킹, 모자들이 있었다. 정신 사나운 리본에다 태머샌터[138] 모자가 달린, 린넨으로 만든 골동품 수영복도 있었다.

각각의 매트리스 위에는 담요가 쌓여 있었다. 나는 베개에 코를 대고 냄새를 맡아 보았지만, 릴리의 독특한 체취는 나지 않았다. 낡은 총안 사이, 테이블 위에는 서가가 하나 있었다. 나는 책 한 권을 빼냈다.〈완벽한 여주인. 상류 사회에서 관찰되고 실천되는, 에티켓의 원칙과 규칙에 대한 작은 심포지엄. 런던 1901년.〉에드워드 7세 시대의 소설 열두 편 정도가 수록되어 있었다. 면지에 누군가가 연필로 메모를 해놓은 상태였다.〈훌륭한 대화, 또는 유용한 상투어, 98페이지와 164페이지. 203페이지의 장면을 볼 것.《내가 키스를 범하기를 부탁하는 건가요?》하고 늘 장난스러운 패니가 웃으며 말했다.〉

서랍장도 하나 있었지만, 안에는 아무것도 없었다. 사실 실망스럽게도 그 방에는 사적인 것은 하나도 없었다. 나는 다시 뒤쪽으로 가 다른 맹꽁이자물쇠를 쇠톱으로 잘랐다. 뒤에 있는 방 역시 비슷하게 장식되어 있었다. 이번에는 눈 덮인 산들이 있는 또 다른 벽화가 있었다. 옷장에서 나는〈아폴론〉으로 분장한 인물이 썼던 뿔피리와, 로버트 풀크스의 의상, 주방장의 하얀 옷과 모자, 라프족의 작업복, 그리고 제1차 세계대전 당시 대위 군복 전부와 소총 여단 배지를 발견했다.

결국 나는 서가로 돌아갔다. 나는 초조하게 책 전부를 끌어내렸고, 그중 한 권에서 1914년『펀치』지(그 안에 있는 여러 사진에 빨간색 크레용으로 점이 찍혀 있었다)를 찾아냈고, 그 안에 들어 있는, 처음에 편지라고 생각한 것들의 작은

---

138 스코틀랜드의 민족시인 로버트 번스가 지은 시의 주인공이 항상 쓰고 있던 모자에서 이름이 유래한 큼직한 베레모.

파일을 쏟아 냈다. 하지만 그것은 편지가 아니라, 로네오 복사기로 복사한 종잇장들이었다. 그것들은 분명 어떤 지시를 전달하고 있었다. 날짜는 적혀 있지 않았다.

1. 익사한 이탈리아인 비행사
   우리는 이 에피소드는 생략하기로 결정했다.

2. 노르웨이
   우리는 그 에피소드와 함께 그곳에 대한 방문도 생략하기로 결정했다.

3. 이롱델
   주의해서 다룰 것. 여전히 다정한.

4. 예측 불가능한 사태에 대한 새로운 절차를 다음 주말까지 알고 있기를 바람. 릴리는 대상이 그러한 상황을 우리에게 강제할 수도 있다고 생각하고 있음.

나는 〈릴리〉라는 이름을 주목했다.

5. 이롱델
   지금부터 대상과의 대화는 피할 것.

6. 최종적인 국면
   핵심을 제외하고는 전부 7월 말까지 종료.

7. 대상의 상태
   모리스는 현재 대상이 유순한 상태에 이르렀다고 생각

하고 있음. 대상에게는 전혀 연극을 하지 않는 것보다는
어떤 연극이라도 하는 것이 낫다는 것을 명심할 것. 방
식을 바꾸고, 퇴장의 효과를 강화할 것.

여덟 번째 종이는 릴리가 내게 암송해 주었던 「템페스트」
의 구절을 타자 친 것이었다. 마지막으로, 다른 종이에 휘갈
겨 쓴 메시지가 있었다.

속옷과 책을 잊지 말라고 보에게 얘기할 것. 오, 그리고
화장지도 부탁함.

각각의 이 종잇장 뒤에는 릴리의 필적으로 보이는(혹은 그
렇게 보이도록 의도된) 글이 적혀 있었다. X 자로 지운 것과
수정한 것들도 있었다. 그 모두가 그녀가 한 것처럼 보였다.

1. 이것은 무엇인가?
   당신은 그것의 이름을 들어도
   이해하지 못할 것이다.
   왜 그런가?
   당신은 그 이유를 들어도
   이해하지 못할 것이다.
   그것은 존재하는가?
   당신은 그것조차 확신할 수 없다.
   빈방에 울리는 희미한 발소리.

2. 사랑은 실험의 과정이며,
   상상력의 한계에 이르는 것이다.
   사랑은 나의 과수원 속에 있는 당신의 남자다움이다.

사랑은 그것을 읽는 당신의 어두운 얼굴이다.
당신의 어둡고, 부드러운 얼굴과 손.
데스데모나는 했다.

그것은 미완성인 게 분명했다.

3.   **선택**
죽을 때까지 그를 살려 주라.
살 때까지 그를 괴롭혀라.

4.   위협적인 신
니컬러스
호문쿨루스[139]는
우스꽝스럽다

따라서 나의 비열한 것이
그에게 많은 것을
지체없이
주고 싶어 한다.

이 우스꽝스러운
니컬러스의
엉덩이 속에
아주 큰 것을

139 작은 사람이라는 뜻으로 인간이면서 인간이 아닌 자. 신화에서는 손
과 발이 인간의 두 배가 되며 입이 큰 인간과 유사한 생물로 묘사되고 있다.
인간에게 버림받은 존재라는 의미도 지닌다.

5. 마조흐 남작이 핀 위에 앉았다.
그런 다음 그것을 안으로 밀어 넣기 위해 다시 앉았다.
〈정말 멋져〉 하고 플라톤이 소리쳤다.
「구운 감자의 이데아라니.」
하지만 어떤 사람들에게는
배 속의 감자가 더 멋지다.

〈나의 친애하는 사람이여, 당신은 가끔 무서울 거예
요〉 하고
어떤 친구가 사드 부인에게 말했다.
「오, 정확히 무서운 건 아니고,
다만 약간 상처를 입었어요.」

내 카디건을 줘요,
내가 하디건에 대해 생각하게요.

필체가 계속 달라지는 것으로 보아, 자매들 사이에 일종의
게임이 있었던 게 분명했다.

6. 정오의 수수께끼가 충분하게 있네.
사람들이 너무 많이 찾는 바다 위로 난
사람들이 잘 찾지 않는 눈이 부신 길들은
충분한 미로와 가면을 갖고 있네.
달들 사이에서 몸을 뒤척일 필요는 없네.
여기 비밀스럽게 솟은 절벽 위에
이 빛의 하얀 분노 속에
정오의 수수께끼가 충분하게 있네.

마지막 세 장에는 동화가 적혀 있었다.

왕자와 마법사

옛날에 세 가지를 제외한 모든 것을 믿었던 젊은 왕자가 있었다. 그는 공주들을 믿지 않았고, 섬을 믿지 않았으며, 하느님을 믿지 않았다. 그런 것은 존재하지 않는다고 부친인 왕이 그에게 말했던 것이다. 부친의 영지에는 공주도, 섬도 없었고, 하느님의 흔적도 없었고, 젊은 왕자는 부친을 믿었다.

그러던 어느 날, 왕자는 왕궁에서 달아나, 이웃 나라로 갔다. 그곳에서는 놀랍게도 해안 어디서나 섬들이 보였고, 그 섬들에는 그가 감히 이름 붙일 수 없는 이상하고 무섭게 생긴 생물들이 있었다. 왕자가 배를 찾고 있는데, 야회복을 입은 사내 하나가 해안을 따라 그에게 다가왔다.

「저것들은 진짜 섬인가요?」 젊은 왕자가 물었다.

「물론 진짜 섬들이지.」 야회복 차림의 사내가 말했다.

「그리고 이상하고 무섭게 생긴 생물들은요?」

「저들은 진짜 공주들이지.」

「그럼 하느님도 존재하겠군요!」 왕자가 소리를 질렀다.

「내가 하느님이네.」 야회복 차림의 사내가 그렇게 말하며 고개를 숙였다.

젊은 왕자는 최대한 빨리 고향으로 돌아갔다.

「이제 돌아왔구나.」 그의 부왕이 말했다.

「저는 섬들과, 공주들과, 하느님을 보았습니다.」 왕자가 항의하는 투로 말했다.

왕은 아무런 반응을 보이지 않았다.

「진짜 섬도, 진짜 공주도, 진짜 하느님도 존재하지 않아.」

「그들을 봤는데요!」

「하느님이 어떤 옷을 입고 있더냐?」
「야회복 차림이었습니다.」
「소매가 접혀 있더냐?」
왕자는 그랬다는 것을 기억했다. 왕이 미소를 지었다.
「그것은 마법사의 제복이다. 너는 속은 거다.」
그 말에 왕자는 다시 이웃 나라로 가, 같은 해변으로 갔고 그곳에서 다시 야회복 차림의 사내를 만났다.
「부왕께서 당신의 정체를 알려 주셨소.」 왕자는 분개하며 말했다. 「지난번엔 나를 속였지만, 다시 속이지는 못할 거요. 이제 나는 저기 보이는 것들이 진짜 섬과 공주가 아니라는 것을 알고 있소. 당신은 마법사이니까요.」
해변의 사내는 미소를 지었다.
「속고 있는 건 자네일세. 자네 부친의 왕국에는 섬도, 공주들도 많이 있지. 하지만 자네는 아버지의 주문에 걸려 있어, 그것들을 볼 수가 없네.」
왕자는 생각에 잠겨 고향으로 돌아왔다. 아버지를 만난 왕자는 그의 눈을 들여다보았다.
「아버님, 아버님이 진짜 왕이 아니라, 마법사일 뿐이라는 게 사실입니까?」
왕은 미소를 지으며, 소매를 접었다. 「그렇다, 나의 아들아. 나는 마법사일 뿐이다.」
「그럼 해변의 그 남자는 하느님이었나요?」
「해변의 그 남자는 또 다른 마법사다.」
「저는 마법 너머에 있는 진실을, 진짜 진실을 알아야겠습니다.」
「마법 너머에 있는 진실이란 없다.」 왕이 말했다.
왕자의 마음은 슬픔으로 가득 찼다.
「저는 자살하겠습니다.」 왕자가 말했다.

왕은 마법으로 저승사자를 나타나게 했다. 저승사자는 문간에 서서 왕자에게 손짓을 해 가까이 오게 했다. 왕자는 몸을 떨었다. 아름답지만 비현실적인 섬들과 아름답지만 비현실적인 공주들을 떠올렸다.

「좋습니다.」왕자가 말했다. 「견딜 수 있습니다.」

그러자 왕이 말했다. 「내 아들아, 너 역시 이제 마법사가 된 것이다.」

시들이 한자리에서 쓰인 것처럼, 똑같은 연필로 동일한 압력으로 쓰인 것과 같이 〈지시〉는 동시에 타자를 친 것처럼 보였다. 나는 그 〈지시〉가 실제로 내려졌을 걸로는 믿지 않았다. 나는 이롱델과…… 〈여전히 다정한〉이라는 말에 대해 생각해 보았다. 내게 언급된 것은 아닌 게 분명했다. 그것은 내게 보여지지 않은 어떤 놀라운 것과 에피소드였다. 시들과 인식론적인 짤막한 우화는 좀 더 이해하기가 쉬웠고 분명한 목적이 있었다. 그들은 분명 내가 여우 굴에 침입하리라고는 생각지 못했을 것이다. 그곳의 도처에 그러한 단서들이 널려 있는 것을 보면 그들 측에서는 내가 그들에 대해 아주 작은 부분만을 발견할 거라고 생각했던 것 같았다. 하지만 내가 찾아낸 것은 대담하게 심어 놓은 단서들과는 다른 방식으로 내게 다가왔다. 이번에는 좀 더 확신이 들었다. 물론 그전에 내게 주어진 다른 단서들과 마찬가지로 나를 잘못된 길로 나아가게 할 수도 있었다.

나는 부라니에서 시간을 낭비하고 있었다. 그곳에서 내가 발견할 수도 있는 것들 역시 혼란을 가중시킬 뿐이었다.

그것이 그 우화의 의미였다. 그토록 미친 듯이 찾으면서 나는 그 여름에 일어난 사건들에서 탐정 소설을 만들고 있었다. 그리고 삶을 탐정 소설로, 추리하고 추적해 포착할 수 있는 뭔가로 보는 것은 탐정 소설을 가장 중요한 문학 장르라고 보는 — 실제로 탐정 소설은 가장 중요하지 않은 문학 장르였다 — 것만큼이나 비현실적이었다(시적이지 않은 건 말할 필요도 없고).

무차 해변에서 처음 사람들을 보았을 때, 나는 그 모든 것에도 불구하고 충격적이리만큼 강렬한 흥분을 느꼈다. 하지만 그들이 단순한 관광객에 지나지 않는다는 것을 깨달았을 때, 나는 흥분했던 만큼이나 계시적인 실망을 느꼈다. 어쩌면 그것이 내가 콘키스에게 느낀 가장 깊은 분노였을 것이다. 〈그가 내게 한 일이 아니라, 그 일을 하기를 중단했다는 것.〉

나는 집에도 쳐들어가, 일종의 복수처럼 그곳에 있는 뭔가를 부술 생각이었다. 하지만 갑자기 그것은 하찮고 비열하게 여겨졌다. 그리고 불충분했다. 그것은 복수할 마음이 없었기 때문은 아니었다. 하지만 이제야 나는 어떻게 복수를 할지 분명히 알 수 있었다. 학교에서는 나를 쫓아낼 수 있었다. 하지만 이듬해 여름에 내가 그 섬에 다시 오는 것을 막을 수 있는 것은 아무것도 없었다. 그때 누가 최후의 웃음을 웃을지 알 수 있었다.

나는 자리에서 일어나 여우 굴을 나와, 그 집으로 갔다. 그리고 마지막으로 주랑 아래를 걸었다. 의자들은 모두 사라지고 없었고, 종도 마찬가지였다. 채소밭의 오이는 누렇게 누워 시들어 가고 있었다. 프리아포스상도 철거된 상태였다.

나는 과거와 현재, 그리고 미래에 대한 여러 가지 슬픔으로 가득 찼다. 그 순간에도 나는 작별을 하고 그것이 어떤 것인지 느끼기를 기다리고 있었던 게 아니었다. 나는 누군가가 나타나 주리라는 희망을 아주 조금은 품고 있었다. 만일 정말로 누군가가 나타난다면 무엇을 할지는 알 수 없었다. 그것은 아테네에 가게 되면 무엇을 할지 알 수 없는 것과 마찬가지였다. 내가 영국에서 살고자 할 경우 무엇을 하고 싶어 할지도 알 수 없었다. 나는 옥스퍼드를 졸업했을 때와 똑같은 상태에 있었다. 내가 알 수 있는 유일한 것은 내가 무엇을 하고 싶어 하지 않는가 하는 것이었다. 내가 직업 선택의 문제에서 얻은 거라곤 어떤 종류의 선생도 다시는 되지 않을 거라는 사나운 결단뿐이었다. 선생이 되느니 차라리 청소부가 될 것이다.

정서적 사막이 내 앞에 놓여 있었다. 릴리의 사실상의 죽음과 앨리슨의 현실적 죽음을 겪은 나는 다시는 사랑에 빠지지 못할 것 같았다. 나는 릴리에 대한 환상에서 깨어났다. 하지만 그녀의 상대가 되지 못한 데서 비롯된 실망은 부분적으로 나 자신의 성격에 대한 실망이 되었다. 내가 다른 여자와 어떤 관계를 갖더라도 그녀가 그것을 오염시키고, 망령처럼 따라다닐 거라는, 원치 않은, 하지만 불가피한 감정이 들었다. 그녀는 모든 취향의 결여와 멍청함 뒤에 망령처럼 서 있을 것이었다. 오직 앨리슨만이 그녀의 망령을 쫓을 수 있었다. 나는 모넴바시아에서, 그리고 프락소스 섬으로 돌아오는 배에서 안도감을 느낀, 가장 평범한 것들이 아름답고 사랑스러웠던 순간들을 떠올렸다. 그 순간에 나는 멋진 일상성을 소유했다. 앨리슨의 특별한 천재성 또는 유일무이함은 바로 그녀의 정상성과 현실성과 예측 가능성이었다. 그리고 배반하지 않는 수정처럼 투명한 중심과, 릴리가 아닌 모든 것에 대한 그녀의 애정이었다.

나는 고도에 버려졌다. 이상한 날개가 달린 짐승들 무리에 잠시 둘러싸였다가, 버려진 것처럼 날개도 없이 납처럼 무거웠다. 머리 위에서는 노래하며 날아가는 새들처럼, 해방되어 떠나는 수수께끼 같은 그 짐승들이 소진된 목소리인 침묵을 남기며 가고 있었다.

너무도 평범한 목소리들과 외침들이 아래쪽 만에서 들려왔다. 현재는 과거를 부식시켰다. 태양이 소나무들 사이로 기울었고, 나는 마지막으로 포세이돈상이 있는 곳으로 갔다.

완벽한 절제와 완벽한 건강과 완벽한 적응으로 인해 완벽한 위엄을 지닌 포세이돈상은 신성한 바다를 굽어보며 서 있었다. 영원의 그리스, 깊이를 잴 수 없는 것, 가장 투명하기에 가장 용감한 것, 그 정오의 수수께끼의 땅. 어쩌면 그 입상이 부라니의 중심이었고, 옴팔로스[140]였다. 그 집이나 여우 굴이나 콘키스나 릴리가 아니라, 온화하면서도 전능하지만 개입하거나 말할 수 없는, 단지 존재하며 구성할 수만 있는, 그 조용한 형체가.

66

아테네의 그랑드 브르타뉴 호텔에 도착했을 때 내가 맨 처음 한 일은 공항에 전화를 건 것이었다. 나는 제대로 된 접수대로 연결이 되었다. 어떤 남자가 전화를 받았다.

그는 그 이름을 몰랐다. 나는 철자를 말해 주었다. 그러자 그는 내 이름을 알고 싶어 했다. 그는 〈1분만 기다리십시오〉 하고 말했다.

그는 정말로 1분만 기다려 달라고 하는 것 같았다. 하지만 나는 끝내 어떤 여자의 목소리를 들었다. 그리스계 미국인의 억양이었다. 내가 앨리슨을 만났을 때 근무했던 여자 같았다.

「실례지만, 누구시죠?」

「그녀의 친구 중 하나입니다.」

140 *omphalos.* 델포이의 아폴론 신전에는 〈옴팔로스〉 돌이 있는데, 옴팔로스는 〈배꼽〉이라는 뜻으로 지구의 중심, 세상의 배꼽을 상징한다.

「이곳에 사시나요?」

「그래요.」

한순간 침묵이 흘렀다. 그때 나는 깨달았다. 몇 시간 동안 나는 가느다란 희망에 목을 매고 있었던 것이다. 나는 색이 바랜 녹색 카펫을 내려다보았다.

「모르고 있었어요?」

「뭘요?」

「그녀는 죽었어요.」

「죽었다고요?」

내 목소리가 이상하게도 놀라지 않는 것처럼 들린 게 분명했다.

「한 달 전에요. 런던에서. 다들 알 거라고 생각했는데. 과다 복용했죠…….」

나는 수화기를 내려놓았다. 침대에 누워, 천장을 올려다보았다. 한참 후에야 나는 아래층으로 내려가 술을 마시기 시작했다.

이튿날 아침 나는 영국 문화원으로 갔다. 나는 관계자에게 〈개인적 이유〉로 사직을 했다고 했고, 마브로미칼리스와 반쯤 한 약속을 깨지 않으면서, 그런 고립된 곳에 문화원에서 사람을 파견할 필요는 없다는 것을 암시할 수 있었다. 그는 곧 잘못된 결론을 내렸다.

나는 말했다. 「나는 사내아이들 꽁무니를 쫓아다니지 않았소. 그런 게 아니에요.」

「그런 말이 아니었습니다.」 그는 당황해하며 담배를 권했다.

우리는 고립과 에게 해에 대해, 그리고 문화원이 영국 정부의 또 다른 부속물에 지나지 않는 것이 아니라는 사실을 대사관이 절대적으로 알게 해야만 한다는 등의 이야기를 나누었다. 이야기 끝에 나는 대수롭지 않게, 콘키스라는 사람에 대해 들어 본 적이 있는지 물었다. 그는 들어 본 적이 없었다.

「그 사람이 누구죠?」

「아, 그냥 섬에서 만난 사람인데, 영국인에게 원한을 품고 있는 것 같더군요.」

「그게 이 나라에서 유행이 되고 있죠. 우리를 미국인들과 싸우게 해 덕을 보고 있죠.」

그는 재치 있게 파일을 닫았다. 「자, 감사합니다, 어프 씨. 아주 유익한 대화였습니다. 일이 이렇게 되어 유감입니다만, 걱정하지 마세요. 말씀하신 모든 것을 아주 잘 명심하겠습니다.」

문으로 가다가 내게 더욱 미안하게 느꼈는지, 그는 그날 저녁 식사를 같이하자고 했다.

하지만 문화원 밖, 콜로나키 광장을 가로지르면서 나는 내가 왜 좋다고 했는지 궁금해졌다. 문화원의 숨이 막히는 영국적 분위기가 그토록 낯설게 느껴진 적도 없었다. 그럼에도 나는 무섭게도, 그 분위기에 적응하고, 그것을 따르고, 그들에게 인정을 받으려 했다. 그들이 재판에서 무슨 말을 했던가? 〈그는 자신이 반역할 수밖에 없다는 것을 알고 있는 상황을 찾고 있다.〉 나는 반복 강박증의 희생자가 되기를 거부했다. 하지만 그것을 거부하면서, 나 자신의 모든 사회적 과거와 배경 전부를 거부하는 용기를 찾아야 했다. 나는 가르치거나, 다시 영국의 중산층과 함께 살고 일하기보다는 차라리 쓰레기통을 비울 준비만 하면 되었다.

문화원 사람들은 완전히 낯선 사람들이었으며, 오히려 거리의 내 주위에 있는 익명의 그리스인들이 친근한 동포 같았다.

그랑드 브르타뉴 호텔에 체크인 했을 때, 나는 금발에 20대 초반의 영국인 쌍둥이 자매가 최근에 그 호텔에 묵은 적이 있는지 물어보았다. 하지만 접수계원은 그런 적이 없다고 확신했다. 별 기대도 없이 물은 것이기에 나는 더 이상 질문은 하지 않았다.

영국 문화원을 나온 후 나는 내무성으로 갔다. 여행 안내서를 쓴다는 구실로 전쟁 범죄에 관한 기록이 보관되어 있는 부서로 갔다. 15분 뒤 나는 진짜 안톤이 쓴 보고서의 영역본을 손에 넣었다. 나는 자리를 잡고 앉아, 그것을 읽었다. 아주 사소한 세부적인 사항을 제외하고는 콘키스가 말한 그대로였다.

나를 도와준 직원에게 콘키스가 아직도 살아 있는지 물어보았다. 그는 보고서를 꺼낸 파일을 뒤적거렸다. 프락소스 섬의 주소 외에는 아무것도 없었다. 그도 아는 게 없었다. 그 부서에 새로 온 그는 콘키스에 대해 들어 본 적이 없었다.

그 후 나는 세 번째 방문을 했는데, 이번에는 프랑스 대사관이었다. 나를 담당한 여자는 결국 문화 공보원을 아래층으로 내려오게 했다. 나는 내 신분을 밝히고는, 제도화된 환영으로서의 미술에 대한 그 유명한 프랑스 심리학자에 대한 글을 무척 읽고 싶다고 했다……. 그 생각에 그는 기분이 좋은 듯 보였지만, 내가 소르본 대학 얘기를 하자마자 문제가 발생했다. 그는 어떤 오해가 있는 게 틀림없다며 무척이나 아쉬워했다. 소르본 대학에는 의과 대학이 없었던 것이다. 하지만 그는 대사관 도서관의, 참고 문헌들이 있는 서가로 나를 안내했다. 몇 가지 사실이 곧 확인되었다. 콘키스는 소르본 대학에 어떤 자격으로도 재직한 적이 없으며(프랑스의 다른 대학에서도 마찬가지였다), 프랑스에서 의사로 등록되어 있지도 않았고, 프랑스어로 된 뭔가를 출간한 적도 없었다.

툴루즈에 포도나무의 병에 관한 일련의 훌륭한 논문을 쓴 모리스 앙리 드 콩케스비롱베이 교수가 있었지만 그가 대역으로 여겨지지는 않았다. 결국 나는 최소한 영국과 프랑스 사이의 이해에 대한 내 역할은 했다고 느꼈다. 그것도 대부분의 영국인이 무지하며 미쳤다는 프랑스인의 즐거운 믿음을 조금도 손상시키지 않으면서.

나는 한낮의 무더운 열기 속에서 호텔로 돌아갔다. 접수계원이 열쇠와 함께 편지 한 통을 내게 주었다. 봉투에는 내 이름만 적혀 있고, 〈긴급〉이라고 표시되어 있었다. 나는 봉투를 열었다. 안에는 숫자와 거리 이름이 적힌 종이가 들어 있었다. 〈신그루 가 184번지.〉

「이 편지를 누가 가져왔죠?」

「어떤 사내아이가요. 심부름꾼이었어요.」

「어디서 온 거죠?」 그는 두 손을 펼쳐 보였다. 그는 몰랐다.

나는 신그루 가가 어디 있는지 알고 있었다. 아테네에서 피레우스로 난 폭이 넓은 대로였다. 나는 바로 호텔을 나와, 택시를 탔다. 우리는 올림피아의 제우스 신전의 기둥 세 개를 지나 피레우스 쪽으로 간 후 곧 꽤 넓은 정원 뒤쪽에 있는 어느 집 앞에 멈춰 섰다. 에나멜 칠이 벗겨진 문패에 184번지라는 주소가 쓰여 있었다.

정원은 완전히 황폐한 상태였고, 창문에는 판자가 붙어 있었다. 근처 후추나무 아래, 의자에 앉아 있던 복권을 파는 행상이 뭘 원하는지 물었지만, 나는 그를 무시하고 집 정문으로 간 다음 다시 뒤쪽으로 돌아갔다. 집은 껍데기만 남아 있었다. 오래전 불이 난 듯 평평한 지붕은 안으로 꺼진 상태였다. 나는 뒤쪽 정원을 들여다보았다. 그곳 역시 앞쪽과 마찬가지로 메마르고 지저분하고 방치되어 있었다. 뒷문은 열려 있었다. 무너져 내린 서까래와 시커멓게 그을린 벽 사이에는 떠돌이와 왈라키아 집시들이 살았던 흔적들이 있었다. 그리고 낡은 난로에는 좀 더 최근에 불을 피운 흔적이 남아 있었다. 나는 잠시 기다렸지만, 왠지 찾을 만한 게 없을 거라는 예감이 들었다. 그것은 잘못된 단서였다.

나는 기다리고 있던 노란색 택시로 돌아갔다. 미풍에 마른 땅의 먼지가 일며 가는 서양협죽도의 이미 마른 잎사귀에 내려앉았다. 차량들이 신그루 가를 오갔고, 정문 옆의 종려나무 잎사귀가 바람에 흔들렸다. 복권 행상은 택시 운전수와 이야기를 나누고 있었다. 내가 나오자, 그가 몸을 돌렸다.

「*Zitas kanenan?*」〈누구를 찾느냐?〉라는 뜻이었다.

「저건 누구 집이죠?」

그는 면도를 하지 않았고, 낡은 회색 양복과 더러운 와이셔츠를 입고 있었는데 넥타이는 하지 않은 상태였다. 그리고 손에는 호박 염주를 들고 있었다. 그는 손을 들어 모른다는 표시를 했다.

「몰라요. 누구의 집도 아니오.」

나는 선글라스 너머로 그를 쳐다보았다. 그리고 한마디를 했다.

「콘키스?」

그 즉시 모든 것을 이해하겠다는 듯, 그의 얼굴이 밝아졌다.「아, 알겠소. 콘키스 나리를 찾는 거요?」

「그렇소.」

그는 두 손을 벌렸다.「그는 죽었소.」

「언제요?」

「네댓 해 전에요.」 그는 손가락 네 개를 펼쳐 보이더니, 자신의 목을 자르는 시늉을 하며, 〈죽었소〉라고 말했다. 나는 그의 뒤로, 의자에 기대 세워져 있는 긴 복권 티켓들이 바람에 펄럭이는 것을 보았다.

나는 심술궂은 미소를 지으며, 영어로 말했다.「당신은 어디 출신이죠? 국립 극장?」하지만 그는 이해를 하지 못하는 듯 고개를 저었다.

「아주 부자였죠.」나는 이해 못 할지 몰라도 운전수는 이해를 할 거라는 듯 복권 행상은 그를 쳐다보았다.「성 게오르기우스 묘지에 묻혀 있죠. 훌륭한 공동묘지죠.」그가 지은, 그리스의 전형적인 게으름뱅이의 미소와, 그렇게 불필요한 정보까지 얘기하는 그의 태도는 너무도 완벽해 보였고, 나는 그의 정체가 보이는 대로일 수도 있다는 생각을 할 뻔했다.

「그게 전부인가요?」

「그래요. 그의 묘지에 가봐요. 아름다운 묘지죠.」

나는 택시에 올라탔다. 그는 재빨리 복권을 들고 와, 창문 사이로 흔들었다.

「당신은 운이 좋을 거요. 영국인들은 늘 운이 좋죠.」그는 복권 한 장을 떼어 내게 내밀었다. 그리고 갑자기 영어로 말했다.「자, 한 장만 사요.」

나는 날카롭게 운전수에게 말했다. 그는 U턴을 했지만, 50미터 정도 갔을 때, 나는 한 카페 앞에 차를 세우게 했다. 그리고 웨이터를 불렀다.

저기 뒤에 있는 집이 누구 것인지 아느냐?

그렇다. 코르푸 섬에 사는 랄리라는 미망인의 소유다.

나는 자동차 뒤쪽 창문을 통해 돌아다보았다. 복권 행상은 재빨리, 지나치게 재빨리 반대 방향으로 걸어가고 있었다. 그리고 내가 지켜보는 가운데, 뒷골목으로 들어가 사라졌다.

그날 오후 4시, 날이 좀 시원해졌을 때, 나는 버스를 타고 공동묘지로 갔다. 그곳은 아테네에서 몇 킬로미터 떨어진, 아이갈레오스 산의, 숲으로 둘러싸인 산자락에 있었다. 정문을 지키는 노인에게 물었을 때, 나는 그가 멍한 표정 정도만 보여 주리라고 예상했다. 하지만 그는 수고스럽게도 자신의 숙소로 들어가 커다란 장부를 뒤적인 후, 중앙 통로로 가다가 5구역에서 왼쪽으로 돌라고 했다. 나는 줄지어 서 있는, 이오니아 양식의 작은 사원과 기둥 위에 세워진 흉상, 그리고 화려한 기념 석주들, 그리고 그리스의 세련되지 못한 취향을 보여 주는 숲을 지나갔다. 그곳은 기분 좋게 푸르렀고, 그늘이 져 있었다.

5구역에서 왼쪽으로. 사이프러스나무 두 그루 사이에, 엽란(葉蘭)처럼 생긴 처량한 나무 그늘 아래 펜텔리코스 산에서 캐낸 대리석으로 만든 단순한 모양의 평판이 있었고, 십자가 밑에는 다음과 같은 말이 새겨져 있었다.

ΜΩΡΙΣ ΚΟΓΧΙΣ (모리스 콘키스)

1896～1949

죽은 지 4년이 되었다.

묘석 아래에 작은 녹색의 단지가 있었고, 그 안에는 이름 모를 하얀 꽃들 사이로 하얀 칼라와 붉은 장미가 한 송이씩 꽂혀 있었다. 나는 허리를 굽혀 그 꽃들을 꺼냈다. 줄기는 최근에 자른 것이었는데 어쩌면 그날 아침에 자른 것인지도 몰랐다. 단지 안의 물도 맑고 신선했다. 나는 이해를 했다. 그것은 내가 이미 짐작한 바를 말해 주는 콘키스 특유의 방식이었다. 즉 추적을 해봤자 가짜 무덤과 또 다른 장난, 엷은 공기 속으로 희미하게 사라지는 미소 따위를 제외하고는 아무 데도 이르지 못할 거라는 것이었다.

나는 꽃을 다시 단지에 꽂았다. 뒤쪽에 있는 좀 덜 화려한 꽃의 가지 하나가 떨어졌고, 나는 그것을 집어 향기를 맡아 보았다. 달콤한 벌꿀 향이 났다. 장미와 백합이 한 송이씩 있다는 것은 어떤 의미가 있는 듯했다. 나는 그 꽃을 단춧구멍에 꽂았고, 그것에 대해서는 잊어버렸다.

정문에서 나는 노인에게 죽은 모리스 콘키스의 친척을 아는지 물었다. 그는 다시 장부를 들여다보았지만, 아무것도 없었다. 누가 꽃을 가져왔는지 아느냐? 모른다, 많은 사람들이 꽃을 가져왔다. 미풍에 주름진 그의 이마 위로 성긴 머리칼이 날렸다. 그는 늙고 지친 사람이었다.

하늘은 무척 파랬다. 비행기 한 대가 아티카 평원 맞은편 공항 쪽으로 천천히 내려앉고 있었다. 다른 방문객들이 왔고, 노인은 다리를 절뚝거리며 딴 곳으로 갔다.

그날 밤의 저녁 식사는 끔찍했고, 영국인의 우둔함의 정수를 보여 주는 것이었다. 가기 전 나는 사람들에게 부라니에 대해 조금 말을 할까 하는 생각을 했다. 일행은 주문에 걸린 것처럼 내 이야기를 들을 터였다. 하지만 그 생각은 대화가 시작된 지 5분이 채 안 지나서 사라져 버렸다. 우리 일행은 전부 여덟 명이었는데, 문화원 사람 다섯, 대사관 서기관 하나, 그리고 강연을 하러 온 비평가라는 키가 작은 중년의 동성애자 하나가 함께했다. 화제는 주로 문학에 관한 이야기들이었다. 동성애자는 어떤 이름들이 나오기를 작은 독수리처럼 기다렸다.

「헨리 그린의 최신작을 읽은 사람 있나요?」 대사관 직원이 물었다.

「참기 힘들었어요.」

「오, 나는 꽤 재미있게 읽었는데요.」

동성애자는 나비넥타이를 만지작거렸다. 「물론 당신은 헨리가 무슨 말을 했는지…….」

그가 열 번째 그렇게 한 뒤, 나는 누군가 나와 같이 느끼며, 글쓰기는 책에 관한 것이지 시시한 사생활 나부랭이에 관한 것이 아니라고 그에게 소리치고 싶어 하는 사람이 있나 해서 다른 사람들의 얼굴을 둘러보았다. 하지만 그들은 모두 똑같았고, 정신이 조룡(祖龍)의 목둘레 깃털이나 고드름의 가장자리 같은, 똑같은 이상한 갑옷에 싸여 있었다. 그날 저녁 내내 내가 들은 것은, 사람들이 언어의 곰팡내 나는 울타리 사이로 소심하게 들어가려 하다가 결국 실패해 뒤로 물러나면서 내는 부서진 얼음 바늘이 팅, 팅 울리는 소리뿐이었다.

어느 누구도 자신이 정말로 원하는 것과, 진정으로 생각하는 것을 말하지 않았다. 누구도 관대하고 따뜻하고 자연스럽게 행동하지 않았다. 결국 분위기는 병적으로 되었다. 나는 나를 초대한 남자와 그의 아내가 그리스를 진정으로 사랑한다는 것을 알 수 있었지만, 그들은 그 말을 뱉어 내지 못했다. 비평가는 리비스[141]에 대해 잠시 지각 있는 강연을 하더니, 결국 악의적인 천박한 얘기를 해 그것을 망쳤다. 우리 모두가 똑같았다. 나는 거의 말을 하지 않았지만, 그렇다고 해서 더 순수하지도, 더 자유롭지도 않았다. 영국과 여왕, 사립 중학교, 옥스브리지,[142] 올바른 발음, 그리고 우리와 같은 인간 따위를 대변하는 근엄한 인물들이 식탁 주위에 비밀경찰처럼 서서, 지적인 유럽인의 인간성에 대해 얘기하려는 모든 시도를 곧바로 진압할 것처럼 하고 있었다.

사람들이 계속해서 〈누군가〉라고 말한 것은 증후적인 것이었다. 누군가의 의견, 누군가의 친구, 누군가의 하인, 누군가가 가장 좋아하는 작가, 누군가의 그리스 여행. 결국 부르주아 영국인의 얼굴 없는 끔찍한 복수의 신인 〈누군가〉가 검댕

141 Frank Raymond Leavis(1895~1978). 영국의 문예 평론가. 작품 평가의 기준으로 윤리적 가치를 중시했다.
142 옥스퍼드와 케임브리지를 합한 조어.

으로 검어진 오벨리스크처럼 저녁 내내 서 있었다.

나는 고통스러운 공포를 느끼며, 빛으로 충만한 프락소스 섬의 고독과, 내가 상실한 것들을 생각하며, 비평가와 함께 호텔로 걸어갔다.

〈끔찍하게 지루한 자들이오, 이 문화원 사람들은〉 하고 그가 말했다. 「하지만 사람은 살 수밖에 없죠.」 그는 호텔로 들어가지 않았다. 아크로폴리스까지 산책을 하겠다고 했다. 하지만 그는 자페이온 공원 쪽으로 갔다. 그 공원에서는 아테네로 온, 굶주린 시골 소년들 가운데 좀 더 절망적인 상태에 처한 아이들이 한 끼 식사를 위한 돈을 벌기 위해 야윈 몸을 팔았다.

나는 파네피스테미우 거리에 있는 조나르라는 술집으로 가, 바에 앉아 큰 잔으로 브랜디를 한 잔 마셨다. 엉망인 느낌이 들었고, 영국으로 돌아간다는 사실을 도저히 직시할 수 없었다. 영국에 살든 그렇지 않든, 나는 추방된 자였고, 영원히 그럴 터였다. 추방된 자라는 사실은 참을 수 있었지만 추방으로 인한 외로움만큼은 견디기 어려웠다.

내가 호텔 방으로 돌아온 것은 12시 반경이었다. 아테네의 여름밤이 흔히 그렇듯 바람 한 점 없이 무더웠다. 내가 옷을 벗고 샤워기를 틀었을 때, 침대맡에 있는 전화기 벨이 울렸다. 나는 알몸으로 전화기가 있는 곳으로 갔다. 나는 그 비평가일 거라는 음울한 생각을 했다. 자페이온 공원에서 허탕을 친 후, 이제 기독교인 이름을 끝없이 늘어놓을 대상을 찾고 있을 터였다.

「여보세요.」

「미이스터 우프.」 프런트였다. 「전화가 왔습니다.」

찰칵 하는 소리가 들렸다.

「여보세요?」

「오, 어프 씬가요?」 모르는 남자의 목소리였다. 그리스인 같았지만, 발음이 훌륭했다.

「그런데요. 누구시죠?」

「창밖을 내다보시죠.」

찰칵. 정적. 나는 전화기의 혹 스위치[143]를 눌렀지만 소용이 없었다. 그가 전화를 끊은 것이었다. 나는 침대에 있는 화장복을 걸치고, 불을 끈 뒤, 창가로 달려갔다.

3층에 있는 내 방에서는 뒷골목이 보였다.

약간 언덕 아래쪽, 맞은편에, 노란색 택시 한 대가 뒤쪽을 내 쪽으로 향한 채 서 있었다. 이상한 것은 없었다. 호텔에 오는 택시들은 거기서 기다렸다. 하얀 셔츠 차림의 남자가 나타나 택시를 지나 거리 반대쪽으로 재빨리 걸어갔다. 그는 내 바로 아래에서 길을 건넜다. 그에게도 이상한 점은 없었다. 인적이 끊긴 도로, 가로등, 문이 닫힌 상점, 불 꺼진 사무실, 그리고 택시 한 대. 남자가 사라졌다. 바로 그때 어떤 움직임이 있었다.

내 방 창문 바로 아래 맞은편에, 아케이드 상점 입구 위쪽 벽에 가로등이 고정되어 있었다. 각도 때문에 나는 아케이드의 뒤쪽은 볼 수 없었다.

어떤 여자가 나왔다.

택시의 시동이 걸렸다.

여자는 내가 어디에 있는지 알고 있었다. 그녀는 포장도로의 가장자리까지 나와, 내 방 창문을 똑바로 올려다보았다. 키가 작았고, 변하지 않았지만 변한 모습이었다. 가로등 불빛이 그녀의 갈색 팔을 비추었지만, 얼굴은 그늘 속에 있었다. 검은 드레스, 검은 구두, 왼손에 든 조그만 검은색 핸드

143 수화기를 들거나 놓음으로써 수화기를 자동적으로 대기 상태와 통화 상태로 전환하는 스위치.

백. 그녀는 창녀처럼, 또는 로버트 풀크스처럼 그늘에서 앞쪽으로 나왔다. 무표정하게 그냥 나를 올려다보았다. 아주 잠깐 사이였다. 15초 사이에 모든 것이 끝났다. 갑자기 택시가 후진해 그녀 앞에 멈추어 섰다. 누군가가 문을 열었고, 그녀는 재빨리 올라탔다. 택시는 아주 빠르게 달렸다. 거리 끝에서 요란한 바퀴 소리가 났다.

수정은 깨진 채 놓여 있었다.

그리고 모든 것이 배반당했다.

67

마지막 순간에 나는 화가 나 그녀의 이름을 소리쳐 불렀다. 처음에는 그들이 그녀와 똑같이 생긴 여자를 찾아냈다는 생각을 했다. 하지만 그 걸음걸이와 서 있을 때의 자세는 누구도 흉내 낼 수 없는 것이었다.

나는 전화기로 뛰어가, 프런트에 연락을 했다.

「지금 온 전화를 추적할 수 있나요?」 그는 〈추적〉이라는 말을 이해하지 못했다. 「그 전화가 어디서 왔는지 알 수 있나요?」

그는 알지 못했다.

지난 한 시간 사이에 호텔 로비에 낯선 사람이 있었느냐? 한동안 기다린 사람이 있었느냐? 아뇨, 미이스터 우프, 아무도 없었습니다.

나는 샤워기를 잠그고, 서둘러 옷을 걸친 뒤, 헌법 광장으로 갔다. 모든 카페를 돌고, 택시 안을 들여다보고, 다시 조나르와 톰과 자포리티 술집으로 갔으며, 유행을 앞서 가는 그 일대의 모든 곳에 갔다. 아무것도 생각할 수 없었고, 그녀의 이름을 말하며, 그 이름을 이빨 사이로 야만적으로 내씹는 것 외에는 아무엇도 할 수 없었다.

앨리슨, 앨리슨, 앨리슨.

나는 이해했다. 그녀가 그들에게 가담하기로 동의한 게 틀림없다는 그 첫 번째 믿을 수 없는 사실을 받아들였다. 받아들일 수밖에 없었다. 하지만 어떻게 그녀가 그럴 수 있었단 말인가? 그리고 무슨 이유에서? 나는 그 이유를 거듭 생각해보았다.

나는 호텔로 돌아갔다.

콘키스는 우리가 싸운 것에 대해 알아냈을 것이다. 어쩌면 엿들었는지도 모른다. 카메라를 사용할 줄 안다면, 마이크나 녹음기도 사용할 줄 알 것이다. 그날 밤이나 이튿날 아침 일찍 그녀에게 접근했을 것이다……. 여우 굴에 있던 메시지, 〈이롱델〉. 내가 그녀에게 방으로 다시 들어가게 해달라고 하는 것을 지켜본, 피레우스 호텔의 투숙객들. 내가 앨리슨의 이름을 언급하자마자 콘키스는 귀를 곤두세운 게 분명했다. 그리고 그녀가 아테네에 온다는 사실을 알자마자, 새로운 복잡한 계획을 세운 게 분명했다. 그는 우리가 만난 순간부터 우리를 미행하게 했으며, 자신의 매력을 총동원해 그녀를 설득했을 것이다. 어쩌면 처음부터 반은 넘어갔는지도 모른다……. 나는 그가 그녀에게 진실을 말하는 것을 떠올리며, 한순간 성적인 것과는 무관한 질투를 느꼈다. 그는, 당신의 이 이기적인 젊은이에게 결코 잊지 못할 교훈을 주고 싶소, 하고 말했을 것이다. 나는 전적으로 무관하지 않은 어떤 것, 즉 여러 현대 작가와 화가에 관해 앨리슨과 오래전 말다툼을 한 기억을 떠올렸다. 그녀가 그들의 미덕을 얘기하는 것을 듣는 것보다는 그들의 결함을 지적하는 것이 늘 즐거웠다. 하지만 그 순간에조차 나는 무시당하는 기분이 들었다……. 그녀는 충분히 예리하게 — 그리고 충분히 자주 — 말을 했으니까.

아니면 그녀는 계속해서 그를 위해 일을 해왔던 것인가? 그는 거의 강제로 학기 중 주말 계획을 취소하고 나를 앨리슨과 만나게 하지 않았던가? 내가 그녀를 섬으로 데려오고자 할 경우 마을에 있는 집을 제공하겠다는 얘기까지 하며. 하지만 〈준〉이 마지막 날 밤에 말한 어떤 것이 생각났다. 그것은 그들이 어떻게 즉흥적으로 뭔가를 하는지에 대한 것과, 미궁을 구성하는 데 있어 〈쥐〉에게 실험자와 똑같은 자격이 주어진다는 것에 관한 것이었다. 나는 그들이 모종의 방법으로, 그녀가 피레우스의 호텔에서 비명을 지른 후 자신들의 역겨운 논리와 광기와 거짓말과 돈으로 그녀를 매수하는 방법을 알아낸 게 틀림없다고 믿었다. 어쩌면 내가 알아서는 안 되는 것, 즉 왜 그들이 나를 선택했는지에 대한 커다란 비밀을 말했을 것이다. 또한 나는 내가 앨리슨에 대해 그들에게 한 모든 거짓말과, 그들이 알고 있었던 게 분명한 문제들에 대해 내가 한 얘기들을 떠올렸다. 나는 그것들을 떠올리며 큰 소리로 울부짖었다.

그런데 가만히 생각해 보자 〈준〉이 아주 조금 활약했다는 것이 이상했다. 그녀의 모든 의상은 여우 굴 속에 있었다. 앨리슨의 예기치 않은 〈등장〉 이전에는 그녀가 더 많은 역할을 하는 것으로 계획되었을 것이다. 그녀와의 첫 번째 얼굴 대 얼굴 — 입과 입 — 의 만남, 그 순간의, 나의 일관성 없음에 대한 암묵적인 조소, 그리고 〈세 개의 심장〉 운운하며 몇 번이고 되풀이된 말도 안 되는 이야기, 그것들은 사태가 어떻게 진행되었을 수도 있는지를 보여 주었다. 그리고 해변에서의 일요일과 알몸의 과시…… 어쩌면 처음 접근 후 콘키스는 앨리슨에 대해 바로 확신이 들지는 않았으며, 그래서 다른 우연적인 일들을 용납해야 했는지도 모른다. 그 후 앨리슨이 그에게 넘어왔고, 〈준〉은 무대에서 물러난 것이다. 릴리의 성격과 역할이 바뀌고, 그녀가 그토록 빨리 키르케 역할을 맡게 된 이유도 거기에 있었다.

관처럼 생긴 가마. 그것은 비어 있지 않았다. 그들은 그녀가 자신들의 방식이 성공한 것을 목격하기를 바랐을 것이다. 나는 그 무자비함에, 내가 계속해서 노출되었다는 사실에 마음속으로 몸부림을 쳤다. 그리고 재판. 〈젊은 여자들에 대한 나의 착취.〉 그들이 그런 말을 하게 한 것도 앨리슨이었을 것이다. 그리고 내가 런던을 떠나기 전 그녀가 느꼈던 자살 충동. 나의 과거에 대한 그들의 모든 지식.

나는 화가 치밀어 미칠 것만 같았다. 나는 앨리슨에 관한 소식을 접했을 때 밀려왔던 순수하고 거센 슬픔의 물결을 생각했다. 그 내내 앨리슨은 아테네에 있었을 것이다. 아니면 마을에 있는 그 집이나 부라니에 있었는지도 모른다. 나를 지켜보기까지 했을 것이다. 릴리가 올리비아 역을 하고, 내가 말볼리오 역을 하는 동안 눈에 보이지 않는 마리아 역을 연기하며. 계속해서 셰익스피어적인 상황을 반향하며.

나는 방을 왔다 갔다 하면서, 앨리슨에게 벌을 가하는 장면을 상상했다. 검고 푸르게 멍이 들도록 매질을 하고, 그녀가 후회하며 눈물 흘리게 하는 것을.

그런데 다시 콘키스와, 그가 지닌 힘의 수수께끼, 그리고 릴리처럼 지적인 여자와 앨리슨처럼 독립적인 여자를 어떤 존재로 만들어 조종할 수 있는 그의 능력에 대한 생각으로 다시 돌아갔다. 그는 그들에게 드러내, 그들을 자신의 지시에 따르게 한 어떤 비밀을 지닌 것 같았다. 나는 다시 한 번 암흑 속에 버려진, 배제되고, 영원히 조롱의 대상이 될 인간이 되었다.

나는 오필리아의 죽음을 애도하는 햄릿이 아니라 말볼리오였다.

884

잠을 잘 수가 없었고, 차라리 엘레니콘 공항에 가 항공사 카운터에 있는 그 여자의 목을 조르고 싶었다. 이제 생각해 보니, 처음에 전화를 받은 남자와 그녀 모두 내가 누구인지 확인하면서 약간 지나치게 초조해했던 것 같았다. 그들은 어 쩌면 앨리슨에게 설득당해 협조를 했는지도 모른다. 하지만 그곳에 간다고 하더라도 단서가 나오지 않으리라는 것을 알 고 있었다. 그들은 위조된, 신문 기사 오린 것을 내밀 가능성 이 아주 컸다.

하지만 나는 뭔가를 해야 했다. 나는 호텔 로비로 내려가 카운터로 갔다.

「런던의 이곳으로 전화를 걸었으면 하는데요.」 나는 전화 번호를 적었다. 몇 분 후 그가 전화 박스를 가리켰다.

나는 러셀 광장의, 내가 살던 아파트의 전화기가 울리는 소 리를 들으며 서 있었다. 한참이 걸렸다. 마침내 누군가가 전화 를 받았다.

「도대체…… 누구죠?」

교환원이 〈아테네에서 온 장거리 전화입니다〉 하고 말했다.

「어디라고요!」

나는 〈됐어요, 교환원. 여보세요?〉 하고 말했다.

「누구죠?」

그녀는 괜찮은 여자 같았지만 비몽사몽간인 듯했다. 전화 통화에 4파운드가 들었지만 가치가 있었다. 나는 앤 테일러 가 오스트레일리아로 돌아간 사실을 알아냈다. 하지만 그것 은 6주 전 일이었다. 자살한 사람은 없었다. 전화를 받은 여 자는 〈앤의 친구로 생각되는〉 여자가 그 아파트를 물려받았 다고 했다. 그리고 그녀는 그 여자를 〈몇 주째〉 못 보았다고 했다. 그 여자는 금발이었고, 그녀는 그 여자를 두 번밖에 보 지 못했으며, 오스트레일리아인 같다고 했다. 하지만 도대체 누가…….

방으로 돌아온 나는 그날 오후 내 외투 단춧구멍에 꽂은 꽃 생각이 났다. 형편없이 시들어 있었지만, 나는 그것을 빼내 물잔 속에 꽂았다.

결국 예상했던 것보다 숙면을 취해 이튿날 아침 늦게 잠에서 깼다. 한동안 침대에 누워, 아래에서 들리는 거리의 소음을 들으며 앨리슨에 대해 생각했다. 간밤에 그곳에 서 있을 때의 그녀의 표정이 정확히 어땠는지 떠올리려고 노력했다. 유머와 동정의 기색 또는 좋은 것이든 나쁜 것이든 뭔가를 드러내는 어떤 것이 있었는가? 나는 그녀의 부활이 시의적절한 것임을 이해할 수 있었다. 런던에 돌아가자마자 나는 사실을 알아내게 될 것이었고, 따라서 그녀의 부활은 아테네에서 이루어져야만 했다.

이제 나는 그녀를 사냥해야 했다.

그녀를 보고 싶었다. 그녀를 무척이나 보고 싶어 한다는 것을 알고 있었다. 그녀를 다그쳐 진실을 알아내고, 그녀의 배반이 얼마나 사악한 것인지를 알게 해주고 싶었다. 그녀가 기어서 적도를 한 바퀴 돈다고 해도 결코 용서할 수 없다는 것을 알게 해주고 싶었다. 그리고 우리 관계는 끝났다는 것과, 그녀에게 혐오를 느낀다는 것과, 릴리에 대해서와 마찬가지로 그녀에게 환멸을 느낀다는 것을. 그럼에도 나는 그녀의 몸에 내 손을 올려놓을 수만 있다면 얼마나 좋을까 하는 생각을 했다. 하지만 내가 하지 않을 한 가지가 있다면 그것은 그녀를 사냥하는 것이었다.

나는 기다리기만 하면 되었다. 이제 그들이 그녀를 내게 데려올 것이다. 그리고 나는 이번에는 채찍을 사용할 것이다.

나는 늦은 아침을 먹으러 내려갔다. 그리고 제일 먼저 알게 된 것은 기다릴 필요도 없다는 것이었다. 누군가가 인편으로 보낸 또 다른 편지가 나를 기다리고 있었던 것이다. 이번에는 〈런던〉이라는 한 단어밖에 없었다. 나는 여우 굴에서 본 지시가 생각났다. 〈핵심을 제외하고는 전부 7월 말까지 종료.〉 핵심, 즉 보이지 않는 여신 아슈타로트는 앨리슨이었다.

나는 여행사에 가, 그날 저녁 비행기 좌석을 예약했다. 그리고 티켓 발권을 기다리는 사이, 벽에 걸린 이탈리아 지도를 보며, 수비아코가 어디에 있는지 알아냈다. 나는 도박을 하기로 결심을 했다. 꼭두각시는 자기를 실로 조종하는 사람들을 하루 기다리게 할 것이다, 변화를 위해.

여행사를 나온 다음 나는 스타디우 거리 모퉁이에 있는, 아테네에서 제일 큰 서점으로 가, 꽃의 이름이 나와 있는 책을 부탁했다. 꽃을 소생시키려는 나의 뒤늦은 시도는 실패로 돌아갔고, 결국 꽃을 버릴 수밖에 없었다. 점원은, 영어로 된 책은 없지만, 여러 언어로 꽃 이름이 번역되어 있는, 괜찮은 프랑스어판 책이 있다고 했다. 나는 사진에 깊은 인상을 받은 척하다가, 색인 부분을 보았다. 알리섬*Alyssum*, p. 69.

69페이지에 그것이 있었다. 연녹색 잎사귀, 작고 하얀 꽃, 알리송 마리팀*Alysson maritime*…… 벌꿀 향기…… 그리스어의 *a*(……이 없는)와 *lyssa*(광기)에서 기원. 이탈리아어로는 ……으로, 독일어로는 ……으로 불림.

그리고 영어로는 스위트 앨리슨*Sweet Alison*으로 불림.

제3부

철학의 승리란 섭리가 결국에는 인간에게 제기하는 방식의 어둠에 빛을 던지고,
그에 따라 이 불행한, 두 발 달린 개인에게 알려질 수도 있는 어떤 통제 계획을
추적하는 것이 될 것이다. 누군가는 변덕으로 끝없이 동요하는
이 존재가 섭리를 전제적으로, 그리고 자신에게 주어진 이 천명을
해석하는 것이 필요한 방식으로 몰고 간다고 말한다.

—사드, 『쥐스틴, 미덕의 불행』

68

로마.

내 마음속에서 그리스는 몇 주 전 — 물론 현실적인 시간은 아니지만 — 으로 물러나 있었다. 태양은 확실하게 빛났고, 사람들은 훨씬 더 우아하고, 건축물과 미술품은 더욱 풍요로웠다. 하지만 이탈리아인들은 로마 시대의 선조들처럼, 빛과 진실과 자신들의 진정한 자아 사이에서 사치라는 커다란 가면을 쓰고, 지나치게 방종한 감각이라는 화장품을 바른 것 같았다. 나는 그리스의 아름답고 원초적인 상태와 인간성의 상실을 견딜 수 없었고, 그래서 화려하고 동물적인 로마인들의 모습을 참을 수 없었다. 그리고 그것은 사람이 이따금 거울에 비친 자신의 얼굴을 참을 수 없는 것과 마찬가지였다.

도착한 이튿날 아침 일찍 나는 티볼리와 알반 언덕으로 향하는 지방 열차를 탔다. 기차에서 내린 후 긴 버스 여행을 한 뒤 수비아코에서 점심을 먹은 다음, 초록색 계곡 위로 난 길을 걸어갔다. 길은 인적이 없는 협곡 속으로 나 있었다. 멀리 아래에서 물 흐르는 소리와 새들의 울음소리가 들려왔다. 마침내 도로가 끝나고, 오솔길이 털가시나무 숲 사이를 지나 돌로 된 벽 주위로 나 있는 좁은 계단으로 이어졌다. 시야에 들어온 수도원은 그리스 정교회의 수도원처럼, 흰털발제비의 둥지같이 벼랑 끝에 매달려 있었다. 고딕 양식의 로지아[1]가 초록색의 계곡과 경작된 계단식 밭을 예쁘게 굽어보고 있었다. 안쪽 벽에는 멋진 프레스코화가 그려져 있었고, 시원하고 고요했다.

안쪽 회랑으로 통하는 문 뒤에는 검은 수도복을 입은 늙은 수도승이 앉아 있었다. 나는 존 르베리에를 만날 수 있는지 물었다. 영국 사람으로 피정 중이라고 했다. 다행히도 나는 그의 편지를 들고 왔기에 그에게 보여 줄 수 있었다. 노인은 편지의 서명을 주의 깊게 들여다본 뒤 ― 나는 별로 큰 기대를 하지 않은 상태였던 탓에 놀랐다 ― 고개를 까닥하고는 아무 말 없이 수도원의 좀 더 낮은 층 안으로 사라졌다. 나는 홀 안으로 들어갔다. 음산한 분위기의 벽화가 이어져 있었다. 긴 칼로 매 사냥꾼을 찌르는 죽음의 신과, 어떤 여자를 그린 중세의 연속화가 있었다. 여자는 처음에는 유리 앞에서 몸단장을 하다가, 들어간 지 얼마 안 된 모습으로 관 속에 누워 있었다. 그리고 뼈가 피부 사이로 튀어나오기 시작했고, 결국에는 해골로 변해 있었다. 누군가가 웃는 소리가 들렸고, 흐뭇한 얼굴을 한, 나이 든 수도승이 젊은 수도승을 프랑스어로 꾸짖으며 내 뒤쪽 홀을 지나가는 것이 보였다. 「오, 축구가 명상의 진정한 주제라고 생각한다면……」

조금 후 다른 수도승이 모습을 나타냈다. 나는 충격을 느끼며 그가 르베리에라는 것을 알아보았다.

그는 키가 컸고, 머리를 아주 바싹 잘랐으며, 뺨이 갸름한

---

1 한쪽이 트인 주랑.

얼굴은 갈색이었고, 보건성의 〈표준〉 테가 있는 안경을 쓰고 있었다. 그리고 영국인임을 한눈에 알 수 있었다. 그는 자신을 찾는 사람이 나인지 묻는 것처럼 살짝 몸짓을 했다.

「니컬러스 어프입니다. 프락소스 섬의.」

그는 놀란 듯한, 부끄러워하는 듯한, 그리고 짜증이 난 듯한 표정을 동시에 지었다. 그리고 한참을 머뭇거리다가 손을 내밀었다. 메마르고 차갑게 느껴졌다. 장시간 걸은 탓에 내 손은 끈적거렸고 뜨거웠다. 그는 나보다 족히 10센티미터는 더 컸고, 나이도 나보다 몇 살은 더 들어 보였으며, 때로 젊은 개인 지도 교수가 그러듯 날카로운 기색으로 말했다.

「프락소스에서 이곳까지 온 건가요?」

「로마에서 갈아타고 오는 길은 어렵지 않았습니다.」

「분명하게 얘기를 했다고 생각했는데…….」

「그래요, 그랬죠. 하지만…….」 우리는 서로 말을 끝맺지 못하고 희미한 미소를 지었다. 그는 자신의 결심을 다지기라도 하듯, 내 눈을 들여다보았다.

「헛걸음을 한 것 같군요.」

「솔직히 나는 당신이…….」 나는 그의 수도복을 막연하게 가리켰다. 「내 생각에는 당신이 편지에 서명을…….」

「예수님의 이름으로요?」 그는 엷은 미소를 지었다. 「이곳에서도 우리는 겸손의 힘에 쉽게 영향을 받는 것 같습니다.」

그가 시선을 아래로 내렸고, 우리는 어색하게 서 있었다. 우리의 어색함을 참을 수 없는 듯 그가 좀 더 친절하고 풀어진 모습을 보였다.

「자, 아무튼 이곳에 왔으니, 내가 주위를 구경시켜 드리죠.」

나는 관광객으로 온 게 아니라고 말하고 싶었지만, 그는 이미 앞장을 서 안쪽 뜰로 들어서고 있었다. 그는 내게 전설상의 갈까마귀와 까마귀, 성 베네딕투스가 그 위에서 굴렀을 때 장미꽃들을 피운 성스러운 블랙베리 덤불을 보여 주었다. 그러한 경우에 대해 늘 그렇듯 지나치게 엄밀한 나의 마음속에서는 고행의 성스러움이 퇴색하며, 벌거벗은 사내가 단단한 땅바닥을 뛰어가 블랙베리 덤불 속으로 길게 점프하는 광경이 떠올랐다……. 그리고 나는 페루지노[2]의 그림에 찬탄하는 것이 더 쉬웠다.

1951년 여름에 대해서는 아무것도 알아낸 게 없었지만, 르베리에에 대해서는 좀 더 알게 되었다. 스위스의 어떤 수도원에서 수련사를 막 끝낸 그는 사크로 스페코에 온 지 몇 주밖에 안 된 상태였다. 케임브리지 대학에서 역사를 공부한 그는 이탈리아어를 유창하게 했고, 〈다소 부당한 일이지만〉 영국의 종교 개혁 이전의 수도원 의식에 관한 〈권위자로 여겨져〉 사크로 스페코에 오게 된 것이었다. 그는 그곳의 유명한 도서관에서 자료를 조사하고 있었다. 그리고 그는 그리스를 떠난 후로 다시 간 적이 없었다. 그는 영국의 지식인으로 거의 그대로 남아 있었고, 다소 자신을 의식했으며, 자신이 수도복을 입고 수도승 역할을 하는 것처럼 보이는 게 틀림없다는 것을 알고 있었다. 그리고 약간은, 복잡한 방식으로이긴 하지만, 그것을 뽐내기까지 했다.

마침내 그는 나를 데리고 계단을 내려가 수도원 아래에 있는 공터로 갔다. 나는 야채와 포도를 재배하는 계단식 논에 대해 형식적인 찬사를 했다. 그는 좀 더 가 무화과나무 아래에 있는 나무 의자로 나를 데리고 갔다. 우리는 자리에 앉았다. 그는 나를 쳐다보지 않았다.

「당신에게는 무척 실망스러울 겁니다. 하지만 미리 경고를 했었죠.」

2 Perugino(1450~1523). 이탈리아 화가. 르네상스의 초기 움브리아파의 화가로 라파엘로의 스승이다.

「동료 희생자를 만나 마음이 가벼워졌어요. 당사자가 말이 없긴 하지만요.」

그는 상자로 경계를 표시한, 화단과 길을 장식적으로 배치한 정원 너머로 파란빛으로 가득한 뜨거운 계곡을 내다보았다. 아래 깊은 곳에서 물 흐르는 소리가 들려왔다.

「동료이긴 하지만 희생자는 아니죠.」

「나는 단지 기록을 비교하고 싶을 뿐이에요.」

그는 잠시 말이 없다가 이윽고 입을 열었다. 「그의…… 체계의…… 핵심은 〈기록을 비교하지〉 않는 법을 배우라는 것이죠.」 그는 그 말을 싸구려처럼 들리게 했다. 내가 갔으면 한다는 뜻을 밝힌 것이나 마찬가지였다. 나는 그의 얼굴을 훔쳐보았다.

「지금 이곳에 당신이 있게 되었을까요, 만약…….」

「누군가가 이미 오랫동안 여행한 길에서 차를 얻어 타는 것은 때를 설명해 주지 이유를 설명해 주지는 않죠.」

「우리의 경험은 크게 달랐을 겁니다.」

「왜 그것들이 비슷해야 하죠? 당신은 가톨릭 신자인가요?」 나는 고개를 저었다. 「기독교도이긴 한 거요?」 나는 다시 고개를 저었다. 그는 어깨를 으쓱했다. 피곤한 듯 눈 아래에 짙은 그늘이 져 있었다.

「하지만 그건 틀림없이 믿어요, 뭐랄까…… 자비?」

「당신은 내게서 자비를 원하고 있지 않소. 나로서는 할 준비가 안 된 고백을 원하고 있지. 내 생각에는 고백을 하지 않는 게 자비를 베푸는 것 같군요. 내 입장이 되면 이해가 될 거요.」 그런 다음 그는 한마디 덧붙였다. 「그리고 내가 이런 곳에 있는 걸 보면 당신도 이해할 거라고 믿소.」

그의 목소리는 차가웠다. 침묵이 흘렀다.

그가 말했다. 「미안해요. 당신 때문에 원래 생각보다 더 통

명스럽게 말이 나와 버렸습니다.」

「가는 게 낫겠군요.」

그는 기회를 놓치지 않고 자리에서 일어섰다.

「당신에게 사적인 감정은 없어요.」

「물론 이해합니다.」

「문까지 바래다 드리죠.」

우리는 바위를 깎은 곳에 있는, 하얗게 회칠한 문과, 형무소 감방 문 같은 문 몇 개를 지나, 영원의 음울한 거울인 죽음의 신의 벽화가 있는 홀로 다시 들어갔다.

그가 말했다. 「학교는 요새 어떤가요. 아펜다키스라는 장래가 아주 유망한 학생이 있었는데. 내가 지도를 했죠.」

우리는 로지아 안, 페루지노의 그림 옆에서 잠시 꾸물거리며 학교에 관한 이야기를 몇 마디 주고받았다. 그가 정말로 관심이 있어서가 아니라 그저 유쾌한 것처럼 보이기 위해, 그리고 자신의 자존심에 상처를 입히기 위해 그런다는 것을 알 수 있었다. 하지만 그러면서도 그는 스스로를 의식하고 있었다.

우리는 악수를 나누었다.

그가 말했다. 「이곳은 유럽의 위대한 성지죠. 그리고 우리는 우리의 방문객이 ─ 어떤 신앙을 갖고 있든 상관없이 ─ 〈새로워지고 위안을 받아〉…… 이곳을 떠나야 한다는 얘기를 듣고 있죠.」 그는 내가 반박하거나 조소하리라고 예상한 듯 잠시 말을 중단했지만 나는 아무 말도 하지 않았다. 「내가 말을 하지 않은 것은 나뿐만 아니라 당신을 위해서이기도 하다는 것을 믿어 주기를 다시 한 번 부탁하는 바입니다.」

「그렇게 믿도록 노력해 보겠습니다.」

그는 영국인이라기보다는 이탈리아인처럼 형식적으로 고개를 숙여 인사를 했다. 나는 돌계단을 내려가 털가시나무 숲 사이로 난 길을 갔다.

역으로 가는 버스를 타기 위해 수비아코에서 저녁때까지 기다려야만 했다. 버스는 초록색의 긴 계곡을 지나, 언덕 위 마을 아래쪽과, 이미 가을을 향해 노랗게 물들어 가는 포플러나무들을 지나 달려갔다. 하늘은 아주 부드러운 파란색에서 석양의 호박색과 분홍색으로 바뀌고 있었다. 소작인 노인들이 자신들의 집 문 앞에 앉아 있었다. 그중 일부는 그리스인의 얼굴을 하고 있었는데, 속내를 드러내지 않는 모습이었으며, 고상하면서 평화로워 보였다. 버스를 기다리는 동안 베르디키오 포도주를 한 병이나 마신 탓인지 내가 르베리에의 세계보다 더 오래된 세계에 속해 있으며, 앞으로도 영원히 그럴 거라는 기분이 들었다. 나는 그도, 그의 종교도 마음에 들지 않았다. 그리고 변치 않는 고대의 그리스-라틴 세계에 대한, 술에 반쯤 취한 상태에서의 사랑이 피어오르는 것 같았다. 나는 이교도였고, 좋게 말하면 스토아학파였고, 나쁘게 말하면 탕자였으며 영원히 그렇게 남을 것이었다.

기차를 기다리면서 나는 더 취했다. 역의 바에 있던 한 사내가 레몬 빛을 띤 초록색으로 물든 서쪽 하늘 아래 있는 쪽빛 언덕 꼭대기가 시인 호라티우스의 농장이 있던 곳이라는 것을 가까스로 내게 이해시켰다. 나는 사비네 언덕을 위해 건배를 했다. 백 명의 성 베네딕투스보다 한 명의 호라티우스가 더 나았고, 천 번의 설교보다 한 편의 시가 더 나았다. 훨씬 후에 나는 르베리에 역시 그 점에 동의했을 거라는 생각이 들었다. 그것은 그 역시 추방을 선택했기 때문이며, 침묵이 시인 경우가 있기 때문이다.

69

그리스에서 지내다 저속한 삶의 도시 로마에 갔을 때 그곳이 우울했다면 우중충한 죽음의 도시 런던은 50배는 더 나빴다. 건물이 듬성듬성 있는 에게 해를 본 이후로 나는 수없이 많은 건물이 있는 런던의 추함과 개미집 같은 조밀함을 잊고 있었던 것이다. 그것은 마치 다이아몬드를 본 후 진흙을 보는 것, 또는 햇빛이 비치는 대리석을 본 후 축축한 관목을 보는 것과 비슷했다. 공항버스가 노스홀트와 켄싱턴 사이에 끝없이 놓여 있는 교외를 지나가는 동안, 나는 도대체 누군가가 자신의 의지로 그런 풍경과 그런 사회와 그런 기후로 왜 돌아와야 하는지 혹은 어떻게 돌아올 수 있는지가 궁금했다. 청회색 하늘에는 공허한 흰 구름이 나른하게 흘러가고 있었다. 누군가가 〈좋은 날씨야, 안 그래?〉라고 말하는 게 들렸다. 하지만 지친 듯한 그 모든 초록색과 회색과 갈색…… 그것들이 우리가 지나치는 런던 사람들의 움직임을 획일성의 틀 속에 압착하는 것 같았다. 너무도 익숙해져 이젠 그냥 넘어가 버리고 말게 된 그리스인들의 특징이 있었는데, 그것은 그들의 얼굴에 그들의 배경에서 나온 독특함과 예리함이 있다는 것이었다. 어떤 그리스인도 다른 그리스인과 비슷하지 않은 반면, 그날 내가 본 영국인들의 얼굴은 모두가 다른 영국인과 비슷했다.

나는 4시경에 공항 터미널 근처의 호텔에 들어가, 뭘 할지를 결정하려고 했다. 10분 후 나는 수화기를 들고, 앤 테일러의 전화번호를 돌렸다. 아무도 받지 않았다. 반시간 뒤에 다시 해보았지만, 역시 받는 사람이 없었다. 한 시간 정도 잡지를 읽은 뒤 세 번째로 시도를 해보았지만, 역시 허사였다. 나는 택시를 타고 러셀 광장으로 향했다. 나는 무척 흥분해 있었다. 앨리슨이 나를 기다리고 있을지도 모르고, 그렇지 않다 하더라도 어떤 단서가 있을 터였다. 무슨 일인가가 일어날 것이었다. 술집으로 왜 들어갔는지도 알지 못하면서 나는 스카치를 한 잔 마시며, 15분 정도를 더 기다렸다.

마침내 나는 술집을 나와 그 집을 향해 걸어갔다. 도로에 면한 문에는 예전과 마찬가지로 빗장이 걸려 있었다. 3층 초인종에는 이름이 붙어 있지 않았다. 나는 계단을 올라가, 문 앞에 서서 기다리며 귀를 기울였지만 아무 소리도 들리지 않았다. 그래서 노크를 했다. 대답이 없었다. 다시 노크를 해보았지만, 역시 응답이 없었다. 음악 소리가 들렸지만, 위층에서 들려왔다. 앤 테일러의 방문을 마지막으로 한 번 두드리고, 계단을 올라갔다. 그날 밤, 앨리슨이 목욕을 할 수 있게 그녀와 그 계단을 올라간 일이 생각났다. 그 후로 얼마나 많은 세계가 죽은 것인가? 그럼에도 어떤 방식으로든 앨리슨은 여전히 그곳, 아주 가까운 곳에 있었다. 나는 그녀가 정말로 가까이, 위층 방에 있다는 결론을 내렸다. 무슨 일이 벌어질지 알 수 없었다. 걷잡을 수 없는 감정 때문에 어떤 결정도 내릴 수 없었다.

나는 눈을 감고 열을 센 다음, 노크를 했다.

발소리.

열아홉 정도 되어 보이는 여자가 문을 열었다. 안경을 썼고, 다소 뚱뚱했으며, 립스틱을 너무 짙게 바르고 있었다. 나는 또 다른 문을 통해 그녀 뒤쪽의 거실을 볼 수 있었다. 청년 하나와 또 다른 여자가 어떤 춤을 추다가 멈춰 섰다. 재즈 음악이 흐르고 방은 저녁 햇살로 가득했다. 방해를 받아 잠시 가만히 있는 세 사람의 모습은 마치 현대적인 페르메이르[3]의

---

3 Jan Vermeer(1632~1675). 네덜란드의 화가. 여자를 주제로 한 실내화를 잘 그렸다.

그림 같았다. 나는 실망감을 감출 수 없었다. 문간에 선 여자가 격려하는 듯한 미소를 지었다. 나는 뒤로 물러섰다.

「미안해요. 방을 잘못 찾아왔어요.」 나는 계단을 내려가기 시작했다. 그녀가 나를 향해 누구를 찾는지 물었지만, 나는 〈괜찮아요. 2층이에요〉라고 말했다. 그녀가 햇볕에 그은 나의 모습과 은둔, 그리고 아테네에서 온 이상한 전화 등에서 어떤 결론을 도출하기도 전에 나는 그녀의 시야에서 사라졌다.

나는 술집으로 다시 갔고, 그 후 저녁에 한때 우리가 좋아했던 이탈리아 레스토랑으로 갔다. 앨리슨은 그곳을 좋아했다. 그곳은 여전히 똑같았고, 블룸즈버리의 좀 더 가난한 학자와 예술가들에게 인기였다. 대학원 연구생, 실직한 배우, 출판사 직원 등 대부분이 젊었고, 나와 비슷한 부류들이었다. 고객들은 변하지 않았지만, 나는 변한 상태였다. 나는 주위에서 들려오는 잡담에 귀를 기울였다. 그리고 당황해했으며, 그 편협함과 갑자기 보이게 된, 사람들의 순진함에 의해 소외되었다. 나는 내가 더 잘 알고 싶어 하고, 친하게 지내고 싶어 할 수도 있는 사람이 있나 해서 주위를 둘러보았지만, 그런 사람은 없었다. 그것은 내가 영국인다움을 상실했다는 것을 불필요하게 확인시켜 주었을 뿐이다. 그리고 앨리슨 역시 무척이나 자주 이런 감정을 느꼈을지도 모른다는 생각이 들었다. 영국인 앞에 있을 때 느끼는, 동일한 언어와 동일한 과거 등 동일한 점을 많이 갖고 있지만 더 이상 영국인들에게 속해 있지 않다는 데서 오는 짜증과 당혹감이 뒤섞인 감정을. 그것은 뿌리가 없는 것…… 또는 종(種)이 없는 것보다 더 나쁜 것이었다.

나는 다시 러셀 광장으로 가 아파트를 보았지만, 3층에는 전혀 불이 켜져 있지 않았다. 그래서 풀이 죽어 호텔로 돌아갔다. 나는 늙은이 같았다.

이튿날 아침에는 그 집을 관리하는 부동산을 찾아갔다. 그 부동산은 사우샘프턴 가의 어떤 가게 위층에 있는, 녹색 페인트칠을 한 남루한 방들을 관리하고 있었다. 카운터에서 나를 맞은, 아데노이드 비대증[4]이 있는 직원은 그 전해에 내가 상대한 자였다. 그는 나를 기억했고, 나는 곧 그에게서 얼마 되지 않은 정보를 캐냈다. 앨리슨이 그 방을 임대한 것은 7월 초, 그러니까 파르나소스를 다녀온 지 열흘 내지 보름 뒤였다. 그는 앨리슨이 그곳에 사는지 그렇지 않은지에 대해서는 전혀 모르고 있었다. 그는 새 임대 계약서를 보았다. 임차인과 임대인의 주소는 같았다.

「방을 같이 쓰고 있는 게 분명해요.」 직원이 말했다.

그리고 그것이 다였다.

그리고 나는 무엇을 신경 쓰고 있었던 것인가? 왜 나는 계속해서 그녀를 찾아야 하는 것인가?

하지만 부동산을 방문한 뒤 나는 또 다른 메시지가 도착하기를 기대하며 저녁 내내 기다렸다. 이튿날에는 러셀 호텔로 방을 옮겼다. 입구를 나오기만 하면 광장 너머로 그 집을 보며 어두운 3층 방 창문에 불이 켜지기를 기다릴 수 있었던 것이다. 나흘이 지났지만 불은 여전히 꺼져 있었고, 편지도, 전화도, 그 어떠한 사소한 징조도 없었다.

나는 초조해졌고, 좌절했으며, 그 설명할 수 없는 사건의 경과에 의해 무력해졌다. 그들이 나를 놓쳤으며, 내가 어디 있는지 모를 수도 있다는 생각이 들었고, 그것이 나를 불안하

4 편도선이 증식하여 커지는 병. 수면 장애, 주의력 산만, 난청 따위가 나타난다.

게 했다. 그리고 내가 불안해하고 있다는 사실에 화가 났다.

엘리슨을 만나고 싶은 욕망이 다른 모든 것을 압도해 버렸다. 그녀를 만나, 그녀에게서 비밀을, 내가 이름 붙일 수 없는 다른 것들을 짜내야 했다. 일주일이 지나갔다. 그 일주일을 나는 영화관과 극장에서, 호텔 방 침대에 누워 천장을 올려다보며, 내 옆에 있는, 무자비하게 조용한 전화기가 울리기를 기다리며 보냈다. 하마터면 부라니에 내 주소로 전보를 칠 뻔하기까지 했지만 자존심이 그것을 막았다.

마침내 나는 포기하고 말았다. 그 호텔과 러셀 광장, 그리고 계속해서 비어 있는 아파트를 더 이상 참을 수 없었다. 나는 담배 가게 게시판에 있는 셋방 광고를 보았다. 장소는 토튼엄 코트 대로 맞은편, 샬럿 가 북쪽 끝의, 두 층의 봉제 공장 위에 있는 지저분한 옥탑 아파트였다. 임대료는 비쌌지만, 전화가 있었고, 지하에 사는 집주인 여자는 1930년대 샬럿 가의 전형적인 보헤미안임에 분명했다. 단정치 못하고 지친 듯한 모습의 그녀는 줄담배를 피웠다. 내가 그 집에 들어선 지 5분도 안 지나서, 그녀는 딜런 토머스가 한때 〈가까운 친구〉였다는 것을 알게 해주었다. 「맙소사, 그 불쌍한 작자를 내가 침대로 옮긴 게 몇 번인지.」 나는 그녀를 믿지 않았다. 딜런 토머스가 〈샬럿 가에서 잤다〉는 것은 엘리자베스 여왕이 영국의 시골 여인숙에 있었다는 것과 비슷한 얘기였다. 하지만 나는 그녀가 마음에 들었다. 「내 이름은 조앤이에요. 모두들 켐프라고 부르죠.」 그녀의 지성은 그녀의 도자기나 그림들처럼 엉망이었지만, 마음씨는 괜찮았다.

「좋아요.」 내가 그 방을 얻겠다고 한 뒤 그녀가 문간에서 말했다. 「돈을 내는 한 언제 누굴 데려와도 상관없어요. 지난번에 살던 사내는 기둥서방이었는데, 무척이나 사랑스러웠죠. 그런데 지난주에 망할 놈의 파시스트 같은 자들이 그를 잡아갔어요.」

「맙소사.」

그녀는 고개를 끄덕였다. 나는 주위를 둘러보았고, 젊은 경찰관 두 명이 길모퉁이에 서 있는 것을 보았다.

또한 나는 중고 M. G.를 한 대 샀다. 차체는 상태가 좋지 않았고, 지붕이 샜지만, 엔진은 적어도 한두 해는 더 쓸 수 있을 듯했다. 나는 켐프를 데리고 잭 스트로스 캐슬[5]에 가는 것으로 멋진 시승식을 했다. 켐프는 거칠게 술을 마시고 얘기를 했지만, 다른 모든 점에서는 내가 원하고, 필요로 하는 여자였다. 그녀는 마음이 따뜻했고 자신에 대해 충동적으로 얘기를 했으며, 내가 실직했다는 사실을 아무런 의심 없이 받아들였다. 그녀는 부분적으로는, 자신의 신랄하면서도 따뜻한 방식으로 나를 런던과, 그리고 내가 영국인이라는 사실과 화해시켜 주었다. 그리고 최소한 내가 지나치게 병적으로 고독하고 버려졌다고 느낄 때마다 그런 기분에서 건져 내 주었다.

70

긴 8월이 지나갔고, 나는 몇 차례나 심한 우울증과 둔한 무감각을 느꼈다. 썩은 물 속의 물고기 같았고, 영국의 잿빛에 숨이 막혔다. 추락한 아담처럼 프락소스 섬의 환한 풍경과, 소금과 백리향을 떠올리며, 부라니에서 일어났던 — 일어날 수 없었지만 일어난 — 사건들을 돌이켜 보았다. 그리고 런던에서 어느 피로한 오후 끝에 이미 일어난 일을 어떻게 할 수 없는 것처럼 콘키스가 내게 한 행동들을 용서하게 되었다. 나는

5 런던에 있는 유서 깊은 술집.

나의 딜레마는 사실상 용서의 — 그가 내게 한 짓들을 너그럽게 봐줄지 여부의 — 문제라는 것을 서서히 깨달았다. 뭔가 적극적인 것이 이루어졌다는 사실을 받아들이는 것이 여전히 뼈아프긴 했지만 나는 그것을 과거형으로 생각했다.

릴리에 대해서도 같은 식으로 생각했다. 어느 날은 골목길에서 긴 금발의 날씬한 여자를 보고 급하게 브레이크를 밟는 바람에 하마터면 사고가 날 뻔한 적도 있었다. 나는 길가에 급히 차를 세우고 그녀를 쫓아 달려갔다. 하지만 얼굴을 보기도 전에 릴리가 아니라는 것을 알았다. 그렇지만 내가 그녀를 쫓아 달려간 것은, 그녀를 그리워해서가 아니라 그녀와 대면해 질문을 하고, 이해가 되지 않는 것을 이해하고자 했기 때문이다. 나는 그녀의 어떤 측면과 어떤 국면을 갈망했는지도 모른다. 하지만 그녀를 사랑하는 것을 불가능하게 만드는 것이 바로 그 국면성이었다. 그리하여 나는 거의 사람들이 자신의 삶의 시적인 순간을 감미롭지만 역사적으로 생각하듯 그녀를 생각하고, 그녀를 가벼운 국면으로 만들 수 있었다. 그럼에도 여전히 실제의 그녀와, 현재의 검은 그녀의 존재를 증오했다.

그 경험을 나의 삶 속에 삼투압적으로 흡수시키며 기다리는 동안에도 나는 뭔가를 해야 했다. 그래서 나는 8월 하순에 영국에서 콘키스와 릴리를 추적했으며, 그들을 통해 앨리슨도 추적했다.

그 일로 인해 나는 비록 보잘것없고 간접적이긴 했지만 다시 가면극 속에 있게 되었다. 그리고 그것은 앨리슨을 보고 싶어 하는 나의 고통스러운 갈망을 가라앉혀 주었다. 고통스러운 것은 내가 뿌리째 뽑아 버리고 싶지만 결코 그럴 수 없는 어떤 새로운 감정이 내 안에서 씨앗을 틔워 자라고 있었기 때문이지, 그 씨앗이 콘키스가 뿌린 것이고, 그가 내 주위에 둘러놓은 그 교묘한 침묵과 부재 속에서 자라고 있기 때문은 아니었다. 그들이 나를 경멸하고 부정하고, 내쫓았다는 감정은 밤낮 없이 나를 따라다녔고, 태아가 꺼려하는 어머니의 자궁 속에서 자라며 분노를 그녀에게 폭발시키다가 새로운 순간에 그녀를…… 하지만 나는 그 감정을 어떤 단어로 표현할 수 없었다……. 그녀의 몸을 녹이듯 그것은 계속해서 자랐다.

그리고 그것은 한동안 조사와 추측과 편지 속에 묻혀 있었다. 나는 무엇이 가짜이고 무엇이 진실인지와 관련해 콘키스와 두 자매가 말한 것은 모두 무시하기로 결정했다. 많은 점에서 나는 단지 어떤 흔적과 지문을 발견하고 싶어 했다. 그리고 단지 그들의 속임수 기술로 그들을 잡고 싶었다.

〈앨리슨에 관한 신문 기사 오린 것.〉 사건 심리 보고서가 실렸을,「홀본 가제트」지 기사의 다른 유형.
〈풀크스의 팸플릿.〉 대영박물관 카탈로그 속에 있다. 콘키스의 것은 아니다.
〈군대의 역사.〉 아서 리존스 소령이 보낸 편지.

친애하는 어프 씨,
당신 자신이 말한 것처럼 당신의 편지는 불가능한 것을 요청하고 있는 것 같군요. 뇌브 샤펠 작전에 참가한 부대는 대부분 정규군이었습니다. 당신이 주장하는 상황하에서도, 루이즈 공주의 켄싱턴 연대 자원병들이 그 작전에 참여했을 가능성은 거의 없는 것 같습니다. 물론 우리는 그 혼란스러운 시기에 대한 자세한 기록이 매우 부족하고, 이것은 하나의 의견일 뿐입니다.
몬터규라는 대위의 기록도 찾지 못했습니다. 대체로 장

교인 경우 기록은 더 확실합니다. 하지만 그는 시골 연대에서 전속되었을 수도 있습니다.

〈되캉.〉『고타 연감』이나 내가 본 다른 어떤 자료에도 그런 이름의 가문은 없었다. 지브레르뒤크는 프랑스의 가장 큰 지명사전에도 나와 있지 않았다. 〈테리디온 데우칸시〉라는 거미도 존재하지 않았다. 〈테리디온〉이라는 종은 있었지만.
〈세이데바레.〉 요한 프레드릭센이 보낸 편지.

안녕하십니까,
시르세네스 시 시장이 답장을 보내 달라며 당신의 편지를 교사인 제게 건네주었습니다. 파스비크달에는 세이데바레라는 장소가 있으며, 오래전에 뉘고르라는 이름의 가족이 그곳에 살았습니다. 무척 유감스럽게도 그 가족이 어떻게 되었는지는 저희도 모릅니다.
당신을 돕게 되어 매우 기쁩니다.

나는 도움을 받게 되어 더욱더 기뻤다. 콘키스는 한때 그곳에 있었으며, 그곳에서 무슨 일인가가 일어났다. 모든 것이 허구는 아니었다.
〈릴리의 어머니.〉 나는 차로 세르네 아바스까지 갔지만, 앤스티 코티지나 다른 어떤 것을 찾아내리라는 기대는 하지 않았다. 예상대로였다. 점심을 먹은 작은 호텔에서 여자 지배인에게, 예전에 세르네 아바스 출신의 두 여자 — 쌍둥이로 무척 예뻤다 — 를 알고 지낸 적이 있는데, 그들의 성을 잊어버렸다고 말해 보았다. 내 애기를 듣고 그녀는 무척 걱정을 했는데, 자신은 마을 사람 모두를 알고 있지만 그런 사람들은 도무지 생각나지 않는다고 했다. 초등학교 〈교장〉도 실제로는 여자였다. 편지들은 프락소스 섬에서 위조된 게 분명했다.

〈샤를 빅토르 브뤼노.〉『그로브 음악 사전』에 나와 있지 않았다. 나와 이야기를 나눈 왕립 음악 학교 사람도 그의 이름을 들어 본 적이 없었고, 콘키스라는 이름은 말할 필요도 없었다.

《재판》 때 콘키스가 입었던 의상.〉세르네 아바스에서 돌아오는 길에 저녁 식사를 하기 위해 헝거퍼드에 들렀으며, 호텔로 가는 길에 골동품 가게를 지나치게 되었다. 가게 윈도에 오래된 타로 카드 다섯 장이 진열되어 있었다. 그런데 그중 한 장에 콘키스와 똑같은 의상을 입은 남자가 있었다. 망토의 상징까지도 똑같았다. 카드 아래쪽에는 〈*LE SORCIER*(마법사)〉라는 단어가 적혀 있었다. 가게는 닫혀 있었지만, 나는 주소를 적었고, 그 후 그곳에서 우편으로 카드 — 〈18세기의 멋진 카드〉 — 를 보내왔다.

처음 그 카드를 보았을 때, 나는 날카로운 충격을 받았다. 마치 그것이 내 눈에 띄기 위해 거기에 놓인 것처럼, 내가 감시를 당하고 있는 것처럼 주위를 둘러보았다.

〈재판 때의 《심리학자들》.〉나는 타비스톡 병원과 미국 대사관에 문의해 보았다. 몇몇 연구소는 존재했지만 그 이름들은 전혀 알려져 있지 않았다. 더 조사를 했지만 콘키스에 관한 것은 아무것도 나오지 않았다.

〈네빈슨.〉그는 전쟁 전 교사였는데, 학교 도서관 책에 그가 다닌 옥스퍼드의 칼리지가 나와 있었다. 베일리얼 칼리지의 경리과에서 일본에 있는 그의 주소를 알려 주었다. 나는 그에게 편지를 썼고, 2주 뒤 답장을 받았다.

오사카 대학 영문과

친애하는 어프 씨,

편지를 보내 주셔서 고맙습니다. 사실 그 편지는 먼 과거로부터 온 것이었고, 나는 무척 놀랐습니다! 하지만 그 학교가 전쟁에서 살아남았다는 소식을 듣고 기뻤습니다. 당신도 나처럼 그곳에 머무는 동안 즐거웠으리라 믿습니다.

부라니에 대해서는 잊고 있었습니다. 하지만 이제 그곳과 그곳의 주인이 (아주 희미하게!) 기억이 납니다. 라신과 운명 예정설에 대해 그와 격렬한 논쟁을 벌인 적이 있는지에 대해서는, 그런 일이 있었다는 직감밖에는 없습니다. 하지만 그때로부터 너무도 많은 것들이 과거로 흘러갔죠.

전쟁 전의 다른 〈희생자들〉과 관련해서는 유감스럽게도 도움을 드릴 수가 없군요. 내 전임자들과는 만난 적이 없으니까요. 내 후임으로 그곳에서 3년간 근무한 제프리 서그든과는 알고 지냈습니다. 하지만 그가 특별히 부라니에 대해 얘기하는 것은 듣지 못했습니다.

당신이 이 근방에 오시게 되면, 함께 기꺼이 옛날이야기를 나누고 우조는 아니지만, 최소한 정종이라도 대접하고 싶습니다.

진심 어린 마음으로,
더글러스 네빈슨

〈빔멜.〉 8월 하순경 한 가지 행운이 찾아왔다. 이 하나가 아프기 시작해, 켐프가 나를 자신의 치과 의사에게 가보게 했다. 대기실에 있는 동안 지난 1월호 영화 잡지를 집어 들었다. 잡지를 반쯤 넘기다가 가짜 빔멜의 사진을 보았다. 그는 나치 제복을 입고 있기까지 했다. 아래쪽에는 표제 문단이 있었다.

많은 찬사를 받은, 폴란드의 레지스탕스 영화 「검은 시런」에서 악마 같은 독일군 주둔군 사령관 연기를 한 이그나스 프루스진스키는 현실에서는 아주 다른 역을 해냈다. 그는 나치 점령기 내내 폴란드의 지하 조직 지도자였으며, 우리의 빅토리아 십자 훈장에 해당하는 폴란드의 공로 훈장을 받았다.

〈최면술.〉 그것에 대해서는 책 두어 권을 읽었다. 콘키스는 전문적으로 기술을 익힌 게 분명했다. 대상이 황홀 상태에서 깨어나 다른 모든 점에서 정상으로 돌아온 후 어떤 주어진 신호에 수행되는 지시를 주입하는 것, 즉 최면 후 암시는 〈완벽하게 가능하며 자주 시연되었다〉. 하지만 나는 돌이켜 생각을 해보았다. 어떤 지점에서도 내가 의식적으로 행동했을 때와는 — 내가 실제로 행동한 것과는 — 다르게 행동하도록 무의식적으로 강제된 적은 없었다. 나는 최면 상태에서 지시를 주입받은 게 분명했다. 하지만 나 자신의 자유 의지는 아주 사소한 것을 제외하고는 추가의 조작을 불필요한 것으로 만든 게 분명했다.

〈두 팔을 머리 위로 들어 올리는 것.〉 콘키스는 그것을 고대 이집트에서 빌려 왔다. 그것은 카 사인*Ka sign*으로, 〈우주의 신비스러운 힘을 소유하기 위해〉 입회자가 사용하는 것이었다. 여러 무덤 벽화에서 그것이 발견되었다. 그 의미는 〈나는 주문의 대가이다. 힘은 나의 것이다. 나는 힘을 나누어 준다〉는 것이다. 재판정 벽의, 위쪽에 고리가 있는 십자가도 또 다른 이집트의 상징이었다. 그것은 이집트인들의 〈생명의 열쇠〉였다.

〈바퀴 상징.〉 〈만다라, 또는 바퀴는 존재에 대한 우주적 상징이다.〉

〈내 발목을 묶은 리본과 드러난 어깨.〉 프리메이슨의 의식이지만, 고대 그리스의 엘레우시스 제전[6]에서 비롯된 것으로 여겨지고 있었다. 그것은 입문식과 연관이 있었다.

〈마리아.〉 지적이기는 했지만, 실제로 소작인이었을 것이다. 그녀는 내게 프랑스어 두세 단어를 말했을 뿐이며, 재판이 진행되는 동안 내내 조용히 앉아 있었다. 그녀는 다소 눈에 띄게 그 자리에 어울리지 않았다. 다른 사람들과 달리 그녀의 정체는 내가 처음 보았던 모습이 맞을 것이다.

〈릴리의 은행.〉 나는 또 다른 편지를 보냈고, 진짜 바클레이스 은행 지점의 매니저로부터 답장을 받았다. 그의 이름은 P. J. 편이 아니었다. 그리고 회사 주소가 찍힌 편지지도 내가 받은 것과 달랐다.

〈릴리의 학교.〉 줄리 홈스라는 이름은 없었다.

〈미트퍼드.〉 나는 그 전해에 갖고 있던 노섬벌랜드의 주소로 카드를 보냈고, 그의 어머니로부터 답장을 받았다. 그녀는 알렉산더가 지금 여행사 가이드로 스페인에서 일을 하고 있다고 했다. 나는 그가 일하는 여행사에 연락을 했지만 그가 9월까지는 돌아오지 않을 거라는 대답을 들었다. 나는 여행사에 그의 앞으로 편지를 보냈다.

〈부라니에 있던 그림들.〉 나는 먼저 보나르부터 시작했다. 내가 처음 펼친 보나르 화집에 창가에서 머리를 말리는 소녀의 그림이 있었다. 나는 책 뒤에 있는 소장자 목록을 보았다. 그 그림은 로스앤젤레스 카운티 미술관에 소장되어 있는 것으로 나와 있었다. 그 화집은 1950년에 발행되었다. 그 후 나는 보나르의 다른 그림을 〈찾아냈다〉. 그것은 보스턴 미술관에 있었다. 둘 다 복제화였다. 모딜리아니는 조사하지 않았지만, 콘키스처럼 기이한 모딜리아니 작품의 눈을 떠올리며

6 곡식의 여신 데메테르를 받드는 신비적 의식.

그것은 복제화도 아닐 거라는 의심을 했다.

〈1952년 1월 8일자 「이브닝 스탠더드」지.〉 어느 판에도 릴리와 로즈의 사진은 없었다.

〈『라스트레』.〉 내가 오노레 뒤르페의 먼 후손이라고 믿고 있다는 것을 콘키스가 기억한 것인가? 『라스트레』 이야기는 다음과 같았다. 양치는 소녀 아스트레는 양치기 셀라동에 대한 나쁜 얘기를 듣고는 그를 멀리한다. 전쟁이 일어나고, 아스트레는 포로가 된다. 셀라동이 그녀를 구하려 하지만, 아스트레는 그를 용서하지 않으려 한다. 불충실한 연인들을 잡아먹는 사자와 유니콘을 석상으로 만들고 나서야 셀라동은 아스트레의 사랑을 얻는다.

〈샬리아핀.〉 1914년 6월, 코벤트 가든에서 공연된 「이고르 공」에 출연했다.

〈당신은 선택될 수 있소.〉 우리의 최초의 이상한 만남에서 그가 그렇게 말한 것은 단지 〈나는 당신을 이용하기로 결정했소〉라는 것을 의미했다. 또한 그것은 내가 선택될 수 있다는 말의 유일한 의미였다. 그는 〈우리는 당신을 이용했소〉라는 의미로 그렇게 말했다.

〈릴리와 로즈.〉 둘 다 무척 예쁘고 재능이 있는(비록 내가 릴리의 고전 교육에 대해 의심하게 되었지만) 그 쌍둥이 자매가 옥스퍼드나 케임브리지에 다녔다면 그해의 두 줄레이카 돕슨[7]이었을 게 분명했다. 그들이 옥스퍼드에 다녔을 리는 없었고 — 그랬다면 우리가 다닌 해가 겹쳤을 게 분명했다 — 그래서 나는 〈다른〉 곳을 조사해 보았다. 나는 학생 잡지와 여러 대학과 단과 대학의 연극 공연의 스틸 사진, 그리고 심지어는 여자 대학의 회계과까지 조사했지만…… 모두

7 영국의 소설가 맥스 비어봄이 1911년에 쓴 소설로, 동명의 여주인공이 옥스퍼드 대학에서 보낸 삶을 다루고 있다.

소용이 없었다. 그녀가 다닌 것으로 여겨진 거턴 칼리지에서도 그녀로 추정되는 후보는 단 한 명도 없었다. 런던 대학 역시 마찬가지였다.

나는 런던의 몇몇 연극 에이전시도 알아보았다. 그렇게 해서 세 번 쌍둥이 자매의 사진을 보았고, 매번 실망했다. 내가 간 버만 의류 상점과 다른 한두 군데의 연극용 의상 가게에서도 운이 따르지 않긴 마찬가지였다. 타비스톡 극단은 「리시스트라타」를 공연한 적이 없었다. 왕립 연극 학교도 도움이 되지 못했다. 실제로 그 모든 것에서 내가 도출한 것이라곤 — 내 질문들은 그것들을 위한 다양한 이유를 만들어 내는 것을 포함하고 있었다 — 거짓말을 즉흥적으로 지어내는 두 여자의 재능에 대한, 어찌할 수 없는 사후적인 찬사뿐이었다.

물론 〈줄리 홈스〉라는 인물의 날조에는 또 다른 교활한 것이 있었다. 우리는 우리와 비슷한 경험을 한 사람들을 믿는 경향이 있다. 그녀의 케임브리지가 나의 옥스퍼드와 비슷한 식으로 우리는 비슷한 점이 많았다.

「오셀로」의 1막 3장.

　　그녀는 학대당하고, 내게서 도난당했으며,
　　주문과 돌팔이 의사에게서 산 약에 더럽혀졌다.
　　결함이 있거나 맹목적이거나 감각이 잘못되지 않은 본
　　성이
　　마술 없이 그토록
　　터무니없는 잘못을 저지를 수는 없다.

　　그리고,

대담한 적이 없으며,
너무도 고요하고, 조용한 영혼을 가진 처녀.
그녀의 행동이 그녀로 하여금 얼굴을 붉히게 하네.
그녀는 본성과 여러 해와 나라, 그리고 신용과 모든 것
에도 불구하고
자신이 보기를 두려워했던 것과 사랑에 빠지네!

〈전설적인 창녀 이오.〉『랑프리에르의 사전』.〈고대 고트인
들 사이에서 이시 또는 이사가 원초적인 상태의《얼음》또는
물을 의미한 것처럼 이오와 지오는《대지》를 의미했다. 그리
고 둘 다 대지의 생산적, 영양적 힘을 상징하는 여신의 이름
이었다. 인도의 칼리, 시리아의 아스타르테(아슈타로트), 이
집트의 이시스, 그리고 그리스의 이오는 하나의 동일한 여신
으로 여겨졌다. 그녀는 세 가지 색(재판 때 벽에 있던)을 갖
고 있었다. 그것은 흰색과 붉은색과 검은색으로, 달의 국면
들이자, 처녀와 어머니 그리고 노파라는 여자의 국면들이기
도 했다. 흰색 차림을 한 릴리는 처녀 국면의 여신이었던 게
분명했다. 마찬가지로 검은색 차림에서도 검은색의 국면을
상징했을 것이다. 로즈는 붉은색의 국면을 상징했을 테지만,
그 역할이 앨리슨에게 주어진 것이었다.

〈폴리무스 영화사.〉 나는 뒤늦게야 분명한 사실, 즉 철자
하나가 잘못된 곳에 있다는 것을 알아차렸다.

〈타르타로스.〉[8] 나는 더 많은 글을 읽을수록, 부라니에서
의 상황 — 적어도 마지막 상황 — 을 타르타로스와 다시 더
많이 일치시키기 시작했다. 타르타로스는 왕인 하데스(혹은
콘키스)가 지배를 했고, 파괴를 불러오는 여왕인 페르세포네

8 그리스 신화에 나오는 지하 암흑계의 가장 밑에 있는 나락.

(릴리)는 〈6개월을 하데스와 함께 지옥에서 지냈고, 나머지 반년은 자신의 어머니 데메테르와 함께 지상에서 보냈다〉. 또한 타르타로스에는 최고 심문관 미노스(사회를 본, 수염을 기른 〈박사〉였나?)도 있었고, 세 개의 얼굴(세 가지 역할?)을 가진 검은색 개 아누비스-케르베로스도 있었다. 그리고 타르타로스는 오르페우스가 에우리디케를 잃었을 때 그녀가 간 곳이기도 했다.

이 모든 것 속에서 나는 내가 하지 않기로 결심한 역할, 즉 탐정과 사냥꾼의 역할을 하고 있다는 것을 알고 있었고, 몇 번이나 추적을 포기했다. 그런데 내 조사 중 가장 별 볼일 없을 것처럼 보이던 것 중 하나가 눈부신 결과를 낳았다.

71

그것은 어느 월요일, 콘키스가 소년 시절 런던에서 살았으며, 세인트 존스 우드에 진짜 릴리 몽고메리가 실제로 있었을지도 모른다는 상당히 희박한 가정에서 시작되었다. 나는 여러 번 중앙 도서관에 가서, 1912년에서 1914년 사이 거리 명부에 대한 열람을 신청했다. 물론 콘키스라는 이름은 나와 있지 않았다. 나는 몽고메리를 찾았다. 아카시아 로드, 프린스 앨버트 로드, 헨스트리지 플레이스, 퀸스 그로브……「런던 A~Z」 지도를 옆에 놓고, 나는 웰링턴 로드 동쪽의, 가능성이 있는 모든 거리를 조사했다. 갑자기 흥분된 충격과 함께 내 시선이 어떤 페이지로 건너뛰었다. 〈몽고메리, 프레드크, 알리츤 로드 20번지.〉
　이웃의 이름은 스미스와 매닝엄이었는데, 매닝엄은 1914년에 이사를 가고, 헉스텝이라는 이름이 새로 나타났다. 나는 그 주소를 적은 다음 조사를 계속했다. 거의 즉시 대로 반대쪽에서 또 다른 몽고메리를 발견했다. 이번에는 주소가 엘름 트리 로드로 되어 있었다. 하지만 그것을 보자마자 실망했는데, 완전한 이름이 찰스 펜 몽고메리 경이었기 때문이다. 그의 이름 뒤에 있는 이니셜의 모양으로 보아, 그는 유명한 외과 의사이지, 콘키스가 말한 사람은 아니었다. 그의 이웃들의 이름은 해밀턴 듀크스와 찰스워스였다. 엘름 트리 로드의 거주자 가운데는 작위를 가진 사람이 하나 더 있었다. 그곳은 〈바람직한〉 주소지였다. 나는 계속해서 조사를 했고, 모든 것을 이중으로 조사했지만, 몽고메리라는 이름은 더 이상 찾지 못했다.

그런 다음 나는 좀 더 이후 시기의 명부에서 내가 찾은 두 몽고메리를 찾아보았다. 알리츤 로드의 몽고메리는 1922년에 사라졌다. 엘름 트리 로드의 몽고메리는 훨씬 더 오래도록 계속 나왔다. 물론 찰스 경은 1922년에 사망한 것이 분명한데도 말이다. 그 후 집주인의 이름은 플로렌스 몽고메리 부인으로 되었고, 1938년까지 계속해서 그렇게 되어 있었다.

점심을 먹은 뒤 나는 차를 몰아 알리츤 로드로 갔다. 그곳에 접어들면서 헛걸음을 했다는 것을 알아챘다. 집들은 작은 연립 주택으로 콘키스가 말한 〈저택〉과는 거리가 멀었다.

5분 후 나는 엘름 트리 로드에 도착했다. 최소한 그곳이 더 맞는 것처럼 보였다. 꽤 큰 집들과 빅토리아 시대 초기의 마구간을 개조한 집과 오두막들이 합쳐져 구부러진 형태로 예쁜 모습을 하고 있었다. 또한 변하지 않은 게 내게 용기를 주었다. 46번지는 그 도로에서 가장 커다란 저택 중 하나였다. 나는 차를 세우고, 수국이 있는 화단 사이로 난 진입로를 따라 웅장한 현관문으로 가 초인종을 눌렀다.

하지만 그 소리는 빈집에 울려 퍼졌고, 8월 내내 마찬가지였다. 그 집에 사는 사람들은 휴가 중이었다. 나는 그해의 명부에서 집주인의 이름을 알아냈다. 사이먼 마크스 씨. 그리고 과거의 『명사록』에서 유명한 찰스 펜 몽고메리 경에게 딸이 셋 있었다는 것도 알아냈다. 그들의 이름을 알아낼 수도 있었지만, 그 무렵 나는 마지막 사탕이 몇 개 남지 않은 아이처럼, 조사를 좀 더 오래 끌고 싶어진 상태였다. 9월 초순 어느 날, 그 집 진입로에 차가 세워져 있는 것을 보자 거의 실망감이 들었고, 나의 또 다른 희미한 희망이 사라지려 하고 있다는 것을 알 수 있었다.

초인종을 누르자 하얀 실내복을 입은 이탈리아인이 나왔다.

「집주인과 얘기를 할 수 있을까요? 아니면 부인과요?」

「약속을 하셨나요?」

「아닙니다.」

「뭘 팔러 온 건가요?」

웬 날카로운 목소리가 나를 구해 주었다.

「누구야, 에콜?」

값비싼 옷을 입은, 지적으로 보이는 60대의 유대인 여자가 나타났다.

「오, 어떤 연구를 하고 있는 중인데, 몽고메리라고 불리는 가족을 조사하려 하고 있습니다.」

「찰스 펜 경 말인가요? 외과 의사?」

「그가 이곳에 산 걸로 압니다만.」

「맞아요, 여기 살았죠.」 그때까지 기다리고 서 있던 하인에게 부인은 귀부인들이 하는 식으로 손을 저어 물러가게 했다. 그녀는 얼마간은 내 쪽을 향해서도 손을 저었다.

「실은…… 설명하기가 다소 어렵지만…… 제가 정말로 찾고 있는 사람은 릴리 몽고메리 양입니다.」

「그녀를 알아요.」 놀라워하는 내 얼굴에 떠오른 미소에 그녀는 그다지 기분 좋아하지 않았다. 「그녀를 만나고 싶나요?」

「어떤 유명한 그리스 작가 — 그리스에서는 유명한 작가 — 에 대한 연구 논문을 쓰는 중인데 오래전에 그가 영국에서 살았을 때, 몽고메리 양이 그를 잘 알았던 것 같습니다.」

「그의 이름이 뭐죠?」

「모리스 콘키스.」 그녀는 그 이름은 들은 적이 없는 게 분명했다.

연구를 한다는 말에 그녀의 불신이 약간 누그러졌고, 그녀는 〈그녀의 주소를 찾아 드리죠. 들어와요〉 하고 말했다.

나는 화려한 홀에서 기다렸다. 과시하는 듯한 대리석과 금박, 창문과 창문 사이의 벽에 걸린 대형 거울, 프라고나르[9]의 것처럼 보이는 작품. 돌처럼 굳은 풍요로움과 긴장된 흥분. 잠시 뒤 그녀가 명함 한 장을 들고 나타났다. 명함에는 〈릴리드 세이타스 부인, 허츠 주, 머치해덤 시, 딘스퍼드 하우스〉라고 쓰여 있었다.

「나도 그녀를 못 본 지 여러 해 됐어요.」

「대단히 고맙습니다.」 나는 문 있는 쪽으로 걸어가기 시작했다.

「차 한잔하시겠어요? 아니면 술이라도?」

명함을 가지러 간 사이 나를 빨아먹는 것이 즐거울 거라고 판단한 것처럼 그녀의 눈에는 모호하게 탐욕스러운, 반짝이는 뭔가가 서려 있었다. 사치 속에서 굶주리는 사마귀 같은 여자. 나는 그곳을 탈출한 것이 기뻤다.

떠나기 전 나는 다시 한 번 46번지 양쪽의 웅장한 집들을 보았다. 그중 하나에서 콘키스는 어린 시절을 보냈는지도 모

---

9 Jean-Honoré Fragonard (1732~1806). 18세기 프랑스의 화가.

른다. 46번지의 뒤편에는 공장처럼 보이는 것이 있었다. 하지만 나는 거리 명부 색인에서 그것이 로드 크리켓 경기장의 관람석 뒤쪽이라는 것을 이미 알고 있었다. 정원들은 높은 담장에 가려 있었지만, 〈작은 과수원〉은 위쪽의 관람석에 비하면 이제 난쟁이처럼 보일 게 분명했다. 크리켓 경기장이 제1차 세계 대전 이전에 지어졌을 가능성은 거의 없었다.

이튿날 아침 11시 나는 머치헤덤에 있었다. 구름 한 점 없이 아주 맑고 푸른 9월의 낮이었다. 그리스의 낮과 비교할 만한 낮이었다. 딘스퍼드 하우스는 시내에서 조금 떨어진 곳에 있었고, 들리는 것처럼 웅장하지는 않았지만, 오두막집도 아니었다. 기둥에 의해 다섯 개의 구획으로 나뉜, 4천 제곱미터 정도의 잘 가꾼 땅에 서 있는, 우아하고 자비로운 모습을 한, 붉은 벽돌색과 흰색의 건물이었다. 이번에 문을 연 것은 스칸디나비아 출신의 오페어[10]였다. 그녀는 드 세이타스 부인이 집에 있는데, 아래쪽 마구간에 있으며, 옆쪽을 돌아가면 된다고 했다.

나는 자갈길을 걸어간 후 벽돌로 만든 아치 밑을 지나갔다. 차고가 두 개 있었고, 조금 더 가자 마구간이 보이면서 마구간 특유의 냄새가 났다. 어린 사내아이가 양동이를 들고 어떤 문에서 나타났다. 아이는 나를 보고, 〈엄마, 사람이 있어요!〉라고 소리를 질렀다. 승마 바지와 빨간색 격자무늬 셔츠를 입고, 빨간 스카프를 쓴, 날씬한 여자가 같은 문에서 나왔다. 40대 초반으로 보였는데 여전히 예뻤고, 야외에서 많이 활동한 듯한 외모에 자세가 꼿꼿했다.

「도와드릴까요?」

10 가정에 입주하여 집안일을 거들며 언어를 배우는 외국인 유학생, 특히 젊은 여성.

「실은 드 세이타스 부인을 찾고 있습니다.」

「내가 드 세이타스 부인인데요.」

나는 마음속으로 그녀가 콘키스와 비슷한 나이로 머리가 세었을 거라고 생각했었다. 가까이서 보니, 눈가에 주름이 있었고, 목덜미도 약간 처져 있었으며, 풍성한 갈색 머리도 염색한 것 같았다. 마흔보다는 쉰에 더 가까울 수도 있었지만 그렇다고 해도 여전히 10년은 더 젊어 보였다.

「드 세이타스 부인이신가요?」

「그래요.」

「사이먼 마크스 부인한테서 부인의 주소를 받았습니다.」 그녀의 표정이 미묘하게 바뀌었고, 나는 그녀가 나를 탐탁해하지 않는다는 것을 알 수 있었다. 「문학적인 연구와 관련해 도움을 받을 수 있을까 해서 왔습니다.」

「나한테서요!」

「예전 이름이 릴리 몽고메리 양이었다면 말입니다.」

「하지만 내 부친은…….」

「부친에 관한 것이 아닙니다.」 마구간에서 조랑말이 우는 소리가 들렸다. 사내아이가 의심스러운 듯 나를 바라보고 있는데, 아이 어머니가 가서 양동이를 채우게 했다. 나는 옥스퍼드 출신다운 모든 매력을 동원했다. 「많이 불편하시면, 다음에 다시 오겠습니다.」

「마구간 청소를 하고 있던 것뿐이었어요.」 그녀는 들고 있던 빗자루를 벽에 기대 세웠다. 「한데 누구에 관해서죠?」

「모리스 콘키스라는 사람에 대해 논문을 쓰고 있습니다.」

나는 매처럼 그녀를 살폈지만 그녀의 표정은 변함이 없었다.

「모리스 누구라고요?」

「콘키스.」 나는 철자를 말했다. 「유명한 그리스 작가로 어린 시절 이 나라에서 살았죠.」

그녀는 장갑 낀 손으로 다소 서툴게 머리를 빗어 넘겼다. 나는 그녀가 말과 가정과 아이들을 제외한 모든 것에 대해 무척이나 무지한, 영국의 시골 여자라는 것을 알 수 있었다.「솔직히 무척 미안해요. 하지만 무슨 착오가 있는 게 분명해요.」

「혹시 찰스워스나 해밀턴 듀크스라는 이름으로는 모르시나요? 아주 오래된 일이죠. 제1차 세계 대전 무렵이니까요.」

「하지만…… 미안하지만…… 오 이런…….」 그녀는 꽤 매력적으로 말을 끊었다. 나는 그녀가 평생 동안 실수를 해온 것을 알 수 있었다. 하지만 햇볕에 그을린 피부와 맑고 푸르스름한 눈, 그리고 한창때가 지나지 않은 몸이 그녀를 용서할 수 있게 해주었다. 그녀가 〈당신 이름은 뭐죠?〉 하고 물었다.

나는 내 이름을 말해 주었다.

「어프 씨, 1914년에 내가 몇 살이었는지 알아요?」

「아주 어리셨겠죠.」 칭찬은 다소 대륙적인 것이며 부끄러운지 그녀는 미소를 지었다.

「열 살이었어요.」 그녀는 양동이를 채우고 있는 아들이 있는 곳을 보았다.「벤지 정도의 나이였죠.」

「그 다른 이름들도 들어 본 적이 없으신가요?」

「그분들이야 알죠, 한데…… 모리스라는 사람…… 그를 어떻게 불렀죠? 그가 그분들과 함께 있었나요?」

나는 고개를 저었다. 콘키스는 다시 한 번 나를 우스꽝스러운 상황으로 내몰았다. 그는 오래된 명부에서 핀으로 찍어 그 이름을 골랐을 것이다. 그가 알아내야 했던 건 딸 중 하나의 이름뿐이었을 것이다. 나는 불안한 마음으로 모험을 했다.

「그는 아들이었죠. 외아들이었죠, 아마? 음악에 재능이 있었죠.」

「착오가 있는 게 분명해요. 찰스워스 씨 부부는 아이가 없었어요. 그리고 해밀턴 듀크스 씨 집에는 아들이 하나 있었지만……」 뭔가가 그녀의 기억을 방해하는 듯 그녀는 머뭇거렸다. 「그는 전쟁 중에 죽었어요.」

「다른 뭔가를 방금 기억한 것 같은데요.」

「아녜요. 아니, 내 말은, 그래요. 모르겠어요. 음악에 재능이 있다고 했을 때였어요.」 그녀는 믿을 수 없다는 표정이었다. 「혹시 미스터 랫Mr Rat 얘기를 하는 건 아니겠죠?」 그녀는 웃으면서, 승마 바지 호주머니에 엄지손가락을 찔러 넣었다. 「『버드나무에 부는 바람』.[11] 그는 우리에게 피아노를 가르치러 온 이탈리아인이었어요. 내 언니와 내게요.」

「젊었나요?」

그녀는 어깨를 으쓱했다. 「아주요.」

「그에 대해 좀 더 얘기해 주시겠어요?」

그녀는 아래를 내려다보았다. 「감벨리노, 감바르델로…… 그 비슷했어요. 감바르델로였나?」 그녀는 그것이 여전히 농담인 것처럼 그 이름을 말했다.

「그의 이름은 뭐였죠?」

그녀는 기억을 하지 못했다.

「왜 미스터 랫이었죠?」

「갈색 눈으로 사람을 빤히 바라보곤 했으니까요. 우리는 그를 끔찍하게 놀렸어요.」 그녀는 창피한 듯 아들을 향해 인상을 썼다. 돌아온 아들은 마치 자신이 놀림을 받고 있는 듯 그녀를 밀었다. 그녀는 내 눈에서 순간적인 흥분은 보지 못했다. 콘키스는 핀 이상의 것을 사용한 게 분명했다.

11 영국 작가 케네스 그레이엄의 우화집으로, 산업 사회와 농경 사회가 함께 존재하는 20세기 초반의 영국 시골을 무대로 동물 캐릭터들의 일상을 아름답게 그려 낸 작품이다.

「그는 키가 작았나요? 나보다 더 작았나요?」

그녀는 기억을 해내려는 듯 스카프를 쥐더니, 난처한 얼굴을 하고 나를 올려다보았다. 「알고 있나요…… 하지만 이건……?」

「10분 정도 질문을 할 수 있도록 친절을 베풀어 주시겠습니까?」

그녀는 망설였다. 나는 딱 10분이라며 정중하지만 단호하게 말했다. 그녀가 아들을 향해 고개를 돌렸다. 「벤지, 군힐에게 가서 커피를 만들어 달라고 해. 그리고 정원으로 가져오너라.」

아이가 마구간 쪽을 바라보았다. 「하지만 레이지는…….」

「잠시 후 레이지를 돌보자.」

벤지는 자갈길을 달려갔고, 나는 드 세이타스 부인의 뒤를 따라갔다. 그녀는 장갑과 스카프를 벗으며, 나긋나긋하게 벽돌 담 옆을 걸어 문을 지나 오래된 훌륭한 정원으로 들어갔다. 가을꽃들이 만발한 연못이 있었고, 집의 맞은편에는 잔디밭과, 히말라야삼목 한 그루가 서 있었다. 그녀는 앞장을 서서 길을 돌아 햇빛이 잘 드는 로지아로 갔다. 거기에는 차양이 달린 그네 의자 하나와, 흰색으로 칠을 한 우아한 철제 의자 몇 개가 있었다. 나는 찰스 펜 경이 돈을 잘 번 의사였을 거라고 추리했다. 그녀는 그네 의자에 앉아, 내게 자리를 권했다. 나는 정원에 대해 몇 마디 했다.

「좀 우습지 않아요? 내 남편은 이 모든 걸 거의 혼자 하고는 불쌍하게도 이제 이 정원을 거의 못 보고 있어요.」 그녀는 미소를 지었다. 「그는 경제학자예요. 스트라스부르에서 꼼짝 못하고 있죠.」 그녀는 두 발을 치켜들었다. 약간 지나치게 소녀 같았고, 자신의 훌륭한 모습을 지나치게 의식하고 있었다. 시골의 따분함에 반기를 드는 것 같았다. 「내가 들어 보지 못한 당신의 그 유명한 작가에 대해 얘기를 해봐요. 그를 만난 적이 있나요?」

「독일군 점령기에 죽었습니다.」

「안됐군요. 어떻게 죽었죠?」

「암으로요.」 나는 서둘러 말했다. 「그는 자신의 과거에 대해 비밀스러웠고, 그래서 그의 작품에서 유추할 수밖에 없죠. 우리는 그를 그리스인으로 알고 있지만, 이탈리아인 행세를 했을 수도 있죠.」 나는 벌떡 일어나 그녀에게 담뱃불을 붙여 주었다.

「미스터 랫이었다는 게 믿기지 않아요. 그는 무척 재미있는 사람이었어요.」

「그가 피아노뿐만 아니라 하프시코드도 연주했는지 기억은 안 나시나요?」

「하프시코드라면 발을 쿵쿵 굴리는 것 말인가요?」 나는 고개를 끄덕였지만, 그녀는 머리를 가로저었다. 「작가라고 했잖아요?」

「음악에서 문학으로 나아갔죠. 초기 시 — 그리고 그가 쓴 장편소설 — 에 그가 아직 영국에 있을 때 경험한 불행하지만 아주 중요했던 연애에 대한 무수한 언급이 있죠. 물론 어디까지 그가 사실을 회상하고 있고, 어디까지 지어냈는지는 알 수 없죠.」

「그런데 내 이름이 나오나요?」

「소녀의 이름이 꽃 이름이라는 걸 암시하는 여러 단서가 있습니다. 그리고 그가 그녀와 가까운 곳에 살았고, 둘을 연결해 주는 고리가 음악이라는 것도요……」

그녀는 그 이야기에 매혹된 듯 똑바로 앉았다.

「그런데 대체 어떻게 우리까지 추적한 거죠?」

「여러 가지 실마리가 있었죠. 문학적 참고 글들에요. 로드 크리켓 경기장 근처라는 것을 알고 있었죠. 그리고 어떤……

대목에서 그는 영국의 오래된 가문 이름을 가진 이 소녀에 대해 언급했어요. 그녀의 유명한 의사 아버지에 대해서도요. 그래서 나는 거리 명부를 조사하기 시작했죠.」

「정말로 놀랍군요.」

「이런 연구를 하다 보면 흔히 있는 일이죠. 수많은 막다른 골목에 이르다가 어느 날 갑자기 돌파구를 찾게 되죠.」

그녀는 미소를 지으며 집 쪽을 바라보았다. 「이쪽은 군힐이에요.」 2~3분간 우리는 군힐이 커피를 따르는 것을 지켜보아야 했다. 노르웨이에 관한 몇 마디 정중한 이야기가 오갔다. 나는 군힐이 트론헤임보다 더 북쪽으로는 가본 적이 없다는 것을 알게 되었다. 벤지는 딴 데로 가라는 지시를 받았고, 나는 릴리의 원형과 다시 단둘이 남게 되었다.

나는 효과를 위해 수첩을 꺼냈다.

「몇 가지 질문을 해도 될까요…….」

「마침내 영광을 누리게 된 것 같군요.」 그녀는 다소 멍청하게, 꼭 말처럼 웃었다. 그녀는 즐기고 있었다.

「나는 그가 부인의 옆집에 살았을 거라고 믿었는데, 아니었나 봅니다. 그는 어디 살았죠?」

「오, 전혀 모르겠어요. 나이가 너무 어렸으니까요.」

「그의 부모에 대해서는 아는 게 전혀 없으신가요?」 그녀는 고개를 가로저었다. 「부인의 언니 분들은 좀 더 잘 아실까요?」

그녀의 얼굴이 굳어졌다.

「내 큰언니는 칠레에 살고 있어요. 나보다 열 살 많죠. 그리고 로즈 언니는…….」

「로즈라고요!」

그녀는 미소를 지었다. 「로즈요.」

「맙소사, 놀랍군요! 딱 들어맞아요. 실은…… 부인에 관한 수수께끼 같은 시가 있어요. 무척 모호한데, 이제 부인에게

로즈라는 언니가 있다는 것을 알게 되었군요…….」
「언니가 있었죠. 로즈는 그 당시 죽었어요. 1916년에.」
「장티푸스로요?」
내가 너무도 진지하게 얘기하자 그녀는 움찔했다. 하지만 곧 미소를 지었다. 「아뇨. 황달로 인한 아주 드문 후유증 때문이었죠.」 그녀는 잠시 정원을 바라보았다. 「내 어린 시절의 아주 큰 비극이었어요.」
「그가 부인이나 부인의 언니들한테 특별한 애정을 품고 있다는 느낌은 들지 않았나요?」
기억을 되살리면서 그녀가 다시 미소를 지었다. 「우리는 늘 그가 큰언니 메이를 몰래 좋아하고 있다고 생각했어요. 메이는 약혼한 상태였지만 집에 와 우리와 앉아 있곤 했죠. 아, 그래요…… 맙소사, 이제 생각나는데, 이상했어요. 그는 메이가 방에 있을 때면 늘 과시를 했어요. 아주 어려운 곡을 연주했죠. 그리고 메이는 베토벤의 〈엘리제를 위하여〉를 좋아했어요. 우리는 그를 놀리고 싶을 때면 그 곡을 콧노래로 부르곤 했죠.」
「로즈는 부인보다 몇 살이나 위였죠?」
「두 살요.」
「그렇다면 외국인 음악 교사를 두 명의 어린 소녀가 골려 주는 장면을 상상해도 되겠군요?」
그녀가 다시 의자를 흔들기 시작했다. 「무서운 일이지만, 기억이 나지 않아요. 내 말은, 그래요, 그를 골려 준 건 사실이에요. 우리는 무척 짓궂었던 게 분명해요. 그런데 그때 전쟁이 시작되었고, 그는 사라졌죠.」
「어디로요?」
「오, 그건 몰라요. 전혀 아는 바가 없어요. 다만 잔소리가 심한, 끔찍한 늙은 여자가 그를 대신하게 된 건 기억나요. 우린 그 여자를 무척 싫어했죠. 그가 그리웠던 게 확실해요. 우리는 끔찍한 속물들이었죠. 그 당시에는 다들 그랬죠?」

「그가 얼마나 가르쳤죠?」

「2년 정도?」 그녀가 오히려 내게 묻는 것 같았다.

「그가 부인을 개인적으로 무척 좋아했다는 증거 같은 건 기억이 나지 않나요?」

그녀는 잠시 생각에 잠기더니, 고개를 저었다. 「무슨…… 상스러운 것을 의미하는 건 아니겠죠?」

「아, 아닙니다. 하지만 그와 단둘이 있었던 적은 없나요?」

그녀는 깜짝 놀란 듯한 표정을 지어 보였다. 「전혀요. 늘 가정 교사나 언니 또는 어머니가 있었죠.」

「그의 성격에 대해 얘기해 주실 수 있나요?」

「지금 만날 수 있다면, 다정한 사람이라는 생각이 들 거예요.」

「부인이나 언니는 플루트나 리코더를 연주한 적이 없나요?」

「전혀요.」 내 질문이 터무니없다고 생각했는지 그녀는 히죽 웃었다.

「아주 개인적인 질문을 하나 하겠습니다. 부인은 놀라울 정도로 예쁜 소녀였나요? 아마 틀림없이 그랬을 테지만요……. 한데 자신에게 다소 특별한 뭔가가 있다는 걸 의식했나요?」

그녀는 담배를 내려다보았다. 「당신 연구에 도움이 된다면…… 그리고 어쩔 수 없는, 불쌍한 어머니로서 말하는데, 그래요, 그랬던 것 같아요. 실제로 나는 화가의 모델이 되기도 했죠. 그 그림은 꽤 유명해졌죠. 1913년 아카데미에서 가장 많은 얘깃거리가 되었죠. 집 안에 있는데, 곧 보여 드릴게요.」

나는 수첩을 보았다. 「전쟁이 일어났을 때 그가 어떻게 되었는지는 기억나지 않으시나요?」

그녀는 예쁜 손으로 눈을 눌렀다.「모르겠어요. 그는 억류된 것 같아요…… 하지만 솔직히…….」

「칠레에 계신 언니 분은 좀 더 많은 걸 기억하실까요? 그녀에게 편지를 써도 괜찮을까요?」

「물론이죠. 주소를 알려 드릴까요?」 그녀는 주소를 말해 주었고, 나는 그것을 적었다.

벤지가 나타나 20미터 정도 떨어진 곳의, 돌기둥 위에 있는 옛 천문 관측의 옆에 서 있었다. 아이는 인내력이 바닥났다는 것을 말보다는 행동으로 보여 주고 있었다. 그녀는 아이를 오게 해 앞머리를 뒤로 넘겨 주었다.

「네 불쌍한 늙은 엄마가 방금 충격을 받았어. 자신이 뮤즈라는 것을 알게 된 거야.」 그녀는 나를 쳐다보았다.「그 단어가 맞죠?」

「뮤즈가 뭐야?」

「남자에게 시를 쓰게 하는 여자지.」

「〈그 아저씨〉가 시를 써?」

그녀가 웃으면서 내 쪽으로 얼굴을 돌렸다.「그리고 그 아저씨는 정말로 유명하죠?」

「언젠가는 그렇게 될 거라고 생각합니다.」

「그의 책을 읽을 수 있나요?」

「아직 번역이 안 됐습니다. 하지만 번역이 될 겁니다.」

「당신이 번역을 할 건가요?」

「글쎄요…….」 나는 그러고 싶은 희망을 갖고 있다고 그녀가 생각하게끔 했다.

그녀가 〈솔직히 더 이상은 할 말이 없는 것 같군요〉 하고 말했다. 벤지가 귓속말을 속삭였다. 그녀가 웃으면서 햇빛 속에서 자리에서 일어나 아이의 손을 잡았다.「오프 씨에게 그림을 보여 드린 다음에 다시 일을 하도록 하자.」

「실은 어프입니다.」

그녀가 부끄러운 듯 손으로 얼굴을 가렸다.「오 맙소사, 또 실수를 했네요.」아이가 그녀의 다른 손을 잡아 끌었다. 아이도 엄마의 멍청함을 부끄러워했다.

우리는 집으로 가 거실을 지나 넓은 홀로 들어선 후 옆쪽에 있는 방으로 들어갔다. 긴 식탁과 은촛대가 보였다. 두 창문 사이의 벽에 그림 한 점이 걸려 있었다. 벤지가 달려가 그림 위에 있는 불을 켰다. 이상한 나라의 앨리스를 닮은, 세일러복 차림을 한 긴 머리 소녀가 문 쪽을 보고 있는 그림이었다. 숨고 있는 중인데, 자신을 찾고 있는 누군가가 끝내 자신을 찾지 못할 거라는 것을 아는 것 같았다. 얼굴은 무척 생기가 넘쳤고, 긴장되고 흥분한 모습이었지만, 여전히 순수했다. 그림 아래 작은 검은색 판에는 금박으로 〈불행, 영국 왕립 미술원 회원 윌리엄 블런트 경〉이라고 되어 있었다.

「매력적이군요.」

벤지가 그녀를 몸을 숙이게 해 뭐라고 속삭였다.

「우리 가족이 이걸 어떻게 부르는지 말해 주고 싶다는군요.」

그녀가 아이에게 고개를 까닥하자, 아이는 《당신이 얼마나 감상적으로 될 수 있는지》 하고 소리쳤다. 아이가 히죽 웃자 그녀가 아이의 머리카락을 잡아당겼다.

그것 역시 또 다른 매력적인 그림이었다.

그녀는 나를 점심에 초대하고 싶지만, 하트퍼드에서 〈여성을 위한 강좌〉가 있어 미안하게 되었다고 했다. 나는 콘키스의 시가 번역되는 대로 한 권 보내 주겠다고 약속을 했다.

나는 그녀의 말을 들으며 내가 여전히 노인의 희생자라는 사실을 깨달았다. 그때까지는 그가 내게 들려주고, 〈준〉을 통해 확신시켜 준, 그의 풍부한 코즈모폴리턴적인 과거에 대한 마지막 얘기를 어느 정도는 믿었다. 이제 나는 1920년대의, 삶 또는 운명에 있어서의 어떤 중요한 변화에 대한 그의 이야기 속에서 되풀이된 것을 떠올렸다. 나는 새로운 가설을 세우기 시작했다. 그는 코르푸 또는 이오니아의 섬 출신인 가난한 그리스인 이민자 가족의 재능 있는 아들로 자신의 그리스 이름이 부끄러워 이탈리아 이름을 취했을 터였다. 그리고 런던의 낯선 에드워드 시대적인 세계에서 어떻게든 살아남아 자신의 과거와 배경을 벗어 버리고자 했으며, 이미 일종의 이중적인 삶을 살고 있었을 것이다……. 부라니에서 그 〈체계〉를 경험한 우리 모두가, 그가 그 오래전 몽고메리의 집안과 그 비슷한 다른 곳에서 겪은 굴욕과 불행에 대한 희생양이었을 것이다. 차를 몰고 가면서 나는 그의 지적인 이론화 뒤에 놓여 있는 무척 인간적인 그 원한을 생각하며, 그리고 이 유망한 새로운 단서로 추측해 낸 결론을 생각하며 미소를 지었다.

나는 머치해덤의 대로로 들어섰다. 이미 12시 반이 지난 시각이었고, 나는 런던으로 돌아가기 전에 뭘 좀 먹기로 했다. 그래서 반은 목조 건물인 작은 술집 앞에 차를 세웠다. 나는 텅 빈 라운지 바에 혼자 앉았다.

「지나가는 길인가요?」 맥주 한 잔을 건네면서 주인이 내게 물었다.

「아뇨. 누굴 만나러 갔었죠. 딘스퍼드 하우스에요.」

「멋진 집이죠.」

「그 집 사람들을 아나요?」

주인은 나비넥타이를 매고 있었고, 발음이 약간 불쾌하게 들렸다.

「알고 있죠. 샌드위치는 따로 내올게요.」 그가 금전등록기를 열었다. 「마을 주변에서 아이들을 보곤 했죠.」

「일이 있어 방금 전 그곳에 갔었죠.」
「아, 예.」
머리를 과산화수소로 탈색한 여자가 문 쪽에 나타났다. 그녀는 샌드위치 접시를 들고 있었다. 주인이 내게 거스름돈을 건네며 〈오페라 가수였죠?〉 하고 말했다.
「그런 것 같지는 않던데요.」
「이곳에서는 그렇게들 얘기하죠.」
그가 말을 계속하기를 기다렸지만, 그는 별로 관심이 없는 듯 보였다. 나는 샌드위치를 반쯤 먹은 후 생각을 했다.
「남편은 뭐하는 사람인가요?」
「남편은 없어요.」 그는 재빨리 나를 쳐다보았다. 「우리가 여기 온 지 2년이 되었는데, 남편 얘기는 한 번도 못 들었어요. 신사인…… 친구들이 있다는 얘기는 들었어요.」 그는 내게 살짝 윙크를 했다.
「아, 그렇군요.」
「물론 그들은 나와 같은 런던 사람들이죠.」 잠시 침묵이 흘렀다. 주인이 유리잔 하나를 들어 올렸다. 「미인이죠. 딸들은 못 보았나요?」 나는 고개를 저었다. 그는 유리잔을 닦았다. 「굉장한 여자들이죠.」 다시 침묵.
「나이는 어떻게 되죠?」
「나한테 묻지 마세요. 요즘에는 스물에서 서른 사이는 구분을 못 하겠어요. 제일 나이가 많은 두 여자는 쌍둥이죠.」 한잔 사라는 듯한 기색으로 잔을 닦느라 여념이 없지 않았다면 그는 내 얼굴이 돌처럼 굳어지는 것을 보았을 것이다. 「사람들이 일란성 쌍둥이라고 부르는. 그냥 쌍둥이가 있고, 일란성 쌍둥이가 있죠.」 그가 잔을 높이 들어 불빛에 비추어 보았다. 「그들의 어머니도 흉터인가 뭔가로만 그들을 구분할 수 있다고 해요…….」

그가 소리를 지를 새도 없이 나는 술집을 뛰쳐나왔다.

72

처음에는 화도 나지 않았다. 나는 차를 너무 빨리 몰아, 자전거를 탄 남자를 하마터면 치어 죽일 뻔했지만, 가는 길에 대체로 웃고 있었다. 이번에는 차를 신중하게 정문 옆에 세우지 않고, 자갈길을 지나 검은색 문 앞에 세웠다. 그런 다음 2백 년 된 사자 머리 모양 고리쇠를 있는 힘껏 세게 두드렸다.

드 세이타스 부인이 직접 문을 열었다. 옷을 갈아입기는 했지만, 승마 바지가 다른 바지로 바뀐 게 전부였다. 그녀는 내 너머 차를 보았다. 마치 그것이 내가 다시 돌아온 이유를 설명하기라도 하는 것처럼. 나는 미소를 지었다.

「점심 드시러 외출하지는 않으셨군요.」

「그래요, 멍청하게도 날짜를 잘못 알았어요.」 그녀는 셔츠의 칼라를 여몄다. 「뭘 잊었나요?」

「네.」

「오.」 나는 아무 말도 하지 않았고, 그녀는 약간 늦게 밝게 말을 이었다. 「뭐죠?」

「당신의 쌍둥이 딸들요.」

그녀의 표정이 바뀌었다. 전혀 죄책감을 느끼는 것 같지는 않았지만 양보를 하는 듯한 표정을 짓더니 희미한 미소를 지었다. 나는 꼭 닮은 눈과 긴 입을 어떻게 알아보지 못했는지 의아했다. 언젠가 릴리가 보여 준 가짜 스냅 사진을 떠올렸다. 푸석한 머리를 한 멍청해 보이는 여자. 그녀는 뒤로 물러서며 나를 들어오게 했다.

「알아냈군요.」

벤지가 홀 끝에 있는 문에 모습을 나타냈다. 그녀가 내 뒤로 문을 닫으며 아이에게 조용히 말했다.

「좋아. 가서 점심을 먹도록 해.」

나는 재빨리 아이에게 가 아이 앞에서 허리를 굽혔다. 「벤지, 뭘 좀 얘기해 볼래? 쌍둥이 누나들 이름이 뭐지?」

벤지는 여전히 의심스러운 눈으로 나를 쳐다보았지만 숨다가 들킨 아이처럼 약간 두려워하는 기색도 보였다. 아이는 자신의 어머니를 쳐다보았다. 그녀가 고개를 까닥한 게 분명했다.

「릴과 로즈.」

「고맙다.」

아이는 마지막으로 의심스러운 눈으로 나를 쳐다본 후 사라졌다. 나는 릴리 드 세이타스 쪽으로 돌아섰다.

그녀는 침착하게 거실 쪽으로 가면서 말했다. 「애들을 그렇게 부른 건 내 어머니를 달래기 위해서였죠. 어머니는 굶주린 여신 같았어요.」 복장과 함께 그녀의 태도도 바뀌어 있었다. 조금 전 그녀의 어휘와 모습 사이의 모호한 불일치가 설명되었다. 돌연, 그녀가 쉰이라는 것이 믿겼고, 그녀가 다소 멍청하다고 생각했던 것이 믿기지 않았다. 나는 그녀를 따라 방으로 들어갔다.

「제가 점심 식사를 방해했군요.」

그녀는 무덤덤한 눈으로 나를 돌아보았다. 「이런 방해가 있으리라고 지난 몇 주간 예상했죠.」

그녀는 안락의자에 앉아, 내게 방 한가운데 있는 커다란 소파에 앉으라고 손짓을 했지만, 나는 고개를 저었다. 그녀는 초조해하지 않았으며, 미소를 짓기까지 했다.

「자, 그럼 얘기를 해볼까요?」

「우선 부인에게 두 명의 모험적인 딸이 있다는 사실에서부터 시작하죠. 거기에서 무슨 얘기를 다시 지어내실지 한번 들어 보죠.」

「내가 얘기를 지어내는 건 끝난 것 같군요. 이제부터는 진실만을 말할 거예요.」하지만 그 말을 하면서도 그녀는 여전히 미소를 짓고 있었다. 내가 미소를 짓지 않는 것에 미소를 짓고 있었다.「모리스는 쌍둥이들의 대부예요.」

「제가 누군지는 알고 계시죠?」그녀는 너무도 차분했고, 그들이 부라니에서 무엇을 했는지 모르고 있는 것 같았다.

「알고 있어요, 어프 씨. 당신이 누군지 〈정확히〉 알고 있어요.」그녀의 눈은 내게 경고를 하고 있었고, 나를 짜증나게 했다.「그리고 무슨 일이 있었는지도 아느냐고요?」

그녀는 자신의 손을 내려다보다가, 다시 나를 쳐다보았다.「내 남편은 1943년에 살해됐어요. 극동에서요. 그는 벤지를 본 적이 없죠.」그녀는 내 얼굴의 초조한 표정을 보았고, 그것이 무엇을 의미하는지 알아차렸다.「그는 바이런 경 학교의 첫 번째 영어 교사이기도 했죠.」

「오, 그렇지 않아요. 나는 옛날 명부를 보았어요.」

「그럼 휴스라는 이름을 기억하겠군요.」

「그래요.」

그녀가 다리를 꼬고 앉았다. 그녀는 연한 황금색 문직으로 덮인 오래된 의자에 아주 꼿꼿이 앉아 있었다. 말처럼 촌뜨기 같은 모습은 완전히 사라진 상태였다.

「당신이 앉았으면 해요.」

「아뇨.」

그녀는 어깨를 살짝 으쓱하는 것으로 나의 퉁명스러움을 받아들이고, 내 눈을 들여다보았다. 교활하면서도 태연스러웠고 거만하기까지 한 눈초리였다. 그녀가 다시 말을 하기 시작했다.

「내 아버지는 내가 열여덟 살 때 돌아가셨죠. 집에서 벗어나는 것을 주목적으로 나는 재앙과도 같은, 아주 어리석은 결혼을 했죠. 그러다가 1929년 두 번째 남편을 만났어요. 첫 남편은 1년 후 이혼을 해주었죠. 우리는 결혼을 했어요. 그리고 잠시 영국을 벗어나고 싶었지만, 돈이 별로 없었어요. 그는 그리스에 있는 교직에 지원을 했죠. 그는 고전학자였고…… 그리스를 사랑했죠. 우리는 모리스를 만났어요. 프락소스에서 릴리와 로즈를 임신했죠. 모리스가 빌려 준 집에서요.」

「한마디도 믿지 않아요. 하지만 계속해요.」

「그리스에서 쌍둥이를 밴 게 무서워, 우리는 영국으로 돌아와야 했죠.」 그녀는 다리가 세 개 달린 테이블 위에 놓인 은제 상자에서 담배를 한 대 꺼냈다. 나는 그녀가 권하는 담배를 거절했고, 그녀가 직접 담뱃불을 붙이게 했다. 자신의 집에 있는 그녀는 무척 차분했다. 「내 어머니의 처녀 시절 성이 드세이타스였죠. 서머싯 시청에서 확인할 수 있어요. 어머니한테는 결혼을 안 한 오빠가 있었죠. 내게는 외삼촌이죠. 그는 재산이 아주 많았고, 특히 내 아버지가 돌아가신 후부터는 나를 딸처럼 대했죠. 물론 내 어머니가 허용하는 한에서요. 어머니는 무척이나 사람을 지배하려 드는 여자였죠.」

나는 콘키스가 부라니를 발견한 때가 1928년 4월이라는 것을 떠올렸다.

「그러니까…… 1930년 이전에는 모리스를 만난 적이 없다는 건가요?」

그녀가 미소를 지었다. 「물론이에요. 하지만 그가 그 부분에 대해서 당신에게 한 이야기의 세부적인 사항들을 내가 그에게 제공했죠.」

「그리고 로즈라는 자매에 대해서도요?」

「서머싯 시청에 가봐요.」

「가볼 거예요.」

그녀는 담배 끝을 바라보며, 나를 잠시 기다리게 했다.

「쌍둥이가 나왔어요. 1년 뒤 외삼촌이 돌아가셨죠. 우리는 외삼촌이 단독 날인 증서를 받아 빌이 성을 드 세이타스로 바꿔야 한다는 조건으로 자신의 거의 모든 돈을 내 앞으로 남겼다는 것을 알게 되었죠. 드 세이타스 휴스도 안 되었어요. 그 비열한 짓의 책임은 주로 내 어머니에게 있어요.」 그녀는 벽난로 옆에 걸린 작은 초상화들을 보았다. 「외삼촌은 드 세이타스 가문의 마지막 남자였죠. 내 남편은 자신의 성을 내 쪽 성으로 바꿨죠. 일본식으로요. 그것도 확인할 수 있을 거예요.」 그녀는 한마디 덧붙였다. 「그게 전부예요.」

「전부인 것과는 아주 거리가 먼데요. 맙소사.」

「당신에 대해 아주 많은 것을 알고 있으니, 니컬러스라고 불러도 괜찮겠죠?」

「안 돼요.」

그녀는 나를 화나게 하는 그 작은 미소를 다시 지으며 아래를 쳐다보았다. 그 미소는 그들 모두 ── 각자 다르긴 했지만 그녀의 두 딸, 콘키스, 그리고 안톤과 마리아에게서까지 ── 에게서 떠나지 않는 것으로 마치 그들 전부가 그 우월함을 과시하는 수수께끼 같은 미소를 짓는 법을 배우기라도 한 것 같았다. 아마도 실제로 그랬을 것이다. 그리고 만일 그것을 가르친 사람이 있다면, 그 사람은 바로 그녀였으리라.

「모리스나 그를 도운 우리 모두에게 화가 나 마음을 삭일 수 없어 내 앞에 나타난 젊은이가 당신이 처음이라고 생각해서는 안 돼요. 방금 전 내가 우정을 제안한 것을 거부한 사람은 당신이 처음이지만요.」

「추한 질문을 하나 하고 싶네요.」

「해요.」

「우선 다른 것들부터 먼저 하죠. 왜 마을에서는 당신이 오 페라가수로 알려져 있죠?」

「한두 번 지역 연주회에서 노래를 한 적이 있죠. 노래를 배 웠죠.」

「〈하프시코드라면 발을 쿵쿵 구르는 것 말인가요?〉라고 했죠?」

「다소 그렇지 않나요?」

나는 그녀에게, 그녀의 부드러움에, 그녀의 무기인 숙녀다 움에 등을 돌렸다.

「친애하는 드 세이타스 부인, 당신의 그 어떤 매력과 지능 과 말장난으로도 여기서 벗어날 수는 없습니다.」

한참 동안 그녀는 말이 없었다.

「이런 상황을 만든 건 당신이에요. 그러니 그런 얘기를 들 을 수밖에 없었어요. 당신은 거짓말을 하러 이곳에 왔어요. 그리고 그 모든 잘못된 추리를 하기 위해 이곳에 왔어요. 그 래서 나 또한 거짓말을 했어요. 그리고 잘못된 추리를 제공 했고요.」

「당신 딸들은 여기 있나요?」

「아뇨.」

나는 몸을 돌려 그녀를 마주했다.

「앨리슨은요?」

「앨리슨과 나는 좋은 친구예요.」

「그녀는 어디 있죠?」

그녀는 고개를 저으며 대답하지 않았다.

「그녀가 어디 있는지 말하라고 요구하는 바입니다.」

「내 집에서는 누구도 내게 요구할 수 없어요.」 그녀의 얼굴 은 온화했지만, 체스 선수가 체스판을 쳐다보듯, 내 얼굴을 골똘히 보고 있었다.

「좋아요. 경찰에서 이 일을 어떻게 생각할지 두고 보도록 하죠.」

「지금 말해 줄 수 있어요. 그들은 당신이 무척 멍청하다고 생각할 거예요.」

나는 다시 고개를 돌리고, 그녀가 더 많은 것을 말하게 하려 했다. 하지만 그녀는 그냥 의자에 앉아 있었고, 나는 내 등을 향한 그녀의 시선을 느꼈다. 나는 그녀가 데메테르나 케레스처럼, 옥좌에 앉은 여신처럼 연한 황금색 의자에 앉아 있다는 것을 알았다. 그녀는 쉰이 다 된 총명한 여자로 1953년, 근처 들판에서 트랙터 소리가 들리는 가운데 방에 앉아 있는 게 아니라 내가 이해할 수 없는 관념에, 내가 용서할 수 없는 인간들에게 무척 충실한 어떤 역할 — 거의 더 이상 역할이 아닌 — 을 하고 있었다.

그녀가 자리에서 일어나 구석에 있는 책상으로 가더니, 사진 몇 장을 들고 와 소파 뒤의 테이블에 펼쳐 놓았다. 그러고는 자기 의자로 돌아가 내게 그 사진을 보라고 했다. 로지아 앞의 그네 의자에 앉아 있는 그녀의 사진이 있었다. 반대쪽 끝에는 콘키스가 있고, 두 사람 사이에는 벤지가 있었다. 다른 한 장은 릴리와 로즈의 사진이었다. 릴리는 카메라를 향해 미소를 짓고, 로즈는 그녀 뒤를 지나가는 듯 웃고 있는 옆모습이 찍혀 있었다. 배경에 다시 로지아가 보였다. 다음 사진은 오래된 것이었다. 나는 부라니를 알아볼 수 있었다. 집 앞 계단에 다섯 사람이 서 있었다. 콘키스가 가운데 있었고, 그의 옆에 있는 예쁜 여자는 릴리 드 세이타스인 게 분명했다. 키가 큰 남자가 팔을 그녀에게 두르고 그녀 옆에 서 있었다. 나는 뒷면을 보았다. 〈부라니, 1935년.〉

「다른 두 사람은 누구죠?」

「한 명은 친구고, 다른 한 명은 당신의 전임자예요.」

「제프리 서그든?」그녀가 약간 놀라는 기색을 보이며 고개를 까닥했다. 나는 사진을 내려놓고, 작은 복수를 하기로 마음을 먹었다. 「전쟁 전에 그 학교에 있던 교사 하나를 추적했죠. 내게 아주 많은 얘기를 해줬어요.」

「오, 그래요?」그녀의 차분한 목소리에 의혹의 그림자가 서렸다.

「그러니 진실만을 말하도록 해요.」

잠시 어색한 침묵이 흘렀다. 그녀는 내 눈을 살폈다. 「그가 뭐라고 하던가요?」

「됐어요.」

우리는 서로를 노려보았다. 잠시 뒤 그녀가 자리에서 일어나 책상으로 갔다. 그리고 편지 한 통을 꺼내 맨 아래 있는 종이를 떼어내고, 확인을 한 후 다시 와 내게 건네주었다. 그것은 내 앞으로 보낸 네빈슨의 편지를 먹지로 복사한 것이었다. 그는 위쪽에 다음과 같이 휘갈겨 쓴 상태였다. 「이 먼지가 수취인의 눈에 영구적인 손상을 가하지 않기를 바랍니다!」그녀는 고개를 돌려 책상 옆에 있는 서가를 보다가, 다시 와 조용히 편지를 받으며 책 세 권을 건넸다. 나는 비난의 말을 참고 맨 위에 있는 책을 보았다. 파란색 천으로 장정을 한 학교 교과서였다. 〈학생들을 위한 중급 그리스 문집, 케임브리지 대학 문학사 윌리엄 휴스 편집 및 주석 1932년.〉

「그것은 돈벌이를 위해 한 거죠. 다른 두 권은 좋아서 한 거고요.」

두 번째 책은 1936년에 발행한, 롱고스[12]를 번역한 한정판이었다.

「1936년인데 여전히 휴스인가요?」

12 Longos. 2~3세기에 활동한 그리스 작가. 목가적 연애 소설 『다프니스와 클로에』를 썼다.

「작가는 아무 이름이나 마음에 드는 것을 쓸 수 있죠.」

휴스 홈스. 나는 그녀의 딸이 한 이야기에서 어떤 세부적인 것을 떠올렸다.

「그가 윈체스터에서 가르쳤나요?」

그녀는 미소를 지었다. 「잠깐 동안요. 우리가 결혼하기 전에.」

다른 한 권은 팔라마스, 솔로모스 그리고 다른 근대 그리스 시인들의 번역 시집이었는데, 세페리스의 시도 몇 편 있었다.

「그 유명한 시인, 모리스 콘키스.」 나는 시무룩하게 위를 쳐다보았다. 「내 쪽에서는 훌륭한 선택이었군요.」

그녀는 책을 받아 테이블 위에 놓았다. 「당신은 아주 지적으로 그렇게 한 것 같아요.」

「그렇지만 아주 멍청한 젊은이죠.」

「멍청함과 지성은 양립할 수 없어요. 특히 당신 또래 남자들 경우에는요.」

그녀는 다시 안락의자로 가 앉아 굳어 있는 내 얼굴을 향해 미소를 지었다. 그것은 지적이며 균형 잡힌 여자가 짓는, 교묘하면서도 따뜻하고 친근한 미소였다. 하지만 어떻게 그녀는 균형을 유지할 수 있는 것인가? 나는 창가로 갔다. 햇빛이 내 손을 쓰다듬었다. 벤지와 노르웨이 출신 처녀가 로지아 옆에서 술래잡기를 하는 게 보였다. 그들이 계속해서 지르는 소리가 우리가 있는 곳까지 들려왔다.

「미스터 랫에 대한 당신의 이야기를 내가 믿었다면 어떻게 됐죠?」

「그에 관한 무척 재미있는 뭔가를 기억했어야 했어요.」

「그러면요?」

「당신은 그 얘기를 들으러 다시 오지 않았을까요?」

「만일 내가 당신을 추적하지 못했을 경우에는요?」

「그럼 휴스 부인이 적당한 때에 당신을 점심 식사에 초대했을 거예요.」

「단지 그것뿐인가요?」

「물론 아니죠. 편지를 썼겠죠.」 그녀는 의자에 몸을 기대며 눈을 감았다. 「〈친애하는 어프 씨, 당신의 이름을 영국 문화원에서 알게 되었다는 것을 설명해야겠군요. 바이런 경 학교에서 처음으로 영어 교사로 재직한 내 남편이 최근에 세상을 떴는데, 그의 개인적인 서류에서 지금까지 내가 몰랐던, 놀라운 경험에 관한 글을 발견하게 되었습니다……〉라는 식으로요.」 그녀가 눈을 뜨고 캐묻듯 눈썹을 치켜세웠다.

「그런데 그 연락은 언제쯤 왔을까요? 얼마나 더 있다가요?」

「그건 말할 수 없을 것 같네요.」

「말할 수 없는 게 아니라, 하고 싶지 않은 거겠죠.」

「아뇨. 그것은 내가 결정할 일이 아니에요.」

「결정을 해야 하는 사람은 딱 한 사람뿐이에요. 만일 그녀가…….」

「바로 그래요.」

그녀가 옆에 있는 벽난로 위로 손을 뻗어 벽난로 장식 뒤에서 사진 한 장을 꺼냈다.

「상태가 별로 좋지 않아요. 벤지가 자기 브라우니 카메라로 찍은 거예요.」

말을 타고 있는 세 여자의 사진이었다. 첫 번째는 릴리 드 세이타스였고, 두 번째는 군힐이었으며, 가운데 있는 세 번째가 앨리슨이었다. 그녀는 불안한 표정으로, 카메라를 바라보며 웃고 있었다.

「그녀가…… 당신 딸들을 만났나요?」

그녀의 청회색 눈이 나를 올려다보았다. 「원한다면 그 사진을 가져도 좋아요.」

나는 거절했다.

「그녀는 어디 있나요?」

「집을 수색해도 좋아요.」

그녀는 턱을 손에 괴고 차분하게 노란 의자에 앉아 나를 바라보았다. 그리고 무엇인지는 알 수 없었지만 뭔가를 소유하고 있었다. 왠지 모르게 위축되는 느낌이 들었다. 나는 교활한 늙은 암토끼를 쫓는 순진한 어린 개처럼 느껴졌다. 공중으로 몸을 날릴 때마다 갈색의 공기를 물 뿐이었다. 나는 앨리슨의 사진을 본 후 네 조각으로 찢어, 창가 콘솔 테이블 위에 있는 쓰레기통에 던졌다. 잠시 침묵이 흘렀지만, 결국 그녀가 그것을 깼다.

「분개하는 불쌍한 젊은이, 내 말을 들어 봐요. 사랑이란 사실 다른 사람 속에 있는 무척 사랑스러운 어떤 것보다는 자기 자신을 사랑할 수 있는 능력에 더 가까워요. 앨리슨은 애정과 헌신에 있어 아주 드문 능력을 지니고 있어요. 내가 그랬던 것보다 훨씬 더요. 나는 그것이 아주 소중한 거라 생각해요. 내가 한 것은 자신이 줄 수 있는 것을 과소평가하지 말라고 그녀를 설득한 것뿐이죠. 한데 지금까지 그녀는 스스로를 너무 과소평가했던 것 같아요.」

「무척 친절하시군요.」

그녀가 한숨을 내쉬었다. 「또 비아냥거리는군요.」

「그래요, 뭘 기대했나요? 참회의 눈물을?」

「비아냥거리는 것은 너무도 추해요. 그리고 너무도 노골적이고요.」

잠시 침묵이 흘렀다. 한참 뒤에 그녀가 말을 이었다.

「당신은 정말로 가장 행운아이면서도 가장 눈이 먼 젊은이예요. 행운아라는 건 당신이 여자들에게 인기 있는 매력을 타고났기 때문이에요. 물론 내게는 결단코 그 매력을 보여 주지 않으려 하는 것 같지만. 눈이 멀었다는 건 당신에게 얼 마간의 순수한 여성성이 있기 때문이에요. 우리 여자들이 삶 에 기여할 수 있는 한 가지 위대한 자질을 앨리슨이 소유했 다는 것을 깨닫지 못하겠어요? 그것을 제외한 교육, 계급, 출 신 같은 것은 아무것도 아닌 것이지 않나요? 그런데 당신은 그걸 놓쳤어요.」

「당신의 매력적인 딸들이 그것을 도왔죠.」

「내 딸들은 당신의 이기주의의 화신에 지나지 않아요.」

둔중하면서도 깊은 분노가 내 안에서 끓고 있었다.

「나는 ― 솔직히 인정하는데 멍청하게도 ― 그 두 여자 중 하나와 사랑에 빠졌죠.」

「파렴치한 수집가가 자신이 원하는 그림과 사랑에 빠지는 것처럼요. 그는 그것을 손에 넣기 위해서는 무슨 짓이라도 하죠.」

「하지만 이 경우에는 그림이 아니죠. 피갈 광장의 닳고 닳 은 매춘부만큼이나 도덕성이 없는 여자였죠.」

잠시 그녀는 침묵이 지나가게 했다. 우아한 거실이 나를 질책하는 것 같았다. 그런 다음 그녀는 조용히 〈강한 말이군 요〉 하고 말했다. 나는 그녀를 자극했다. 「당신이 얼마나 알 고 있는지 궁금해지기 시작하는군요. 우선 그다지 순결하지 않은 당신 딸은…….」

「그 애가 무슨 짓을 했는지 정확히 알고 있어요.」 그녀는 조용히 나를 마주해, 약간 더 꼿꼿하게 앉았다. 「그리고 그 애가 그렇게 한 이유도 정확히 알고 있어요. 하지만 그 이유 를 말하면 모든 것을 말하는 거예요.」

「저기 있는 두 사람을 부를까요? 자신의 누나가 한 주는 나 와, 다른 주는 흑인하고 공연을 ― 이건 완곡어법 같군요 ―

942

했다고 당신 아들에게 말할까요?」그녀는 내가 한 말을 무의미하게 만들려는 듯, 질문한 사람의 기를 꺾기 위해 질문에 대답하지 않는 것처럼 다시 침묵이 지나가게 했다.

「흑인이어서 사태가 그토록 나쁜가요?」

「더 낫지는 않죠.」

「그는 아주 지적이고 매력적인 남자예요. 그들이 잠자리를 같이한 건 꽤 됐어요.」

「당신은 허락을 했고요?」

「내 허락은 부당하고 불필요한 거예요. 릴리는 성인이에요.」

나는 신랄한 미소를 지은 후 정원을 내다보았다. 「이제 당신이 왜 저렇게 많은 꽃들을 키우는지 이해하겠군요.」그녀는 이해를 하지 못하며 고개를 돌렸다. 나는 말했다. 「유황의 악취를 감추기 위해서죠」

그녀는 자리에서 일어나, 한손을 벽난로에 기대고 서서, 방 안을 왔다 갔다 하는 나를 쳐다보았다. 여전히 차분했고, 기민했으며, 나를 연처럼 갖고 놀고 있었다. 나는 곤두박질치며 분노를 터뜨릴 수도 있었지만, 연의 끈을 쥔 것은 그녀였다.

「내 말을 방해하지 않고 들을 준비가 됐나요?」

나는 그녀를 쳐다본 후 어깨를 으쓱했다.

「좋아요. 무엇이 성적으로 적절하고 적절하지 않은지 따져 보죠.」그녀의 목소리는 남녀가 성 전환 수술을 하는 것을 막기로 결심한 여자 의사처럼 평탄했다. 「내가 앤 여왕 양식의 집에 산다고 해서, 이 나라의 다른 대부분의 사람들처럼 앤 여왕 시대의 도덕에 따라 산다고는 생각하지 말았으면 해요.」

「그런 건 관심이 없는데요.」

「잠자코 들어 주겠어요?」나는 창가로 가 그녀에게 등을 돌린 채 섰다. 그녀를 구석으로 몰아붙여야 한다고 느꼈다.

「어떻게 설명을 할 수 있을까요? 만일 모리스가 여기 있다면 섹스가 다른 쾌락보다 더 큰 것이긴 하지만, 결코 다른 것은 아니라고 말했을 거예요. 그리고 섹스는 우리가 사랑이라고 부르는 관계의 한 부분일 뿐, 결코 본질적인 것이 아니라는 말도 했을 거예요. 또한 본질적인 것은 진실이며, 두 사람의 마음속에 구축된 신뢰라는 말도 했을 거예요. 그것들은 바로 두 사람의 영혼이죠. 그걸 어떻게 불러도 좋아요. 그리고 진짜 부정은 성적 부정을 감추는 것이죠. 왜냐하면 상대에게 사랑을 준 두 사람 사이에 끼어들어서는 안 되는 한 가지가 있다면 그건 바로 거짓이기 때문이니까요.」

나는 잔디밭을 내다보았다. 나는 그녀가 말하는 모든 것이 사전에 준비된 것이라는 것을 알고 있었다. 어쩌면 핵심적인 얘기는 외웠는지도 몰랐다.

「나한테 설교를 하려는 건가요, 드 세이타스 부인?」

「자신에게는 설교가 필요 없는 척하는 건가요?」

「이것 보세요…….」

「제발 내 말을 들어요.」 만약 그녀의 목소리가 조금이라도 날카로웠거나 거만했다면 나는 그렇게 하지 않았을 것이다. 하지만 그녀의 목소리는 예상 외로 부드러웠고, 거의 애원하는 것처럼 들렸다. 「나는 우리가 누구인지 설명을 하려 해요. 지금으로부터 20년도 더 전에 모리스는 우리가 성행위의 일반적인 금기를 우리의 삶에서 추방해야 한다고 우리를 설득했어요. 그것은 우리가 다른 사람들에 비해 부도덕해서가 아니었어요. 오히려 우리가 더 도덕적이어서였죠. 우리는 우리의 삶 속에서 그것을 행하려 시도했어요. 나는 아이들을 기르는 방식에서도 그것을 실천하려 했죠. 그리고 우리, 그러니까 모리스를 돕는 우리 모두에게 섹스는 중요한 것이 아니라는 것을 당신한테 이해시켜야겠어요. 어쨌든 대부분의 사람들의 삶 속에서와 같은 것은 아니에요. 우리에게는 해야 하는 더 중요한 일들이 있기 때문이죠.」

나는 몸을 돌리지 않은 채 그녀를 바라보았다.

「전쟁 전에 나는 두 번, 릴리가 당신한테 한 것과 비슷한 역할을 한 적이 있어요. 그 애는 내가 할 준비가 되어 있지 않았던 것을 할 준비가 되어 있죠. 나는 버려야 할 금기 사항이 훨씬 더 많았어요. 내게는 성적으로뿐만 아니라 보다 중요한 다른 방식으로도 사랑한 남편이 있었죠. 하지만 우리가 당신의 삶에 너무도 깊게 침투했기 때문에, 내 남편이 살아 있을 때에도 그의 완전한 앎과 동의하에서 때로 모리스에게 나 자신을 준 적이 있다는 것을 얘기해야겠군요. 그리고 남편은 전쟁 중에 나의 완전한 앎과 동의하에서 인도인 정부를 두고 있었죠. 그럼에도 나는 우리 결혼이 무척 완전하고 행복한 것이었다고 믿는데, 그건 우리가 두 가지 본질적인 원칙을 지켰기 때문이죠. 우리는 절대 서로에게 거짓말을 하지 않았어요. 그리고 다른 하나는…… 그것은 당신을 좀 더 잘 알게 될 때까지 말하지 않겠어요.」

나는 경멸하듯 주위를 둘러보았다. 그녀의 침착함이 불편했다. 내 안에서 광기가 끓어올랐다. 그녀는 다시 자리에 앉았다.

「물론 당신이 주입된 관념이나 주입된 관습의 세계에 살기를 바란다면, 우리와 내 딸이 한 짓이 역겨울 거예요. 그래요. 하지만 다른 설명도 가능하다는 것을 잊지 마세요. 내 딸은 무척 용감했을 거예요. 나나 내 아이들은 보통 사람인 척하지 않아요. 그 애들은 평범한 사람이 되게끔 자라지 않았어요. 우리는 부자인 데다 지적이며, 부유하고 지적인 삶을 살고자 해요.」

「운이 좋으시군요.」

「물론이죠. 우리로서는 운이 좋은 거죠. 그리고 우리는 존재라는 제비뽑기에서 우리의 행운이 우리에게 부과한 책임을 받아들이고 있어요.」

「책임이라고요!」 나는 다시 빈정거리며 말했다.

「정말로 우리가 단지 당신을 위해 이러고 있다고 생각하나요? 정말로 우리가 우리의 여행을 계획하지 않고 있다고 믿는 건가요?」 그녀는 좀 더 온화한 목소리로 말을 이었다.「우리가 한 모든 게 우리에게 필요했기 때문이었어요.」 그녀는 자기만족에 취해서가 아니라 진심으로 그 말을 했다.

「불필요한 외설까지도 필요했던가 보죠.」

「아주 복잡한 실험을 할 필요가 있었기 때문이죠.」

「나는 실험은 단순한 게 좋아요.」

「단순한 실험의 시대는 끝났어요.」

우리는 다시 침묵했다. 나는 여전히 분통이 터졌고, 어떤 모호한 방식으로 그녀의 수중에 앨리슨이 있다는 게 두려웠다. 그것은 자신이 사랑한 시골 땅이 건물 개발업자에게 팔리고 있다는 얘기를 들을 때와 비슷했다. 그리고 나는 다시 뒤에 남겨지고 버려졌다는 느낌이 들었다. 나는 그 다른 행성에 속해 있지 않았다.

「당신을 부러워할 젊은이들을 알고 있어요.」

「그 이야기를 하면 아닐걸요.」

「그렇다면 그들은 당신의 편협함에 대해 당신을 동정할 거예요.」

그녀는 내 뒤로 와, 내 어깨에 손을 얹고 나를 돌아보게 했다.

「내가 사악한 여자로 보이나요? 내 딸들도 그렇게 보였나요?」

「모습이 아니라 행동이 중요하죠.」 내 목소리가 거칠어졌다. 나는 그녀의 팔을 뿌리치고 그곳을 떠나고 싶었다.

「우리가 한 짓이 사악했을 뿐이라고 절대적으로 확신하나요?」

나는 눈을 내리깔았다. 나는 대답을 하고 싶지 않았다. 그녀는 손을 떼었지만, 내 앞 가까운 곳에 있었다.

「나를 조금이라도 믿어 주겠어요? 잠시 동안만이라도?」 내가 아무 말도 하지 않자 그녀는 말을 이었다. 「언제든 내게 전화를 해도 좋아요. 이 집을 감시하고 싶다면, 그렇게 해요. 하지만 당신이 보고 싶어 하는 누구도 보지 못하게 될 거라는 것을 미리 말해 두겠어요. 벤지와 군힐, 그리고 다음 주에 프랑스에서 돌아올, 벤지와 그 애 누나들 중간에 있는 두 아이만 볼 수 있을 거예요. 지금 당신을 기다리게 하고 있는 건 한 사람밖에 없어요.」

「그건 그녀가 직접 말해야 할 거예요.」

그녀는 창밖을 바라보다가, 나를 곁눈으로 쳐다보았다. 「나도 당신을 도와주고 싶어요.」

「내가 원하는 건 앨리슨이지, 도움이 아니에요.」

「이제 니컬러스라고 불러도 괜찮을까요?」 나는 그녀에게서 몸을 돌려 소파와 테이블 있는 데로 가, 그 위에 놓인 사진들을 내려다보았다. 「좋아요. 다시는 묻지 않을게요.」

「나는 신문사에 가 이 이야기를 팔 수도 있어요. 당신들을 파멸시킬 수도…….」

「채찍으로 내 딸의 등을 내리칠 수도 있었던 것처럼 말이죠.」

나는 날카롭게 그녀를 쏘아보았다. 「당신이었나요? 그 가마 안에 있었던 게?」

「아뇨.」

「앨리슨이었나요?」

「당신이 들은 대로 비어 있었어요.」 그녀가 의심스러워하는 내 눈을 보았다. 「맹세해요. 앨리슨이 아니었어요. 나도 아니었고.」 그녀는 여전히 믿지 못하는 나를 향해 미소를 지었다. 「그래요. 누군가가 있었을 수도 있어요.」

「누구였죠?」

「어떤…… 세계적으로 아주 유명한 사람이었어요. 당신도 얼굴을 봤으면 알았을 거예요. 그게 전부예요.」

그녀의 연민의 덩굴손이 나의 분노 사이로 몰래 들어오기 시작했다. 나는 날카로운 눈으로 그녀를 한 번 쳐다보고, 몸을 돌려 문 쪽으로 걸어갔다. 그녀가 책상 위에 있는 종이를 집어 들고 내 뒤를 따라왔다.

「이걸 가져가요.」

거기에는 이름과 생년월일이 적혀 있었다. 〈휴스가 드 세이타스에게, 1933년 2월 22일.〉 그리고 전화번호도 있었다.

「이건 아무것도 증명하지 못해요.」

「아뇨. 서머싯 시청에 가봐요.」

나는 어깨를 으쓱하고, 그 종이를 아무렇게나 호주머니에 집어넣은 뒤, 그녀를 쳐다보지도 않고 계속 걸었다. 그리고 현관을 열고 계단을 내려갔다. 그녀가 따라왔지만 계단 위에서 멈춰 섰다. 나는 운전석 옆에 서서 악의에 차 그녀를 쳐다보았다.

「앨리슨을 지옥에서 본 후에 당신에게 다시 오겠어요.」

그녀는 대답을 하려는 것처럼 입을 벌렸지만 마음을 바꾼 것 같았다. 그녀의 얼굴에는 질책과, 아이를 향한 것 같은 인내심이 함께 배어 있었다. 첫 번째 표정은 근거가 없는 것으로 보였고, 두 번째 표정은 나의 화를 돋우었다. 나는 차에 타 시동을 걸었다. 정문을 나오면서 백미러로 토스카나식 현관에 있는 그녀를 흘끗 보았다. 그녀는 우스꽝스럽게

도 내가 가는 것을 보게 되어 유감이라는 듯 여전히 그곳에
서 있었다.

73

하지만 그때도 나는 내가 실제 이상으로 화가 난 척했다는
것을, 그리고 그녀가 자신의 차분함으로 나의 적의를 부수려
한 것처럼, 나도 나의 적의로 그녀의 차분함을 부수려 했다
는 것을 알고 있었다. 하지만 무례하게 굴고, 그녀의 제안을
거절한 일은 조금도 후회하지 않았다. 그리고 내가 당시 앨
리슨에 관해 한 이야기는 거의 진심이었다.

그건 지금의 이 수수께끼가 여전히 풀리지 않은 것이며,
내가 앨리슨을 만나는 것이 허락되지 않았기 때문이다. 내게
서 뭔가가 기대되고 있었고, 그녀가 숨어 있는 지하 세계 또
는 숨어 있는 그녀에게 접근하기 위해서는 어떤 오르페우스
적인 연기가 필요했다. 나는 시험대에 올라 있었다. 하지만
내가 무엇을 증명해야 하는지에 대해 제대로 된 힌트를 준
사람은 없었다. 나는 타르타로스로 통하는 입구를 찾기는 한
것 같았지만 그렇다고 해서 에우리디케에게 더 가까이 간 것
은 아니었다.

그리고 릴리 드 세이타스가 말한 것들 역시 나를 영원한
수수께끼에 더 가까이 데려가지 못했다. 어떤 여행이고, 어
떤 계획이란 말인가?

분노는 이튿날에도 수그러들지 않았다. 하지만 그 이튿날
나는 서머싯 시청에 갔고, 릴리 드 세이타스가 확인해 보라
고 한 것이 전부 사실이라는 걸 알아냈다. 그로 인해 나의 분
노는 우울증으로 바뀌었다. 그날 저녁 나는 머치해덤에 있는

그녀의 전화번호로 전화를 걸었다. 노르웨이 여자가 전화를 받았다.

「딘스퍼드 하우스입니다. 누구시죠?」 나는 아무 말도 하지 않았다. 누군가가 그녀에게 말을 건 게 틀림없었다. 그녀가 〈저쪽에서 아무 말도 안 해요〉 하고 말했기 때문이다.

잠시 후 다른 목소리가 들렸다.

「여보세요. 여보세요.」

나는 수화기를 내려놓았다. 그녀는 아직 거기에 있었다. 하지만 그 무엇도 나로 하여금 그녀와 말을 하게 하지는 못할 터였다.

이튿날, 그러니까 그녀를 방문한 지 사흘째 되는 날, 나는 술에 취해, 오스트레일리아에 있는 앨리슨에게 마음 쓰라린 편지를 쓰며 시간을 보냈다. 나는 그녀가 오스트레일리아에 있는 걸로 결론을 내린 상태였다. 그녀에게 해야 하는 모든 말을 했다. 그리고 그 편지를 스무 번은 읽었다. 그것을 충분히 읽는 것으로 그것을 나의 순수함과 그녀의 공모에 대한 분명한 진실로 바꿀 수 있는 것처럼. 하지만 그 편지를 부치는 것을 계속해서 미루었고, 결국 그것은 벽난로 위에서 밤을 보내게 되었다.

대부분의 아침에는 아래층으로 내려가 켐프와 함께 식사를 하는 게 습관처럼 되어 있었지만, 모든 인간 조건에 대해 저주하던 지난 사흘간은 그렇게 하지 못했다. 켐프는 부엌일에는 시간을 내지 않았지만 커피는 훌륭하게 만들었다. 나흘째 날 아침 나는 커피가 몹시 필요했다.

내가 들어서자 그녀는 「데일리 워커」 ── 그녀는 〈진실을 알기 위해〉 「데일리 워커」를 보았으며, 〈망할 놈의 거짓말을 읽기 위해〉 다른 어떤 신문을 보았죠 ── 를 내려놓고 앉아 담배를 피우고 있었다. 그녀의 입에 담배가 없는 건 마치 돛대가 없는 요트처럼, 재앙이나 마찬가지였다. 우리는 두세 마디 얘기를 나누었다. 그러고는 그녀는 조용해졌다. 하지만 그 뒤 몇 분 사이, 나는 그녀가 아침에 짓는 고르곤 같은 얼굴 앞으로 자비로운 베일처럼 쓰고 있는 담배 연기 사이로 나를 계속해서 주의 깊게 관찰하고 있다는 것을 알아차렸다. 나는 신문을 읽는 척했지만 그녀는 속지 않았다.

「무슨 일이에요, 닉?」

「무슨 일이라뇨?」

「친구도, 여자도, 아무것도 없다. 이런 거예요?」

「이런 아침 시간에 그런 얘기는 하지 마세요. 부탁이에요.」

낡은 빨간색 가운을 걸친 그녀는 머리를 빗지 않은 채, 시간 자체처럼 오래된 모습으로 뚱하게 앉아 있었다.

「당신은 일자리를 찾고 있는 게 아니에요. 그것만은 알 수 있어요.」

「좋을 대로 생각해요.」

「당신을 도우려는 거예요.」

「알고 있어요, 켐프.」

나는 고개를 들어 그녀의 얼굴을 쳐다보았다. 창백하고 부어 있었으며, 눈은 담배 연기로 가늘 대로 가늘어져 있었다. 어딘지 일본의 노(能)[13]에 나오는 가면과 흡사했지만, 그녀의 목소리에서 울리는 런던 토박이 말씨와 그녀가 꾸며 내는 전혀 감상적이지 않은 뭔가와 이상하게도 어울렸다. 하지만 그 순간 그녀는 그녀로서는 놀라운 애정의 몸짓을 보이며 테이블 위로 손을 뻗어 내 손을 가볍게 두드렸다. 내가 알기로 그녀는 릴리 드 세이타스보다 다섯 살 아래였지만, 열 살은

13 일본의 고전 예술 양식의 하나 피리와 북소리에 맞추어 노래를 부르면서 춤을 추는 가면 악극.

더 나이 들어 보였다. 일반적 기준으로 본다면, 켐프는 입이 거친 여자였다. 그리고 그녀는 내 아버지가 가장 싫어한 부류, 즉 그가 빌어먹을 사회주의자들과 망할 놈의 화이트홀[14]의 실속 없는 자들보다 훨씬 더 낮은 족속으로 생각한 긴 머리 여단의 뻔뻔스러운 일원이었다. 한순간 나는 그 스튜디오 문에 공격적인 푸른 눈에 대령다운 무성한 수염을 기른 아버지가 서 있는 것을 상상했다. 지저분한 소파와 악취가 나는, 녹이 슨 낡은 석유난로, 어질러진 테이블, 벽을 뒤덮은, 성적이고 유아적인 야한 유화들, 오래된 단지들과 낡은 옷가지와 신문지가 있는 그곳에. 하지만 나는 켐프의 짤막한 제스처와 그에 뒤이은 그녀의 표정 속에 내 집에서 알았던 것보다 더 진정한 인간성이 있다는 것을 알았다. 그러나 나의 그 집과 그 집에서 보낸 세월이 여전히 나를 지배하고 있었기 때문에 나는 자연스러운 반응을 억누를 수밖에 없었다. 내가 메울 수 없는 간격을 사이에 두고 우리의 시선이 마주쳤다. 그녀는 외로운 아들일 수밖에 없는 내게 일시적이나마 거친 모성애를 베풀려고 한 것이다. 그녀는 손을 거두었다.

나는 〈너무 복잡해요〉 하고 말했다.

「오늘은 하루 종일 시간이 있는데.」

그녀의 얼굴이 푸른 연기 사이로 나를 보았는데, 갑자기 취조자의 얼굴처럼 무표정하고 위협적으로 보였다. 내가 그녀를 좋아하는 건 사실이지만, 그녀의 호기심이 그물처럼 나를 둘러싸는 것 같았다. 나는 어떤 위태로운 공생 관계에 의해, 희귀한 상황에서만 자신을 구축할 수 있는 기이한 기생충 같았다. 그 재판에서 그들이 한 말은 틀렸다. 내가 여자들을 착취한 것이 아니라, 내가 여자를 통해서만 정상적인 인

14 총리 관저 등 많은 관청이 자리 잡고 있는 런던의 지역으로 영국 정치의 중심지.

간성과 사회적 품위와 모든 열린 마음에 접근할 수 있다는 사실이 나를 착취한 것이다. 그 점에서 나는 진정한 희생자였다.

내가 이야기를 하고 싶은 상대는 한 사람밖에 없었다. 그때까지는 나는 움직일 수도, 전진할 수도, 뭔가를 계획하거나 진보할 수도, 더 나은 인간 또는 어떤 것이 될 수도 없었다. 그때까지는 나의 수수께끼와 비밀을 어떤 방어물처럼 나의 유일한 동반자로 데리고 다녀야 했다.

「언젠가 때가 되면요, 쳄프. 지금은 아니에요.」

그녀는 어깨를 으쓱하며, 가장 나쁜 예언을 하는 근엄한 예언가처럼 나를 바라보았다.

2주에 한 번씩 계단을 청소하는 노파가 문으로 들어왔다. 내 전화가 울리고 있었다. 나는 계단을 달려 올라가, 막 끊어지려는 찰나에 수화기를 집어 들었다.

「여보세요. 니컬러스 어프입니다.」

「오, 안녕하시오, 어프. 나요, 샌디 미트퍼드.」

「돌아왔군요!」

「이제 노인이 되었소. 노인이.」 그가 목청을 돋웠다. 「당신 메모를 보았소. 언제 점심이나 같이하겠소?」

잠시 후 시간과 장소를 정한 다음, 나는 다시 한 번 앨리슨에게 쓴 편지를 읽었다. 모든 행간 사이에서 상처 입은 말볼리오가 몰래 걷고 있었다. 몇 분 뒤에는 어떤 편지도 존재하지 않았다. 내 인생의 다른 모든 관계가 그랬듯이 한 줌의 재만 남게 되었다. 그 말은 귀하지만 정확했다.

미트퍼드는 전혀 변한 데가 없었다. 실제로 그가 지난번에 만났을 때 입은 것과 똑같은 옷을 입고 있다는 것을 맹세할 수도 있었다. 똑같은 진한 파란색 블레이저와 짙은 회색 플

란넬 바지, 그리고 나비넥타이. 옷은 그것을 걸친 사람처럼 좀 더 남루해 보였다. 그는 내가 기억하는 것보다 훨씬 덜 쾌활했다. 하지만 진을 몇 잔 마신 뒤에는 예전의 게릴라 같은 건방진 구석이 되살아났다. 그는 〈미국인 무리를 데리고〉 스페인을 돌며 여름을 보냈다고 했다. 그리고 프락소스에서 내가 보낸 편지는 못 받았다고 했다. 그들이 편지를 파기한 게 분명했다. 뭔가 그들이 미트퍼드가 말하기를 원치 않은 게 있었다. 샌드위치를 먹으면서 우리는 학교에 관한 이야기를 나누었다. 부라니에 관한 이야기는 없었다. 미트퍼드는 자신이 경고를 했었다는 말을 계속했고, 나는 그때마다 수긍을 했다. 나는 내가 유일하게 관심을 갖고 있는 얘기를 할 수 있는 기회를 기다렸다. 결국 기대했던 대로 그가 먼저 운을 떼었다.

「대합실에는 가보았소?」

그는 대수롭지 않은 듯 그렇게 물었지만 실은 그렇지가 않다는 것을 나는 그 즉시 알아차렸다. 그는 두려워하면서도 호기심을 갖고 있었고, 실제로 우리가 서로 만난 데는 같은 이유가 있었다.

「오 맙소사, 그것에 대해 물어볼 생각이었어요. 우리가 작별 인사를 했을 때, 기억나요?」

「그렇소.」 그는 무척 조심스럽게 나를 바라보았다. 「무차라고 불리는 만에는 가지 않았소? 남쪽에 있는?」

「물론이죠. 그곳을 알아요.」

「곶의 동쪽에 있는 별장을 보았소?」

「예. 언제나 닫혀 있었죠. 그렇게 들었어요.」

「아. 재미있군. 아주 재미있소.」 그는 생각에 잠겨 라운지 너머를 보며 잠시 나를 혼자 내버려 두었다. 나는 그가 얼굴을 들며 담배를 입술로 가져가는 것을 보았다. 그는 훌륭한

버지니아 담배를 좋아했다. 그는 코로 담배 연기를 내뿜었다.「그게 전부였소. 실제로 아무것도 아니오.」

「그런데 왜 조심하라고 했죠?」

「오 아무것도 아니오. 전혀 아무것도 아니오.」

「그렇다면 얘기를 할 수 있잖아요.」

「사실 얘기를 했소.」

「그랬죠!」

「나치에 부역한 자와 싸웠다는 얘기를 한 거 기억나오?」

「그래요.」

「그가 그 별장의 주인이오.」

「오, 하지만……」 내가 손가락을 튕겼다.「잠깐만요. 그의 이름이 뭐였죠?」

「콘키스.」 내가 무슨 말을 할지 안다는 듯 그는 흐뭇한 미소를 지었다. 그리고 늘 멋부려 다듬고 다니는 수염을 만졌다.

「하지만 나는 그가 저항 운동이 있었을 때 다소 좋은 일을 한 걸로 생각했어요.」

「천만에. 실제로 그는 독일군과 거래를 했소. 80명의 마을 사람들을 사살하는 일을 직접 계획했소. 그런 다음 독일놈들과 짜고 마을 사람들과 함께 줄을 섰소. 알겠소? 마치 무척이나 용감하고 무고한 것처럼.」

「하지만 그는 심하게 부상을 당하거나 하지 않았나요?」

나의 순진함을 경멸하며 그는 담배 연기를 내뿜었다.「독일군의 처형에서 살아남을 수는 없소. 그는 재빨리 사기를 친 거요. 반역자처럼 행동을 했고. 영웅처럼 대접을 받았소. 그 사건에 대해 독일어로 된 가짜 보고서까지 만들었소. 그 전쟁의 최대 사기극 중 하나라 할 수 있소.」

나는 날카롭게 그를 쳐다보았다. 끔찍한 새로운 의혹이 나를 엄습했다. 이건 미로 속의 새로운 복도인가?

「하지만 누군가가……?」

미트퍼드는 엄지와 검지로, 그리스에서 부패를 의미하는 제스처를 해 보였다.

나는 〈대합실에 대해서는 아직 설명을 하지 않았어요〉 하고 말했다.

「그가 그 별장에 붙인 이름이오. 죽음을 기다린다는. 그것을 프랑스어로 써서, 나무에 박아 놓았소.」 그는 손가락으로 선을 그렸다. 「*Salle d'attente*(대합실).」

「그와 당신 사이에 무슨 일이 있었나요?」

「아무것도. 전혀 아무 일도 없었소.」

「말해 봐요.」 나는 순진한 미소를 지었다. 「이제 나도 그곳을 알고 있어요.」

아주 어렸을 때, 햄프셔의 개울 위로 난 버드나무 가지에 누워 아버지가 송어 낚시하는 것을 지켜보던 일이 생각났다. 아버지는 가짜 파리를 던져 엉겅퀴의 관모처럼 부드럽게 물 위에 드리우는 것을 잘했다. 나는 아버지가 유인하려는 송어가 위로 올라오는 것을 볼 수 있었다. 그리고 송어가 천천히 올라와 파리 밑에서 헤엄치다가 — 그 순간은 영원처럼 느껴졌고, 나는 흥분한 나머지 심장이 멎는 듯했다 — 갑자기 재빨리 꼬리를 차고, 아버지가 번개처럼 낚싯대를 젖혀 릴을 감던 것을 기억했다.

「아무것도 아니오. 정말로.」

「오, 그만해요. 무슨 일이 있었죠?」

「너무도 터무니없는 일이었소.」 송어가 미끼를 문 것이었다. 「어느 날 산책을 나갔소. 5월인지 6월인지 기억이 나지 않소. 학교에 있는 게 짜증이 났소. 수영이나 하려고 무차 해변으로 갔소. 나무들 사이로 내려갔소. 내가 뭘 봤는지 아시오? 그냥 여자 둘이 아니라 거의 아무것도 걸치지 않은 여자

둘을 본 거요. 나는 긴급 정찰을 나갔소. 곧장 그들을 향해 가 그리스어로 무슨 말을 했는데, 그들은 영어로 대답을 했소. 영국인들이었소. 아주 매력적인 쌍둥이였소.」

「맙소사. 진 한 잔 더 시키죠.」 나는 바에 서서 술을 기다리면서 거울에 비친 나의 모습을 보며 아주 희미하게 윙크를 했다.

「Sygeia(건배). 당신도 상상할 수 있을 거요. 나는 재빨리 가 위치를 확보했소. 그들이 누군지 알아냈소. 위에 있는 별장 주인 노인의 대녀들이었소. 상류층 출신으로, 스위스에 살고 있었소. 그곳에는 여름을 보내기 위해 왔으며, 노인이 나를 만나면 무척 좋아할 거라며, 올라가서 차나 한잔하자고 했소. 말은 그것으로 족했소. 우리는 그곳을 떠나 노인네를 만나, 차를 마셨소.」

옷깃이 조이는지 그는 목을 한 번 위로 뺐다. 그것은 그의 오래된 버릇이었다. 그는 그렇게 해서 자신을 중요한 사람처럼 보이게 했다.

「그 노인은 영어를 했나요?」

「완벽했소. 평생 유럽을 돌아다니며 최고의 사교계에서 사람들과 어울렸다고 했소. 사실 쌍둥이 가운데 하나는 마음에 들지 않았소. 내가 좋아하는 유형이 아니었소. 다른 하나는 마음에 들었소. 그건 그렇고, 차를 마신 후 노인과, 별로 내 마음에 들지 않은 여자가 딴 곳으로 갔고 준이라는 여자가 주위를 구경시켜 주었소.」

「잘됐군요.」

「그 시점에서는 맨손으로 하는 싸움은 시작하지 못했지만, 그녀는 기꺼이 준비가 되어 있는 것 같았소. 섬에서 지내는 게 어떤 건지 당신도 알잖소. 탄창 가득 총알이 있는데, 쏠 게 없는 거요.」

「그렇죠.」

그는 손을 들어 올려 뒷머리를 쓰다듬었다. 「그리고 학교로 돌아왔소. 다정한 작별을 하고. 그다음 주말에 저녁 식사 초대를 받았소. 한 주가 지나, 나는 제일 좋은 옷을 입고 그곳에 갔소. 다른 필요한 장비도 갖고. 술을 마셨고, 여자들은 무척 매력적으로 보였소. 그런데.」 그는 긴장된 표정을 지었다. 「준이 아닌 다른 여자가 불쾌한 모습을 보이기 시작했소.」

「맙소사.」

「그 전주에 그녀를 알아봤소. 망할 놈의 지적인 여자 중 하나였소. 아주 강한 척하지만 진 두어 잔만 마시면 완전히 취해 버리는 여자 말이오. 식사를 하는데 무척이나 위태로워졌소. 정말 당황스러웠소. 처음에는 별로 주의를 기울이지 않았소. 약간 취했다고 생각했소. 아니면 생리를 하고 있다고. 하지만…… 그녀는 실제로 아주 멍청한 방식으로 나를 갖고 놀기 시작했소.」

「어떻게요?」

「오…… 내 목소리를 흉내 냈소. 내가 말하는 방식을. 아주 잘했소. 하지만 무척 마음이 상했지.」

「한데 그녀가 무슨 얘기를 했죠?」

「평화주의와 원자 폭탄에 대한 멍청한 얘기를 잔뜩 했소. 그런 유형들 있잖소. 그런데 나는 그런 것들에 대해서는 전혀 관심이 없었소.」

「다른 두 사람은 끼어들지 않았나요?」

「거의 한마디도 하지 않았소. 그들 역시 당황해했소. 그런데 그 줄리라는 여자가 갑자기 모욕적인 말을 퍼부었소. 완전히 자제력을 잃고서. 그러고는 축 늘어졌소. 준이 일어서 그녀에게 갔소. 노인은 상처 입은 까마귀처럼 손을 펄럭였소. 조금 후 줄리가 딴 데로 달려가 버렸고, 이어서 준도 가

버렸소. 나는 노인과 둘만 남아 앉아 있었소. 그는 그들이 고 아라는 얘기를 하기 시작했소. 그래서 철이 없다며 사과를 했소.」

「그녀가 무슨 모욕적인 말을 퍼부었죠?」

「지금은 기억이 나지 않소. 그녀는 화가 나 있었소.」 그는 기억을 더듬었다. 「실은 나를 나치라고 불렀소.」

「나치라고요!」

「우리가 말다툼을 하던 것 중 하나는 모슬리[15]에 관한 것 이었소.」

「당신이······.」

「물론 아니오. 맙소사.」 그는 웃음을 터뜨린 후 나를 흘깃 쳐다보았다. 「하지만 사실 모슬리가 말하는 모든 것이 쓰레 기는 아니오. 이 나라는 무척이나 나약해졌소.」 그는 목을 뻗 었다. 「좀 더 규율이 필요하오. 국가적 자존심······.」

「그럴 수도 있죠. 하지만 모슬리는?」

「아, 오해하지 마시오. 내가 전쟁에서 누구에 대항해 싸웠 다고 생각하오. 그냥······ 스페인의 예를 보시오. 프랑코가 스 페인을 위해 무엇을 했는지 말이오.」

「그가 한 일이라곤 바르셀로나에 많은 지하 감옥을 지은 것밖에 없는 것 같은데요.」

「스페인에 가본 적 있소?」

「아뇨. 가본 적 없어요.」

「그럼 당신이 그곳에 가볼 때까지는 프랑코가 무엇을 했고 무엇을 하지 않았는지에 대해서는 입을 다물겠소.」

나는 속으로 다섯을 셌다.

「미안해요. 그 얘기는 잊어버리죠. 얘기를 계속하시죠.」

15 Oswald Ernald Mosley(1896~1980). 제2차 세계 대전 전 영국의 파 시스트 운동 지도자.

「나는 모슬리가 쓴 글들을 읽은 적이 있는데, 일리 있는 게 많았소.」그는 〈상당히 일리가 있었소〉하고 분명하게 말했다.

「그렇겠죠.」

그는 뭔가를 암시하듯 주름진 깃을 펴며 이야기를 계속했다.

「내가 마음에 들어 한 여자가 돌아왔소. 노인이 잠시 자리를 비웠고, 그녀는 무척 상냥해 보였소. 나는 물론 상처 입은 것처럼 행동했고, 달빛 속에서 잠시 산보를 하면 평정을 되찾는 데 도움이 될 것 같다는 얘기를 내비쳤소. 그랬더니 그녀는 산책보다 수영을 하는 게 어떠냐고 했소. 수영이 아주 흥미로운 다른 활동으로 이어질 수 있다는 것을 분명히 암시했소. 그리고 자정 정각에 정문에서 만나자고 했소. 우리는 11시에 잠자리에 들었고, 나는 자정까지 기다렸다가 몰래 집을 빠져나왔소. 아무 문제도 없었소. 그리고 정문으로 갔소. 5분 후 그녀가 왔소. 나도 꽤 여자 경험이 있었지만, 그녀는 정말 폭탄 같았소. 나는 심야의 수영 작전은 좀 더 중요한 훈련으로 인해 취소될 거라는 생각을 하기 시작했소. 하지만 그녀는 잠시 몸을 식히고 싶다고 했소.」

「내가 그곳에 가기 전 당신이 이 모든 이야기를 하지 않아 다행이군요. 실망감에 나는 죽었을지도 몰라요.」

그는 생색내는 듯한 미소를 지었다.「우리는 해변으로 내려 갔소. 그녀는 수영복이 없다며, 나보고 먼저 물에 들어가라고 했소. 나는 그녀가 부끄러워해서일 수도, 아니면, 오줌을 누려 하는지도 모른다는 생각을 했소. 나는 옷을 벗었소. 그녀는 나무들 속으로 들어갔소. 나는 그녀가 말한 대로 먼저 물속으로 들어가 50미터 정도 헤엄쳐 가 물장난을 치며 기다렸소. 2분, 3분, 4분. 결국 10분 정도가 지났고, 무척 추워졌소. 그런데도 그녀는 오지 않았소.」

「옷이 없어졌군요.」

「맞소. 나는 완전히 벌거숭이가 된 거요. 그 망할 놈의 해변에 서서 소리 죽여 그녀의 이름을 불렀소.」 나는 웃음을 터뜨렸지만, 그는 아주 희미한 미소만 지었다. 「그건 장난이었소. 나는 그 장난의 의미를 깨달았소. 그때 내가 얼마나 화가 났는지 상상할 수 있을 거요. 나는 반시간 더 그녀를 기다렸소. 주변을 찾아보기도 했지만 허사였소. 결국 집으로 향했소. 발이 아팠소. 만약의 경우를 대비해 소나무 가지로 치부를 가렸소.」

「멋져요.」

마구 웃음이 나려 했지만, 그의 분노에 공감하는 척할 수밖에 없었다.

「정문을 지나 진입로를 걸어 집으로 향했소. 그리고 현관으로 돌아갔는데, 거기서 내가 뭘 봤는지 아오?」 나는 고개를 저었다. 「목을 매단 사람이었소.」

「농담이겠죠.」

「그렇지 않소. 그들은 장난을 하고 있었소. 사실 그것은 인체 모형이었소. 총검술 훈련 때 쓰는 것 비슷한 거 있잖소? 지푸라기로 속을 채운 거 말이오. 목에 밧줄을 걸어 매달아 놓은 거였소. 내 옷을 입혀서. 얼굴이 히틀러처럼 칠해져 있었소.」

「맙소사! 그래서 어떻게 했죠?」

「내가 뭘 할 수 있었겠소? 그 망할 놈의 것을 끌어내려 내 옷을 벗겼소.」

「그러고는요?」

「아무 일도 없었소. 그들은 사라지고 없었소. 도망을 친 거였소.」

「사라지다뇨?」

「작은 배로. 무차 해변에서 소리가 들렸소. 어부의 배라 생각했소. 내 가방은 밖에 있었소. 훔쳐 간 건 없었소. 나는 학교까지 6킬로미터를 걸어 돌아갔소.」

「무척 화가 났겠군요.」

「그렇소.」

「하지만 그들을 그렇게 내버려 두지는 않았겠죠.」

그는 혼자 미소를 지었다.

「맞소. 아주 간단했소. 짤막한 보고서를 한 장 썼소. 우선 전쟁 중에 있었던 그 사건에 대한 것을. 그런 다음 우리의 친구 콘키스 씨가 현재 어디에 정치적 호감을 갖고 있는지에 대한 몇 가지 사실을 썼소. 그리고 그걸 적절한 곳에 보냈소.」

「공산주의자라고요?」 1950년 내전이 끝난 후 그리스에서는 공산주의자들에 대한 가혹한 사냥이 벌어지고 있었다.

「나는 크레타 섬에 공산주의자들이 있다는 것을 알고 있었소. 프락소스 섬에서 공산주의자 두어 명을 보고 뒤를 밟아 보니 콘키스의 집으로 들어가더란 얘기만 했소. 그것으로 충분했고, 그것이 그들이 원하는 전부였소. 그것으로 커다란 결과가 있었으니까 말이오. 이제 당신은 자신이 그 기쁨을 왜 경험하지 못했는지 그 이유를 알 거요.」

나는 유리잔 아래쪽을 손가락으로 만지작거리며, 오히려 그 반대로 내 옆에 있는 이 터무니없는 자 때문에 내가 〈그 기쁨〉을 누렸다는 생각을 했다. 〈준〉이 인정한 것처럼 그들은 그 전해 어느 시기에 아주 잘못된 계산을 했고, 포기하고 만 것이 틀림없었다. 여우에게 그토록 교활한 구석이라곤 없어 거의 사냥이 시작되자마자 그들은 취소를 해야 했을 것이다. 내가 참가하게 된 것이 우연이라는 말을 하며 콘키스가 무슨 말을 했던가? 최소한 나는 그들이 달리게는 한 것이다. 나는 미트퍼드에게 미소를 지었다.

「결국 마지막에 웃은 사람은 당신이군요.」

「그게 내 습관이오. 내 체질에도 맞고.」

「그런데 도대체 왜 그들이 그런 거죠? 그들은 당신을 별로 좋아하지 않았어요……. 애초부터 당신을 무시할 수도 있었잖아요.」

「그들이 그 노인네의 대녀라는 얘기, 그건 어처구니없는 소리였소. 물론 그들은 그렇지 않았소. 그들은 고급 창녀였소. 줄리가 하는 말에서 그것이 드러났소. 그리고 사람을 바라보는, 뭔가를 암시하는, 우스꽝스러운 방식에서.」 그가 나를 쳐다보았다. 「그건 지중해에서, 특히 지중해 동부에서 마주칠 수 있는 태도요. 나는 전에 그런 태도를 보았소.」

「그건…….」

「그 부유한 콘키스 씨라는 자가 그 일을 잘하지는 못했지만…… 그럼에도…… 그 일이 이루어지는 것을 보는 데서 쾌감을 얻었다는 거요.」

나는 회의적인 눈으로 그를 바라보았다. 그리고 내가 끝없는 메아리의 미로 속에서 길을 잃었다는 것을 알았다. 미트퍼드가 콘키스에 대해 방금 한 말은 사실인가, 아닌가?

「하지만 그들은 실제로 아무것도 암시하지 않았나요?」

「몇 가지 힌트는 있었소. 나중에야 알아냈지만. 힌트가 있었소.」

미트퍼드는 가서 진을 두 잔 더 가져왔다.

「나한테 경고를 했을 수도 있었잖아요?」

「경고를 했소.」

「아주 분명하게는 아니었죠.」

「우리가 레브카 산¹⁶에서 낙하산 낙하를 할 때 잰 ─ 잰 필딩 ─ 이 신병들에게 뭐라고 했는지 아오? 신병들은 바로 낙하산

낙하를 했소. 경고나 연설 같은 건 없었소. 〈조심해.〉 그것이
전부였소. 알겠소?」

내가 미트퍼드를 싫어한 것은 그가 천박하고 비열해서였
다. 하지만 내가 지닌 어떤 자질의 확장판이나 캐리커처처럼
여겨져 더더욱 싫었다. 내가 키운 어떤 종양 같은 게 그의 피
부에 있었다. 나는 그가 또 다른 〈첩자〉 ― 나를 위한 어떤
시험 또는 교훈 ― 일 수도 있다는 예의 그 편집증적인 의심
을 해야 했다. 하지만 그에게는 말로 표현하기 어려운 둔감
한 구석이 있었고, 그가 너무도 완벽한 배우라고는 믿기지
않았다. 나는 릴리 드 세이타스를 생각했다. 내가 미트퍼드
를 보는 것처럼, 그녀는 나를 그렇게 보았을 것이다. 야만인
으로.

우리는 카페 만드레이크를 나와 포장도로 위에 섰다.

「다음 달에 그리스에 간다오.」 그가 말했다.

「오.」

「여행사에서 내년 여름부터 그곳에서 관광을 시작하오.」

「오 이런.」

「그곳에 좋은 일을 하는 거요. 그들의 생각을 뒤흔들어 놓
는 거요.」

나는 사람들로 붐비는 소호 거리를 보았다. 「당신이 거
기 도착하는 순간 제우스가 번개로 당신을 내리쳤으면 좋
겠어요.」

그는 그것을 농담으로 받아들였다.

「보통 사람들의 시대요. 보통 사람들의 시대.」

그가 손을 내밀었다. 나는 그 손을 비틀어 그를 내 등 뒤로
메치는 법을 알았더라면 정말 좋았을 거라는 생각을 했다.

16 서부 크레타에서 가장 높은 산.

나는 마지막으로 진한 파란색 등을 보이며 그가 샤프츠버리 대로 쪽으로 가는 것을 보았다. 그는 패자가 승리하는 전쟁에서 영원한 승자였다.

몇 년 후 나는 그날 미트퍼드가 내가 두려워한 것과는 다른 방식이긴 하지만 연기를 하고 있었다는 것을 알게 되었다. 신문에 난 그의 이름이 내 눈길을 끌었다. 그는 가짜 신분으로 수표를 발행한 혐의로 토키[17]에서 체포되었다. 수훈장과 전공 십자훈장 수훈자인 알렉산더 미트퍼드 대위라는 신분으로 영국 전역에서 그 짓을 한 것이었다.

검사는 다음과 같이 말했다. 〈피고는 독일이 패망한 뒤 점령군의 일원으로 그리스에 가긴 했지만, 어떤 저항 운동에도 참여한 바 없다.〉 이런 기사도 있었다. 〈제대한 뒤 얼마 후 미트퍼드는 증명서를 위조해 그리스에서 교직을 얻었다. 하지만 그 후 그는 해직되었다.〉

그날 오후 늦게 나는 머치해덤에 전화를 걸었다. 전화벨이 오래 울리긴 했지만 결국 누군가 전화를 받았다. 나는 릴리드 세이타스의 목소리를 들었다. 그녀는 숨이 차 있었다.

「딘스퍼드 하우스입니다.」

「접니다. 니컬러스 어프.」

「아, 안녕하세요.」 밝은 목소리지만 무심한 말투였다. 「죄송해요. 정원에 있었어요.」

「당신을 다시 보고 싶어요.」

잠시 대화가 끊어졌다. 「새 소식은 없는데요.」

「그래도 봤으면 합니다.」

17 영국 남서부의 휴양지.

나는 이어진 침묵 속에서 그녀가 미소를 짓고 있다는 것을 알 수 있었다.

「언제요?」 그녀가 말했다.

74

이튿날 아침에 나는 외출을 했다. 오후 2시경에 돌아왔을 때 켐프가 문 밑에 찔러 넣어 놓은 메모를 보았다. 「미국인이 찾아왔어요. 급하다고 해요. 4시에 다시 온대요.」 나는 그녀를 보러 내려갔다. 그녀는 검은색과 암갈색 리폴린[18]을 칠한 캔버스에 청록색 물감을 엄지손가락으로 잔뜩 튀기고 있었다. 그녀는 〈그림을 만드는〉 데 방해받는 것을 싫어했다.

「이 남자요.」

「당신을 반드시 만나야 한다고 했어요.」

「용건은?」

「그리스에 간대요.」 그녀는 등을 돌리고 서서 담배를 입에 물고 엉망인 자신의 그림을 쳐다보았다. 「당신의 옛날 일과 무슨 관계가 있다고 해요.」

「내가 어디 사는지 어떻게 알아냈대요?」

「나한테 묻지 마요.」

나는 메모를 바라보며 서 있었다. 「어떤 사람이었죠?」

「맙소사, 두어 시간만 기다릴 수 없어요?」 그녀가 몸을 돌렸다. 「이제 가줘요.」

그는 4시 5분 전에 왔다. 키가 꽤 크고 몸이 야위었으며,

---

18 에나멜 도료의 일종.

머리를 짧게 자른 게 영락없는 미국인이었다. 안경을 썼고, 나보다 한두 살 젊어 보였다. 명랑한 얼굴에 명랑한 미소. 모든 게 명랑했다. 건강해 보였고, 양상추처럼 싱그러웠다. 그가 손을 내밀었다.

「존 브리그스입니다.」

「안녕하세요.」

「니컬러스 어프죠? 그렇게 발음하면 되나요? 그 여자가…….」

나는 그를 들어오게 했다. 「별로 괜찮은 곳은 아니에요.」

「괜찮은데요.」 그는 더 나은 말을 찾으려는 듯 주위를 둘러보았다. 「분위기가 있군요.」 우리는 계단을 올라갔다.

「미국인이 날 찾아오리라고는 예상 못 했어요.」

「그랬겠죠. 이건 사이프러스의 상황과 비슷한 것 같습니다.」

「아.」

「작년에 이곳 런던 대학에 있었죠. 고향으로 돌아가기 전 줄곧 1년 동안 그리스에 있을 수 있는 방법을 알아내려 했었죠. 내가 얼마나 흥분해 있는지 모를 겁니다.」 우리는 층계참에 이르렀다. 그는 열린 문 너머로 일하고 있는 봉제사 여자들 몇 명을 보았다. 그들 가운데 두세 명이 휘파람을 불었다. 그가 그들에게 손을 흔들었다. 「멋지지 않아요? 토머스 후드[19]의 시를 생각나게 하는군요.」

「그 일에 대해서는 어디서 들었나요?」

「〈더 타임스 교육판〉에서 봤습니다.」 그는 마치 영국에서 가장 친숙한 그것을 내가 모르는 것이 의아하다는 듯이 말했다.

우리는 내 아파트에 이르렀다. 나는 문을 닫았다.

「영국 문화원에서는 더 이상 사람을 모집하지 않는다고 생

19 Thomas Hood(1799~1845). 영국의 시인.

각했는데요.」

「그런가요? 학교 위원회에서는 콘키스 씨가 이곳에 있어 그가 면접도 할 거라고 결정을 한 걸로 보이는데요.」 그는 거실로 들어가 음울하고 낡은 샬럿 가를 내려다보았다. 「멋져요. 나는 이 도시를 좋아해요.」 나는 그나마 기름때가 가장 없는 안락의자를 가리켰다.

「그럼…… 콘키스 씨가 당신에게 내 주소를 주었나요?」

「그럼요. 그게 잘못되었나요?」

「아뇨. 전혀요.」 나는 창가에 있는 의자에 앉았다. 「그가 나에 대해서 무슨 말을 하던가요?」

좀 진정하라는 듯 그가 손을 들었다. 「그러니까…… 그는 학교의 음모가 얼마나 위험할 수 있는지 경고를 했어요. 내가 알기로는 당신은 불운하게도…….」 그는 말을 더 잇지 못했다. 「여전히 그 일에 대해 뼈아프게 느끼고 있나요?」

나는 어깨를 으쓱했다. 「그리스는 그리스니까요.」

「살아 있는 진짜 미국인이 온다는 생각에 그들은 벌써 손을 비비고 있을 게 분명해요.」

「그럴지도 모르죠.」 그는 살아 있는 진짜 미국인이 레반트의 학교의 음모에 말려들 수도 있다는 생각은 거의 과거의 믿음인 것처럼 고개를 저었다. 나는 〈콘키스 씨는 언제 봤죠?〉 하고 말했다.

「3주 전에 그가 이곳에 있을 때요. 그전에 연락을 했지만, 그가 당신 주소를 잃어버렸죠. 그가 그리스에서 그것을 보내 줬어요. 오늘 아침에야 받았죠.」

「오늘 아침이라고요?」

「예. 전보로요.」 그는 히죽 웃었다. 「나도 놀랐어요. 그것에 대해 그가 잊어버렸다고 생각했거든요. 그런데…… 그를 잘 알고 있나요?」

「오…… 몇 차례 만났죠. 하지만 그가 학교 위원회에서 어떤 위치에 있는지는 분명하게 알지 못했어요.」

「그가 말한 바에 따르면 공식적인 지위가 있는 건 아니에요. 그냥 일을 돕고 있죠. 그런데 그의 영어는 아주 훌륭해요.」

「그렇죠?」

우리는 서로를 저울질했다. 그의 여유로운 방식은 직관적인 재능이라기보다는 〈낯선 사람과 편하게 있는 법〉 같은 책을 읽어 교육에 의해 주입된 것처럼 보였다. 그는 지금껏 한 번도 실패를 겪어 본 적이 없는 것 같았다. 하지만 그에게는 신선함과 열정, 그리고 시기심으로 완전히 지울 수 없는 에너지가 있었다.

나는 그 상황을 분석했다. 그의 출현과 나의 머치해덤 방문은 우연의 일치로 보기 어려웠고, 그것은 그가 죄가 없는 사람이라는 사실을 거의 뒷받침하는 것 같았다. 하지만 다른 한편으로 드 세이타스 부인은 내가 전화를 한 것에서 내가 심경의 변화를 겪고 있으며, 지금이 그것이 진짜인지 시험하기에 적절한 시기라는 추론을 한 게 분명했다. 그렇지만 전보에 대해 말한 것을 보면 그는 정말로 죄가 없는 것처럼 보였다. 그리고 나는 〈대상〉은 우연하게 선택되어야 하는 것으로 이해했지만, 콘키스로 하여금 자신의 다음 기니피그를 선택하게 한 어떤 이유 — 그해 여름의 일로 인한 어떤 알 수 없는 결과 — 가 있을 수도 있었다. 솔직하고 진지한 브리그스 앞에서 나는 미트퍼드가 내게 느꼈을 뭔가를 느꼈는데, 그것은 악의적인 즐거움 — 내 경우에는 뻔뻔스러운 미국인이 속고 있는 것을 보는 유럽인의 기쁨에 의해 배가된 — 이었다. 그리고 동시에 그가 자신의 경험을 망치지 않기를 바라는 보다 친절한 바람도 느꼈는데 그런 마음을 콘키스나 릴리 드 세이타스에게는 느낄 수 없었다.

물론 (만일 브리그스가 죄가 없다면) 그들은 내가 그에게 모든 것을 말할 수도 있다는 것을 알고 있었을 것이다. 하지만 그 대가를 내가 알고 있다는 것도 그들은 알고 있었다. 그것은 그들에게는 내가 아무것도 받아들이지 않았으며, 내게 더 이상 아무런 보상도 주어지지 않을 거라는 것을 의미할 뿐이었다. 나는 그들이 감수한 위험 앞에서 갈피를 잡을 수 없었다. 나는 벌을 주고 싶은 유혹을 느끼는 동시에 그들을 예찬해야만 했다. 하지만 결국 다시 한 번 나는 손에 채찍을 든 채 남겨져 서 있었지만 그것을 내리칠 수는 없었다.

브리그스가 서류 가방에서 수첩을 꺼냈다.

「질문을 해도 될까요? 꽤 많은 목록이 있어요.」

그것 역시 우연의 일치였다. 그는 내가 불과 며칠 전 딘스퍼드 하우스에서 한 것을 그대로 하고 있었다. 진지하고도 성실한 그의 얼굴이 나를 향해 미소를 지었다. 나도 미소로 화답했다.

「그래요.」

그는 놀라울 정도로 꼼꼼했다. 교습 방법, 교과서, 옷, 기후, 스포츠 시설, 먹어야 하는 약, 음식, 도서관의 규모, 그리스에서 봐야 할 것, 동료 교사들의 성격까지, 프락소스 섬에서의 생활과 관련해 생각할 수 있는 모든 것에 대한 정보를 원했다. 마침내 그는 연필로 메모를 빽빽이 써 넣은 수첩에서 고개를 들고, 내가 따라 놓은 맥주잔을 들었다.

「정말 고마웠습니다. 훌륭해요. 빠진 게 없는 것 같아요.」

「그곳에서 실제로 사는 것만 남았군요.」

그가 고개를 끄덕였다. 「콘키스 씨가 주의를 줬어요.」

「그리스어는 할 줄 아나요?」

「라틴어는 약간 하지만, 그리스어는 그만큼도 못합니다.」

「배우게 되겠죠.」

「벌써 교습을 받고 있습니다.」

「그리고 그곳에는 여자가 없어요.」

그가 고개를 끄덕였다.「힘들겠죠. 하지만 어차피 나는 약혼한 몸이라서요.」그는 지갑에서 사진 한 장을 꺼내 내게 건네주었다. 머리 검은 여자가 다소 강렬하게 미소를 짓고 있었다. 입이 너무 작았고, 세속적인 야망의 가면이 보였다.

나는 사진을 돌려주었다.「영국인 같군요?」

「영국인이에요. 실은 웨일스 출신이죠. 이곳 런던에서 연극 공부를 하고 있죠.」

「그렇군요.」

「내년 여름에는 프락소스 섬에 올 수 있을 것 같아요. 내가 그때까지 쫓겨나지 않는다면 말이죠.」

「그 얘기를…… 콘키스 씨한테 했나요?」

「했어요. 그는 그것과 관련해 무척 친절했어요. 자신의 집에 그녀가 머물러도 좋다는 얘기까지 했어요.」

「어떤 집인지 궁금하군요. 알고 있겠지만 그는 집이 두 채 있죠.」

「마을에 있는 집을 말한 것 같아요.」그가 히죽 웃었다.「실은 방세를 내게 할 거라고 했어요.」

「오?」

「그는 내가 자신을 도와주기를 원하고 있어요…….」그는 당신도 알지 않느냐는 제스처를 해 보였다.

「무슨 일을?」

「몰랐나요…….」하지만 그게 뭐든 내가 그것을 모른다는 것을 그는 내 얼굴에서 읽은 게 분명했다.「글쎄요, 어쩌면…….」

「오, 말해도 좋아요.」

그는 잠시 머뭇거리다가 미소를 지었다.「그가 비밀로 유지하고 싶어 해서요. 당신도 들었으리라 생각했죠. 하지만 그를 자주 만나지 않았다면…… 그의 영지에서 놀라운 발견이 있었다는 걸 모르나요?」

「발견이라고요?」

「그 집은 알고 있죠? 섬의 반대편에 있는 것 말예요.」

「어디 있는지는 나도 알고 있어요.」

「이번 여름에 절벽의 일부가 무너져 내렸는데, 그가 믿기에 미케네 궁전의 기초인 게 분명한 것이 발견된 거예요.」

「그런 일을 계속해서 비밀로 유지할 수는 없을 텐데요.」

「나도 같은 생각이에요. 하지만 한동안은 그럴 수 있다고 생각하는 것 같아요. 대충 흙으로 덮어 놓은 것 같아요. 내년 봄에 발굴할 예정이지만, 지금으로서는 사람들이 들락거리는 것을 원치 않고 있죠.」

「그렇겠죠.」

「그래서 나는 그렇게 지루하지는 않을 것 같아요.」

나는 뱀 여신 크노소스, 엘렉트라, 그리고 클리타임네스트라로 분장한 릴리와, 똑똑한 젊은 고고학자 버네사 맥스웰 박사를 떠올려 보았다.

「그렇겠군요.」

그는 맥주를 비운 후 손목시계를 보았다.

「이런, 달려가야겠군요. 6시에 아만다와 만나기로 했거든요.」 우리는 악수를 했다. 「이 모든 것이 내게 어떤 의미였는지 모를 겁니다. 편지를 해 어떤지 알려 드리죠.」

나는 그를 따라 계단을 내려가며, 짧게 자른 그의 머리를 보았다. 콘키스가 왜 그를 선택했는지 이해되기 시작했다. 만일 대학을 나온 젊은 미국인 백만 명을 갖고 정수인 하나의 표본을 추출한다면 브리그스 같은 인물이 나올 것이다. 어디든지 침투하는 미국인들이 무척이나 은밀한 유럽의 핵심에 이른다는 생각을 하자 기분이 별로 좋지 않았다. 하지만 나는 그의 이름을 떠올렸다. 그의 이름은 내 이름보다 훨씬 더 영국적이었다. 그리고 미국인으로 이미 조와, 내 재판에서 검찰 역을 맡은 마커스 박사가 있었다.

우리는 현관 계단으로 나왔다.

「마지막으로 충고해 줄 말은 없나요?」

「없는 것 같군요. 그저 행운을 빌어요.」

「그럼…….」

우리는 다시 악수를 했다.

「당신은 괜찮을 거예요.」

「정말로 그렇게 생각해요?」

「물론 어떤 경험들은 무척 이상하게 여겨질 거예요.」

「그렇겠죠. 활짝 트인 마음으로 가려 해요. 그리고 모든 것에 준비가 되어 있어요. 고마워요.」

나는 길게 미소를 지었다. 나는 그가 그 미소가 그 상황이 보증하는 것보다 더 많은 것을 말한 미소라는 것을 기억하기를 바랐다. 그는 손을 치켜든 후 출발을 했다. 몇 발짝 간 그는 시계를 보더니 달리기 시작했다. 나는 마음속으로 르베리에를 향해 촛불을 켰다.

<h2 style="text-align:center">75</h2>

10분 늦은 그녀는 정중하게 미안하다는 표정을 지으며 재빨리 그림엽서 매장 옆에 서 있는 내 쪽으로 곧장 왔다.

「정말 미안해요. 택시가 기어 왔어요.」

나는 그녀가 내민 손을 잡았다. 반세기를 살아온 사람치고 그녀는 인상적일 정도로 훌륭한 모습이었다. 그 무료한 오후 빅토리아와 앨버트 박물관을 찾은 대부분의 사람들을 실제보다 훨씬 더 칙칙하게 보이게 만들 만큼 옷을 잘 차려입었고, 느긋해 보였다. 그리고 관습을 무시하듯 모자를 쓰지 않은 상태였고, 회색과 흰색의 샤넬 정장은 햇빛에 그을린 피부와 맑은 눈을 돋보이게 했다.

「사람을 만나기에 적합한 장소는 아니죠. 괜찮아요?」

「그럼요.」

「일전에 18세기 접시를 하나 샀어요. 이곳 사람들은 감정을 무척 잘하죠. 잠깐밖에 걸리지 않을 거예요.」

그녀는 박물관을 잘 알고 있는 듯했고, 앞장서서 엘리베이터가 있는 쪽으로 갔다. 우리는 기다려야 했다. 그녀는 가족 같은 미소를 지었다. 그리고 내가 아직 줄 준비가 되지 않은 것을 간청하는 것 같았다. 그녀의 승인과 나 자신의 위엄 사이에서 세심하게 발을 떼고자 결심했던 나는 수많은 것을 말할 준비가 되어 있었지만, 그녀가 숨이 가빠하며 도착한 것과, 내가 바쁜 하루에 하는 수 없이 적응해 가고 있다는 갑작스러운 느낌으로 인해 그 모든 것이 잘못인 것처럼 보였다.

나는 〈화요일에 존 브리그스를 만났습니다〉 하고 말했다.

「재미있군요. 나는 그를 못 만났는데요.」 우리는 마치 새로 부임한 보좌 신부에 대한 이야기를 나누는 것 같았다. 엘리베이터가 내려왔고, 우리는 안으로 들어갔다.

「내가 아는 건 다 얘기했습니다. 부라니와 무엇을 기대해야 할지에 대한 모든 것을요.」

「우리는 당신이 그럴 거라고 생각했어요. 브리그스를 당신한테 보낸 것도 그 때문이죠.」

우리는 희미한 미소를 지었다. 잠시 답답한 침묵이 이어졌다.

「그렇게 해도 괜찮은 거였나요?」

「그래요.」 엘리베이터가 멈춰 섰다. 우리는 가구 전시실로 들어섰다. 「물론이죠.」

「어쩌면 그는 그냥 테스트를 하는 데 이용된 존재였는지도 모르죠.」

「테스트는 필요 없었어요.」

「무척 자신에 차 있군요.」

지난번에 네빈슨의 편지 사본을 건네주었을 때처럼 그녀는 눈을 커다랗게 뜨고 나를 바라보았다. 우리는 전시실 끝 쪽에 있는 문에 이르렀다. 〈도자기 부서.〉 그녀가 옆에 있는 벨을 눌렀다.

나는 〈순조롭지 않은 시작 같군요〉 하고 말했다.

그녀는 눈을 내리깔았다.

「그래요. 잠시 후에 다시 시작할까요? 잠시만 기다려 줄래요?」

문이 열리자, 그녀가 안으로 들어갔다. 모든 것이 너무 급하고 어색하게 이루어졌고, 그녀는 내게 기회를 주지 않았다. 하지만 문이 닫히기 전 마지막으로 재빨리 뒤를 돌아보는 그녀의 눈에는 사과의 기색이 서려 있는 것 같았다. 그녀는 거의 내가 도망을 칠까 두려워하는 것 같았다.

2분 뒤 그녀가 나왔다.

「운이 따랐나요?」

「그래요. 내가 바란 대로였어요.」

「그렇다면 당신은 모든 것에서 자신의 직관을 믿지는 않는군요.」

그녀는 흐뭇한 표정으로 나를 쳐다보았다. 「젊은이들을 담당하는 부서가 있다면…….」

「내게 꼬리표를 붙여 선반 위에 올려놓을 건가요?」

그녀는 다시 미소를 지으며 내 뒤쪽 홀을 쳐다보았다. 「나는 박물관을 별로 좋아하지 않아요. 특히 케케묵은 것들은.」

그녀는 앞으로 나아갔다. 「비슷한 접시가 전시 중이라고 해요. 여길 지나면 있어요.」

우리는 사람이 없는 긴 도자기 전시실 안으로 들어갔다. 그녀는 벽에 있는 진열장 하나로 곧장 갔고, 그래서 나는 그 장면을 예행연습을 한 것은 아닌가 하는 의심이 들기 시작했다. 그녀는 바구니에서 접시를 꺼내 들고 천천히 걸어가 잔과 물병들이 있는 곳 뒤에 섰다. 거의 똑같은, 파란색과 흰색이 칠해진 접시가 하나 보였다. 나는 그녀 옆으로 갔다.

「저거예요.」

그녀는 두 개를 비교했다. 그리고 자신의 접시를 화장지로 대충 싸 내게 내밀었다. 나는 깜짝 놀랐다.

「당신에게 주는 거예요.」

「하지만……..」

「부탁이에요.」 그녀는 거의 상처를 받다시피 한 나의 얼굴을 똑바로 쳐다보았다. 「앨리슨과 함께 샀어요.」 그녀는 자신이 한 말을 정정했다. 「내가 이걸 살 때 앨리슨이 함께 있었죠.」

그녀는 접시를 내 손에 살며시 쥐여 주었다. 나는 당황해하며 포장을 풀고, 접시에 소박하게 그려진 중국인과 그의 아내, 그리고 중앙에 있는, 도자기로 된 화석 같은, 그들 사이의 두 아이를 내려다보았다. 무슨 이유인지 나는 3등 선실에 있는 소작인들과 파도와 밤바람을 생각했다.

「당신은 부서지기 쉬운 물건을 다루는 데 익숙해져야 할 것 같아요. 그리고 그것보다 훨씬 더 소중한 것을 다루는 데도.」

나는 계속해서 잉크 빛의 파란 인물들을 내려다보았다.

「당신을 만나자고 한 것도 실은 그 때문이에요.」

우리의 시선이 마주쳤다. 처음으로 나는 내가 단지 평가를 받고 있는 게 아니라는 느낌을 받았다.
「가서 차나 한잔할래요?」

「자, 정말로 왜 나를 왜 만나자고 한 거죠?」 그녀가 말했다.
우리는 구석에 있는 테이블로 가 앉았다.
「앨리슨 때문이에요.」
「말했잖아요.」 그녀가 찻주전자를 들었다. 「그녀에게 달렸
어요.」
「그리고 당신에게요.」
「아뇨. 나는 전혀 관계가 없어요.」
「그녀는 런던에 있나요?」
「그녀가 어디 있는지 당신한테 알려 주지 않기로 그녀에게
약속했어요.」
「이것 보세요, 드 세이타스 부인, 내 생각에……」 하지만
나는 말하려던 것을 삼켰다. 나는 그녀가 차를 따르는 것을
지켜보았다. 그것이 내게는 도움이 되었다. 「도대체 그녀는
뭘 바라고 있죠? 이제 나는 어떻게 해야 하는 거죠?」
「너무 진하지 않나요?」 나는 그녀가 내민 잔을 향해 초조
하게 고개를 저었다. 그녀는 자신의 잔에 우유를 조금 부은
후 찻주전자를 내게 주었다. 그리고 살짝 미소를 머금었다.
「나는 분노를 액면 그대로 받아들이지 않아요.」
그 전주에 그녀의 손을 뿌리치고 싶었던 것처럼 그 미소를
떼어내고 싶었다. 하지만 그 암묵적인 겸손한 모습 뒤로 그
녀가 삶에 대한 우리의 경험이 다르다고 확실하게 말하는 것
을 알 수 있었다. 그리고 거기에는 신중하게 모성적인 어떤
것도 있었는데, 그것은 만일 내가 그녀의 판단에 대항한다면
나 자신의 미숙함을 드러내는 것임을 상기시켜 주고 있었다.
그리고 내가 그녀의 도시적 세련됨에 대항한다면 나는 나 자

신의 조야함을 드러내는 것이었다. 나는 고개를 떨어뜨렸다.

「나는 더 많이 기다릴 준비는 되어 있지 않아요.」

「그럼 그녀는 당신을 떠날 거예요.」

나는 차를 조금 마셨다. 그녀는 아무 말 없이 토스트 위에 꿀을 바르기 시작했다.

나는 〈내 이름은 니컬러스예요〉 하고 말했다. 그녀가 잠시 손을 멈췄다가 다시 꿀을 발랐다……. 어쩌면 그 행위는 한 가지 이상의 의미를 갖고 있는지도 몰랐다. 「그것이 제대로 된 봉납 제물인가요?」

「진실하게 만든 것이라면요.」

「일전에 당신이 제안한 도움만큼이나 진실하게요?」

「서머싯 시청에는 가봤나요?」

「네.」

그녀는 나이프를 내려놓고 나를 마주 보았다.

「앨리슨이 기다리게 하는 만큼 기다려요. 그렇게 길지는 않을 거예요. 하지만 그녀를 당신한테 데려다주는 일은 할 수 없어요. 이제 그건 오로지 당신과 그녀 사이의 문제예요. 그녀가 당신을 용서하기를 나도 바라고 있어요. 하지만 그녀가 그렇게 할 거라고 확신해서는 안 돼요. 당신은 아직 그녀를 되찾지 못한 상태예요.」

「양쪽에서 서로를 되찾아야죠.」

「그럴 수도 있겠죠. 그건 당신들 둘이 해결할 문제예요.」 그녀는 손에 든 은색 토스트를 잠시 바라보다가 미소를 지었다. 「신의 유희는 끝났어요.」

「뭐라고요?」

「신의 유희.」 그녀의 눈에는 한순간 희미하게 장난스러우면서도 빈정대는 듯한 기색이 어렸다. 「그건 신이 없기 때문이고, 이것이 유희가 아니기 때문이에요.」

그녀는 토스트를 먹기 시작했고, 나는 그녀 너머로 분주하고, 일상적으로 보이는 찻집을 보았다. 나이프가 도자기에 부딪히는 소리, 중산층 사람들의 중얼거리는 듯한 목소리. 제비의 지저귀는 소리만큼이나 흔한 소리였다.

「당신들은 그것을 그렇게 부르나 보죠?」

「우리가 사용하는 일종의 별명이죠.」

「나한테 자존심이란 게 남아 있다면, 당장 자리에서 일어서 나가고 싶어요.」

「잠시 후 내가 택시를 잡는 것을 당신이 도와줄 거라고 믿고 있어요. 오늘 우리는 벤지의 학용품을 살 거예요.」

「데메테르 여신도 백화점에 가나요?」

「아닌가요? 그녀는 백화점을 좋아할 거라고 생각되는데. 능직 방수 외투와 운동화도.」

「그리고 그녀는 질문을 좋아하나요?」

「어떤 질문이냐에 달렸죠.」

「그러면 당신이 하고 있다고 당신이 정말로 생각하는 것을 들려주는 건가요?」

「당신은 그 얘기를 이미 들었어요.」

「거짓말 위에 거짓말을 더하는군요.」

「어쩌면 그것이 우리가 진실을 말하는 방식인지도 몰라요.」 하지만 그녀는 너무 많이 미소를 지었다는 것을 알아차린 듯 시선을 내리깔더니 재빨리 덧붙였다. 「내가 당신이 한 질문 같은 것을 모리스에게 했을 때 그는 〈대답은 늘 죽음의 한 형태야〉라고 했어요.」

그 순간 그녀의 얼굴에는 다른 뭔가가 떠올랐다. 그것은 가차 없는 것은 아니었지만 어떤 점에서는 어떻게도 할 수 없는 것이었다.

「나는 질문은 삶의 한 형태라고 생각하는데요.」 나는 기다렸지만 그녀는 아무 말도 하지 않았다. 「좋아요. 나는 앨리슨을 아주 좋지 않게 대했어요. 나는 비열한 자이고 돼지 같은 자예요. 뭘로 생각해도 좋아요. 하지만 단지 한 비참한 도덕적 파산자에게 그가 누구인지 말해 주기 위해 왜 그 엄청난 공연을 하는 거죠?」

「왜 그토록 많은 다른 형태와 크기로 생물들이 진화했는지 궁금한 적 없었나요? 그것 또한 불필요한 공연처럼 보이지는 않나요?」

「모리스도 내게 그 얘기를 했어요. 어떤 모호한 형이상학적인 점에서 당신이 무슨 말을 하고 있는지는 알아요, 하지만…….」

「나는 확실히 하고 싶어요. 말을 해봐요.」

「우리 모두가 완벽하지 않고 똑같지 않은 데에는 어떤 목적이 있는 게 틀림없어요.」

「어떤 목적이죠?」

나는 어깨를 으쓱했다. 「나 같은 쓸모없는 자에게 좀 더 완벽하게 될 수 있는 자유를 준다는 거요?」

「이번 여름 전에 그것을 인식한 적이 있나요?」

「내가 완벽한 것과는 거리가 멀다는 건 누가 얘기하지 않아도 알았어요.」

「그 사실과 관련해 뭔가를 했나요?」

「많이는 하지 않았죠.」

「왜죠?」

「그건…….」 나는 숨을 들이쉬며 아래를 내려다보았다. 「나는 과거의 나를 변호하고 있는 게 아니에요.」

「그렇지만 당신이 될 수도 있는 어떤 존재를 여전히 받아들이지 않고 있죠?」

「문제는 교훈이 아니라 교훈을 주는 방식이에요.」

　그녀는 잠시 머뭇거렸다. 다시 한 번 나는 평가받고 있었다. 하지만 그녀는 훨씬 덜 독단적으로 말했다.

「그들이 가짜 재판 때 당신에게 끔찍한 어떤 말을 했다는 것을 알고 있어요, 니컬러스. 하지만 당신이 재판장이었어요. 그리고 그 끔찍한 말들이 당신에 관해서 얘기돼야 하는 전부였다면 당신에게 주어진 판결이 주어지지 않았을 거예요. 그곳에 있던 모두가 그 사실을 알고 있었어요. 내 딸들도 마찬가지였고요.」

「왜 그녀는 나로 하여금 자신과 사랑을 나누게 한 거죠?」

「나는 그것이 그 애의 바람이었고 결정이었다고 이해하고 있어요.」

「그건 내 질문에 대한 대답이 되지 못해요.」

「그렇다면 육체적 쾌락과 도덕적 책임은 아주 다른 두 가지라는 것을 가르쳐야 하겠군요.」 나는 릴리가 그 침대에서 내게 마지막으로 한 말을 떠올리며 한 가지 작은 비밀은 지켜야겠다는 결심을 했다. 그날 밤은 계획된 교훈보다 훨씬 더 복잡했거나 덜 확실했다. 아니, 최소한 어떤 교훈 또한 그랬다. 그녀의 어머니가 말을 이었다. 「니컬러스, 존재를 지배하는 비밀스러운 목적의 뭔가를 ― 아무리 부분적으로일지라도 ― 재현하고자 한다면, 그 목적을 차단하기 위해 인간이 만든 인습 가운데 일부를 넘어서서 가야 해요. 그것은 우리가 일상적인 삶에서 그러한 인습을 타파해야 한다고 생각한다는 것을 의미하지는 않아요. 그것들은 필요한 허구예요. 하지만 신의 유희에서 우리는 실제로 모든 것은 허구이지만 어떤 단 하나의 허구도 필요하지 않다는 전제에서 출발하죠.」 그녀는 잠 미소를 지었다. 「그리고 나는 내가 들어가려 했던 것보다 더 깊은 물속으로 유혹을 당하고 있어요.」

　나는 살짝 미소를 지었다. 「하지만 이 일을 있게 한 것 속으로는 아니군요. 왜 실제적인 측면에서 당신들이 나를 골랐는지에 대한 대답은 주지 않고 있군요.」

「삶의 기본적인 원칙은 우연이에요. 모리스는 이것이 더 이상 논쟁의 문제도 아니라는 얘기를 하고 있어요. 원자 물리학에서 충분히 깊게 들어갈 경우 결국에는 순수한 우연의 상황과 마주치게 되죠. 물론 우리 모두는 모든 것이 우연이 아니라는 환영을 같이 갖고 있어요.」

「하지만 내년에 당신들은 그 확률을 약간 수정할 거죠?」

「거의 그렇지 않아요. 그가 어떻게 반응할지 누가 알겠어요?」

「내가 앨리슨을 섬에 데리고 갔다면 어떻게 됐죠? 어느 지점에서 그런 제안이 나왔죠.」

「한 가지만은 장담할 수 있어요. 모리스는 그녀가 정서적인 솔직함을 시험받아야 하는 사람은 아니라는 것을 곧바로 알아차렸을 거예요.」

나는 아래를 내려다보았다. 「그녀는 알고 있나요…….」

「그녀는 우리가 누구인지 알고 있어요. 하지만…… 자세한 것은 몰라요.」

「그녀는 곧바로 동의를 했나요?」

「그녀가 끝내는 동의를 했다는 것은 알고 있어요. 최소한 자살을 위장하는 것에는. 물론 당신이 곧 그것이 위장이라는 것을 알아낼 거라고 확신했기 때문이죠.」

나는 잠시 아무 말도 하지 않았다.

「내가 그녀를 보고 싶어 한다는 얘기를 했나요?」

「그녀는 그 점에 대한 나의 생각을 알고 있어요.」

「나는 다시 생각을 할 가치가 없어요.」

「당신이 그런 말을 할 때는요.」

나는 케이크를 먹을 때 사용하는 포크로 테이블보에 있는 문양을 따라 그렸다. 나는 경계를 하는 것처럼, 그리고 확신이 서지 않은 것처럼 보이고자 마음을 먹었다.

「그 첫해에 무슨 일이 있었죠?」

「그 후 몇 년 동안 모리스를 돕고 싶다는 욕망이 생겼어요.」 그녀는 잠시 아무 말이 없더니 말을 이었다. 「그 모든 것은 어느 주말, 아니, 죄책감 속에서 시작된, 얘기를 하며 보낸 어느 긴 밤에 시작되었어요. 내 외삼촌이 죽었을 때 빌과 나는 갑자기 우리가 상대적으로 부유하다는 것을 알게 되었죠. 요즘 사람들이 외상적 경험이라고 하는 것과 관련이 있는 어떤 것이 있었어요. 우리는 그것에 대해 모리스와 논의를 하고 있었죠. 어떤…… 비약이 이루어졌어요. 그리고 어떤 틈이 메워졌고요. 모든 새로운 발견은 그렇게 이루어지는 것 같아요. 그렇게 생각지 않나요? 아주 갑작스럽지만 완전하게요. 그때부터는 사람들을 그들의 한계까지 탐험하게 되는 거죠.」

「그리고 희생자들의 한계까지요?」

「니컬러스, 우리의 성공은 결코 확실하지 않아요. 당신은 우리의 비밀 속에 들어왔어요. 이제 당신은 방사능 물질과 같아요. 우리는 당신을 안전한 상태로 유지하고자 해요. 하지만 우리는 확신이 없어요.」 그녀는 아래를 내려다보았다. 「어떤 사람이…… 당신과 같은 처지에 있었던 사람이…… 언젠가 내가 물웅덩이 같다는 말을 했어요. 그는 내 안에 돌을 던지고 싶어 했죠. 이 상황들에서 나는 보이는 것만큼 침착하지 않아요.」

「당신은 그것들을 아주 지적으로 다루는 것 같은데요.」

「감동적이군요.」 그녀가 고개를 숙여 절을 했다. 그런 다음 말했다. 「다음 주에 나는 떠나요. 아이들이 내 손에서 떠나는 매년 가을에 그러듯이. 숨는 게 아니라 매년 9월마다 하는 일을 할 뿐이에요.」

「그와…… 함께 있게 되는 건가요?」

「그래요.」

뭔가가 공기 중에 기이하게 맴돌았다. 마치 내가 느꼈으며, 그러는 게 당연하다고밖에는 볼 수 없는 이상한 질투의 감정을 그녀가 알고 있는 것 같았다. 그녀에게는 관계의 풍부함과 타인과 함께한 경험이 존재했다.

그녀가 손목시계를 보았다. 「오, 이런! 정말 미안해요. 군힐과 벤지가 킹스 크로스에서 나를 기다리고 있을 거예요. 저 보기 좋은 케이크를……」

역겨워 보이는, 여러 가지 색상의 케이크가 손도 대지 않은 채 놓여 있었다.

「저걸 먹지 않는 즐거움에 돈을 지불하는 것 같군요.」

그녀는 내 말에 동의하며 얼굴을 찌푸렸고, 나는 웨이트리스에게 계산서를 부탁했다. 우리가 기다리는 동안 그녀가 말했다. 「한 가지 당신한테 말하고 싶었던 건 지난 3년 동안 모리스가 두 차례 아주 심각한 심장 발작을 일으켰다는 거예요. 그래서…… 내년이 없을 수도 있어요.」

「그래요. 내게도 말했어요.」

「그 말을 믿지 않았겠죠?」

「그래요.」

「내 말은 믿나요?」

나는 간접적으로 대답을 했다. 「무슨 말씀을 하신다 해도 나는 그가 죽으면 그것으로 모든 것이 끝날 거라고는 믿지 못하겠습니다.」

그녀가 장갑을 벗었다. 「왜 그런 말을 하죠?」

나는 그녀처럼 미소를 지었다.

그녀는 말을 하려다 말고 입을 다물었다. 나는 릴리에 대해 사용해야 했던 말을 떠올렸는데, 그것은 역할을 벗어난, 이라는 것이었다. 그녀 어머니의 눈과, 그것을 통해 보이는 그녀의 눈. 미로. 부여된 특권과 거부된 특권. 휴전.

1분 후 우리는 입구 쪽으로 향하는 복도를 걸어가고 있었다. 남자 두 사람이 우리를 향해 왔다. 옆을 지나치는 순간, 왼쪽에 있던 남자가 놀라는 모습을 보였다. 릴리 드 세이타스가 걸음을 멈췄다. 그녀 역시 깜짝 놀란 표정이었다. 남자는 진한 파란색 양복에 나비넥타이 차림이었고, 나이에 어울리지 않게 백발이었으며, 입은 말주변이 좋고 육감적으로 보였으며, 얼굴은 혈색이 좋았다. 그녀가 재빨리 몸을 돌렸다.
「니컬러스, 미안하지만 택시를 잡아 줄래요?」
기품 있는 남자의 얼굴이 갑자기 소년처럼 바뀌었다. 그리고 그 얼굴은 그 예기치 않은 만남에 예전의 어떤 추억이 떠오른 듯 다소 우습게 되었다. 나는 찻집으로 가는 다른 사람들에게 과도한 정중함을 보인 덕분에 잠시 머뭇거릴 수 있었다. 그는 그녀의 두 손을 잡아 옆으로 끌어당겼고, 그녀는 불모의 땅으로 돌아온 여신 케레스처럼 그 이상한 미소를 짓고 있었다. 나는 앞으로 가야 했지만 복도 끝에서 다시 한 번 뒤를 돌아보았다. 남자와 함께 있던 사람은 계속 걸어가 찻집 문 옆에서 기다리고 있었다. 두 사람은 여전히 그곳에 서 있었다. 남자의 눈가에 있는 부드러운 주름이 보였다. 그녀는 그의 경의를 받으며, 여전히 미소를 짓고 있었다.
주변에 택시가 없어 나는 연석 옆에서 기다렸다. 그가 가마 안에 있던 〈꽤 유명한 누군가〉였는지가 궁금했다. 하지만 모르는 사람이었다. 그의 얼굴에 어린 매혹만을 알아볼 수 있었다. 그녀의 얼굴을 보자마자 자신의 일은 아무것도 아닌 게 되어 버린 것처럼 그의 눈은 그녀에게만 고정되어 있었다.
1~2분 뒤에 그녀가 서둘러 나왔다.
「태워 줄까요?」

그녀는 아무런 설명도 하려 들지 않았고, 그녀의 수수께끼 같은 표정에 어린 뭔가가 내가 호기심을 품는 것을 저속한 것처럼 보이게 만들어 다시 한 번 나를 화나게 했다. 그녀는 예의 바르지는 않았지만, 훌륭한 예의를 보이는 데는 전문가였다. 그녀는 기술자처럼 예의를 사용해, 자신이 원하는 곳에서 나의 조악한 부분을 없애 버렸다.

「괜찮습니다. 나는 첼시에 갈 거예요.」그것은 사실이 아니었지만 그녀에게서 벗어나고 싶었다.

나는 잠시 그녀를 몰래 살핀 후 말했다.「당신의 딸과 관련해 어떤 생각을 하곤 했는데, 이제는 당신과 관련해 더 생각하게 돼요.」그녀는 약간 불확실한 모습으로 미소를 지었다.「사실이 아닐 수도 있지만, 마리 앙투아네트와 푸줏간 주인에 관한 이야기가 있어요. 푸줏간 주인은 군중을 이끌고 베르사유 궁전으로 들어갔죠. 손에 고기 자르는 칼을 든 그는 자신이 마리 앙투아네트의 목을 따겠다고 소리를 질렀죠. 군중이 보초를 살해했고, 푸줏간 주인은 궁정의 아파트 문을 억지로 열었죠. 마침내 그는 그녀의 방으로 달려 들어갔죠. 그녀는 혼자 있었죠. 창가에 서서. 다른 사람은 아무도 없었어요. 손에 칼을 든 푸줏간 주인과 왕비뿐이었죠.」

「그래서 어떻게 됐나요?」

다른 방향으로 가는 택시를 보고, 나는 기사에게 차를 돌리라고 손짓을 했다.

「그는 무릎을 꿇고 눈물을 흘렸죠.」

그녀는 잠시 아무 말도 하지 않았다.

「불쌍한 푸줏간 주인.」

「나는 마리 앙투아네트가 정확히 그렇게 말했을 거라 믿어요.」

그녀는 택시가 도는 것을 지켜보았다.

「모든 것은 그 푸줏간 주인이 누구를 위해 울었는지에 달려 있지 않은가요?」

나는 그녀에게서 시선을 돌렸다. 「아뇨, 나는 그렇게 생각하지 않아요.」

택시가 연석 옆에 멈추어 섰고 나는 문을 열었다. 그녀가 잠시 나를 지켜보다가 어떤 말을 하려다가 포기한 듯 혹은 뭔가를 떠올린 듯 보였다.

「당신 접시요.」 그녀가 바구니에서 그 접시를 꺼내 내게 건네주었다.

「깨뜨리지 않도록 하겠습니다.」

「거기에는 나의 좋은 바람이 담겨 있어요.」 그녀는 손을 내밀었다. 「하지만 앨리슨은 선물이 아녜요. 그녀에게 대가를 지불해야 해요.」

「그녀는 자신의 복수를 했어요.」

그녀는 내 손을 놓으려다 그대로 쥐고 있었다. 「니컬러스, 나는 내 남편과 내가 서로에게 지킨 다른 계명에 대해서는 얘기한 적이 없어요.」

그 말을 하는 그녀의 얼굴에는 미소가 서려 있지 않았다. 그녀는 한참 동안 내 눈을 바라보다가 택시에 올라탔다. 나는 택시가 브롬턴 교회당 앞을 지나 시야에서 사라질 때까지 바라보았다. 눈물을 흘리지는 않았지만, 나는 내가 그 가련한 푸줏간 주인이 왕비의 아파트에서 오뷔송 카펫을 내려다보았을 때와 마찬가지 처지라는 생각을 했다.

76

그렇게 해서 나는 기다렸다.

황량한 그 마지막 며칠은 가학적으로 보였다. 마치 콘키스가 앨리슨의 묵인하에 빅토리아 시대의 유행이 지난, 도덕에 의해 앞으로 나아가는 것 같았다. 소화가 잘 안 되는 메마른 빵 같은 시간을 더 보내기 전까지는 사건의 달콤한 면을 잼처럼 맛볼 수 없었다. 하지만 나는 오래전부터 뭔가를 철학적으로 생각하지 않았다. 그 후 몇 주는 점점 커져 가는 ─ 감소하기는커녕 ─ 초조함과 그것을 둔하게 만들려고 내가 채택한 생활양식 사이의 긴 싸움으로 점철되었다. 거의 매일 밤마다 나는 선원의 아내와 눈에 멍이 든 창녀들이 희망보다는 지루함 때문에 남자가 항해를 하는 동안 부두를 서성이는 것처럼 러셀 광장을 배회했다. 하지만 내가 기다리는 배의 불빛은 보이지 않았다. 밤에 두세 번 머치해덤에 가보았지만, 딘스퍼드 하우스는 러셀 광장과 마찬가지로 깜깜했다.

나머지 시간은 영화를 보거나 여러 시간 책을 읽으며 보냈는데 주로 쓰레기 같은 책들이었다. 그 시기에 내가 책에서 필요로 한 것은 내 마음을 마비시켜 주는 것뿐이었다. 그리고 가고 싶지 않았던 곳들 ─ 옥스퍼드나 브라이턴, 배스 ─ 로 밤새 차를 몰고 가곤 했다. 그렇게 오래 드라이브를 하면, 밤새 열심히 달리는 것으로 뭔가 건설적인 일을 한 것처럼 마음이 차분해졌다. 잠든 도시를 질주하다 늘 심야에 차를 돌려 동틀 무렵에야 런던에 기진맥진해 돌아와 오후 4~5시까지 잠을 잤다.

진정시켜야 할 필요가 있는 건 나의 권태만은 아니었다. 릴리 드 세이타스를 만나기 훨씬 전부터 내게는 또 다른 문제가 있었다.

나는 깨어 있는 많은 시간을 소호나 첼시에서 보냈다. 그런데 그곳들은 순결한 약혼자가 갈 만한 장소는 아니었다.

물론 그가 무척이나 자신의 순결을 잃고자 하는 게 아니라면 말이지만. 그리스 거리의 문간에 있는, 화장품을 바른 노파에서부터 똑같이 얼마든지 취할 수 있지만 좀 더 매력적인, 킹스 로드의 〈모델〉들과 초보자들에 이르기까지, 숲에는 용들이 충분했다. 나는 나를 성적으로 흥분시키는 어떤 여자를 자주 봤다. 처음에는 그 생각 자체를 억눌렀지만 곧 솔직하게 그것을 인정했다. 내가 괜찮을 것 같은 상황에서 단호하게 물러나거나 딴 데로 눈을 돌린 것은 여러 가지 이유 때문이었지만, 그 이유들은 대체로 고상하기보다는 이기적인 것이었다. 나는 그들에게 내가 여자들과 관계를 갖지 않고도 살 수 있다는 것을 보여 주고 싶었다. 그들이 감시의 눈을 붙여 놓았는지는 결코 확신할 수 없었지만. 그리고 나는 덜 의식적으로 나 자신에게도 같은 것을 보여 주고 싶었다. 그리고 또 앎을 무기처럼 — 만일 채찍을 사용해야 한다면 또 다른 채찍처럼 — 지니고 앨리슨을 마주할 수 있기를 바랐다.

앨리슨에 대해 다시 생겨나는 새로운 감정은 섹스와는 전혀 무관한 것이 사실이었다. 어쩌면 그것은 영국이나 영국적인 것으로부터의 소외, 어떤 종에도 속하지 않은 것 같은 상태, 그리고 유형(流刑) 중이라는 느낌과 얼마간 관계가 있었다. 하지만 나는 마치 매일 밤 다른 여자와 잠을 자면서도 계속해서 그만큼 앨리슨을 만나고 싶어 하는 것 같았다. 이제 나는 앨리슨에게서 뭔가 다른 것을 바라고 있었는데, 그것은 그녀만이 내게 줄 수 있는 것이었다. 그것이 다른 점이었다. 섹스는 누구나 내게 줄 수 있었다. 하지만 그녀만이 내게 줄 수 있는 것이 있었다……. 그것을 사랑이라 부를 수는 없었다. 왜냐하면 나는 그것을 실험적이며 — 실험 자체가 시작되기도 전에 — 그녀가 얼마나 회개를 하고 고백을 하는지, 그리고 그녀가 어느 정도로 자신이 여전히 나를 사랑하는지 —

그리고 자신의 사랑이 배신을 야기했다는 — 확신시킬 수 있는지와 같은 요소들에 달려 있는 것으로 보았기 때문이다. 그런데 나는 신의 유희에 대해, 지적인 종교에 대해 느끼는 매혹과 혐오를 동시에 느꼈다. 거기에는 〈뭔가가 있는 게 분명하다〉는 것을 알고 있었지만 나 자신이 종교적인 유형이 아니라는 것 또한 확실히 알고 있었다. 게다가 사랑과 섹스 사이의 구분을 보다 분명하게 볼 수 있다고 해서 논리적으로 서로에게 충실한 세계에 들어가는 것은 아니었다. 어떤 의미에서 드 세이타스 부인은 자신이 말한 것을 통해 사타구니에서 일어나는 일과 마음에서 일어나는 일을 외과 수술에서처럼 분명하게 절개하는 것에 대해 개종자에게 설교한 것이었다.

그럼에도 내 깊은 곳에서 뭔가가 구역질을 일으켰다. 그녀의 이야기는 삼킬 수는 있었지만, 그것은 내 배 속을 메스껍게 했다. 그것은 관습과 용인된 관념보다 더 심오한 뭔가를 모욕했다. 그것은 앨리슨에게서 내가 필요로 하는 모든 것을 찾아내야 하며, 만일 그러지 못할 경우, 도덕이나 관능 이상의 뭔가가 관련되어 있다는 내 고유의 감각을 모욕하는 것이었다. 그 뭔가는 정의할 수는 없지만, 생물학적이며 형이상학적인 것이었고, 상상과 죽음과 관련이 있었다. 릴리 드 세이타스는 21세기의 성적 도덕성을 기대했는지도 모르지만 뭔가가, 중대한 보호책이 빠져 있었다. 그리고 나는 22세기의 성적 도덕성을 생각했는지도 모른다.

그런 것들을 생각하기는 쉽지만 여전히 20세기인 지금 그것에 따라 사는 것은 더 어려웠다. 과거 그 어느 때에 비해서도 우리의 본능은 훨씬 더 노골적으로 출현하며, 감정과 의지는 훨씬 더 빠르게 방향을 바꾼다. 빅토리아 시대의 내 또래 젊은이들은 50일은 물론이고 50개월이라도 연인을 기다리는 것을 아무렇지도 않게 생각했을 것이다. 그리고 행위가 자신의 몸을 더럽히지 못하게 하는 것뿐만 아니라 단 하나의 순결하지 않은 생각이 자신의 마음을 더럽히지 못하게 하는 것 역시 아무렇지도 않게 생각했을 것이다. 나는 빅토리아 시대의 젊은이 같은 기분으로 일어날 수 있었지만 한낮이 되어 책방에서 어떤 예쁜 여자가 내 옆에 서 있을 때면, 그녀가 고개를 돌려 내게 미소 지을 거라고 믿는다고 하느님께 기도하고 있는 나 자신을 쉽게 볼 수 있었다.

그러던 어느 날 저녁 베이스워터에서 어떤 여자가 미소를 지었다. 그녀는 고개를 돌릴 필요가 없었다. 한 에스프레소 바였는데, 나는 식사 시간의 대부분을 맞은편에 있는 친구와 얘기를 하는 그녀와 그녀의 맨팔과 매력적인 젖가슴을 보고 있었다. 머리가 검고, 크고 아름다운 갈색 눈을 지닌 그녀는 이탈리아인처럼 보였다. 친구가 자리를 뜨자, 그녀는 등을 기대앉아 아주 직접적이며 완벽하게 멋진 눈웃음을 내게 보냈다. 그녀는 창녀는 아니었다. 그냥, 이야기를 하고 싶으면 오라고 말하고 있었다.

나는 서투르게 자리에서 일어나, 웨이트리스가 돈을 받으러 오기를 기다리며 창피스러운 1분을 보냈다. 나의 수치스러운 후퇴는 부분적으로는 편집증 때문이었다. 그녀와 그녀의 친구는 내 뒤를 따라 들어와, 내가 그들을 보지 않을 수 없는 테이블에 자리를 잡았었다. 터무니없었지만, 내 앞을 지나가는 모든 여자가 나를 괴롭히고 시험하기 위해 고용되었다는 느낌이 들기 시작했다. 그래서 카페나 레스토랑에 들어가기 전에는 창문으로 사람들 눈에 띄지 않고, 끔찍한 존재들이 없는 구석 자리가 있는지를 확인하기 시작했다. 나의 행동은 점차 우스꽝스러워졌고 그렇게 되도록 만든 상황에 점점 더 화가 났다. 그 무렵 조조가 왔다.

내가 릴리 드 세이타스를 마지막으로 본 지 2주 후인 9월의 마지막 주였다. 나 자신에 대해 죽도록 지루했던 나는 어느 날 오후 르네 클레르의 오래된 영화를 보러 갔다. 나는 아무 생각 없이 등이 굽은 어떤 형체 옆에 앉아 영화 — 불후의 명작인 「이탈리아의 밀짚모자」— 를 보았다. 여러 가지 방식으로 거칠게 코를 킁킁거리는 소리를 내는 것으로 보아, 내 옆에 앉은 사람이 사뮈엘 베케트 같은 여자일 거라고 추측했다. 30분 정도 지났을 때 그녀가 고개를 돌려 내게 불을 빌려 달라고 했다. 나는 화장기 없는, 뺨이 둥근 얼굴과 뒤로 땋아 내린 갈색 머리 타래와 짙은 눈썹, 그리고 꽁초를 들고 있는 아주 지저분한 손톱을 보았다. 불이 들어오고, 다음 영화를 기다리는 사이, 그녀는 정말로 가여울 정도로 아마추어같이 나를 유혹하려고 했다. 그녀는 청바지와 더러운 회색 터틀넥 스웨터와 아주 낡은 남성용 더플코트를 입고 있었다. 하지만 그녀에게는 성적인 것과는 관계가 없는 세 가지 이상한 매력이 있었는데, 그것은 입이 찢어질 정도로 크게 웃는 웃음과 거친 스코틀랜드 발음, 그리고 고독한 사람이 풍기는 너저분한 느낌이었다. 나는 그녀를 보자마자 유사성과, 프리츠 메이휴[20]에 상응하는 누군가를 동시에 보았다. 어쩐지 그녀의 웃음은 무척 실제적인 것으로 보이기보다는 누군가의 조종을 받은 것처럼 보였다. 그녀는 강아지처럼, 또는 낙담한 뚱뚱한 소년처럼 등을 구부리고 앉아, 내가 무엇을 하고 어디에 사는지 등을 알아내려 했지만 별로 성공적이지는 못했다. 그런데 개구리 같은 미소 때문이었는지, 아니면 그녀가 위험한 존재가 되거나 어떤 시험일 수는 도저히 없다는 생각에서였는지는 모르겠지만, 나는 그녀에게 커피를 마시고 싶은지 물었다.

20 Fritz Mayhew. 미국의 현대 화가.

992

그렇게 해서 우리는 커피를 파는 바로 갔다. 나는 배가 고팠고, 스파게티를 먹을 거라고 했다. 그녀는 처음에는 아무것도 먹지 않겠다고 하더니 마지막 남은 돈을 영화관에 가는 데 썼다고 한 후 늑대처럼 먹었다. 나는 그 말 못하는 동물에게 친절을 베풀고 싶어졌다.

우리는 술집으로 갔다. 그녀는 두 달 전 글래스고에서 미술 학도가 되려고 상경한 듯했다. 글래스고에서는 어떤 이상한 켈트족 보헤미안 그룹에 속해 있었다. 이제는 커피를 파는 바와 영화관에서 시간을 죽이며, 〈친구들한테 조금씩 도움을 받으며〉 살고 있었다. 그녀는 미술은 포기한 상태였고, 영원한 시골뜨기 방랑자로 지냈다.

점차 나는 그녀에게 사심이 없다는 것을 확실하게 느낄 수 있었다. 어쩌면 그 때문에 그렇게 빨리 그녀를 좋아하게 되었는지도 모른다. 목소리가 거칠고, 여자다운 모습은 그로테스크할 정도로 없는 그녀는 성격이 독특했고, 나를 즐겁게 해주었다. 또 그녀는 자신에 대한 연민이 전혀 없었고, 그에 따라 나와는 정반대되는 사람의 모든 매력을 갖고 있었다. 나는 노팅힐에 있는 하숙집 문 앞까지 그녀를 차로 바래다주었는데, 그녀는 내가 자기와 〈잠자리를 같이할〉 거라고 생각한 게 분명했다. 나는 재빨리 그녀의 망상을 깨뜨려 주었다.

「그럼 우리는 다시 보지 못하겠군요.」

「볼 수 있을 거야.」 나는 내 옆에 있는 땅딸막한 그녀를 보았다. 「몇 살이지?」

「스물하나.」

「거짓말.」

「스물.」

「열여덟?」

「그만해요. 꽉 찬 스물이에요.」

「제안할 게 하나 있어.」 그녀가 코웃음을 쳤다. 「미안. 제의가 있어. 실은 지금 누군가가…… 어떤 여자가…… 오스트레일리아에서 돌아오기를 기다리는 중이야. 그때까지 2~3주 동안 친구로 지냈으면 해.」 그녀가 입이 찢어지게 웃음을 지었다. 「그래서 일거리를 주려고 해. 런던에 그런 일을 하는 회사도 있어. 에스코트나 파트너를 제공하는 회사 말이야.」

그녀는 여전히 웃고 있었다. 「나와 같이 올라가요.」

「아니. 내가 말한 그대로야. 그쪽은 일시적으로 떠돌이이고, 나도 마찬가지야. 그래서 둘이 함께 떠돌자는 거야……. 금전적인 것은 내가 알아서 할게. 섹스는 하지 않고, 그냥 친구로 지내는 거야.」

그녀는 양 손목 안쪽을 서로 비비며, 한 가지 더 미친 짓을 해도 상관없다는 듯 다시 히죽 웃으면서 어깨를 으쓱했다.

그리하여 나는 그녀와 함께 지내게 되었다. 만약 그들이 나를 감시하고 있다면, 어떤 조처를 취하는 것은 그들에게 달린 것이었다. 나는 그것이 사태를 촉진시키는 데 도움이 될지도 모른다는 생각을 했다.

조조는 이상한 존재였다. 비처럼 — 청결한 적이 거의 없었기 때문에 런던에 내리는 비 같았지만 — 조용했고, 야심이나 비열함은 전혀 없었다. 내가 준 역할에 그녀는 스스로를 완벽하게 맞췄다. 우리는 영화관과 술집과 전시회를 전전했다. 때때로 내 아파트에서 하루 종일 시간을 보냈다. 하지만 밤이면 어떤 지점에서 늘 그녀의 지저분한 방으로 돌려보냈다. 종종 우리는 몇 시간이고 같은 테이블에 앉아 한마디도 하지 않고 잡지와 신문을 읽기도 했다. 7일이 지나자 그녀를 7년 동안 알아 온 것 같았다. 일주일에 4파운드를 주었지만, 옷도 사주고, 얼마 되지 않는 하숙비도 지불해 주겠다고 했다. 그녀는 마크스 앤드 스펜서스에서 산 진한 파란색 저지 셔츠 한 벌만

994

받았을 뿐, 다른 것은 거절했다. 그녀는 역할을 아주 잘해 냈다. 그녀는 우리를 보는 다른 여자가 딴생각을 하지 못하게 했고, 나는 나름대로 그녀를 향한 일종의 정신 나간, 전이된 충실함을 갖추었다.

그녀는 늘 평정을 잃지 않았고, 늙은 잡종개처럼 아주 작은 뼈에도 감사했다. 그리고 참을성이 있었고, 상처받지 않았으며 뭐든 대수롭지 않게 생각했다. 나는 앨리슨에 관해서는 얘기를 하지 않았으며, 조조도 그녀에 대해서는 더 이상 믿지 않는 것 같았다. 모든 걸 다 받아들이는 자신의 방식으로 내가 〈조금 미쳤다〉고 받아들였다.

그러던 중 10월 어느 날 밤, 나는 잠을 잘 수 없었고, 그녀에게 자동차로 하룻밤 사이 다녀올 수 있는 곳이라면 어디라도 좋으니 가고 싶은 데를 말해 보라고 했다. 그녀는 잠시 생각해 보더니, 이유는 알 수 없었지만, 스톤헨지에 가고 싶다고 했다. 그래서 우리는 스톤헨지로 갔고, 새벽 3시에 희미한 거석들 주위를 걸어다녔다. 차가운 바람이 불었고, 우리 머리 위에서는 달빛 속에서 댕기물떼새가 울고 있었다. 그 후 우리는 차에 앉아 초콜릿을 먹었다. 그녀의 얼굴만 보였다. 그리고 눈의 어두운 윤곽과 순진한 강아지를 연상케 하는 웃음을 볼 수 있었다.

「왜 웃는 거지, 조조?」

「행복해서요.」

「피곤하지 않아?」

「괜찮아요.」

나는 몸을 기울여 그녀의 옆머리에 키스를 했다. 그녀에게 키스를 한 것은 처음이었다. 나는 곧바로 시동을 걸었다. 얼마 뒤 그녀는 잠이 들어 천천히 내 어깨로 몸이 기울어졌다. 잠든 그녀는 열다섯 내지 열여섯 정도로 아주 어려 보였다.

간간이 거의 감지 않는 그녀의 머리카락 냄새가 풍겨 왔다. 켐프에게 느꼈던 것과 거의 똑같은 것을 그녀에게 느꼈요. 그것은 커다란 애정이었지만, 욕망은 전혀 아니었다.

그 직후 어느 날 밤 우리는 영화를 보러 갔다. 그런 못생긴 떠돌이와 잠자리를 같이하는 나를 미쳤다고 생각했지만 — 나는 그녀에게 진짜 상황을 설명하려 하지 않았다 — 내가 최소한 한 가지는 정상적인 모습을 보이는 것을 기뻐한 켐프는 우리와 동행했고, 영화가 끝난 뒤 우리는 그녀의 〈스튜디오〉로 가, 코코아와 남은 럼주를 마셨다. 밤 1시경에 켐프는 자고 싶다며 우리를 내쫓았고, 나도 자고 싶었다. 나는 조조와 함께 가 현관문 옆에 섰다. 가을 들어 처음으로 정말로 추운 밤이었고, 게다가 비가 억수같이 내리고 있었다. 우리는 현관에 서서 밖을 내다보았다.
「당신 방 의자에서 잘게요, 닉.」
「안 돼. 괜찮을 거야. 여기서 기다려. 차를 가져올게.」 나는 차를 골목에 주차해 놓곤 했다. 차에 타 시동을 걸었고 조금 앞으로 나아갔지만, 멀리 가지는 못했다. 앞 타이어가 팬케이크처럼 납작했다. 나는 빗속으로 나와 주위를 둘러보며 욕을 했고, 펌프를 찾으러 트렁크 쪽으로 갔지만, 펌프는 없었다. 일주일 이상 사용하지 않았던지라, 언제 도둑맞았는지 알 수 없었다. 나는 트렁크 뚜껑을 꽝 소리가 나게 닫고, 문으로 뛰어갔다.
「펑크가 났어.」
「잘됐군요.」
「고마워.」
「그렇게 바보처럼 굴지 마요. 낡은 안락의자에서 잘게요.」
켐프를 깨울까 하는 생각을 했지만, 그녀가 퍼부을 욕을 생각하자 곧 그 생각은 사라졌다. 우리는 조용한 재봉실을 지나 계단을 올라가 아파트로 들어갔다.

「침대에서 자. 난 여기서 잘 테니까.」 그녀는 손등으로 코를 훔치며 고개를 까닥한 후 욕실로 간 뒤 침실로 들어가 침대에 누워 낡은 더플코트를 뒤집어썼다. 나는 피곤했고 속으로는 그녀에게 화가 났지만, 의자 두 개를 붙인 뒤 몸을 뻗었다. 5분 정도가 지났다. 그녀가 방들 사이의 문간에 서 있었다.

「닉?」

「응.」

「와요.」

「어디로?」

「알잖아요.」

「안 돼.」

그녀는 잠시 말없이 문간에 서 있었다. 계략을 짜려고 궁리하는 것 같았다.

「당신이 오기를 원해요.」 그녀가 〈원한다〉는 동사를 일인칭으로 사용하는 것을 처음 들었다는 생각이 들었다.

「조조, 우리는 친구 사이야. 함께 잠자리에 들 수는 없어.」

「그냥 잠을 같이 자는 것뿐이에요.」

「안 돼.」

「딱 한 번이에요.」

「안 돼.」

파란색 점퍼와 청바지를 입은 그녀는 말없이 나를 비난하며 문간에 서 있었다. 창밖에서 새어 들어오는 불빛이 그녀의 형체 주변의 그림자를 왜곡해 그녀의 얼굴만 도드라졌고, 그녀는 뭉크의 석판화처럼 보였다. 그림의 제목은 질투 또는 시기 또는 순수가 어울릴 터였다.

「너무 추워요.」

「그럼 담요 속으로 들어가.」

그녀는 1분 정도 더 있다가 침대로 돌아갔다. 다시 5분이 흘렀다. 목이 뻣뻣해지는 것이 느껴졌다.

「나는 침대에 있어요. 닉, 여기서 쉽게 잘 수 있을 거예요.」 나는 숨을 한 번 깊게 들이쉬었다. 「내 말 들려요?」

「응.」

침묵.

「자는 줄 알았어요.」

비가 퍼부었고, 지붕의 홈통으로 물이 떨어졌다. 런던의 축축한 밤공기가 방 안에 스며들었다. 고독. 겨울.

「잠깐 그리로 가 불을 피워도 될까요?」

「오 맙소사.」

「깨우지 않을게요.」

「고마워.」

그녀가 거실로 나와 성냥을 켜는 소리가 들렸다. 가스가 소리를 내며 타올랐다. 분홍색 불빛이 방 안을 채웠다. 그녀는 무척 조용했지만, 잠시 후 나는 포기하고 일어나 앉았다.

「보지 마요. 옷을 하나도 안 입었어요.」

나는 그녀를 보았다. 그녀는 난로 옆에 서서 너무 큰 남자 셔츠를 끌어내리고 있었다. 나는 가스 불빛에 비친 그녀가 거의 예뻐 보이며, 혹은 최소한 여자처럼은 보인다는 것을 달갑지 않은 약간의 충격을 받으며 깨달았다. 나는 등을 돌려 담배를 집었다.

「이것 봐, 조조. 그 짓은 안 할 거야. 섹스는 하지 않을 거야.」

「당신의 깨끗한 침대에 내 옷을 모두 입은 채 들어가고 싶지 않았어요.」

「몸을 덥힌 후 바로 침대로 돌아가.」

나는 담배를 반쯤 피웠다.

「단지 당신이 내게 무척 잘해 주었기 때문이에요.」 나는 대꾸를 하지 않았다.「나도 당신에게 잘해 주고 싶을 뿐이에요.」

「만일 그것 때문이라면 걱정하지 마. 나한테 빚진 게 전혀 없으니까.」

나는 주위를 둘러보았다. 그녀는 통통한 작은 등을 내게로 돌린 채 무릎을 껴안고 바닥에 앉아 불을 바라보고 있었다. 다시 침묵이 흘렀다.

「단지 그 때문만은 아녜요.」 그녀가 말했다.

「가서 네 옷을 입어. 아니면 침대에 들어가든가. 그러고 난 다음에 얘기를 해.」

가스가 소리를 내며 타올랐다. 나는 손에 든 담배로 또 다른 담배에 불을 붙였다.

「나는 이유를 알아요.」

「말해 봐.」

「당신은 내가 런던의 좋지 않은 병에 걸렸다고 생각하고 있어요.」

「조조.」

「그럴지도 몰라요. 하지만 당신은 전혀 아프지 않은데도 모든 병원균을 지니고 있을 수도 있어요.」

「그만해.」

「당신 생각을 말하고 있는 것뿐이에요.」

「나는 그런 생각은 해본 적이 없어.」

「당신을 탓하지는 않아요. 전혀요.」

「조조, 입 닥쳐. 제발.」

침묵.

「당신은 당신의 그 잘난 영국인다운 아름다운 고환을 깨끗하게 유지하고 싶은 것뿐이에요.」

그 말을 한 후 그녀는 맨발로 소리를 내며 가 침실 문을 세게 닫았지만 문이 다시 열렸다. 잠시 후 그녀가 흐느끼는 소리가 들렸다. 나는 나 자신의 어리석음을 저주했다. 그리고 그날 저녁 여러 가지 조짐 — 머리를 감아 뒤로 묶었고, 나를 한두 번 의미심장하게 바라보았던 것 — 에 좀 더 많은 주의를 기울이지 않은 나 자신을 저주했다. 나는 누군가가 근엄하게 문을 두드리고, 문을 열자 앨리슨이 서 있는 끔찍한 상상을 했다. 그리고 충격을 받았다. 보기와는 달리 조조는 욕을 한 적이 없었고, 가능한 한 완곡하게 말했다. 그녀는 모든 것을 버린 상태였다.

나는 1분 정도 누워 있다가, 침실로 갔다. 가스 불이 침실까지 따뜻한 빛을 던져 주었다. 나는 이불을 그녀의 어깨까지 끌어올려 주었다.

「오, 조조. 이 시골뜨기.」

갑자기 그녀가 벌떡 일어나는 것을 막기 위해 한 손으로 이불을 단단히 쥔 채 다른 손으로 그녀의 머리를 쓰다듬었다. 그녀가 콧물을 훌쩍거리기 시작했다. 나는 손수건을 건넸다.

「무슨 얘기를 해도 돼요?」

「물론.」

「나는 그걸 한 번도 해본 적이 없어요. 남자와 잔 적이 없다고요.」

「맙소사.」

「태어난 날만큼 깨끗해요.」

「그 점에 대해서는 하느님께 감사하도록 해.」

그녀가 몸을 돌려 나를 올려다보았다.

「그래도 나를 안 원하는 거예요?」

그 말은 방금 전의 두 문장을 더럽혔다. 나는 그녀의 뺨을 어루만지며 고개를 가로저었다. 「당신을 사랑해요, 닉.」

「조조, 그렇지 않아. 그래서는 안 돼.」

그녀는 다시 울기 시작했고, 나는 화가 났다.

「혹시 이것을 계획한 거 아냐? 타이어 펑크 말이야?」 나는 켐프가 코코아를 만드는 동안 그녀가 위층에 다녀오겠다고 하며 나간 것을 떠올렸다.

「어쩔 수 없었어요. 스톤헨지에 갔던 날 밤요. 돌아오는 길에 한숨도 자지 않았어요. 잠든 척하며 앉아 있었던 거예요.」

「조조, 다른 누구에게도 하지 않은 얘기를 해도 돼?」

나는 그녀의 눈을 손수건으로 훔치고, 침대 가에 그녀에게 등을 돌린 채 걸터앉아 이야기를 시작했다. 앨리슨과, 어떻게 그녀를 떠났는지에 대해 빠짐없이 이야기를 했다. 그리스에 관해서도 말했다. 릴리와의 관계에 대해서도 실제 사건은 아니지만, 정서적인 진실은 얘기를 했다. 그리고 파르나소스와 나의 모든 죄의식에 대해서도 얘기했다. 조조가 등장하기까지의 사정과, 내가 왜 그녀를 그렇게 만들었는지도 말했다. 그녀는 고해를 하기에는 가장 이상한 신부였지만 최악은 아니었다. 그것은 그녀가 나를 용서했기 때문이다.

만약 내가 처음부터 그런 이야기를 했더라면, 그녀는 그토록 멍청하게 굴지는 않았을 터였다.

「내가 눈이 멀었었어. 미안해.」

「나도 어쩔 수 없었어요.」

「미안해. 정말 미안해.」

「결국 나는 글래스고 출신의 멍청한 10대일 뿐이에요.」 그녀가 진지한 얼굴로 나를 보았다. 「닉, 나는 열일곱밖에 안 됐어요. 순전히 거짓말이었어요.」

「만일 내가 여비를 주면…….」

그러나 그녀는 그 즉시 고개를 가로저었다.

몇 분간 침묵이 흐르는 사이 나는 문제가 되는 유일한 진실과 도덕성과 죄와 범죄에 대해 생각했다. 박물관에서 우리가 만나 헤어지기 전 릴리 드 세이타스가 그것에 대한 자신의 생각을 말했을 때 나는 그것을 나의 과거와, 푸줏간 주인과 관련한 나의 일화에 대한 논평으로, 과거의 일로 받아들였다. 하지만 이제 나는 그것을 나의 미래에 관한 것으로 보게 되었다.

역사는 성경의 십계명을 대체했다. 내게 십계명은 관습적인 영향을 제외하고는 실질적인 의미를 가진 적이 없었다. 하지만 침실에 앉아, 거실로 통하는 문지방에 비치는 난로 불빛을 바라보면서, 나는 십계명을 모두 요약한 그 초-계명의 힘을 마침내 느끼기 시작했다는 것을 깨달았다. 나는 그것을 매일 새롭게 선택해야 했다. 물론 계속해서 그것을 지키는 데 실패했다 하더라도. 콘키스는 사람이 자신의 미래를 만나는 순간, 즉 받침대 지점에 대해 얘기를 했었다. 또한 나는 그 모든 것이 앨리슨과, 그녀를 선택하는 것, 그리고 매일 그녀를 계속해서 선택해야 하는 것과 관계가 있다는 것을 깨달았다. 성인의 세계는 산과 같은 것이었고, 나는 그 있음 직하지 않으며 오를 수 없는 얼음 절벽의 발치에 서 있었다. 〈불필요한 고통은 야기하지 말지어다.〉

「담배 한 대 줄래요, 닉?」

나는 거실로 가 담배를 갖다 주었다. 그녀는 누운 채 담배를 피우며 사과처럼 뺨이 빨개져 간간이 나를 바라보았다. 나는 그녀의 손을 잡았다.

「무슨 생각을 해, 조조?」

「만일 그녀가…….」

「안 온다면?」

「그래요.」

「너하고 결혼할 거야.」

「거짓말.」

「뺨이 통통하고 원숭이처럼 웃는 살찐 아이를 여럿 낳을 거야.」

「이 잔인한 악마.」

그녀가 정적과 어둠과 좌절된 애정 속에서 나를 바라보았다. 그 전해 10월 베이커 가에 있는 방에서 앨리슨과 함께 그렇게 앉아 있던 일이 기억났다. 그리고 그 기억은 아주 단순하면서도 계시적으로 내가 얼마나 변했는지를 말해 주었다.

「나보다 훨씬 나은 남자가 언젠가 나타날 거야.」

「그녀는 나하고 조금이라도 닮았어요?」

「응.」

「그래요. 그럴 거예요. 순수한 여자일 거예요.」

「둘 다…… 다른 누구와도 달라.」

「모두가 유일해요.」

나는 밖으로 나가 가스 미터에 1실링을 넣었다. 그런 다음 두 방 사이의 문간에 섰다. 「자기는 교외에서 살아야 해, 조조. 아니면 공장에서 일을 하거나. 사립 학교에 가거나. 아니면 대사관에서 만찬을 들거나.」

유스턴 쪽에서 기차가 북쪽으로 향하는 소리가 들렸다. 그녀는 고개를 돌려 담배를 비벼 껐다.

「나도 정말로 예뻤으면 좋겠어요.」

자신의 추함을 감추려는 듯 그녀는 목까지 이불을 끌어 올렸다.

「예쁘다는 건 덤에 지나지 않아. 그건 선물이 아니라 선물을 싼 포장지 같은 거야.」

길게 침묵이 이어졌다. 경건한 거짓말. 하지만 무엇이 추락을 막을 수 있단 말인가?

「당신은 나를 잊을 거예요.」

「아니, 잊지 않을 거야. 기억할 거야. 늘.」

「늘은 아닐 거예요. 어쩌다가 한 번쯤 기억하겠죠.」 그녀는 하품을 했다. 「나는 당신을 기억할 거예요.」 그리고 몇 분 지나 현재가 더 이상 실제적인 것이 아니라 어린 시절의 꿈인 것처럼 〈이 악취 나는 오래된 영국에서요〉 하고 말했다.

77

새벽 6시가 다 되어서야 잠이 들었지만 몇 번이나 깼다. 결국 오전 11시가 되었을 때 나는 자는 것을 포기하기로 했다. 침실 문에 가서 보니 조조는 가고 없었다. 나는 욕실 겸용 부엌을 들여다보았다. 거울에 비누로 X 자 세 개와 〈안녕〉이라는 말과, 그녀의 이름이 휘갈겨져 있었다. 그녀는 내 삶에 들어왔을 때처럼 아무렇지 않게 그것에서 벗어난 것이었다. 부엌 식탁 위에는 내 차의 공기 펌프가 있었다.

아래층에서 재봉틀 소리가 희미하게 들렸다. 여자들의 목소리와 진부한 라디오 음악 소리도 들렸다. 나는 위층에 사는 고독한 남자였다.

그리고 늘 기다리는 남자였다.

나는 낡은 목조 싱크대에 기대어 네스카페를 마시며, 눅눅해진 비스킷을 먹었다. 여느 때처럼 빵을 사는 것을 잊어버렸던 것이다. 나는 빈 시리얼 박스 옆쪽을 쳐다보았다. 거기에는 아침 식탁에 둘러앉은, 구역질이 날 정도로 행복한 〈보통〉 가족이 있었다. 햇볕에 그은 쾌활한 아버지와 소녀 같은 매력적인 어머니, 그리고 작은 소년과 소녀. 꿈의 나라. 마음속으로 나는 침을 뱉었다. 하지만 그 모든 것 뒤에는, 다른 모두처럼 되고 싶어 하는 남루한 비겁함과, 빨래를 하고, 단추를 달고, 성욕을 채우고, 이름을 퍼뜨리고, 괜찮은 식사를 만들게 해야 하는 이기적인 필요를 넘어서는 어떤 현실이, 질서와 조화에 대한 얼마간의 갈망이 있는 게 분명했다.

나는 커피를 다시 한 잔 만들었고, 그 망할 놈의 암캐인 앨리슨을 저주했다. 내가 왜 그녀를 기다려야 하는가? 도둑질을 당하고 옷이 벗겨지고 낯선 사람의 침대에서 어느 날 눈을 뜨기 위해 오는 예쁘고 불안정한 여자들이 유럽의 다른 어느 도시보다 많은 런던에서…….

그런데 조조는 결코 상처를 주고 싶지 않은 여자였다. 나는 굶주린 잡종 개의 불쌍하고 가는 갈비뼈를 걸어찬 것이나 마찬가지였다.

자기혐오와 분노에서 비롯된 격렬한 반응이 나를 엄습했다. 나는 줄곧 암시적인 것에 대해서는 완강하게 거부했다. 하지만 이제 나는 물러졌고, 그 어느 때보다 자유로부터 멀리 있었다. 나는 흥분해 앨리슨이 없는 삶과, 다시 미지의 땅으로…… 혼자, 하지만 자유롭게 떠나는 것에 대해 생각해 보았다. 그것은 고귀하기까지 할 터였다. 무엇을 하든 나는 고통을 야기하도록 선고를 받았으니까. 미국으로, 아니면 남미로 갈 수도 있었다.

자유는 느닷없이 하나의 선택을 하고, 그에 따라 행동하고 있었다. 옥스퍼드 시절과 마찬가지로 본능과 의지가 갑자기 옆으로 빗나가게 해 혼자서 새로운 상황 속으로 뛰어들도록 허락하고 있었다. 나는 우연에 맡겨야 했다. 나는 내가 있는 그 대합실에서 벗어나야 했다.

나는 아무런 영감도 주지 못하는 방들을 왔다 갔다 했다. 중국풍의 보 접시가 벽난로 위에 걸려 있었다. 또다시 가족이었다. 질서와 연루. 수감 상태. 밖에는 비가 내리고 있었고, 하늘은 회색이었다. 나는 샬럿 가를 내려다보며 그날 그 즉시 켐프의 집을 떠나겠다는 결심을 했다. 그것은 내가 움직일 수 있으며, 맞설 수 있고, 자유롭다는 것을 증명하기 위해서였다.

나는 켐프를 보러 내려갔다. 그녀는 나의 선언을 차갑게 받아들였다. 조조에 대해서 알고 있는 것 같았다. 시골에 오두막집을 빌려 글을 쓸 거라는 나의 변명에 그녀는 어깨를 으쓱하며 차가운 경멸의 눈빛을 보냈다.

「조조를 데리고 가는 거예요?」

「아뇨. 우리 사이는 끝났어요.」

「〈당신이〉 끝을 낸 거겠죠.」

그녀는 조조에 대해 알고 있었다.

「그래요. 〈내 쪽〉에서 끝냈어요.」

「가난한 여자에게 지쳤군요. 그럴 거라 생각했어요.」

「그 얘기는 다시 생각해 봐요.」

「왜 그랬는지는 모르지만 당신은 그 불쌍한 어린 스코틀랜드 출신 여자를 낚은 뒤 그녀가 자신을 사랑한다는 확신이 들자 진짜 신사처럼 굴고 있군. 당신은 그녀를 쫓아 버린 거야.」

「이봐요……。」

「〈나를〉 속일 생각 마.」 그녀는 냉혹한 모습으로 앉아 있었다.「가. 집으로 달려가란 말이야.」

「나는 집 같은 건 없어요.」

「아니, 왜 없겠어? 사람들은 그것을 부르주아지라고 부르지.」

「그건 나와는 상관없는 거예요.」

「그런 걸 수없이 많이 봐왔지. 당신들은 우리도 인간이란 사실을 깨닫고는 무척 겁을 먹지.」 그녀는 더 이상 참을 수 없을 정도로 모욕적으로 다음과 같이 덧붙였다.「그건 당신 잘못이 아냐. 당신은 변증법적 과정의 희생자일 뿐이야.」

「당신은 정말이지 구제불능인……」

「됐어!」 그녀는 아무것도 상관하지 않는 듯, 마치 삶이 자신의 스튜디오처럼 실패와 혼란과 무질서로 가득한 것인 것처럼 ─ 그리고 그 스튜디오가 자신이 그 안에서 살아갈 수 있는 모든 힘을 빼앗은 것처럼 ─ 몸을 돌렸다. 시큰둥해진 용기의 화신은 작업 테이블로 가 일을 하기 시작했다.

나는 밖으로 나갔다. 하지만 1층으로 통하는 계단에 이르기도 전에 켐프가 밖으로 나와 내게 소리를 질렀다.

「한 가지 더 말해 주지, 이 잘난 체하는 악당아.」 나는 몸을 돌렸다. 「그 불쌍한 애에게 무슨 일이 일어날지 알아? 그 애는 계속 게임을 할 거야. 누가 그 애를 그렇게 만들었는지 알아?」 그녀는 손가락으로 나를 가리켰다. 「바로 성 니컬러스 어프 씨야.」 그 마지막 말은 그녀의 입에서 나온 가장 심한 욕 같았다. 그녀는 나를 노려보다가 뒤로 물러나 문을 쾅 닫았다. 나는 릴리 드 세이타스라는 이름의 스킬라[21]와 켐프라는 이름의 카리브디스[22] 사이에서 아래쪽으로 끌려 내려갈 수밖에 없는 상태로 있었다.

싸늘한 분노 속에서 나는 짐을 꾸렸다. 그리고 켐프와의 싸움에서 내가 모두 이기는 상상을 하며 아무렇게나 보 접시를 못에서 들어 올렸다. 하지만 그것은 손에서 미끄러지며 가스난로 모서리에 부딪혔다. 잠시 후 나는 난로 속에 있는, 가운데가 두 동강 난 접시를 내려다보았다.

나는 무릎을 꿇었다. 금세라도 눈물이 쏟아질 것 같아 입술을 사납게 깨물어야 했다. 두 동강 난 접시를 들고 무릎을 꿇은 채 앉아 있었다. 그걸 다시 맞춰 보려고 하지도 않았다. 켐프가 계단을 올라오는 소리가 들렸지만 꼼짝도 하지 않았

21 바위에 사는 머리가 여섯, 발이 열두 개인 여자 괴물.
22 그리스 전설에 나오는 여자 괴물.

다. 그녀가 방으로 들어왔다. 나는 무릎을 꿇은 채 그대로 앉아 있었다. 그녀가 무슨 말을 하기 위해 왔는지는 알 수 없었지만, 내 얼굴을 본 그녀는 그 말을 하지 않았다.

나는 깨진 두 조각을 조금 들어 올려 무슨 일이 있었는지 보여 주었다. 그것이 나의 인생이자 나의 과거이자 나의 미래였다. 그 무엇으로도 그것을 고칠 수는 없었다.

켐프는 한참을 아무 말도 하지 않고, 접시와 반쯤 싸다 만 가방, 테이블 위에 흩어져 있는 책과 종잇장, 그리고 난로 옆에 무릎을 꿇고 있는, 잘난 체하는 악당이자 상심한 푸줏간 주인인 나를 쳐다보았다.

그녀는 〈맙소사. 당신 나이에〉 하고 말했다.

그렇게 해서 나는 계속 켐프와 함께 지내게 되었다.

78

실낱같은 희망만 갖고 간신히 연명한다는 것이 반(反)영웅의 미래로는 충분하다. 우리 시대는 인류가 자신의 역사 속에 있는 곳에, 십자로에, 딜레마 속에 — 잃어버릴 것밖에 없는 상태에, 똑같은 것을 얻게 되지만 그것 또한 잃어버리게 되는 상태에 — 그를 내버려 두라고 말한다. 그리고 우리 시대는 그를 살아남게 하지만 방향도 제시하지 않고, 보상도 주지 않는다. 그것은 우리 역시 결코 전화벨이 울리지 않는 고독한 방에서, 이 여자가, 이 진실이, 이 인류의 결정체가, 상상 속에서 실종된 이 현실이 돌아오기를 기다리고 있기 때문이다. 하지만 그녀가 돌아온다고 말하는 것은 거짓말이다.

하지만 미로에는 중심이 없다. 결말은 연속적인 장면 속의 한 지점에 지나지 않으며 잘단기가 싹둑 자르는 것이다. 베네디크는 마침내 베아트리체[23]에게 키스를 했다. 하지만 10년 후에? 그리고 그다음 해 봄의 엘시노어[24]는?

그렇게 해서 다시 열흘이 지났다. 하지만 이어지는 몇 해 사이에 일어난 일은 침묵이, 또 다른 수수께끼가 될 것이다.

열흘이 더 지나갔지만 전화는 한 번도 울리지 않았다.

그 대신 10월의 마지막 날, 만성절 전야에 켐프가 나를 토요일 오후의 산책에 데리고 갔다. 나는 그 특징 없는 절차를 의심했어야 했다. 하지만 그날은 너무도 멋진 날이었다. 참제비고깔의 꽃잎처럼 푸른 하늘은 다른 세계의 봄 같았고, 나무들은 적갈색과 호박색과 노란색을 띠고 있었으며, 공기는 꿈속에서처럼 고요했다.

게다가 켐프는 나를 어머니처럼 돌봐 주고 있었다. 그것은 너무도 뭔가를 보상하는 듯한 좋지 않은 말과 전반적으로 무뚝뚝한 태도를 필요로 하는 과정이었고, 그래서 우리 관계는 겉으로는 진짜와는 정반대되는 어떤 것이 되었다. 하지만 만일 우리가 그것을 선언하거나 그것이 존재하지 않는 척하기를 멈췄다면 그것은 망쳐졌을 것이다. 어떤 이상한 방식으로 그 가장은 애정의 필수적인 부분처럼 보였다. 서로 좋아한다는 이야기를 하지 않는 것이 우리가 서로를 좋아한다는 것을 증명하는 일종의 상호적인 미묘함을 보여 주었다. 그 열흘 동안 내가 좀 더 행복하다고 느끼게 만든 것은 켐프였을 것이다. 아니면, 우연에 의해 더 나은 세계에서 나의 세계로 보내진, 천사 중에서도 가장 천사답지 않은 조조와의 만남으로 인한 후유증이었을 것이다. 그것도 아니라면 내가 그때까지

23 베네디크와 베아트리체는 셰익스피어의 희극 「헛소동」에 나오는 인물들.
24 「햄릿」의 배경이 되는 덴마크의 성.

상상했던 것보다 더 오래 기다릴 수 있다는 느낌에 지나지 않았는지도 모른다. 그게 무엇이든지 나의 내부의 뭔가가 변했다. 나는 여전히 조롱거리였지만 다른 의미에서였다. 콘키스의 진실, 특히 그가 릴리 안에서 구현한 진실이 내 안에서 성숙했다. 나는 천천히 미소 짓는 법을 — 콘키스가 의도한 특별한 의미에서 — 배우고 있었다. 하지만 받아들일 수는 있어도 여전히 용서할 수는 없었으며, 결정할 수는 있지만 여전히 그 결정을 실천에 옮길 수는 없었다.

우리는 북쪽으로 가, 유스턴 로드를 가로질러 바깥 환상 도로를 따라 리전트 공원으로 들어갔다. 켐프는 검은색 바지와 지저분하고 낡은 카디건 차림에, 불이 꺼진 마지막 우드바인 담배를 물고 있었는데, 그것은 신선한 공기가 그녀의 아주 일시적인 용인하에만 폐에 들어간다는, 그 공기에 대한 일종의 경고 같은 것이었다. 공원은 초록색 식물과, 연인과 가족과, 개를 데리고 있는 고독한, 흩어져 있는, 무리를 지은 수많은 사람들로, 가을의 지각할 수 없는 안개에 부드러워진, 마치 부댕[25]의 해변 풍경처럼 단순하면서도 기분 좋은 색채들로 가득했다.

우리는 천천히 걸으며 애정을 갖고 오리들을 보았고, 하키를 하는 사람들은 경멸하며 보았다.

켐프가 말했다. 「닉, 이 나라를 대표하는 그 망할 놈의 음료 한 잔이 필요해.」

그것 역시 내게 경고가 되었어야 했다. 영국인들은 모두 커피 중독이었다.

우리는 찻집으로 가 줄을 섰고, 반이 빈 테이블을 찾아냈다. 켐프가 나를 남겨 놓고 화장실로 갔다. 나는 호주머니에

25 Eugène Boudin(1824~1898). 인상파의 선구자.

서 페이퍼백 한 권을 꺼냈다. 테이블 맞은편에 있던 커플은 딴 곳으로 가버렸다. 소음, 혼잡함, 값싼 음식, 카운터 앞의 줄. 나는 켐프도 줄을 서 있을 거라고 생각했다. 그리고 나는 책에 빠져들었다.

내가 앉은 곳에서 대각선으로, 바깥쪽 맞은편 자리에.

너무도 조용하게, 너무도 간단하게.

그녀는 내가 아닌 테이블을 내려다보고 있었다. 나는 켐프를 찾으며 몸을 휙 돌렸다. 하지만 나는 켐프가 집으로 걸어가고 있다는 것을 알아차렸다.

그녀는 아무 말도 하지 않았다. 그리고 기다렸다.

나는 줄곧 어떤 눈부신 재입장을, 신비한 방문을, 은유적으로 그리고 어쩌면 말 그대로 현대의 타르타로스로 하강하는 것을 예상했다. 하지만 아무 말도 할 수 없는 상태에서 그녀를, 자신을 바라보는 나를 바라보려 하지 않는 그녀를 바라보면서 나는 그것 — 런던의 가장 진부한 그 장면 속으로, 명백하고 무미건조한 그 현실 속으로 들어오는 것 — 이 유일하게 가능한 귀환 방식이라는 것을 이해했다. 엄연한 현실을 대변하는 그녀는 자신의 방식대로, 하지만 어떤 점에서 고상해지고 이상한 존재가 되어, 그럼에도 다른 세계의 후광을 지닌 채 왔다. 그리고 그녀는 그녀 뒤쪽의 군중 가운데서 오기는 했지만, 그들 중 하나는 아니었다.

그녀는 가을에 겨울의 느낌이 섞여 있는, 섬세한 문양의 트위드 정장을 입고, 소작인처럼 머리에 짙은 녹색 스카프를 쓰고 있었다. 그리고 두 손을 무릎에 가지런히 얹고 앉은 채, 마치 자신의 임무를 다한 듯 그곳에 있었다. 이제 내가 뭔가를 해야 할 차례였다. 하지만 내가 아무것도 할 수 없고, 말할 수 없으며, 생각할 수도 없는 순간이 온 것이다. 나는 우리가 다시 만나는 수많은 방식을 상상했지만 이런 것은 전혀 상상하지 못했다. 결국 나는 그녀와는 더 이상 아무것도 하고 싶지 않은 것처럼 책을 내려다보았다. 그런 다음 화가 나 그녀 뒤쪽의, 통로에서 멍청하게 우리에게 호기심을 보이는 가족을 쳐다보았다. 그녀가 마침내 아주 순간적으로 나를 흘낏 쳐다보았는데, 나의 얼굴은 내가 정말로 의도한 것과는 정반대의 표정을 짓고 있었다.

갑자기 그녀가 일어서 딴 데로 걸어갔다. 나는 테이블 사이로 걸어가는 그녀를 쳐다보았다. 작고 약간 부루퉁하며, 날씬한 그녀. 날씬함은 그녀의 성적 특징의 자연스러운 일부였다. 나는 다른 남자가 문을 나서는 그녀를 눈으로 좇는 것을 보았다.

나는 멍해져 잠시 그대로 있었다. 그런 다음 앞에 있는 사람들을 거칠게 밀치며 그녀를 뒤따라갔다. 그녀는 잔디를 천천히 가로질러 동쪽으로 가고 있었다. 나는 그녀와 나란히 걷게 되었고, 그녀는 내 다리 아래쪽을 슬쩍 쳐다보았다. 여전히 우리는 아무 말도 하지 않았다. 나는 너무도 불시에 당한 것 같았다. 그 느낌은 우리의 옷 속에도 있었다. 나는 내가 무엇을 입었는지, 어떻게 보이는지에 대한 모든 관심을 잃은 상태였다……. 그리고 켐프와 조조의 세계의 수수께끼 같은 색채를 채택한 상태였다. 이제 그녀 옆에 있자 촌스럽게 느껴졌고, 그것이 화가 났다. 그녀는 옷을 의식하고, 자신에 빠진, 젊은 중산층 아내처럼 다시 나타날 권리가 없었다. 마치 그녀는 거의 우리의 역할과 운이 역전된 것을 자랑하고 싶어 하는 것 같았다. 구분도 할 수 없을 정도로 너무도 많은 사람들이 있었다. 그리고 리전트 공원. 젊은 탈영병과 그의 애인의 또 다른 만남. 라일락 향기와 바다이 보이지 않는 어둠.

「그들은 어디 있어?」

그녀가 어깨를 살짝 으쓱했다. 「나 혼자야.」

「말도 안 돼.」

우리는 좀 더 조용히 걸었다. 그녀가 고갯짓으로 가로수 길 옆에 있는 빈 벤치를 가리켰다. 정말로 타르타로스에서 온 것처럼 그녀는 낯설게 느껴졌다. 너무도 차갑고, 너무도 침착했다

나는 그녀를 뒤따라 벤치로 갔다. 그녀는 한쪽 끝에 앉았고, 나는 가운데 앉아 몸을 돌려 그녀를 바라보았다. 그녀가 나를 쳐다보지도 않고, 조금도 변명의 기색도 보이지 않고, 아무 말도 하지 않으려는 것이 나를 분노케 했다.

나는 〈기다리고 있었어. 지난 석 달 반을 기다렸던 것처럼〉 하고 말했다.

그녀는 스카프를 풀어 머리카락을 늘어뜨렸다. 내가 처음 그녀를 알았을 때처럼 머리는 다시 길렀고, 피부는 햇볕에 약간 탄 상태였다. 나는 처음 그녀를 본 순간 기억 속에서 이상화된, 최고의 모습의 릴리가 앨리슨을 최악의 모습으로 왜곡시켰다는 것을 깨달았고, 그것이 나의 화를 배가시키는 것 같았다. 그녀는 정장 아래 옅은 갈색 셔츠를 입고 있었다. 정장은 아주 훌륭한 것으로 콘키스가 그것을 살 돈을 준 것이 분명했다. 그녀는 예쁘고 매력적이었다. 나는 파르나소스와 그녀의 또 다른 자아들을 떠올렸다. 그녀는 굽이 납작한 구두의 끝을 내려다보았다

나는 안경 너머로 보았다. 「우선 한 가지를 분명히 하고 싶어.」 그녀는 아무 말도 하지 않았다. 「이번 여름에 당신이 나한테 한 더러운 술책은 용서하겠어. 또 여자의 어떤 비참하고 좀스러운 복수심에서 지금까지 날 기다리게 하기로 했는지는 모르겠지만 그것도 용서하겠어.」 그녀가 어깨를 으쓱했다. 침묵. 그리고 그녀가 말했다. 「하지만?」

「하지만 그날 아테네에서 도대체 무슨 일이 있었는지 알고

싶어. 그 후 무슨 일이 있었는지. 그리고 지금 무슨 일이 일어
나고 있는지.」

「그런 다음에는?」

「두고 보는 거야.」

그녀는 핸드백에서 담배를 꺼내 불을 붙인 후 무뚝뚝하게
내게 담뱃갑을 내밀었다. 「됐어.」

그녀는 멀리, 공원을 내려다보는, 컴벌랜드 테라스를 구성
하는 집들의 웅장한 벽 쪽을 바라보았다. 크림색 벽토와, 처
마 돌림띠를 따라 줄지어 있는 하얀 입상들, 그리고 조용한
푸른 하늘.

푸들 한 마리가 우리 쪽으로 뛰어왔다. 나는 발로 개를 쫓
았지만, 그녀는 개의 머리를 쓰다듬었다. 어떤 여자가 〈티나!
이리 와!〉 하고 소리쳤다. 옛날이었다면 우리는 혐오감을 드
러내며 얼굴을 찌푸렸을 것이다. 그녀는 다시 집들을 바라보
았다. 나는 주위를 둘러보았다. 몇 미터 떨어진 곳에 벤치들
이 있었다. 사람들은 앉아서 구경을 하고 있었다. 갑자기 사
람들로 붐비는 그 공원이, 풍경 전체가 무대처럼 보였다. 사
람들도 가면극에 등장하는 인물들과 첩자들로 보였다. 나는
내 담배를 꺼내 불을 붙였다. 그녀가 나를 보기를 바랐지만,
그녀는 그렇게 하지 않았다.

「앨리슨.」

그녀는 나를 힐끔 쳐다본 후 다시 시선을 아래로 내렸다.
담배를 든 채 그대로 앉아 있었다. 마치 어떻게 해도 입을 열
지 않을 것 같았다. 나뭇잎 한 장이 그녀의 치마 위로 떨어졌
다. 그녀는 몸을 숙여 그것을 주워, 톱니 모양의 노란색 잎 가
장자리를 스커트에 비볐다. 인도인 하나가 와 우리가 앉은
벤치 끝에 앉았다. 거친 천으로 만든 검은색 오버코트와 하
얀 스카프 차림이었고, 얼굴은 야위어 있었다. 그는 작고 불

행하며, 소심하고 낯설게 보였다. 웨이터이거나 싸구려 카레 식당의 부엌에서 일을 할 것이었다. 나는 그녀 옆으로 약간 다가가, 그녀의 목소리만큼이나 차가운 목소리로 나지막하게 말했다.

「켐프는 어떻게 된 거야?」

「니코, 제발 나를 심문하지 마. 제발.」

니코라고 부른 것은 작은 변화였다. 하지만 그녀는 여전히 굳은 모습으로 침묵하고 있었다.

「그들이 지켜보고 있는 거야? 여기 어딘가에 있는 거야?」

그녀가 초조하게 한숨을 내쉬었다.

「그래?」

「아니.」 하지만 그녀는 바로 그 말을 수정했다. 「모르겠어.」

「아는 것 같은데.」

여전히 그녀는 나를 쳐다보려 하지 않았다. 그녀는 작고, 거의 싫증난 듯한 목소리로 말했다.

「이제 그들과는 아무 관계도 없어.」

긴 침묵이 이어졌다.

내가 말했다. 「내게 거짓말을 할 수는 없어. 이렇게 얼굴을 맞댄 상태에서.」

그녀는 자신의 머리를 만졌다. 그 머리카락, 그녀의 손목, 그녀가 어떤 제스처를 할 때 살짝 얼굴을 드는 방식. 나는 그녀의 귓불을 살짝 보았다. 마치 자신의 땅에 출입이 금지된 것처럼 분노가 일었다.

「자기는 내게 결코 거짓말을 할 수 없을 거라고 느꼈어. 이번 여름이 어땠는지 상상이나 할 수 있어? 그 편지와 꽃을 받았을 때…….」

그녀가 말했다. 「과거에 대해 얘기를 시작하면.」

나의 모든 접근 방법은 어떤 점에서 적절치 않았다. 그녀는 뭔가 다른 것을 생각하고 있었다. 코트 호주머니에서 손가락에 매끄럽고 메마른, 둥근 어떤 것이 만져졌다. 밤 한 톨로 부적이었다. 어느 날 저녁 영화관에서 조조가 장난처럼 사탕 종이에 싸서 준 것이었다. 조조가 생각났다. 벽돌과 차들 사이로 불과 2~3킬로미터 떨어진 어딘가에서 새로 낚은 남자와 함께 앉아 여성스러움을 발휘하고 있는지도 몰랐다. 어둠 속에서 그녀의 통통한 손을 잡은 기억이 떠올랐다. 그리고 문득 앨리슨의 손을 잡지 않기 위해 마음속으로 저항을 해야 했다.

나는 그녀의 이름을 다시 말했다.

하지만 내가 자신을 만지는 것을 허락하지 않기로 결심한 것처럼 그녀는 노란색 나뭇잎을 던졌다. 「그 아파트를 팔려고 런던에 돌아온 거야. 오스트레일리아로 돌아갈 거야.」

「그런 사소한 일을 하기 위해 긴 여행을 했군.」

「당신도 만나고.」

「이렇게?」

「만일 내가……..」 하지만 그녀는 말을 중간에서 끊었다.

「만일?」

「오고 싶지 않았어.」

「그런데 왜 여기 있는 거야?」 그녀는 어깨를 으쓱했다. 「당신이 원하지 않는 건데도?」

하지만 그녀는 대답을 하지 않았다. 그녀는 정체를 알 수 없었고, 거의 새로운 여자 같았다. 나는 몇 발짝 뒤로 가 다시 시작해야 했다. 〈그리고 그 장소를 처음 알게 되는 것.〉 예전에는 자유로웠고, 테이블 위의 소금 병처럼 쉽게 접근할 수 있었던 그녀의 뭔가가 이제는 신성한 뭔가처럼 작은 약병 속에 들어 있었다. 하지만 나는 앨리슨을 알고 있었다. 안으로는 아무리 독립적이라 해도 자신이 사랑하거나 좋아하는 사람의 색채와

특성을 띠게 된다는 것을 알고 있었다. 그리고 그 매끈한 불침투성이 어디서 비롯되었는지 알았다. 나는 데메테르 신전에서 온 여사제와 앉아 있었다.

나는 현실적이고자 했다. 「아테네에 왔다 간 뒤에 어디 있었어? 고향에?」

「어쩌면.」

나는 심호흡을 했다. 「내 생각을 조금이라도 했어?」

「가끔.」

「다른 누가 있어?」

그녀는 잠시 머뭇거리다가 〈아니〉 하고 말했다.

「별로 확실하지 않은 것 같은데.」

「찾으려고만 하면 언제든 다른 누군가는 있어.」

「찾았던 거야?」

그녀는 〈아무도 없어〉 하고 말했다.

「거기에 나도 포함되는 거야?」

「당신은…… 그날 이후로 거기 포함되었어.」

그녀는 부루퉁한 옆모습을 보이며 먼 곳을 골똘히 바라보았다. 그녀는 내가 보고 있다는 것을 의식하며, 지나가는 누군가를 눈으로 좇았다. 마치 나보다는 그가 더 흥미롭다고 생각하는 것 같았다.

「내가 어떻게 해야 하는 거야? 당신을 팔로 껴안아야 하는 거야? 아니면 무릎을 꿇어야 하는 거야? 그들이 원하는 게 뭐야?」

「무슨 말을 하는지 모르겠어.」

「아니, 잘 알고 있어.」

그녀는 나를 비스듬히 힐끔 쳐다보고는 다시 시선을 아래로 내렸다. 그녀가 말했다. 「그날 당신을 꿰뚫어 보았어. 그게 다야. 그걸로 끝났어.」

「그날 당신과 사랑을 나누었어. 역시…… 어떤 의미에서……
마지막으로.」

그녀는 경멸을 감추려는 듯 숨을 들이쉬었다. 나는 그녀가
무슨 말인가를, 경멸의 말이라도 좋으니 하기를 바랐다. 그
리고 그녀에 대해 끓어오르는 분노를 누르며 차분해지려고
애썼다.

「그 산에서 당신을 사랑한 순간이 있었어. 당신이 안다고
생각지는 않아. 하지만 당신이 안다는 것을 알고 있어. 그것
을 보았어. 당신도 그것을 보았는지 확신할 수 없기에는 당
신을 너무도 잘 알아. 그리고 그것을 기억해.」 나는 〈몸에 대
한 얘기를 하고 있는 게 아냐〉 하고 덧붙였다.

그녀는 잠시 기다린 후 대답을 했다.

「왜 내가 그것을 기억해야 하지? 왜 그것을 잊기 위해 뭐
든 하면 안 되는 거지?」

「당신은 그 대답도 알고 있어.」

「그래?」

내가 말했다. 「앨리슨…….」

「가까이 오지 마. 제발 가까이 오지 마.」

그녀는 나를 보려 하지 않았다. 하지만 그녀의 목소리는 달
랐다. 나는 너무 깊은 데 있어 보여 줄 수 없는 떨림을 느꼈
다. 마치 뇌세포가 떨리는 것 같았다. 고개를 돌린 채 그녀가
말했다. 「좋아. 그것이 무엇을 의미하는지 알고 있어.」 그녀는
여전히 얼굴을 딴 데로 돌린 채 담배 한 대를 꺼내 불을 붙였
다. 「혹은 그것이 의미하는 것을. 내가 당신을 사랑했을 때.
그것은 당신이 나한테 말하고 행동한 모든 것들에 의미가 있
었다는 의미야. 정서적 의미 같은 거. 그것이 나를 감동시키
고, 흥분시켰어. 나를 우울하게 했고, 또…….」 그녀가 깊게
숨을 들이쉬었다. 「그사이 그랬던 것처럼 당신은 찻집에 앉아

내가 창녀나 그 비슷한 뭔가인 양 나를 바라볼 수도…….」
　「그건 충격이었어. 맙소사.」
　그 순간 나는 그녀의 어깨에 손을 얹었지만 그녀가 그것을 뿌리쳤다. 그녀가 하는 말을 듣기 위해 좀 더 가까이 다가가야 했다.
　「당신하고 같이 있을 때면 언제나 누군가에게 가서 이렇게 말하는 것 같아. 〈나를 고문하고 학대해 줘요. 나를 괴롭혀 줘요. 그건…….〉」
　「앨리슨.」
　「오, 이제 당신은 착해. 너무도 착해. 한 주, 혹은 한 달은 그렇겠지. 그런 다음에는 예전으로 돌아갈 거야.」
　그녀는 울지 않았다. 나는 몸을 기울여 그녀를 보았다. 어떤 점에서 나는 그녀가 한편으로 연기를 하고 있지만 다른 한편으로 연기를 하고 있지 않다는 것을 알고 있었다. 그녀는 그 말을 하는 것을 사전에 연습했는지도 모르지만 그럼에도 진정이었다.
　「어쨌든 당신이 오스트레일리아로 돌아간다고 해서 말인데…….」
　나는 비꼬거나 하지 않으며 가볍게 말했지만 나의 어리석음이 흉하기라도 한 듯 그녀는 나를 쏘아보았다. 나는 미소를 짓기 시작하며 그녀의 손을 잡는 실수를 저질렀다. 갑자기 그녀가 자리에서 일어났다. 그리고 길을 가로질러, 나무 아래를 지나 탁 트인 잔디밭으로 갔다. 몇 걸음을 뗀 그녀는 멈춰 섰다.
　그것이 하나의 반응으로서는 그럴듯했는지 모르지만 하나의 동작으로는 훨씬 덜 그랬다. 특히 멈춰 서는 것은 더욱더 그랬다. 그녀가 서 있는 방식의 뭔가, 그리고 마주한 방향…… 그 순간 나는 문득 알게 되었다. 그녀 뒤로는 공원 가장자리까지 5백 미터 정도 잔디밭이 펼쳐져 있었다. 그 너머에는 리전트 공원 앞쪽에 자리한, 입상과 우아한 많은 창문들이 있는 컴벌랜드 테라스가 있었다.

창문들이 있는 벽과, 줄지어 선, 고대의 신들의 입상들. 그것들이 극장의 특등석처럼 공원을 굽어보고 있었다. 그리고 앨리슨의 공모. 그녀는 나를 찻집에서 나오게 했고, 우리가 앉은 벤치를 골랐으며, 이제 내가 자신 옆으로 오기를 기다리며 탁 트인 곳에 서 있었다. 나는 자리에서 일어나 그녀 앞으로 가서 — 이런 일은 너무 자주 있었다 — 멀리 있는 건물들을 향해 등을 돌린 채 섰다. 그녀는 시선을 떨어뜨렸다. 상처 입은 듯한 얼굴과 거의 울음을 터뜨릴 것 같지만 울지 않는 것. 그것들은 연기하기 어려운 것이 아니었다.

「내 말을 들어 봐, 앨리슨. 누가 우리를 지켜보고 있는지, 그가 어디에서 지켜보고 있는지, 그리고 우리가 왜 여기 있는지 알고 있어. 첫째로 하고 싶은 말은 내가 거의 빈털터리라는 거야. 나는 직장도 없고, 앞으로도 어떤 의미가 있는 직장은 결코 갖지 못할 거야. 따라서 당신은 런던에서 제일 장래가 없는 사람하고 서 있어. 둘째, 만일 릴리가 우리 뒤에 있는 저 길에서 와 내게 손짓을 한다면…… 모르겠어. 당신이 무엇을 기억하기를 내가 바라는지는 알 수 없고, 앞으로도 알 수 없을 거야. 하지만 그녀가 한 여자가 아니라 어떤 만남의 유형이라는 것을 기억해 줘.」 나는 잠시 말을 멈췄다. 「셋째, 당신이 아테네에서 친절하게도 말한 것처럼 나는 침대에서 그다지 훌륭하지 않아.」

「그런 말 하지 않았어.」

나는 그녀 머리 꼭대기를 보았고, 내 뒤쪽으로 컴벌랜드 테라스의 위쪽 창들이 있다는 것을 의식했다. 그 하얀 돌로 된 신들. 「넷째. 어느 날 그가 내게 무슨 말을 했어. 남자와 여자에 대해. 남자는 사물을 대상으로 보지만, 여자는 사물을 관계로 본다고. 좋아. 당신은 늘 그것을 볼 수 있었어……그게 뭐든…… 우리 사이에서 우리를 묶어 주는 것을. 하지만 나는 보지 못했어. 내가 줄 수 있는 건 그것뿐이야. 내가 그것을 보기 시작했다는 가능성.」

「내가 말해도 돼?」

「아니. 이제 선택권은 당신에게 있어. 그리고 아주 빨리 선택을 하는 게 좋을 거야. 나 아니면 그들을 선택해. 영원히.」

「당신에게는 어떤 권리도…….」

「당신이 그리스의 그 호텔에서 그랬던 것만큼 내게도 선택권이 있어. 모든 선택권이. 그때 당신이 그랬던 것과 똑같은 이유로.」

「그건 같은 게 아냐.」

「그래. 이제 당신이 내 역할을 하는 거야.」 나는 컴벌랜드 테라스 쪽을 가리켰다. 「그들은 뭐든 제안할 수 있어. 하지만 나는 당신과 비슷해. 내가 제안할 수 있는 건 한 가지밖에 없어. 당신이 내가 저지른 실수를 저지른다 하더라도 당신을 비난할 수는 없어. 그들이 가진 모든 것이 우리가 누릴 수도 있는 미래에 비해 훨씬 더 나은 것이라고 생각할 수도 있겠지. 당신은 내기를 해야 해. 그들이 보는 앞에서. 지금.」

그녀는 집들을 올려다보았고, 나도 잠시 몸을 돌렸다. 오후의 태양이 만든, 여름의 구름 사이로 이따금 보이는, 올림피아 신전의 연금약 액처럼 고요하고 아득하게 느껴지고, 관대한 것 같은 빛에 집들이 광채를 발하고 있었다.

그녀는 그 두 가지를 거부한 것처럼 〈나는 오스트레일리아로 돌아가〉 하고 말했다.

나는 우리 사이의, 깊이를 알 수 없지만, 한 걸음이면 닿을 수 있는 우리의 실제 거리처럼 터무니없게 좁은 심연을 느꼈다. 나는 심리적으로 멍이 든 그녀의 얼굴과, 완고하며 어떻게 할 수 없는 그녀를 보았다. 모닥불 냄새가 났다. 1백 미터쯤 떨어진 곳에서 맹인 하나가 맹인이 아닌 사람처럼 자유롭게 걸어가고 있었다. 하얀 막대만이 그가 눈이 없다는 것을 말해 주고 있었다.

나는 남쪽 문으로 난 길을 걸어가기 시작했다. 두 걸음, 네 걸음, 여섯 걸음. 열 걸음.

「니코!」

그 말은 전혀 회유적이지 않게, 이상하게도 독단적이며 거칠게 들렸다. 나는 잠시 걸음을 멈추고 반쯤 고개를 돌리다가 다시 걸어갔다. 그녀가 뛰어오는 소리가 들렸지만 거의 내가 있는 곳까지 올 때까지는 고개를 돌리지 않았다. 그녀는 약간 숨을 헐떡이며 1~2미터쯤 떨어진 곳에 멈춰 섰다. 그녀는 가장을 하고 있지 않았다. 그녀는 오스트레일리아로 돌아가려 하고 있었다. 최소한 마음에 있어 혹은 감정에 있어 오스트레일리아로. 나 없이 남은 인생을 살기 위해. 하지만 그녀는 나를 그런 식으로 가게 내버려 두지는 않았다. 그녀의 눈은 상처 입고, 분노한 것처럼 보였다. 나는 그 어느 때보다 무력했다. 나는 그녀 쪽으로 두 걸음을 떼며 화가 나 손가락을 치켜들었다.

「당신은 아직도 배우지 못했어. 아직도 그들의 각본에 따라 연기를 하고 있어.」

그녀는 나와 똑같이 사악한 표정으로 나를 노려보았다.

「내가 돌아온 건 당신이 변했다고 생각해서였어.」

그다음에 일어난 일을 왜 했는지는 모르겠다. 의도한 것도, 본능적인 것도 아니었다. 그리고 냉혹하게 혹은 흥분해서 한 것도 아니었다. 하지만 그것을 저지르고 나자 필요한 행위처럼 여겨졌다. 그것은 계명을 깨는 것이 아니었다. 나는 팔을 높이 들어올려, 최대한 세게 그녀의 왼쪽 뺨을 후려쳤다. 완전히 기습을 당한 그녀는 하마터면 균형을 잃을 뻔했고, 충격으로 눈을 깜박였다. 그런 다음 아주 천천히 왼쪽 손을 뺨에 댔다. 우리는 일종의 공황 상태에서 한동안 서로를 사납게 노려보았다. 세상이 사라졌고, 우리는 공간 속으로 떨어지고 있었다. 심연은 좁긴 했지만 끝이 없었다. 앨리슨 뒤로 사람들이 길에서 걸음을 멈추는 것이 보였다. 한 남자는 벤치에서 일어섰다. 인도인은 앉아서 보고 있었다. 그녀의 손은 여전히 뺨에 머물러 있었고, 눈이 젖어 들고 있었다. 고통 때문이기도 했지만 믿을 수 없어서였을 수도 있었다.

우리가 우리의 모든 과거와 모든 미래 사이에서, 떨면서, 뭔가를 찾으면서, 거기 그렇게 서 있는 사이 나는 마지막 진실을 깨달았다. 분열과 융합 사이의 차이가 아무것도 아닌 것, 아주 작은 움직임, 배신, 또 다른 오해 속에 있는 그 순간에.

감시하는 눈은 없었다. 창문들은 보이는 것처럼 비어 있었다. 무대는 텅 비어 있었다. 그것은 무대가 아니었다. 어쩌면 그들은 그것이 무대라고 말했고, 그녀는 그들을 믿었고, 나는 그녀를 믿었는지도 모른다. 그 모든 것은 나를 거기에 이르게 하고, 내게 마지막 교훈과 시련 —『라스트레』에서처럼 사자와 일각수와 동방의 세 박사와 다른 신화 속의 괴물들을 석상으로 만드는 과제 — 을 주기 위한 것이었는지도 모른다. 나는 앨리슨에게서 시선을 떼고, 멀리 있는 창문과, 건물의 정면, 그리고 박공벽을 장식한 화려한 흰색의 형체들을 보았다. 그것은 논리적이었고, 신의 유희의 완벽한 절정이었다. 그들은 종적을 감추었고 우리만 있었다. 나는 너무도 확신했다. 하지만…… 그토록 많은 일이 있은 후, 어떻게 완벽하게 확신할 수 있단 말인가? 그들은 어떻게 그렇게 냉혹하고 비인간적이며 아무런 호기심이 없을 수 있는가? 어떻게 그렇게 주사위를 조작하고, 게임을 포기해 버릴 수 있는 것인가?

나는 길 쪽을 돌아보았다. 훨씬 더 자연스러워 보이는 구경꾼들이 남자의 잔인함을 보여 준 그 시시한 장면에 흥미를 잃은 듯 천천히 걸어가고 있었다. 앨리슨은 여전히 손을 뺨에 댄 채 머리를 숙이고 움직이지 않고 있었다. 그리고 눈물을 참으려고 약간 몸을 떨며 숨을 헐떡였다. 잠시 후 그녀가 거의 스스로도 놀란 것처럼, 절망적으로, 알아듣기 힘든 깨진 목소리로 말했다.

「당신이 미워. 당신이 〈미워〉.」

나는 아무 말도 하지 않았고, 그녀를 잡으려 하지도 않았다. 잠시 후 그녀가 고개를 들었다. 표정 속의 모든 것이 조금 전 그녀의 목소리와 말에 담겨 있던 것을 담고 있었다. 증오와 고통과, 시간이 시작된 이후의 모든 여자의 분노를. 하지만 나는 그녀의 강렬한 회색 눈 속에서 내가 보지 못했지만 늘 보았다고 생각한 뭔가 — 그 모든 미움과 상처와 눈물 뒤에 있는 본질적인 뭔가 — 에 매달렸다. 침착한 작은 한 걸음, 다시 태어나기를 기다리는 부서진 크리스털. 마치 내가 보고 있는 것을 죽이기라도 하듯 그녀가 다시 말을 했다.

「정말이야.」

「그럼 왜 내가 그냥 가게 놓아 두지 않았지?」

그녀는 그 질문이 부당한 것처럼 갑자기 숙인 고개를 저었다.

「이유는 당신이 알잖아.」

「몰라.」

「당신을 본 지 2초 만에 알았어.」 나는 좀 더 가까이 다가갔다. 마치 내가 그녀를 다시 때리기라도 하듯 그녀는 다른 손을 얼굴로 가져갔다. 「이제 그 단어를 이해하게 되었어, 앨리슨. 당신의 그 단어를.」 어떤 끔찍한 상실에 대해 들은 사람처럼 그녀는 얼굴을 손으로 가린 채 여전히 기다리고 있었다. 「정말로 무릎을 꿇은 누군가를 미워해서는 안 돼. 당신 없이는 반쪽짜리 인간일 뿐인 누군가를.」

숙인 머리와 파묻힌 얼굴.

그녀는 말이 없다. 그녀는 결코 말하지도, 용서하지도, 손을 내밀지도, 이 얼어붙은 현재 시제를 떠나지도 않을 것이다. 모든 것이 유예된 채로 기다리고 있다. 가을의 나무와 하늘과 익명의 사람들을 정지시킨 채로. 멍청한 지빠귀 한 마리가 호숫가 버드나무에서 철을 잊고 울고 있다. 집들 위로 날아가는 비둘기들. 자유의 조각들, 우연, 현실이 된 철자 바꾸기. 어딘가에서 나뭇잎이 타는, 코를 찌르는 냄새가 난다.

cras amet qui numquam amavit
quique amavit cras amet
(이전에 사랑한 적이 없는 사람은 내일 사랑을 하고
사랑한 적이 있는 사람 역시 내일 사랑을 하기를.)

픽션과 리얼리티의 유희:
현대인의 실존적 각성에 이르는 길

　제2차 세계 대전 이후에 작품 활동을 한 영국 소설가 가운데 존 파울즈(1926~2005)는 치열한 주제의식과 독창적이고 실험적인 소설 기법으로 가장 주목받는 작가 가운데 하나이다. 파울즈는 영국 남부 에식스 주에서 태어나 옥스퍼드 대학에서 불문학과 독문학을 전공했고, 졸업 후 프랑스와 그리스 등지에서 교사로 일한 뒤 1952년 귀국하여 런던과 인근의 몇몇 대학에서 영문학을 강의했다. 파울즈는 1963년에 데뷔작 『컬렉터 *The Collector*』를 발표했고, 1965년에 자신의 철학과 예술 이론을 정리한 『아리스토스 *The Aristos*』를, 1966년에는 『마법사 *The Magus*』를 발표하여 인기 작가 대열에 오른다. 이후 라임 레지스 지방에 정착하여 창작에 전념하는데 이곳은 뒷날 그의 대표작으로 평가받는 『프랑스 중위의 여자 *The French Lieutenant's Woman*』(1969)의 공간적 배경이 된다. 그 뒤 『에보니 타워 *The Ebony Tower*』(1974)와 『대니얼 마틴 *Daniel Martin*』(1977), 그리고 『만티사 *Mantissa*』(1982)와 『구더기 *A Maggot*』(1985)를 발표했고, 소설 이외에도 아마추어 박물학자의 면모를 보여 주는 몇 권의 사진 평론집과 시집 등을 출판했다. 1998년에는 자신의 문학관과 환경 문제 등 다양한 주제에 대한 에세이 모음집인 『벌레 구멍*Wormholes*』을 발표하고 2005년 사망했다.

『마법사』는 파울즈가 『컬렉터』보다 먼저 쓰기 시작한 작품으로 알려져 있다. 발표 당시 대단히 유혹적이고 놀라운 재미를 제공하는 작품으로 평가받았는데, 작가는 이후 10년 동안 각고의 노력을 기울여 1977년 개정판을 내놓는다. 이 개정판 『마법사』는 조너선 케이프 출판사 판본으로 656페이지에 달하는 방대한 소설인데 작가는 6페이지짜리 「머리말」을 통해 이 작품의 창작 과정과 개작에 기울인 노력, 그리고 현대 소설가의 위상과 독자의 역할 등에 관한 견해를 피력하기도 했다.

『마법사』는 주제와 형식 모두에서 대단히 현란한 작품이다. 『마법사』를 구성하는 78개의 장은 3부로 나뉘어 있다. 1장에서 9장까지의 제1부는 런던을 배경으로 니컬러스와 앨리슨의 사랑과 이별을 다루고, 10장부터 67장까지, 전체 지면의 80퍼센트를 차지하는 제2부는 그리스의 외딴 섬에서 니컬러스가 영어 교사로 일하며 겪는 혼란스럽고 고통스러운 체험을 다룬다. 11개의 장으로 구성된 제3부는 추리소설의 형식을 채택하고 있는데, 다시 런던으로 돌아온 니컬러스가 그리스에서 자신이 체험했던 불가사의한 사건들의 진위와 의미를 추적하는 모습을 그리고 있다.

이 작품의 주인공인 니컬러스는 〈소외〉와 〈자기기만〉이라는 현대인의 존재론적 상처를 대변하는 인물이다. 그는 현실 속에서 구체적이고 명확한 인간관계를 설정하지 못하고 끊임없이 환상과 가공의 세계 속으로 탈출을 꿈꾼다. 주인공은 자신의 학창 시절을 회상하며 자신이 냉소적인 탐미주의와 실존주의를 어설프게 모방했다고 고백한다. 그는 준수한 용모와 무관심과 고독이라는 위장술로 무장하여 쉽게 여성을 유혹하지만 결코 그들과 진실한 관계를 맺지 않는다. 현재는 항공기 승무원인 앨리슨과 동거하고 있지만 그녀에게 감정적으로 구속되지 않도록 경계하는 한편 그녀가 차츰 자기에게 집착해 가는 것을 부담스럽게 생각한다.

니컬러스는 무의미한 일상과 소모적인 정사로 점철된 런던에서의 삶을 정신적 마비 상태로 진단하고 이러한 상황에서 도피하기 위해 앨리슨에게 일방적으로 결별을 통고하고 그리스의 프락소스 섬에 위치한 바이런 경 학교의 영어 교사직에 자원한다. 이곳의 이국적인 정취와 자연의 원시적인 아름다움은 그에게 일시적인 위로를 제공하지만 그는 곧 다시 권태와 고독에 빠지고 만다. 무미건조한 교사 생활로부터 탈출구를 찾아 니컬러스는 섬의 구석구석을 탐험하기 시작하고 부라니 곶으로의 주말 여행을 통해 외딴 절벽 아래 은밀하게 지어진 별장을 발견한다. 이후 니컬러스는 영국계 그리스인 백만장자이지만 그 정체를 알 수 없는 〈마법사〉 콘키스의 〈우연〉을 가장한 기획에 이끌려 그와의 교제를 시작한다.

니컬러스는 콘키스의 제안에 따라 주말마다 그의 별장에 머물며 콘키스의 과거 이야기를 듣는다. 크게 네 개의 줄거리로 구성된 콘키스의 과거사에는 두 번의 세계 대전을 중심으로 한 유럽의 현대사, 전쟁과 사랑, 인간의 자유의지와 실존적 선택 등 참으로 복잡한 주제들이 망라되어 있다. 콘키스의 유년 시절과 참전 경험, 그리고 약혼녀 릴리의 죽음 등이 첫 번째 이야기에 해당하며, 알퐁스 드 되캉 백작과의 교제를 통해 예술적 소양을 습득하게 된 사연이 두 번째 이야기를, 조류 연구를 위해 노르웨이 툰드라 지역을 방문하여 우연히 만난 구스타브와 그의 광신자 형의 일화는 세 번째 이야기를 구성한다. 콘키스 과거사의 하이라이트인 네 번째 이야기는 그가 제2차 세계 대전 당시 마을의 촌장으로 일하면서 인간과 역사, 그리고 문화에 대한 깊은 이해심을 지닌 점령군 장교 안톤과 교제했던 사연을 다루고 있다. 전쟁의 막바지에 콘키스는 포로가 된 그리스 무장 게릴라들을 자기 손으로 공개 처형하지 않으면 마을 주민을 학살하겠다는 점령군의 위협을 받지만 그 명령을 거부했고 마을 주민 80명과 함께 총격을 받은 와중에 자기 혼자 기적적으로 살아남았다는 것이다.

콘키스의 과거 이야기는 니컬러스가 믿기 어려울 만큼 극적이고 상식과 일상성을 크게 벗어나는 것이지만 이야기와 함께 제시된 각종 문서와 진기한 예술품, 그리고 각 분야에 대한 콘키스의 정밀한 전문 지식 등이 너무도 사실적이어서 니컬러스는 그 진위를 파악하는 데 심한 혼란을 경험한다. 그와 동시에 플롯이 진행되면서 니컬러스는 콘키스의 과거사 가운데 중요한 사건들이 자신의 눈앞에서 연극의 형태로 재현되는 기묘한 경험을 한다. 콘키스의 저택에 수집되어 있는 희귀한 골동품과 예술 작품들, 각종 전문 서적과 낡은 팸플릿 등은 이야기의 진실성을 증명하는 소품이 되고, 콘키스의 과거 이야기 속의 인물들이 배우로 출연하는 일종의 메타 연극이 펼쳐지는 것이다. 콘키스의 연극은 줄곧 니컬러스의 예상을 초월하는 방식으로 전개되면서 그로 하여금 가공의 세계와 현실 세계가 현란하게 교차하는 것을 경험하게 한다.

니컬러스를 상대로 콘키스가 펼치는 진실 게임을 작동시키는 가장 중요한 동력은 신비한 매력을 지닌 소녀, 릴리이다. 콘키스의 사망한 약혼녀 배역으로 무대에 등장한 릴리를 콘키스는 기억 상실과 정신 질환을 앓고 있는 릴리 몽고메리라고 소개하지만, 그녀는 금세 콘키스를 배신하는 태도를 취하면서 니컬러스에게 자신은 영화배우 지망생 줄리 홈스이며 콘키스에게 고용되어 그의 대본에 따라 연기하고 있음을 고백한다. 니컬러스는 릴리/줄리의 끊임없는 변신에 희롱당하고 고통받으면서도 저항할 수 없는 그녀의 마력에 이끌려 차츰 사랑에 빠진다.

한편 그동안 앨리슨과 의무적인 서신을 교환하던 니컬러스는 그녀가 그리스에 왔을 때 주말을 함께 보내게 된다. 냉정을 유지하려던 의도와 달리 파르나소스 산 정상에서 니컬러스는 앨리슨과 격정적인 사랑을 나누지만 곧 진실에 대한 압박감으로 부라니에서의 일화들과 릴리와의 관계를 고백한다. 앨리슨은 니컬러스에게 저주를 퍼붓고 그의 곁을 떠나고, 니컬러스는 섬으로 돌아간 후 그녀의 자살 소식을 듣는다.

콘키스의 연극에 대항하는 니컬러스의 유일한 무기는 합리적 이성이다. 현실로부터의 탈출을 꿈꾸는 낭만주의자인 니컬러스는 역설적으로 상식과 이성에 의지하여 자신에게 제시된 진실 게임의 암호를 해독하기 위해 노력한다. 그러나 콘키스가 장치한 픽션과 리얼리티의 게임은 니컬러스의 모든 노력을 무력화하면서 갈수록 치밀하게 전개된다. 니컬러스는 줄리의 도움을 받아 자신 앞에 놓여 있는 퍼즐 조각을 맞추어 하나의 그림을 완성하지만 바로 다음 순간 콘키스의 지극히 사소한 작업에 의해 그 그림은 산산조각이 나고 그는 줄리가 다시 콘키스가 조종하는 무대의 막 뒤로 몸을 숨기는 것을 발견한다. 요컨대 니컬러스가 혼신의 노력을 기울여 콘키스의 픽션 가운데 몇 가지가 거짓임을 밝히는 순간, 그는 그 발견을 무력하게 만드는 더욱 거대한 픽션의 세계에 휩싸이곤 한다. 혹은 그가 애써 견고한 리얼리티의 조각을 발견했다고 믿는 순간, 그것이 그의 눈앞에서 가공의 세계로 연기처럼 사라지는 것을 경험한다.

니컬러스를 위한 최종적이고 가장 강력한 자극이 〈해독 과정 *disintoxication*〉이라는 명목으로 가해진다. 콘키스가 공개적으로 연극이 끝났음을 선포했을 때, 니컬러스는 비로소 자신이 안전한 현실로 돌아왔다고 판단하고 릴리와의 사랑을 완성하기 위해 애쓴다. 그리고 그들이 격정의 시간을 보낸 바로 그 순간, 니컬러스는 어둠 속의 침입자들에게 결박되어 지하 수조에 감금된다. 니컬러스에 대한 최후의 심판은 열세 명의 등장인물이 마스크를 쓰고 나와 진행하는 가면극과 그를 위해 상연되는 〈외설 영화〉, 그리고 릴리와 조의 성행위가 실연되는 무대 등으로 꾸며진다.

가면극은 밀교의 제단과 같은 공간에서 행해진다. 갖가지 악령의 마스크를 쓰고 등장한 인물들은 스스로를 심리학의 권위자, 정신 분석학자, 무대 감독 등으로 소개한다. 그들은 니컬러스를 대상으로 한 실험 결과, 즉 니컬러스에 대한 임상 보고서를 낭독하고 토론을 진행한다. 그들이 니컬러스에게 벌거벗은 릴리의 등을 가죽 채찍으로 때리도록 하는 최후의 처방을 내렸을 때, 그는 자신이 그리스 게릴라들을 처형하는 광장에서 독일군의 자동 소총을 손에 든 채 실존적 선택을 강요받던 콘키스의 자리에 서 있음을 깨닫는다. 니컬러스는 릴리에 대한 처형을 거부하고 다시 결박되어 자신만을 위해 마련된 필름과 무대를 관람하도록 강요받는다. 조잡하게 촬영되어 진위를 확인하기 어려운 〈외설 영화〉는 릴리를 주인공으로 등장시킨 포르노 필름과 니컬러스와 앨리슨의 정사를 몰래 촬영한 장면 등이 편집되어 있는 영화이다. 그리고 영화가 끝났을 때, 니컬러스는 흑인 배우 조와 릴리가 무대에 등장하여 성행위를 실연하는 것을 지켜봐야 한다.

콘키스의 마지막 무대에서 벗어나 현실로 돌아온 니컬러스는 학교에서 해고 통지를 받고 곧이어 콘키스의 행적을 추적한다. 니컬러스가 아테네의 내무성에서 발견한 안톤의 보고서 사본은 콘키스의 이야기가 실재했음을 뒷받침하는 것이지만 그가 콘키스를 추적한 끝에 발견한 것은 4년 전에 사망한 그의 무덤이다. 콘키스가 사라진 뒤에도 리얼리티와 픽션의 세계를 구별할 단서가 니컬러스에게 주어지지 않는다. 그리고 아테네를 떠나기 직전, 그는 호텔 방에서 익명의 전화를 받고 창밖 거리에서 택시에 오르는 앨리슨의 모습을 발견한다. 연극은 끝나지 않았던 것이다. 콘키스가 예고했던 것처럼 진짜 연극에는 막이라는 것이 없거나 혹은 연극이 끝나고 난 뒤에도 연기는 계속되고 있는 것이다.

68장부터 76장까지에 이르는 제3부는 런던에 돌아온 니컬러스가 앨리슨과 재회하는 장면을 그리고 있다. 런던에 돌아온 니컬러스는 부라니에서의 자신의 경험이 대부분 거짓이었다는 것을 발견한다. 되캉 백작은 귀족 명감에 나와 있지 않았고, 콘키스의 저택에 소장된 예술품은 다른 곳에 보관된 진품의 모조였으며 역사적 자료로 제시되었던 저서와 팸플릿 등도 모두 가짜였음이 밝혀진다. 그가 지난 몇 달 동안 치열하게 싸웠던 전투의 실체가 완전히 부정되는 참담한 현실은 니컬러스가 릴리 몽고메리를 추적하다가 릴리 드 세이타스 부인을 만나게 됨으로써 극적인 전기를 맞는다. 니컬러스는 그녀에게서 그녀의 남편이 바이런 경 학교에 교사로 갔던 것과 그곳에서 콘키스와 교제했던 일, 그리고 콘키스의 픽션은 대부분 그녀 자신이 들려준 이야기였다는 사실을 확인한다. 또한 그녀가 바로 배우 지망생인 쌍둥이 자매 릴리와 로즈의 어머니라는 것을 밝혀낸다. 처음으로 자신을 향한 악의적 음모의 실체를 대면하고 분노하는 니컬러스에게 드 세이타스 부인은 〈신의 유희는 끝났어요. (……) 그건 신이 없기 때문이고, 이것이 유희가 아니기 때문이에요〉라고 말하며 앨리슨과의 화해를 최종적으로 권유한다.

『마법사』의 대단원은 니컬러스와 앨리슨의 재회로 이루어진다. 니컬러스는 리전트 공원에서 그가 앉은 맞은편 자리에, 소리도 없이, 그리고 너무도 간단하게 현실 속으로 돌아와 앉은 앨리슨을 발견한다. 자신이 무언가 극적인 방식의 재회를 기대하고 있었던 것에 비해 너무도 평범한 앨리슨의 출현을 보며 니컬러스는 곧 애초에 그녀에게 부여된 역할이 현실성 바로 그것이었기에 그녀가 이 단순하고 지루하기 짝이 없는 현실 속으로 돌아오는 길이 이 방법 이외에 다른 어떤 것이 가능했겠는가 하는 사실을 깨닫는다.

앨리슨이 현실로 복귀하는 순간, 니컬러스는 당연히 콘키스의 음모가 계속 작동 중인지를 의심한다. 작품의 대단원이 되는 이 부분은 초판본과 비교했을 때 많은 수정이 가해진 부분이다. 초판본에서 니컬러스는 그들의 재회를 지켜보고 있을 콘키스를 의식하여 앨리슨에게 눈속임 연기를 강요한다. 즉 자신이 앨리슨의 뺨을 때리고 매달리는 그녀를 뿌리침으로써 완전히 결별하는 모습을 연출한 뒤, 각자 반대편으로 걸어가 패딩턴 역의 대합실에서 만나자고 제안하는데, 1977년의 개정판에서는 이 부분이 삭제되었다. 콘키스를 의식한 눈속임 연기를 배제하기로 한 작가의 결정은 니컬러스가 이제 콘키스의 유희에서 완전히 벗어났음을 강조하기 위한 것으로 보인다. 그 대신 그는 무의식적으로 그녀의 뺨을 때린다. 〈해독 과정〉의 가면극에서 릴리를 채찍으로 응징하는 권리를 거부했던 니컬러스는 콘키스의 음모에 동원되었다가 돌아온 앨리슨에게 신체적인 타격을 가하는 선택을 한다. 그리고 그 순간 동화 속의 마법이 풀리듯이 그는 자기 세계 속으로 돌아온 앨리슨을 발견한다. 콘키스의 연극이 아닌 현실 속에 그들이 서 있음을 깨달은 것이다. 지켜보는 신들이 사라져 버린 무대에 앨리슨과 단둘이 남겨진 니컬러스는 그녀와의 관계를 어떻게 설정할 것인지를 결정해야 하는 선택의 기로에 서게 된다.

작품의 결말에서 작가는 주인공들의 미래, 니컬러스와 앨리슨의 재결합 여부에 대한 결정적인 해답을 제시하고 있지 않다. 그 대신 마지막 문단은 모든 것이 유예된 채 멈추어 서 있는 정경을 묘사한다.

그녀는 말이 없다. 그녀는 결코 말하지도, 용서하지도, 손을 내밀지도, 이 얼어붙은 현재 시제를 떠나지도 않을 것이다. 모든 것이 유예된 채로 기다리고 있다. 가을의 나무와 하늘과 익명의 사람들을 정지시킨 채로. 멍청한 지빠귀 한 마리가 호숫가 버드나무에서 철을 잊고 울고 있다. 집들 위로 날아가는 비둘기들. 자유의 조각들, 우연, 현실이 된 철자 바꾸기. 어딘가에서 나뭇잎이 타는, 코를 찌르는 냄새가 난다.

그러나 작품의 결말 뒤에 제시되어 있는 에필로그(〈이전에 사랑한 적이 없는 사람은 내일 사랑을 하고 사랑한 적이 있는 사람 역시 내일 사랑을 하기를〉)는 이 작품의 결론이 새로운 희망과 가능성, 그리고 인간에 대한 초월적인 사랑을 제시하고 있다는 것을 암시한다.

『마법사』에서 콘키스는 마치 신과 같은 권위와 능력을 가지고 니컬러스를 가공의 세계와 현실 사이에서 혼란스러운 경험을 하도록 유도하고 그 과정을 통해 그에게 자신의 삶에 대한 실존적 자각을 하도록 이끈다. 그런데 콘키스가 니컬러스를 대상으로 연출하는 연극 혹은 진실 게임의 규모와 그 동기의 정당성 문제는 이 작품에 대한 가장 논쟁적인 비평의 주제가 되어 왔다. 또한 취약한 개연성과 끊임없는 반전, 지나치게 작위적인 구성과 유럽의 현대사와 문명사, 종교, 예술 애호, 인간의 실존적 선택 등을 모두 아우르려는 의식의 과잉 등은 많은 비평가에게 이 작품의 예술적 결함으로 지적되기도 했다.

콘키스는 이 작품에서 리얼리티와 픽션의 경계를 허물거나, 픽션을 재연한 리얼리티가 다시 픽션임을 밝히거나, 니컬러스가 애써 리얼리티에 도달하는 순간 곧 그것을 파괴하고 새로운 픽션을 제시하는 방식으로 니컬러스를 혼란에 빠뜨리는 게임을 수행한다. 콘키스의 동기와 연극적 미학에 대해 그 드라마를 기획한 주체의 일원이었던 드 세이타스 부인은 〈거짓말 위에 거짓말을 더하는 것〉이 〈진실을 말하는 방식〉이었다고 확인한다.

니컬러스를 실존적 자각으로 이끌기 위해 픽션의 세계를 구축하고, 그가 그것을 리얼리티로 받아들이는 순간, 그것을 파괴하고 다시 새로운 픽션을 제시하는 것이 〈신의 유희〉라는 게임의 룰이었던 것이다. 〈신의 유희〉라는 어휘는 이 작품을 위해 작가가 조합한 단어로 보이는데, 파울즈는 『마법사』의 개정판 서문에서 〈신의 유희〉를 이 작품의 다른 제목으로 고려했다고 말한 바 있다.

〈신의 유희〉란 인간이 자신의 운명을 지배하는 절대자의 존재에 대한 환상을 갖고 있다는 것을 전제한다. 무대 위에서 인생의 주인공들이 자신의 운명을 붙들고 분투하는 동안 그 운명을 지배하는 능력을 지닌 절대적인 존재가 무대 밖에서 지켜보고 있다는 미신이다. 파울즈는 신을 권력이나 존재, 혹은 영향이 아니라 하나의 상황이라고 정의한다. 그는 〈만약 창조주가 있었다면, 그의 두 번째 행위는 아마도 사라져 버리는 것〉이었을 것이며, 인간은 이제 신이 없는 세계에서 살도록 남겨진 것이라고 주장한다.

작품이 시작되는 지점에서 니컬러스는 허구의 세계를 동경하는 젊은이였다. 그는 삶의 진실과 직면하기를 회피하고 낭만과 환상을 좇아 이국의 삶으로 도피한다. 건강한 일상성을 지닌 앨리슨에게서 벗어나 신비롭고 매혹적인 릴리와의 사랑을 동경한다. 그러나 그는 콘키스가 설정한 허구의 늪에 빠져 고통당하고 단련됨으로써 픽션의 세계가 갖는 부정직성과 불확실성에 각성하게 되고 그리하여 〈리얼리티에 굶주리고 삶의 고통을 받아들이는〉 태도로 무장하고 현실 속으로 돌아온다. 그리고 앨리슨의 남루한 일상성이 갖는 미덕의 가치를 깨닫는다. 그가 그리스를 떠나 다시 런던으로 돌아왔을 때, 그는 이제 픽션과 리얼리티 사이에서 혼란을 겪으며 방황하거나, 혹은 환상과 불확실성이 지배하는 픽션의 세계에 대한 리얼리티의 우월성을 만족스럽게 즐기는 피동적인 존재로 남지 않는다. 그 대신 픽션과 리얼리티의 경계를 자유롭게 넘나들고 자기 자신의 운명을 스스로 지배하는 〈마법사〉로 거듭날 수 있게 된 것이다.

배현
목포대학교 영어영문학과 교수

존 파울즈 연보

1926년 출생   3월 31일 영국 에식스 주의 해안 도시 리온시에서 태어남.

1938년 12세   〈남학생을 위한 곤충학〉이란 에세이를 씀. 후일 『컬렉터 *The Collector*』에서 꿀과 맥주를 혼합해 나무에 발라 나방을 잡는 방법을 상세하게 설명함.

1939년 13세   대영 제국의 공무원들을 다수 배출한 베드퍼드 학교에 장학금을 받고 입학. 첫 기숙사 생활에 적응하지 못해 1년 후 한 학기를 휴학하게 됨. 제2차 세계 대전 발발로 공습을 피해 데번의 이플펜으로 가족 모두가 피신함.

1941년 15세   베드퍼드 봄 학기에 재등록함. 휴가나 방학은 이플펜에서 보내게 되며, 전원생활이 주는 자연 탐구 및 새 사냥에 심취함. 학교 크리켓 팀의 주장이자 학생회장으로 활동.

1944년 18세   베드퍼드 졸업 후 영국 해병대 입대. 딜에서 6주간 기본 교육을 받고 이어 데번의 설스턴에서 장교 훈련을 받음.

1945년 19세   7월, 영국 정규 해병대 장교가 됨. 하지만 곧 제2차 세계 대전의 종결로 전투에는 참가하지 않음.

1947년 21세   옥스퍼드 대학교 뉴 칼리지에 입학하여 프랑스어와 독일어를 전공하였으나 독일어는 포기하고 프랑스 문학에 집중. 프랑스 실존주의에 크게 영향을 받고 카뮈와 사르트르를 탐독함. 프랑스어로 학위를 받음.

1950년 24세   프랑스 푸아티에 대학에서 1년간 교편을 잡음.

1952년 26세   그리스 스페차이 섬의 아나르기리오스 앤드 코르기알레네이오스 학교에서 2년간 교편을 잡음. 이때 그리스 스페차이 섬의 아름다운 자연 풍광은 이후 『마법사 *The Magus*』에 영감을 주었고, 끊임없이 그를 괴롭히던 글쓰기의 중압감에서도 어느 정도 벗어남. 또한 신임 교사의 아내였으나 미래의 그의 아내가 될 엘리자베스 휘턴을 이곳에서 만남. 7월 스페인 여행. 아리아드 해 일대를 여행하면서 소설 『아테네 여행, 1952』 집필(이후 〈BETWEEN〉으로 수정해 투고하나 그의 명성을 오히려 해칠 거라는 판단으로 출판사에서 출간을 거부함).

1953년 27세   6월, 그리스에서 근무 태만으로 해고됨. 7월, 영국으로 돌아옴. 겨울 내내 그리스에서의 연애담을 소설화한 『섬과 그리스』를 집필하나 이 역시 출간되지 못함.

1954년 28세   런던의 세인트 고드릭스 대학에서 1963년까지 영어를 가르침.

1956년 30세   낮에는 아이들을 가르치고 밤에는 시, 희곡, 장편소설 등 자신의 작품을 쓰기 위해 전전긍긍함. 올더스 헉슬리의 『아일랜드』에 나오는 파너비와 같은 인물을 내세운 『탐험자』라는 장편소설을 작업하고 있었으나 중도 포기함. 그리스 여행 관련한 책을 내고자 세 곳의 출판사에 원고를 보냈으나 모두 거절당함. 헌책 사 모으기에 열중하면서 디킨스, 제인 오스틴 등 여러 작가들의 독서에 심취함. 브라크 전시회, 「성난 얼굴로 돌아보라」, 「고도를 기다리며」 등 전시와 연극, 영화 등을 자주 관람함.

1957년 31세   2월 27일 부모를 방문해 엘리자베스와의 관계를 알림. 3월 2일 바로 옆집으로 이사한 후 만우절 10시를 결혼 날짜로 잡았다가 4월 2일로 바꿔, 11실링 3파운드를 지불하고 작은 식장에서 엘리자베스와 둘만의 결혼식을 올림.

1959년 33세   9월 세인트 고드릭스 대학 영어학과 학과장으로 승진됨.

1960년 34세   11월 『컬렉터』 집필 시작. 그 자신에게 내재된 감금에 대한 욕망과 잉글랜드 북부에서 일어났던 방공호 사건, 벨러 버르토크의 「푸른 수염의 성」에서 영감을 받았다고 후에 진술함. 로마 시인들의 시에 심취해 라틴어로 직접 낭독한 시를 녹음해 듣곤 함.

1961년 35세   아내 엘리자베스가 불임 치료를 받기 시작. 몽뤼크, 몽테뉴, 소로 등의 독서에 심취. 거미 관찰에 흥미를 느낌. BBC에 새로 생긴 녹음 방송 분야 프로듀서 조수 자리에 입사 원서를 냄. 리에서 지내는 동안 도자기 수집에 심취함.

1962년 36세   7월 5주간 이탈리아와 로마를 여행함. 『그리스 여행』을 조너선 케이프 출판사에 보냈으나 거절당함. 아내 엘리자베스가 임신 수술이 잘못되어 병원에 입원함.

1963년 37세   세인트 고드릭스 교사 생활을 그만둠. 5월 아내와 그리스 여행을 떠남. 첫 번째 소설 『컬렉터』 발표. 평단의 찬사와 상업적 성공을 이끌어 냄. 1965년, 윌리엄 와일러 감독에 의해 영화화됨. 10월 첼트넘 문학 페스티벌에 참가, 공식적으로 문학계에 처음으로 모습을 드러내어 아이리스 머독, 게이브리얼 필딩 등과 만남.

1964년 38세   10월 15일 노동당에 투표함. 총선에서 노동당은 네 석 차이로 이겼고, 13년간의 보수당 통치가 종식됨. 11월부터 셰익스피어의 「템페스트」에 영향을 받은 『마법사』 탈고에 몰두함.

1965년 39세   5월, 칸 영화제에 초청된 영화 「컬렉터」 시사회에 참석. 6월, 자신의 작품에 철학적 근간이 된 초기의 메모들과 아포리즘을 모은 에세이 『아리스토스 *The Aristos*』 발표. 10월, 언더힐 농장으로 이사함.

1966년 40세   『마법사』 출간. 비범한 상상력과 혁신적 기법으로 역시 큰 성공을 거두며 히피 세대들의 필독서가 됨. 이후 12년간 수정 작업을 거쳐 1977년에 개정판 출간.

1969년 43세　『프랑스 중위의 여자*The French Lieutenant's Woman*』 발표. 전후 대표적인 포스트모더니즘 소설이자 영국 최초의 포스트모던 소설가로 평단의 주목을 받음.

1973년 47세　시집 『시집*Poems*』 출간.

1974년 48세　중단편 소설집 『에보니 타워*The Ebony Tower*』 출간.

1975년 49세　자연에 대한 애정을 담은 사진 연작 에세이집 『난파선*Shipwreck*』 출간(이후 발표되는 『섬*Islands*』, 『나무*The Tree*』, 『스톤헨지의 수수께끼*The Enigma of Stonehenge*』가 이에 포함됨).

1977년 51세　자전적 소설 『대니얼 마틴*Daniel Martin*』 출간. 영국 항구 도시 라임 레지스(『프랑스 중위의 여자』의 무대)의 박물관장으로 임명되어 그 후 10년간 재직함.

1981년 55세　『프랑스 중위의 여자』가 카렐 라이스 연출, 해럴드 핀터 각색으로 영화화됨.

1982년 56세　『만티사*Mantissa*』 출간. 전 세계적인 논쟁과 화제를 불러일으키며 베스트셀러가 됨.

1985년 59세　『구더기*A Maggot*』 출간.

1990년 64세　아내 엘리자베스 사망. 이후 죽을 때까지 소설은 쓰지 않고 에세이만 몇 권 발간함.

1998년 72세　두 번째 아내 세라와 결혼함. 에세이집 『벌레 구멍*Wormholes*』 출간.

2003년 77세　1949년부터 1990년까지 42년간 일기 중에서 1965년까지 16년간을 먼저 간추린 그의 『일기*The Journals*』 1권 출간(한국어판 제목은 〈나의 마지막 장편소설〉).

2005년 79세　11월 5일. 79세로 타계. 『프랑스 중위의 여자』가 『타임』지 선정 〈20세기 100대 영문 소설〉로 선정.

2006년 『일기』 2권 출간.

열린책들 세계문학 **113** 마법사 하

옮긴이 정영문 1963년 경남 함양에서 태어나 서울대학교 심리학과를 졸업하고, 1996년 『작가세계』 겨울호에 장편 「겨우 존재하는 인간」을 발표하면서 작품 활동을 시작했다. 1999년 『검은 이야기 사슬』로 제12회 동서문학상을 수상했으며, 현재 번역가로도 활동하고 있다. 지은 책으로는 『나를 두둔하는 악마에 대한 불온한 이야기』, 『더없이 어렴풋한 일요일』, 『꿈』, 『핏기 없는 독백』, 『하품』, 『달에 홀린 광대』, 『중얼거리다』가 있고, 옮긴 책으로는 존 파울즈의 『에보니 타워』, 아모스 오즈의 『물결을 스치며 바람을 스치며』, 어윈 쇼의 『젊은 사자들』, 레이먼드 카버의 『사랑을 말할 때 우리가 이야기하는 것』, 존 베런트의 『추락하는 천사들의 도시』·『선악의 정원』, 얀 아르튀스-베르트랑의 『발견: 하늘에서 본 지구 366』, 저메인 그리어의 『보이: 아름다운 소년』 등이 있다.

지은이 존 파울즈 **옮긴이** 정영문 **발행인** 홍지웅 · 홍예빈
발행처 주식회사 열린책들 **주소** 경기도 파주시 문발로 253 파주출판도시
전화 031-955-4000 **팩스** 031-955-4004 **홈페이지** www.openbooks.co.kr
Copyright (C) 주식회사 열린책들, 2010, *Printed in Korea.*
ISBN 978-89-329-1113-7 04840 **ISBN** 978-89-329-1499-2 (세트)
발행일 2010년 4월 30일 세계문학판 1쇄 2018년 2월 28일 세계문학판 2쇄

이 도서의 국립중앙도서관 출판예정도서목록(CIP)은 서지정보유통지원시스템 홈페이지(http://seoji.nl.go.kr)와 국가자료공동목록시스템(http://www.nl.go.kr/kolisnet)에서 이용하실 수 있습니다.(CIP제어번호 : CIP2010001311)

열린책들 세계문학
Open Books World Literature

각 권 8,800~13,800원